Ernst Wilhelm Müller

Im Rachen Luzifers

Roman

Ernst Wilhelm Müller

Im Rachen Luzifers

Roman

Helfstein-Verlag

Quellenverzeichnis

Bilder aus der vaterländischen Geschichte	Fr. Teutsch
Chronik der Stadt Stuttgart	Klett-Cotta
Geschichtliche Mitteilung von Geislingen und seiner Umgebung von Christian Schöllkopf	Maurer Druck und Verlag
Geographie u. Naturgeschichte. Obere und untere ulmische Ämter	
Geschichte der Siebenbürger Sachsen, Ernst Wagner	Wort und Weltverlag
Hermannstadt. Eine deutsche Gründung in Südosteuropa, Hg. Alfred Coulin	Liebig Köln
Kleine Geschichte Württembergs von Ernst Müller	Kohlhammer
Psychologie des Überlebens Röder-Minich	Pietsch
Quellen zur Geschichte der Siebenbürger Sachsen	Böhlau
Siebenbürgisches Archiv (Heft 22)	Böhlau
Siebenbürgisch-Sächsischer Hauskalender der Siebenbürger Sachsen	Selbstverlag des Hilfskomites
Siebenbürgische Landeskunde	Böhlau
Schicksale der Deutschen in Rumänien	dtv Reprint
Unser Land Baden Württemberg	Theiß
Wir Siebenbürger, Hans Bergel und Walter Myß	Wort- und Weltverlag
Zur Geschichte der Deutschen in Rumänien von Karl M. Reinerth / Fritz Cloos	Verlag der Arbeitsgemeinschaft für südostdeutsche Volks- und Heimatforschung, Bad Tölz 1988

Umschlag: Eva-Maria Abele

Textlayout und Gestaltung: Wilhelm Max Müller

Druck und Bindung: Ebner Ulm

ISBN 3-00-000422-X

HELFSTEIN-Verlag 73312 Geislingen

Inhaltsverzeichnis

IV. Kapitel

V. Kapitel

VI. Kapitel

Vorwort

Luzifer: Fürst der Finsternis oder ein Teufel im Engelsgewand? Zu allen Zeiten sind die Menschen auf diesen „Lichtbringer“ hereingefallen und haben sein diabolisches Gehabe erst durchschaut, als es zu spät war.
Stalin und Hitler, und in ihrer Nachfolge andere Luzifers haben Tausende unschuldiger Menschen bis zum Wahnsinn gefoltert, erschlagen, erschossen oder ihnen Hab und Gut geraubt und sie aus ihrer Heimat vertrieben.
Das Buch will mit diesen Feststellungen, die von keiner Seite mehr bestritten werden können, nicht neuen Haß säen, sondern vor dem Teufel in Menschengestalt warnen.

Um nur einige Beispiele zu nennen:
Als die Sachsen Karl dem Großen im Jahr 782 eine Niederlage beibringen, läßt er im Zorn viertausendfünfhundert Edelinge enthaupten, um den sächsischen Adel zu strafen.
Trotz aller Entschuldigungen muß festgestellt werden: Auch „den Großen“ hat der Teufel geritten.
Als um das Jahr 1200 die Kreuzzüge finanziert werden mußten, hat man in Köln und anderen großen Städten des Abendlandes Judenpogrome veranstaltet und sich das Geld auf diese Weise verschafft. Auch die hat damals schon der Teufel geritten.
Abschließend seien noch die Kinderkreuzzüge genannt: sechszigtausend bis siebzigtausend Kinder sollen dabei umgekommen sein. Allein bei diesem Gedanken versagen einem heute noch die Worte. Die Hexenverbrennungen sind ähnliche Horrorgeschichten, wobei die Richter und Ankläger als Hexer und Teufel auf den Scheiterhaufen gehört hätten.
Diese Liste könnte man beliebig fortsetzen, doch wichtiger wäre, etwas dagegen zu tun.
Daß man es kann, wird uns Michael und die Zeit, in der wir leben, beweisen.
Michael, die Hauptfigur dieses Romans, stammt vom Distelhof auf der Schwäbischen Alb.
Nicht weit davon sind der Hungerberg, der Distelberg und das Hungerbrunnental.
Wer soviel Disteln und Hunger um sich hat, dem ist ein karges Leben in die Wiege gelegt.
Doch gerade solche Menschen können über sich hinauswachsen und für ihre Umgebung zum Rettungsanker werden.

Wir begleiten Michael auf seinem schweren, aber auch sehr interessanten Lebensweg.
Er führt von der Alb nach Stuttgart und von dort immer wieder ins Berg- und Waldland von Siebenbürgen.
Hier begegnet ihm nicht nur die achthundertjährige Kultur eines deutschen Volkstammes, geprägt vom Überlebenswillen rechtschaffener, christlicher Menschen, sondern auch das farbige und pralle Leben eines Vielvölkerstaates.
In dieses Konglomerat von Rassen stürzt sich Michael voll Bewunderung und ist kein „Kukurutzpatzer" wenn es darum geht, unter anderem auch ihre Liebe zu erfahren.
In Deutschland ist Hitler an der Macht. Mit jedem Tag, den Michael älter wird, wächst seine kritische Distanz zur NSDAP. Dennoch erliegt er immer wieder opportunistischen Regungen.
Er glaubt an eine positive Einflußnahme und an die Möglichkeit, sein Arztstudium sicherer zu erreichen.
Als die Sowjets 1944 Siebenbürgen überfluten, läßt er sich zusammen mit seinem Vetter Martin und einem Funker hinter den feindlichen Linien absetzen und landet direkt im Rachen Luzifers.
Er will sich schon vom Kirchturm – seinem Marterpfahl – stürzen, wenn da nicht das Lehnchen wäre . . .
Der Gedanke an sie, und später ihre Nähe, lassen Michael die höchste Liebe seines Lebens erleben.
Wo aber die große Liebe die Seelen wärmt, ist Luzifers Fratze nicht weit . . . wird Michael je seinem Rachen entkommen?

Der Verfasser

I. Kapitel

Der Distelhof

Wenn man von Ulm an der Donau nach Norden geht, kommt man auf die Flächenalb. Und wenn es dann bucklig wird und Trockentäler und Bickel die Landschaft zeichnen, ist man auf der Kuppenalb. Dazwischen, umgeben vom „Mönchhau“, „Ziegelhau“ und „Horn“, liegt die „Stille Alb“.

Im Umkreis von 4,5 bis 5 km gibt es keine menschliche Behausung. Es ist, als wäre man da an der Welt Ende angelangt. Die Bienen summen über den Blüten und die Wiesen stehen in der Sommerhitze wie vor Hunderten von Jahren.

Ein Eldorado für Heilkräuter und Wildpflanzen, für Tiere und beschauliche Menschen

Wer soll auf diesem Fleckchen Erde auch schon Krach machen?

Die Menschen drängen sich doch alle Zuhauf, wo was los ist, oder wo es Profil zu machen gilt . . . aber hier doch nicht.

Hier gibt es den Distelberg, den Hungerberg, das Hungerbrunnental und mitten darinnen den Distelhof.

Eigentlich ist ihm mit dem Ausdruck Hof geschmeichelt.

Ein Höfle ist das, eine Selde oder Hube (Halbhof). Alles zusammen ca. 5 ha groß. Dementsprechend ist auch das Haus. Talseitig der Stall, bergseitig eine bescheidene Küche mit Wohnraum. Vieh und Mensch unter einem Dach.

In der Mitte der Küche steht der Gußeiserne, der durch einen Wanddurchbruch bis in die Wohnstube reicht, um sich dann gemächlich durch die Decke hindurch zu winden und das Giebelzimmer auch noch zu heizen.

Im Keller ist ein Vorratsraum für Kartoffel und Gemüse, letzteres kann man im Winter durch Einschlagen in Stroh und Erde sehr lange aufbewahren.

Zudem ist da noch eine Kaverne, wo das Regen- und Schmelzwasser des Daches gesammelt wird; denn auf der Alb ist das Wasser kostbar und bestimmt den Umfang der Viehhaltung.

Um das Haus sind die Miste und das Gärtle, und sonst ist alles zugewachsen mit Weidenröschen und Holunder.

Die jetzige Bewohnerin heißt Maria Kammerer, im Volksmund die „Holder-Kamm're“ oder die „Holder-Marie.“

Sie haust hier mutterseelenallein mit ihren Viechern.

Am Tag schwätzt sie mit ihnen und bei der Nacht hört man sie einträchtig miteinander schnaufen.

Vor ihr haben auf diesem Hof auch schon ein paar Menschen ihr Auskommen gesucht. Wenn sie nicht im Armenhaus gelandet sind, haben sie sich fortgemacht nach Amerika, und einer soll sogar nach Siebenbürgen ausgewandert sein.

Auf diesen, beziehungsweise auf seine Nachkommen werden wir noch eines Tages stoßen. Er war ein Großonkel von ihrem Sohn Wilhelm und viele Jahre Knecht beim Thierer Jakob in Hofstett-Emerbuch.

Soviel weiß die Holder-Marie aus den Erzählungen ihres Mannes. Nun, der Holder-Marie ging es kein Jota besser. Von der Resi, der Kuh, den zwei Ziegen und drei Schafen, ein paar Hasen und Hühnern konnte sie ja kaum leben, geschweige die paar Mark Pacht für das Anwesen zahlen.

Aber sie hat eine große Liebe zur Natur, zu den Heilkräutern speziell, und die sammelt sie jedes Jahr zur richtigen Zeit, trocknet sie sorgsam und bewahrt sie auf, und einmal im Jahr bringt sie diese in die Obere Apotheke nach Geislingen.

Der Apotheker ist sogar ein Doktor und hält viel auf die Heilkräuter der Holder-Marie. Er entlohnt sie gut und die Holder-Marie tauscht auch Kräuter ein, die auf der Alb nicht wachsen, die man aber für bestimmte Wehwehle noch braucht.

Und so ist diese Geschäftsverbindung für beide sehr wertvoll.

Die Holder-Marie hat da oben auf der Alb einen guten Ruf: Wenn gar nichts mehr hilft, bei ihr immer noch eine Hoffnung wäre. Und gar manchem hat sie schon geholfen . . .

Auch sonst ist die Holder-Marie geachtet, was kann sie dafür, daß sie arm ist und ihr bald das Dach überm Kopf zusammenfällt.

Ihr Mann ist mit 53 unter einen Baum gekommen und ihr Sohn Wilhelm ist seit 1914 an der Front. So sind's halt Schicksale – bei wem sollte sie sich auch beschweren . . .?

Mit ihrem Herrgott schwätzt sie zwar öfters darüber, aber den flehen jeden Tag Hunderttausende von Menschen an – da kann sie nicht auch noch mit ihrem Dach kommen . . . wo sie soviel anderes Elend sieht. Zu ihr kommen sie leider erst, wenn sie kaum mehr laufen können, und dann sollen ihre Kräuter helfen.

Aber sie glaubt fest daran, daß unser Herrgott gegen alles etwas hat wachsen lassen und wenn der Heiland geheilt hat, dann nur durch seine grenzenlose Liebe, die ihm unser Herrgott geschenkt hat, und weil er so gut war, zu den Einfachen und Schwachen.

Wer ist sonst noch lieb zu denen?

Wer langt schon einen Fuß an, der brandet und stinkt wie faules Fleisch? Die Holder-Marie tut es. Sie wäscht ihn mit abgekochten Heilkräutern und schmiert ihn ein mit Salben, die sie aus Kräuterextrakt und Schmalz selber herstellt. Hie und da verwendet sie auch Dachsfett gegen tiefe Schrunden und Risse in der Haut. Und wenn's auch nicht immer geholfen hat, eine Linderung hat es immer gegeben.

Wie oft denkt die Holder Marie über ihr Leben und Schicksal nach, und hie und da schwätzt sie sogar mit sich selber: „So holt man mich für ein Vesper oder ein paar Pfennig. Die Leute haben ja selber nicht viel. Wer ist denn auf der Alb schon reich?

Ein paar Großbauern vielleicht, aber auch die können bloß soweit springen, als das Wasser reicht, sagt der Hornbauer."

Da würde ein kausaler Zusammenhang bestehen: Viel Wasser, viele Viecher, viel Mist, und das gäb' dann sogar auf einem steinigen Äkkerle eine gute Ernte.

Aber wie oft fällt der Brunnen unterm Haus aus, dann muß ich auf die Kaverne im Keller zurückgreifen, und wenn da auch nichts mehr drinnen ist, oder zuviele Käfer drin rumschwimmen, dann saufen es die Viecher gar nicht mehr – dann muß ich nach den Hülen schauen – im Gewann „Brunnen", da hat mein Vorgänger ein regelrechtes Wasserauffangsystem geschaffen.
Da das Gelände zum Hof abfallend ist, hat er da Hüle an Hüle gegraben, und wenn die oberste überläuft, füllt's die nächste usw. Wenn viel Regen fällt, füllt es sogar ein kleines Seele, auf der Wiese unterm Wald.

So eine Hüle zu graben ist harte Männerarbeit, und sie muß dann noch mit Lehm ausgelegt werden.

Wenn dann das Wasser aus der Hüle auch verbraucht ist, dann muß ich die Resi einspannen, dann fahren wir zur St. Ägydienquelle unterm Häselhäule, und wenn dort auch nichts mehr plätschert, dann müssen wir als letzte Rettung zur Lone, um ein Faß Wasser für die Viecher zu holen.

Ja, so sind das Geschäfte auf der Alb . . . aber etwas Gutes hat auch das: Wir wissen, daß die Bäume nicht in den Himmel wachsen . . . Und diese Erkenntnis tät dene große Herren in Stuttgart auch gut . . . oder wo sie sonst noch regieret – dann hätten sie keinen Krieg angezettelt.

Wenn nur mein Wilhelm heimkäme. Es fallen so viele Soldaten, und jeder hat doch eine Mutter und Geschwister und einen Großvater und eine Großmutter. Wieviel Leid und wieviel Tränen sind jetzt schon geflossen. Es dauert nun vier Jahre, daß sich die Menschen gegenseitig umbringen, und wofür?

Hoffentlich ist nicht auch mein Wilhelm schon im Himmel. Aber dann wäre sicher der Pfarrer bei mir vorbeigekommen. Hie und da schaut er herein zu mir. Er sagt, es würde nicht gut stehen an der Front. Die Amerikaner seien jetzt auch in den Krieg gegen uns eingetreten.

Dabei hat der Pfarrer gesagt, es seien doch so viele Deutsche nach Amerika ausgewandert, da kann es gut sein, daß da Deutsche gegen Deutsche kämpften und Vettern, die ihr Lebtag gut miteinander ausgekommen sind, sich jetzt auf höheren Befehl totschießen.

Oh, wenn no mei Bua wieder da wäre, der könnte das Dach schon flicken, aber was soll ich als altes Weib da oben ausrichten? Ob das den Winter noch übersteht? Und wenn es von der Schneelast bricht – wer kommt bei mir schon vorbei? Es sei denn, es wär jemand krank und sie holen mich.

Aber da haben die Leute andere Sorgen, als mein Dach. Bei diesen strengen Wintern auf der Alb und den kalten Winden . . . Ich weiß nicht, wie das weitergehen soll?

„Grüß di Gott, Holder-Marie!“

„Oh, der Korbflechter! Grüß dich, Xaver, was treibt dich in meine Einsamkeit?“

„Früher hätt mi scho noch was anderes trieben, do hätt i gern amal nach deinem Hintern gelangt, aber Du warst ja immer zu stolz dazu . . . und was wird mich jetzt noch treiben, einen Korb kaufscht mir ja doch nicht ab.

Ich war in der Gegend und na hab' i denkt, laufscht über den Distelhof und schaust bei der Marie vorbei.“

„Wie gehen so die Geschäfte?“

„Ganz mies, ganz mies! Da neulich war ich auf dem Jahrmarkt in Langenau, alle waret billiger wie i!“

„Das ist aber ein schlechtes Zeichen."

„Wieso schlechtes Zeichen, ich habe einen billigen Jakob so lange ausgequetscht, bis ich ihm leid getan habe."

„Gegen eine halbe Bier verrate ich Dir mein Geschäftsgeheimnis," hat er gesagt.

„Ja und?" fragt interessiert die Holder-Marie. „Beispielsweise," hat der billige Jakob gesagt „nur um Beispiel ein zu nehmen, wenn Du die Wieda (Weiden), wohlgemerkt nur beispielsweise, stehlen tätest, na wär der Wareneinsatz – sagen die G'scheite in Ulm – gleich null – und die Arbeit zählt sowieso nicht viel. Wenn du dann noch en Dumme erwischen tätest – a wa – so dumm kann einer gar net sein, daß er dir in dem Fall keinen Korb abkauft."

Beim nächsten Jahrmarkt war wieder einer da, der billiger war als i und der Jakob, na bin ich zu ihm hin und hab' gsagt: „Jakob dei Rezept von da neulich war scheint's die Halbe Bier net wert."

Da sagt der : „Wieso? Merkscht du denn nichts du Simpel? Der hat uns übertrumpft und stiehlt jetzt die fertige Körb!"

„Davon abgesehen, so ein paar Wieden hab' ich auch scho mitlaufen lassen, wenn kei Mensch um da Weg war."

„Wenn das der Pfarrer hören tät, daß Du Wieda stiehlst, na tät er keinen Korb mehr von Dir kaufen. Der wettert auch sonst ganz arg gegen die Hehler und Stehler."

Im alten Testament kämst Du ganz schlecht weg dabei – das Neue wär' Dir etwas gnädiger."

Wo die zwei sich grad so gut unterhalten, klopft es an die Tür und herein tritt der Herr Pfarrer.

„Grüß Gott miteinander!"

„Grüß Gott Herr Pfarrer! Welche Freude und Ehre, daß Sie mich besuchet. Wir haben uns gerade über das Alte und Neue Testament unterhalten."

„Das finde ich gut", sagt der Herr Pfarrer. „Über die Bibel sollte man nicht bloß in der Kirche reden, sondern sie im täglichen Leben auch gottesfürchtig auslegen und danach handeln."

Dabei sieht er den Xaver unzweideutig an: denn bei den Landfahrern ist es immer besser, etwas mehr Strenge in den Blick zu legen . . .

Der Xaver verduftet, als wenn er gar nie dagewesen wäre.

„Marie", sagt der Pfarrer, „ich hab' ein Schreiben von meinem Kollegen aus Köln erhalten. Der ist dort im Lazarett Kriegspfarrer. Ihn hat eine Hilfsschwester angesprochen und ihm erzählt, sie erwarte von einem Soldaten ein Kind, und da sie keine Angehörigen habe, wüßte sie nicht wohin in ihrer schweren Stunde."

„Ja diese Weiber in der Stadt, die soll doch gleich der Kuckuck holen, die gehen mit dem Nächstbesten ins Bett, geschieht ihnen doch recht, wenn sie dann dahänget."

„Halt ein Maria, ich bin ja gewiß so streng wie du in dieser Hinsicht, aber hier liegt die Sache etwas anders. Der Soldat hat der Krankenschwester ein Schreiben hinterlassen und darin verlangt er, daß, wenn ein Kind aus dieser Verbindung hervorgehen sollte, seine Mutter – die Maria Kammerer vom Distelhof, das Mädle mit samt dem Kind an Kindes statt aufnehmen soll und wenn ihm der Herrgott gnädig wäre, und er wieder heimkehren würde, dann tät er die Elsa Langen aus Köln, so heißt die Krankenschwester, unbedingt heiraten."

„Aber Herr Pfarrer, das könnte doch auch eine Schwindlerin sein."

„Oh Maria, was wollte sie bei dir schon erben? Und wieso käme sie dann überhaupt auf deinen Namen. Zudem habe ich die Schulhefte deines Sohnes mit der Schrift verglichen und dic paßt."

„Es ist ja recht Herr Pfarrer, aber wohin soll ich das Mädchen legen, hier im Wohnzimmer schlafe ich und oben in die Kammer unterm Dach regnet's rein, da ist es ja bald lebensgefährlich – ob das im nächsten Winter überhaupt noch hält!"

„Ich schick Dir jemanden vorbei. Eine Bettlade habe ich für Dich auch und einen Strohsack wirst Du wohl noch selber haben. Weißt Du, unser Herrgott ist in einem Stall zur Welt gekommen und hat der Menschheit soviel Heil gebracht. Denke daran, und sei gut zu dem Mädle. Hast doch sicher auch eine Hilfe an ihr, sobald die Geburt vorbei ist."

Die Holder Marie ist wie vom Schlag gerührt. Jetzt lebt sie schon so viele Jahre für sich allein mit ihren Kräutern und Viechern – kann sie sich überhaupt noch an einen Menschen gewöhnen? Im Alter wird man g'späßig. Wird sie sich überhaupt sprachlich mit der Kölnerin verstehen? Die redet ja doch ganz anders als sie. Aber der Wilhelm hat sich ja auch mit ihr verstanden und der Heilig Geist hat ihr sicher nicht das Kindle gemacht. Also muß ihr Wilhelm, der Erdafetz schon a bißle näher rangegangen sein . . .

Die Holder-Marie bindet ihr Kopftüchle fester, holt Wasser von der Quelle, jagt die Hühner aus der Küche und fängt gleich an, das Haus zu putzen.

Nicht, daß die zukünftige Schwiegertochter meint, sie, die Holder-Marie, sei eine Schlampe oder eine Hexe.
Ein paar Tage später kommt tatsächlich ein Mann vorbei, der hat ein paar Dachsparren, ein paar Latten und Dachziegel dabei. Der Holder-Marie wird's ganz zweierlei.
„Grüß Gott, mi schickt der Herr Pfarrer, ich soll nach dem Dach gucken!"
„Das ist aber schnell gegangen", sagt die Holder-Marie, unser Pfarrer hat scheint's doch eine gute Verbindung zu unserem Herrgott . . . denkt sich die Holder-Marie, und des Menschle von Köln läßt sich nicht schlecht an.

Die Marie bringt dem Mann gleich einen Holder-Saft und sagt: „Wenn Du den trinkst, na wirst hundert – en Moscht hab' ich nicht, weil meine Bäum' nicht so viel traget und zudem braucht des Obst bei uns zwei Sommer zum reifen, auf jeder Seite einen."

„Du bist scheint's a g'spaßig's Weib!"

„Ja nun, ich hab' halt eine Freud, daß mich der Pfarrer nicht im Stich g'lassen hat, wo das Dach mei größte Sorg ist!"

„Das bring ich wieder in Ordnung", sagt der Zimmermann und macht sich gleich an die Arbeit.

Die Holder-Marie richtet derweil ein Mittagessen. Das tut sie nicht alle Tage, aber bei so einem Gast, da gibt sie alles von sich.

Sie fängt so eine alte Henne, die bei ihr schon lang auf dem Abschußplan steht und schon geraume Zeit nicht mehr legt. Sie ist schnell gerupft und ausgenommen – das gibt eine gute Suppe, denkt sich die Holder-Marie. Nach einer Weile überlegt sie sich, des wär für so einen schwerschaffenden Mann vielleicht a bissele wenig, und nachsagen will man sich ja auch nichts lassen.

Sie setzt ein paar Kartoffeln auf, holt Mehl und ein paar Eier und macht noch Spätzle dazu. Zum Schluß löst sie das Fleisch von den Knochen und gibt es in den Suppentopf, dazu schneidet sie ein paar gekochte Kartoffeln hinein und füllt mit den Spätzle den Topf voll auf.
Dann röstet sie noch ein paar Zwiebel und schmälzt damit den „Gaisburger Marsch“.
Da wird der Zimmermann schauen, und der staunt nicht schlecht, als er den sauber gedeckten Tisch und die volle Suppenschüssel sieht.
„Do muß ich sie ja schwer loben – ich hab mir ja ein Brot mitgebracht, aber so ein Gaisburgermärschle, des lauft halt besser die Gurgel na, zumal der ja wunderbar aussieht, da hoscht au net bloß ein Ei zu den Spätzle genommen!“
„Des wird was ausmachen“, sagt die Holder-Marie „was moinscht, was ich da Angst ausgestanden habe mit dem Dach, wenn des im Winter über mi nei'g'haglet wär“?
„Da brauchst du jetzt keine Angst mehr haben, bis auf'd Nacht bin i fertig und dann kann es tun, was es will, dich wird's dann voll aushalten.“
Und tatsächlich, sauber sind die Sparren ausgewechselt, die Latten ausgebessert und die Platten solide verlegt.
Am nächsten Tag bringt der Herr Pfarrer die Bettlade.
Sie schlagen sie miteinander auf. Der Strohsack ist auch schon gerichtet, und für das „Büble“ hat die Holder-Marie ein kleines Kripple mit Schafwolle ausgelegt. Darauf hat sie ein selber gestricktes Wolldeckele gelegt.
Zwischen dem Bett und Bettle legt die Holder-Marie einen Fleckerlteppich, den sie auch selber gewoben hat.
Übers Bett hängt der Pfarrer ein kleines Kruzifix und segnet den Raum.
Der Holder-Marie wird ganz feierlich zumute. Vor Verlegenheit springt sie die Treppe hinunter, holt ein paar Blümchen aus dem Gärtle und stellt sie auf's Zimmer.
Der Pfarrer und die Holder-Marie stehen ganz andächtig vor ihrem Werk und freuen sich von Herzen dran.
Dann sagt der Pfarrer: „Marie, da hat mir meine Frau ein paar Kleider für dich mitgegeben. Weißt du, so wie du jeden Tag im Wald umeinander laufen tust, soll dich deine zukünftige Tochter nicht gleich am Anfang zu Gesicht bekommen. Später ist es dann nicht mehr so schlimm. Im übrigen wird sie bald eintreffen, denn es soll angeblich nicht mehr lange bei ihr gehen.“
Sie bietet auch dem Herrn Pfarrer einen Holder-Saft an, und dieser weiß ihn schon eher zu schätzen, hat ihm doch die Holder-Marie

auch schon bei einer schweren Erkältung Heilung verschafft mit ihren Kräutern.

Die Holder-Marie geht die nächsten Tage nicht mehr soweit weg vom Höfle und hält es im Blick. Sie will den Herrn Pfarrer und die Elsa doch nicht warten lassen.

Und tatsächlich, als sie ein Stück in Richtung Weidenstetten ihre Kräuter sucht, sieht sie schon von weitem die Kutsche vom Herrn Pfarrer mit seinem Einspänner dahertraben, und er hat jemanden dabei.
Holder-Marie macht sich auf die Socken und ist mit dem Pfarrer gleichzeitig da.
Oh, ist des a bleich's Mädle . . ., denkt sich die Holder-Marie und erschrickt bis ins Herz hinein, die ist ja bis auf des dicke Bäuchle nur Haut und Knochen: „Ja sag mal Mädle, haben sie dir nichts zum Essen gea?"
Die Holder-Marie schließt sie in ihre Arme, ohne eine Antwort abzuwarten, sicher hat sie des Kind gar net verstanden.

Jetzt fängt die Elsa an zu schluchzen: „Das ist ja hier wie im Märchen", und so ist es auch. Die Geißle und die Schäflein und die Hühner, alles ist zur Begrüßung angetreten, und aus dem Stall meldet sich die Resi – ihre Kette klirrt und neugierig dreht sie ihren Kopf nach der Tür.
Der Pfarrer stellt das Bündel von der Elsa vor die Haustür, legt seine Hand auf ihr Haar und sagt: „Der Friede Gottes sei mit Euch" und geht . . .
Man sieht auf seinem Gesicht die Freude, die ihn erfüllt – denn heutzutage hat es so ein Pfarrer schwer.
Die vielen jungen Männer, die da fallen, und überall soll er seinen Beistand leisten, wo ihm selber das Wasser in die Augen schießt und er Beistand haben sollte – er kennt sie doch alle von der Schule und dem Konfirmandenunterricht her.

Die zwei Frauen sind mit sich beschäftigt, und die Elsa weiß gar nicht, wohin sie zuerst schauen, und welches Vieh sie zuerst streicheln soll.
Eine ganz andere Welt empfängt sie hier. Die würzige Albluft ist ihr schon auf der Fahrt aufgefallen. Nun bewundert sie die Wälder ringsherum und bemüht sich vergebens, einen Nachbarn zu entdecken.
Die Holder-Marie spürt eine gewisse Unsicherheit und sagt: „Brauchst keine Angst zu haben – hier kommt niemand vorbei, es

sei denn, er braucht Hilfe, und solche Menschen haben nichts Schlechtes im Sinn.
Schau, ich lebe jetzt schon etliche Jahre hier und niemand hat mir je ein Härchen gekrümmt – zudem bin ich jeden Tag im Wald und auf den Feldern und niemand spricht mich unflätig oder bedrohlich an, und dieser Frieden auf der Alb wird auch dich umfangen und dich wie ein unsichtbarer Schild beschützen.
Ich heiße dich willkommen bei uns und was mein ist, soll in Zukunft auch dein sein" – dabei schließt sie die Elsa ganz fest in ihre Arme und spürt das kleine Leben, das in das Licht dieser Welt hinausdrängeln möchte.
Die zwei Frauen verstehen sich auf Anhieb gut. Die Elsa fühlt sich wie auf einem andern Stern.
In der Großstadt aufgewachsen, waren Mietskasernen ihr Milieu. Und dann das Elend in den Krankenhäusern. Oft hat sie von dem wenigen Essen, was man da hatte, noch den Soldaten abgegeben, und oft hat sie auch keinen Bissen mehr hinuntergebracht, wenn sie mit zerschossenem Kopf und Gliedern darniederlagen und ihr junges Leben aushauchten.

„Jetzt erzähl' mir mal von meinem Wilhelm und wie du ihn kennengelernt hast? So Jungen, die schreiben halt nichts, und daheim sitzt man wie auf Kohlen."
„Letztes Jahr im Oktober, ich hatte gerade Dienst in der Aufnahme, brachten sie wieder einen Transport Verwundeter von der Front.
Ein ganz Stiller war auch dabei – der hat weder gejammert noch ein Wort gesprochen, nur mich unverwandt angeschaut und ich bin doch gewiß nur ein Hering und nichts Besonderes.
Auf seinem Gesicht lag sowas Erbarmungswürdiges, daß ich nicht anders konnte, als zu ihm hinzugehen und ihm über die Hand zu streicheln.Mutter, dem sind die Augen feucht geworden und da hab' ich schnell gesagt: Ich schau morgen wieder nach dir."
„Seine Verwundung?"
„Sie war nicht schlimm, er hat einen glatten Oberschenkeldurchschuß gehabt – aber etwas Fieber gibt es gleich, und so gewiß weiß man ja auch nicht, was noch in Mitleidenschaft gezogen sein könnte. Ich bin dann jeden Tag zu ihm hin, und wenn ich keinen Dienst hatte, erst recht und der Mann ist direkt aufgelebt.
Ich habe gespürt, wie gut ihm meine Fürsorge getan hat und zum Schluß waren wir ineinander verliebt.
Ich hatte bis dahin kein Verhältnis mit einem Mann, aber bei diesem Vierschrötigen hat's mich erwischt und als der an Krücken gehen konnte, hab' ich ihn schon dahin gelotst, wo wir allein sein konnten.

Wir haben uns liebkost und so innig geliebt, daß es gar nicht anders sein konnte, als daß sich da Nachwuchs einstellen mußte.
Mir war es ganz egal – ich war ihm so zugetan Mutter, daß ich ihn am liebsten nicht mehr losgelassen hätte.
Und so ist es dann passiert. Ich wußte es, wollte ihn aber nicht damit belasten. – Da ich ihn aber wiederfinden wollte, brauchte ich ja seine Adresse und dann hat er mir diesen Brief geschrieben, dessen Inhalt der Herr Pfarrer dir bereits mitgeteilt hat."
„Elsa, lieb's Mädle, ich bin dir ja so dankbar, daß du dich so angenommen hast um mei' Büble! Du sollst es gut bei mir haben, ich bin zwar eine arme Frau, aber was ich dir geben kann, bekommst du von Herzen."

„Mutter, so darf ich doch sagen, den Namen Mutter und die Liebe einer Mutter hab' ich noch nie verspürt, deshalb komm ich mir hier vor wie im Paradies!"
„Ich danke dir, mein Kind – jetzt gehen wir ins Bett, und wenn wir die Viecher morgen früh versorgt haben, darfst du mich in den Wald und durch die Felder begleiten. Ich sammle Heilkräuter und zeige dir gleichzeitig deine neue Heimat. Und am Abend erzählst du mir, wie es mit meinem Wilhelm und dir weitergegangen ist."

Mein Gott, denkt sich die Elsa, als sie in ihrem Giebelstübchen liegt, ist das hier eine Luft und eine Ruhe!
Wenn der Bub in ihrem Bauch (und das nimmt sie fest an, daß es einen Buben gibt!) nicht seine Turnübungen machen würde, könnt' sie glauben, schon im Himmel zu sein.
Aber der strampelt unentwegt und holt sie ganz energisch auf die Erde zurück. Ein beglückendes warmes Gefühl steigt darüber in ihr auf, bald nicht mehr allein zu sein und ein Dach über sich zu wissen. Außerdem strahlt die Mutter von Wilhelm soviel Vertrauen und Ruhe aus. Daß so eine einfache Frau allein durch ihren Blick und ihr Verhalten soviel Geborgenheit weitergibt! Vielleicht wird sie auch deshalb als Naturheilerin anerkannt und geachtet.
Sie war schon bei vielen Geburten dabei und zusammen werden sie es schon schaffen. Die Ärzte sind in dieser Zeit ein rarer Artikel, denn die meisten sind im Krieg.
Auf dem Land und speziell auf der Alb und in dieser Einzecht wird man kaum mit ihrer Hilfe rechnen können.
Wer sollte ihn auch verständigen und wer ihn holen?
Über solchen Gedanken ist die Elsa eingeschlafen und wacht erst auf, als die Sonne bereits durch ihr Dachfenster hereinscheint.

Sie tritt ans Fenster und sieht die blühenden Wiesen, den Tau, der in der Sonne glitzert, und keine Menschenseele weit und breit!
Die Resi schnaubt in ihrem Stall, die Geißen meckern, die Hühner gackern und den Hasen gibt die Holder-Marie gerade ihr Futter.
Es ist alles so nah beieinander, es trennt sie ja nur eine Wand und ein Gang von den Viechern.
Wenn man sie sauber hält, stinkt das alles nicht so arg, wie man es meistens vom Ausbreiten auf den Feldern gewohnt ist.

„Guten Morgen Mutter, hast du gut geschlafen?"
„Nun, ich habe noch lange an das gedacht, was du mir erzählt hast, ich bin ja so froh, daß mein Sohn ein so liebes Mädchen gefunden hat."
„Nun schmeichle mir nicht so, ich bin nichts Besonderes und im Grunde noch viel ärmer als ihr es hier seid. Wieviel Abwechslung und Freude machen einem allein diese Viecher."
„Dann darfst du gleich der Resi etwas in die Krippe tun, nei do heißt das auf schwäbisch, damit sie dich beschnuppern kann, die merkt schon lange, daß hier noch jemand zugezogen ist. Dann siehst du mir beim Melken zu."
Elsa gibt der Resi das Futter und krault sie auf der Stirn, dann streichelt sie ihr über den Kopf bis an die Nüstern, und die Resi leckt ihr mit ihrer rauhen Zunge über die Hand. Die Freundschaft scheint geschlossen.
Die Holder-Marie hat das Wasser lauwarm gemacht und wäscht jetzt bei der Resi das Euter. „Schon bei dieser Handlung wird das Melken vorbereitet. Die Resi wird die Milch leichter hergeben, wenn sie entsprechend behandelt wurde."
Elsa schaut zu beim Melken, und die Holder-Marie läßt sie ein paar Züge machen, dabei merkt die Elsa, daß Liebe und guter Vorsatz allein nicht ausreichen, sondern eine gewisse Technik dazu gehört, – nun sie wird das schon lernen, dessen ist sie sich sicher.
Nach dem Frühstück mit Milch, frisch von der Resi, und Butter, von der Holder-Marie geschlagen, und einem geschmälzten schwarzen Brei, fühlt sich die Elsa stark für den ganzen Tag.
Obwohl die Holder-Marie das nicht gelten läßt. Sie streichelt der Elsa über den Bauch und sagt: „Der da will auch zu Mittag etwas!"
Dabei lachen die zwei Frauen und machen sich auf den Weg.
Sie laufen zum Gewann „Brunnen" hinauf, dabei erklärt die Holder-Marie das System der Hülen.
Da die Brunnenhalde konisch auf den Hof zuläuft, sammeln sich hier schon viele Wasser. Ein Kubikmeter Waldboden kann fünfzig bis zweihundert Liter Wasser speichern, so daß es nur bei großer Trok-

kenheit vorkommt, Wasser holen zu müssen. Auf dem karstigen Boden der Alb läuft dieses Wasser aber eben so schnell wieder ab, deshalb die Hülen . . .
Als sie auf die Ebene hinaufkommen, sehen sie die Steine vom ehemaligen Bitzelhausen liegen. Ein paar Höfe, die im Mittelalter niedergebrannt und ausgeplündert wurden.
Nach dem Dreißigjährigen Krieg soll die Alb fast menschenleer gewesen sein, erzählt die Holder-Marie der Elsa.
„Hier standen ein paar stattliche Höfe, sie sind aber nie mehr aufgebaut worden."
Ihr Weg führt sie zwischen dem „Herrenhau" und dem „Häldele" hindurch.
„Siehst du, der ‚Herrenhau' ist ein Wald, der dem König gehörte und dessen Angestellten, den Herren. Das Häldele heißt im Schwäbischen eine kleine Halde und hier sieht man auch, wie sich der Wald an dem schmalen Hang entlangzieht."
Sie kommen nun auf eine weite Freifläche mit Ackerbau und Wiesen. „Diese haben früher einem Kloster gehört. Beim Ackern finden die Bauern auch heute noch Scherben.
Der schöne Wald rechts davon heißt der ‚Mönchhau', da haben die Mönche ihr Holz geschlagen.
Links von mir ist das Häselhaile. Das ist ein kleiner Wald, ein Haile (von Hauen), der in der Hauptsache mit Haselstauden bestanden ist. Diese Haselstauden eignen sich gut für Stecken aller Art; sie sind gerade gewachsen und leicht zu verschiedenen Stielen zu verarbeiten.
Unterhalb vom Häselhaile soll früher die St. Ägidien Kapelle gestanden haben.
Hier sprudelt auch eine Quelle, von der wir Wasser holen, wenn bei uns gar nichts mehr geht.
Gleich da vorne, oberhalb dem Häselhaile, ist hier bei uns der höchste Punkt 689 m über dem Meeresspiegel."
Am Mönchhau vorbei laufen sie wieder dem Höfle zu.
Die Holder-Marie hat dabei einen Arm voll Heilkräuter gesammelt und erklärt Elsa, was zu Tee, für Umschläge oder Salben verarbeitet wird, und wozu sie nützlich sind.
Die Elsa versteht ja auch etwas von Krankheiten, aber was sie da erlebt, ist ihr völlig neu.

„Wann rechnest du, daß das Büble auf d'Welt kommt?"
„Ja vielleicht in drei, vier Wochen."
„Meinst du, wir könnten vorher noch nach Geislingen laufen, ohne daß es dich arg malträtiert? Auf dem Rückweg könnte uns der Hornbauer mit seinem Pferdle in Weiler ob Helfenstein abholen.

Der will net in die Stadt, sagt er, weil er Angst hat, sein Pferdle tät scheuen, dabei hat er mehr Angst als sei Pferdle, aber abholen tut er uns gern – weißt, na darf er fort und ein Bier kann er auch trinken. Das zahl ich ihm und sein Pferdle findet nachher sowieso allein wieder nach Hause."

„Ja, Mutter, das finde ich toll – ja freilich halt ich das aus.

Da könnten wir gleichzeitig aus der Apotheke verschiedene Sachen für die Geburt holen. Ein paar Mark habe ich schon zur Seite gelegt."

„Ja, da wollen wir sowieso hin, ich hab jetzt eine ganze Portion Heilkräuter beieinander und mein Doktor-Apotheker sagt, meine Heilkräuter seien die besten, weil die Luft bei uns noch rein sei. Und das glaube ich auch. Wer soll sie bei uns auch verschmutzen? Zudem wohnen wir in einem großen Waldgebiet und 1 ha Wald, hat der Förster gesagt, filtert jährlich 68 Tonnen Staub und Ruß.

Und eine Buche produziert 1,7 kg Sauerstoff in der Stunde, genügend, um drei Menschen mit Sauerstoff zu versorgen, und wir sind ja nur zu zweit, und die vielen Bäume um uns herum.

Da reicht es für unser Büble auch noch!"

„Mutter, das merk ich sehr gut, ich könnte diese Luft förmlich in mich hineintrinken, so gut ist sie hier!"

„Jetzt schlagen wir ein paar Eier in die Pfanne und dann legst du dich ein bißchen hin, Elsa! Keine Widerrede . . . ich werde so lang nach den Viechern schauen, die Weide neu verpflocken und dem Hornbauer Bescheid sagen.

Bei dem schönen Wetter gehen wir gleich morgen in die Stadt."

Elsa weiß vor Glück gar nicht mehr, was sie sagen soll.

Ein Mauerblümchen wird zur Waldprinzessin, so kommt ihr das ganze beinahe vor.

Vor kurzem stand sie ja noch an den Krankenbetten der armen Soldaten und hat mit ihnen gelitten und sich um sie verzehrt.

Hoffentlich hat ihr Kind nichts mitbekommen von diesen vielen traurigen Schicksalen.

Voller Dankbarkeit denkt sie auch an den Herrn Pfarrer, der ihr all das ermöglicht hat.

Es ist ihr, als sei mit dem Wilhelm, diesem stillen einfachen Menschen, das Glück bei ihr eingezogen.

Wenn er nur gesund nach Hause kommt . . .

Als sie aufwacht, ist alles so still. Die Viecher sind auf der Weide und die Holder-Marie ist scheint's zum Hornbauer gelaufen.

Elsa freut sich auf den Ausflug nach Geislingen, räumt ihre Stube auf und schaut, wo sie sich nützlich machen kann.

Sie summt ein Lied vor sich hin – was sie schon lange nicht mehr getan hat, und rupft den Hasen ihr Futter.
Lustig, wie sie den Wegerich aufnehmen und ihn Millimeter um Millimeter hinunter-mümmeln. Das alles hier ist eine beschauliche Familie.
Die Resi liegt im Schatten eines Baumes und kaut bedächtig wieder, dabei tut sie so, als hätte sie gleichzeitig über größere Probleme nachzudenken. Schleckig suchen die Ziegen nach irgendwelchen Hölzern oder Blättern.
Am emsigsten sind die Schäflein, sie lassen sich von nichts abhalten und fressen sauber, fast wie ein Rasenmäher, Gräslein für Gräslein ab.
Elsa freut sich auf morgen.
Geislingen soll eingebettet in fünf Tälern liegen und ganz umschlossen von Wald und Bergen sein.
Ehrwürdige Zeugen – Steine, die ins Tal grüßen, erinnern daran, daß die Alb vor vielen Jahren ein Gebirge war.

Nun hat sie die Küche und das angrenzende Wohnzimmer sauber aufgeräumt, fegt den Stallgang hinaus und tut den Tieren einstreuen. Dann nimmt sie sich ihr Strickzeug und setzt sich in den Schatten des Holunders.
Sie muß immer wieder von ihrer Arbeit aufblicken und die grünen Wiesen und die saftigen Blätter des Waldes anschauen.
„Daß es so eine Idylle noch gibt . . .“
Gegen Abend ist die Holder-Marie wieder da.
Sie hat einen Sack voller Heilkräuter dabei, und beim Hornbauer war sie auch.
„Weischt Elsa, wenn man das Heilkräutersammeln angefangen hat, ist es wie eine Passion, man ist immer am Suchen und wenn man etwas findet, am Ernten und zum Schluß bringt es ein paar Mark und dient obendrein einem guten Zweck. Das ewige Bücken macht einem zum Schluß gar nichts mehr aus.
Und ich habe die meisten Heilkräuter selber ausprobiert, da ist also nicht bloß Angeberei oder Wichtigtuerei, da steht, richtig angewandt, ein echter Erfolg dahinter, und für mich noch mehr, andern in einer Situation geholfen zu haben, wo sie auf fremde Hilfe angewiesen waren.“
„Dann gehen wir morgen nach Geislingen, ich habe mich schon den ganzen Tag drauf gefreut.“
„Gell, es zieht dich wieder in die Stadt!“
„Nein, so darfst du das nicht sehen, ich war so glücklich vorhin, als ich unter dem Holunder saß. Wenn nur Wilhelm heimkehrt, dann ist mein Glück vollkommen.“

„Nun“, sagt die Holder-Marie „bis jetzt haben wir noch keine schlechte Nachricht . . .“
Im Handumdrehen haben die zwei Frauen die Viecher in den Stall getrieben, die Resi und die Geißen gemolken und der ländliche Friede breitet sich übers Höfle . . .
Nachdem sie eine Kleinigkeit gegessen und die gute Milch von der Resi und der Ziege genossen haben (die Ziegenmilch enthält zum Unterschied von der Kuhmilch mehr Jod und ist kalkhaltig, desweiteren Spurenelemente, die noch nicht abgesichert sind), holen sie das Strickzeug hervor und bereden sich.
Die Holder-Marie will noch soviel von ihrem Wilhelm wissen, und der Elsa ist dieses Thema auch nicht ungelegen, wo sie doch den ganzen Tag an ihn denkt.
„Mutter, so eine Liebe von zwei Unerfahrenen, wie wir es waren, ist ein sich Vortasten, ein Zögern, Angst haben, und dennoch wird alles überstrahlt von einem unmächtigen Drang, sich in die Arme zu schließen, ineinander zu vergehen, eins zu werden und am liebsten auf ewig zu bleiben.
Doch das Leben ist ja so hart, bis wir uns soweit vorgewagt hatten, uns auch das letzte Verlangen zu erfüllen – war der Wilhelm soweit hergestellt, daß er nach ein paar Tagen Genesungsurlaub wieder an die Front mußte. Wir haben uns in diesen Tagen nur noch geliebt und das Resultat sieht man ja.“
Die zwei Frauen lächeln sich verstehend zu und sind im Grunde ihres Herzens beide glücklich, daß alles so gekommen ist.
„Seinem Marschbefehl nach zu schließen ist Wilhelm gegen Osten gefahren, und da mit Rußland seit März 1918 Frieden herrscht, könnte er noch leben, oder in russische Gefangenschaft geraten sein. Wenn er erneut nach dem Westen in Einsatz gekommen wäre, hätte er mir schon längst ein Lebenszeichen gegeben.“
„Du kannst recht haben, hoffen wir, daß dieser Krieg endlich zu Ende geht und unser Wilhelm bei uns ist.“
„Elsa komm, trink noch eine Schale Milch, dann wollen wir ins Bett gehen, morgen müssen wir ausgeruht unsere Reise antreten, da steht uns schon einiges bevor.“
Elsa steht im dunklen Zimmer und schaut in die Sommernacht hinaus.
Ein herrlich überstrahltes Himmelszelt leuchtet ihr entgegen, sie faltet ihre Hände überm Bauch und betet zu Gott dem Allmächtigen, er möge ihr ein gesundes Büble schenken und ihren Wilhelm bald wieder nach Hause kommen lassen: „Lieber Herrgott, ich hab' ja so Sehnsucht nach ihm!“

Unten in der Wohnstube hat sich die Holder-Marie zur Ruhe gelegt, sie guckt vorher nach ihren Viechern, und wenn die ruhig sind, geht sie zufrieden in ihr Bett. Heute muß auch sie ihre Hände falten.
Des Mädle hat ihr so viel Schönes über ihren Wilhelm erzählt, daß sie für beide beten will.
Bis die Elsa in der Früh' die Stiegen herunterkommt, hat die Marie schon alle Viecher versorgt und hinaus gerichtet.
Der Küchentisch ist schon gedeckt, und zu Milch und schwarzem Brei gibt es heute noch ein Spiegelei. Auch hat die Holder-Marie ein paar harte Eier in ihr Säckle eingepackt und ein paar Scheiben Brot mit Butter dazu.
Ihrem Apotheker nimmt sie auch ein paar frische Eier mit und eine frisch geschlagene Butter. In der Stadt wirkt sich der lange Krieg auch schon aus, wenn auch nicht so kraß wie in der Großstadt.
Trotzdem freut sich so ein Stadtmensch auch, etwas Frisches vom Lande zu bekommen.
Die Kräuter hat die Holder-Marie in einem Tragsack bereits sortiert und eingepackt.
Elsa darf den Rucksack mit dem Vesper tragen. Eine Flasche Holdersaft haben sie für unterwegs auch dabei.
Nun marschieren sie los. Die Wiesen sind noch feucht vom Tau, doch bald haben sie den Wald erreicht.
Auf einem Waldweg, der vom Moos überwuchert ist, laufen sie ganz leichtfüßig und lautlos dahin, plötzlich hält die Holder-Marie die Elsa am Rock: Im Frühlicht zwischen Buchenzweigen steht eine Rehgeiß mit ihrem Kitz. Wie behutsam und mit welcher Liebe verrichten sie ihre „Morgentoilette!“
Die Rehgeiß schleckt dem Kitzle s' Köpfle ab sucht am Träger nach irgendwelchen Zecken oder Unebenheiten und des Kitzle, so klein es noch ist, bemüht sich, der Mutter die gleiche Zärtlichkeit zu schenken – mein Gott, kann man die Liebe noch schöner sehen?
Die Holder-Marie bringt die Elsa kaum mehr vom Fleck – sowas hat sie in Köln natürlich noch nie gesehen.
Zwischen Distelberg und Betzenbühl biegen sie in Richtung Stubersheim ein. Rechts kommt der Waldteil „Brand“ und links der „Scheffelesberg“.
Sie verstehen bald ihr eigenes Wort nicht mehr, so ist der Wald erfüllt von Vogelgezwitscher.
„Weißt“, sagt die Holder-Marie, „die haben jetzt alle ihre Nester voll und müssen gucken, daß sie die Mäuler stopfen, die sich ihnen da entgegenrecken, bald so wie bei dir auch.“
Ein tiefer Seufzer ringt sich da aus Elsas Brust. Wie anders ist es hier, Mutterfreuden entgegen zu sehen. Alles so leicht, so unbefangen und

frei und diese herrliche Luft dazu! Was wär ihr da in der Großstadt bevorgestanden?
Zwischen „Kohlteich“ und dem „Roten Rain“ tritt der Wald zurück, und vor ihnen liegt das „Jägerwiesle“.
Ist das wundervoll eingebettet zwischen den Waldstücken, und in seiner Mitte steht eine knorrige alte Eiche.
Ein Schattenspender und Landeplatz für alle Vogelarten, die es hier ja in unendlicher Zahl noch gibt.
Am meisten beeindruckten die Elsa der Kuckucksruf und der des Wildtaubers. Der Balzflug des Wildtaubers ist das schönste, was sie bisher in ihrem Leben gesehen hat.
Mit welcher imposanten Geste schnellt er in die Lüfte, verhofft im freien Flug, als wollte er beten. Brust und Schnabel reckt er der Sonne entgegen, und wenn wir Menschen schon den Sturz erwarten, da breitet er seine Schwingen von neuem aus, um wieder ins Licht empor zu schießen.
Vom „Eichhau“ sehen sie bereits Stubersheim.
Sie legen eine kleine Rast ein. Der höchste Punkt von Stubersheim ist der zwischen „Höllrain“ und „Bolusberg“ und fast 700 m hoch.
Als sie nach Stubersheim hineinkommen, deutet die Holder-Marie gegen Mittag und sagt: „Da geht es nach Hofstett-Emerbuch, hierher gehe ich öfters in die Kirche, weischt, eine Tracht hab ich mir noch nie kaufen können, aber dort gibt es mildtätige und gläubige Menschen, die mir mit einem G'wand zum Kirchgang aushelfen. Ich möcht' doch unserem Herrgott die gleiche Ehre erweisen, wie die anderen Frauen: in einem Festtagsgwand! – Was ich aber am Leibe trage, bekomme ich fast alles von lieben Frauen aus der Stadt geschenkt oder von der Frau Pfarrer, wofür ich ja recht dankbar bin, aber eine Tracht ist es halt nicht – und auf die sind wir da oben auf der Alb eben alle sehr stolz.“
Die Elsa nickt mit dem Kopf, obwohl sie das nicht so sehr begreift ... Als wenn sich der Herrgott von solchen Dingen beeinflussen lassen könnte. Aber das mit der Ehre ... ihn damit ehren zu wollen, das sieht sie ein. Auch der Kölner Dom und das Straßburger Münster und sicher alle Kirchen wurden zur höheren Ehre Gottes erbaut, und in die Richtung zielt wohl auch ein Festtagsgewand.
Als sie am Höllrain vorbeilaufen, sagt die Holder-Marie: „Siehst du, die Straße nach Hofstett Emerbuch, von ihrem höchsten Punkt, dem ‚Asem' kann man an klaren Tagen die Alpen sehen. Links von der Hofstett Emerbucher Kirche auch.
Es ist unvorstellbar, was da alles dazwischen liegt: Von Ulm abgesehen das ganze Oberland einschließlich Bodensee ... und ich bin mein Lebtag nur bis nach Geislingen gekommen. Aber ich bin auch so

zufrieden. Ich freue mich schon, bis wir dort sind. Vielleicht kann uns der Herr Doktor den Zutritt zur Stadtkirche ermöglichen. Das allein wäre schon Belohnung genug für unseren Fußmarsch nach Geislingen."
So unterhalten sich die zwei Frauen und merken kaum, wie leicht sie die Entfernung überwinden.
Übers „Längental-Heiligenhau", die „Battenau" und den „Wagrain" erreichen sie Weiler.
„Wir sind in der Zeit gut vorangekommen" meint die Holder-Marie, als sie auf die Kirchturmuhr schaut, „jetzt gehen wir noch auf die Burg Helfenstein – sie liegt ja förmlich an unserem Weg. Von da oben hat man einen herrlichen Rundblick über Geislingen und seine Täler."

Ein Jauchzer entfährt begeistert der Elsa. „Das ist ja wie im Bilderbuch."
Eingebettet im Talgrund, von mächtigen Klingen und Halden umgeben, bewacht von den altehrwürdigen „Steinen" der Alb, liegt umkränzt von Wald und Gärten „Geislingen an der Steige".
„Links, das ist das Rohrachtal mit der Steige. Hier überwindet die Eisenbahn die höchste Steigung in Deutschland. Wie zwei Wachtürme aus grauer Vorzeit ragen der Hofstetter Stein und der Geiselstein über dem Grund des Tales."
„Wenn die erzählen könnten," sagt die Holder-Marie.
Genau gegenüber dem Helfenstein erhebt sich die „Schildwacht". Sie ist wirklich einem Schilde gleich „Beschützerin" der südlichen Flanke von Geislingen.
Nur der oberen Fils und dem edlen Nachbarn von Bad Überkingen, mit seinen berühmten Mineralquellen und Bädern öffnet sich dieser Schild einen Spalt, um mit dem „Michelsberg" erneut ein Wahrzeichen der Alb zu setzen.
Am Fuße dieses Berges nahm „Giselingen" seinen Ursprung.
Zunächst waren hier ein alemannisches Heiligtum und eine Thingstätte.
Um 700 wurde an ihrer Stelle die erste christliche Urkirche errichtet. Sie wurde dem Erzengel Michael geweiht – dem Überwinder des Satans."
„Mutter, von wo weißt du das alles, du bist ja richtig gebildet."
„Erstens habe ich mich immer für die Natur interessiert, das weißt du ja und da meine ich, gehört die Heimatgeschichte dazu, und zweitens ist der Apotheker ein sehr gebildeter Mensch, der nicht nur seine Arzneien kennt, sondern sehr viel übrig hat für die Vergangenheit dieser Stadt. Nachdem er gemerkt hat, daß ich da ebenfalls Interesse

habe, hat er mir jedes Mal, wenn ich in Geislingen war, etwas darüber erzählt."
Der nächste Durchlaß zum unteren Filstal ist etwas weiter und behäbiger, führt hinaus ins „reiche" Filstal.
Hier schießen Fabriken und Werkstätten wie Pilze aus dem Boden und in Geislingen nehmen sie ihren Anfang. Gleich unter uns ist die „Maschinenfabrik", in der Mitte ist die „Württ. Metallwarenfabrik" und an der Fils in Geislingen-Altenstadt und in Kuchen die „Süddeutsche Baumwolle Industrie".
Rechts vom Filstal gegen den Morgen erhebt sich ein gewaltiges Bollwerk, der „Tegelberg". Sein bewaldeter Rücken mündet ins „Längental" – das kann man von hier aus gerade noch erahnen.
Den Übergang ins Eybtal bewacht und markiert der „Anwandfelsen".
Der „Drehfels" schaut schon ins Eybtal hinunter, ihm gegenüber bewacht die „Löwin", eine Felsgruppe, den Eingang zum Eybtal.
Von hier nicht mehr einzusehen und vom „Bismarckfelsen" verdeckt, kommt „Eybach" mit dem steilen „Himmelsfelsen" und an seinem Fuß das imposante Schloß der „Grafen von Degenfeld".
Diesem schönen Tal zuliebe gehen wir in Gedanken bis zur „Roggenmühle" mit dem „Albanusfelsen", dem „Roggenstein", der „Roggennadel", dem „Mordloch", dem „Ravenstein" und dem „Nadelfelsen" und „Gabelfelsen".
„Dahin machen wir einen gesonderten Ausflug, wenn der Wilhelm vom Krieg wieder da ist", sagt die Holder-Marie, „jetzt müssen wir aber gehen, daß wir noch vor dem Mittagessen unser Geschäft erledigen."
Über die „Altweilersteige" und den Serpentinenweg sind sie in kurzer Zeit in Geislingen.
Der Doktor hat eine Mordsfreud, als er die Holder-Marie sieht.
Er nimmt die zwei Frauen in sein Comptoir: „Ja, das ist eine freudige Überraschung, daß die Marie so eine nette Schwiegertochter kriegt, a bissele mager und bleich ist sie schon."
Die Elsa schaut sich derweil das Herbarium an.
„Kein Wunder, die ist jetzt erst ein paar Tage bei uns und war vorher in einem großen Lazarett in Köln. Dort ist sie bald bei Tag und Nacht nicht zur Ruhe gekommen und hat nichts G'scheits zum Essen kriegt".
„Ja, etwas nehmen sollte sie da schon – aber die kurze Zeit wird's auch nicht mehr viel nützen. Hoffentlich hat das Kind nichts abbekommen!"
„Das sag' ich auch Herr Doktor, diese Befürchtung habe ich seit sie da ist."

„Nun vielleicht wird's auch nicht so schlimm – bei jungen Menschen ist es oft besser als man zunächst vermutet."
„Herr Doktor, ich möchte ihr einen schönen Nachmittag machen. Meinen Sie, wir könnten die Stadtkirche besichtigen und sonst ein paar Sehenswürdigkeiten?"
„Ja, das geht sicher, ich werde gleich den Pfarrer anrufen und der schickt mir dann den Schlüssel."
„Jetzt lasset mal sehen, was ihr Frauen an Heilkräutern dabei habt, in diesen Kriegszeiten kann man nicht genug davon haben . . . die Leute sind bei dem einseitigen Essen einfach anfälliger."

Elsa hilft die Kräuter ausbreiten, der Doktor begutachtet und riecht auch mal hinein, dabei macht er ein zufriedenes Gesicht.
„Gell, wenn man solang miteinander schafft, dann gibt es auf beiden Seiten kaum mehr Probleme."
Er macht sich ein paar Notizen und die Abrechnung fällt sehr großzügig aus.

„Ihre Helfer sollen uns was für die Geburt zusammenstellen, das ziehen sie uns bitte von der Rechnung ab. Und hier hätte ich noch was für sie persönlich, Herr Doktor, ein paar frische Eier und Butter von der Resi."
Darüber freut sich nun der Apotheker nicht viel weniger als über die Heilkräuter.
Es ist eine schöne Geste von der Holder-Marie und zeichnet einen Menschen, der, wenn auch arm – durch Anstand, Sauberkeit und eine edle menschliche Gesinnung seinen Eigenwert erhöht.

„Marie, jetzt geht ihr zum Essen in den Löwen oder in die Sonne. Um 14 Uhr gehen wir in die Stadtkirche, nachher trinken wir bei uns Kaffee, das hat meine Frau so entschieden, und dann seid ihr von mir aus entlassen.
Viel mehr kann man deiner Schwiegertochter in dem Zustand auch nicht zumuten."
„Siehst du, das sind die Geislinger Geschäftsleut – einfach menschlich", sagt die Holder-Marie zur Elsa, als sie draußen sind . . . „und das ist ganz gleich, ob du zum Metzger, zum Bäcker, ins Bekleidungsgeschäft oder in die Wirtschaft gehst.
Keine überheblichen Besserwisser, sondern Menschen, wie wir auch, und deshalb mag ich sie.
Hier, dieses imposante Fachwerkhaus ist der „Alte Zoll", da hat der Dichter Schubart seine Frau gefunden, und in diesem Teil war früher das Bekleidungshaus Hoch, da hat Wilhelm schon einen Anzug und etliche Hosen gekauft.

Das Geschäft befindet sich jetzt beim Schloß angrenzend an Schloßplatz, Rathaus und Rohrach."
„Ich empfinde das so ähnlich wie du Mutter, eine heimelige, persönliche und liebenswerte Kleinstadt."

Das Essen ist den zwei Frauen nicht so wichtig, sie schauen sich ein bißchen in den Läden um, dann gehen sie in den „Löwen" und bestellen sich zu ihrem Mitgebrachten ein kleines Bier und einen Überkinger Sprudel für die Elsa, damit's einen gesunden Buben gibt.
Die „Sonne" wär ihnen für das „Mitgebrachte" zu vornehm gewesen.
Im „Löwen" können sie sich etwas ausruhen, ohne daß sie sich vor der Bedienung genieren müssen.
Etwas vor 14 Uhr stehen sie bereits vor der Stadtkirche. Der Herr Doktor läßt nicht lang auf sich warten und hat den Schlüssel gleich mitgebracht.
Sie treten ein und sind von diesem herrlichen Raum so tief beeindruckt, daß ihnen die Worte fehlen.
Die Elsa macht nach ihrem katholischen Brauch einen tiefen Kniefall zum Altar – und bekreuzigt sich.
Dann verharren sie eine ganze Weile in der Stille.
Wieviel Gottverehrung spricht aus diesem gewaltigen Bau.
Sicher wird der Elsa bei diesen Ausmaßen der Kölner Dom einfallen – vergleichen läßt sich das nicht. Trotzdem ist diese evangelische Stadtkirche für eine Stadt wie Geislingen ein imposantes Bauwerk. Beeindruckend der weite und hohe Raum, die Kanzel, das Chorgestühl, aus Eiche geschnitzt, die Epitaphe, das Kreuz ...

Als sich die Elsa wieder gefunden hat – der Doktor wie die Holder-Marie haben ihre Andacht nicht gestört, bemerkt sie im Chor der Kirche den Marienaltar.

Mit den Augen verlangt sie um die Erlaubnis, hingehen zu dürfen. Dann sieht sie in ein Marienantlitz, wie sie es selten in dieser Vollkommenheit erlebt hat.
Diese natürliche, liebevolle Ausstrahlung, die tröstenden Züge, diese Güte. Es ist, als wenn sie jeden Augenblick ihre Hände ausstrekken würde, um sie auf ihr Haupt zu legen.
Unwillkürlich sinkt Elsa in die Knie, erbittet ihren Segen, und Tränen der Dankbarkeit rinnen über ihre Wangen – als Aschenputtel soviel Liebe zu erfahren – sie denkt dabei an die Holder-Marie, an den Pfarrer, an den Apotheker und alle Menschen, denen sie auf der Alb begegnet ist.

„Liebe Maria, schenk mir einen gesunden Buben, einen, der die Liebe, die ich empfange, den Menschen wiedergibt."
Die Holder-Marie wie auch der Doktor sind so beeindruckt von den tiefen Empfindungen der Elsa, daß sie sich in eine Bank hineingesetzt haben und Andacht halten.
Wie schwer muß die Elsa am Schicksal der armen Soldaten mitgetragen haben – wie schwer, all dem einsam ausgeliefert gewesen zu sein.
Der Doktor hatte sich einen kleinen Vortrag zurecht gelegt, um über die Geschichte, Bauzeit und historischen Auffälligkeiten der Kirche zu berichten.
Er wird das ein andermal nachholen und diese Stunde innerer Einkehr nicht durch Worte zerreden.
Als sie aus der Kirche treten, fällt der Elsa die Klause auf.
„Ein Klösterlein aus dem 14.Jahrhundert, in alemannischer Holzbauweise errichtet, beherbergte bis 1590 Franziskanerinnen, die hier ihren liebevollen Auftrag erfüllten" erklärt in ein paar Sätzen der Doktor.
Dann schlendern sie noch ein bißchen die Straße entlang, schauen in die Hansengasse und sind wieder bei der Apotheke angelangt.

Mit welcher Freundlichkeit empfängt die „Frau Doktor" diese einfachen Menschen – klingt hier nicht auch die Hochachtung mit, die man den Menschen von der Alb entgegenbringt?
Die Hochachtung, sich in einer rauhen Natur, bei Nebel, Wind und Kälte zu behaupten. Aus dem steinigen Boden Nahrung zu ernten für sich und viele andere.
Freilich empfinden das nicht alle Städter so, – aber die seelisch gereiften, die auch mal über etwas nachdenken schon, und das sind nicht wenige.
Reich beladen mit inneren und äußeren Gaben für die Bedürfnisse des täglichen Lebens, erreichen sie ohne große Anstrengungen den Helfenstein.

„Mutter, können wir hier nochmals eine Pause einlegen, der Blick von hier oben ist so unsagbar schön, und vor allen Dingen beeindruckt mich der majestätische Michelsberg.
Ich kann mir gut vorstellen, daß an seinem Fuße einst vorchristliche Heiligtümer waren.
Auch imponiert mir in deiner Erzählung von heute morgen, daß hier eine christliche Urkirche gestanden haben soll, die dem Erzengel Michael geweiht war, – dem Überwinder des Satans.
„Mutter, wenn ich einem Buben das Licht dieser Welt schenken sollte, dann soll er Michael heißen, und sein Leben den Armen, Verstoßenen, Gepeinigten und den vom Satan verfolgten widmen."

Vor dem Wirtschäftle in Weiler sehen sie schon Hornbauers Pferdle stehen.
Er hat es ausgeschirrt und ihm den Hafersack umgebunden.
So geht's ja beiden gut: dem Hornbauern in der Wirtschaft und dem Pferdle davor.
Viel kann man ja von den Wirtschaften im vierten Kriegsjahr nicht mehr erwarten.
So zahlt die Holder-Marie dem Hornbauern sein Bier, dann geht es gemächlich dem Distelhof zu.
Ein schöner Ausflug, und so ein schöner Abschluß.
Willig trabt das Pferdle über Wiesen und Waldwege, und noch vor dem Abend sind sie wieder daheim.

Die Holder-Marie entlohnt den Hornbauern, der aber alles ablehnt, nachdem ihm die Holder-Marie ja das Bier gezahlt hat.
Etwas schiebt er dann doch ein. Man weiß ja nicht, wie man ihn wieder braucht.

Die Elsa bedankt sich mit einem Kuß bei der Holder-Marie für diesen schönen Tag, – sie wehrt sich auch wie der Hornbauer und ist dennoch so glücklich über diese Liebesbezeugung, denn einen Kuß hat sie schon ewig nicht mehr bekommen.
Wer streichelt schon so ein runzeliges altes Kräuterweible?

So gehen die zwei Frauen, nachdem sie das Vieh versorgt haben, glücklich und zufrieden ins Bett.
Beide können noch nicht einschlafen, zuviele Eindrücke haben ihre Sinne und Herzen bewegt.
Die Holder-Marie freut sich darüber, daß ihre Kräuter wieder Anklang gefunden haben und daß sie der Elsa eine kleine Freude machen konnte. Auch für die paar Mark, die sie erübrigen konnte, ist sie recht dankbar.

Die Elsa freut sich über ihre neue Heimat, über das heimelige Geislingen, das sie bestimmt öfters besuchen wird und über ihren guten Einfall: wenn's ein Büble wird, ihn Michael zu taufen, den Überwinder allen Übels.
Wenn sie dazu etwas beitragen könnte, hätte sie doch viel vollbracht.

Ein Älbler kommt auf die Welt

Wird der Keimling im rauhen Boden der Alb Wurzeln schlagen? Etwas viel hat sich die Elsa doch zugemutet.
Die Nacht verläuft nicht so ruhig, wie sie sich erhofft hat und wie sie es die letzten Nächte gewohnt war.
Sie wacht öfters auf, wälzt sich in ihrem Bett von der einen auf die andere Seite und macht sich insgeheim Gedanken über die Geburt, und ob man doch nicht eine Hebamme oder einen Arzt zuziehen sollte. Wenn das mit der Verständigung bloß nicht so schwierig wäre . . .
Die Sorgen hat die Holder-Marie in ihrer Kammer längst mitbekommen.
Sie macht heißes Wasser und bringt der Elsa einen Frauenmanteltee. „Ich hab deine Unruhe gespürt und bring dir einen Tee, von dem solltest du über den Tag verteilt mindestens 4 Tassen trinken.
Er heilt und wirkt sich bei der Schwangerschaft günstig aus. Ein bewährtes Mittel, das man eigentlich schon nach dem dritten Monat trinken sollte. Und wenn man etwas als gut erkannt hat, kommt es ja nie zu spät."
„Wie heißt der Tee und die Heilpflanze? Ich will doch das wissen und jetzt selber ausprobieren. Du hast mich schon neugierig gemacht."
„Die Heilpflanze heißt Frauenmantel, bei uns auf der Alb auch Frauenmäntele, im Volksmund auch Frauenhilf oder Herrgottsmäntele, Muttergottesmäntele, auch Tränenschön. Letzteres, weil die Tautropfen in der Morgensonne so herrlich in ihrer schüsselähnlichen Schale funkeln.
Von dieser Heilpflanze sagt der Doktor Apotheker, daß sie schon in der Antike als heilige Pflanze galt.
Sie soll für jede Kindbettnerin von Segen sein und manche Kinder hätten noch ihre Mutter und mancher Witwer seine Frau, wenn sie fleißig davon Gebrauch gemacht hätten, sagen die Wunderheiler."
Der Tee tut der Elsa gut und am Morgen fühlt sie sich wieder wohler.

„Heute sollten wir nach dem Gärtle schauen", sagt die Holder-Marie. "Die Kartoffeln sollte man häufeln, das Unkraut jäten und den Schnecken auf die Schwänze schlagen, hast du das verstanden Elsa?"

„Sicher, ich helf dir ja so gerne – nur mußt du mir alles zeigen – als Großstadtmädchen hab ich ja überhaupt keine Ahnung."

„Nun, Großbäuerin brauchst du ja auch keine werden, die muß schon einiges mehr wissen und können, das bißle hier bring ich dir schon bei."

Das viele Bücken geht der Elsa ins Kreuz, sie muß sich immer wieder aufrichten und sich erholen, trotzdem tut ihr die Arbeit im Garten wohl.
Der Holder-Marie läuft die Arbeit wie geschmiert aus der Hand, kein Wunder, wenn man es ein Leben lang tut.
Nach dem Mittagessen zieht sich ein Gewitter zusammen, es blitzt und donnert und schlägt ein, daß die Elsa direkt Angst bekommt. Auf dem Land spürt man diese Urgewalten viel direkter.
Die Holder-Marie hat keine Angst: „Jetzt lebe ich schon so viele Jahre mitten in der Natur und noch nie habe ich etwas Unangenehmes erfahren. Man darf natürlich nicht unvernünftig sein und bei Sturm in den Wald laufen, oder bei so einem Wetter den Blitz durch sein Verhalten womöglich herausfordern. Da ist es schon besser sich zu ducken und ruhig abzuwarten, bis das meiste vorüber ist.
Weißt du, liebe Elsa, unser Herrgott läßt nicht mit sich spaßen. Ich liebe ihn, aber ich fürchte mich auch vor ihm, wenn ich meine, mich falsch benommen zu haben.
Wer würde nach mir schon fragen – wenn so ein altes Weible verschütt ginge.
Vielleicht die alte Krähe, die hier mal vorbeifliegt und zu mir herunter schreit: „ka ma auch so dumm sein", oder der Bussard, der unweit seinen Horst hat.
Deshalb tu ich beten und mit meinem Herrgott reden, das nimmt mir die Angst und die Einsamkeit, und wenn dann nach so einem Wetter die Sonne in die tropfenverhangenen Blumen und Blätter hineinleuchtet, dann blitzt und blüht alles auf, die Käfer kriechen aus ihren Verstecken, der Wald ist voller Vogelgezwitscher und all' das ist dann seine Antwort."
„Das hast du aber schön gesagt Mutter. Ich empfinde das schon nach der kurzen Zeit, die ich hier bin, auch so ähnlich, man ist hier viel mehr in seiner Hand, die man förmlich um sich spürt und ich will zu ihm genau so finden wie du."
Die zwei Frauen gehen aufeinander zu und sind sich gegenseitig zum Segen.
Wer hätte das gedacht? Die Einsiedlerin und das Großstadtmädchen!

Die Holder-Marie schaut darauf, daß die Elsa immer in Bewegung bleibt. Sie ermuntert sie zur Hilfe im Stall, sie nimmt sie mit zum

Holz klauben, sie nimmt sie mit zum Disteln stechen auf dem Acker und als Belohnung zum Heilkräuter sammeln.
Die Elsa kennt sich bald schon aus und es macht ihr einen unbändigen Spaß.
Die Holder-Marie schaut aber auch darauf, daß sie sich nicht überanstrengt, denn das wäre genau so schlimm wie gar nichts zu tun.

„Die Geburt ist ein natürlicher Vorgang, und wer sich körperlich fit hält, wird es viel leichter durchstehen, das habe ich oft erlebt", sagt die Holder-Marie.
„Ich war oft dabei und habe schon so vielen Kindern ans Licht der Welt geholfen, obwohl ich keine beamtete Hebamme bin, wie das so schön heißt.
Aber wie sollten wir es sonst bewerkstelligen?
Das Krankenhaus könnten wir nicht bezahlen – und krank bist du ja auch nicht – wozu dann? Und solang ich nach einer Hebamme laufe, müßte ich dich allein lassen und das geht doch auch nicht."
„Ich hab' auch keine Angst mehr Mutter. Seit ich da bin, spüre ich direkt, wie ich an körperlicher und seelischer Sicherheit und Stärke gewonnen habe".
„Das freut mich aber mein Kind."
Bewußt führt die Holder-Marie diese Gespräche. Sie will der Elsa die Angst nehmen und will ihr das Mütterliche geben und ersetzen, das diese Großstadtwaise noch gar nie gespürt hat.
Und die Elsa nimmt es an. Zum ersten Mal fühlt sie eine seelische Geborgenheit durch die Nähe und Liebe eines Menschen, außer damals bei Wilhelm, aber das war ja auch etwas anderes.
Diese herrliche Erfahrung vergoldet ihr die einsame Umgebung und erhöht das einfache Leben.
Was sind in dieser Situation materielle Werte?
Ist es nicht auch die große Erwartung des freudigen Ereignisses?
Die Heimkehr von Wilhelm, auf die beide Frauen so sehnsüchtig warten, und der tägliche liebevolle Umgang mit den Tieren, von und mit denen sie leben.
Oberhalb vom Höfle hat die Holder-Marie einen Getreideacker.
Der Hornbauer besorgt das Ackern, Säen, Düngen, Ernten und Dreschen, dafür machen sie halbe-halbe.
Das gibt für die Holder-Marie das Mehl fürs Brot und den schwarzen Brei in der Früh.
Sie liefert das Saatgut und den Mist und versorgt die Hornbäuerin gesundheitlich, die hat nämlich offene Füße.

„Wenn dich meine Heilkunst interessiert, kannst du morgen zum Hornbauer mitlaufen. Das gibt allerdings eine halbe Stunde hin und eine halbe Stunde zurück.“
„Ich glaube, das wird mir zuviel Mutter, aber interessieren tut's mich brennend, was du da vorhast.“
„Schau, die Hornbäuerin hat offene Füße, die sogar faulende Stellen aufweisen, eine übelriechende Angelegenheit.
Das ist nicht nur für sie eine Plage, sondern für den armen Bauern auch – denn die Laune eines Menschen wird durch sowas nicht besser, im Gegenteil, manche werden durch solche Schmerzen zur Beißzange für den Partner. Leider ist die Hornbäuerin schon dafür bekannt und wenn der Mann im Wirtshaus mal seinen Ärger hinunterspült, dann singen sie ihm ein Schnaderhüpferl und das geht so:
„Wenn einer ein steiniges Äckerle hat, dazu en stumpfen Pflug und noch ein grätig's Weib daheim, der hat zum Kratzen g'nug: Juchhe!“
Der letzte Satz und das Juchhe wird wiederholt, damit keiner die Sache, selbst wenn sie wahr ist, gar so ernst nehmen sollte.
So tröstet man einen, der wenig zu Lachen hat.
Aber der Hornbauer ist nicht übelseitig, er macht ein Späßchen mit, auch redet er so hintere für, eine Schwäbisch-Alemannischen metapherähnliche Ausdrucksweise, die im spitzen oder hintersinnigen Humor ihren Ausdruck findet.

Elsa, jetzt bin ich etwas abgeschweift, du hast mich gefragt, was ich bei der Hornbäuerin für eine Behandlung mache?
Die Erfahrung hat gelehrt, daß für offene Füße Waschungen mit Zinnkraut und Käsepappel-Absud gut tun. Die Wundränder muß man mit Schöllkraut-Saft und nachher mit Ringelblumen-Salbe einreiben. In die offene Wunde legt man zerquetschte Breitwegerichblätter. Auch ein Umschlag mit diesen tut gut.
Die Ringelblumen-Salbe, die ich selber herstelle und die auch für andere Wehwehchen gut ist, werde ich dir bei nächster Gelegenheit zeigen.“

Für die Elsa tut sich auch in dieser Hinsicht eine neue Welt auf, sozusagen vom Kölner Dom zum Kirchle von Zähringen, das kaum größer ist als eine Wohnstube.

Das Wohltuende dabei ist, daß diese völlig andere Welt auf der Schwäbischen Alb soviel Inniges, Heimeliges, Persönliches und Überschaubares für die Elsa bringt.

In Köln war sie vielleicht das letzte Rad am Wagen. Hier ist sie auf ein paar Kilometer im Quadrat der erste oder höchstens der zweite

Mensch, und in ihrem Bäuchle, da schickt sich einer an, der dritte zu werden und wenn ihr Wilhelm kommt, dann wird er der erste sein. Dann wird sich hier alles ändern. Oder vielleicht nicht?

Die Alb hat ihre eigenen Gesetze. Gesetze, die die Natur den Menschen vorgibt. Oft sind die Menschen vor dieser harten Natur in Lethargie versunken, ausgewandert oder mußten ein bescheidenes Leben auf sich nehmen.
Die erste große Wende auf der Alb brachte der Pietismus: „Ora et labora – bete und arbeite“, oder „Gott hilft denen, die sich selber helfen“ – somit wurde die Arbeit zum Gottesdienst erhoben.

Die Pfarrer gingen zu ihren Bauern aufs Land und auf den Acker und halfen mit, ertragreichere Ernten zu erwirtschaften, um die Familie auskömmlicher ernähren zu können.

Die Elsa begreift allmählich ihre Umgebung und freut sich immer mehr über ihr neues Zuhause.

Letzte Nacht hat sie bereits g'meint, es ging los mit der Geburt – aber nach dem Frühstück war es ihr wieder normal zumute.
Trotzdem sagt sie zur Holder-Marie: „Schau, daß du dich nicht solange bei der Hornbäuerin aufhältst. Ich habe so das Gefühl, als ob ich dich auch brauchen würde ...“
„Wenn bei dir das Wasser brechen sollte, solang ich fort bin, dann machst du Feuer und tust ein paar Töpfe mit Wasser aufstellen, bis es dann richtig losgeht, bin ich sicher da.“

Dieses Thema haben sie jetzt so oft miteinander besprochen, daß, als es bei der Elsa losgeht, keine Panik mehr herrscht.
Sie sitzt auf der Bank vor dem Haus und strickt, plötzlich bricht das Wasser und ergießt sich wie ein Wasserfall durch Kleid und Bank. Gschwind ist die Elsa erschrocken, doch dann faßt sie sich und folgt den Anweisungen der Holder-Marie.
Sie macht ein Feuer im Ofen und stellt das Wasser auf den Herd. Dann macht sie sich trocken und überzieht das Bett von der Holder-Marie. Bis sie das alles gemacht hat, spürt sie die ersten leichteren Wehen. Sie rechnet in aller Ruhe nach, die Holder-Marie ist jetzt zwei Stunden weg, also wird sie in spätestens einer halben Stunde da sein ...
Die Wehen werden stärker, sie legt sich ins Bett der Holder-Marie. Sie hat die Tür zur Küche vergessen zuzumachen, jetzt folgen ihr die Hühner bis ins Wohnzimmer.

Sie steht nochmals auf und jagt die Hühner hinaus.
Draußen hört sie die Schäflein und Ziegen grasen.
Beruhigend, wie ihre Glöcklein klingen.

Hoffentlich kommt bald die Holder-Marie – das war schon eine Preßwehe, doch jetzt läßt es wieder nach.
Mein Gott steh mir bei und schenk mir einen gesunden Buben und Michael soll er heißen, lieber Gott, getauft nach deinem Erzengel Michael.
Jetzt war's doch an der Zeit, daß die Holder-Marie käme.
Wieder eine Preßwehe – die hat schon ordentlich weh getan – aber was ist das alles gegen das Glücksgefühl, vielleicht einem Buben das Leben zu schenken, denkt die Elsa, als es wieder etwas nachläßt.

Die Gedanken fliegen zum Wilhelm, oh, wenn er doch da sein könnte.
„Wilhelm! Wo du auch bist auf dieser Welt, heute, jetzt, in den nächsten Minuten oder Stunden wird wahr, was wir uns in so großer und reiner Liebe gegeben haben. Zwei an den Rand Gedrängte kehren zurück in den Mittelpunkt ihres Lebens und schenken neues Leben . . ."
Elsa hört draußen ein Fuhrwerk, das ist gewiß der Hornbauer mit der Holder-Marie, man hört sie schon miteinander reden, doch da ist nochmals eine Stimme dabei. Besuch wäre in dieser Situation bestimmt nicht erwünscht.
Die Holder-Marie tritt ein: sie weiß schon alles und stellt vor: „Frau Anni Kohn, Hebamme, ich habe gedacht, es sei besser und zu zweit hat man doch mehr Sicherheit – auch muß ich nach dem Vieh und meiner Arbeit schauen.
Jetzt mach dir nur keine Sorgen, du hast alles gut gemacht mein Kind", dabei streichelt sie der Elsa über die Wangen, „die Frau Kohn hat schon Hunderten von Kindern auf die Welt geholfen, sie bleibt bei uns bis morgen früh."
Damit ist ein guter Rahmen für die Geburt gegeben.
Doch so einfach geht es trotzdem nicht. Die Elsa braucht ihre acht Stunden, bis der kleine Stammhalter kräht.
Sie nimmt's noch wahr und versinkt ganz erschöpft in einen tiefen Erholungsschlaf.
Die Holder-Marie kennt sich nicht mehr vor Freude, daß ihr das noch in diesem hohen Alter widerfährt, – wo sie doch fast jede Hoffnung schon verloren und sozusagen mit ihrem Leben abgeschlossen hatte.

Ach, wenn jetzt noch ihr Wilhelm käme, dann wäre ihr Glück vollkommen auf Erden.
„Wie gut, daß du mitgegangen bist, Anni. Dir läuft das doch noch besser von der Hand und ich bin halt auch schon bald achtzig."
„Das hätte ich nie geglaubt – siehst, das machen deine Tee's und Kräuter."
„Wenn die Elsa aufwacht, wird sie Durst haben, da ist am besten Milch."
„Ja, die Resi gibt genug her, und einen Frauenmanteltee habe ich auch frisch aufgegossen. Der ist für Wöchnerinnen ganz besonders zu empfehlen, weil er auch heilende Wirkung gegen Risse oder Verletzungen im Unterleib bietet."
„Wird die Elsa stillen können?"
„Das glaube ich nicht, die ist ja hinten und vorne wie ein Brett", sagt die Holder-Marie.
„Da bereiten wir gleich ein Schöppele für den Buben. Meine Resi gibt so gute Milch, die wird dem Buben auch gut tun."
„Ein bißchen Wasser müssen wir zugeben", sagt die Anni, „und vielleicht ein Stäuble Zucker".
Der Bub ist gewaschen und gerichtet und liegt wie ein Königsohn in seinem warmen Bettchen.
Auch in einer armseligen Hütte kann es gut sein, wenn die Liebe die Menschen umspannt, durchdringt und glücklich macht.

Hoffnung? Hoffnung?

Der Krieg ist aus! Am 3. 3. 1918 Frieden von Brest-Litowsk mit den Russen. Im November 1918 dankt Kaiser Wilhelm II. ab.
Vom 10. auf den 11. November kapituliert Deutschland.
Am 30. 11. 1918 verzichtet der württ. König auf seinen Thron, somit hatten die Württemberger genau 112 Jahre einen König.
Am 18. 1. 1919 Friedenskonferenz in Versailles.
Am 28. 6. 1919 Unterzeichnung des Friedensvertrages.
Fast fünf schwere Jahre gehen damit zu Ende, die beinahe in jedes Haus Trauer und Unglück brachten.
70000 qkm verliert Deutschland an Boden und 6,5 Millionen an Menschen.
Landwirtschaft und Industrie liegen am Boden. Deutschland hat eine Reparationsschuld von 132 Milliarden Goldmark zu entrichten.
Auf dem Distelhof kämpfen zwei Frauen ums Überleben. Sie warten immer noch auf ihren Wilhelm.

Ihr einziger Sonnenschein ist der kleine Michael!
Er ist jetzt ein Jahr alt und beglückt die Frauen mit seinem Lachen – obwohl er ihnen zwischendurch auch Sorgen macht und manchmal ganz apathisch daliegt.
Die Holder-Marie grübelt dauernd darüber nach, was der Bua haben könnte.
Vielleicht war's doch die schlimme Zeit, die die Elsa mit ihm hat durchmachen müssen. Organisch fehlt ihm nichts.
Er ist halt mager und bleich und erbricht oft seinen Schoppen. Aber anstatt besser zu werden, wird sein Zustand eher schlimmer.
An einem sonnigen Tag bestellt die Holder-Marie den Hornbauern und sie fahren mit ihrem Büble zum Arzt. Obwohl das von den zwei Frauen fast nicht bezahlbar ist.
Auch der kann nichts feststellen, macht allerdings ein sorgenvolles Gesicht und sagt: „Wenn der so weiter macht, muß ich sie auf das Schlimmste vorbereiten."
Der Elsa kullern sogleich die Tränen über die Wangen und auch die Holder-Marie schluchzt und kann nur mühsam ihre Haltung bewahren.
Er ist ja ihr ein und alles. Neben den Sorgen mit Wilhelm, jetzt auch noch dies!
Kaum da sie wieder auf dem Distelhof sind, geht die Holder-Marie in den Wald. Sie muß mit ihrem Herrgott reden.
„Lieber Gott, du hast mir schon so oft beigestanden, wenn ich andern Menschen helfend zur Seite war, hast mich die richtigen Kräutle finden lassen und bei meinem lieben Enkele, Herr, sagst du kein Wort?
Siehst du nicht, wie wir am Ende sind mit unserer Weisheit und unserer Kraft. Unsere große Freude an dem kleinen Michael verwandelst du uns in Trauer und Ausweglosigkeit. Was haben wir Schuldhaftes auf uns geladen, daß du uns so strafst, Herr?
Ich bitte dich um dein Erbarmen – mich kannst du ja gleich holen, wenn jemand gehen muß, nur meinen Michael, Herr laß' ihn da!"
Am liebsten würde sie ins nächste Mausloch kriechen, so niedergeschlagen ist die Holder-Marie.
Wie ein geprügelter Hund läuft sie nach Hause.
Auf dem Heimweg treibt sie die Ziegen in den Stall, dabei stellt sich die „Alte" immer so breitbeinig vor sie hin und zeigt ihr pralles Euter. Kaum daß sie ein paar Meter gegangen ist, stellt sie sich schon wieder hin. „Ja, gibt's das auch noch, du alte Geis, mach, daß du in deinen Stall kommscht", bruddelt die Holder-Marie.
Kaum im Haus drinnen, gruschtelt sie in ihren Kräutern und Aufzeichnungen.

Ob der Bub nicht etwas am Magen hat. Das Spucken deutet doch darauf hin, daß sich da drinnen etwas nicht verträgt.
Hat ihr nicht der Apotheker von Geislingen mal ein Heilkraut empfohlen, gegen Magenleiden.
Das war kein Kraut, kommt es ihr allmählich ... das war eine Wurzel ... hat er nicht gesagt, sie heißt auch „Magenwurzel", jawohl Magenwurzel.
Wie ein Jagdhund auf der Schweißspur schnüffelt sie die Tütchen ab, jetzt hat sie das Richtige in der Hand: Kalmus – acorus calamus steht drauf, im Volksmund auch Magenwurzel oder Mutterkraut genannt.
Sie setzt sofort einen Tee an und mischt ein paar Tropfen zur Milch dazu.
Sie gibt dem Michael nur eine ganz geringe Menge zu trinken und bittet die Elsa, Michaels Bettle herunterzustellen neben das ihre.
„Geh' ruhig schlafen Elsa, ich kümmere mich um den Buben.
Vielleicht kannst du morgen früh den Stall machen, ich werde auf den Michael aufpassen, ich muß unbedingt herausfinden, was bei ihm bleibt und ihm bekommt."
„Es ist gut Mutter, ich bin dir ja so dankbar."
Die Elsa ist so verzweifelt, daß sie ganz leise in ihr Oberstübchen schleicht. Daß sie so allein daliegen muß, tut ihr schon weh, aber was bleibt ihr übrig, sie kann's ja gar nicht ausdenken, was sonst noch alles passieren könnte.
Die Holder-Marie beobachtet den Michael: ein paar Züge aus seinem Schöpple hat er gemacht und sie sind bei ihm geblieben.
Jetzt ist er eingeschlafen. Sobald er aufwacht, wird sie ihm wieder etwas geben, ja nicht überfüttern, wenn er's auch brauchen könnte.
Sie legt Holz nach, heißes Wasser hat sie auf dem Herd.
Jetzt denkt sie, als sie in die Kammer geht, um frische Milch zu holen, da steht ja auch die Ziegenmilch von heute Abend, warum hat mir eigentlich die „Alte" immer ihr Euter so angeboten ... vielleicht war das ein Fingerzeig.
Die Holder-Marie schöpft von der Ziegenmilch ein halbes Schöpple und verdünnt mit einem Löffel Kalmustee.
Als der Michael aufwacht, läßt sie ihn ein paar Schluck davon trinken und gleich ist er wieder eingeschlafen.
Auch diesmal bleibt die Milch bei ihm.
Vierzehn Tage weicht sie nicht mehr von ihm und päppelt ihn schluckweise mit Kalmus und Ziegenmilch gesund.
Nach einem halben Jahr kann er stehen und krabbeln, lacht ganze Tonleitern rauf und runter und versucht, ganz wichtige Sachen zu erzählen.

Inzwischen ist die Elsa eine richtige Bäuerin geworden.
Sie versorgt Haus, Hof, Garten und die Viecher. Ein paar Stöcke Bienen haben sie jetzt am Rande der Wiese zum Wald auch aufgestellt.
Es gibt nämlich kaum mehr etwas zu kaufen, und bis sie vom Distelhof kommen, ist sowieso alles vergriffen, einschließlich des Zuckers.
Die Holder-Marie hat früher schon Bienen gehabt und führt die Elsa nun auch in die Bienenzucht ein.
So haben sie auch etwas Süßes im Haus und der Michael ist voller „hmm . . .hmm".
Es vergeht kaum ein Tag, daß die zwei Frauen nicht vom Wilhelm reden und so reden sie ihn tatsächlich eines Tages herbei.
Im Herbst 1920 steht er vor ihnen, mager und abgerissen, daß Gott erbarm', aber er ist es und die zwei Frauen gehen ihm nicht mehr vom Hals.
Die Holder-Marie schlachtet einen Hasen und macht einen Braten mit Spätzle, Kartoffelsalat, grünem Salat und viel Soß', so wie sich das auf der Alb gehört.

„Von wo um Gottes willen kommst du jetzt her?" fragt die Holder-Marie ihren Sohn.
„Direkt von Irkutsk, Mutter."
„Ja gibt's des überhaupt und wo soll das Irkutsk liegen?"
„In Sibirien Mutter, mindestens 6000 – 7000 km von hier entfernt, aber des erzähl' ich euch später."
Voller Lieb und Freud nimmt er seine Elsa in den Arm und sagt: „Was hab ich in den vielen Monaten und Jahren an dich denken müssen! Ich glaub ich hätte' es nicht geschafft, wenn ich nicht so eine unbändige Sehnsucht nach dir gehabt hätte."
Dabei drückt er sie so fest an sich, daß der Michael, der sich die ganze Zeit schon vor ihm scheut, lauthals schreit, weil er meint, der fremde Mann tät seiner Mutter etwas an.
Am liebsten würde der Wilhelm auch ihn herzen und drücken, aber der wehrt sich mit „Händen und Füßen".
Stunden- und tagelang läuft der Wilhelm mit seiner Elsa durch die Wälder und Wiesen um den Distelhof.
Er muß seine Heimat wieder erfühlen, erfahren und kann noch gar nicht glauben, daheim zu sein.
Was hat er in den sechs Jahren, wo er von zu Hause fort war, alles erlebt!
Frankreich, Rußland, Gefangenschaft, Sibirien. Dreimal versuchte er zu fliehen – beim drittenmal wäre er dann, als er schon fast in Finnland war, beinah im Ladogasee ertrunken.

Er wollte Wasser schöpfen und da hat ihn eine Welle mitgenommen. Und da Älbler kaum schwimmen können, woher denn auch, hier braucht man das Wasser dringend für was anderes, hat ihn sein Kumpel, ein Johann Kammerer aus Siebenbürgen, mit letzter Kraft herausgezogen.
Zu dritt waren sie geflohen.
Der dritte Kumpel, das ist der Fred Scheiffele vom Hasenberg aus Stuttgart, ein Studierter, der hat gesagt: Siebenbürgen sei 2000 km von hier entfernt und tät im Karpatenbogen liegen.
Und da ist der Johann Kammerer allein weitergegangen, ob der je im Leben dort angekommen ist?
Der heißt wie wir: Kammerer, und das geht mir nie mehr aus dem Kopf.
„Schiergar hätte ich euch nicht mehr gesehen und den Michael, mei' herzig's Büble, wenn der Johann Kammerer nicht so beherzt nach mir gesprungen wäre, und jetzt bin ich doch so froh, daß ich bei euch bin."

„Ich bin doch auch so froh Wilhelm, deine Mutter war so gut zu mir ... besser kann man zur eigenen Tochter nicht sein, dabei rede ich schon ganz anders wie ihr ... und hab auch kaum etwas helfen können – was sich jetzt allerdings etwas geändert hat."
„Ich seh es", dabei nimmt er sie hoch und schwenkt sie wie eine Prinzessin durch die Lüfte.

Nach einer Woche, in der er so richtig wieder Heimatwitterung angenommen hat, läuft er nach Altheim aufs Forstamt.
Vielleicht können die jemanden brauchen?
Leider nein.
So geht er die nächsten Tage nach Stubersheim aufs Forstamt und hier ist eine Stelle frei.
Auf dem Heimweg rechnet er sich aus, daß er sich für das Geld kaum kleiden kann. Trotzdem will er wieder den Anschluß finden und zudem müßte er sich ja vor seinem Weib schämen, wenn er daheim herumliegen würde.
Des bißle Landwirtschaft, was er hat, kann er nach Feierabend noch lässig machen.
Auch gibt es beim Forstamt „Schläge", die man ersteigern kann, und er als Forstarbeiter weiß dann schon, wo man noch etwas rausholen kann.
Da macht er Brennholz und das läßt sich dann mit Gewinn verkaufen.

Ja, wo sie auf ihrer Flucht durch Berlin gekommen sind, da hat er das Elend, die Arbeitslosigkeit und den Hunger kennengelernt, da war er froh, daß er seine Fahrkarte nachhause in der Tasche gehabt hat. Dann murmelt er halblaut vor sich hin: „Mir sind keine reiche „Leut" auf der Alb – aber unser Auskommen haben wir allemal und hungern brauchen wir nicht.
Wenn du so einen Krieg hinter dir hast, dann wird man bescheiden und hoffärtig waren wir auf der Alb noch nie. Selbst unsere Großbauern haben nie ihren Reichtum zum Fenster raus g'hängt und sind liebe und umgängliche Leut geblieben.
So ist es auf der Alb: Not läßt die Menschen zusammenrücken und die von manchen belächelte Frömmelei beinhaltet auch eine tätige Nächstenliebe . . ."

„Wir leben ja schon wie Mann und Frau, dabei sind wir noch gar nicht getraut", sagt der Wilhelm zur Elsa.
„Das muß bald nachgeholt werden."
„Mutter, wer hat in der Gegend ein halbgewachsenes Säule zu verkaufen?"
„Zu verkaufen hat kaum einer was – aber wenn du noch eine Dreingabe hast, die was zählt – dann ist schon ein Geschäft zu machen", sagt die Holder-Marie.
„Was willst du mit einem Säule?"
„Heiraten will ich, und da soll mein Kumpel von Stuttgart kommen als Trauzeuge und dann brauchen wir noch einen Trauzeugen. Der Johann Kammerer, mein Namensvetter von Siebenbürgen, wird wohl kaum kommen können, ob der überhaupt schon daheim ist?
Und dann brauchen wir jemanden, der uns nach Weidenstetten zur Kirche fährt und den Pfarrer will ich auch zum Hochzeitsmahl einladen, nachdem er geholfen hat, meine Elsa auf den Distelhof zu holen."

„Das ist recht, mein Sohn, da brauchen wir gar nicht soweit springen. Der Hornbauer macht sicher den anderen Trauzeugen und ein halbgewachsenes Säule hat er auch."
„Das machen wir fett, bis nach Weihnachten, dann wird geschlachtet und geheiratet.
Was meint ihr, wie oft ich in den langen sibirischen Nächten an einen echten schwäbischen Schweinebraten als Inbegriff des höchsten menschlichen Genusses gedacht habe.
Das Thema Nummer eins bei uns Gefangenen war das Essen in all seinen Variationen und oft ist man dann vor Hunger und Erschöp-

fung eingeschlafen, um am anderen Tag schon wieder davon zu träumen.
Oh Mutter, ihr lebt ja hier auch nicht üppig, aber was Hunger heißt, wißt ihr noch lange nicht."
Für die Holder-Marie war das genug gesprochen. Sie macht sich auf die Socken, den Michael bei der Hand, – der sich, nachdem seine Eltern so sehr miteinander beschäftigt waren, immer mehr an die Großmutter hielt und diese Großmutter, die Holder-Marie, zerfloß vor Lieb' und Güte.
„Oh, mein Büble, komm no zu deiner Oma, mei Herzele mei guet's" und dann nimmt sie ihn bei der Hand und zeigt ihm die Käferle, wie sie krabbelet und die „Blümla" wie sie schön wachset und bald geht der drei Käsehoch und entdeckt auch schon Käferle und Bluemla und zeigt sie dann der Oma mit „oh" und „äh" und zeigt voller Entdekkerfreude mit seinem Fingerle drauf.

Hochzeit am Distelhof

Es geht auf Weihnachten zu. Tiefer Schnee liegt auf der Alb.
Der Distelhof ist kaum mehr zu sehen. Die Forstarbeiten sind eingestellt.
Der Wilhelm kann trotzdem nicht den ganzen Tag in der Stube hokken, mal schleift er Holz heran, mal holt er Mistelzweige, um die Stube zu schmücken und seiner Elsa eine Freude zu machen.
Eines Morgens liegt unterhalb des Hauses am Waldtrauf ein Reh.
Es liegt eigentlich nicht, sondern sitzt im Schnee, denn es hat den Kopf oben.
Der Wilhelm denkt, entweder ist es verletzt, oder ist es ein Böckle, dem vom vielen Schnee die „Wasserleitung" eingefroren ist.
Er nimmt seine Waldarbeiter-Axt und ein Seil und schaut nach dem Reh. Es kommt näher und näher, das Reh, ein Böckle, wie er bald feststellen kann, macht keine Fluchtversuche mehr, sondern döst apathisch vor sich hin.
Er packt es an den Lauschern und nickt es, wie er's beim Förster schon gesehen hat, ab.
Jetzt schlegelt es noch mächtig ... aber er läßt es nicht mehr los und so blutet es vor ihm aus.
Als er es aufbricht, sieht er die dicke Blase und weiß Bescheid.
Dem ist tatsächlich der Pinsel eingefroren. Bei der hohen Schneelage kann es vorkommen, daß die Barthaare vom Feuchtglied zugefrie-

ren. Das Nässen wird dabei so erschwert, daß die Tiere apathisch werden und jede Scheu vor dem Menschen verlieren.
Den Förster zu verständigen wäre bei dem tiefen Schnee ein unmögliches Unterfangen, und den Füchsen möchte er das gute Wildbret nicht überlassen, und so zieht er das Böckchen zum Distelhof.
Aber da kennt er seine Weiber schlecht. Beide fallen über ihn her, kaum daß er den Bock an den Sparren hängt.
Jetzt gerät er zum erstenmal mit ihnen übers Kreuz, ihrer übertriebenen Tierliebe kann er nur mit Mühe die Einsicht und Überzeugung entgegensetzen, ein so gutes Wildbret nicht dem Verderben zu überlassen.
Schließlich sehen sie das ein, und der kleine Michael verspürt zum erstenmal in seinem jungen Leben, daß sein Vater Beute nach Hause gebracht hat.
Ein gewisser Stolz läßt ihn ganz nahe an den Vater heranrücken, und Wilhelm spürt zum erstenmal bewußt, daß er einen Sohn hat, der trotz des dauernden Umgangs mit der Großmutter letzten Endes irgendwo schon männlich fühlt.
Er legt seinen schweren Arm um seine Schulter und drückt ihn ganz fest an sich, „Männersache“ spricht aus ihren Blicken . . .
Das war nicht die einzige Erfahrung, die die zwei machten.
Nachdem das Reh ausgeschweißt war, hingen sie es unter den Giebel und dort gefror es.
Am Tag vor dem Heiligen Abend löste Wilhelm einen Schlegel aus der Decke. Dann löste er die Knochen heraus, entfernte Haut und Sehnen und schnitt schöne Streifen Fleisch davon, klopfte es ein bißchen und tropfte Öl darüber.
Der Michael verfolgte ihn, wie ein Hund seinen Jäger, auf Schritt und Tritt und wich nicht mehr von seinem Vater. Das machte diesen nun richtig stolz.
Wochenlang waren sie bei der Flucht von Irkutsk nach Moskau und Finnland unterwegs, und da war der Johann Kammerer aus Siebenbürgen ein unentbehrlicher Organisator für Wild und improvisierte Essenszubereitung. Von dem hat der Wilhelm viel abgeschaut.
So staunt seine Mutter, die Holder-Marie, nicht schlecht, als sie feststellt, wie geschickt er an das Fleisch herangeht.
„Mutter, der Johann Kammerer pflegte aus solchem Fleisch entweder ein Gulasch oder Schnitzel zu machen. Salz und Paprika hatten wir in Irkutsk reichlich organisiert. Ihr könnt jetzt wählen.“
„Für den Heiligen Abend wären Schnitzel sicher ein herrlicher Genuß“, sagt die Elsa, die davon mal was gehört hatte.
Für die Holder-Marie hat es ihr Lebtag noch zu keinem so vornehmen Essen gereicht.

Als sich draußen das Licht verfärbt und der Weihnachtsfriede sich über Holz, Wiesen und Äcker legt, als die Sterne am Firmament zu glühen beginnen und sich drunten auf der Erde in abertausenden Kristallen wiederspiegeln, da macht Wilhelm noch einen Rundgang ums Haus, hängt an die Bäume etwas Heu für die Rehe und Hasen – obwohl er ja nichts davon hat, gibt den Viechern im Stall noch eine Handvoll in die Krippe, dann tritt er vor's Haus und Tränen der Dankbarkeit rinnen über seine Wangen.
Nach so vielen Jahren des Grauens und des Bangens, nach Todesangst, Gefangenschaft und Flucht ist er wieder Zuhause, hat seine Mutter noch, eine gute Frau und einen Sohn.
„Herr! daß du mir gnädig warst, gelobt sei dein Name in Ewigkeit, Amen".
Dabei gehen seine Gedanken nach Irkutsk und in die russischen Weiten, wo vielleicht überall noch Kameraden sind, die auf Heimkehr und Heimat hoffen.

Jetzt muß er sich wieder fassen, denn es sollte Freude sein in dieser seiner kleinen Hütte.
Er hatte ein Weihnachtsbäumle vom Wald geholt und das zierten eine Kerze, verschiedene getrocknete Gräser, darunter auch „Engelshaar" und weiße Wolltupfer mit Glimmer.
Obwohl das Häusle und die Felder vom Wald umrahmt sind, bringt dies kleine Tannenbäumle einen herrlichen Duft in den bescheidenen Raum.
Im Ofen prasselten die Scheite.
Wilhelm wird so feierlich zumute, daß er kaum etwas sagen kann.
Da greift die Holder-Marie zur Bibel und liest die Geschichte von Jesu Geburt: „Und es begab sich ..."
Und es war fast wie in der Bibel vor bald 2000 Jahren.

Nebendran hört man die Berta schnauben, die Ziegen meckern, und die Schäflein läuten im Traum mit ihren Glöckchen dazu.
Im Licht der Kerze leuchten Michaels Äuglein, und als wenn sie es abgesprochen hätten, neigen sich beide Eltern zu ihm hin und küssen seine Wangen.
Und da die Großmutter mit ihrer schönen Rede fertig ist und mit soviel Liebe auch zu ihrem Michi schaut, da streckt der seine Ärmchen nach ihr aus, drückt die Holder-Marie aus Leibeskräften an sich und – „mein Gott", denkt sie, „wie reich tust du uns heute Abend beschenken", und ihre Worte erhöhen den kärglichen Raum: „Uns ist heute der Heiland der Liebe geboren" ... und so war es denn auch in Wirklichkeit, Amen.

Michael bekam eine Hose und eine Jacke, aus Schafwolle gestrickt, ein paar Nüsse und Äpfel und gedörrte Zwetschgen von der Holder-Marie; Wilhelm einen Schal und eine Strickjacke von seiner Elsa.
Für die Oma hatte der Wilhelm ein Fläschchen Schnaps angesetzt aus Kräutern und Blutwurzeln.
Und die Elsa bekam ein Kleid, das Wilhelm gegen Brennholz eingetauscht hatte. Sie schlüpfte gleich hinein und wurde von allen bewundert, am meisten von Michael.

Nachdem alle so reich beschenkt waren und aneinander soviel Freude hatten, machte sich der Wilhelm daran, seine Rehschnitzel à la Johann Kammerer aus Siebenbürgen zu braten.
Er gab in die Pfanne reichlich Schmalz und erhitzte es gut, dann legte er das gesalzene und gepfefferte Wildbret hinein – wie das zischte und brodelte – aber das war wichtig, so blieb es saftig. Nachdem es auf beiden Seiten gut angebraten war, deckte es Wilhelm ab.
Die Holder-Marie kochte solange ein paar Kartoffeln und die Elsa holte aus dem Keller Blaukraut. Sie schnitt es sehr fein und setzte es mit Essig, Öl und Zwiebel an.

So hatte jeder seine Beschäftigung und alles war neugierig, was daraus werden würde, in erster Linie der Michael – der froh war, alle seine Lieben um sich zu haben.
Nachdem das Fleisch angebraten war, schnitt Wilhelm noch ein paar Zwiebel dazu und füllte die Pfanne reichlich mit getrockneten Pilzen auf.
Welch herrlicher Duft durchzog da die Küche . . .
Mit etwas Mehl, Hühnerbrühe, einem Schluck Wein und einem klaren Schnaps wurde die Sauce sämig gemacht, dann leerte Wilhelm noch reichlich süßen Rahm von der Resi ihrer Milch darüber und dann war das Weihnachtsabendessen fertig.
„Voilà" – das wußte er aus dem Frankreichfeldzug: „une menue à la Kirchenburg in Siebenbürgen", von da stammte Johann Kammerer, dem er diese Delikatesse abgeguckt hatte.
Sowas Gutes hatten sie kaum einmal zum Essen gehabt.
Das Wildbret war seit jeher ein Herrenessen und für arme Leute unerreichbar, – auch standen harte Strafen auf Wildfrevel – in diesem Fall hatte ein gütiges Schicksal für ein paar arme Schlucker den Weihnachtsmann gespielt.

Trotz hoher Schneelage gingen sie am Weihnachtsvormittag nach Weidenstetten in die Kirche.

Wilhelm nahm den Buben auf den Arm und spurte gleichzeitig für die Frauen den Schnee.
Es war schon ein schwieriges Unterfangen, denn Schuhwerk und Kleidung waren nach soviel Kriegszeiten, Zusammenbruch und Reparationszahlungen rare Artikel.
Aber es hatte sich gelohnt.
Der Herr Pfarrer hatte sie kommen sehen und nahm sie alle zum Aufwärmen in sein Haus: auch bekam der Michael ein Rippchen Schokolade, was er ja noch nie gegessen hatte in seinem Leben.
Nachdem er es zaghaft probierte, war es dann im Nu weg.

„Herzlichen Dank, Herr Pfarrer, daß sie uns in ihr Haus geladen haben. Ich möchte mich bei dieser Gelegenheit für die uneigennützige Hilfe bedanken, die sie meiner Mutter und meiner Elsa zukommen ließen."
„Das habe ich ja gerne getan, und nichts lieber als das, Wilhelm."
„Ja, Herr Pfarrer, und da wäre noch, daß ich mit der Elsa noch nicht getraut bin."
„Das stimmt – aber wichtig ist, daß ihr euch versteht und beieinander seid – das andere können wir nachholen."
„Sie haben recht, Herr Pfarrer", sagt daraufhin die Holder-Marie, „sie haben eh vor, im Frühjahr zu heiraten."
„Damit ist ja alles gut", sagte der Pfarrer – umgänglich und von Herzensgüte geprägt.
Man ging gemeinsam in die Kirche und feierte die Geburt unseres Herrn mit einer unbändigen Freude im Herzen.
Diese armen, bescheidenen und guten Menschen sahen in der Geburt Jesu ihr eigenes Schicksal auf Erden und waren glücklich und zufrieden.
Wilhelm lud seine Familie nach der Kirche ins Gasthaus ein.
Ein einfaches Essen würde sein Geldbeutel gerade noch vertragen.
Auch wollte er mit dem Wirt wegen der Hochzeit reden.
Die Räumlichkeiten auf dem Distelhof waren den Verhältnissen entsprechend sehr bescheiden und Besteck und Teller auch nicht vom Feinsten. Da er aber seinen Kriegskameraden von Stuttgart als Trauzeugen laden wollte, wäre das Nebenzimmer der Wirtschaft sicher eine gängige Lösung, obwohl der Fred Scheiffele von Stuttgart noch was viel Besseres gewöhnt war, das sah man ihm an. Auch in der größten Scheiße hielt der auf Etikette und Benehmen – und wenn sich einer gehenließ, dann schaute der Fred entweder zur Seite oder erstach den Delinquenten mit seinen mißbilligenden Blicken.
Trotzdem war er ein guter Kamerad und ein Schwabe dazu . . .

Daß der Johann Kammerer von Siebenbürgen so gut zu ihnen paßte, war ihm, dem Wilhelm und dem Fred Scheuffele ein Rätsel, aber der Mann war ihre Kragenweite und ein Vorbild an Zuverlässigkeit, Anständigkeit und Verläßlichkeit – den würde der Wilhelm sofort als Trauzeuge holen, aber der war 2000 km von hier entfernt und dann wußte er auch nur, daß er aus Kirchenburg in Siebenbürgen war, eine ziemlich ungenaue Adresse für die unendliche Entfernung.

„Wilhelm“, sagte der Wirt, wenn du etwas zum Tauschen hast oder neben dem Geld ein paar Lebensmittel beitragen kannst, dann kann man die Hochzeit bei uns machen. Kommst halt vier Wochen vorher vorbei.“
Damit war alles geschwätzt.

Das Wetter hatte aufgehellt und es war ein Vergnügen, durch den gleißenden Schnee wieder zum Distelhof zurückzulaufen.
Diesmal trieb man allerhand Schabernack, machte Schneeballen und neckte sich gegenseitig.
Das gefiel dem Michael und er tobte wie ein junges Füllen – wobei er die Holder-Marie mit Schnee zu traktieren versuchte.
„Du Lausbüble, wart, dich reib ich jetzt gleich ein“, dabei tat sie bloß so, und wenn er sich hinauswinden konnte, dann lachte er ganze Schocken, d.h. Tonleitern rauf und runter.
Am Nachmittag waren sie wieder daheim.
Wilhelm ging auf die obere Bühne und löste ein Stück Rehrücken aus. Das Wirtschaftsessen war nicht so berühmt gewesen, also hatten alle wieder Hunger.
„Mutter du machst nachher, wenn wir das Vieh versorgt haben, ein paar Bratkartoffeln, die Elsa schaut, ob ein Gemüse noch im Keller eingeschlagen ist und ich schieb jetzt in einer Kasserolle den Rehrükken ins Bratrohr.
Elsa, du schneidest mir ein paar Speckstreifen, die muß man sauber darüber legen, dann wird's eine saftige G'schicht,“ dabei reibt er sich die Hände und schnallzt mit der Zunge.
„Eigentlich könnten die Reh diese Gewohnheit beibehalten und jedes Jahr vor Weihnachten vor meiner Hütte in Ohnmacht fallen ...“

Die Elsa hat ihren Wilhelm durchschaut und winkt ihm mit den Augen und dem Zeigefinger, und alles ist so g'meint wie es g'meint ist ...

Wunderschön so ein Weihnachtsfest, das alle Sehnsüchte, Hoffnungen und die leiblichen Wohltaten erfüllt.

Auf dem Distelhof trifft alles zu, obwohl diese Menschen vom Schicksal noch nie verwöhnt wurden.
Vor einiger Zeit noch war die Holder-Marie allein . . . und aß ihren schwarzen Brei, wie sonst auch, nur hätte sie ihn diesmal etwas besser geschmälzt.
„Haushalten muß man, und wer aufhäußig lebt, braucht sich nicht zu wundern, wenn er sein Auskommen verliert" waren ihre Worte.

Der Winter auf der Alb kann manches Mal ein recht zäher Genosse sein.
Anfang März lag immer noch Schnee und behinderte den Holzeinschlag.
Dem Wilhelm wurde bald die Zeit zu lang. Er hatte kleinere Reparaturen am Haus und Stall durchgeführt, zuviel lohnte sich nicht, da ihm ja das Anwesen nicht gehörte.
Nach Ostern dürfte der Schnee weg sein, dann würde man schlachten und Hochzeit halten.
Jetzt hatte er Zeit, seinem Kriegskameraden Fred Scheiffele nach Stuttgart einen Brief zu schreiben:

Lieber Kriegskamerad!

Nachdem der Krieg jetzt vorbei ist, werde ich Dich in Zukunft nur noch mit Kamerad anreden, oder wenn es Dir nicht zu vertraulich wäre mit Fred oder Herr Fred oder gar Herr Scheiffele, oder bist am End ein Doktor?
Wie geht es Dir so? Bist Du noch ledigen Standes oder hat sich ein Weib Deiner bemächtigt?
Mir geht es gut, bis ich vom Krieg heimgekommen bin, hab' ich Frau mit Kind vorgefunden.
Habe ihr das Kind im Lazarett gemacht, bevor ich nach Rußland kommen bin. Es war die schönste Zeit vom ganzen Krieg.
Sie ist eine Kölnerin und hat ein lustiges Göschle – auch sonst hat sie noch ein paar lustige Sachen an sich.
Wenn ich meine Pratzen aufmach, paßt grad ihr Ärschle hinein und eine Taille hat die, da täten sogar deine Stadtfinger ausreichen, sie zu umfangen.
Aber das brauchst du nicht, dieweil ich mich selber daran so freuen tue.
Jetzt möchte ich die Elsa heiraten, da ich im Herbst nicht dazu kommen bin, weil ich ins Holz mußte, und im Winter waren wir eingeschneit.

Auch jetzt liegt noch der Schnee, aber bis die Woche nach Ostern wird er weg sein.
Nach der Kirche gehen wir dann ins Gasthaus – dort muß ich natürlich etwas von meiner Sau abliefern, aber dann wirst Du einen Saubraten kriegen – so hast Du noch keinen gegessen.
Die Sau wurde nämlich nicht von Abfällen ernährt, wie es beim Barras und in der Stadt üblich ist – die hat Milch von der Resi und von der Geiß bekommen und dann hab ich noch gekochte Kartoffeln hineingedrückt und mit Kleie bestäubt.
Wenn Du dann schon so ein gutes Essen kriegen tust, solltest Du bei uns den Trauzeugen machen, es ist ja extra kein schweres Geschäft und ohne geht's nicht, haben der Bürgermeister und Pfarrer gesagt.
Schreibe mir also bald, ob Du bereit bist.
Es freut mich schon jetzt, Dich bald wieder zu sehen.
Im übrigen, wenn Du eine Älbler Tracht für die Elsa irgendwo wissen tätescht, oder einen dunklen Anzug für mich – kann auch getragen sein, wenn nur die Ärmel nicht am Ellenbogen aufhören, soll es mir recht sein, ein paar Mark haben wir schon gespart, seit ich daheim bin.

Dein Kamerad Wilhelm

„Ha no, war dieser Brief ein Stück Arbeit, da mach' ich ja lieber einen Meter Holz."
Und das konnte er auch bald tun.
Die Schneelage ließ etwas nach, die beste Zeit, die schweren Stämme zu schleifen.
Schon nach zwei Wochen hatte er Nachricht von Stuttgart.
Der Briefträger behandelte ihn direkt respektvoll, einen Brief von der Landeshauptstadt bekam nicht jeder.
Nachdem die Elsa dem Briefträger ein Glas Holder-Saft eingeschenkt hatte, ging Wilhelm in die Wohnstube, um in Ruhe den Brief zu lesen.

Mein lieber, das war ein Briefbogen: da stand Doktor und Rechtsanwalt, drüber ein Bankkonto, da hatte er also schon so einen Kriegskameraden, dachte sich stolz der Wilhelm.
Nach soviel hatte der als „Kriegsgefangener" gar nicht ausgeschaut und den Doktor hatte er ihnen glatt unterschlagen.

Lieber Wilhelm!
Herzlichen Dank für Dein Schreiben. Es hat mich sehr gefreut, von „meinem“ Älbler etwas zu hören. Selbstverständlich gilt das Du, Schofsäckel verreckter! Gell, die Sprache verstehst Du am besten, und als alter Schwob beherrsch' ich des perfekt, dich jetzt zu versäkkeln – wenn ich auch von Stuttgart bin!
Jetzt hoffe ich, daß Du wieder klar siehst.
Und das mit Deiner Frau und dem Kind hat auch wieder einen Spruch:
„Die dümmsten Bauern ernten die größten Kartoffeln!“
Mensch, hast Du ein Glück gehabt. Und dann noch so eine Schlanke und Ranke mit soviel süße Sachen!
Bist Du ein Glückspilz!
Selbstverständlich mach' ich den Trauzeugen. Und das gute Fleisch von dem Säule gibst Du net dem Wirt – des behältst für dich selber – oder gibst mir was davon. Ich bring dem Wirt etwas zum Anziehen und ein paar Flaschen Neckartäler.
Dei Elsa, die Holder-Marie, Du und Dein Büble werdet von mir eingekleidet.
Die zwei Frauen kriegen nach Wunsch eine Tracht, der Bua einen Matrosenanzug und du einen schwarzen Tuchanzug und ein paar Stiefel dazu.
Da gibt es keine Widerrede. Mei' Kunde handelt mit so Sachen, und ich hau ihn dafür raus, wenn er sich in Schieflage befindet.
Eine Hand wäscht die andere und des gilt auch bei uns in Stuttgart.
Sobald die Straßen wieder befahrbar sind, besuch' ich Dich und bring alles mit.
Dann machen wir das mit dem Wirt perfekt und wenn der net spurt, dann zeig ich ihm meinen Briefkopf und da bin i fei kei Gueter!

Dein Fred.

Am liebsten hätt der Wilhelm einen Jauchzer hinausgelassen, daß es den Hornbauern vom Melkschemel „nagschlaga“ hätt!
Aber da kam die Elsa und der Bua und die Holder-Marie und alle waren so neugierig, was in dem Brief stehen würde.
Elsa überflog ihn: „Oma, mir zwei sollet eine echte Älbler Tracht kriegen, da bin ich aber gespannt – wo das dein größter Wunschtraum ist. Da brauchscht na nemme bettle – was die Weiber da sagen werdet . . .?“
„Oh Elsa, so schön das ist – wir bleibet trotzdem die Häusler vom Distelberg.“

„Wie wenn do ebbes dabei wär – es kommet net älle Leut mit einem Vermögen zur Welt – Hauptsache wir sind gesund!“ Dann geht der Wilhelm an seine Arbeit.

Er ist so zufrieden. Wieviel Armut hat er in Rußland gesehen, in Berlin und Deutschland, da ist es ihm hier gut genug.
Hauptsache, er hat jeden Tag sein Essen und eine Arbeit hat er ja auch, wenn sie auch schlecht bezahlt ist. Wenn das so weiter geht, muß er sie gar etwas aufbessern.
Holz liegt genug im Wald und ein Wildbret ist nicht nur für die „Ferschter“ da.
Seit der König abgedankt hat, weiß man eh nicht mehr, wer das alles vereinnahmt.
Wenn der Fred kommt und soviel Sach bringt, tät er sich bestimmt freuen, wenn er was Ordentliches mitnehmen könnte nach Stuttgart. In den Großstädten soll ja der Teufel los sein, wenn er das für Stuttgart auch nicht ganz annimmt.
Jeder Schwabe hat sei Gütle, und wenn er keins hat, ist er arm, aber dann hat er einen Vater, Onkel, Bruder oder Vetter auf dem Land und dann ist er auch wieder nicht mehr so arm.
Im Ländle lebt man miteinander und selbst einen „Reingeschmeckten“ läßt man nicht verhungern!
Der Wilhelm mäht neben seinen Gedanken ein paar Altgrasmahden am Waldtrauf für die Resi zum Einstreuen.
Da sitzt doch bei Gott so ein fetter Has’ in der Sasse und rührt sich nicht. Der Wilhelm hält inne und guckt zum Himmel nauf: „Ist jetzt das mit Weihnachten das zweite Wunder oder willst du mich, lieber Herrgott, bloß in Versuchung führen?“
Der Wilhelm überlegt – wenn ich mei Sens weglegen tät, dann wär ich ja dem Hasen technisch nemme überlegen und wenn der wegwollt, hätt er die Chance, bis ich mich auf ihn fallen lasse allemal ... das wäre doch ein Orakel, sagten die alten Griechen oder so ähnlich ... und scho hat er den Hasen am Kragen.
Dabei begegnet ihm sein Sohn. „Vater was hast Du da?“ „Siehst doch, einen Hasen.“
„Wie hast Du den gefangen?“
„Wenn Du der Oma und Mama nichts erzählst, sag ich Dir das ganz genau.“
Der sperrt Augen und Ohren auf und glotzt seinen Vater an.
„Siehst Du, da ist er in seiner Sasse gelegen und wo der mich mit meiner Sens gesehen hat, ist er so erschrocken, daß ihn der Schlag getroffen hat.“ „Vater was ist das: „der Schlag?“

„Du hast recht mein Sohn, wenn Du da fragst . . . in dem Fall," murmelt er sich in den Bart, "war's der Schlag hinter die Löffel, genau erzähl ich Dir das ein ander mal, sonst merken die Weiber doch noch etwas und na ischt Heu unten – Bua!, na könnet mir's Kreuz anziehen!"

Bei einem, der vier Jahre Krieg und fast drei Jahre Gefangenschaft hinter sich hat, sind das keine weiteren Probleme.
Er legt den Hasen unter eine Mahd und holt sich den Schubkarren, da bettet er ihn drunter und hängt ihn später in die Kaverne, wo das Wasser für genügend Kälte sorgt.

Jeden Morgen, wenn er zur Arbeit geht, beobachtet er ein Spießerle, ein junges Böckle vom letzten Mai, der tritt immer am gleichen Wechsel gegen Nacht, vom Distelberg her gesehen aus.
Am Sonntag – wann das ist, weiß ja das Böckle nicht – werd´ ich vor Tagesanbruch im guten Wind' dort sitzen und die Schrotflint von meinem Vater selig ausprobieren.
Da schlafet meine Weiber und der Förster schläft auch – sonst müßte er ja scho um 3 Uhr, losmarschieren, um am Distelhof bei Tageslicht aufzukreuzen. Ist's ein junger Förster, dann gilt der Spruch: „A liebs Dirndl und a gut's Bett hat schon manchem Rehlein das Leben gerett! Ist's ein Älterer, dann heißt es: „Auch in einem alten Kirchle läßt sich noch eine schöne Messe lesen." Da die gewöhnlich bis um sieben in der Frühe geht, hat der Wilhelm Zeit.
Des Böckle macht einen Kopfstand – auf die kurze Entfernung hat er es in den Kopf geschossen – und Trophäe braucht ja der Wilhelm keine, auch ist so ein Spießer für den Wilhelm keine Trophäe – er braucht was für den Doktor, und seine Weiber brauchet gar nichts davon wissen, deshalb hängt er's in eine Tanne und abends hängt er's in die Kaverne, wo eine Eiseskälte herrscht.

Der Wilhelm schreibt an den Doktor.

Lieber Fred!
Komme möglichst bald, ich habe für Dich etwas auf die Seite gelegt.
Ich erwarte Dich am Ostersamstag. Alles weitere ist Männersache!
Dein Wilhelm.

Der Fred weiß Bescheid. Die waren ja ein paar Jahre auf Leben und Tod beieinander.

Obwohl er etwas anderes vorhat, fährt er am Ostersamstag mit seinem Daimler auf die Schwäbische Alb.

Über Göppingen und das einladende Geislingen hat er bald die Schwäbische Alb erreicht.
Der Distelhof ist mit dem Auto kaum zu erreichen.
Nachdem die Straßen zwar etwas abgetrocknet sind, probiert er's über Zähringen, aber das Gelände ist ihm zu kuppig.
Hier könnte er steckenbleiben, vor allem weil er den Straßen noch nicht ganz traut.
Er fährt über Altheim/Alb nach Weidenstetten, dann ein Stückchen Richtung Ettlenschieß und rechts ab nach Bitzelhausen.
So müßte er einigermaßen hinkommen.
Der Weg führt zunächst am Waldtrauf entlang und ist schön trocken und sonnenbeschienen.
Am Gewann Brunnen hält er und läuft das Stückle zu Fuß, weil das Gelände stark abschüssig ist. Von hier ist es auch nicht mehr weit zum Distelhof.

Der liegt ja schon sehr idyllisch, denkt sich der Fred, so richtig wo sich Fuchs und Hase gute Nacht sagen.
In einem Waldrechteck, das nach Morgen sich ausdehnt, ist das Höfle im hinteren Winkel gelegen, grüßt von einem leicht geschwungenen Bergrücken und wird also nie in Wassernot geraten, obwohl das Gewann „Brunnen" etwas höher liegt, allerdings durch eine Senke vom Distelberg getrennt.
Es liegt da, wie von der Welt vergessen. Daß da Menschen leben können? fragt sich der Fred.
Er versteht ja vom Ackerbau nicht viel, aber so ergiebig sind diese steinigen Böden hier nicht.
Deshalb geht der Wilhelm in den Wald, damit er ein Zubrot hat und seine Mutter sammelt Heilkräuter, auch das trägt zum Lebensunterhalt bei, aber sonst – was ist sonst?
Was soll aus der Elsa und dem Bua werden? Und wie lang hält das Höfle, so billig wie das gebaut ist.
Du solltest für den Wilhelm nach etwas schauen. Der Fabrikant Vögele sucht schon lange einen verläßlichen Mann als Hausmeister, für sein Villengrundstück.
Die Elsa könnte im Haus mithelfen. Es wäre eine Wohnung da.

Mit diesen Gedanken steht er plötzlich vor dem Anwesen.
Von nahem betrachtet sieht es noch liederlicher aus.

Er klopft an die Tür und eine schlanke, ranke junge Frau öffnet und begrüßt ihn wie einen guten Freund.
Sie ist nicht gerade eine Schönheit, hat aber eine sehr natürliche, liebevolle Ausstrahlung.
Der Fred denkt sich, da solltest gleich probieren, ob du mit deine Stadtfinger ihre Taille umfassen kannst, aber das hätte sie vielleicht in Verlegenheit gebracht, denn die weiß ja nicht, was ihr Waldmensch mir da alles geschrieben hat.

„Ist der Wilhelm da?"
„Ja, der kommt sofort." Die Großmutter ist mit dem Michael in den Wald. Nachdem jetzt der Schnee abgeschmolzen ist, sind die zwei nach dem langen Winter nicht mehr zu halten.
„Wie alt ist der Michael?" fragt der Fred.
„Der wird vier Jahre alt."
„Und wohin muß der einmal in die Schule?"
„Nach Weidenstetten", entgegnet die Elsa.
„Da hat er aber einen langen Schulweg und das bei jedem Wind und Wetter."

„Da mache ich mir auch schon Sorgen" sagt die Elsa. „Ich will aber nicht, daß der Wilhelm meint, uns sei's hier nicht gut genug. In der Steinwüste, aus der ich komme, war das Leben schwieriger".
„Es ist ja in erster Linie wegen dem Buben. Wenn er die Begabung hat, etwas zu lernen, tun sich eben andere Möglichkeiten im Leben auf. Wobei ich nicht abstreiten will, daß auch hier eine Möglichkeit wäre, wenn das Gebäude und das Drumherum besser und auskömmlich wären. Wissen Sie, als Rechtsanwalt, mit meiner Erfahrung, ist man immer bemüht, hinter die Kulissen zu schauen".
Draußen hört man Stimmen.
Die Holder-Marie und der Michael treten in die Stube. „Mutti, was meinst, was wir gesehen haben?" „Sag zuerst Grüß Gott zum Herrn Scheiffele!" „Grüß Gott Frau Kammerer", „Grüß Gott Herr Scheiffele!" „Sie müssen entschuldigen, Kinder sind halt frei heraus."
„So, du bist der Michael – was hast du gesehen – sag's uns allen, weil wir das alle wissen möchten . . .?"
Jetzt erst mustert er den fremden Mann. Dann schaut er die Holder-Marie und dann seine Mutter an und sagt: „Feiner Mann."
Den Fred reißt es von den Füßen, das hat ihm schon lange keiner gesagt, er geht in die Hocke, bietet dem Michael die Hand und sagt: „In Zukunft sagst du zu mir Onkel Fred, abgemacht!"
Die zwei schlagen ein, und dann fragt der Fred erneut: „Was hast du denn im Wald gesehen?"

„Einen Seidelbast, das ist die erste Blume im Frühjahr, hat Omi gesagt. Die riecht ganz stark – da muß man niesen, so stark riecht die!"
„Die zeigst du mir nachher auch, weißt du, ich bin aus der Stadt und da sind keine Blumen, sondern viele, viele Häuser."
Der Michael mustert den Onkel Fred ganz genau, noch versteht er nicht, was er damit meint, aber eines Tages wird er es zur Genüge merken.
Keine paar Minuten später ist auch der Wilhelm da. In einer Schüssel hat er Fleisch. Er stellt sie auf den Küchentisch und begrüßt mit einer Umarmung seinen Kriegskameraden Fred.
Zu seiner Frau gewandt sagt er: „Machet zum Mittagessen den Hasen, der ist mir da neulich in die Sense gesprungen. Schaut net so, und machet euch an die Arbeit, ich gang mit dem Fred zum Wirt und mach das Hochzeitsessen perfekt."
Draußen zwinkert er dem Fred zu: „Die lasset mich nicht ins Haus, wenn ich Wildbret heimbringe – dabei hat es soviel Reh und Hasen. Ich hab für dich noch ein Reh auf der Seite, das nimmst du nachher mit."
„Du, sei vorsichtig, wenn du wegen Wildfrevel bestraft wirst, giltst du als vorbestraft und hast überall Schwierigkeiten."
„Was soll ich hier schon Schwierigkeiten haben – wenn sie mich einsperren – das wäre dann schon schlecht wegen der Elsa und dem Bua. Anderseits bin ich ja keiner, der mit dem Wildbret Geld macht. Wenn ich was hole, dann nur um unseren Hunger zu stillen."
„Selbst wenn die Strafe zur Bewährung kommt, giltst du als vorbestraft und das ist noch nicht gesagt, daß du hier nicht einmal fort mußt und als Vorbestrafter kriegst du keine Arbeit."
„Ich geh von hier nie fort, und wenn ich Rinde fressen muß."
„Berufe das nicht so, überlege, du hast einen Michael, der muß in die Schule, und wenn ich den so sehe, sollt der aufs Gymnasium. Wie willst du das von hier bewerkstelligen? Und du willst doch nicht behaupten, nur weil du hier Rinde fressen willst oder wildern, könntest du deinem Sohn die Zukunft verbauen."
Das waren so starke Argumente, daß es dem Wilhelm die Sprache verschlug.
Und die verschlug's ihm gleich wieder, als sie auf der Hochfläche von Bitzelhausen ankamen und da stand der Daimler vom Fred . . .
„Ja schlag mich's Blechle, bist du ein feiner Pinkel geworden."
„Gell, da glotzt du – des brauch ich, woischt mit dem tu ich bei meiner Kundschaft vorfahren, und da sagen die glei, wer so einen Mercedes fahren kann, der muß auch beruflich etwas können! Verstehst du des, und du bleder Simpel willst Rinde fressen!"
„Ja i hab ja auch nicht die Schulen wie du."

„Wer spricht denn hier von dir – deinem Sohn mußt du die Chance geben . . .“
„Bis dahin hat's noch Zeit.“
„Jetzt steig ein du Rindenfresser . . .“
Der Wilhelm wird gar nicht fertig mit seiner Bewunderung und in sozusagen null Komma null sind sie in Weidenstetten und da springt der halbe Ort zusammen und bewundert das Auto.
Wilhelm merkt, wie er als kleiner Häusler plötzlich angesehen wird. Was so ein Blechgefährt doch alles bewirkt.
Er kratzt sich am Hinterkopf und denkt, der Fred hat recht: Nur wer was vorzeigen kann, gilt bei den anderen Menschen.

Beim Wirt werden sie recht freundlich begrüßt. Eine Naturalbelieferung ist nicht mehr gefragt, hier auf dem Land kann man in dieser Hinsicht auch noch andere Quellen erschließen.
Der Fred besorgt dem Wirt einen Anzugstoff und für die Wirtin Stoff für eine festliche Tracht, – Schneider gibt es auf dem Land und damit ist der Handel perfekt.

Das Festessen wird genau festgelegt und einen Nachtisch gibt es auch. So hat ein Häusler zu Weidenstetten noch nie gegessen, zwinkert der Wirt!
Von dem Neckartäler, den der Fred dabei hat, haben sie zwei Flaschen geleert und sind weinselig.
Jetzt schauen sie auf die Uhr und müssen schnellstens zum Mittagessen auf den Distelhof. Aber mit dem Daimler sind sie im Nu daheim.
Da schaut die Holder-Marie, die ja kaum einmal ein Auto aus dieser Nähe zu Gesicht bekommen hat.
„Nach dem Essen machen wir eine kleine Ausfahrt“, sagt der Fred.
Dann wird im Wohnzimmer gegessen.
Der Fred ist erstaunt, wie diese Menschen mit ihren bescheidenen Mitteln so ein Essen herzaubern können. Dabei zeigt die Elsa auf die Holder-Marie und sagt: „Unsere Mutter kennt alle Pilze im Wald und alle Beeren, sie weiß genau ihre Geschmacksrichtung und kann mit ihnen ganz hervorragend würzen.“
Die Holder-Marie wehrt ab: „Das ist der Rahm von unserer Resi und von unseren Geißen. Der ist nicht nur gesund, sondern auch hervorragend im Geschmack.“
Der Fred hat eine Flasche Neckartäler aufgemacht und die Tafel in dieser mehr als bescheidenen „Hube“ wächst sich zu einem Festessen aus.

Und wie es bei so Gelegenheiten auf der Welt überall ist: man fängt an zu erzählen . . . Das Thema der Kriegskameraden war diesmal nicht der Krieg, sondern ihre Flucht über mehrere tausend Kilometer bis nach Hause.
Michael sitzt da und traut sich kaum mehr zu atmen.
Die Holder-Marie, die Elsa, alle sitzen da und horchen – das Ereignis in ihrer Einsamkeit: „In Irkutsk waren wir als Kriegsgefangene nicht eingesperrt, wozu auch. Es konnte keiner fliehen, weil keiner ein paar Kilometer über die Stadtgrenze hinausgekommen wäre. Entweder hätten ihn die wilden Tiere ‚aufgeräumt' oder ihn das Klima vernichtet", sagt der Fred.
„So war's", pflichtete der Wilhelm bei.
„Im Winter sowieso nicht, und im Sommer herrscht eine unvorstellbare Hitze."
„Trotzdem hatten wir drei, der Wilhelm, der Johann Kammerer aus Siebenbürgen und ich so eine Sehnsucht nach Daheim, daß wir uns schworen, alles dran zu setzen, um nach Hause zu gelangen, egal wie."
Sie überlegten ganz nüchtern, die Urenkel von diesen Gefangenen würden dazu Brainstorming sagen, welche Möglichkeiten ihnen Erfolg versprechen konnten.
Das erste wäre, analysierten sie in langen Winternächten: genügend Geld zu haben. Als zweites: es ging nur über die Transsibirische Eisenbahn. Das waren die Ansatzpunkte.
Sie machten ab sofort alles zu Geld, was ging. Johann war ein stattlicher Mann, und wenn der mit seinem Pelzmantel eine Runde über den Marktplatz drehte, wurde er angesprochen, ob er seinen Pelzmantel nicht verkaufen würde.
Er verkaufte seinen und nachher noch etliche von einem Kürschner.
Die Flucht sollte im Frühjahr beginnen, wenn der Schnee weg war.
Untertags arbeiteten die Gefangenen an der Transibirischen Eisenbahn.
„Dabei kam ich auch in die Nähe des Bahnhofs", erzählte der Fred.
„Ich konnte russisch, weil ich schon 1916 in Gefangenschaft kam. So suchte ich immer Kontakt zu den Posten, und weil das auch alle Menschen sind wie wir, ist mir ein Kontakt auch geglückt . . .
Den habe ich dann durch Gefälligkeiten, durch Geld und Geschenke unauffällig ausgebaut.
Ich lernte das Bahnhofspersonal kennen und konnte mein Anliegen eines Tages anbringen. Sie verlangten eine gewisse Summe und dann sagten sie uns den Termin."
Fred schaut auf die Uhr: „Mein Gott, jetzt wäre ich glatt bei euch verhocket. An der Hochzeit erzähl' ich weiter oder klopfet euren

Wilhelm breit, der war ja dabei."
Jetzt dürfet ihr mitfahren bis nach Weidenstetten und wenn's euch nicht zu weit ist, müßt ihr zurück laufen.
Fred lud seinen Wagen aus, und als die Frauen so richtig beschäftigt waren mit ihren Trachten und dem Mitgebrachten, verluden die zwei Männer das Wildbret.
„Weischt, meine Weiber die schimpfet mich jesessmäßig, wenn sie das wüßten."
„Da haben sie auch recht – laß des ja bleiba."
„Die Sau tun wir ja jetzt net braucha, die füttere ich no a weile und zum Herbst gibt des was ganz Nobles und dann kriegst du dei Portion, das ist Ehrensache und wenn ich dir's im Koffer bringen müßte – denn wenn's bei uns einschneit, kannst du kaum mehr herfahren . . ."
„Alles in Ordnung, vielleicht gibt es dann auch etwas Speck – weischt ja, wie ihn die Ungarn machen, mit Paprika – den besorge ich."

„Also Herr Scheiffele, daß sie uns so beschenket, des ist ja viel zu viel des Guten", sagt die Holder-Marie und die Elsa wirft ein: „Das dürfen wir ja gar nicht annehmen."
„Das müßt ihr annehmen, mich kostet es nicht viel, und wenn ich dem Kleiderhändler etwas vom Land mitbringe, hat der noch mehr für euch übrig."
„An dem soll's net fehlen", sagt die Holder-Marie. Ein paar Pfund Butter und hundert Eier können sie gleich mitnehmen."
Für die damalige Zeit war das ein Vermögen, und für Leute aus Stuttgart sowieso. Die Verkehrsmittel waren ja äußerst beschränkt und ein Auto hatten nur wenige.
Eine Wohltat war's für den Wilhelm, als er ein paar Schritte seinen Frauen voraus und den Buben auf dem Arm wieder seinem Distelhof zuschreiten konnte.
Der Fred hatte mit seinem kurzen Aufenthalt eine Hektik heraufbeschworen und Probleme angedeutet, die jetzt jeden von ihnen irgendwie innerlich umtrieben, nur der Michael war, vor lauter Auto, auf Vaters Arm eingeschlafen.
Und dieses Gefühl auf seinem Arm ließ den Wilhelm die aufkommenden Zweifel vergessen, die sich ihm als Resultat des heutigen Tages in sein Herz schleichen wollten.

Samstag wars, der Wilhelm hatte seine Arbeit zu Ende gebracht, schulterte seine Axt und lief bedächtigen Schrittes nach Hause.
Morgen wars soweit.

Nach der Sonntagskirche wollte der Pfarrer die Trauung durchführen und dann wollte man gemeinsam zum Essen gehen.
Der Wirt hatte ein kleines Nebenzimmer reserviert, so daß sie für sich sein konnten.
Ein Älbler bleibt auch an seinem Hochzeitstag auf „seine Fueß"!
Und beim Wilhelm war das ja zweimal angebracht.
Als kleiner Landwirt und „Sedler" hatte er gewiß keinen Grund, anzugeben, und als Hochzeiter mit einem vierjährigen Buben auch nicht.
So sind's halt Schicksale, und der Wilhelm war mit seinem Schicksal und dem, was ihm der Herrgott nach den herben Kriegsjahren geschenkt hatte, sogar recht zufrieden.
Die Elsa war ein lustiges und zufriedenes Weib, das anpassungsfähig war, und förmlich an ihm hing.
Kann ein Mann von seinem Weib noch mehr verlangen, als daß sie ihn lieb hat und auf ihn eingeht?
Der Bub suchte ebenfalls immer mehr den Kontakt zu seinem Vater und die Holder-Marie, seine Mutter, war durch die ganzen Umstände und vor allem durch den Michael noch einmal aufgeblüht, als wenn sie im Wald vom Stumpen ausschlaget.
So konnte er morgen mit Überzeugung vor seinen Herrgott hintreten, sein Knie am Altar vor ihm beugen und aus vollem Herzen ja sagen und danken.
Er hatte es gut gemeint mit einem armen Landser, den die Hölle mit einem „Heimatschuß" noch einmal ausgespuckt hatte, direkt in die Arme einer so lieben Frau.
Und die zwei Pfarrer, der Kriegspfarrer aus Köln und der von Weidenstetten hatten trotz Überbelastung und sicher wichtigeren Dingen diese zwei Menschen zusammengeführt.
Am liebsten, dachte sich der Wilhelm, solltest du ihm vor dem Altar die Hand küssen, stellvertretend auch für andere, aber da sind wir Evangelische zu steif erzogen, und als Holzfäller, der er ja jetzt war, sowieso.
Aber er hatte ja auch in seinem Wald soviel Möglichkeiten, diesen Dank anzubringen.
Wie oft schaute er am Tag zum Himmel, führte Zwiegespräche, wenn die Strahlen der Sonne durch die Äste brachen, wenn es blitzte und donnerte oder wenn es mit leichtem Schneegestöber auf der Alb einwinterte.
Oft klopfte er, wenn im Winter die Arbeit ruhte, bei seinem Spaziergang im Wald die Schneelast von den kleinen Bäumen, auf daß sie ihre Lebenskrone wieder zum Herrgott aufrichten konnten und

überhaupt war er bemüht, ein Gott wohlgefälliges Leben zu führen, soweit er das als einfacher Mensch beurteilen konnte.
Der Zwischenfall mit dem Hasen und dem Böckle würde ihm der Herrgott schon verzeihen, wo er fest vorhatte, es in Zukunft bleiben zu lassen.
Nun stand er vor dem Höfle und so gute Gedanken hatten ihn auf dem Weg dahin begleitet, daß er am liebsten das ganze Anwesen mit seinen Menschen, Viechern und den leider etwas unzulänglichen Baulichkeiten in den Arm genommen hätte.
Letzteres war der Wermutstropfen, der ihn immer, wenn er vor Glück überschäumen wollte, auf den harten Boden der Wirklichkeit zurückzog.
Sie waren ja nur Pächter und selbst wenn's Höfle ihm gehört hätte, mit welchem Geld hätte er je was renovieren können.
Der Staat zahlte schlecht im Wald und überhaupt war er froh, untergekommen zu sein.
„Papa, Papa", schrie der Michael aus Leibeskräften und sprang ihm entgegen. Er warf die Axt von der Schulter, einen Dankesblick zum Himmel, dann kniete er nieder, um seinen anstürmenden Sohn mit seinen Armen aufzufangen.
In der Küchentüre drängten sich die Holder-Marie und seine Elsa, die Hühner gackerten, die Geißen meckerten, die Schäflein warfen auf und auch die Resi drehte ihren Kopf der Stalltüre zu. Mein Gott, wie willst du einen Menschen noch reicher beschenken?
Und das wußte der Wilhelm.
Freudig begrüßte er alle, und die Elsa und Oma bekamen heute sogar einen Kuß.
Dann saßen sie im letzten Licht des Tages in der Küche und verzehrten ihr bescheidenes Mahl.
Aus dem Ofenloch glimmerten die letzten Funken, und als sie fertig waren, begann die Holder-Marie aus ihrer Jugend zu erzählen.
Und es war so eine Stille in dem bereits halbdunklen Raum, und die Worte reihten sich wie Perlen auf einer Schnur.
„Oh Kinder, was waren das früher für Zeiten, wo i auf'd Welt komma bin.
Von 1840 bis 1847, hat uns der Lehrer erzählt, waren solche Hungersnöte in Baden und Württemberg, daß aus Baden 70000 und aus Württemberg 164000 Menschen ausgewandert sind.
Unter anderem sind viele von Ulm die Donau hinunter mit der „Ulmer Schachtel" nach Ungarn, dem Banat und etliche auch nach Siebenbürgen.
Siebenbürgen, hat der Lehrer erzählt, soll ein wunderbares Waldland sein, umschlossen von hohen Bergen, den sogenannten Karpaten.

Zeitweilig sollen dort mehr Deutsche gewohnt haben als andere Völker, und Burgen soll es dort geben – fast in jeder Ortschaft eine. Nachdem ich euren Vater geheiratet hatte, sind wir auch amol auf des zu sprecha komma, und da hat er gesagt, ein Bruder von seinem Vater, der Franz Kammerer, Knecht beim Thierer in Hofstett-Emerbuch, sei selbigsmal so um 1846 nach Siebenbürgen ausgewandert. Und seit du Wilhelm, uns des mit deinem Kriegskameraden Johann Kammerer aus Kirchenburg in Siebenbürgen erzählt hast, geht mir des nemme aus dem Kopf, ob des am End' eine Verwandtschaft von uns sein könnte?"

„An des muß i auch immer wieder denken: Kammerer, des ist doch net so a Name wie Müller oder Schneider – ob der nicht doch mit uns verwandt ist? Dabei ist des noch mei' Lebensretter und hat Schneid bewiesen, denn die Wellen in dem Ladogasee in Rußland waren schon so hoch wie unser Häusle."

Elsa druckt ihrem Wilhelm die Hand.

„Wir freuen uns ja so, daß wir jetzt so glücklich beieinander sind."

Der Michael ist inzwischen bei ihr eingeschlafen.

Er versteht ja doch noch nicht alles.

„Ich wünsche euch eine geruhsame Nacht."

„Wir, dir auch, Mutter, schlaf gut!"

Elsa brachte den Buben ins Bett.

Die Holder-Marie ging in die Wohnstube und Wilhelm schaute noch nach den Viechern.

Es ruhte alles, was man ihren ruhigen Atemzügen unschwer entnehmen konnte.

Dann trat er noch vor das Höfle, blickte hinauf zum Sternenhimmel und war froh, daß sich die Zeiten geändert hatten.

Er erinnerte sich an einen Vortrag in Irkutsk, den ein Studienrat über die Zeit von vor 1817 gehalten hatte.

Wie das damals mit der Leibeigenschaft war, daß der einfache Mensch überhaupt keinen Wert hatte und noch minder wie das Vieh behandelt wurde.

Da gab's früher solche Menschenverächter wie den Friedrich II,. von Hessen-Kassel: Der verschacherte 1776 an die Engländer 12000 Soldaten für den amerikanischen Krieg, wobei für die Gefallenen ein extra Betrag gezahlt werden mußte. Dieser Despot, teuflischer als der Beelzebub, hat sich noch ein Denkmal als „Vater des Vaterlandes" errichten lassen.

Karl Eugen von Württemberg, der sein Land bedrückte, um seine Mätressenwirtschaft zu finanzieren, verkaufte 1786 ein ganzes Regiment Landeskinder an die Holländer, das in Kapstadt elendiglich verreckte. Weil der Dichter Daniel Friedrich Schubart in seinem

„Kaplied“ dies geißelte, wurde er ohne Gerichtsurteil 10 Jahre auf dem Hohenasperg eingelocht.
So war das vor etwas mehr als 100 Jahren, und den Wilhelm fror es bei diesen Gedanken, und er suchte die Nähe eines lieben Menschen und das war seine Elsa.
Ganz behutsam schlupfte er zu ihr unter die Decke und küßte von Herzen ihre Augen, ihren Mund, ihre Wangen und noch viel mehr.

Heute war Leben am Distelberg. Die Vögel hatten bereits beim ersten Licht ihr Sonntagslied zu Ehren von Elsa und Wilhelm Kammerer gesungen. Dann erhob sich der Bussard in den klaren Morgenhimmel und grüßte die Brautleute mit seinem hellen Ruf.
Auch eine Weihe, bereits wieder zurückgekehrt aus wärmeren Gefilden, hatte von dem hohen Fest gehört und zeigte nicht nur ihre Flugkunst, sondern auch wie herrlich sie der Herrgott, zur Freude derer die das sahen, gezeichnet hatte, und Wilhelm sah es und zeigte es dann gleich seiner Elsa, damit sie sich auch freuen konnte.
Und es jauchzte der Tauber und es rätschte der Häher und die alte Krähe schrie ihr philosophisches Kraaah, Kraaah übers Höfle hinunter ... und von soviel Betriebsamkeit aufgeschreckt, schmälten die Rehe in der Wiese und am Waldtrauf.
Und es fragten sich die Berta und die Schäflein und Ziegen, was heute los sein könnte? Und die Menschen im Haus waren so aufgeräumt und fröhlich und zogen sich so schöne Kleider an – was der Elster, die unweit ein Nest baute, schon längst aufgefallen war ...
Wenn der Pfarrer da herausgekommen wäre und hätte hier die Trauung vollzogen, dachte der Wilhelm, es wäre ihm auch recht gewesen. Aber nun wars so Brauch, es im Gotteshaus vor dem Altar zu tun und so sollte es denn auch geschehen.
Pünktlich war der Hornbauer zur Stelle.
Elsa steckte noch dem Pferdle ein paar Blumen ins Kummet und dann fuhren sie los.
Die Schäflein und die Geißlein schauten ihnen nach, und wenn sie hätten winken können, hätten sie es sicher getan.
Die Straße zum Waldteil „Brunnen“ lief Wilhelm neben dem Wagen, man wollte dem Pferdle vom Hornbauer nicht zuviel zumuten.
Sauber sah er aus in seinem schwarzen Tuchanzug und dem linnenen Hemd. Auch die Frauen sahen in der schönen Tracht wie verwandelt aus.
Als sie die Bitzelhauser Ebene erreicht hatten, stieg auch Wilhelm wieder auf.
Das hatten die Steine der ehemaligen Siedlung, die Bäume und Vögel, die Gräser und der Boden von Bitzelhausen schon ein paar hun-

dert Jahre nicht mehr gesehen: ein Brautpaar, das so schön gerichtet in die Kirche fuhr.
Ein paar hundert Jahre mochten es her gewesen sein, daß auch von hier vielleicht einmal eine Braut in die Kirche gefahren wurde.
Aber die Mordbrenner des 30jährigen Krieges, die Teufel aller Teufel, hätten sicher nicht mal vor einer Braut halt gemacht.

Von weitem sahen sie schon den Kirchturm von Weidenstetten, und als die Glocken das Läuten anfingen, da wußten sie, daß es heute auch ihnen gelten sollte – einem armen Sedler und seiner jungen Frau.
Richtig feierlich wurde es ihnen zumute, und das Pferdle vom Hornbauern straffte den Rücken und legte sich in die Siehlen, als wenn es noch etwas an Prestige herausholen wollte.
Das aber war bald vorbei.
Die ganze Dorfjugend stand um den Mercedes von Fred Scheiffele versammelt und schenkte dem Gäule kaum eine Achtung.
Erst als der Fred mit seinem Fräulein, geschminkt gleich einem Farbenkasten, auf das Gefährt des Hornbauern zuschritt – ging ein Ah und Oh durch die Menge.
So hatten sie diesen Sedler noch nie gesehen ... und es sah aus ihren Blicken nicht nur die Bewunderung, sondern da und dort blitzte bereits der Neid.
So sind die Menschen, dachte sich der Hornbauer. Jetzt besitzen die gewiß nicht viel mehr, als sie am Leibe haben, und dennoch ist manchem das schon zu viel ...

Nachdem sie sich alle begrüßt hatten, formierten sie einen kleinen Zug in die Kirche.
Das Brautpaar nahm gleich vorne am Altar Platz und der Pfarrer ließ den üblichen Gottesdienst in den Trauungsgottesdienst übergehen.
Und als der Pfarrer die Hände des Brautpaares zueinander führte, da beugte sich die Elsa über seine Hand und küßte sie.
Der Pfarrer verstand diese Geste, fuhr ihr übers Haar und sagte außerhalb des Trauungszeremoniells: „Es ist schon gut mein Kind!“
Nachdem der Pfarrer in der Predigt die glückliche Fügung dieser zwei Menschen dargestellt hatte dachte sicher mancher Kirchenbesucher über die Wunder dieser Welt nach und daß auch heute noch, mitten in unserem Alltag, Wunder möglich sind.

Als der Pfarrer die Schlußworte der Trauung sprach: „Bis der Tod euch scheidet“, drückte die Elsa dem Wilhelm ganz fest die Hand und er erwiderte ihr Versprechen und sie waren nun Mann und Frau bis an ihr Lebensende.

Als sie vorm Altar sich umdrehten, stand die Holder-Marie vor ihnen und Tränen des Glücks kollerten über ihre Wangen, und Michael schaute ganz betreten zu seinen Eltern hinauf.
Sofort zog ihn die Elsa an sich und Wilhelm nahm ihn auf den Arm. Dann umarmten sie die Holder-Marie und die Orgel brauste durch den hohen Raum und sang das Lied vom Glücklich-Sein der Menschen.

Nachdem sich der Pfarrer umgezogen hatte, gingen sie gemeinsam zum Mittagessen.
Der Wirt hatte scheint's Respekt vor „diesen Stuttgartern" und hatte es an nichts fehlen lassen.
Der „Farbenkasten" entpuppte sich als ein ganz umgängliches Mädchen aus der Großstadt, das schnell mit dem Michael warm wurde. So verlief das Hochzeitsessen sehr harmonisch.
Der Fred Scheiffele hielt sich trotz seinem Doktor und Rechtsanwaltstitel zurück, scheint's hatte ihm der Pfarrer mit seiner Predigt in Erinnerung gerufen, daß nicht alles vom Menschen machbar ist und daß es sehr wohl den da oben noch gibt.
Der Pfarrer war nach dem Essen gegangen, weil er noch einen Vespergottesdienst halten mußte.
Die Elsa, der Michael und die Tante aus Stuttgart fuhren mit dem Fred und die Holder-Marie und der Wilhelm mit dem Hornbauern.
„Also war das ein Essen gewesen", sagte der Hornbauer anerkennend, „das werd' ich der Bäuerin erzählen und ein guter Wein war das, sicher ein Cannstatter Zuckerle oder gar ein Roter Berg und einen feinen Kriegskameraden hast du Wilhelm!"
„Ja, das kann man sagen. Harte Zeiten schmiedet Leut' zusammen."
Bis man die Ereignisse etwas auseinanderklaubte war man auch schon wieder am Distelhof.
Der Hornbauer wollte keinen Kaffee, der hatte den Arsch voller Botschaft, wie er das so schön zu formulieren pflegte, und wollte heim zu seiner Babett.
Die Holder-Marie gab ihm ein Stück Hefekranz mit, „zum Einbrokken für die Frau, und ich guck in die nächste Tag wieder vorbei bei ihr."
„Hüh" und fort war er. Eine gute Seele von einem Menschen, und man half sich halt gegenseitig, wie das auf dem Land unter guten Nachbarn üblich ist.

Beim Kaffeetrinken war es schon etwas eng in der „Stuben", auch sonst fühlte sich der Fred nicht so in seinem Element. Für die Agrarwirtschaft hatte er scheint's nicht viel übrig.

Die Holder-Marie spannte das und bemerkte: „Ein paar hundert Eier hätt' ich auch schon für euch auf der Seite und Butter von der Resi", da hellte sich sein Gesicht schlagartig wieder auf.
Diese Seite der Landwirtschaft gefiel ihm scheint's besser.
Nun, so sind die Menschen, und man muß jeden nehmen wie er ist, anders machen geht meistens schlecht.
Als es später Nachmittag wurde und alles verladen war, nahm der Fred den Wilhelm und die Elsa auf die Seite: „Bloß, daß ihr es wissen sollt: ich habe einen Fabrikanten an der Hand, der sucht so ein Ehepaar wie ihr es seid, als Hausmeister nach Stuttgart. Ihr könntet sogar eure Viecher mitbringen, so groß ist das Anwesen."
„Ist schon gut", sagte der Wilhelm, „vorläufig ist nicht daran zu denken. Im Herbst holst du dir den Anteil an der Sau. Du hast uns jetzt recht viel geholfen und wir danken dir von ganzem Herzen."

Das war wieder der Pfeil, der auf die Elsa, den Michael und auf das Glück am Distelhof zielte.
Solang die Hütte nicht über ihm zusammenfiel, würde er, der Wilhelm Kammerer, den Boden hier nie verlassen – das schwor er sich.
Aber der Pfeil war abgeschossen und der fraß sich in die Herzen, nicht von heute auf morgen, nein, so ein Teufelspfeil hat Zeit, viel länger als es je ein Mensch für möglich hält.

Abschied von der Alb

Die Jahre gingen ins Land. Der Michael, als Liebling vom Distelhof war bereits in der dritten Volksschulklasse. Er lernte so leicht, daß er sich kaum vorbereiten mußte für den Unterricht.
Was der Lehrer sagte, prägte sich bei ihm so ein, daß es auf Anfrage immer parat war.
In der so gewonnenen Zeit half er der Holder-Marie beim Kräuter sammeln.
Sie wurde zusehends vom Alter geplagt, und da er bereits alle Kräuter kannte, war das kein Problem für ihn. Er war sowieso lieber im Wald als sonst wo und kannte jeden Vogel, jedes Tierle, die Bäume und die Blumen.
Dem Lehrer war das aufgeweckte Bürschle schon längst aufgefallen, und als er die Elsa und den Wilhelm in der Kirche sah, beendete er sein Orgelspiel am Ende des Gottesdienstes etwas früher, um ja mit ihnen sprechen zu können.
„Sie sind die Eltern vom Michael?"

„Ja, das sind wir, ist was nicht in Ordnung?"
„Nein, nein, im Gegenteil. Der ist so aufgeweckt und lernt so leicht, daß es schade wäre, wenn er nicht aufs Gymnasium gehen würde. Ich weiß, sie leben auf dem Distelhof, da wird das nicht leicht machbar sein, aber schade wäre es dennoch, entschuldigen sie bitte, aber ich mußte ihnen das sagen."
Nun wurde die Sache ernster.
Der Wilhelm ließ den Kopf hängen, und seine Elsa fühlte mit ihm. Sie wußte, wie sehr er seine Alb liebte, mit all ihren rauhen Winden und trotz den mageren Jahren, in denen es gerade reichte, über die Runden zu kommen, geschweige denn etwas am Haus zu richten oder etwas größeres anzuschaffen.
Der Hornbauer hatte angedeutet, daß er ihm „sei Sach" auch überlassen würde, wenn er sie bis ans Lebensende versorgen würde und noch ein paar Erben auszahlen täte.
Aber dem Hornbauer „sei Sach" war halt auch ein altes Glump, ohne Maschinen, mit alten Gebäuden und mäßigen Feldern.
Da war guter Rat teuer.
Die Holder-Marie war mittlerweile auch schon 82 Jahre alt geworden.
Es hatte sich im Laufe der Jahre folgende Arbeitseinteilung ergeben: Der Wilhelm ging in den Wald und machte die schweren Arbeiten am Feld wie Mähen und die Frucht ernten. Die Elsa versorgte die Viecher, kochte und strickte. Die Holder-Marie sammelte Kräuter und ging zu ihren Kranken und, da sie im Alter unsicherer wurde, begleitete sie meistens der Michael.
Der Michael war ihr ein und alles, und der Michael achtete und liebte seine Großmutter von Herzen. Sie war eine liebe und gute Frau und half so vielen Menschen, ihre Schmerzen zu überwinden und wieder gesund zu werden.
„Michael", sagte sie zu ihrem Enkel, „wenn du ein guter Mensch werden willst, dann werde Arzt und wenn es dazu nicht langen sollte – denn da muß man viel studieren, dann schau mir auf die Finger und lerne aus der Natur – denn die Natur ist Gott – aber er wird dich nur annehmen und dir seine Wunder zeigen, wenn du von unten kommst, ohne Ansprüche, ohne Einbildung – ein einfacher Mensch, der anderen helfen will. So wirst du dein Herzensglück finden und wenn es nicht in fünf, zehn oder zwanzig Jahren sein wird, egal, eines Tages wird es dir gelingen."

Viele Abende ging die Elsa mit ihrem Wilhelm noch eine Runde über die Felder und durch die Wälder – denn zu Hause konnten sie sich ja nichts anmerken lassen.

Es war schon wegen dem Michael unmöglich, am Distelhof bleiben zu wollen. Der Bub hatte Begabung, das merkten sie schon mit seinen Heilkräutern. Der beherrschte jetzt schon ihren Ursprung, ihre Wirkung, Dosierung, Zusammenstellung bei verschiedenen Krankheiten, mit einem Wort: der Holder-Marie, war da ein Holder-Kammerer nachgewachsen, auch seine Statur und seine Finger sprachen mehr für einen geistigen Typen als für einen Holzbauern.
Nun war noch das Problem mit der Holder-Marie. Sie wollten auf jeden Fall solange da bleiben, solang sie lebte.
Sicher würden sie den Michael in Stuttgart unterbringen, bis sie ebenfalls nachkommen konnten.
Der Wilhelm setzte sich hin und schrieb den dritten Brief seines Lebens an den eigentlichen Verursacher der ganzen Geschichte:

„Lieber Fred!
Du hast uns einmal angedeutet, daß, wenn wir wegen unserem Michael was unternehmen müßten, wir uns an Dich wenden sollten. Nun hat uns der Lehrer letzten Sonntag angesprochen, wegen seinem Talent und er solle im nächsten Jahr möglichst in ein Gymnasium wechseln.
Ist die Stelle bei Deinem Fabrikanten noch frei? Und kann er unsere Viecher noch brauchen? Gib uns Nachricht, oder besuche uns. Einen Butter und ein paar Eier können wir Dir älleweil mitgeben.
Dein Wilhelm."

„Oh Elsa, ich glaub ich mach's nemme lang" sprach die Holder-Marie eines Tages zur Elsa.
„Wieso meinst du das Mutter?"
„Es wird mer halt immer öfters so bang auf der Brust und da meine Herztees nemme so ansprechet, glaub ich halt, daß des Herz verbraucht ist."
„Muscht dich halt öfters ausruhen Mutter und brauchscht auch nicht immer so viel heimtragen. Leg die Kräuter im Wald auf einen Haufen und woischt ja, dei Michael holt sie dir doch gern nach Hause."
„Ja mei Michael, ist mei gueter Bua!"

Ein paar Tage später kam bereits der Brief vom Fred.

Liebe Elsa, lieber Wilhelm!

Das Angebot ist noch immer vorhanden. Der Herr Vögele begrüßt Euer kommen je bälder, je lieber.

Die Inflation, die schlechte Verpflegungslage und die oft zweifelhafte Herkunft der Lebensmittel würde eine Selbstversorgung vom Lande geradezu verlangen.
Damit Ihr aber seht, daß es dem Herrn Vögele ernst ist, lädt er Euch für nächsten Samstag ein. Am Bahnhof werdet Ihr von seinem Chauffeur abgeholt, damit wir uns nicht verfehlen, werde ich dabei sein und Euch am Bahnsteig 3 erwarten. Der Zug fährt in Geislingen um 9.05 Uhr ab.

Bis bald Euer Fred.

Der Fred hatte ein zupackendes Wesen. Es sollte ja bloß eine Information sein im Falle eines Falles, aber zurück konnten sie jetzt nicht mehr, also richteten sie sich danach.
Michael hatte Sommerferien und konnte die Viecher ja schon selber versorgen und mit der Oma hatte er keine Probleme, die zwei verstanden sich blendend.
Die Elsa ging zum Hornbauern, ob er sie nicht am Samstag bis nach Weiler fahren würde. Den Helfenstein hinunter bis zum Bahnhof wär es eh nur ein Katzensprung, nach Hause kämen sie dann allein.
Das machte der Hornbauer gerne.
Am Samstag war er schon um 1/2 7Uhr am Distelhof.
Man wechselte noch ein paar Worte und die Holder-Marie sagte: „Auf dem Rückweg schaust herein, vielleicht hab ich noch eine Fuhre für dich.“
„Ach Mutter“, sagte der Wilhelm, „was wirst du noch für eine Fuhre haben“, lachte er sie an und sagte zum Hornbauern: „Fahr zu, sonst verspäten wir noch den Zug!“
Unterwegs kamen ihm so Gedanken. Menschen, die lange Zeit allein waren oder die direkt mit der Natur in Verbindung leben, haben oft Vorahnungen oder Eingebungen und so sagt der Wilhelm, als sie in Weiler o. Helfenstein angekommen sind: „Hornbauer, fahr wieder am Distelhof vorbei und schau, ob alles in Ordnung ist, s’wird zwar nichts sei, aber es liegt ja an deinem Weg und da kostet’s ein Geld, s’ wär mir schon lieber“.

Die Elsa genießt den Blick vom „Himmelreich“, bevor sie über den alten Geislinger Albaufstieg den Bahnhof erreichen. Sie haben noch eine dreiviertel Stunde Zeit. „Da laufen wir noch bis ins Kleidergeschäft Hoch in der Karlstraße, da kaufe ich geschwind noch eine Hose.“
Wenn man von der Alb schon mal ins Tal kommt, ist es gut, gleich einzukaufen, „denn alle halb Jahr ist das nicht der Fall.“

Sie erreichen noch in Gemütsruhe den Zug und erleben eine herrliche Bahnfahrt nach Stuttgart.
Die Elsa ist seit ihrer Bahnfahrt von Köln nach Ulm überhaupt nicht mehr mit dem Zug gefahren, so genießen sie die Fahrt aus vollem Herzen.
Inzwischen ist der Hornbauer wieder zurückgefahren und als er am Distelhof vorbeikommt, sitzt der Michael vor der Haustüre und weint.
„Ja sag amal, wo hat's dir heut' scho neigeregnet?“ ruft der Hornbauer von seinem Wagensitz.
„Mir hat's nirgends neigeregnet, aber mei Oma sitzt da drüben am Distelberg und schwätzt nichts mehr mit mir, dabei hab ich ihr lieb über die Wangen gestreichelt und ihr das Haar aus der Stirn gestrichen, wie sie das oft so lieb bei mir auch schon getan hat, ich glaub die ist tot.“
Dem Hornbauer sind die Späß vergangen.
Schnell hopft er von seinem Wagen und geht mit dem Michael zur Oma.
Da sitzt sie, denkt der Hornbauer, wie im Leben und hat noch einen ganzen Büschel Heilkräuter im Arm und lehnt an einem Stumpen.
Er braucht nicht mehr viel zu untersuchen, – das sieht ein Blinder, daß die tot ist.
Gott hab sie selig, denkt der Hornbauer, es war eine gute Frau, wer wird jetzt bloß seiner Babette die stinkigen Füß verbinden?

„Komm Bua, wir fahren jetzt nach Weidenstetten und schauen nach der Leichensägerin, damit die Großmutter versorgt wird. Da kann man sie ja nicht liega lassa.“
„I geh nicht mit, ich bleib bei meiner Oma.“
„Ja hoscht koi Angst net so allein?“
„Wieso soll i Angst haben, es ist doch mei Großmütterle mei liab's“ und fängt schon wieder's heula an.
Der Hornbauer schreit „hüh“ und schaut, daß er bald nach Weidenstetten kommt.
Man versorgt die Holder-Marie und bahrt sie auf in ihrer Tracht – die sie ihr lebtag so gern getragen hat, – der Heilkräuterstrauß, den sie in der Früh noch gepflückt hat, liegt in ihren Armen.
Dem Michael bringt der Hornbauer einen Wecken von Weidenstetten und sagt zu ihm: „Schau Bua, so ist das Leben. So wie das Laub im Herbst von den Bäumen fällt, wie der Baum selbst fällt, so müssen auch wir Menschen eines Tages gehen, so ist die Gottesordnung und die ist heilig.

Und die Taten eines Menschen, sagt der Pfarrer, folgen ihm nach ins Jenseits, und da deine Oma eine liebe, mildtätige Frau war, ist ihre Seele vielleicht schon im Himmelreich, wo ihr nur Gutes widerfahren wird.
Deshalb brauchscht du jetzt auch nicht mehr heulen, sondern solltest eigentlich froh sein, daß es ihr so gut ganga ischt, weißt ja, sie hat sich schwer getan beim Laufen und auch sonst hat sie klagt über Schmerzen . . . Deine Eltern werden bald da sein – jetzt bist du eben der Mann hier – versorg deine Viecher und zeig, daß du ein Kerle bischt."
Der Michael nickt mit dem Kopf und heult bei seinen Zicklein und Schäflein weiter, bloß sieht es hier niemand. Und während er die Tierle krault und streichelt, empfängt er Trost und Wärme von ihnen, und das tut seiner jungen Seele gut.

Pünktlich kommt der Zug in Stuttgart an. Fred steht bereits da und empfängt seine Älbler. Draußen wartet der Chauffeur. Herrlich, dieser Blick vom Bahnhof die Königstraße hinauf. Links der Schloßgarten und ganz rechts ein richtiger Rebenhang. Die „Stadt zwischen Wald und Reben", wie es so schön heißt. Und als der Chauffeur die Königstraße hinauffährt und der herrliche Schloßplatz mit Schloß und Königsbau vor ihnen auftaucht, da wissen sie gar nicht, wohin sie ihre Blicke zunächst wenden sollen – so imposant ist das alles.
Eine völlig andere Welt dringt auf sie ein und verwirrt ihnen die Sinne. Die Sprache haben sie schon längst verloren.
Fred merkt ihr Erstaunen und sagt: „Das ist bloß beim ersten Mal – das verändert sich ja nicht und beim zweiten Mal ist man's schon gewöhnt.
Rechts seht ihr den Hasenberg mit seinen Weinbergen und links geht es nach Degerloch. Da hat's überall noch Wald dazwischen. Also nur aus Stein ist unser Stuttgart nicht, – Ihr werdet sehen, wie schön die Gärten in den Vororten angelegt sind, mit Blumen, Ziersträuchern und Bäumen und da, wo wir jetzt hinfahren, ist sogar noch eine Wiese mit Ackerland und kleineren Ökonomiegebäuden. Das war früher ein kleiner Bauernhof, von dem stammt die Frau Vögele.
Die Äcker sind zum Teil Baugrund geworden.
Die Frau Vögele hätt halt den Wunsch, wenn in ihr ehemaliges elterliches Haus wieder etwas Leben hineinkäme und als Nebeneffekt möchte sie eine frische Milch. Einen selbstgezogenen Salat, Rettich, Zwiebel, vielleicht zwei bis drei Reihen Kartoffel – ihr wißt das schon, wie bei euch auf dem Distelhof, und euren eigenen Bedarf könntet ihr da mit herauswirtschaften.

Du Wilhelm, solltest das Sach in Ordnung halten. Es stehen auch viele Bäume auf dem Grundstück, die Hecken sind zu schneiden und du Elsa solltest, wenn viel Besuch da ist, dem Mädle im Haus und in der Küche mithelfen. Dafür kriegt ihr beide einen vollen Lohn. Aber das wird euch der Herr Vögele selber sagen."
Das war viel auf einmal, aber gut, daß der Fred das voranschickte. Auf dem Distelhof hatte man in einem ganzen Jahr nicht so viel Neues gehört wie hier in 10 Minuten.
Nun, sie waren ja noch keine alten Leute und auch beim Wilhelm bröckelte der innere Widerstand. Er war halt Älbler mit Leib und Seele und das formt einen Menschen – nicht im Stolz als vielmehr in der Ausdauer, in der Stetigkeit, im festen Charakter, aber auch in Unnachgiebigkeit und Härte.
Wenn du jeden Tag um dein Auskommen ringen mußt, dann schmeißt man nicht gleich die Flinte ins Korn.
Aber beim Wilhelm kam in letzter Zeit viel zusammen.
Dem Bua wollte er nicht die Zukunft verbauen.
Das Höfle hielt rein äußerlich kaum mehr lange – so ein richtiger Sturm auf der Alb hätte leicht das Dach eindrücken können und wer weiß, was dann noch nachgeben würde.
Sein Einkommen beim Staat war kaum der Rede wert und als Knecht war kein Unterkommen.
Viele Bauern waren verschuldet und froh, selber ihr Auskommen zu haben, oder dahin-vegetieren zu können.
Es war allgemein eine miserable Zeit. Die hohen Reparationszahlungen, die vom Haß diktiert waren und auf eine Vernichtung hinzielten, waren vom Satan diktiert und ließen alle Teufel dieser Welt einschließlich dem Beelzebub triumphieren. So ging ihr Geschäft noch lange nicht aus, im Gegenteil: Hunger, Arbeitslosigkeit, Inflation waren der Nährboden für Gewalt und Diktatur und machten die finsteren Mächte zu Herren der Lage.
Trotz allem versuchte man zu leben und so mußten sich auch der Wilhelm und die Elsa entscheiden, aus diesem Grunde waren sie heute nach Stuttgart gefahren.

Der Chauffeur bog ein und hielt im Garten eines herrschaftlichen Hauses, das von einer dichten Hecke straßenseitig abgeschirmt war. Fred klingelte, und ein Mädchen bat sie in die Diele.
Bald darauf erschienen Frau und Herr Vögele, beide so um die fünfundvierzig und von guter Statur, was bei ihm schon als stark untersetzt hätte bezeichnet werden können.
Nach der allgemeinen Begrüßung sagt Herr Vögele: „Es ist mehr der Wunschtraum meiner Frau, sicher auch aus nostalgischen Gründen

in ihr ehemals elterliches Anwesen wieder Leben einziehen zu lassen, verbunden mit dem praktischen Wunsch, so viele frische Lebensmittel zu erzeugen wie möglich.
Wir sind beileibe nicht darauf angewiesen, können uns aber diesen Wunsch leisten. Vorraussetzung wäre, anständige und gute Leute dafür zu gewinnen. Deshalb hat es uns auch nicht pressiert.
Herr Fred Scheiffele hat sie uns empfohlen, und wenn sie einverstanden sind, können sie jederzeit herziehen.
Dabei können sie, und es ist sogar von uns erwünscht, ihre ganzen Viecher, die sie auf dem Distelhof haben, mitbringen.
Bezahlung erfolgt zu den üblichen Bedingungen wie für unsere anderen Angestellten auch, mit der Maßgabe, daß sie sich von den erzeugten Lebensmitteln ihren Bedarf abzweigen können."
„Das hat den Vorteil" ließ sich seine Frau vernehmen, „daß sie nicht soviel Kunstdünger verwenden und auf eine gute, natürliche Qualität achten. Ich werde jetzt mit ihnen gehen und ihnen alles zeigen."
Fred ging mit dem Herrn Vögele in sein Privatbüro, während die Elsa, der Wilhelm und die Frau Vögele sich auf den Weg durch den Garten machten.
Hier waren alle Obstarten wie Birnen, Zwetschgen, Äpfel und Kirschen vertreten. Dann kam ein großes Land, das war kein Garten mehr, sondern ein regelrechter Acker, auf dem Kartoffeln, Zwiebel, Salate , Gewürze, Erdbeeren , Bohnen, Lauch, Tomaten und die verschiedenen Kohlsorten gedeihen konnten.
Anschließend daran war ein hübsches Wohnhaus mit Stall und Scheuer, alles unter einem Dach wie auf dem Distelhof, nur besser getrennt voneinander und das Wohnhaus mit Ziegeln gemauert.
Im Parterre waren die Küche und ein geräumiges Wohnzimmer mit Kachelofen und Sitzbank. Im ersten Stock drei Schlafräume und obendrauf noch eine geräumige Bühne.
Im Keller zwei Gewölbe und ein großer Vorratsraum, also Platz nach allen Richtungen.
Das gefiel der Elsa auf Anhieb und auch dem Wilhelm fiel ein Stein vom Herzen und erleichterte ihnen die Entscheidung.
Frau Vögele ließ sie im Wohnzimmer Platz nehmen und holte aus einem Schränkle ein Schnäpsle: „Nun, können wir auf eine gute Zusammenarbeit trinken?"
„Ja", sagte der Wilhelm, dabei hatte er auch für die Elsa gesprochen, die mit ihrem Kopf willig nickte.
„Es ist bloß noch ein Problem. Unsere Mutter lebt noch und die können wir nicht alleine lassen", sagte die Elsa.
„Das sehe ich ein, aber Platz genug wäre da, also bringen sie sie mit."
„Ob die sich noch verpflanzen läßt", gab Wilhelm zu bedenken.

„Warum, wie alt ist sie“?
„Über achtzig“.
„Das ist ein schönes Alter“, bemerkte Frau Vögele“, und wenn sie nicht her will, können wir das Anwesen auch noch eine Zeit leer stehend lassen. Auf jeden Fall machen wir die Sache fest und darauf trinken wir einen Schluck.“
Diese Frau wußte, was sie wollte, dachte sich der Wilhelm, und war bereit einzuschlagen.
Nachher liefen sie den gleichen Weg wieder zurück.
Herr Vögele kam mit Fred aus dem Büro und fragte: „Wie ist die Besichtigung ausgegangen?“
„Bestens“, sagt seine Frau, „Kammerers sind bereit zu kommen, sobald sie das mit ihrer Mutter geklärt haben.“
„Das ist ja ausgezeichnet“, pflichtete Fred bei und Herr Vögele griff in seine Brieftasche und gab dem Wilhelm ein ordentliches Handgeld.
Der erschrak so, daß er es von sich weisen wollte, aber Herr Vögele bestand darauf. „Sonst kneifen sie mir noch, ich kenn euch Älbler, bis ihr von eurem stoinigen Riegel runter ganget, da braucht's viel – aber ihr seid uns die zuverlässigsten Leut', die wir je kennengelernt haben und des behauptet auch mein Berater Fred Scheiffele“, und der Fred nickte und der Wilhelm schob die höchste Summe, die er je in der Hand gehabt hatte, in seinen Bauernkittel.
War's nun Satans- oder Engelsgeld – das würde sich erst im Laufe der Jahre zeigen . . . warnte ihn sogleich seine Älbler Art.
Auf jeden Fall überwog die Freude – denn Eigentum hatten sie ja am Distelhof auch nicht besessen und wenn sie die Viecher mitbringen konnten, dann blieb doch nur noch die alte Hütte zurück . . . oder? War da nicht noch mehr? Der stille Wald und die große Weite, die vielen Vögel und scheuen Tiere, die Kräuter und die bunten Wiesen, die majestätische Weihe und die grantige Krähe, der Tauber und das scheue Käuzchen. Die philosophische Eule und der warnende Häher, das weiche Moos und, und, und . . .
Wilhelm wollte schon schlucken, da stieß ihn die Elsa an.
Sie waren zum Mittagessen eingeladen und begaben sich in das Eßzimmer.
Elsa fragte sogleich, ob sie was helfen könnte und das gefiel der Frau Vögele sehr – „nachher beim Kaffee, unsere Frieda hat heut Nachmittag frei und da können sie mir an die Hand gehen.“
Dem Wilhelm wurde es bald zweierlei.
Seine dicken Pratzen und das edle Besteck? Frau Vögele sah seine Verlegenheit: „Das können sie richtig fest anfassen, es ist mit das beste in Europa und stammt net weit von ihne, nämlich von der

Württembergischen Metallwarenfabrik aus Geislingen."
Und so war's auch, von dem Silberglanz und der edlen Form hatte Wilhelm eine gewisse Zerbrechlichkeit abgeleitet, was natürlich nur eine Täuschung war, denn als sie nachher den Schwäbischen Rostbraten mit schön braun gerösteten Bratkartoffeln serviert bekamen, da lobten sie nicht nur das Fleisch und die gute Zubereitung, sondern auch den guten Schnitt und die Qualität der Messer aus Geislingen am Fuße der Schwäbischen Alb. Dazu gab es ein Bier, und das schmeckte so königlich, daß die Elsa wieder einmal ihren Wilhelm verstohlen anschauen mußte.
Nach dem Kaffee räumte Elsa die Küche auf und dabei kamen sich die zwei Frauen näher. Man freute sich auf eine gute Zusammenarbeit und so macht doch Schaffen und's Leben mehr Spaß.
Richtig aufgeräumt fuhren sie zurück nach Geislingen, doch diesmal stand der Hornbauer am Bahnhof in Geislingen und hatte den Michael dabei. Als er seine Eltern sah, war er nicht mehr zu halten, heulend und schluchzend flog er seiner Mutter in die Arme.
Er brauchte nichts mehr zu sagen: „Ist was mit der Omi?" fragte Wilhelm. „Jaaa" brachte er gerade noch heraus, und sein Gesicht war naß vor Tränen.
Elsa wunderte sich nicht und drückte ihr Büble so fest es ging an ihre Brust, dabei streichelte sie unentwegt seine Haare: die zwei waren doch ein unzertrennliches Paar gewesen. Von klein auf suchten sie Kräuter, Pilze und belauschten die Natur.
„Heulet net", sagte der Hornbauer „es ist ihr gut gegangen . . . an einem Stumpen ist sie dran gesessen, den Arm voller Kräuter, als tät sie noch leben. Der Michael hat sie gefunden."
Nun liefen ihnen erst recht die Tränen über die Wangen, denn es war eine seelengute Frau gewesen – die Holder-Marie.
Und das dachte der Hornbauer auch und schrie „Hüh" zu seinem Pferdle.

Der Wegzug

Der Mensch ist wie das Gras, wenn der Saft aus ihm gewichen ist, vergeht das andere als wär er nie gewesen.
Es war leer geworden am Distelhof. Elsa war froh, daß es bald nach Stuttgart ging. Nur ihre zwei Männer machten ihr Sorgen.
Der Michael hing so einsam herum und wenn er vom Wald kam, merkte die Elsa wohl seine verheulten Augen.

Der Wilhelm kam jetzt des öfteren mit einem Räuschle nach Hause. Am 1. September wollten sie umziehen.
Der 15. August war sein letzter Arbeitstag im Wald, und da wollte der Wilhelm noch einen ausgeben für seine Kollegen.
Mit ein paar Pfählen und Brettern hatte der Wilhelm einen Tisch und ein paar Bänke in die Erde vor 's Haus gerammt. Etliche Flaschen Bier und einen Württemberger, den ihm Fred dagelassen hatte, sollten die Stimmung heben oder den Abschiedsschmerz lindern helfen. Elsa hatte ein paarBrote gerichtet und einige Dosen Wurst hingestellt.
Nun kamen sie, die Holzfäller und Kameraden vom Wilhelm, jüngere und ältere, fein gemischt, trotz ihrer dicken Pratzen gute umgängliche Menschen.
Es war schön, daß die Elsa gleich was zum Essen und zum Trinken anbieten konnte, so verloren sie ihre Steifheit, und bald war ein genüßliches Zugreifen am Platze.
Herrlich, wie nach so einem heißen Arbeitstag die Bierflaschen glukkerten. Elsa dachte schon, es könnte fast nicht reichen, aber Wilhelm kannte seine Kollegen und hatte gut vorgesorgt.
Es wurde ein schöner gemütlicher Abend und als die Müdigkeit in ihren Gliedern aufstieg und der Alkohol das übrige tat, da fingen sie an, sich ihr Leid von der Seele zu singen.
Ein paar Wortfetzen mußten der Elsa genügen um den Sinn des Liedes zu begreifen:

„Oh wenn i Geld gnuag hätt, na wißt i was i tät . . ."
. . ."Mir müßt a Häusle her . . ."
. . ."Da müßt a Weible nei, schwarzhaarig müaßt´se sei . . ."
. . ."und übers Jahr . . . Kinder mit Rollahaar . . ."
. . ."oh des wär schön . . ."
. . ."aber i han koi Geld, s' gibt uf d'r ganze Welt,
's gibt uf d'r ganze Welt, ärmer's nix meh',
i glaub' i schtirb no dra' 's guckt me net oine a,
's guckt me net oine a, o, dees duat weh!

Und die Elsa erinnerte sich an zu Hause und an Köln, wo auch viel gesungen wurde, allerdings viel lustiger.
Trotzdem gefiel ihr der Gesang, und gegen 11 Uhr gingen sie, nicht ohne alles Gute zu wünschen für die Zukunft, und keiner vergaß zu sagen: „Wenn ihr mi brauchet – holet mi fei, i komm gern zum helfen." Aber es war nicht viel zu helfen. Das Haus in Stuttgart war eingerichtet und außerdem hätten die alten Möbel dort kaum hingepaßt.

Am anderen Morgen holte die Elsa ihre zwei Männer zum Frühstückstisch und hielt ihnen gleich eine Morgenpredigt.
„Ich merke doch sehr wohl, wie ihr verdruckt umeinander laufet. Der Distelhof ist nicht aus der Welt, auch wenn wir in Stuttgart sind. Nach Geislingen oder bis Amstetten fährt immer ein Zug und von da können wir laufen. Jetzt sind wir aber noch 14 Tage da oben und da wollen wir es uns schön machen und nicht dauernd Trübsal blasen. Jeden Tag, wenn wir die Viecher versorgt haben, machen wir einen schönen Ausflug in die Gegend. Heute schlage ich vor, daß wir das Haus einmal gründlich aufräumen vom Keller bis zur Bühne. Alles, was nicht mitgenommen wird nach Stuttgart, stellen wir hinaus, bis auf den Tisch und die Möbel.
Das Bett von der Großmutter brechen wir ab und stellen es ebenfalls hinaus, wenn der Hornbauer was brauchen kann, soll er sich's holen, der Rest wird verfeuert.
Achtet auch darauf, ob Papiere oder alte Schriften zum Vorschein kommen. In so einem alten Haus kann alles möglich sein."

So, nun hatten sie eine Aufgabe, die „zwei Älbler" und trauerten nicht mehr den ganzen Tag durch die Gegend.
War das nun original „Kölsch" oder nicht?
Die Elsa lebte auf, es hatte ihr in Stuttgart gefallen . . . und wenn's nicht am Rhein war . . . dann eben am Neckar!
Gegen Nachmittag hatten sie das Bett von der Oma, das mit ein paar Brettern fest an die Wand genagelt war, auseinandergemacht und darunter, im hintersten Eck, kam ein Bretterverschlag zum Vorschein. Da lagen ein paar Briefe und Akten.
Sie waren verschnürt und auf dem Deckblatt stand:
„Für meine Nachkommen zu Kund und Wissen:
Josef Kammerer a. D. 1847"
Sie schnürten das Päckchen auf und setzten sich alle um den Tisch. Dann las der Wilhelm laut vor. Das Schreiben war noch in Sytterlinschrift gehalten.

Liebe Nachkommen!

Anbei ein Brief von meinem Onkel Franz Kammerer, der anno 1846 nach Siebenbürgen ausgewandert ist. Detto Urkunden.
Mein Onkel Franz Kammerer war von Jugend auf Knecht beim Jakob Thierer derweil der Großvater die Kinder nicht alle ernähren konnte.
Der Jakob Thierer war ihm ein guter Bauer und behandelte den Franz wie sein eigenes Kind – nur zahlen konnte er nix.

Anno 1806 wurde Wilhelm I. König von Württemberg.
Die Wohlfahrt im Lande hing mit der Landwirtschaft auf's engste zusammen.
Deshalb hob der König 1817 die Leibeigenschaft auf, und vollbrachte zusammen mit der Regierung, die Ablösung der Leibeigenschaftstaxen, der Fronlasten und die Freisetzung von Erblehen in freie Zinsgüter zu eigen der Bauern.
Diese mußten dann auf den Kameralämtern die festgesetzte Ablösesumme bezahlen. Deshalb hatte der Jakob Thierer zu der Zeit wenig Geld für einen Knecht.
Da aber zu der Zeit viel Wild die Fluren verderbte, verfügte der König, daß in allen Ortschaften Communschützen eingeführt wurden, um das Wild zu dezimieren und so ein Communschütze war der Jakob Thierer von Hofstett-Emerbuch.
Da der Jakob wenig Zeit hatte, den Aus- und Einwechsel des Wildes zu kontrollieren, schickte er den Franz Kammerer, seinen Knecht, ein Bürschle schlank und rank wie eine Feder.
Der beobachtete bei Tag und Nacht, wo wohl der Hirsch steckte und wo er, wenn er sich den Pansen vollgeschlagen, zu Holze zog.
Der Jakob erlegte den Hirsch und es gab im Ort ein großes Zusammenlaufen und alles bewunderte den letzten gestreckten Hirsch auf der Stubersheimer Alb.
Zum Dank und Andenken schenkte der Jakob die beiliegende Urkunde dem Franz Kammerer, ohne seine Beobachtungsgabe wäre der Hirsch wohl kaum zur Strecke gekommen und für den Jakob die Abschußprämie verschütt gegangen.
Der Jakob Thierer war auch sonst ein geschäftstüchtiger Hofstetter. Er unterhielt die Gastwirtschaft „Zum Löwen" und belieferte die Kirche mit Messwein. Es scheint so, daß sie auf der Alb den Neckartäler mochten. Denn auch darüber sind ein paar Urkunden vorhanden.
Da in dieser Zeit der Überbevölkerung und schlechten Ernten viele Älbler auswanderten, vornehmlich die Donau hinunter, kam 1845 ein evangelischer Pfarrer von Siebenbürgen mit Namen Stefan Ludwig Roth nach Deutschland. Er warb um deutsche Bauern: „An der Donau und in Siebenbürgen geht für Deutschland der Stern der Größe auf!"
Daraufhin entschloß sich der Franz Kammerer zur Ausreise nach Siebenbürgen. Da der Franz in Hofstett wohlgelitten war, verabschiedete man ihn mit einem Abendmahlsgottesdienst, wie es zu jener Zeit üblich war.
Als sie das Brot und den Wein empfangen hatten, legte der Pfarrer seine Hand auf das Haupt des Franz Kammerer und sagte: „Der Herr

segne und behüte Dich, der Herr lasse sein Angesicht leuchten über Dir und sei Dir gnädig, der Herr erhebe sein Angesicht über Dich und gebe Dir Frieden. Gehe in Frieden Franz!“
Dann ging der Franz Kammerer zu seinem Bauern, Jakob Thierer, bedankte sich für alles und der Jakob drückte ihm ein ansehnliches Zehrgeld in die Hand, auch den andern sagte der Franz ein Lebewohl, schnürte sein Bündel, ging nach Ulm und von dort mit der „Schachtel“ die Donau hinunter.

Ein halbes Jahr später kam beiliegender Brief bei uns an:

Lieber Josef!

Wir sind mit vielen anderen Familien aus Württemberg gut in Siebenbürgen angekommen. Es gibt hier geschlossene Ortschaften mit schönen evangelischen Kirchen, fest gesichert mit Türmen und Mauern. Auch hat jede Ortschaft ihren evangelischen Pfarrer und deutsche Schulen und Lehrer.
Das Land ist reich an guten Böden, und an sonnigen Halden wächst ein guter Wein.
Hier wäre noch Platz für viele deutsche Bauern.
Bleibt gesund und vergeßt nicht euren Bruder und Onkel
Franz Kammerer aus Kirchenburg in Siebenbürgen.

Elsa zündete die Petroleumfunzel an, so dunkel war es mittlerweile am Distelhof geworden.
Das war für alle eine Sensation.
Der Wilhelm konnte das alles kaum fassen, jetzt war der Johann Kammerer, sein Kriegskamerad, wahrscheinlich ein Sohn oder Enkel des Auswanderers Franz Kammerer aus Württemberg und sein Lebensretter und Vetter.

„Ohne ihn würdet ihr wahrscheinlich heute Abend alleine dasitzen und mich hätten die Fische vom Ladogasee längst gefressen. Wie schön, liebe Elsa, daß du heute die gute Idee gehabt hast, mit dem Aufräumen.“ Dabei drückte sie ihm ein Küßle auf die Wange und der Michael brachte vor lauter Erlebnis den Mund nicht mehr zu.
Dann gingen sie alle miteinander die Stiege hoch und legten sich unter ihr Dach. Noch 14 Tage, dann war es zu Ende am Distelhof!

Aber Elsa hatte recht – diese 14 Tage wollten sie nützen – wie es der erste Tag bereits bewiesen hatte.

Ferien oder Müßiggang hatten diese Menschen noch nie gekannt – jetzt wollten sie das Unvermeidliche mit dem Nützlichen verbinden und, soweit es ging, ihre nähere Heimat kennen lernen.
Ein Hauptziel blieb das romantische Städtle am Fuß der Albberge: Geislingen.
Nachdem sie das Vieh versorgt hatten, packte die Elsa ein paar hart gekochte Eier, Butter und Brot und eine Flasche Holundersaft in ihren Tragsack. Wilhelm nahm die vorhandenen Heilkräuter an sich und für den Doktor Apotheker ein paar Eier und frische Butter von der Resi.

Dann liefen sie los. Das Wetter war beständig schön.
Sobald sie den Wald erreicht hatten, hielten sie sich diesmal nicht nach rechts, sondern gingen geradeaus Richtung Hofstett-Emerbuch.
Der Weg führte zwischen dem Sulzhau und Betzenbühl am Mönchhau vorbei auf das Hofstetter Feld.
Diese Hofstett-Emerbucher waren seit jeher besonders gute Bauern. Ihre Felder waren gerichtet, daß es eine Augenweide war.
Als sie den Wald verlassen hatten, leuchtete ihnen der Kirchturm von Hofstett-Emerbuch entgegen und gab ihnen die Richtung an.
Wie sauber links und rechts die goldenen Ährenfelder im Sonnenlicht glänzten.

Die Holder-Marie hatte ihnen soviel von dem Dörfle erzählt. Jetzt wollten sie sehen, wo der Onkel Franz beim Jakob Thierer einst im Dienst war und den Michael interessierte, wo er den Hirsch geschossen haben könnte.
Als sie an der Kirche angekommen waren, sagte die Elsa: „Von hier aus soll man die Alpenkette sehen“, und da das Wetter schön war, meinte man ganz weit weg eine Andeutung davon zu erahnen.
Herrlich, der weite Blick über das Land.
„In die Kirche ist die Oma öfter's zum Gottesdienst gegangen. Und wenn sie mal nicht schön angezogen war, dann haben ihr die Stöckle´s, Ströhle´s, Braunmüller's, die Kohn's, Bührle's oder Junginger's mit einer Tracht oder einer Haube ausgeholfen. Das hat sie den guten Leuten nie vergessen und bis ins hohe Alter davon erzählt.“

Die Kirche soll aus dem 14. Jahrhundert stammen und war dem heiligen Bartholomäus geweiht. Sie ist im romanischen Stil erbaut und hat eine sehenswerte Kanzel, die 1732 von dem Hofstetter Schul- und Schreinermeister Matthäus Gruss gefertigt wurde.
Hinter einer Steinplatte, die die Jahreszahl 1483 trägt, ruht der Pfarrer Bartholomäus Docker.

Ein Büschel Gerstenähren und ein Kelch schmücken seinen Stein. In einer Chronik heißt es: „Die einzelnen Bauern von Hofstett-Emerbuch sind sehr wohlhabend", und das sah man sogleich. Die Distelhöfer staunten nicht schlecht, über den großen Hof von Thierer´s. Aber dann kam noch ein größerer, das war der von Kohn's, Daunershof genannt, wohl auch der älteste. Vis á vis von ihm der Schulzenbauernhof von sehr fleißigen Leuten bewirtschaftet, was man ja allen Hofstettern mit Fug und Recht nachsagen konnte. Eine saubere Ortschaft, in der man sich wohlfühlen konnte.
Hatte nicht die Holder-Oma auch etwas von einer Dauners Fichte erzählt?
Im Daunerhof stand sie in voller Größe.
„Ich erinnere mich", sagte der Wilhelm, „das war zu Napoleons Zeiten. 1812 mußten sich 15800 Schwaben mit 3400 Pferden Napoleons Armee zum Marsch auf Moskau anschließen. Fast alle blieben in Rußlands Erde. Zum Gedenken pflanzte der Dauner-Vorfahre, bevor er abrücken mußte, diese prächtige Fichte.
Ein nachdenklicher Mensch, den dieses Schicksal zutiefst berührte, verfaßte darüber folgende Zeilen:
Als man ihn
zu den Fahnen rief,
pflanzte er mitten im Hof
einen Baum.
Mit den Wurzeln
grub er den Segen
für die Seinen,
sein Herzblut,
seine Tränen
mit hinein.

Verblichen,
was vergänglich schien -,
doch der Baum
ist gewachsen
und der Segen
mit ihm!
Göttliche Gnade
kann man nicht
erfassen -,
sie fließt so still und weit:
vielleicht
wägt sie
auch deine Zeit?!

Nachdem sie Hofstett-Emerbuch verlassen hatten, sahen sie rechts das „Rot“ liegen und soweit das Auge schauen konnte, den Ziegelwald. Es ist ein prächtiger und weiter Blick auf die Albberge, bevor sie ins Tal abfallen.
Linker Hand kommt das „Scharfenholz“, ein Waldteil mit sehr gutem Waldbestand und wilden Sauen. Der vorgelagerte Wiesenrain lädt ein zu einer Pause und einem kleinen Vesper.
Alle drei sind begeistert und treiben Schabernack mit ihren Eiern bis die Schale aufgeklopft ist und man sie essen kann.
Nun haben sie nicht mehr weit nach Amstetten.
Herrlich dieses Nichtstun bei so schönem Wetter – nur spazierenlaufen, sich die herrliche Landschaft anschauen und die gute Luft genießen.
Nachdem sie das „Scharfenholz“ passiert haben, kommen sie an eine große Straße auf der auch schon Autos fahren.
Michael muß staunen: da kommen so große Brummer daher, die stinken fürchterlich!
„So einer wird uns in 14 Tagen abholen, da gehen wir alle hinein, die Berta, die Schafe, die Ziegen, die Hühner und wir. Sogar unsere Bienenvölker haben darin Platz. Da heißt es dann früh aufstehen – aber das schaffen wir schon“, sagt der Wilhelm.
Anscheinend hat er sich innerlich durchgerungen. Seine Gedanken sind schon bei der neuen Aufgabe, aber das Heimweh nach seiner Alb ... mal seh'n wie er das übersteht?
Die Elsa nimmt sich auf jeden Fall vor, ihm fest an der Seite zu bleiben, denn unendlich schön ist der herrliche Blick über Kuppen, Täler, Wiesen und Wälder und so gesund sind die rauhen Lüfte der Alb. Das zu vergessen oder zu überwinden, wird nicht einfach sein ...
Im Amstetter Bahnhof, wo die Schubloks umrangiert werden, um wieder ins Tal zu fahren, bewundern sie die mächtigen Maschinen.
Michael hat so ein Ungetüm überhaupt noch nie gesehen und frägt dem Vater ein Loch in den Bauch.
„Schau Bub, da unten im Tal liegt der Bahnhof von Geislingen. Wenn nun ein Zug die große Steigung schaffen will, braucht er hinten nochmal eine Lokomotive, die ihn schiebt. Die wird dann hier oben abgekoppelt, fährt zurück nach Geislingen, um dem nächsten Zug über die Steige hinauf zu helfen.
Die Geislinger Steige wurde 1847 – 1850 erbaut und stellt eine technische Meisterleistung dar.“
Von Amstetten Bahnhof geht's nach Amstetten Dorf. Hier bewundern die drei das altehrwürdige Gotteshaus. Es soll ursprünglich um das Jahr Tausend erbaut worden sein. Es wurde dem heiligen Lorenz

geweiht, weil am Tag dieses Heiligen Kaiser Otto I. die Ungarn 955 am Lechfeld besiegte. Aus Dankbarkeit, daß die Einfälle dieses wilden Reitervolkes damit aufhörten, wurden viele Kirchen jener Zeit dem St. Laurentius gewidmet.
Von Amstetten Dorf geht's nach Wittingen und über die Tierhalde gemächlich ins Tal der Rohrach. Unter ihnen liegt jetzt die Geislinger Steige, herrlich, wie sich die Züge an die Felsen geschmiegt hochwinden. Etwas darunter schlängelt sich die Fernstraße, aus dem frühen Mittelalter als wichtige Verbindung vom Rhein zum Mittelmeer bekannt.
Über dem Tal drüben am Gegenhang der Galgenbergfelsen.
Unter ihm an der Steige plätschert das Galgenbrünnele ... Sicher ist hier früher einmal der Galgen gestanden – hoffentlich durften die Delinquenten wenigstens noch vorher einen Schluck Wasser nehmen.
Jetzt wird das Tal noch etwas enger. Geradeaus wird es vom imposanten Geiselstein markiert und über dem Tal drüben vom Hofstetter Stein, dazwischen liegt der Friedhof von Geislingen – eine Grablege, die angeblich seit dem 8. Jahrhundert. existiert.
Am Friedhof vorbei führt die Geislinger Steige hinab in die obere Stadt.
Hier laufen die Kammerers nach Geislingen hinunter und sind bald in der Oberen Apotheke.
Ein Mordshallo, als der Doktor die Distelhofbauern erkennt ...
„Ja wo habt ihr die Holder-Oma?" ist sein erstes Wort.
„Die haben wir leider begraben müssen."
„Ja, da weiß ich noch gar nichts davon."
„Herr Doktor, sie wissen, wie es auf dem Land ist – bis man da lang schreibt ..."
„Hat sie leiden müssen?"
„Gar nicht, neben einem Stumpen ist sie gesessen, den Arm voller Heilkräuter und war tot."
Der Apotheker bemerkt, wie der Michael zur Seite guckt und schluchzt ...
„Für dich hab ich etwas ganz Gutes" sagt er und holt ihm ein Karamellbonbon aus einer Glasflasche.
Dabei sagt ihm die Elsa, wie sehr der Bua an der Holder-Marie gehangen hat und daß er ausgerechnet an jenem Tag mit ihr allein war.
„Bist ja schon ein richtiger großer Bua geworden", lobt ihn der Doktor.
„In der wievielten Klasse bist du jetzt?"
„In der dritten war ich, Herr Doktor!"

„Da müssen sie sich ja bald entscheiden, ob sie ihn auf's Gymnasium schicken wollen."
„Das ist es ja grad, Herr Doktor, deshalb sind wir heute in der Hauptsache zu Ihnen gekommen", mischt sich der Wilhelm mit ins Gespräch.
„In vierzehn Tagen zieh'n wir nach Stuttgart und da wollten wir uns vorher von Ihnen verabschieden – wo wir doch immer so gut ausgekommen sind miteinander."
„Das ist aber schade – gefällt's euch nicht mehr auf der Alb?"
„Doch schon, Herr Doktor, aber das Höfle gehört uns nicht und viel Staat ist auch nicht mehr mit ihm zu machen, und ein höherer Schulbesuch ist für den Michael von dort aus auch nicht möglich, wobei uns der Lehrer dringend dazu geraten hat. Deshalb haben wir uns schweren Herzens entschlossen, eine Wirtschafter-Stelle in Stuttgart anzunehmen. Wir können sogar unsere Viecher mitnehmen."
„Da habt ihr aber Glück gehabt."
„Ja, die Vermittlung lief über einen Kriegskameraden. Jetzt hoffen wir, daß es so recht ist, denn bei so glattem Geschäft sind wir Älbler immer etwas kritisch."
„Ja nun, man kann nicht alles hinterschauen – so ist's halt im Leben, aber wenn ihr sogar die Viecher mitnehmen könnt, habt ihr auf jeden Fall immer etwas zum Leben."
Sie rechneten noch die Heilkräuter ab und kauften etwas ein.
„Übrigens um 12 Uhr ist eine Trauung in der Stadtkirche, da dürft ihr dazu hineinsitzen", sagte der Doktor, und nachher kommt ihr zu uns zum Mittagessen."
War das eine Überraschung. Die Elsa wäre sowieso gerne wieder in dieses herrliche Gotteshaus hineingegangen, nun ergab sich eine so schöne Gelegenheit.
„Übrigens, was ich letztes mal nicht sagen konnte, aber den Michael wird's um so mehr interessieren. Die Stadtkirche von Geislingen wurde 1424 – 1428 im Auftrag der Reichsstadt Ulm erbaut. Deshalb von der Reichsstadt Ulm, weil Geislingen, wie auch Amstetten ab 1396, zu Ulm gehörte, zusammen mit anderen 27 Ortschaften aus der Umgebung.
Geislingen war eine ertragreiche Zollstation auf einem bedeutenden Handelsweg im Mittelalter. Der „Alte Zoll" bezeugt das schon von seinem Äußeren her und der „Alte Bau" unterstreicht als Kornspeicher die Bedeutung, die die Ulmer Handelsherren dieser Stadt beimaßen.
Auch dieses schöne Rathaus und Kaufhaus wurde 1422 an Stelle der Brot-, und Fleischbänke von der Stadt Ulm erstellt.

Waren sie schon im Münster in Ulm? Von den Ausmaßen her lehnt sich die Geislinger Stadtkirche an dieses imposante Bauwerk an. Obwohl Geislingen mehr Innerlichkeit, Licht und nicht soviel Strenge wie das Münster vermittelt. Genug der Worte, lasset euch von diesem schönen Marienbildnis verzaubern und beachtet das wertvolle Chorgestühl von Jörg Syrlin d. J., des weiteren die Kanzel, den Christus und die wertvollen Epitaphe. Im übrigen hat in diesem mächtigen Gotteshaus der Dichter Christian Friedrich Daniel Schubart von 1763 – 1769 die Orgel gespielt und war gleichzeitig Schulmeister in Geislingen."
„Ach, das war der Dichter, der mit dem Kapplied gegen Karl Eugen opponierte", ließ der Michael sich vernehmen.

Es wurde spät an diesem herrlichen Spätsommertag.
Auf den Distelhof zurückgekehrt, halfen alle miteinander die Viecher zu versorgen und so konnte man sich noch ein bißchen vor's Häusle setzen und die gewaltigen Ereignisse besprechen, die auf sie eingedrungen waren.
Sie beschlossen, jeweils einen Tag Pause einzulegen und wollten die Kisten und Behältnisse zusammennageln, die sie als Transportkisten für die Viecher brauchten.
Auch planten sie gemeinsam, wo die nächste Wanderung hingehen sollte.
Die Elsa mußte immer wieder an die Trauung in der Geislinger Stadtkirche denken. Es war wie im Märchen. Die hübsche Braut ganz in Weiß, der elegante Bräutigam in seinem schlanken Cutaway, zwei herzige Blumenmädchen begleiteten das Brautpaar ganz im Bewußtsein ihrer wichtigen Aufgabe.
Aus alledem sprach so eine innige Harmonie, die sich ausbreitete und den edlen und hohen Raum der Stadtkirche mit dem Glück erfüllte, das aus diesen Menschen strahlte.
Unwillkürlich wurde man mit einbezogen und war selbst als Fremder teilhaftig an ihrer Freude!
Warum konnte es auf Erden nicht immer so sein?
Warum mußten die Menschen immer wieder dem Teufel verfallen und wie Bestien aufeinandergehen? Hatte nicht der Krieg das so anschaulich bewiesen?
Wie hatte ihr das Herz vor Erbarmen geblutet, bei den jungen Männern; oft nur einen zarten Flaum auf den Lippen und schon dem Tode geweiht. Und war es jetzt in den Großstädten viel anders? Und dahin mußten sie jetzt ziehen.
Ein bißchen Wehmut überkam die Elsa bei dem Blick über die Wiesen und Äcker, umschlossen vom schützenden Wald . . . würde

sie diesen Frieden wohl überhaupt noch einmal im Leben finden? Dennoch mußte es sein.
Für Michael war's eine schöne Zeit. Die Schule hatte noch nicht begonnen. Er konnte bei den Eltern sein und verschmerzte so den Verlust seiner über alles geliebten Oma leichter.
Auch durfte er das Drahtgeflecht an den Hühnerkisten festnageln. Dabei wurde eifrig der morgige Ausflug beredet. Der Weg würde zunächst Richtung Zähringen führen. Vor dem „Hungerberg“ mußte man nach links abbiegen, dann durch das Tälchen zwischen der „Rehhalde“ und dem „Roten Rain“ Richtung Bräunisheim gehen.

Am anderen Morgen, als sie durch Bräunisheim marschierten, machte es den Eindruck eines sehr freundlichen Albdorfes. Schule, Kirche und Pfarrhaus waren sehr harmonisch. Auch die Menschen dankten freundlich ihrem Gruß.
So kamen sie gutgelaunt nach Schalkstetten.
Stattliche Bauernhöfe ließen die Wanderer ahnen, um wieviel ärmer das „Ländle“ wäre ohne seine fleißigen Albbauern.
Von Schalkstetten gingen sie leichten Fußes Richtung Lindenhof und Weiler.
Nach dem Lindenhof beginnt für Eingeweihte das „Himmelreich“. Eine gottbegnadete Landschaft mit herrlichen Ausblicken auf die Alb, ins Filstal und ins schön bewaldete Längental.
Wie ein Wächter aus grauer Vorzeit schaut von dort oben der „Anwandfels“ ins Tal.
Sie laufen jetzt am „Häule“ vorbei Richtung „Bismarckfelsen,“ dabei sehen sie unter sich eine Felsgruppe die die „Löwin“ heißt. Diese bewacht den Eingang zum Eybtal und präsentiert sich im wahrsten Sinne des Wortes majestätisch.
Auf der anderen Seite des Eybtales steht der „Drehfels“ und schaut wie ein Schäfer über die Pfingsthalde.
Mittlerweile sind sie am Bismarckfelsen angelangt und wissen gar nicht, wohin sie zuerst schauen sollen. Links vor ihnen erhebt sich im hohen Licht die Burg Helfenstein. Auch als Ruine noch ein gewaltiger Anblick.
Läßt man den Blick von hier oben ins Tal gleiten, sieht man das genaue Gegenstück. Den Bahnhof von Geislingen, und damit begegnen sich hier fast tausend Jahre in der Menschheitsgeschichte.
Mit welcher Eleganz und Akkuratesse präsentiert sich das Zeitalter der Technik.
Von hier oben meint man, die Züge würden von Geisterhand gezogen – halten – fahren wieder an . . .

Der Michael ist voll des Glücks: „Papa, Mama, hier könnte ich stundenlang sitzen bleiben und den Zügen zuschauen, ich bin überhaupt noch nie mit dem Zug gefahren – muß das schön sein!"
Elsa und Wilhelm schauen sich an, dann geht ihr Blick ins obere Filstal. Sie haben schon vom „Täle" gehört, von Bad Überkingen, Deggingen, Bad Ditzenbach, Gosbach, von Mühlhausen und dem idyllisch gelegenen Wiesensteig, auch vom Filsursprung weiß der Wilhelm noch etwas aus der Schule.
„Ich lade euch ein, der nächste Ausflug geht ins Täle, und da fahren wir dann mit der sogenannten ‚Täleskätter', bis nach Wiesensteig und laufen von da aus zum Filsursprung."
Der Michael fällt seinem Papa um den Hals und ein Freuden-Juchzer erschallt vom Bismarckfelsen in die fünf Täler hinab.
Am „Kamelfelsen" vorbei laufen sie den Weg zum „Felsental".
Bevor sie in den Wald eintauchen, bewundern sie nochmal das herrliche Panorama der Alb.
Auf der einen Seite sehen sie bis nach „Duchstetten", 786 Meter hoch gelegen, auf der anderen Seite leuchtet ihnen das Dach der Kirche von Schalkstetten entgegen, wo sie vor einer Stunde vorbeigekommen waren.
Nachdem die Sonne schon ganz warm scheint, freuen sie sich auf den schattigen Waldweg, der sie ins Felsental hinunterführt.
Ehrwürdige „Steine" kränzen auch hier ihren Weg, bis der Wald den Blick frei gibt auf die gewaltige Wand des „Himmelsfelsen".
Ein Naturdenkmal höchsten Grades. An ihrem Fuß liegt das Schloß der Grafen von Degenfeld.
Über dem Himmelsfelsen thronte einst die Burg „Hoheneybach". Steinreste erinnern daran, und der Blick von da oben soll manchen schon an den Fußballen gekitzelt haben.
In Eybach machen sie eine auskömmliche Pause. Der Wirt setzt sich an ihren Tisch und gibt bereitwillig Auskunft.
„Eybach mit Hoheneybach gehörte den Grafen von Helfenstein. 1291 kam es an das Kloster Ellwangen. Dieses verlieh Eybach an die Herren von Ahlfingen, Randeck, Zillenhardt und 1456 an die Reichsgrafen von Degenfeld-Schonburg, die heute noch in Eybach leben. Die im 15. Jahrhundert erbaute Dorfkirche weist bedeutende Epitaphe auf.
1760/70 erbaute Graf August Christoph von Degenfeld das Schloß Eybach im klassizistischen Stil mit wertvoller Inneneinrichtung im Stil Louis XVI."
Ein imposanter Anblick: das Schloß mit dem Himmelsfelsen im Hintergrund.

Die Kammerers kommen aus dem Staunen nicht heraus und Michael meint, das ganze sei wie in einem Märchenland.
Nachdem sie ausgiebig ausgeruht haben, laufen sie dem Roggental zu.
Angenehm frisch weht es von den bewaldeten Hängen und Halden ins Roggental hinunter.
Es gibt den Wanderern Auftrieb und macht sie empfänglich für weitere Naturschönheiten, an denen Jahrtausende wirkten.
Die „Roggenmühle" mit ihrem klaren Wasser, den Forellen darin und auch hier die ehrwürdigen Steine aus längst vergangenen Zeiten.
Hinter der Roggenmühle erhebt sich der „Albanusfelsen", ihm gegenüber die „Roggensteine" mit der „Roggennadel". Ein Fels, der sich wie ein angenagter Zuckerhut gegen den Himmel erhebt und an dem viele Kletterer ihre Künste üben.
Links davon die ehemalige „Sinnburg", überhöht von der „Langen Wand" und dem „Nadelfelsen" und „Gabelfelsen".
Folgt man dem oberen Roggental, erhebt sich auf der gleichen Seite der „Ravenstein", wo früher eine Burg stand.
Wenn hier ein Angreifer ins Tal geworfen wurde, konnte es sein: daß er in die „Teufelsküche" und ein Stückchen weiter hinunter ins „Mordloch" stürzte, eine tiefe Karsthöhle, die bei Hochwasser sehr gefährlich werden kann. Über die obere Roggenmühle kommt man dann wieder zur unteren Roggenmühle.
In dieser Gegend horstet noch der Uhu – der größte Eulenvogel Europas.
Über die „Roggensteige" gehen sie nach Waldhausen.
Michael möchte einiges über den Uhu wissen: „Das ist ein Nachtvogel wie viele Eulen, hat richtige Ohren und nistet in den Felsenhöhlen der Umgebung. Bei Nacht hört man sein schauerliches uhu, uhu, und bis zur Größe eines Hasen ist kein Tier vor ihm sicher.
Er streicht, wie alle Eulenvögel fast lautlos an und schlägt seine Beute überraschend. Dabei unterstreicht das der Wilhelm mit einer Handbewegung.
„In diesem Tal möchte ich nicht wohnen, Papa."
„Dir tut der Uhu nichts . . . mein Kleiner", dabei legt der Wilhelm seine schwere Holzfällerhand wie beschützend über die Schulter seines Sohnes.
Elsa läuft hinter ihren Männern und ist entzückt von ihrer Harmonie, von dieser schönen Landschaft und den herrlichen Urlaubstagen. Zum erstenmal erlebt sie, wovon sie früher nur gehört oder aus Büchern gelesen hat: Urlaub.
In Waldhausen kehren sie im „Schwarzen Roß" ein.

Hier gibt es ein selbstgebrautes Bier. Der Altwirt ist der bekannte Ökonomierat Johann Nikolaus Bantleon.
Er ist mit seinen 88 Jahren noch sehr interessiert und fragt an:
„Wohin des Weges?“
„Wir nehmen sozusagen Abschied von der Alb, und da wir bis zu unserer Anstellung in Stuttgart noch etwas Zeit haben, schauen wir uns in unserer näheren Heimat um.“
„Wieso, wo seid ihr her?“
„Vom Distelhof Herr Ökonomierat!“
„Ach, des ischt des kleine Höfle zwischen Zähringen und Weidenstetten, so so, Ihr brauchet net Herr Ökonomierat zu mir sagen, mir sind alles Albbauern, ob nun einer etwas mehr oder weniger besitzt, Hauptsach', mer sind redliche und fleißige Menschen.“
Als der Ökonomierat gschwind hinaus muß, erzählt ein Gast:
„Der war von 1883 – 95 im Landtag von Württemberg und von 1893 – 1895 im Reichstag in Berlin, von 1898 – 1912 nochmal im Landtag. 1880 wurde Waldhausen an die Albwasserversorgung angeschlossen. Aus diesem Anlaß besuchte König Karl mehrere Albdörfer. Von Böhmenkirch kam der Zug über Steinenkirch nach Waldhausen. Hier hielt sich der König über eine halbe Stunde im Anwesen vom Ökonomierat Bantleon auf, was als eine besondere Auszeichnung galt.“
Als er wieder hereinkommt, sagt er zu seiner Haustochter:
„Stell' noch dene Leut a Vesper na und da mei Knecht eine Fuhre nach Schalkstetten hat, könnt ihr mitfahren.“
„Das ist doch net notwendig“, wollte Wilhelm einwenden.
„Noi, noi, des Büble ist heut' schon genug gelaufen . . . wie heißt du eigentlich?“
„Michael.“
„Du gfälscht mir“.
Von so einem ehrwürdigen alten Mann und großen Volksvertreter so gelobt zu werden, das berührte alle drei bis in ihr Herz.
„Das Bier dürft ihr zahlen, aber das Vesper nicht, woischt, des Bier ist geschäftlich, aber a Vesper hat mer für en Nachbar und Vetter immer übrig.“
„Mir wisset ja gar net, wie wir des wieder gutmachen könnet“, wendet der Wilhelm ein.
„Indem ihr Älbler uns in Stuttgart würdig vertretet und uns keine Schande machet.“
Das war ein Wort, daran wollten sie denken.
Überhaupt war der Michael mit seinen 9 Jahren sehr beeindruckt und spürte sowas wie eine innerliche Standortbestimmung – ein Älbler zu sein, es war von da aus gesehen etwas, auf das man halten konnte.

Als sie gingen, hockten sie sich zu viert auf das Sitzbrett und „hüh" schrie der Knecht. Die Pferde zogen an, daß sie bald hintersche gefallen wären.
„Entschuldigt no", sagte Karl, der Knecht.
„Da brauchscht dich doch nicht entschuldigen, so starke Gäul zeigen was in ihnen steckt."
Wo sie ein Stück draußen waren, zeigte der Knecht mit seinem Peitschenstiel nach links: „Do zieht grad der ‚Matthes' mit seiner Schafherde dem ‚Berlingertal' zu. Wenn der mit seiner Birkenrinde anfängt zu spielen, dann sind sogar die Vögele still und horchet zu und wenn er gar des Lied pfeift:
‚Durch's Wiesental gang i jetzt na
brech lauter Batenka mir a
Batenka muß i breche,
schön's Sträußle draus flechte,
aus lauter Batenke und Klee
i han ja koi Schätzele meh!'
Dann bleibet die Wanderer stehen und horchet, wie schön des in den Abend klingt. Bei gar manchem hat's scho nasse Auga geba, wenn der Matthes seine Seele so offenbart hat."

„Brrr", schreit der Knecht. Die Fahrt von Waldhausen nach Schalkstetten ist wie im Flug vergangen.
„I wär jetzt da, soll ich euch nachher no ein Stück fahren oder wollt ihr laufen?"
„Des ischt ja nicht mehr weit, mer danket schön und bleibet gesund."
Unterwegs holen sie noch einen älteren Herren ein, der ebenfalls in Richtung Bräunisheim läuft.
Als sie überholen wollen sagt der: „Pressiert ihr so arg? Nehmt mi no a Stückle mit, na bin i net so alloi!"
„Das ist uns auch recht", sagt der Wilhelm, „mer wollet uns bloß net aufdrängen."
„A was, aufdrängen, i ben der pensionierte Schulmeister von Schalkstetten und guck nach meinen Bienen, wo kommt ihr eigentlich her?"
„Vom ‚Schwarzen Roß' da ham mer einkehrt."
„Oh, beim Ökonomierat – bei dem ist sogar schon der König gewesen . . .
„Mir habet g'hört davon."
„Aber in dem Ortschäftle hot's no mehr Persönlichkeiten gegeben. Bis 1740 waren des noch ganz arme Bauern. Aber da hat der Theodor Thierer einen Keller ausgegraben und den Aushub hat er auf's Feld verteilt und es war wie ein Wunder. Da ist die Frucht sichtbar besser gewachsen als nebendran. Zunächst haben ihn die anderen

Bauern ausgelacht. Das nächste Jahr hat er das erweitert und auch dort ist die Frucht saftiger, voller und dichter gestanden.
Dann haben die anderen nicht mehr gelacht, sondern die Mergelsteine, die man früher vom Feld klaubte und weggefahren hat, die hat man zerkleinert und wieder aufs Feld ausgebreitet. Man hat noch zusätzlich Mergel ausgegraben und auf's Feld geführt. Dadurch haben die Waldhausener eine viel bessere Ernte bekommen.
Sowas wirkt sich auf die Viecher aus – Waldhausen war plötzlich bekannt für starke Pferde und gutes, gesundes Vieh.
Einer, der hier Vorbildliches geleistet hat, war der Johann Hagmaier, auch Bauernkönig genannt. Er war lange Zeit Schultes im Ort und ein kerniger Mann, er soll 1848 mit einem Leiternwagen vierspännig zur Nationalversammlung nach Frankfurt gefahren sein, wo er das Parlament und seinen Abgeordneten besuchte.
Vor allem dem Ökonomierat Bantleon, von dem ihr herkommet, hat Waldhausen und die Alb viel zum danken. Durch seine Initiative wurde das erste Bier im Schwarzen Roß gebraut, somit konnte man jetzt neben Wein und Most auch Bier trinken.
Die gebraute Gerste gab er seinem Vieh und erzielte damit ebenfalls gute Erfolge. Er baute einen eigenen Brunnen Richtung Schalkstetten – Wohlgradsweiler, das ja immer schon mit Quellwasser gesegnet war, und leitete dieses direkt zur Brauerei.
1863 beeinflußte er den Bau der Straße Eybach – Waldhausen.
1906 wurde die Nebenbahn Amstetten – Gerstetten ebenfalls durch seinen Einfluß gebaut.
Er war Vorstand des Landwirtschaftsvereins Geislingen und genoß hohes Vertrauen in der ganzen Region. Auch die erste moderne Molkerei in Württemberg war sein Werk.“

Bei diesen interessanten Erzählungen war die Zeit wie im Flug vergangen.
Der Lehrer war bei seinen Bienen angelangt.
„Wir danken Ihnen für diesen Vortrag, er war äußerst interessant.“

Auf dem ganzen Heimweg hatten sie nun Gesprächsstoff genug, sie hatten soviel gesehen und gehört, daß es ihnen für die nächsten Tage auch noch genügen würde.
Sie waren doch recht müde geworden, wenn sie auch viele Pausen eingelegt hatten, aber die vielen Eindrücke und Sehenswürdigkeiten, die Menschen ... so viele sahen sie ja sonst in einem Monat nicht, wie jetzt an einem Tag.

Und der Blick vom Bismarckfelsen auf das so herrlich gelegene Geislingen – es war einmalig, was sie in so kurzer Zeit jetzt alles erleben durften.
„Gell Papa, mit der Täleskätter werden wir auch noch fahren, du hast es uns fest versprochen."
„Klar, was man verspricht, muß man halten!"
Jetzt holt der Wilhelm eine alte vergilbte Heimatkarte, dann verfolgen sie mit dem Finger die Strecke von Ortschaft zu Ortschaft, das Filstal hinauf bis nach Wiesensteig.
„Morgen müssen wir nachschauen, ob uns eine Kiste fehlt und was wir noch einpacken müssen."

Sie genossen von Herzen den Abendfrieden und plötzlich schlich sich wieder die Wehmut in ihr Herz: die stille Alb verlassen zu müssen.
Einsilbig krochen sie auf ihre Strohsäcke, und da sie doch rechtschaffen müde geworden waren, schliefen sie bald dem anderen Morgen entgegen.
Michael brauchte heute nichts zu helfen und da schlich er sich fort in den Wald, lief die Wechsel und Wegla entlang, die er so oft mit seiner Großmutter gegangen war.
Manchmal setzte er sich auf einen Stumpen und sah den Insekten zu oder verfolgte mit seinen Augen das Eichhörnchen, wenn es ihm pfiff.
Hie und da stieg er ihm nach und hechtete von Baum zu Baum, aber entweder lachte es ihn aus oder schimpfte es ihn – wer wollte sein Gezeter gar so genau auslegen.
Dann versuchte er den Tauber nachzuahmen. Da er ihm Antwort gab, erklang ein vehementer Dialog zwischen den beiden.
Immer wieder begegnetem ihm Großmutter's Heilpflanzen und plötzlich fängt er an, sie zu sammeln und er steigert sich immer mehr hinein und es ist ihm, als wenn sie an seiner Seite ginge, und er hört sie sagen: Schau Michi, achte drauf, daß die Pflanze immer gesund und sauber aussieht. Man soll sie ja nicht waschen oder reinigen, damit ihre Haut und ihr Saft sich unverfälscht erhalten und auswirken kann.
Er hat schon einen ganzen Arm voll gesammelt, da wird es ihm bewußt, daß sie ja tot ist, die Holder-Oma. Als er sie bereits fallen lassen will, hört er sie sagen: „Nein Michi, das wär' eine Sünde, denke an die vielen kranken Menschen – auch du kannst ihnen helfen. Leg dir einen Vorrat an und nimm sie mit in deine neue Heimat. Wer andern Menschen helfen will und kann, über den hält unser Herrgott seine Hände."

Und der Michael meint es rundherum zu spüren. Fest preßt er seine Heilkräuter an seine Brust und schlüpft unter dem weichen Blätterdach der Sträucher und Bäume dem Distelhof entgegen.
Elsa sieht von weitem ihren Bub kommen und erkennt in seinen Blicken, wie wichtig es ihm ist, beinah wie ein Sendungsbewußtsein. Sie läuft ihm entgegen, drückt ihn an ihre Brust und sagt:
„Daß du daran gedacht hast... das ist ja ungeheuer wichtig, daß wir in Stuttgart auch ein paar Heilkräuter haben, weißt was, sobald wir unseren Ausflug nach Wiesensteig gemacht haben, werde ich dir beim Sammeln helfen."
Ein Leuchten geht über sein Gesicht und das gleich aus zweierlei Gründen. Erstens hat ihn die Mutti gelobt und zweitens wird's doch noch was aus der Bahnfahrt mit der Täleskätter.
„Ist der Papa fertig geworden mit Einpacken?"
„Ja, er ist fast fertig, aber wir haben ja auch noch ein paar Tage Zeit."
„Michael legt seine Kräuter in den Schatten vom Holunder auf ein sauberes Brett und schaut, daß nicht zuviel Blätter und Stengel aufeinander liegen. Heute Abend gibt es seine Lieblingsspeise: Pellkartoffeln mit der guten Butter von der Resi und ein Glas Milch dazu von der Geißenlies.

„Wenn das Wetter morgen gut ist, könnten wir unseren Ausflug wagen. Das ist bis jetzt der weiteste Weg, den wir uns vorgenommen haben", sprach der Wilhelm und holte noch einmal die Karte hervor.
„Ob wir nicht den Hornbauern nach Weiler bestellen sollen?"
„Dann müßten wir jetzt noch zu ihm hinlaufen."
„Um die Zeit ist der noch nicht im Bett", sagt die Elsa, „und ein paar Wegerichblätter habe ich ja auch gesammelt", ließ sich der Michael vernehmen, „vielleicht könnten wir der Hornbäuerin die Füße verbinden."
„Auf! das ist eine gute Idee", sprach die Elsa, und schon waren sie lustig dabei dem Hornbauern noch einen guten Abend zu wünschen.
„Ja freilich hab i Zeit, für euch doch immer", ließ er sich auf ihre Frage vernehmen.
Die Männer besprachen noch ein paar Umzugsprobleme. Dann fragte der Wilhelm, wie das Öhmd ausfallen würde bei dem Regen.
„Woischt, sagte der Hornbauer, bei dem Wetter ist es kein Vergnügen.
Mei Vater hat immer g'sait; es gibt nichts Lumpigeres zum Stechen, als a lompf's Öhmd und a trockenes Vötzle."
„He, Hornbauer da ist es aber gut, daß'd Weiber und Kender fort sind, bei deinem G'schwätz!"

Elsa und der Bub waren zur Hornbäuerin gegangen. Seit die Holder-Marie tot war, hatte die Hornbäuerin nicht mehr diese Pflege, und das sah man.
Elsa tadelte sie und Michael, der oft dabei gewesen war, wenn die Holder-Marie den Fuß richtete, nahm sich ohne viel Worte zu machen der Hornbäuerin an.
Mit seinen geschickten kleinen Fingern löste er vorsichtig den alten Verband, wusch mit dem Ringelblumen-Absud die Wunde aus, zerhackte und zerdrückte die Spitzwegerich-blätter ganz fein, daß es einen schönen Brei gab und legte diesen ganz vorsichtig auf die offenen Stellen am Fuß.
Man merkte direkt, wie es der Hornbäuerin guttat.
Dann verband er den Fuß wie ein aprobierter Krankenpfleger.
Bevor sie gingen, wusch er den Brei aus der Wunde und strich Ringelblumensalbe, noch von der Holder-Marie angefertigt, darüber.
„Ja Michael,“ streichelte die Hornbäuerin zum Dank sein Haar und er fühlte sich im Inneren beglückt darüber.
„Kommscht wieder amal, Michi und hilfscht mir?“
„Ja, ich komme jetzt immer, solang wir noch da sind.“
Und damit hatte der Michael eine neue Oma – eine, die froh war, daß ihr jemand helfen wollte und konnte . . .
Bis jetzt hatte die Holder-Oma immer ihm geholfen und jetzt fühlte er mit einer gewissen Genugtuung, selber helfen zu können.
Die Hornbäuerin schenkte Michael ein ganzes Bauernbrot, so ein braungebackenes aus dem Holzbackofen und eine Dose Schinkenwurst dazu, und Michael war überglücklich, nahm die Hornbäuerin um den Hals und drückte ihr einen Kuß auf die Wangen.
Darüber waren alle so gerührt und froh, daß sogar dem Hornbauern eine Träne verstohlen in den Bart lief.
„Kommt gut hoim und mer danken euch schön, schade, daß mer solche guete Nachbarn verlieren.“
„Das beruht auf Gegenseitigkeit“, sagte die Elsa „und aus der Welt ist Stuttgart nicht. Mir schauet wieder nach euch, gute Nacht.“

Schon wieder diese Wehmut, die in ihren Herzen erwachte.
Stramm gingen sie ihrem Distelhof zu – bodenständige Älbler – die ihre Felsen und Steine wie Heiligtümmer liebten und von denen sie morgen eine ganze Menge sehen würden.
Die Stimmung wurde besser, als Michael sein erstes verdientes „Honorar“ nochmal sehen wollte.
War das ein knuspriges, herrliches Bauernbrot! Das wird uns morgen den ganzen Tag als Brotzeit dienen und dazu die Wurst.

„Vielleicht gibt es unterwegs auch noch was“, sprach die Elsa, „ein paar belegte Brote und ein paar harte Eier werden wir auf jeden Fall mitnehmen, damit du dein Honorar kosten kannst!“
Am anderen Morgen versorgten sie das Vieh, den Pferch hatte Wilhelm schon vorgeschlagen und so konnten sie, nachdem der schwarze Brei allen gut gemundet hatte, frühzeitig aufbrechen.
Die Elsa hatte ihn extra etwas besser g'schmälzt – das gab Wegzehrung für den ganzen Tag.

In Geislingen mußten sie noch eine halbe Stunde warten, die ihnen aber nicht langweilig wurde, gab es doch soviel zu sehen auf dem Bahnhof.
Michael kriegte den Mund nicht mehr zu, als der Zug mit Zischen und Dampfen mitten in die Stadt hereinfuhr. Er benutzte quasi nicht den Hauptbahnhof, sondern die Täleskätter hatte ihr eigenes Gleis mit Bahnsteig auf dem Bahnhofsvorplatz.
Mit einem Pfiff und einem mächtigen Ruck setzte sich die Täleskätter in Bewegung und fuhr durch die ganze Stadt Bad Überkingen zu. Überall waren an den Straßen die Schranken heruntergelassen und bevor der Zug sie passierte, gab er entsprechende Warnsignale mit seiner Pfeife.
Für den Michael war das sehr interessant, er war ja noch nie Zug gefahren und in einer Stadt war er auch erst einmal gewesen, als sie den Apotheker besucht hatten. Da waren natürlich ungeheuer viele Eindrücke zu bewältigen. Die vielen Häuser, an denen der Zug vorbeidampfte, die vielen Verrichtungen dieser Menschen. Die einen fegten die Straßen, die anderen lüfteten gerade ihre Betten, die dritten gingen wahrscheinlich einkaufen und manche standen interessiert beieinander und tauschten Nachrichten aus – und hatten den Hintern voller Botschaft, daß sie nicht mal den Zug zu beachten schienen.
Und dann das geschäftige Treiben auf den Straßen: Pferdefuhrwerke, Autos und Menschen, ein ganzer Haufen, daß da niemand unter die Räder kam?
Wie würde es da erst in Stuttgart zugehen, dachte sich der Michael, – eine Stadt die mindestens zehnmal so groß war wie Geislingen – hatte der Papa gesagt, der ja erst dort war.
Als sie an den letzten Häusern von Geislingen vorbeigefahren waren, wurde das Tal schmäler und Wilhelm sagte: „Jetzt kommen wir nach Bad Überkingen, wo der berühmte Überkinger Sprudel her ist.“

Sie überquerten die Fils mit ihrem kristallklaren Wasser und fuhren dicht am Wasserwerk vorbei und hatten am Kurpark und Bad Hotel den Eindruck, daß alles sehr gepflegt und vornehm sei.
Sodann hielt der Zug und der Kondukteur rief: „Bad Überkingen!"
Beeindruckend, die hohen steilen Berge um Überkingen, die vornehmen Häuser der Wohlhabenden und das Kirchle am Berg.
Links über dem Kurbad der Kahlenstein mit seiner Höhle, und rechts davon lugt die Kirche von Türkheim ins Tal.

Mit Pfeifen und Rucken fuhr der Zug wieder an.
Kaum hatte er den Kurort verlassen, erhob sich rechter Hand die „Hausener Felsenwand", ein Naturdenkmal ungeheuren Ausmaßes. Hier hinaufzusteigen, war sicher nur gut Trainierten vorbehalten. Senkrecht oft fielen die Felsen zu Tal und machten einen majestätischen und gewaltigen Eindruck zugleich. Darüber kreiste einer von den Falken, die in diesen Felsen horsten.
Als Gegenstück zur Hausener Wand erhebt sich einem Vulkankegel gleich der wohlgeformte „Weigoldsberg". Auch in Hausen hält der Zug kurz an und gibt den Blick frei auf den „Dalis"- und „Wasserberg".
Vis à vis von Reichenbach erhebt sich der „Osterbuch" bis auf 736 Meter Höhe. Sein bewaldeter Hang flieht in westlicher Richtung stark in den „Tugstein" zurück und gibt eine Bergnische frei, aus der das Kloster Ave-Maria hervorleuchtet. Ein Kleinod des Rokoko, geprägt von dem Geist der Kapuziner. Hier finden viele Vermählungen statt und auch sonst ist die Kirche gut besucht, weil die Patres mit ihren Worten das Herz der Menschen erreichen.

„Wissen sie", sagt da ein Mitreisender, „da war ich schon droben, der Blick auf Deggingen, die Heilig Kreuz Kirche und weiter hinauf auf die ‚Nordalb' und ins ‚Dürrental' ist einmalig.
Innen ist die Kirche sehr heimelig. Den Altar, er ist ein Meisterwerk aus Stuck, verstehen die Mönche geschickt mit den Blumen der jeweiligen Jahreszeit zu schmücken und so das Gnadenbild der Mutter Gottes zu erhöhen."

Das Tal steigt nun beständig an und die Berge ringsherum werden immer höher.
Über Bad Ditzenbach sieht man auf dem Schloßberg die Ruine der „Hiltenburg".
Als nämlich 1516 der Herzog Ulrich durch' s Täle fuhr, da schoß einer von der „Hiltenburg" mit seiner Kanone nach ihm. Dem Herzog ist nichts passiert, weil diese Dinger da noch nicht so genau

schossen, aber der Herzog war so beleidigt, daß er die Hiltenburg schleifen ließ.
So war das in früheren Zeiten
Ab 1500 verlieren die Höhenburgen ihre beliebte Anziehungskraft.

Bad Ditzenbach macht den Eindruck eines behäbigen Kurbades. Keine Hektik, kein Lärm und von den bewaldeten Bergen ringsherum weht Sauerstoff ins Tal, um die Menschen mit guter Luft und mit Heilwasser wieder gesund zu machen. Auch gibt es sehr gute Gasthäuser.

Nach Gosbach und Mühlhausen zwängt sich der Zug zwischen „Todsburg“ und dem „Steinbühl“ nach Wiesensteig hinein.
Hier liegen die Berge schon um die 800 m Höhe und darüber.
Wiesensteig macht den Eindruck eines romantischen Städtchens aus dem Mittelalter mit engen Gassen, vielen Fachwerkhäusern und einem Schloß der Helfensteiner.
Als diese 1396 Geislingen und 27 Dörfer aus wirtschaftlichen Gründen an die Reichsstadt Ulm abtreten mußten, zogen sie sich hierher zurück.
Auch die Franziskanerinnen, die in der Klause bei der Geislinger Stadtkirche ihr segensreiches Wirken seit dem 14. Jahrhundert pflegten, gingen nach der Reformation 1590 nach Wiesensteig, das dem alten Glauben mit einer kleinen Unterbrechung, Treue gehalten hatte.
1563 werden 70 Frauen wegen Hexerei getötet. Ein Akt von unbeschreiblicher Barbarei und Menschenverachtung.
1648 brannten schwedische Soldaten die Stadt zu zwei Drittel nieder.
1627 sterben die Helfensteiner aus, Bayern und Württemberg bilden ein Kondominat. 1752 kommt Bayern durch Kauf in Alleinbesitz. 1806 geht es an Württemberg.

Aus dem Zug ausgestiegen, folgen sie sogleich dem Wanderweg des Schwäbischen Albvereins. Sie müssen immer wieder stehenbleiben und die Türme der St. Cyriakuskirche und die umliegenden Häuser und Gebäulichkeiten bewundern.
Am Gegenhang erhebt sich der „Malakoff“ und darüber das „Steinerne Weib“.
Wilhelm breitet eine Karte aus und studiert, wo sie wohl hin könnten.
An einem sonnigen Plätzchen legen sie eine Pause ein.
Ein Wanderer geht vorbei und erkennt ihre Unschlüssigkeit.

„Kann ich Euch helfen?"
„Gerne", sagt der Wilhelm. „Es ist immer gut, von einem Ortskundigen etwas zu erfahren".
„Da habt ihr recht, wenn ihr also nichts Konkretes vorhabt, dann laufet ihr jetzt den Wanderweg über den ‚Bläsiberg' an den ‚Reußenstein'."
„Wissen Sie etwas Geschichtliches über den ‚Reußenstein'?", fragt der Wilhelm.
„Das weiß ich sogar genau, weil mich die Burg in ihrer unwahrscheinlich erhabenen Lage schon immer angesprochen hat. So kommt es, daß ich schon sehr oft dort war.
Nach den geschichtlichen Unterlagen wurde sie auf dem ‚Stein' erbaut, das ist eine Felsbastion am Albrand hochthronend über dem Neidlinger Tal.
Als ihre ersten Besitzer vermutet man die Ritter von der Nellinger Alb. Um 1300 waren es die Dienstmannen der Herzöge von der Teck: Diethoh vom Stain. Ab 1340 an die Reussen, von daher der Name. Über Konrad von Randeck (1388) kam die Burg in den Besitz der Helfensteiner (1461), 1642 im Erbgang an Bayern. 1860 wurde sie württembergische Hofdomäne.
Unterhalb der Burg hat der Förster Manz aus Wiesensteig 1846 den letzten Luchs in Württemberg erlegt. Im gleichen Jahr soll in Cleebronn der letzte Wolf zur Strecke gekommen sein. Eine andere Aufzeichnung besagt, daß der letzte Wolf in Württemberg bereits am 16. 12. 1839 in Donnstetten, unweit von hier, erlegt worden ist. Es soll ein Rüde gewesen sein."
„Wir danken Ihnen sehr für Ihre ausführliche Information.
So fangen die Steine an zu leben und geben Anlaß zu weiteren Gedanken und Überlegungen . . ."
„Papa, weißt du was über den Luchs?"
Nun marschierten sie dem Reussenstein zu und der Wilhelm holte das Letzte über den Luchs aus seinem Gedächtnis . . .
„Der Luchs könnte durchaus auch heute noch hier leben. Hungerkatastrophen größeren Ausmaßes und der dürre und steinige Boden auf der Alb, haben den Luchs zum Nahrungskonkurrenten des Menschen werden lassen.
In einer Gegend, wo immer wieder die Bezeichnungen: ‚Hungerberg', ‚Dürrental', ‚Steinriegel', ‚Hungerbrunnen' vorkommt, schmeckt auch dem Menschen so ein Reh oder ein Hase ganz gut – dabei zwinkert er seinem Sohne zu – warum soll man dann das gute Wildbret dem Luchs und Wolf überlassen.
Außerdem hat der Luchs ein wertvolles Fell, und wenn er Hunger hat, nimmt er auch ein Schaf.

Mein Kriegskamerad aus Siebenbürgen, der Johann Kammerer, hat mir in Irkutsk folgende Geschichte über den Luchs erzählt:
An einem sonnigen Wintertag hat er seine Schafe an eine apere Berglehne getrieben. In der Nacht war Neuschnee gefallen, der sich an den Steilhängen nicht so halten konnte, die umgestürzten Bäume jedoch waren gut von ihm bedeckt.
Es war ein herrliches Bild: der junge Schnee und die hell gleißende Sonne. Eine friedliche Landschaft, in der seine Schafe nach Gräslein zupften.
Plötzlich stob die Schafherde wie vom Blitz getroffen auseinander.
Ein Schaf schrie und schlegelte wie verrückt. Er lief mit seinem Stekken drauf zu und sah nur noch wie ein mächtiger Luchs mit einem Riesensatz in die Wildnis verschwand. Das Schaf war bereits verendet.
In der kurzen Zeit hatte der Luchs dem Schaf ein handtellergroßes Loch in den Rücken gebissen. Ihm blieb nur noch übrig, das Schaf zu versorgen und seine versprengte Herde wieder einzusammeln.
Ihm ließ dieser Vorfall keine Ruhe. Er hatte keinen Luchs herlaufen gesehen. Also ging er nochmal an den Ort des Geschehens. Ringsherum war kein Einwechsel des Luchses zu fährten.
Aus der Luft konnte er ja nicht hergeflogen sein. Also suchte er weiter und entdeckte die Lösung auf einem umgestürzten Baum.
Hier hatte der Luchs gelegen und hatte sich regelrecht einschneien lassen.
So war er für Tier und Mensch unsichtbar und als das eine Schaf auf Sprungdistanz war, schlug er zu."
Mit offenem Mund war der Michael den Erzählungen seines Vaters gefolgt.
„Der Luchs hat fingerlange Ohren, von Haarpinseln geziert, mit denen er schon auf weite Entfernungen alles ortet. Sein Geruchssinn ist so fein, daß er blind seine Beute anspringen kann und seine Seher so scharf, daß er die kleinste Bewegung eines Wildes schon auf 30 – 40 Meter Entfernung wahrnimmt."
„Ja greift er auch Menschen an?" will der Michael wissen.
„Nur wenn er keine Fluchtmöglichkeit hat oder krank ist."
„Hei, da ist es aber gut, daß der Förster den Luchs erlegt hat."

Sie mochten jetzt bald eine Stunde gelaufen sein, und die Zeit war ihnen wie im Flug vergangen.
Dabei kamen sie an die Ökonomiegebäude der Domäne Reußenstein . . .
Da es Zeit war, eine Pause einzulegen und auch etwas zu essen, ließen sie sich auf einer Bank nieder, und Wilhelm schaute, ob man ein Bier oder einen Most erstehen konnte.

Es gab beides und ein Mineralwasser aus dem Täle war auch vorhanden.
„Kommet doch herein", rief die Bäuerin zum offenen Fenster heraus – „da habt ihr einen Tisch."
Es war eine urgemütliche Stube und so kam man bald ins Gespräch miteinander.
„Wo kommt ihr her?" war die erste Frage.
„Von der Stubersheimer Alb, wenn ihr wisset wo des ischt."
„Ja, des wisset mir wohl", mischte sich ein älterer Bauer im Blauhemed ins Gespräch.
„Hat's bei euch auch soviel Wildsäu? Die machet uns noch alles hin!"
„Noi, bei uns merkt man zur Zeit nichts. Früher soll es eine gea hau."
„Wenn ihr weiter laufet, müsset ihr die Äcker anschauen, wo wollet ihr überhaupts hin?"
„Zunächst zur Burg Reußenstein und dann zum Filsursprung – wenn's nicht zu weit ist."
„Des schaffet ihr gut. Da würde ich an eurer Stelle auch die Schertelshöhle besichtigen, das wär kein großer Umweg und sehr interessant."
„Wie kommt man dahin?" fragt der Wilhelm.
„Habt ihr eine Karte dabei?"
„Ja, aber sie ist älteren Datums."
„Das macht gar nichts – zeig mal her."
„Seht ihr, da sind mer jetzt, bis zur Burg ist es vielleicht ein Kilometer, dann laufet ihr genau Richtung Mittag zwischen dem Gewann ‚Große Weite' und ‚Brunnen'. Da stoßt ihr nach einer knappen Stunde auf ein Tälchen, von da ist dic Schertelshöhle markiert und auch der Filsursprung nicht mehr weit."
Michael lehnte sich an seine Mutter, – ein Schmusezeichen – wie wohl ihm zumute war.
Wilhelm lobte das Bier und bedankte sich für die Gastfreundschaft und dann machten sie sich wieder auf den Weg.
Nun, der Bauer hatte nicht zuviel gesagt – scheußlich wie die Äcker zugerichtet waren. Ganze Mulden und Kessel waren aufgeworfen.
„Wie machen die Wildsäu das bloß?" fragte der Michael.
„Alles mit ihrem Gebräch", erwiderte Wilhelm.
Die ausgewachsenen Keiler haben starke Zähne zu denen die Jäger Gebräch sagen, dabei heißen die Eckzähne bei der Bache: „Hacken." Beim Keiler heißt es auch Gewaff oder die Waffen. Dabei trägt er im Unterkiefer die ‚Gewehre' und im Oberkiefer die ‚Haderer'."
Die Wildsäu haben in ihrem Wurf eine solche Kraft, daß sie ganze Erdschollen aufbrechen können, aber auch der Hund oder Mensch muß achtgeben, daß er von ihnen nicht auf den Wurf genommen

wird. Da fliegen sie nämlich im hohen Bogen. Die Wildsau ist das einzige wehrhafte Wild in Deutschland."
Michael war richtig stolz auf seinen Vater; was der alles über Wald und Wild wußte. Sicher kam ihm der Umgang mit Jägern und Förstern zugute.
Mit diesen Beobachtungen und Erzählungen standen sie urplötzlich vor der Burg Reußenstein. Jetzt mußten sie aber aufpassen.
Steil fielen die Felsen gleich 50-150 m in die Tiefe, in das Tal der „Lindach", das „Neidlinger Tal" genannt.
„Schau Michael, da unten am Fuß der Felsen soll der Förster Manz aus Wiesensteig den Luchs erlegt haben", sagte Wilhelm zu seinem Sohn und auch die Elsa horchte interessiert zu, was ihre Männer so beschäftigte.
In seiner Phantasie sah der Michael förmlich diese große Raubkatze unter dem „Grauen Stein" schleichen, jederzeit sprungbereit, um ihre Beute zu schlagen . . .Und in den dunklen Verliesen sollen die Hexen, bevor sie verbrannt wurden, nächtelang geschmachtet haben.
Heute denkt kaum einer mehr daran sondern freut sich dieses herrliche Naturschauspiel besehen können . . . nach einer halben Stunde brachen sie trotzdem auf, denn sie hatten ja noch einiges vor sich.
Nun kamen sie auf die „große Weite", ein Hochplateau der Alb um die 800 m hoch, das von keinem Haus oder Dorf besiedelt war.
Ein paar Quadratkilometer unberührte Natur.
Wie wohltuend war der schattige Weg durch die Wälder der Alb!
Nach einer guten halben Stunde erreichten sie das „Hasental". Hier hielten sie sich zunächst einen Kilometer gegen Morgen Richtung Filsursprung, um dann wieder gegen Mittag zu laufen.
Das Gelände stieg an und ungefähr am halben Hang stießen sie auf den Eingang zur „Schertelshöhle".
Sie hatten Glück, daß gerade eine Führung stattfand. Phantastisch verziert die rauhen Steinwände der Höhle durch die Stalagmiten und Stalaktiten.
Tropfsteine, die von oben und von unten wachsen und herrliche Gebilde zustande bringen.

Entdeckt wurde die Höhle angeblich durch einen Jäger, dessen Hund in das Luftloch der Höhle gefallen war. Es geht 24 Meter in die Tiefe. Da der Hund den Sturz überlebt hatte und unten Laut gab, wollte ihn sein Herr unbedingt retten.
Er organisierte eine Hilfsaktion und dabei wurde die Höhle entdeckt. Lange Zeit wurde sie gemieden, weil man Angst hatte, in ihr würde ein unguter Kobold oder Geist wohnen.

1830/31 grub man einen künstlichen Eingangsstollen und seither ist sie für jedermann zugänglich.
Michael kam nicht aus dem Staunen. Zunächst hatte er Angst gehabt, doch bald vergaß er diese, eingefangen wie die anderen, von den unterirdischen Gebilden und Versteinerungen einer geheimnisvollen Unterwelt.
Das würde ihn sicher noch lange Zeit beschäftigen und seiner Phantasie ungeahnte Türen öffnen.
Nach etwas weniger als einer halben Stunde traten sie leicht benommen wieder ins gleißende Tageslicht.

Sie stiegen jetzt bergabwärts zurück ins Hasental und gingen dem Filsursprung zu.

Es ist ein nie zu vergessender Anblick eine Quelle sprudeln zu seh'n ... herrlich klares Wasser, voller Leben und Kraft drängt ans Tageslicht zum Segen der ganzen Natur.
In wievielen Jahrtausenden hat zum Beispiel dieses Bächlein das „Täle" gegraben und das Filstal geprägt? Wieviel Menschengenerationen leben seither in seinem Verlauf? Für einen Menschen von der Alb ist dieser Anblick überwältigend. Alle drei stehen vor der Filsquelle wie gebannt.
Jede Stunde, jeden Tag, jahraus, jahrein über Tausende von Jahren die gleiche Kraft, der gleiche Segen. Am liebsten würden diese einfachen Menschen von der Alb hinknien, weil sie das Große dieser Begegnung förmlich spüren.
Dann setzen sie sich an das Ufer, legen still ihre Hände in den Schoß und bewundern diesen Urquell.

„Es ist schon etwas Großes", sagt der Wilhelm, „soviel Wasser scheinbar unerschöpflich aus der Erde sprudeln zu sehn, wobei es bei uns auf der Alb oft versiegt oder von weither geholt werden muß, ganze Viehbestände müssen sich bei uns nach dem Wasser richten und die Ernte ist von diesem köstlichen Naß abhängig, welcher große Segen ist so eine Quelle."
„Und wenn man bedenkt", sagt die Elsa, „wie dieses Bächlein zum Fluß wird und vom Fluß zum Strom, wie bei uns in Köln der Rhein oder in Ulm die Donau, und überall wo das Wasser vorbeifließt als Bächlein, als Fluß oder als Strom, bringt es den Menschen reichen Segen und wenn es im Frühjahr reißend wird ... hat es von jeher den Menschen gezeigt, wie machtlos sie trotz ihrer Technik sind.
Über Nacht wird oft ihre Großmannsucht wie eine leere Zigarettenschachtel davongeschwemmt – das hab ich in Köln schon oft erlebt."

„Vater, darf ich aus der Quelle schöpfen?"
„Klar darfst du das. Für uns, für die Tiere und für alles Leben läßt der Herrgott diese Quellen sprudeln – ohne sie könnten wir nicht leben – daraus ersiehst du, wie wichtig und wie sorgfältig jeder damit umgehen sollte.
Wer sie verschmutzt, ladet Schuld auf sich gegen das Leben und damit gegen unseren Herrgott."
Wie wichtig und wie wahr diese Worte waren, würde Michael einst in seinem weiteren Leben hautnah und mit großer Tragik verspüren.
Noch aber waren sie die glücklichsten Menschen dieser Erde . . .

Gestärkt durch das köstliche Wasser der Fils marschierten sie fröhlich Wiesensteig zu, um ihr Zügle, „die Täleskätter" nach Geislingen zu erreichen.
Jetzt hatten sie noch eine Woche Zeit bis zum Umzug nach Stuttgart.
Mit den Viechern ging das ganz gut. Es war eine herrliche Spätsommerzeit.
Es fiel über Nacht oft soviel Tau und auch mal Regen, daß immer frisches Futter nachwachsen konnte.
Morgen war Sonntag, da wollten sie zur Kirche nach Weidenstetten gehn. Vielleicht konnten sie sich von ihrem Pfarrer verabschieden, der ihnen soviel Gutes angetan hatte. Er war mittlerweile ein alter Herr geworden – aber versah immer noch seinen Dienst.
Ein Patriarch – mit der Würde des Alters und der Güte, alles verzeihen zu wollen . . . wenn er nur merkte, daß man gewillt war, fortan den rechten Weg zu gehen.
Wieviel Menschen gab es schon von dieser Sorte?
Sucht nicht jeder zuerst nach dem Balken in Nachbars Augen und vergißt dabei, – daß das schon eine Sünde wider das friedliche Zusammenleben ist?
Nun, in der Stadt sollten sie noch mehr darüber erfahren. Hoffentlich würden sie nicht daran verzweifeln . . .
Die Zeiten waren hart und unerbittlich, und die vom Distelhof hatten doch keine Ahnung davon.
Eine ungeheure Inflation hatte das Geld bis zum Jahre 1923 wertlos gemacht – für einen amerikanischen Dollar mußte man am Höhepunkt der Inflation 4200 Milliarden Papiermark hinlegen, oder für eine Goldmark 1 Billion.
Die Menschen in Deutschland waren ausgepowert und verzweifelt.
Trotz diesen Wolken am Himmel war die Entscheidung gefallen.
Noch eine Woche am Distelhof, dann hieß es abrücken.

Die Verabschiedung vom Herrn Pfarrer fiel rührend aus.

Wie konnte man so einem Menschen schon danken? Womit ihm eine Freude machen?
Sein persönlicher Bedarf war sicher sehr gering, und große Worte? das lag diesen einfachen Menschen nicht und wäre sicher auch entsprechend aufgenommen worden.
Als Elsa seine Hand küssen wollte, wehrte er ab, streichelte ihr übers Haar und sprach: „Gehet hin in Frieden!", und sie gingen ihrem Distelhof zu und die Wehmut im Herzen ging mit ihnen.
Denn was aufzugeben sie hier im Begriff waren, war die Heimat: Der Weg, die Kräuter an seinem Rande, die Wiesen und Felder, der Wald mit Bäumen, Sträuchern und seinen Tieren – das Schrecken der Rehe, das Bellen des Fuchses in der Winternacht, der Käuzleruf vom Hungerberg, den Bussardschrei im hohen Balzflug, das Tirilieren der Lerche in den Frühlingslüften, das Kraaa, Kraaa der alten Krähe, die regelmäßig am Distelhof vorbeischaute, der Holunder am Häusle, die Bank darunter – all das würde bald vorüber sein und noch viel, viel mehr . . .
Beim Hornbauern, der trotz seiner mißlichen Lage immer einen Spruch parat hielt, der Prototyp eines knitzen Albbauern, bei dem wollten sie noch vorbei. Vielleicht lieh er ihnen das Pferdle mit Wagen. Einen Ausflug hatte sich Wilhelm noch vorgenommen, wenn nicht gar zwei: Er hatte viel von der Kuchalb gehört, vom schönen Längental, das sie ja vom Bismarckfelsen einsehen konnten – dann hatte er in der Schule von den Staufern gehört – ein Kaisergeschlecht, das unweit von hier seine Stammburg hatte, umgeben von einem Kranz von Burgen.
Steinerne Zeugen ehemaliger Größe!

„So, so, mei Pferdle möchtet ihr?" erwiderte der Hornbauer auf Wilhelms Anfrage.
„Ja, da müssen wir zuerst fragen, ob es euch auch mag?"
Sie gingen Richtung Stall und Wilhelm rief aus Jux, als sie nahe der Stalltüre waren: „Na, Susi, magst die Distelhöfer?"
Da wieherte die Susi und fing an, mit ihrem Vorderfuß zu schlagen.
„Tatsächlich, die mag euch." Ja wenn des so ist, machen wir morgen einen Ausflug. Da wo ihr hinwollt, war ich auch noch nie, wenn die Bäuerin nichts dagegen hat, tät ich mit euch gehn."
„Gang no mit du alter Bruddler", sagte die Hornbäuerin, „i ben froh, wenn i die en Tag los han!"
Damit war das Machtwort gesprochen.
Man beredete sich, daß man gegen 7 Uhr losfahren wollte.
Um alles in Ruhe besprechen zu können, lud die Elsa die Hornbauers zu Kaffee und Vesper auf den Distelhof.

„Ahne, bis ihr kommet, werde ich alles hinrichten und Euch die Füße ganz lieb verbinden“, sprach der Michael – voller Freude, daß es diesmal sogar einen Ausflug mit der Susi gab. Das war ja ganz feudal und fast nicht auszumalen.

Den ganzen Nachmittag wurde an Hand der Karte die Reiseroute festgelegt und jeder kramte seine historischen Kenntnisse zusammen und fand dabei allgemeines Interesse.
Es wurde ein sehr unterhaltsamer Sonntagnachmittag, der auch der Hornbäuerin sehr zu gefallen schien.
„Schade, daß ihr so bald und für immer ganget.“
„Leider“, erwiderte die Elsa, „der nächste Sonntag ist der Letzte. Ihr wisset doch: Zum Leben zu wenig, zum Sterben zu viel und bis wir uns verschulden – gehen wir lieber – wenn es uns auch schwer fällt und besonders meinen Männern ... Bis ich die in Stuttgart habe, seh' ich schwarz.“
Nachdem Hornbauer's heimgefahren waren, genossen sie den Spätsommerabend unter dem Holunder und es war eine Ruhe weit und breit, nur die Vogelwelt gab noch ihr abendliches Gute-Nacht-Konzert.

An den drei Kaiserbergen: Hohenstaufen, Stuifen und Hohenrechberg!

„Hoooh“, schrie der Hornbauer am anderen Morgen vor dem Distelhof, „seid ihr schon auf?“
„Ja freilich und's Vieh ist auch schon versorgt.“
Alle waren so fröhlich, aufgeräumt und voller Erwartung.
Wann war das schon der Fall, daß ein Albbauer einen Ausflug machte? Um so mehr stand ihnen die Freude ins Gesicht geschrieben.
Michael durfte, nachdem er die Susi liebevoll begrüßt hatte, vorn zum Hornbauer auf den Bock.
„Darf ich auch mal die Zügel führen, Ehne?“
„Freilich darfst du das – wenn wir draußen im Feld sind. Hier im Wald könnte die Susi vielleicht durch schnell wechselndes Wild scheuen und erschrecken.“
Ein frischer Frühherbst-Morgen färbte mit dem Fahrtwind die Wangen der Reisenden rot.
Der abgeräumte tiefblaue Himmel versprach einen herrlichen Tag.
Und so fuhren sie fröhlichen Herzens von Stubersheim nach Schalkstetten und Waldhausen und von dort die Roggensteige hinunter.
„Oberhalb der Roggennadel soll früher die ‚Roggenburg' gestanden

sein – nähere Überlieferungen sind mir leider unbekannt“, ließ sich der Hornbauer vernehmen.
Herrlich, dieses Roggental mit seinen imposanten „Steinen“ und „Felsaltären“.
Von weitem leuchtete ihnen im Morgenlicht der Himmelsfelsen über Eybach entgegen. War das eine Wand! Senkrecht fiel sie ins Tal und darunter das schöne Schloß der Grafen von Degenfeld. Sie mußten anhalten, um diese herrliche Komposition aus Natur und Menschenhand zu bewundern.
Bei ihrem neulichen Ausflug hatten sie diesen herrlichen Anblick vom Felsental her genossen. Man wird nicht satt, sich auch ein zweites und drittes Mal daran zu erfreuen.
Auf der guten Straße von Eybach Richtung Geislingen trabte die Susi nur so dahin.
Ihr Hufschlag im Tal klang wie Musik in den Ohren und so hatte man zu allem, was man sah, eine freundlich aufgeschlossene Einstellung.
Wohltuend für's Auge die dicht bewaldeten Hänge des Eybtales.
Rechter Hand blitzte der „Drehfels“ aus dem üppigen Grün der Pfingsthalde und links meinte man, die Löwin sei vor Ehrfurcht mit ihrem Gefolge versteinert, als sie in das satte Grün des Filstales hinabblickte und das geschäftige Treiben so vieler fleißiger Menschen dort sah.
Jetzt fuhren sie unter der Eisenbahnlinie, die schon zur Geislinger Steige gehört, hindurch, am Sägewerk Staudenmeyer vorbei und bogen dann rechts in das tief bewaldete und romantische Längental.
Hier wurde der Weg schon etwas schmäler, die Susi ging es langsamer an und man meinte auch, sie würde die würzige Waldluft durch ihre Nüstern ziehen lassen.
Herrliche Seitentäler wie der „Anteich“ und die „Siebenquellen“ unterbrachen die steilen Hänge und erhöhten den Genuß dieser einmalig schönen Landschaft.
Nach etlichen hundert Metern begann der Weg zu steigen. Sie mußten jetzt von 400m auf fast 700 Meter hinauf.
Sie stiegen bis auf den Hornbauern alle ab, damit es die Susi leichter habe.
Wie wohltuend war der unmittelbare Kontakt zu diesem herrlich duftenden Waldboden. Hinaus jauchzen hätt' man können, aber sie wollten das Wild nicht erschrecken, das es hier in reichlichem Maß geben mußte.
Gut befahrene Wechsel durchzogen kreuz und quer die Halden und Hänge.

Michael schaute nach der Flora und da vor allem nach seinen Heilkräutern und diskutierte mit seiner Mutter über mögliche verwandte Arten und ihre speziellen Wirkungen.
Wilhelm hielt sich mit der einen Hand an der Kurbel der Handbremse fest und sprach mit dem Hornbauern über den Waldwuchs und die verschiedenen Hölzer, die an ihrem Weg standen.
Am halben Hang legte man eine kleine Pause ein, damit auch die Susi sich erholen konnte, obwohl sie es ja nicht schwer hatte.
Richtige Arbeitspferde müssen, oft mit Langholz beladen, ganz anders ran.
Aber dem Hornbauern war das Soll und Haben nicht mehr so wichtig und beim Wilhelm war es noch nie wichtig gewesen.
Man lebte, wie es einem der Herrgott gab, und wenn man keinen besonderen Hunger hatte, fiel auch mal eine Mahlzeit aus.
Von weitem sah man den Berghof, umkränzt von Wald und Wiesen. Ein paar Schritte westwärts war der Steilabfall des „Tegelbergs" nach Geislingen-Altenstadt. Hier mußte es einen herrlichen Rundblick auf die Stadt geben.
Die Susi wurde mit einer Decke zugedeckt und ausgeschirrt.
Wie ein junges Fohlen sprang der Michael voraus. „Sei vorsichtig", schrie die Elsa „da geht es ganz steil hinunter."
Und sie hatte nicht unrecht. Unwillkürlich hielt er inne: solche Steilabfälle war man auf der Flächen- und der Kuppenalb nicht gewohnt. Sogar der Hornbauer staunte nicht schlecht, als sie an der Schutzhütte angelangt waren und in die fünf Täler Geislingens hinunterblickten. „Da ist es ja bald wie im Hochgebirge", war sein Kommentar.
Michael, Elsa und Wilhelm, die Geislingen bereits von drei Seiten kannten, waren ebenfalls überrascht, welch neue Perspektiven sich vom „Tegelberg" boten.
Wie eine geballte Ladung aus der Geschichte präsentierte sich die Burg der Helfensteiner mit dem Ödenturm. Fiel der Blick weiter hinunter ins Rohrachtal, überragte ein mächtiges Bollwerk das Häusermeer der Altstadt: Die Stadtkirche. Aber dicht bei ihr reckte bereits die Neuzeit ihre Zukunftsvisionen in den Himmel: Die Maschinenfabrik.
Das Verbindungsstück zwischen Geislingen und Geislingen-Altenstadt unterstrich diese neue Zeit durch den gewaltigen Fabriksbau der „Württembergischen Metallwarenfabrik". Die größte Besteckschmiede Europas.
Tausende von Menschen aus Geislingen und Umgebung verdienten hier gutes Geld, mit dem sie ihren Lebensunterhalt und ihr Häusle bezahlen konnten.

Der unmittelbare Blick hinunter galt Geislingen-Altenstadt, hier lockerte sich das Häusermeer und gab auch kleineren Werkstätten Raum, sich auszubreiten.
Der schönste Blick vom Tegelberg ging ins Täle hinaus.
Wie herrlich lag Bad Überkingen – gegen das geschäftige Treiben in Geislingen – wie eine Oase der Ruhe und Beschaulichkeit.
Hier sprudelten nicht nur die heilsamen Quellen des Bad Überkinger Sprudels, hier atmete rundherum die Natur, eingebettet zwischen Wald und Bergen, Gesundheit.
Gilt hier noch die Parität zwischen ausgewogenem Erwerbssinn und einer schier unberührten Natur, beginnt mit dem unteren Filstal, an seinem Anfang Kuchen, eine Orgie aus Geschäftssinn ...
Die Albberge treten zurück, als wollten sie sagen: „Schaffet no da drunten und wenn ihr genug habt, dann steigt zu uns herauf in diese Erhabenheit und denket nach über den Sinn eures Lebens."
Mitten in diese Betrachtungen ein Stimmengewirr: Eine Alb- oder Alpenvereinsgruppe ist vom Westbahnhof in Geislingen aufgestiegen mit einem profilierten Führer.
Beide Vereine, der Albverein, mehr zuständig für unser Gebiet, wie auch der Alpenverein, sind sehr rührige, gut geführte Vereine.
Sie pflegen die Wanderwege und Markierungen und lenken damit den Strom der Wanderer.
So wird eine zu arge Belastung der Landschaft vermieden und dem Wanderer das gezeigt, worauf es ankommt und was er letzten Endes sehen möchte.

Er erklärt die Gegend und anschließend hält er einen Vortrag über die Staufer, die ja nicht weit von hier ihren Ursprung haben: „Sie sehen in südlicher Richtung den Helfenstein. Geislingen war eine wichtige und sehr einträgliche Zollstation und eine gute Pfründe der Grafen von Helfenstein.
Die Staufer überließen ihnen diese Einkünfte, weil die Helfensteiner treue Dienstmannen der Staufer waren.
Es ist bezeugt, daß Ludwig von Helfenstein Kaiser Barbarossa auf seinem Kreuzzug ins Heilige Land begleitet hat und als die Kreuzritter schlapp machen wollten, hat er sie mit einer flammenden Rede wieder aufgemuntert (1147-1200).
Der Bruder von Ludwig mit Namen Gottfried v. Helfenstein war Kanzler Kaiser Barbarossa's und bestimmte wesentlich die Politik der damaligen Zeit.
Auch die Söhne Gottfried's v. Helfenstein, Gottfried, Eberhard und Ulrich, waren treue Gefolgsleute der Staufer.

Mit Kaiser Friedrich II. z. B. war Graf Eberhard von Helfenstein freundschaftlich verbunden und bei der Kaiserkrönung in Italien dabei.
Auch unter Kaiser Karl IV. gewann Graf Ulrich von Helfenstein großen Einfluß auf die kaiserliche Politik 1348 – 1372.
Er heiratete die Herzogin von Bosnien, was ihm großes Ansehen verschaffte.
Durch Erbauseinandersetzungen, einen Preisverfall beim Getreide (bedingt durch die Pest waren einerseits viele Verbraucher nicht mehr am Leben und andererseits viele Leibeigene verstorben) und nicht zuletzt durch einen aufwendigen Lebenswandel der Herzogin, mußten die Helfensteiner 1396 Geislingen und 27 Dörfer der Umgebung an Ulm verkaufen.

Jetzt bitte ich ihren Blick wieder Bad Überkingen zuzuwenden.
Auf dem markanten Felsen, den sie über Bad Überkingen herleuchten sehen, stand die Burg ‚Bühringen'. Hierher zog sich die Herzogin von 1373 – 1403 zurück.
Nach ihrem Ableben wurde auch diese Burg von Ulm gekauft und mit einem Vogt versehen.
Die Burg hatte einen hervorragenden Standplatz. Man hatte von ihr einen herrlichen Blick über die Alb und sah in Bad Überkingen jeden, der hier durchfuhr oder zur Erholung im Bad weilte.
Eine majestätische Kulisse bot auch die ‚Hausener Felsenwand', ein Bergsturz, wie man ihn kaum irgendwo schöner zu sehen bekommt.

Direkt vor uns liegt der Michelsberg, an seinem Fuße der Lindenhof.
Hier hat Geislingen seinen Ursprung genommen.
Giselingen hieß früher dieser Stadtteil und von hier sind auch die von Spitzenberg aufgestiegen. Man vermutet, daß die Familie von Spitzenberg in Giselingen einen größeren Hof besaß und dann auf dem Spitzenberg über Kuchen ihre Burg im Jahre 1085 – 1090 bauten.
Wenn Sie jetzt nach rechts schauen, sehen sie über Kuchen einen Bergkegel, das ist der ‚Spitzenberg'."
Die Burg Spitzenberg ist die zweitälteste Anlage nach dem Hohenstaufen. Und zwar nannten sich die Grafen von Spitzenberg auch von Sigmaringen, wo sie auch Besitzungen und eine Burg hatten. Sie gingen im Geschlecht der Helfensteiner auf und nannten sich auch Grafen von Sigmaringen, Spitzenberg und Helfenstein."

Michael sperrte Maul und Augen auf. Soviel hatte er noch nie von Rittersleuten und Grafen und Kaisern und Herzogen gehört.
Und die hatten hier alle einmal richtig gelebt.

Er schmiegte sich ganz fest an seinen Vater und war ganz Ohr, denn der Onkel da fing weiter an zu erzählen.
„Wenn Sie jetzt am Hang des Tegelberges vorlaufen, kommen Sie auf den Hohenstein, 701 Meter hoch, im übrigen so hoch wie Bühringen über Bad Überkingen.
Schauen wir von dort genau gegen Norden, – liegt vor uns der Hohenstaufen.
Hier erbaute 1070 Graf Friedrich eine Burg und nannte sich seither von Hohenstaufen. Er heiratete die Tochter Kaiser Heinrichs IV. und wurde mit dem Herzogtum Schwaben belehnt. Mit dem Enkel Friedrich's, Konrad, kamen die Hohenstaufen 1138 zum Königtum. Mit ihnen erfuhr das deutsche Kaisertum seine höchste Ausprägung und Blüte.
Kaiser Friedrich I. Barbarossa 1152 – 1190, Kaiser Heinrich VI. 1190 – 1197, Kaiser Philipp 1198 – 128 und Kaiser Friedrich II. 1215 – 1250 alle von Hohenstaufen, waren Kaiser des Heiligen Römischen Reiches Deutscher Nation und für die damalige Zeit die mächtigsten Männer des Abendlandes. Hier in diesem württembergischen Ländle war ihr Ursprung und ihr Fundament."
„Fundament sage ich bewußt", betonte der Mann vom Alpen oder Albverein und, man erkannte seinen Stolz, ein Hiesiger zu sein „denn ein einzelner ist nichts – nur wenn er von vielen getragen wird, kommen solche Leistungen zustande.
Die namhaftesten Geschlechter des Hochadels, die in der Dienstmannschaft der Hohenstaufer standen, waren die Grafen von Helfenstein, von Spitzenberg und Aichelberg und ihre Ministerialen die Herrn von Rechberg, von Degenfeld, von Staufeneck, von Ramsberg, vom Wäscherschloß, vom Ravenstein, vom Scharfenberg und Ebersberg.
Ein Großteil dieser Burgen liegt um den Hohenstaufen oder nicht weit davon entfernt – wir werden heute noch die meisten in Augenschein nehmen."
Dorthin wollten ja unsere Distelhofbauern auch ihren Ausflug machen und jetzt hatten sie durch Zufall so eine fundierte Führung erhalten.
Etwas war dem Wilhelm nicht klar, was meinte der Herr mit Ministerialen – und er stellte ungeniert seine Frage: „Herzlichen Dank für ihren anschaulichen Vortrag, aber das mit den Ministerialen habe ich nicht verstanden."
„Das ist gut, daß sie fragen. Es gab zu der damaligen Zeit in der Dienstmannschaft der Kaiser oder eines Grafen neben adligen und hochadligen Rittern auch Dienstmannen einfacher Herkunft. Die einfacher Herkunft konnten bei Bewährung und kühnen Taten

zunächst in den einfachen und später höheren Adelsstand erhoben werden.
Sie waren Marschälle und durften mit Genehmigung der Hohenstaufen z. B. die Burg auf dem Hohenrechberg bauen.
Die Burgen Staufeneck, Ramsberg, Scharfenberg waren Ministerialburgen.
Die Burgen in Degenfeld, Weissenstein, Ravenstein und Hoheneybach waren Ministerial-burgen, erbaut von den Dienstmannen der Herrn von Degenfeld in der Dienstmannschaft der Grafen von Helfenstein stehend.
So wurden die Geschlechter von Rechberg 1601 in den Grafenstand erhoben und die Herren von Degenfeld erhielten 1716 die Grafenwürde als die Grafen von Degenfeld-Schomburg.
In dieser Zeit muß ein regelrechter Bauboom geherrscht haben. Für so eine Burg schätzen Fachleute immerhin eine Bauzeit von 5 Jahren, wobei mindestens bis zu 80 Bauarbeiter drinnen herumwerkelten, dazugerechnet werden müssen die Zuliefer- und Transportdienste der umliegenden Ortschaften.
In diese Zeit fielen die Städtegründungen von Göppingen und Schwäbisch Gmünd.
Die Ministerialen in diesen Burgen und deren Söhne und die Söhne der Adligen waren angehalten, sich zusätzlich im Waffenhandwerk auszubilden.
Sie mußten mit Kettenpanzer und Topfhelm, mit Schwert und Lanze umgehen können und exzellente Reiter sein.
Von diesen Burgen wurde das Land verwaltet. Sie stellten die Vögte, ernannten die Bürgermeister, zogen den Zehnten ein und bewachten die Straßen und wichtigen Zollstationen des Landes."
„Herzlichen Dank", sagt der Wilhelm, „wir sind von der Stubersheimer Alb und haben nicht gewußt, welch geschichtsträchtige Landschaft und Nachbarn wir in Euch haben."
„Ja, da seid Ihr da droben genau so geschichtsträchtig. Man vermutet nämlich, daß die Ritter von Stubersheim die Burg Ravenstein gebaut haben und sogar das Urgeschlecht der Helfensteiner sein sollen . . ."
„No moint ihr", läßt sich der Hornbauer vernehmen „mir hättet am End auch einen Spritzer blaues Blut mitkriegt?"
„Des ko scho sei", erwidert der Herr vom Albverein oder Alpenverein schalkhaft und der Hornbauer setzt eins drauf „bloß hamer do" er reibt Daumen und Zeigefinger aufeinander, „no nie was g'spürt", und alles lacht darüber.
Man verabschiedet sich freundlichst.
Die Wandergruppe nimmt Kurs auf den Hohenstein und die Distelbauern laufen zu ihrem Gäule, das brav auf sie gewartet hat.

Am Berghof vorbei, fahren sie durch strotzige Wälder, unterbrochen von den gepflegten Feldern der Alb.
Von der Kuchalb genießen sie den weiten Blick bis zum Stöttener Berg und dem Messelberg.
Sie müssen unterwegs halten und diesen einmaligen Rundblick genießen. Das Land liegt vor ihnen, einer Landkarte gleich ausgebreitet. Links von ihnen der „Grüne Berg“, dahinter der „Dalisberg“, der „Wasserberg“, dann der weite Blick ins untere Filstal bis in die Stauferstadt Göppingen. An schönen, klaren Tagen kann man von hier bis nach Stuttgart sehen.
„Schau, Michael, in diese Richtung bis an den Horizont, da werden wir hinziehen – da liegt Stuttgart, unsere neue Heimat.“
„Ist das ein schöner Ausflug, Mama, Papa und Ehne“, jeden bedachte der Michael mit seinem dankbaren, jugendlichen Bubenlachen, und alle freuten sich daran und an der ursprünglichen Landschaft. Unmittelbar vor ihnen erhob sich mit dem „Scharfenberg“ die am nächsten liegende Burg, etwas weiter und links davon das „Staufeneck“, in der Verlängerung sah man den „Hohenstaufen“, nach rechts den „Ramsberg“ und den „Hohenrechberg“ und am rechten Rand den „Stuifen“, den dritten der drei Kaiserberge: Eine an Geschichte überreiche Landschaft, hineingebettet zwischen Berg, Wald, fruchtbare Felder und ergiebige Obstgärten.
Ein Garten Eden, wie man ihn nicht schöner malen und gestalten kann: Herr – großer Gott! Wie hast du dieses Land so schön geschaffen und mit den fleißigsten Menschen dieses Erdreiches versehen: den Schwaben.
Wie in einem großen Ameisenhaufen oder Bienenvolk wird hier umgetrieben, gewerkelt und geschafft.
Hineingebettet in diese schöne Welt liegt Donzdorf, umkränzt von bewaldeten Bergen, in der Mitte die St.-Martini-Kirche mit ihrem glacierten farbigen Ziegelturm und das Schloß der Grafen von Rechberg. Das Innere der Kirche wird von Epitaphen und Bildern dieser alten Familie geprägt.
Die Deckenbilder stammen von Josef Dannenmacher 1777, einem Künstler aus Tomerdingen von der Ulmer Alb.
Nachdem sie die Lauter, ein munteres Bächlein, und den Reichenbach überquert haben, steigen sie wieder ab, um der Susi den Aufstieg zum Ramsberg zu erleichtern.
Sie wollen auf die alte Römerstraße, die ins Rehgebirge führt.
Durch einen gemauerten Torbogen gelangen sie in den Burghof. Hier legen sie eine kleine Pause ein und tränken die Susi, dabei läßt sie ein Mann in die Türnitz schauen, den ehemaligen Rittersaal, das Prunkstück der Burg.

Die Elsa hat die Kapelle entdeckt: „Komm Michael, laß uns da hinein gehen und ein Dankgebet sprechen für all das Schöne, das uns der Herrgott heute sehen läßt."
Nun sind sie wieder auf der Hochfläche der Alb. Die Straße verläuft jetzt auf einem Bergrücken – es ist die alte Römerstraße – die ins „Rehgebirge" führt.
Rechts sieht man ins Reichenbacher Tal, mit seinen vielen Einzelhöfen, auch Württembergisches Allgäu genannt. Links erhebt sich über dem Ottenbacher Tal der Hohenstaufen.

Unwillkürlich bekommt man Achtung vor diesem Berg, wo nachgewiesenermaßen 1181 Kaiser Friedrich Barbarossa anwesend war. Unweit von da liegen im Kloster Lorch, in der Grablege der Staufer, unter anderem seine Kinder begraben.
Am „Paradieskreuz" vorbei führte die Straße durch einen Forchenhain zu einer Anhöhe, von der man abermals bis nach Stuttgart sieht, immerhin so um die 50 – 60 km weit.
„Halt an Hornbauer, am Horizont taucht für uns die neue Heimat auf", sprach der Wilhelm.
„Möge sie euch Glück bringen", erwiderte der Hornbauer.
Mit beklommenem Herzen blickten sie eine ganze Weile in die Richtung, bis der Hornbauer der Susi ein „Hüh" zuruft.
„Sonst komma mer noch in d'Nacht nei!" meinte skeptisch der Hornbauer.
Auch wollten sie sich den schönen Tag nicht mit solchen Beklemmungen verderben.
Und wieder eröffnete sich ein neuer Anblick.
Links sah man das Ottenbacher Tal mit seinen Höfen und als Krönung im Hintergrund, jetzt zum Greifen nahe, den Hohenstaufen.
Rechter Hand lag am halben Hang der „Schattenhof", ein ansehnliches Anwesen, das sicher schon vielen Generationen Arbeit und Brot gegeben haben dürfte.
Schaute man weiter ins Tal hinunter, sah man die Ortschaft Reichenbach unterm Rechberg.
Ein niedliches Dörflein, geschaart um den spätgotischen Kirchenbau, der dem heiligen Petrus geweiht wurde. Einer Glucke gleich, um die sich wohlbehütet die Küken drängen.
Interessant die vielen Höfe in den Tälern, angeschmiegt an Kuppen und Hänge.
Interessant auch ihre Namen, z. B. der „Schattenhof", weil er an einem schattigen Hang liegt, oder über das Reichenbacher Tal hinweg der „Haldenhof".

Darunter der „Staudenhof", der „Stappen-" und „Bäuerleshof". Unterm Schattenhof das „Aichhöfle" vis à vis überm Bach das „Weberhäusle", das Tal aufwärts am Hang unter einem großen Wald gelegen, der „Hasenhof", darunter der „Böppeleshof". Über eine kleine Anhöhe hinweg im Auslauf einer sanften Mulde, von Bäumen umkränzt der „Striethof" und überm Bach die „Strietmühle". Ganz am Berg droben der „Zirschberg".
Bevor es aber über die Kratzerhalde hoch hinaufgeht, führt links ein idyllisches Tälchen zum „Täscherhof", dem „Kratzerhof" und dem „Kratzerhöfle".
Fährt man oben auf der Römerstraße weiter, kommt man zum „Birkhof", einem gräflichen Hof. Und blickt man vor dem nächsten Wegkreuz nach rechts, liegen vor einem die stattlichen „Dangelhöfe". Reich an guten Feldern, an Wald und Obstbau.
Am „Schurrenhof" dehnt sich eine große Gärtnerei an einem sonnigen Hang. Hier gibt es auch eine Vesperstation.
Die Straße am Schurrenhof war etwas beschwerlich und die Susi mußte sich kräftig in die Sielen legen. Vielleicht stammte der Untergrund noch aus römischer Zeit, worauf ja der Name dieser Straße hindeutet. Als sie diese Stelle passiert hatten, sah man unweit der Straße am oberen Hang einer Berglehne ein behäbiges Haus mit alten Bäumen umstanden, – das mußte der Schurrenhof sein.
„Hornbauer, hier machen wir eine Pause", sprach der Wilhelm „und essen etwas."
Dem Hornbauer war es gleich recht. Es war gut warm geworden und der Susi tat eine Pause auch gut.
Die Wirtschaft lag unweit des Waldes, umgeben von mächtigen Eichen und Kastanien.
Im Vorraum stand ein Eichenschrank von solchen Ausmaßen und mit Beschlägen, als müßte er die Bank von England bewahren.
Drinnen gab es frischen Rettich, dazu ein Bier und mitgebracht hatte die Elsa ein paar harte Eier und der Hornbauer die obligate Dosenwurst aus eigener Schlachtung.
Der Susi hatte man vorher Wasser gegeben und den Hafersack umgebunden.
So ging es allen recht gut.
Man unterhielt sich über das Gesehene. In dem Augenblick ging die Tür auf und ein Gast betrat den Wirtsraum.
Er fragte, ob er sich dazusetzen dürfe und bestellte sein Bier.
„Eine herrliche Gegend ist das hier", sprach ihn der Wilhelm an.
„Ja, wenn nur das Einkommen besser wäre, mir lieget hier arg abseits mit unsere Produkte."
„Ja was moint ihr, wie abseits mir lieget", sprach der Hornbauer.

„Des sieht man an eure schön bestickte Blauhemda", erwiderte der Gast.
„Und horchet – ihr könnet mi auch eines besseren belehren", dabei winkt er den Wilhelm und den Hornbauer näher zu sich her.
„Böse Zungen im Tal behauptet, ihr zieget die bloß an, damit ihr net jedesmal die Knöpf an eurer Hosenfall zumacha müsset."
Da guckt aber der Hornbauer, als wenn er den Schwätzer auf den Wurf nehmen möchte: „Und ihr verkommene Talmannd, ihr habt gar koine Knöpf dran".
Auch ohne dieses dumme G'schwätz wird es Zeit, daß sie weiter fahren. Sie wollen ja noch auf den „Hohenrechberg", die Burgruine besichtigen und in die Wallfahrtskirche gehen.
Der Hornbauer schüttelt immer noch den Kopf, der Gast war so ein Flachlandschuggeler, wie man die etwas Vergratene auf der Alb verächtlich nannte.
Nun kommt ein hervorragender Blick ins Reichenbacher Tal.
Wie friedlich leuchten die Einzelhöfe aus den grünen Fluren, Hekken und Wäldern.
„Sieh, Michael, ganz rechts, der hohe Berg das ist der Hohenstein, weiter links liegt die Kuchalb, da kommen wir her, etwas vertieft der Scharfenberg mit der Burgruine und noch weiter nach links ist der majestätische Messelberg um 730 m hoch.
Dann kommt der Heldenberg, das Kalte Feld und wie eine Bastion aus uralten Tagen seine Majestät der Stuifen, unnahbar und beinah stolz erhebt er sich dem Himmel entgegen.
Ein Berg, der Vertrauen schenkt mit seiner unerschütterlichen Erhabenheit über alles Vergängliche unserer Tage."
Sie fahren weiter an den „Bärenhöfen" vorbei, links taucht das „Birkhäusle" auf, näher dem Rechberg zu das „Bärenhöfle" und der „Ödengehren".
Ein schmales Sträßle führt auf den Rechberg. Sie fahren bis zur Burg auf 644 Meter hinauf und genießen von hier einen der schönsten Rundblicke ins Land der Hohenstaufen.
Wer hier gestanden hat weiß, was staufische Kultur und staufische Bauweise für einen hohen Rang gehabt haben.
Er erkennt aber auch den Ursprung – wo alles seinen Anfang nahm – hier in diesem einmalig unbeschreiblich schönen Land sind sie aufgebrochen, dem Abendland ihre Stempel aufzuprägen.
Wer hier das Beten vergißt, ist ein Barbar . . .
Unsere Distelhöfer – wenn auch einfache Menschen – spüren in dieser Stunde die Berührung mit der Geschichte, mit einer der ruhmvollsten Epochen vergangener Zeiten überhaupt.

Sie pilgern den Kreuzweg hinauf, und vor jeder Station spricht die Elsa ein Gebet und erläutert dem Michael den Leidensweg Christi. Die Männer nehmen ihren Hut vom Kopf und gedenken seiner Leiden.
In der Wallfahrtskirche (707 m) zünden die Elsa und ihr Michael eine Kerze zum Gedächtnis an die Holder-Marie an und beten für sie ein Vaterunser.
„Herr, gib ihr ein gutes Plätzle in Deinem ewigen Reich – sie war auf Erden schon ein Engel . . .“
In der Bergwirtschaft trinken sie nachher ein kühles Bier und genießen den seltenen Weitblick auf dieses gesegnete Land.
Die Susi hatte brav gewartet. Nun geht es im leichten Trab Wißgoldingen zu. Diese Ortschaft liegt, einem echten Bergdorf gleich, am Fuße des Stuifen und hat durch seine erhöhte Lage ein offenes Klima, und so begegnen einem auch die Menschen – freundlich und aufgeschlossen.
Von hier geht der Blick leicht über den eigenen Zaun und die Hattertgrenze hinaus.
Über Winzingen, indem auch ein schloßähnliches Gebäude der Grafen von Rechberg steht, geht's am „Steinernen Kreuz“ das Lautertal aufwärts.
In Nenningen befindet sich in der Friedhofskapelle eine der bedeutendsten Plastiken unseres Kulturkreises, die Pietà Ignaz Günthers aus dem Jahre 1774.
Sie fahren rechts ran und erleben die monumentale Darstellung von der Trauer, dem Leiden und dem Tod (Marienklage).
Diese ungeheuer natürliche Darstellung greift den Älblern ans Herz. Reglos verharren sie, wie persönlich betroffen, vor diesem aussagestarken Kunstwerk.
Noch eine ganze Weile des Weges fehlen ihnen die Worte, bis sie die steilen Berge ringsum auf andere Gedanken bringen.
Sie nähern sich dem ehemaligen Rechbergschen Residenzstädtchen Weißenstein.
Eingebettet zwischen drei riesigen Bergrücken, liegt es im Tal des Josefbachs. Über dem Friedhof wacht die Felsnadel vom „Weißen Stein“.
„Hooo“ schreit der Hornbauer. „Hier wird ja Bier gebraut – des müsset mir probieren.“
Sie steh'n nun unmittelbar vor der beeindruckenden Kulisse von Schloß und Kirche zu Weißenstein.
Hier zeigt sich schon allein räumlich die Allmacht der ehemaligen Feudalherrschaft gegenüber den einfachen Menschen. Aber sie sollten noch mehr darüber erfahren.

Sie gingen in die Brauereiwirtschaft und waren erstaunt über die großen Räumlichkeiten.
„Do muß a Gschäft laufa“, sagt der Hornbauer zum Wirt.
„Ja, was glaubet sie, da findet die ganze Hochzeiten aus dem Gäu statt und bis 1817, als die Leibeigenschaft aufgehoben wurde, da mußte die Braut angeblich noch auf den ‚Bock' und wurde von der Herrschaft entjungfert. Und wehe, sie war's nicht mehr, das hieß damals: ‚Jus primae noctis' und war ein Gesetz mit dem Recht der ersten Nacht.
„Da habt ihr mit eure Blauhemden noch nie was davon g'hört, bei euch macht's der Korbflechter oder Kaminfeger?“
„Was du net saischt“, sagt der Hornbauer.
„Wenn du es net glaubscht, auf der Bühne droben stoht no so a komischs Gestell.“
„Des trifft für uns net zu“, sagt der Hornbauer.
„Ab 1396 waren wir ulmisch und die Ulmer haben damals schon mehr nach dem Geld gschaut, als nach de Mädle. Und deshalb send sie auch zu etwas komma“, fügt er noch hinzu.
„Wirt, ich hät dir eine Idee“, fährt der Hornbauer weiter: „Stell doch des G'stell von der Bühne in dei Nebenzimmer, des Geschmäckle häts scho, vielleicht lauft ebbes.“
„Moinscht? Hast mer auch die Mädle dazu?“
„Z' Stuttgart soll's oine gea“.
Der Wilhelm kam aus dem Staunen nicht heraus, so hatte der den Hornbauer noch gar nie erlebt. So richtig kreuzfidel, gschwätzig und gspaßig . . .
Wenn des die Bäuerin wüßt! . . . no hätt er für heut ausgschwätzt. Dui tät ihm dafür!
Der Hornbauer und der Michael blieben auf dem Wagen. Die Elsa und der Wilhelm liefen hinterher, denn die Weissensteiner Steige hinauf sind ein paar steile Kehren zu bewältigen.
Unwahrscheinlich steil fiel rechter Hand das Gelände ins Tal.
Vor der ersten Kurve blickten Wilhelm und Elsa nochmals zurück auf Burg und Kirche und das heimelige Weissensteiner Städtle. Ein Kleinod aus längst vergangenen Tagen.
Am Steighof vorbei schnuppern unsere Älbler bereits wieder Höhenluft.
Noch ein letztes Stück nach Böhmenkirch hinauf muß die Susi nehmen, dann geht's eben dahin über Steinenkirch, Waldhausen, Schalkstetten, Bräunisheim. Schließlich überläßt der Hornbauer der Susi die Zügel, sie weiß wohin.
Die Fahrt am Heiligenhau vorbei, läßt unsere Ausflügler tief durchatmen, wie schön frisch ist die Albluft im Abendwerden und

ein Vogelkonzert begleitet sie bis zum Distelberg und Distelhof. Michael streichelt der Susi den Kopf und ihre weichen Nüstern; es ist vielleicht ein Abschied für immer ...
Es zwickt ihn gewaltig da drinnen, aber auch der Elsa und ihrem Wilhelm druckt's das Wasser in die Augen.
Und wenn der Verstand tausendmal sagt: es muß sein! so ist das für's Herz noch lang nicht bindend ...
Nachdem der Hornbauer hinter der letzten Wegbiegung verschwunden ist und die Distelhöfer ihr Stimmungstief in den Griff zu kriegen scheinen, sagt die Elsa:
„Sag mal Wilhelm, ich möchte so gern noch nach Ulm, bis es endgültig abgeht. Als ich damals hierher kam, habe ich das Münster nur von weitem gesehen und es ähnelt doch in mancher Beziehung so sehr dem Kölner Dom. Wär noch ein Tag frei für die Donaustadt?"
„Sicher, das meiste ist ja hergerichtet und mir würde es auch gefallen noch einmal nach Ulm zu kommen ...
Ich war ja Soldat in Ulm und würde ganz gerne das alles nochmal sehn. Auch unser Großonkel, dessen Nachkomme mein Lebensretter war, hat hier seine Reise nach Siebenbürgen angetreten."
Dem Michael schlug das Herz bis in den Hals hinauf.
„Fahren wir da nochmal mit dem Zug?" bestürmte er seinen Vater.
„Klar, aber laufen müssen wir auch noch ein gutes Stück."
Er holte seine alte Karte und da stellten sie fest, die nächste Bahnstation war Lonsee, das hieße, man müßte zunächst nach Ettlenschieß und von da wär's nicht mehr weit, alles in allem etwa 1 1/2 Stunden zum Laufen.
Nun, sie waren es ja gewohnt.
Die Susi konnten sie nicht schon wieder in Anspruch nehmen, obwohl sie sicher mit ihnen bis nach Ulm hineingetrabt wäre.

An der alten Kuckucksuhr am Distelhof schlug das Pendel hin und her und bei jedem Schlag verkürzte sich die Zeit derer, die bisher eine schwere, aber auch unbeschwerte Zeit hier verlebt hatten.
Jeder hing so seinen Gedanken nach.
Zum nackten Leben hatte es gerade noch gereicht. Sie wurden satt, aber schon bei Schuhen und Bekleidung wurde es schwierig – dagegen stand die unendliche Freiheit.
Das unmittelbare Leben mit den Tieren, der Natur, losgelöst von den Zwängen einer Verwaltung. Sie waren schier vogelfrei, im guten Sinne ...
Wilhelm schwitzte bei solchen Gedanken, die Elsa weiß, was sie erwartet, da sie ja in der Stadt großgewachsen ist, und dem Michael liefen die Tränen über das Nachtkissen, er vermied es aber laut zu

schluchzen, denn er spürte sehr wohl, wie weh es auch den Eltern tat, hier weggehen zu müssen.
Hier blieben sie arme Häusler ihr Leben lang – ohne größere Bildung, mit bescheidenem Auskommen und das hatte auch der Michael schon gespürt und eingesehen, gerade bei den Ausflügen in den letzten Wochen. Ohne die Anzahlung vom Herrn Vögele aus Stuttgart hätten sie sich das nie leisten können.
Wofür konnten sie schon Geld erlösen?
Die Arbeit im Wald war schlecht bezahlt, und wenn sie gar den Arzt oder Tierarzt gebraucht hätten, wären die ganzen Ersparnisse dahin gewesen.
Romantik ade; selbst wenn sie in ihr Verderben rennen würden ... sie mußten es wagen.
Noch drei Morgen am Distelhof.
Der erste war angebrochen. Man ging gemeinsam alle Behältnisse durch, schlug da noch einen Nagel hinein, gurtet dort nochmal die Futtertücher nach.
Auch die persönliche Habe wurde nochmal nachgesehen, dabei stießen sie auf die Urkunden und Briefe vom Großonkel, der nach Siebenbürgen ausgewandert war.
„Meinst du nicht", sprach die Elsa, „daß wir der Familie Thierer von Hofstett-Emerbuch diese Urkunden zurückgeben sollten?"
„Für uns in Stuttgart dürften sie fast wertlos sein und für die Nachkommen von Thierers wären sie doch ein schönes Andenken an ihren Groß- oder Urgroßvater."
„Da hast du recht Elsa, das Schreiben vom Onkel bleibt bei uns und die Urkunden geben wir zurück, auch die über den Abendmahlswein."
„Vielleicht könnten wir das nach dem Mittagessen noch erledigen."
„Michael, würdest du beim Haus bleiben und die Viecher heute Abend versorgen – falls es bei uns etwas später werden sollte?"
„Klar Mutter, ich hole noch ein paar Kräuter und abends versorg ich die Viecher und tue melken. Macht euch keine Sorgen und gönnt euch einen schönen Nachmittag. Aber morgen geht's dann nach Ulm?"
„Das haben wir ja fest ausgemacht", erwiderte ihm sein Vater.
So hatte jeder eine Richtung. Michael freute sich, noch einmal seiner Sammler-leidenschaft frönen zu können, die ihm die Holder-Marie quasi in die Wiege gelegt hatte, und die Elsa und ihr Wilhelm waren auch froh, mal wieder sich allein zu gehören.
In dem kleinen Häusle war es immer schon schwer gewesen, ihre Liebe auszuleben.

Wenn die Berta schon schwer schnaufte, hörte man es durch's ganze Haus, da blieb auch sonst kein Seufzer ungehört oder gar eine außergewöhnliche Verrenkung, wie sie ja unter kräftigen, gut gebauten jungen Leuten mal vorkommen kann.
Und das waren der Wilhelm und seine Elsa.
Er maß 1.80 Meter und hatte Schultern wie ein germanischer Gladiator aus dem Colloseum von Rom.

Nun marschierten sie am Mönchhau vorbei, Richtung Hofstett-Emerbuch. Durch einen Wald, dessen Gewölbe den kühnsten Tempel dieser Erde übertraf.
An den Stämmen projizierte die Sonne durch die Blätter hindurch Mosaiksteinchen um Mosaiksteinchen und machte sie zu lebendigen Säulen einer Empore, die statt einer Orgel voll war vom Gezwitscher der Vögel.
Schon wieder zog sich ihr Herz zusammen: diese Zweisamkeit in der großen Stille des Waldes würden sie, so rein wie auf ihrer Alb, nie mehr erleben.
Sie flüsterte ihm was ins Ohr, und als er sie zu sich heranzog , küßte sie ihn über das ganze Gesicht.
Womit hatte er sich diese Liebe verdient?
Ein armer Wicht und Häusler, ein halber Sedler mit einer Kuh und ein paar Ziegen.
Sobald sie auf's Feld hinauskamen, hatten sie es nicht mehr weit.
Wenn der Wirt Zeit hatte, wollten sie den Abendmahlswein probieren, der in den Urkunden erwähnt war, denn sicher schenkte der Wirt nur eine Sorte aus.
Sie hatten seit ihrer Hochzeit keinen Wein mehr getrunken und erinnerten sich gern an den guten Tropfen, den Kriegskamerad Fred zur Hochzeit spendiert hatte.
Leichten Fußes waren sie bald in Hofstett-Emerbuch angelangt.
An der Kirche verharrten sie ein Weilchen und gedachten ihrer lieben Mutter, auch dachten sie an den Onkel Franz, der hier sein letztes Abendmahl empfangen hatte, bevor er nach Siebenbürgen aufgebrochen war.
Der Segen des Pfarrers war in Erfüllung gegangen und hatte ihn behütet und ihm im siebenbürgischen Hochland Frau und Kinder geschenkt.
Wilhelm gedachte seines Kriegskameraden, Lebensretters und nach Lage der Dinge seines Vetters Johann Kammerer.
Von der Kirche bis zum Anwesen der Thierers war's nicht mehr weit und sie hatten Glück: In der Wirtschaft saßen ein paar ältere Männer und genossen ihren Ruhestand.

Auf den Tischen funkelte in den Gläsern der württembergische Rote wie Rubin . . . und es war alles so einladend und freundlich . . ."
„Dürfen wir uns zu euch setzen?"
„Da brauchet ihr net lang fragen."
Man rückt mit den Stühlen und siehe da, der runde Tisch, ein viel gerühmtes Möbel, hatte auch für sie noch Platz.
„Wo kommt ihr her?" war natürlich die erste Frage.
Und Wilhelm erzählte über woher und wohin, und alle horchten ihm voller Interesse zu.
Was passiert schon viel in so einem kleinen Dörfle?
Dann erzählte er ihnen von den Ausflügen, die sie die letzten Wochen gemacht hatten.
Von den mächtigen Hohenstaufen und den Helfensteinern, und daß oft nicht mal ein Stein mehr von ihren einstmaligen Burgen übrig sei.
„So wie bei uns auch", warf einer ein.
Auch hier hat es ganz früher einen Ortsadel gegeben, der in der Dienstmannschaft der Adligen von Stubersheim und Helfenstein gestanden haben soll.
Von diesem Ortsadel stammt wahrscheinlich der Name „Immenburg".
Bis im letzten Jahrhundert hat ein Flurname „Im Burrich" geheißen und eine Burggasse gibt es heute noch.
Die Wortumwandlung könnte im Laufe der vielen Jahrhunderte so vor sich gegangen sein: Immenburg – Im Burrich – Emerbuch, und Hofstett kommt sicher von Hofstatt oder Hofstelle.
„Das ist ja sehr interessant, davon haben wir noch nie etwas gehört", pflichtete Wilhelm bei.
„Zwischen Hofstett-Emerbuch und Ettlenschieß soll es nochmal eine Siedlung gegeben haben und zwar erzählt die Sage von den sehr fleißigen Menschen aus ‚Bollenweiler'.
Sie lebten in Frieden dahin bis eines Nacht's ein Gespenst dahergekrochen sei, das soll der Geldteufel gewesen sein.
Der hat Besitz von den Menschen ergriffen, hat sie wie von Sinnen gemacht und von Raffgier angetrieben.
Einer hat den anderen übertrumpfen wollen. Die Bettler wurden mit Hunden vom Hof gejagt. Nicht mal zum Beten hatten sie mehr Zeit, geschweige die Kirche am Feiertag zu besuchen.
Ein frommer Mann hat sie gewarnt – es sei zur Umkehr noch nicht zu spät, aber keiner hat auf ihn gehört.
Da ist eines Nachts ein fürchterliches Gewitter niedergegangen. Als sich am anderen Morgen die Nebelschwaden verzogen hatten, war Bollenweiler ausgelöscht von dieser Erde. Noch später hat man hier

bei Nacht Klagetöne gehört und beim Halbmond eine riesige Gestalt umherschleichen sehen!“
„Deshalb, Löwenwirt, trinken wir lieber noch eins, so können wir die Geldgier am besten bekämpfen.“
„Ich hätte euch auch was Interessantes zu berichten“, warf der Wilhelm ein, „und deshalb sind wir eigentlich hier.
Bei eurem Vorfahr Jakob hat ein Mann namens Franz Kammerer gedient.
Er hat dem Communschütz Jakob Thierer beim Ausmachen des letzten Hirsches auf der Stubersheimer Alb geholfen und dafür diese Urkunde geschenkt bekommen. Da wir nach Stuttgart umsiedeln, hat sie für uns keinen Wert, für euch aber sicher einen um so größeren.“
„Ja, laß sehen“ und, „das ist ja allerhand“, schwirrt es nur so am Stammtisch durcheinander und als man sich einigermaßen beruhigt hat, legt der Wilhelm die Urkunden vom Abendmahlswein noch dazu.

„Also dena Leut stiftest du jetzt ein Vesper, Löwenwirt, und ein paar Viertel Württemberger für ihn und sein hübsches Weib“.
„Des wollt i eh schon sagen. Trinket solang's euch schmeckt, und a Vesper krieget ihr auch.“
„Ha, des ischt a Wort“, vermeldet einer aus der Stammtischrunde, „das man aus deinem Munde selten hört.
Einige behauptet nämlich, sie vermeidet dei Wirtschaft so gut es geht – aber heit hoscht wieder etwas von deinem Renommee zurückerobert.“
So pregelt man hin und her, lacht und ist lustig.
Die Elsa muß bloß schauen und aufpassen wie ein Luchs, hier sitzen die Bodenständigen beieinander und da braucht sie beide Ohren zum Horchen, um das alles zu verstehen, was da so in breitem Schwäbisch gesprochen wird.
Es war ein lustiger, fröhlicher und auf andere Gedanken bringender Nachmittag.
Leicht beschwipst bedankten sich die Distelhöfer, nicht ohne zu bedauern, daß man nun leider keine Gegeneinladung machen könne.
„Was hättet ihr uns no ausgeschenkt, wenn mir komma wäret?“
„Einen Holdersaft“, war die prompte Antwort von Wilhelm, weil er wußte, daß der eine und andere die Holder-Marie noch gekannt haben könnte.
„Na ist es Zeit, daß ihr nach Stuttgart ganget, die könnet so Gesundheitsapostel jede Menge braucha.“
„Mir sind aber bloß zu dritt, wie wär's, wenn ihr alle mitginget?“

Und schon wieder war dieser lustige Dialog im Gange, den ein funkelnder Württemberger so schön in Schwung brachte.
Lustig und fidel traten die Distelhöfer ihren Heimweg an.
Sie lachten über manche Redewendung und Erzählung, und als sie unweit des Hofes waren, ließen sie sich in „ihrer“ Laube nieder. Ein Versteck im Wald, das sie schon öfters wegen der Hellhörigkeit am Distelhof benutzt hatten.
Wilhelm war so stimuliert von dem Wein, den anregenden Gesprächen und von seiner Elsa, daß er sie ganz fest an sich zog und mit Küssen bedeckte.
Sie war gewiß keine Schönheit, aber Rasse hatte sie und eine flotte Figur. Wenn die in Fahrt kam, dann spürte man ihr rheinisches Temperament und „ihr Älbler“ mußte aufpassen, daß es keinen Schnellschuß gab.
Dann jubilierten sie mit den Vögeln und da diese gerade ihr Abendkonzert hielten, ging ihr lustvolles Liebesgeschrei in dem Chor einer einmaligen Abendsymphonie unter.
Der Himmel war rot und in der Atmosphäre und den Menschen zuckte und jauchzte die Johannisnacht.

Der andere Morgen sah die Distelhöfer schon bald auf den Beinen. Sie waren gut gelaunt und freuten sich wie die Maikäfer, wenn sie fliegen dürfen.
Über den „Brunnen“ waren sie bald am „Herrenhau“ und „Häselhaile“.
Von da aus sah man schon die ersten Häuser von Ettlenschieß. Sie umgingen die Ortschaft am „Wasserstall“ und hielten dann auf Lonsee zu.
Bald waren sie die Steige hinunter und am Bahnhof angelangt.
Bis sie die Fahrkarten gelöst hatten war auch der Zug schon da. Wilhelm fing an, in Erinnerungen zu schwelgen und Michael konnte sich nicht satt sehen an der vorbeigleitenden Landschaft und an dem tollen Zuggefühl.
Es waren schon einige Jahre her, seit Wilhelm damals eingerückt war. Mit Grausen dachte er an die Rekrutenzeit.
Er war so froh, als sie an den Kasernen vorbei waren und am Ulmer Hauptbahnhof aussteigen durften.
In der Innenstadt gab es natürlich einiges zu sehen, obwohl sie ja nicht zum Einkaufen hergefahren waren.
Sie gingen schnurstracks auf's Münster zu und da sie sich noch sehr unternehmungslustig fühlten, kauften sie Turmkarten und stiegen von den 768 Stufen etliche empor.

Der Wilhelm neckte seine Elsa: „Der Münsterturm ist um 4 m höher als der Kölner Dom und hat eine Höhe von 161m, man sagt er sei der höchste Kirchturm der Welt. Die Grundfläche der Kirche beträgt 5100 qm, zum Vergleich der Kölner Dom hat 6166 qm.
Sie ist nach dem Kölner Dom die zweitgrößte gotische Kirche Deutschlands.
Das ist eine immense Leistung, wenn man bedenkt, daß das Münster von der Bürgerschaft im 14. und 15. Jahrhundert als Pfarrkirche errichtet wurde und daß die Einwohnerzahl damals zwischen 9000 und maximal 20000 schwankte.
Daraus kann man erkennen, wie wohlhabend und engagiert die Bürgerschaft von Ulm war.

Michael kannte sich nicht mehr vor Freude, aber auch die Elsa war beeindruckt von diesem herrlichen Weitblick.
Man sah auf die Alpenkette und weit in das Umland hinaus. So was hatten sie alle miteinander noch nie erlebt. Sie wurden gar nicht mehr fertig mit dem Bewundern der Gegend.
Dieser Ausblick war einmalig.
Wie ein breites, starkes Band floß die Donau am Fuße des Münsters vorbei, ein Bindeglied zwischen Deutschland, Österreich, Ungarn, Jugoslawien, Bulgarien und Rumänien, von hier 2645 km lang bis ins Schwarze Meer. Eine immense Strecke, für die Distelhöfer gar nicht vorstellbar.
Michael nahm sich vor, das alles zu studieren und zu lernen.
Er war wißbegierig und hatte erkannt, daß nicht nur der Wald mit seinen Pilzen und Heilkräutern wichtig war.
In den letzten Wochen tat sich für ihn eine gänzlich neue Welt auf, und das war für ihn so interessant, daß er es in sich hineinsog wie ein Schwamm das Wasser.
Noch ahnte er nicht, daß ihn sein Schicksalsweg in die Richtung dieser Donau führen würde, und seine Jugend würde reifen wie ein Baum vor der Ernte und reiche Frucht bringen.

Nachdem sie die Aussicht ausgiebig genossen hatten, stiegen sie hinab und kauften sich beim Pförtner einen Führer durch's Münster und die Altstadt.
Sie gingen dann in das Gotteshaus und erschraken vor diesen hohen Gewölben, dem wuchtigen Chorgestühl und Elsa hatte es gleich erfaßt: „Das könnte vom gleichen Meister geschnitzt worden sein, wie das Geislinger Chorgestühl."
Sie stellten sich in eine Bank, hielten eine kurze Andacht und saßen dann zunächst einmal hin.

Zuviel strömte auf sie ein. Nachdem sie einigermaßen einen Überblick gewonnen hatten, lasen sie in dem Büchlein alles nach, und ein paar hundert Jahre stiegen vor ihnen auf und machten ihr Herz und ihren Verstand um soviel weiter und reicher.
Hier konnte man sich wahrscheinlich wochenlang ergehen, um alles in Augenschein zu nehmen.
Das Chorgestühl war also tatsächlich von Jörg Syrlin d. Ä. und soll das schönste in Deutschland sein (1469 – 74).
Das Chorgestühl in der Stadtkirche in Geislingen (1512) stammt von Jörg Syrlin d. J..
Auch an der Stadtkirche in Geislingen spürt man die sehr gekonnte künstlerische Innenausstattung der Ulmer Münsterbauhütte.
Die Predella soll von Jörg Syrlin d. Ä. stammen und das wunderbare Marienbildnis vom Ulmer Meister Daniel Mauch (um 1520). Daraus ersieht man die enge Bindung zwischen Ulm und Geislingen, das ja von einem Ulmer Vogt regiert wurde.
Sie konnten nicht alles besichtigen und in sich aufnehmen, dafür war die Zeit zu kurz und ihre Bildung sicher nicht ausreichend.
Die Epitaphe beeindruckten sie doch sehr und ihre Inschriften, auch die Kanzel von Jörg Syrlin d. J. 1510 geschnitzt, machten einen gewaltigen Eindruck auf ihre einfachen Seelen.
Im Hinausgehen sahen sie noch die Gedenktafeln Ulmer Regimenter und waren erstaunt, wie viele Gefallene da verzeichnet waren.

Sie verharrten in aller Stille, denn sie waren in Wirklichkeit Betroffene. Wieviele hatte Elsa gepflegt und in den Tod gehen sehen und Wilhelm sagte zum Michael: „Schau Michael“ und nahm ihn fest um die Schulter, „wenn bei diesem Regiment ein Gefallener mehr verzeichnet wäre, so hätte auch ich das gewesen sein können und wir wären heute alle miteinander nicht da.“
Michael schmiegte sich fest an seinen Vater und dankte mit seiner kindlichen Seele, daß der liebe Herrgott ihm seinen Vater gelassen hatte.

Nun gingen sie über die Straße zum Rathaus und waren abermals tief beeindruckt, sowas hatten sie außer bei Kirchen noch nie gesehen.
Das ganze Rathaus war rundherum bemalt und beschriftet.
Am besten gefiel dem Michael die Donauseite. Hier war eine Ulmer Schachtel oder Zille aufgemalt, wie sie über die Donau schiffte.

Ein guterhaltenes Stück Mauer aus der Stauferzeit erinnerte sie erneut an die Größe der Hohenstaufer und an ihre hohe Kultur, die so prägend war, daß man sie sogar an einer Mauer ablesen konnte.

Hier erinnerte fast jedes Haus an die mächtige Vergangenheit Ulm's. Von hier waren sie in die Türkenkriegen aufgebrochen, um die Gefahr für Leib und Leben des abendländischen Europa zu bannen. Von hier ging ab 1712 sogar jede Woche ein Ordinarischiff nach Wien mit festen Ankunfts- und Abfahrtzeiten.
Die Ulmer Schiffsleute waren zuverlässig und hoch angesehen.
Als 1745 der Kaiser Franz I. Stephan und Maria Theresia von der Kaiserkrönung von Frankfurt zurückfuhren, wählten sie ab Ulm den Wasserweg.
34 Zillen oder Ulmer Schachteln nahmen den ganzen Hofstaat auf und schifften ihn bis nach Wien.
Auch sonst waren die Ulmer auf Draht. Nicht nur der Handel blühte, sie produzierten ein beliebtes Gewebe, den Barchent, der mit Aufkommen der indischen Baumwolle ein wunderbares Mischgewebe aus Leinen und Baumwolle ergab.
Um aber ganz reich zu werden, ist der Geldhandel unentbehrlich, und so prägten die Ulmer sehr beliebte Silber- und Goldmünzen. Wie angesehen ihr Geld war, sagt folgender Spruch: „Venediger Macht, Augsburger Pracht, Straßburger Geschütz, Nürnberger Witz, und Ulmer Geld – regiert die Welt."

„Von hier ist also auch unser Großonkel 1846 nach Siebenbürgen aufgebrochen."
Von hier sind die Banater Schwaben, die vielen Ungarndeutschen und die von der Batschka losgezogen, um das vom Krieg verwüstete Land neu zu kultivieren und zu bevölkern.
Die Ulmer Schachtel war z. T. so gut ausgebaut, daß man auf ihr 4000 bis 5000 Zentner laden konnte. Sie wurde am Ankunftsort auseinandergenommen und das Holz verkauft. Somit war das gleichzeitig ein Holzhandel in ferne Länder.
Und wer meint, daß bloß Hungerleider die Donau hinabgeschifft wären, der täuscht sich. Das kostete damals schon Geld.
Umsonst oder aus Hobby hätte keiner ein Schiff gebaut, noch die Matrosen gestellt.
Deshalb sind Ulm und die Donau für ganz Südosteuropa wichtiger wirtschaftlicher, kultureller und geistiger Ausgangspunkt seit dem frühen Mittelalter und haben mit dazu beigetragen, abendländische Kultur bis ans Schwarze Meer zu transportieren.

Nachdem unsere Distelhöfer noch das und jenes besichtigt hatten, waren sie wie erschossen. „So eine Stadtbesichtigung strengt mehr an als Bäume fällen", stellte der Wilhelm fest und sagte weiter: „Heut lauf ich bloß noch zum Bahnhof".

Im Zug hatten sie sich schnell wieder erholt. Sie stiegen auf dem Rückweg nicht in Lonsee aus, sondern fuhren weiter bis Urspring. Sie hatten schon soviel von dem Lokal „Zur Halde“ gehört. Hier wollten sie ausgiebig Brotzeit machen und dann nach Hause laufen. Nun, sie hatten sich nicht getäuscht, freundlich und zuvorkommend wurden sie vom Wirt bedient und mit vorzüglich frisch zubereiteten Speisen versorgt.
Ein schöner Abschluß ihrer Ulm-Reise.
Auf dem Nachhauseweg hing jeder seinen Gedanken nach.

Über den „Dadenberg“ ging’s den „Hochberg“ entlang, am „Geislinger Spitalwald“ vorbei, Richtung Ettlenschieß.
Am Häselhaile hielten sie noch eine letzte Rast.
Sie waren zeitlich noch gut dran, da sagte der Wilhelm:
„Liebe Elsa, lieber Michael! Wir haben herrliche Tage hinter uns, die wir uns ohne Anzahlung vom Herrn Vögele nie hätten leisten können.
So weh uns der Abschied von hier auch fällt, so haben wir doch auch sehen können, daß es woanders auch schön sein kann.
Ich schlage vor, wir versorgen miteinander die Viecher, dann darf ein jeder fortlaufen und für sich Abschied nehmen.
Ab morgen früh schauen wir in unsere neue Zukunft und versuchen das Beste draus zu machen.
Und da muß man innerlich dran schaffen . . .
Ich will morgen keine Tränen sehen – denn damit machen wir uns nur alle das Leben schwer . . .“
„Hast recht Vater“, sagt die Elsa, und Vater hatte sie bis dahin noch nie gesagt, aber sie sprach in diesem Augenblick auch für ihren Michael, dem das Wasser aus den Augen schien.

Einen herrlichen Feldblumenstrauß legten sie noch auf das Grab ihrer Holder-Oma und dann war die Zeit am Distelhof zu Ende.

II. Kapitel

In Stuttgart!

Der Umzug war ohne größere Schwierigkeiten gelungen.
Bis sich die Tierlein nun eingelebt hatten, war es sicher nicht einfach – man sieht ja nicht in ihre Seelen, aber ein Innenleben haben sie auch ...
Das Gütle war herrlich gelegen am Rande der Großstadt, angrenzend an ein Waldstück.
Das Herrschaftshaus lag am anderen Ende eines großen Baumgartens. So war man mit dem Gütle auf Distanz und beeinträchtigte weder durch Geruch noch Lärm die Herrschaften.
Auch war es den ehemaligen Einsiedlern vom Distelhof lieber, für sich zu sein.
Elsa mußte allerdings im Haus der Köchin helfen und Putzarbeiten verrichten.
So bekam sie Einblick in ein herrschaftlich geführtes Haus mit Vor- und Nachteilen, wie sich bald genug herausstellen sollte.
Wilhelm und Elsa hatten außerdem dafür zu sorgen, den Haushalt mit allen Nahrungsmitteln wie Gemüse und Kartoffeln, Beeren, Äpfeln und Birnen naturnah zu versorgen. Also möglichst keine Spritzmittel und Chemie zu verwenden.
Nun, das waren sie gewohnt.
Auf dem Distelhof hatten sie kein Geld dazu, und so kam ihnen diese Erfahrung zugute.
Das Haus war, wie schon erwähnt, ein gemütliches Bauernhaus mit Küche, Wohn und Vorratsraum, Parterre und drei Zimmern im ersten Stock. Eine große Bühne war ebenfalls vorhanden.
Angrenzend, dem Wald zu, Stall, Tenne und Scheune.
Es war etwas größer als der Distelhof, fest gemauert und in gutem Zustand.
Arbeit gab es in Hülle und Fülle.
Die Villa war mit einer großen Hecke gegen neugierige Blicke abgeschirmt, Auffahrt und Abstellplätze für Fahrzeuge waren mit Blumenrabatten und Hecken eingerahmt und umkleidet.
Dafür war zwar ein Gärtner zuständig, aber helfen mußte man immer wieder auch dort.
Die Beschaulichkeit vom Distelhof hatte sich in eine Großstadthektik verwandelt, die bis an das Randgebiet von Stuttgart ihren Tribut forderte.

Michael war sich ziemlich selbst überlassen.
Und da kam ihm die Zeit am Distelhof zugute.
Er ging in den nahen Wald und erkundete seine Umgebung auf seine Weise.
In der Schule hatte er anfangs große Schwierigkeiten:
„Baurabüble, Rotzanas – frißt den Teller mitsamt dem Käs!"
So hänselten ihn seine Mitschüler, und die können grausam sein, wenn sich einer von ihnen äußerlich und im Umgang unterscheidet.
Und das mußte ja sein.
Von der „Stillen Alb" in den Hexenkessel der Großstadt.

Es ging auf Weihnachten zu und Michael hatte sich bei den Lehrern Achtung erkämpft.
Sie schätzten seine stille Art, seinen Fleiß und seine gute Auffassungsgabe. Das war Urgestein von der Alb: wortkarg, fleißig, verläßlich, intelligent mit einem Schuß verborgener Schläue.

War nicht auch der erfolgreichste Unternehmer dieser Zeit ein Älbler? Robert Bosch, 1861 in Albeck auf der Ulmer Alb geboren, unweit vom Distelhof. Das war Albadel, wie ihn nur das Leben krönen kann!
Aus diesem kargen Boden waren schon viele gute und verläßliche Pfarrer, Lehrer und Beamte hervorgegangen.
Deshalb ermunterten sie Michael im Sommer auf's Gymnasium zu wechseln.
„Ob das meine Eltern zahlen können?"
„Das kostet ja nicht viel mehr als eine andere Schule", trösteten ihn die Lehrer.
In seiner Klasse wurde er mit jeder Klassenarbeit, die herauskam, mehr geachtet.
Nur der Schläger vom Dienst, durch Boxunterricht getrimmt und allmächtig, wollte ihn nicht anerkennen und hänselte weiter.
Wie war dem beizukommen?
Das war für Michael ein ernstes Problem. Wer läßt sich schon gern zum Gespött der Klasse machen?
Michael versuchte es auf alle Arten – doch dieser Schläger beherrschte die Klasse schon im vierten Jahr und spürte, daß ihm Michael, durch ein gutes Zeugnis und die bevorzugte Behandlung durch die Lehrer, seine Dominanz streitig machen könnte . . .
Auch war Michael körperlich nicht gerade der stärkste.

Wilhelm und Elsa waren so im Streß, daß sie lange Zeit nicht bemerkten, wie sehr ihr Michael darunter litt.

Als Elsa mal nachts nach ihrem Michael schaute, erlebte sie einen regelrechten Kampf, den er im Schlaf vollführte.
Als sie ihn beruhigen wollte, wachte er schweißgebadet auf:
„Der Karle hänselt mich dauernd als Baurabüble und die andere lachet mich aus!"
„Na hau ihm doch eins auf seine freche Gosch."
„Des probirsch amal – der ist stärker als i und nimmt sogar Boxunterricht."
Elsa erzählte dem Wilhelm die Sorgen seines Sohnes, doch der wußte auch keinen Rat.
Zum Lehrer wollten sie nicht gehen.
Wir müssen ihm sein Selbstwertgefühl stärken. In der Gefangenschaft in Rußland sind die körperlich stärksten oft schneller vor die Hunde gegangen, als die rahnigen und zähen und vor allem die sind durchgekommen, die den eisernen Willen hatten, unbedingt wieder heimzukommen."
„Michael, im Leben wird's immer einen geben, der dich angreifen wird, ob körperlich oder nur mit Worten.
Am besten ist es auszuweichen, weil die besten Händel keinen Wert haben – aber hie und da muß man hinstehen und da kommt's nicht auf die Größe und Stärke an, sondern auf's parieren von Schlägen. Du mußt dem anderen aus den Augen lesen, wo er hinzielt und blitzschnell reagieren. Immer ausweichen, abwehren und wenn der andere schon gar nicht mehr damit rechnet, daß du zurückschlägst, dann eine Lücke ausmachen und gut treffen, das macht Eindruck."
„Aber der Karle nimmt Boxunterricht!"
„Dann trainieren wir ab sofort auch."
Sie gingen miteinander in die Tenne und Wilhelm ließ seinen Michael angreifen. Schon bald hatte er heraus, wie gut man sich wehren konnte.
Wilhelm füllte ihm einen Sack mit Sägespänen, stopfte ihn gut voll und ließ den Michael drauflos dreschen.
Zuletzt machte ihm das sogar Spaß und man merkte ihm an, wie er Überblick gewann und wie man trotz Gegenschlags die Augen offen halten mußte.
Als Karle in einer Pause wieder „des Baurabüble" hänselte, zog Michael aus, verpaßte dem Fettwanst einen Kinnhaken, daß der sich setzte.
Zunächst war der sprachlos; was wollte dieses Handtuch gegen den schwergewichtigen Karle. Schon bildete sich ein Zuschauerring und mancher war froh, daß es einer dem „Tyrannen" gezeigt hatte, bloß wollte keiner in der Haut vom Michael stecken – denn der Karle

stand schon wieder auf den Füßen und vernichtete bereits mit Worten und Blicken seinen Gegenüber.
Michael dachte an seinen Vater: nur nicht provozieren lassen, immer parieren, ausweichen, auch mal einen einstecken, aber stehen bleiben und auf seine Chance warten – und da war sie, diese Chance, mit einem gezielten Kinnhaken, auf der Bauerntenne antrainiert, machte der Karle zum zweitenmal Bekanntschaft mit dem Boden.
Dann klingelte die Glocke. „Wart nur, bis die Schule aus ist, dann hau ich dich windelweich du Baurabüble."
Michael schwieg. Sein Erfolg war offenkundig, und auch die Sympathie seiner Mitschüler.
Als die Schule rum war, stürmte Michael nach Hause.
Der Karle war ihm nicht nachgelaufen – ein Zeichen, daß seine Rechte ihm Respekt abgefordert hatte. Voller Freude suchte er seinen Vater und berichtete außer Atem seinen Erfolg über den Stärksten in der Klasse.
„Jetzt läßt du ihn in Ruhe und tust, als wenn gar nichts gewesen wäre. Einen Geschlagenen darf man nicht provozieren.
Erst wenn er dich wieder anrempelt, dann steh' deinen Mann – aber nur soviel, als unbedingt nötig ist – sonst wirst du als Raudi gebrandmarkt und wir sind ja genau das Gegenteil, Michael", dabei legt er ihm seine schwere Holzfällerhand auf die Schulter, und das war für den Michael immer schon eine Auszeichnung, wenn sein großer und starker Vater ihn als Kumpel und gleichwertig ansprach.
Michael wurde niemals mehr angegriffen, geschweige denn gehänselt – sie hatten ihn aufgenommen und akzeptiert.
Trainieren tat er aber weiter mit seinem Sack in der Tenne.
Es gab ihm soviel Sicherheit, auch wenn er allein im Wald war oder durch die Straßen ging.
Doch die Probleme vom Michael waren nicht die einzigen.
Man schrieb das Jahr 1928 und im Herrschaftshaus wurde eine Party nach der anderen gefeiert.
Herr Vögele hatte eine Kleiderfabrik, und da waren oft Geschäftsfreunde zu Gast. Wilhelm bedauerte seine Elsa, denn sie hatte sich gut eingeschafft und mußte beim Bedienen der Gäste dabei sein.
Oft kam sie nachts erst um 2 Uhr oder 3 Uhr nach Hause.
Am Wilhelm fing die Eifersucht an zu nagen.
Lauter so feine Pinkel ... ob da nicht der eine und andere nach seiner Elsa schaute.
„Red doch keinen Stuß", sagte sie zu ihrem Wilhelm, „die meisten haben doch ihre Damen dabei, und nicht die wüstesten. Die Klunker, die die am Finger tragen und die Perlen und Goldkettchen, da bin ich das reinste Pechmariechen."

„Sag sowas nicht Elsa, ich kann ja auch nichts dafür, daß du ausgerechnet so einen Holzfäller geheiratet hast."
„Sei still" entgegnete sie, „so einen Bärenstarken", dabei streichelte sie seine haarige Brust, „da können mir die feinen Pinkel alle gestohlen bleiben".

Vormittags war die Elsa meistens bei ihrem Wilhelm.
Sie waren jetzt schon ein knappes Jahr da und ihre Tiere hatten einen schönen Haufen Mist produziert. Wilhelm düngte damit das Feld und den Garten. Eine Freude war's, wie alles grünte und blühte und gedieh.
Fred machte immer mal einen Besuch bei seinem Kriegskameraden, und wenn sie dann von der Flucht erzählten . . . es war das zentrale Erlebnis in ihrem Leben, und wie sie der Kontrolle ausweichen mußten – und das im fahrenden Zug. Oft war es nicht leicht und zweimal wurden sie dabei erwischt und nach Irkutsk zurück verfrachtet.
Michael durfte dabei zuhören, und es waren die schönsten Stunden in ihrer neuen Umgebung.
Im Winter heizten sie die Wohnstube mit dem Kachelofen, das gab so eine gemütliche Wärme.
Öfters kam Frau Vögele abends herüber und wärmte sich den Rükken an den warmen Platten.
Sie stammte ja von dem Höfle und fühlte sich bei Elsa und Michael wie daheim.
Auch die Tochter von Vögeles: s'Hannale, ein paar Jahre jünger als Michael, fand schon den Weg zur Berta und den Schäflein und zur dicken Jola, einer Muttersau mit quirligen kleinen Säulein und den Hühnern mit dem Gockel „Kikeriki"!

Das erste Schuljahr in Stuttgart ging für den Michael mit Belobigung zu Ende.
Fred plädierte für's Gymnasium. Er war sozusagen der zweite Vater für Michael geworden. Michael konnte mit ihm über Politik, Kunst und Wirtschaft, einfach über alles sprechen, was so in Stuttgart im wesentlichen passierte.
Fred hatte als Rechtsanwalt und Wirtschaftsprüfer Einsicht in viele wichtige Bereiche und hatte auch auf Herrn Vögele, der sonst ziemlich unnahbar schien, einen gewissen Einfluß.
Herr Vögele war ganz Geschäftsmann. Die Landwirtschaft interessierte ihn nur insoweit, als sie ihm die nötigen guten Lebensmittel lieferte. Gut gepolstert sah man ihm an, daß er auf gutes Essen und Trinken großen Wert legte.

Michael wurde im Gymnasium angemeldet und auf Grund der guten Zeugnisse auch angenommen.
Es lief alles wie geschmiert.
Die erste Ernte reifte vor den Toren Stuttgarts heran, und da der Boden hier noch besser war als auf der Alb, kam der gute Stallmist voll zum Tragen.
Wilhelm und Elsa waren sehr dahinter, und als sie ihren guten Erfolg, in Form von Salat, Erdbeeren, Rettich, Radieschen, Kraut und Kartoffeln sahen, produzierten sie soviel, daß es für alle reichte.
Eines Morgens, Wilhelm war ein Frühaufsteher, merkte er eine Gestalt im Gemüsegarten.
Wilhelm konnte durch die Obstbäume gedeckt ungesehen vor dem Mann auftauchen – der sich bereits etwas Gemüse in seinen Korb zurecht gelegt, auf deutsch: gestohlen hatte.
Wilhelm wollte ihm schon nach dem Genick langen – dann sah er in ein blasses verhärmtes Gesicht, das vor ihm mutlos die Augen niederschlug. Und er sah plötzlich im Geiste diese ausgemergelten Gestalten nach wochenlangem Trommelfeuer an der Front.
Halbverhungert und niedergeschlagen ... „Was tun sie hier? Wie sind sie überhaupt auf das Grundstück gelangt?" sprach er ihn an.
„Wenn sie nicht haarklein alles berichten, hole ich meinen Chef, und der läßt sie ohne Polizei hier nicht mehr hinaus."
„Das brauchen sie nicht – wenn sie wollen, schlagen sie mich gleich tot, mir ist eh alles egal. Seit dem Krieg habe ich noch kaum eine gescheite Arbeit gehabt – habe Frau und ein Kind und weiß nicht, wie wir satt werden sollen.
Von den 51 RM Arbeitslosengeld muß ich etwas mehr als die Hälfte für Miete zahlen, Beleuchtung und Heizung kommen noch dazu, so daß mir gerade noch 20 RM bleiben, wie soll man davon einen Monat leben?"
Dabei sieht Wilhelm die eingefallenen Wangen, die gelbe Haut über den Backenknochen und es überkommt ihn so eine Rührung, daß er ihm den Korb füllt und zu ihm sagt: „Schaun Sie halt mal wieder vorbei, ich bin zwar auch nur Angestellter hier – aber wenn sie zum hinteren Eingang hereinkommen, sieht sie ja keiner. Vielleicht können sie mir auch mal was helfen ... und jetzt gehen sie und machen sie das Loch im Zaun wieder zu."
Wilhelm hatte zum erstenmal in das Gesicht eines Arbeitslosen geschaut. Einem Menschen, der nichts hatte, nichts besaß, dem kaum ein Geld zur Verfügung stand.
Fred sagt, seit dem Börsenkrach am 20. Oktober 1929, auch „schwarzer Freitag" genannt, soll sich die Selbstmordrate in Deutschland

verdreifacht haben. Millionen leben an der Grenze des Existenzminimums.
Jetzt hat er so einem in die Augen geschaut – solche Menschen sind zu allem fähig. Hoffentlich vergessen das die „Großen“ dieser Welt nicht . . .

Großstadt-Erfahrungen

Michael ist schon in der zweiten Gymnasialklasse und kommt sehr gut mit. Er ist wissenshungrig und frißt den Lehrstoff in sich hinein.
Elsa muß immer wieder beim Fabrikanten Vögele aushelfen.
Die Feste sind berühmt, weil's dort nur beste Sachen gibt.
Die Köchin versteht es meisterhaft, schmackhafte Gemüse und Salate anzurichten.
„Es ist halt ein großer Unterschied, ob etwas frisch vom Garten kommt und ob die Spätzle mit echten Landeiern zubereitet sind“, sagt die Frau Vögele und ist stolz auf ihr Höfle, das die Elsa und der Wilhelm mit soviel Liebe pflegen.
Wenn etwas von den Partys übrig bleibt, bekommt die Elsa das mit nach Hause, damit der Michael und der Wilhelm auch so etwas Exquisites kosten dürfen.
Es wäre alles so schön und harmonisch gewesen, daß die Distelhöfer beinah ihre Alb vergessen hätten, wenn nicht dieser eine Party-Gast mit seinen Speckfingern dauernd nach der Elsa geschaut hätte.
Sie getraute sich beileibe nicht, ihrem Wilhelm etwas davon zu sagen . . . der hätte ihn erschlagen.
Nun, solang er ihr nicht zu nahe kam, machte sie gute Miene zum fraglichen Spiel. Sie mied es so gut es ging, beim Bedienen dem Typ zu nahe zu kommen.
Denn schon des öfteren hatte er versucht, sie zu berühren.
Herr Vögele war speziell zu diesem Gast immer sehr freundlich und aufmerksam.
Auch der Fred behandelte diesen an und für sich unsympathischen Zeitgenossen mit ausgesuchter Höflichkeit. Entweder war das ein Geldverleiher oder gehörten ihm Teile der Kleiderfabrik?
Nun, es kam wie es kommen mußte.
Die Suppe war bereits serviert, die leeren Vorspeisenteller wurden gerade abgetragen, Kerzenschimmer beleuchtete eine fürstliche Tafel mit schön dekorierten Blumen, dazwischen die rotfunkelnden Kelche, gefüllt mit Stuttgarter Wein. Welch angenehm duftende Atmosphäre.

Man unterhielt sich sehr angeregt auch über die neueste Mode.
Silberne Tabletts mit Fleisch wurden hereingetragen und auf dem Tisch verteilt, dazu wurden Spätzle und Kroketten serviert.
Elsa mußte die Spätzle anbieten und auf Wunsch vorlegen.
Sie kam so nicht an der Kaulquappe vorbei. Als sie gerade dabei war, ihm die Spätzle zu servieren, fuhr er ihr mit seinen fleischigen Händen ganz sachte und wie selbstverständ- lich zwischen ihren Beinen hoch.
Elsa wußte nicht wie ihr geschah ...
Bevor er ihr „Sächle" berührte, setzte sie ihm die Spätzlesschüssel auf den Grind, daß er aussah wie ein garnierter Saukopf!
Die Verwirrung war komplett, die Damen kicherten, die Herren zeigten Mitgefühl und der Elsa, die in die Küche hinausgerannt war, folgte Herr Vögele und schrie fortwährend:
„Hinaus, hinaus, hinaus aus meinem Haus, euch jag' ich wieder auf die Alb, da könnt ihr Disteln stechen, hinaus, hinaus," dabei überschlug sich seine Stimme und sein Bauch wackelte und sein Brustkasten japste nach Luft ...

Elsa rannte nach Hause zu ihrem Wilhelm und weinte ...
„Was ist denn?"
„Ein Gast war anzüglich und da hab'ich ihm die Spätzleschüssel über den Kopf geleert und der Herr Vögele hat mich aus dem Haus gejagt und hat gesagt: wir sollten uns fortmachen auf die Alb und Disteln stechen, zu dem täten wir gerad noch taugen."
„Jetzt beruhige dich, so wird er es vielleicht gar nicht gemeint haben und morgen sieht meistens alles anders aus!"
Leider war dem nicht so. Der Herr Vögele gab doch diese Partys auch nicht allein zu seinem Vergnügen. Es verbargen sich dahinter handfeste wirtschaftliche Absichten. Und als ein erfolggewohnter, autoritärer Typ, wollte er sich dieses Konzept nicht von einer zimperlichen Hausangestellten zunichte machen lassen.
Nur der Frau Klara Vögele und bis zu einem geringeren Grad dem Onkel Fred war es zu verdanken, daß die Kammerers nicht ihr Bündel schnüren mußten.
Schließlich gab es Menschen in Hülle und Fülle, die Arbeit suchten. Und die Reaktion von der Elsa war ja auch – für die damalige sittliche Lässigkeit, zumal in der Großstadt, nach Meinung von Herrn Vögele, völlig überzogen.
Elsa hatte Hausverbot und durfte nicht mehr aushelfen.

Die wirtschaftliche Lage verschlechtert sich zusehends. Auch in der Fabrik von Vögele's waren die Bremsspuren einer Weltwirtschaftskrise sichtbar.

Elsa mußte als Putzfrau hie und da in der Fabrik aushelfen und der Lohn von Wilhelm fiel immer öfter aus.
Wenn sie jetzt ihre Viecher nicht gehabt hätten, wäre es ihnen ganz schlecht ergangen. So besann man sich wieder auf den Distelhof und eine sparsame Wirtschaftsweise und lebte bescheiden und ohne irgendwelche Anschaffungen zu machen von der Hand in den Mund.
Eines Abends kam auch wieder der Fred bei ihnen vorbei.
Die ganze Misere war auch an Michael nicht spurlos vorbeigegangen. Er litt mit seinen Eltern unter der mißlichen Lage.

Um die Kammerers auf andere Gedanken zu bringen, erzählte der Fred von einem Kollegen aus Berlin, der organisierte seit dem Krieg Kinderlandverschickungen nach Siebenbürgen, und das mit so einem Erfolg, daß sich in Berlin Siebenbürger-Vereine gebildet hätten, die die Verbindung mit Siebenbürgen intensiv pflegten.
„Wie mag es auch unserem Johann Kammerer gehen? Es war doch so ein prima Kumpel und Kamerad?"
„Und mir hat er sogar das Leben gerettet", stellte Wilhelm mehr zu sich gesprochen fest . . . denn die ganze Flucht von Irkutsk über den Ladogasee und Finnland nach Deutschland und Siebenbürgen hatten sie x-mal in Gedanken, Erzählungen und im Traum bei Tag und Nacht schon durchgekaut. Sowas, am Rande des Überlebens, schweißt zusammen und wird unvergeßlich.
„Ja wie wär's, wenn ich dem Michael eine Mitfahrt ermöglichen würde?" setzte der Fred die Frage in den Raum.
Der einzige war der Michael, der vor lauter Begeisterung fröhlich und erwartungsvoll aufschaute. Elsa und der Wilhelm ließen ihre Köpfe hängen.
„Wir haben doch kein Geld, wie sollen wir da so eine Reise finanzieren?" sagte der Wilhelm und die Elsa warf ein: „Etwas G'scheits zum anziehen hat er auch nicht."
„Nun, die fahren ja nicht zum Kaiser nach China", bemerkte Fred, „des sind da unten ja keine anderen Menschen wie wir, und wie ihr von Johann wisset, unsere Brüder. Mein Freund von Berlin hat halt gesagt, das müßte jeder im Reich mal gesehen haben.
Die hätten sich seit 800 Jahren dort deutsch erhalten mit deutschen Schulen, deutschen Kirchen, reichen Dörfern und emsigen Städten. Jede Kirche sei zur Burg ausgebaut und Städte wie Hermannstadt, Kronstadt, Schäßburg hätten sogar die Türkenkriege überstanden und sich über Jahrhunderte in Freiheit behauptet."
Michael hatte den Mund nicht mehr zugekriegt und hing an Onkel Fred's Lippen.

Aber die Eltern hatten kein Geld, und zum Anziehen hatte er wirklich wenig. Zudem hatte er seine besten Schuhe flicken lassen müssen, nachdem er ein Loch hineingerissen hatte ...
Elsa hatte ihren Michi beobachtet und fühlte, wie sehr er sich freuen würde, aus diesem Schul- und Alltagstrott herauszukommen, auch würde es dem Jungen sicher gut tun, im Hochland von Siebenbürgen etwas völlig Neues zu erleben und vielleicht auch körperliche Kraft zu schöpfen.
Bloß, wie sollte man es anstellen?
Wilhelm rang sich durch zu sagen: „Sicher wäre es schön, unsere Verwandtschaft nach Siebenbürgen einmal anhand von den dortigen Kirchenbüchern zu klären, und vor allem von unserem Johann mal eine Nachricht zu erhalten."
Fred stellte fest: „Ich sehe, daß ihr im Prinzip nichts dagegen habt. Die finanzielle Seite übernehme ich, wie ihr wißt, habe ich keine Kinder, geschweige denn ein Weib – da werdet ihr mir gestatten, den ‚Onkel aus Amerika' sprich vom ‚Hasenberg' zu spielen.
Wegen einem Anzügle schwätz ich mit der Klara, die haben doch noch einen Kleiderhandel und da wird schon etwas rumfahren, was sie billiger hergeben könnet.
Ein paar feste Schuhe werde ich auch noch besorgen, alles andere mit der Anmeldung und Fahrt mache ich!"
Der Michael gab seinem Onkel Fred einen Kuß und schlang voller Freude seine Arme um seinen Hals.
Nun, das tut so einem Junggesellen auch mal gut.
Es war im Leben schon immer vorteilhaft, einen begüterten Onkel zu haben.
Michael kramte seinen Schüleratlas hervor, um festzustellen, wo und wieweit das überhaupt war – dieses Siebenbürgen.
Und Burgen hatte es dort, also dachte er sich, zumindest sieben.
Warum das so hieß, sollte er später noch zur Genüge erfahren.
Jetzt träumte er von der weiten Fahrt, das waren ja sicher fast 2000 Kilometer.
Als sie in Ulm an der Donau waren, hatte man ihnen erzählt, daß von hier der Onkel die Donau hinuntergefahren wäre.
Von hier war die Donau bis ins Schwarze Meer 2645 km lang.
Siebenbürgen war ja nicht ganz so weit, das lag im Karpatenbogen und da entdeckte er auf seinem Atlas auch die deutschen Städtenamen wie Hermannstadt, Klausenburg, Mühlbach, Schäßburg, Mediasch, Kronstadt und weiter nördlich Sächsisch Regen, Bistritz und ganz im Norden die Zips.
In seiner Phantasie versuchte er, sich das Land vorzustellen, und da

dachte er an den Ausflug in das so schöne Gebiet der Helfensteiner und Hohenstaufer.
Dort waren ja auch überall Burgen, nur die gehörten einstmals dem Adel und in Sieben-bürgen, das hatte ihm der Lehrer erzählt, gehörten sie dem Volk mit gewählten Pfarrern, Richtern und Hannen und das wäre in Europa die älteste Demokratie!
Michael konnte es kaum mehr erwarten, bis die Ferien da waren.
Er hatte seinen Geschichtslehrer über seine Ferienpläne eingeweiht und zusammen erarbeiteten sie sich ein Bild von der Geschichte und Lage Siebenbürgens.
Da das Schuljahr praktisch schon gelaufen war, wurde das Thema Siebenbürgen sogar zum Stoff einer Stunde und Michael mußte versprechen, bei seiner Rückkehr darüber zu berichten.

In der Familie Kammerer und zum Teil auch bei Klara Vögele war das Thema Siebenbürgen zum Gesprächsthema Nummer eins avanciert.
Es lenkte ab von den täglichen Sorgen, die die Menschen schier zur Verzweiflung brachten.
Mittlerweile gab es in Deutschland über 6 Millionen Arbeitslose.
Die Arbeiter konnten sich kaum mehr etwas kaufen, und das Bürgertum war ausgeblutet.
Verständlich, wenn auch unser hochtrabender Kleiderfabrikant Vögele zurückstecken mußte.
Wenn die Masse des Volkes kein Geld hat, wer soll dann für Klamotten etwas ausgeben können?
Wilhelm bekam kaum mehr Lohn und die Klara Vögele gestattete ihm, vom Überfluß seiner Produkte etwas zu verkaufen.
So konnte man sich gerade noch über Wasser halten.
Hie und da hatte der Wilhelm den Eindruck, daß es auch im Fabrikantenhaushalt an Geld fehlte.
Der Gärtner war eines Tages nicht mehr da, so mußten der Wilhelm und die Elsa auch hier einspringen.
Auch das Hausmädchen fehlte eines Tages. Nun war bloß noch die Köchin im Haus.
Da sich die Klara Vögele immer sehr anständig zu den Kammerers verhalten hatte, half Elsa ohne Bezahlung auch im Haus wieder mit – wobei sie dem Herrn Vögele aus dem Weg ging.

Vom Hornbauern hatte man einmal ein Schreiben bekommen.
Der letzte Herbststurm hatte das Dach am Distelhof eingedrückt.
Zum Frühjahr sollte er auf Abriß verkauft werden. Aber bis jetzt seien keine Bieter da.

Man lebte auch auf dem Land von der Hand in den Mund und die größeren Bauern, hatte der Fred neulich berichtet, seien katastrophal verschuldet. Der Rückzug auf die Alb war für alle Zeiten abgeschnitten.
Auf 60 Milliarden Goldmark waren die Kosten des ersten Weltkriegs für Deutschland veranschlagt. Nach dem Youngplan hätte Deutschland 60 Jahre lang jede Sekunde 80 Goldmark zahlen sollen.
Die Alliierten hatten durch das Friedensdiktat von Versailles und die hohen Reparationsforderungen das deutsche Volk so ausbluten lassen, daß die nationalen Leidenschaften und Revanchegelüste in nie gekanntem Ausmaß hochschwappten.
Dies nützten die radikalen Parteien wie die KPD aus, die einem Sowjetdeutschland das Wort redeten, was aber schon damals nicht jedermanns Sache war. Auch die NSDAP fand aus dieser Grundstimmung heraus einen starken Zulauf.
Von 1929-1930 stieg die Mitgliederzahlen von 176.000 auf 389.000, 1931 auf 806.000.
Die Nazis versprachen in einer Zeit des Niedergangs Stabilität, Sicherheit, Kameradschaft, Anerkennung im Kreis der Gesinnungsgenossen. Das war der Strohhalm, nach dem die meisten griffen.
Zudem nutzten die Nazis ein Grundelement menschlichen Empfindens schamlos für sich aus: den Neid.
Über 6 Millionen Arbeitslose, mindestens das Dreifache an der Armutsgrenze lebenden Deutsche, waren das Reservoir, aus dem sie reichlich schöpfen konnten.

Herr Vögele begann wieder seine Partys zu geben, und diesmal waren andere Herren von der Partie. Sie gaben sich forsch und fast soldatisch mit kurzem Haarschnitt und prägnanten Sätzen.
Fred war nur noch selten dabei . . .

Herr Vögele brauchte dringend die Elsa zum Servieren. Eines Tages konnte sie ihm nicht mehr ausweichen: „Liebe Frau Kammerer" sprach er sie an, „sie waren so nett, meiner Frau immer wieder beizustehen, das möchte ich ihnen entlohnen", dabei drückte er ihr einen größeren Schein in die Hand, „eine neue Zeit zieht ins Land durch unseren Führer A. Hitler, er wird uns allen wieder Arbeit und Brot geben und das mit dem Vorfall von damals wird sich nie mehr wiederholen – der neue deutsche Mensch lehnt eine solche Haltung ab!"
Welche Wandlung des Herrn Vögele?
Die Elsa war einerseits erstaunt, andererseits konnten sie das Geld ja gut gebrauchen; ohne regelmäßiges Einkommen waren sie ganz schön ausgeblutet und ohne Rücklagen.

Voller Stolz sprang sie g'schwind zu ihrem Wilhelm um das Geld abzuliefern.
Wer freut sich nicht, wenn er zum Familienglück etwas Eigenhändiges beitragen kann?
Wilhelm wollte seine Frau nicht enttäuschen und ließ sich nichts anmerken, aber in dieser Form sein Geld zu verdienen, ging ihm gegen den Strich ... Entweder galt ihre Leistung etwas, dann wollte er eine regelmäßige und pünktliche Bezahlung, allerdings eine Alternative sah er nicht.
Ein Braunhemd würde er nie anziehen, dann machte er schon lieber den Knecht und schwieg.

Überall tauchten allmählich die Braunhemden auf.
Hitler hatte zwar gesagt, die SA sei ein waffenloser Schutzbund, aber was man so hörte, ging es bei den Reibereien zwischen KPD und NSDAP nicht immer so harmlos ab, und da mischte gerade die SA kräftig mit.

Für Michael war die Politik noch ein Fremdwort, obwohl er mit seinem Onkel Fred durchaus auch schon über gesellschaftliche Probleme sprach.
Der Onkel Fred war ein Liberaler nach dem Motto: Leben und leben lassen.
Er achtete die Person und Ansicht der anderen oder versuchte sich zumindest in sie hineinzudenken.
Er war nach den Kriegsjahren und der langen Gefangenschaft in Irkutsk eher ein Mensch, der dem Pazifismus zuneigte.

Für Michael war die dritte Gymnasialklasse mit Auszeichnung zu Ende gegangen.
Er hatte gute Anlagen und den Ernst des Lebens schon früh erkannt.
Zudem hatte er ein brennendes Interesse an allem, was er im Unterricht erfuhr.
Er war noch keiner, der vor lauter Freizeitangeboten das Lernen vergaß.
Er kam von unten, von der Erde, vom Wald. Er sah, wie sich Vater und Mutter plagen mußten, um ein bescheidenes Leben zu bewerkstelligen, da war keine Zeit für Hobbys oder sonstige Spinnereien.
Man war dankbar für das tägliche Brot und daß man sich ein paar Schuhe und eine einfache Kleidung leisten konnte.
Und jetzt durfte er sogar eine weite Reise machen.
Er konnte bei Nacht kaum mehr schlafen.

Die nächste Woche am Montag durfte er dem Zug zusteigen. Der Reiseleiter war informiert. Nach Möglichkeit war sein Reiseziel: Johann Kammerer; Bauer in Kirchenburg in Siebenbürgen, zwischen Hermannstadt und Schäßburg gelegen.
Von Schäßburg ging es angeblich mit einer Schmalspurbahn weiter. Die Fahrt, die er an einem Montag im Sommer 1932 antrat, ging in eine Richtung, in die Millionen Deutsche vor ihm schon gegangen, geritten und gefahren waren.
Grob gesagt: Die Donau hinunter. Sein Geschichtslehrer hatte ihn gut vorbereitet.
Hier hatten die Ostgoten schon gekämpft. Die Hunnen unter Attila ihr Reich aufgerichtet.
Am „Netad" werden seine Söhne von Gepiden-König Ardarich geschlagen und die Hunnen verschwinden damit aus der Geschichte. Das soll die Vorlage für das Nibelungenlied gewesen sein.
Die Völkerwanderung lebt in der Erinnerung der Germanen noch Jahrhunderte fort:
Die schwer auf Erden gerungen und ihr Blut im Kampf vergossen, leben im Walhall, in den Heldensagen und Heldenliedern ewig fort. Dietrich von Bern, Hunnenkönig Etzel, der Burgunder Gunther, der trotzige Hagen, der liederfrohe Volker und vor allem Siegfried.
Nach der Heldensage ist der Welt Höchstes das Heldentum. Ein Augenblick nur ist der Tod, aber der Nachruhm währet ewiglich.
„Gen Osten wollen wir reiten . . ."
In diese Richtung sind nicht nur Germanen gezogen, sondern auch der Bayernherzog Tassilo, der 769 Innichen, 777 Kremsmünster gründet. Er baut die Klöster: Scharnitz, Tegernsee, Schliersee.
Dann engagiert sich Karl d. Große in der Ostpolitik. Er zerschlägt das Avarenreich und erreicht die „Raab".
796 dringt Pipin bis an die Donau und Theiß, besiegt das Avarenreich endgültig, und unschätzbare Beute fällt in die Hände Karls d. Großen.
900 klopfen die Magyaren an das Tor des Reiches. Sie plündern bis nach Norddeutschland.
933 schlägt sie Heinrich bei Rieteburg und verfolgt sie bis an die Theiß.
Nach Zwietracht im Reich erheben sie wieder ihr Haupt und werden von Otto dem I. von Sachsen auf dem Lechfeld am 10. 8. 955 vernichtend geschlagen.
1044 werden sie bei Menfö nach einem Aufstand endgültig seßhaft, werden Christen und übernehmen sogar das deutsche Recht.
Dann gewinnt Urban 1094 zunächst die romanische Ritterschaft für den Kreuzzug ins Heilige Land.

Es folgen sieben Kreuzzüge. Hekatomben abendländischen Blutes werden vergossen ohne bleibenden Erfolg. Der Menschenstrom der sich durch Ungarn, Kleinasien nach Jerusalem ergießt, scheint unerschöpflich.
Die große Zeit derer von Hohenstaufen ist gekommen. Unter ihrer Ägide erfährt alles Deutsche ein ungeheures Ansehen. Die Ideale des Rittertums erreichen unter Barbarossa ihren Höhepunkt.
Die Ostkolonisation wird dadurch ungeheuer gefördert. Auch die nach Siebenbürgen.
Die Weltmacht der Staufer erleichtert und erhöht diese Unterfangen. Deutsche werden als tüchtig anerkannt, ob in der Landwirtschaft, im Handwerk oder in der Beherrschung der Kriegskunst und im Städtebau.
Geisa, der ungarische König, hat im Osten seines Reiches große Schwierigkeiten.
Die Kumanen fallen bis nach Ungarn ein und rauben und plündern, was sie erwischen können, um dann über die Karpaten zu entwischen. Der König hat deshalb in Siebenbürgen Wüstungen angelegt, die aus unzugänglichen Dornenhecken bestehen und sehr schwer zu durchdringen sind.
Wenn er nun diese Wüstungen bis an die Karpaten vorverlegen oder vorschieben würde und das Land urbar machen könnte – würde nicht nur die Sicherheit wachsen, sondern auch Erträge in Form von Ernten und Zehnten.
Eine großangelegte Werbeaktion ist die Folge dieser Erkenntnis.
Den Rhein hinauf bis nach Flandern ist zu jener Zeit schon eine Überbevölkerung vorhanden.
Es sind keine Hasardeure, die hier losziehen, sondern die Zweit- und Drittsöhne von tüchtigen Bauern, die nicht erben können, weil der Hof sonst zu klein würde. Und bei den Handwerkern ist es so ähnlich.
Michael erinnert sich an seine Mutter, hatte nicht sie etwas von einem Brief erzählt, den man in Köln gefunden hatte?
„Sicher Michael, wir haben das in der Schule gelernt und da soll folgendes drinnen gestanden sein:
Wir sind mit 800 Familien aus Köln gut in Siebenbürgen angekommen.
Es ist ein sehr schönes Land mit einem fruchtbaren Boden. Hier hätten noch viele deutsche Menschen Platz . . .
Nun muß Michael mit seinen Erkundungen aufhören.
Der letzte Sonntag ist da. Er geht mit seinen Eltern in die Kirche, auch Onkel Fred und die Frau Vögele mit ihrem Hannale sind dabei. Plötzlich empfindet der Michael wie ein Auswanderer von damals

um 1150 in Köln oder wie sein Onkel im Jahre 1846 von der Alb. Er ist zum Mittelpunkt der Familie emporgerückt und er spürt, wie sie alle beim Vater-unser für ihn beten und an ihn denken, auf daß er wieder gesund heimkommen möge.
Die Orgel reißt ihn aus seinen Gedanken und der Pfarrer spricht den Segen – auch für ihn – denn morgen früh wird er abfahren in das Land seiner Träume.

Erste Reise nach Siebenbürgen (Kinderlandverschickung)

Mit Herzklopfen und dennoch voller Freude stehen sie am Gleis, in das jeden Augenblick der Ferienzug einfahren wird.
Ein Zug voll mit Kindern, die nach Siebenbürgen fahren, um dort während der Ferien zu essen, zu trinken, was in sie hineingeht.
Siebenbürgen ist ein reiches Land, das die dort angesiedelten Deutschen zu einem blühenden Garten Eden gemacht haben.
Sie produzieren soviel Lebensmittel, daß sie exportieren müssen, und da ist es für sie Ehrensache und brüderliches Anliegen, die Kinder aus dem verarmten Deutschland jener Jahre zu sich einzuladen, sie zu pflegen und gesund und stark wieder nach Hause zu schicken.
Jetzt donnert der Zug in die Halle.
Onkel Fred hat den Leiter schon entdeckt, und der den Zusteiger.
Michael kommt in ein Abteil mit lauter Jungs.
Da herrscht ein schönes Geschnatter! Ferienstimmung überall, er wird gar freundlich aufgenommen.
Ein Abteilgenosse bietet ihm sogar seinen Fensterplatz an.
Noch ein letztes Winken – vor lauter Umtrieb hat er sich kaum richtig verabschieden können – aber das ist auch gut so, sonst hätt's vielleicht noch Tränen gegeben. Michael konnte seine Mutti nicht weinen sehen, ohne daß ihm auch die Augen feucht geworden wären. Er hat so eine gute Mutti und so einen starken Vater und so einen gescheiten Onkel Fred – fast wird's ihm ohne sie etwas bange, aber die Bande um ihn herum will allerhand von ihm wissen, und so vergißt er sich bald und ist jetzt ganz ein Ferienkind auf dem Weg nach: „Siebenbürgen, Land des Segens“, wie die Siebenbürger Hymne anfängt.
Einige aus dem Abteil wissen das bereits und stimmen das Lied an, weil sie schon zwei- und dreimal da unten waren.

„Ihr Schwaben wißt das nicht – weil's euch gut geht, aber icke aus Berlin war schon zweimal drunten, da kann man spachteln Mann!"
„Und ich," meldete sich einer aus Köln, „war Sieger im Zwetschgenknödelessen."
„Warum, wieviel hast du denn geschafft?" fragt ein anderer.
„Sieben!" „Das ist gar nichts, ich hab 10 hinuntergekriegt," dabei macht er hmmm und schleckt gewaltig . . . und so geht das hin und her.
Langweilig wird's da keinem – . Da meldet sich einer aus der hintersten Ecke: „Wer kann aber Brot, Speck und Zwiebel aus der Hand essen – ohne etwas fallen zu lassen und ohne sich zu schneiden?"
„Wie soll das gehen", fragt der Michael.
„Also, da schneidet man sich einen Kanten Brot – ein Brot sag ich dir, da läuft mir jetzt schon das Wasser im Munde zusammen, dann ein ordentliches Stück Speck, Spezialverfahren von denen da unten, den kannst du mit der Zunge verdrücken und dennoch spürst du seinen Kern und der katapultiert dich geschmacklich in den siebten Himmel, so ein Aroma hat der. In der linken Hand zwischen Daumen und Zeigefinger hältst du den Speck, zwischen Mittelfinger und Ringfinger hältst du das Brot und mit dem kleinen Finger hältst du die Zwiebel. Dann schneidest du mit dem Messer in der rechten Hand ein Stück Speck ab und führst es zum Mund, machst mit dem Brot und der Zwiebel das gleiche und das gibt dann eine Symphonie auf deinem Gaumen, da kommen die Berliner und Wiener Philharmoniker nicht mehr mit, nicht nur was Gaumenfreuden anbelangt, sondern auch sonst . . . pfütt, pfütt, pfütt" und das ganze Abteil brüllt zugleich.
Die meisten waren schon ein- oder zweimal in Siebenbürgen und so darf Michael seinen Fensterplatz behalten.
Ihn interessiert natürlich die Landschaft und das ganze Drum und Dran sehr, da er ja außer den Ausflügen um Geislingen herum noch nie solche Strecken gefahren ist.
Wunderbar, wie der Zug über die Schienen hämmert und immer neue Landschaften und Ansichten erschließt und freigibt.
Herrlich die kuscheligen Dörfer mit ihren bayrischen Kirchen, umgeben von Gärten, und weiter draußen die Wiesen, Felder und Wälder.
Das alles gefällt dem Michael so sehr, daß er sich kaum mehr davon trennen kann.
Jetzt tauchen nach München die hohen Berge auf, die sind sicher ein Teil der östlichen Alpenkette, deren mittleren Teil man an klaren Tagen von der Kirche bei Hofstett-Emerbuch, in Stubersheim oder vom „Wagrain" bei Geislingen auch schon sehen kann – nur sind sie

hier ja zum Greifen nahe und vermitteln dem Michael einen ungeheuren und gewaltigen Eindruck.
Am liebsten hätte er in diesem Augenblick alle umarmt, die Mutter, den Vater und den Onkel Fred – so war er beglückt über die herrliche Fahrt und alles, was er da zu sehen bekam.
Michael trank mit den Augen wie ein Durstiger aus einer reich sprudelnden Quelle und Hunderte, ja Tausende solcher Quellen würden ihm im Hochland von Siebenbürgen entgegensprudeln und sein Leben in unwahrscheinlicher Weise bereichern und prägen.
Ohne Halt brauste der Zug durch das Voralpenland am Chiemsee vorbei, um ihn bei Salzburg die majestätische „Bergwelt" hautnah verspüren zu lassen. Wie elektrisiert blickt er hinauf und ahnt zum erstenmal in seinem jungen Leben sowas wie die Allmacht Gottes.
Salzburg, welch erhabene Feste, welch unnachahmliche Stadt ...
Als würden die Berge in die Kirchen, Gassen und Häuser herunterschauen und ihren göttlichen Odem hinunterblasen auf das diese ganze Herrlichkeit auf Erden zu klingen und zu jubilieren anfange, zum Ruhme Gottes und zum Ruhme derer, die er uns huldvoll gesandt.

Michael hatte schon einiges in der Kulturstadt Stuttgart mitbekommen.
Der Onkel Fred hatte ihn in verschiedene Konzerte und Theateraufführungen mitgenommen.
So wußte Michael schon etwas von Mozart und seiner feinfühligen, zarten und prickelnden Musik.
Hier in Salzburg war sie geboren und auferstanden, um die ganze Welt zu beglücken.

Der Zug war schon längst wieder in Fahrt und vor Michael tauchten mit den Namen der Städte Assoziationen auf, die ihm sein Geschichtslehrer in anschaulicher Weise dargestellt hatte.
Außerdem hatte er sie im Nibelungenlied förmlich in sich hineingesogen.
Auf der Höhe von Wels war das Kremsmünster Tassillos, das dieser im Jahre 777 gegründet hatte.
Der Zug donnerte bildlich noch in frühere Jahrhunderte. Hier hatte schon Attila seine Kreise gezogen. Er ehelichte 453 eine germanische Prinzessin.
Sei es, daß er seine Kräfte überschätzte oder vor soviel Glück und Schönheit zu tief in den Humpen guckte ... auf jeden Fall ereilte ihn in der Hochzeitsnacht ein Blutsturz, an dem er verschied.

Das Nibelungenlied, entstanden im 12. Jahrhundert, greift diese Begebenheit auf und verwandelt sie in eine Heldensage höchster Ritterlichkeit.
Es ziehen von Hof zu Hof die Minnesänger und verkünden die Blütezeit deutschen Rittertums. Auch einer namens Klingsor aus Siebenbürgen ist bereits dabei.
Und auf der Reise Kriemhilds an den Hof König Etzels fallen dem Michael die Verse ein:
„Als sie über die Donau kamen ins Baierland,
da wurde die Kunde weithin bekannt,
daß zu den Hunnen führe Kriemhild, die Königin . . .“
und weiter zitiert Michael in Gedanken:
„zur nächsten Nacht waren sie nach Everdingen kommen . . .
da über die Traun sie kamen bei der Ens auf das Feld,
da sah man sie errichten Hütten und Gezelt . . .“
Der Zug fuhr just an diesen historischen Stätten vorbei und Michaels Herz schlug höher, und wovon er schon so oft geträumt hatte, das durfte er jetzt mit den eigenen Augen schauen.
Schon tauchte Bechlaren auf, das im Nibelungenlied gleichfalls genannt wird.
„Die von Bechlaren gaben wohl sich Müh, reich zu bewirten manch Gäste wert . . .“
„Hei, was an guten Recken mit ihr von Bechlaren ritt noch weit . . .“
Und weiter geht Michaels und Kriemhilds Reise:
„Ein Wirt war da gewesen, Astold war der genannt;
der wies sie die Straße ins Österreicher Land
gegen Mautaren an der Donau nieder.
Viel Dienst ward geboten der reichen Königin da wieder.“
Im zweiundzwanzigsten Abenteuer reitet König Etzel mit seinen Völkerscharen Kriemhild entgegen:
„An der Traisen hatte der König von Hunnenland
eine reiche Feste, die war wohlbekannt,
geheißen Traisenmauer . . .“

„König Etzels Herrschaft war so weit bekannt
daß man zu allen Zeiten an seinen Hofe fand
die allerbesten Recken, davon je ward vernommen
unter Christen und Heiden; die waren zur Hochzeit kommen.
Von so mancher Sprache sah man auf den Wegen
von König Etzel reiten manchen kühnen Degen,
Christen und Heiden, so manche große Schar.
Wo sie die Frauen fanden, ihre Fahrt gar fröhlich war.
Von Russen und von Griechen, ritt da so mancher Mann

Polen und Wallachen zogen schnell heran.
Gute Rosse und Pferde, sie nach Kräften ritten
gar wenig ward verhohlen, das waren ihre Sitten.
Aus dem Land Kiew ritt da auch mancher Mann
und die wilden Petschenegen. Da ward viel getan
mit Bogen zu schießen nach Vögeln, die da flogen
kräftig sie die Pfeile bis zur schärfsten Spannung zogen.
Eine Stadt an der Donau liegt im Osterland;
die ist Tuln geheißen. Da ward ihr bekannt
so manche fremde Sitte, die sie noch nie gesehn
Gar viele sie empfingen, denen sollte Leid von ihr geschehn.
Vor Etzel dem reichen, seine Mannschaft ritt hin,
froh und guten Mutes, höfisch in heiterem Sinn,
wohl vierundzwanzig Fürsten, reich wie hehr,
als die Herrin sahen, da begehrten sie nichts mehr.
Da war der Herzog Ranning aus Wallachenland
mit siebenhundert Mannen kam er vor sie gerannt."

Michael sah diese bunte Schar von Völkern vor seinem geistigen Auge aufsteigen. Was war dieser König Etzel (Attila) damals für ein mächtiger Mann?
„Hornbogi, der schnelle, wohl mit tausend Mann
ritt von dem König zu dessen Frau heran.
Lauter Schall ertönte nach des Landes Sitte
Von den Hunnen Magen eifrig ward da auch geritten.
Von Dänemark kam da der kühne Hawart
und Iring, der Starke, vor Falschheit wohl bewahrt.
Von Thüringen kam Irnfried, der Fürst lobesam
Sie empfingen Kriemhild, wie Ihrer Ehre zu es kam."
Und noch viele andere waren zum Empfang herbeigeeilt.
„Von Tuln sie da ritten bis nach Wien, der Stadt.
Da war gar wohl gezieret so mancher Frauen Leib
sie empfingen wohl mit Ehren da des König Etzels Weib."
Michaels Gedanken flogen mit dem Zug dahin und schon kündigte sich Wien an.

Dann hob mit hohen Ehren des Königs Hochzeitsfeier an.
„Die Hochzeit war gefallen auf einen Pfingsttag
wo der König Etzel bei Kriemhilden lag
zu Wien an der Donau . . ."
„Die Hochzeit da währte wohl siebzehn Tage.
Mich dünkt, das von keinem König somit man sage,
der Hochzeit größer wäre, das ist uns nicht bekannt.
Alle, die da waren, trugen nagelneu Gewand."

Michael sah' an sich hinunter, auch er trug ein „neues Gewand", bloß fuhr er nicht zu Etzels Hochzeit, sondern ins Siebenbürgerland! Das war ein Reim, der fast ins Nibelungenlied gepaßt hätte.
Der Zug rollte ein nach Wien. Es war Nachmittag und ein geschäftiges Treiben war am Bahnsteig. Schon hatte man den Eindruck, daß sich die Völker und Sprachen vermehrten, wie im Nibelungenlied bei Kriemhilds Empfang beschrieben.
Etwas von dem Völkerwirrwarr früherer Zeiten dünkte Michael zu verspüren, und er würde sie noch ausgiebiger kennenlernen – noch stand er über ihnen, doch bald sollte er zwischen ihnen sein und das rasche Pulsieren ihres Blutes spüren im Guten wie leider auch im Bösen.
Doch das hatte noch viel Zeit.
Jung und unbeschwert genoß er das bunte Treiben, und als der Zug sich wieder in Bewegung setzte, verspürte er den Wunsch, einmal in Wien zu verweilen . . .!
Schon brauste der Zug dem Ungarnland entgegen.
Nördlich der Donau dehnte sich das historische Marchfeld mit der alten Hunnenburg auf mit Blut und Tränen getränkter Erde von den vielen Schlachten, die hier schon statt-gefunden hatten.
Bei Györ im Ungarnland führt der Zug über das Flüßchen Raab. Hier stand schon Karl der Große, nachdem er die Avaren bei Wien vernichtend geschlagen hatte.

Geschichte, wo man hinblickte – Michael schwelgte in Gedanken, begeistert hatte er alles gelesen, was mit dem Osten und Südosten zusammenhing, und so lebte die Landschaft vor ihm auf, bekam Fleisch und Blut und erregte in unvorstellbarer Weise seine Phantasie.

Mittlerweile fuhr der Zug in Budapest ein.
Nördlich von hier, oberhalb des Donauknies, lag die berühmte Bischofstadt Gran.
Auch das Flüßchen Netad, wo der Gepidenkönig Ardarich die Söhne Attilas vernichtend geschlagen hatte, war in der Nähe. Ellak, der älteste Sohn Attilas fiel in dieser Schlacht und damit verabschieden sich die Hunnen aus der Geschichte.
Eine andere Version lebt in der Sagenwelt des Ungarnlandes. Hier wird diese Schlacht am Nedau in Pannonien als Kriemhildenschlacht (Crumhildschlacht) bezeichnet. Wobei wiederum eine Verbindung zum Nibelungenlied und der Sagenwelt der Völkerwanderung feststellbar ist.

Nun schickte sich der Zug an, die Puszta zu durchqueren.
Es war gut, daß es mittlerweile Abend geworden war. In der Puszta kann es durchaus sein, daß sich eine Hitze entwickelt, die zu Halluzinationen führt.
Michael war so mit Geschichte beschäftigt, daß es bei ihm durchaus hätte sein können.
Als sie an die Theiß kommen, sieht er im Geiste den Führer des bayrisch-langobardischen Heerbanns, Pipin (796), wie er in das Avarenreich eindringt und die unermeßlichen Schätze, die diese in vielen Raubzügen angesammelt haben, für Karl den Großen in Besitz nimmt.
Der Weg für die Südost-kolonisation wird dadurch frei, und schon damals rücken deutsche Siedler nach in dieses Land.

Michael ist ergriffen von diesem unendlichen Strom deutschen Blutes, das der Donau, in einer ungeheuren Faszination, in Jahrhunderten gefolgt ist.
Über Einjahrtausend deutsche Siedlung im Südosten.

In der Zwischenzeit hatte sich die Nacht über die Puszta gelegt.
Die Avaren und sonstige Halluzinationen hatte die Dunkelheit verschlungen.
In den Zugabteilen fällt ein Auge nach dem anderen zu und bald ist die Ruhe der Nacht in alle Winkel gekrochen.
Nur noch das Fauchen der Lokomotive und das Hämmern der Räder über den Schienen sind noch durch die Puszta zu hören. Welch eine faszinierende Landschaft in Europa.
Aus slavischer Bedeutung Öde – Leere, hat sie sich zu einem Wirtschhaftsfaktor ersten Grades entwickelt, der vielen Herden das Futter liefert.

Die Jungs in den Abteilen träumen derweil von Siebenbürgen, dem „Land des Segens“, und dahin hatten sie es nun nicht mehr weit.

In Siebenbürgen – Im Land des Segens

Michael wachte erst wieder auf, als ihn lautes Treiben auf dem Bahnsteig weckte.
Begrüßungstaumel, Geschrei, Zornes- und Freudenlaute trafen sein Ohr, und er wußte nichts mit ihnen anzufangen.
Jetzt merkte er, daß es gleich mehrere Sprachen sein mußten, die da kreuz und quer, durch den Äther schwirrten.
Auch die Bekleidung der einzelnen Sprecher schien verschieden.
Da waren einige, die trugen ihr Hemd über der Hose, zusammengehalten von einem breiten Gürtel. Das konnten Rumänen sein.
Dazwischen schlichen so gelbbraune Typen mit strähnigem Haar, immer auf der Suche nach etwas Herrenlosem, das vielleicht keiner wollte außer ihnen. Die, die schon etwas gefunden hatten, saßen auf dem Boden, lachten und herzten sich unbeschwert und ließen die Şuicaflasche (Schnapsflasche) kreisen.
Es waren auch so schwarzgekleidete da, die sehr förmlich miteinander redeten. War das nicht original Schwäbisch?
Michael spitzte die Ohren ... das mußten Banater Schwaben sein, die um 1770 hierher eingewandert waren, mit der Ulmer Schachtel, und seine Gedanken gingen blitzschnell zurück an den Distelhof, zum Ausflug nach Ulm, waren aber gleich wieder da und verfingen sich am Peron.
Da stand noch einer herum, der mußte von einer Burg kommen, dem sah man das an, als ginge ihn das ganze drumherum nichts an – der hatte die Ruhe weg.
Michael hatte den Eindruck, bis der das Maul aufmachte, würde der Zug nach Bukarest und retour fahren. Der sah aus wie sein Vater – wahrscheinlich – was heißt wahr-scheinlich? das konnte nur ein Siebenbürger Sachse sein.
So hatten Onkel Fred und sein Vater den Siebenbürger Kriegskameraden geschildert.
Ein ruhender Pol in diesem Tohuwabohu ...
Nun, die würde er ja jetzt demnächst näher kennen lernen.
Dann pfiff der Zug noch einmal, das Geschwirr der Laute erhöhte sich zu einem babylonischen Urklang und der Zug dampfte zum Bahnhof hinaus.

Eine herrliche Weite und Ruhe tat sich vor Michael auf.
Im Abteil schlief noch alles, man meinte im Osten das Licht zu spüren, andeutungsweise meinte man auch schon Berge wahrzunehmen.
Der Zug brauste an einem starken Gewässer entlang.

Das konnte nur der Mieresch sein.
Er entsprang in den östlichen Karpaten, floß in das fast ausschließlich von Deutschen bewohnte Gebiet von Nordsiebenbürgen.
Unweit von Bistritz nach Südwesten, an Sächsisch Regen und Neumarkt vorbei.
Klausenburg, Thorenburg – Städtenamen die auf deutschen Ursprung schließen lassen und nördlich des Mieresch liegen.
Wenn dieser Fluß erzählen könnte, wer diese Gegend urbar und lebenswert gemacht . . .
So hatte der Geschichtslehrer von Michael doziert.
Michael hatte mit allen Fasern seines jungen Lebens alles in sich aufgenommen, was er über Siebenbürgen gelesen und gehört hatte.
Er fühlte sich ungemein hingezogen zu diesem Land.
War es die uralte Sehnsucht der Deutschen nach dem Osten, fremdes Land und fremde Menschen kennenzulernen? Neu zu gestalten, neu zu bauen, seine Phantasie und seinen Fleiß einzusetzen, selbst wenn es nur darum ging, die Erfüllung dieser Eigenschaften auszuleben . . .?
Denn auf dem Bahnhof, den sie soeben verlassen hatten, stand ein einziger Siebenbürger Sachse – das würde im Hauptsiedlungsgebiet um Hermannstadt, Mediasch, Schäßburg, Agnetheln, Kirchenburg und Kronstadt sicher anders sein.
Nach Karlsburg verließ der Zug den Mieresch und fuhr an der Kokkel aufwärts Richtung Blasendorf, Mediasch und Schäßburg.
In Mediasch sollte eine größere Gruppe bereits aussteigen.
Sie wurden auf die Orte Seiden, Baaßen und Meschen verteilt.
In Schäßburg die nächste Gruppe. Die fuhren zum Teil mit der Schmalspurbahn weiter nach Schaas, Trappold, Henndorf, Agnetheln, und dazwischen irgendwo sollte Kirchenburg liegen, und da wollte Michael hin.
Er bekam schon Herzklopfen bei dem Gedanken, wie er wohl aufgenommen werden würde . . . jetzt war es nicht mehr weit.

Beeindruckend der Kirchturm von Mediasch, umwehrt von stattlichen Türmen und Mauern.
Michael überkam ein großes Glücksgefühl; das Land, die Menschen, die Dörfer und Städte – war es so viele Kilometer von Deutschland nicht fast wie daheim?
Mitten im Schauen und Eindrücke sammeln hieß es in Schäßburg aussteigen und auf die Kleinbahn umsteigen. Die fuhr mitten durch Schäßburg, und als sie auf dem Marktplatz war, bekam Michael die ganze Altstadt zu Gesicht.
Er wußte nicht, wohin er zuerst schauen sollte.

Eine Burgstadt, umgeben von festen Mauern und wehrhaften Türmen.
Ganz oben die Bergkirche – ein gewaltiger Kirchenbau, wie als Krönung des Ganzen.
War das eine lustige Kleinbahn! Oft fuhr sie im Schrittempo den Berg hinauf, so daß man versucht war, unterwegs auszusteigen und Blumen zu pflücken.
Und Blumen blühten links und rechts des Bahndamms in einer unüberschaubaren Fülle.
Dieses Eisenbähnle tauchte förmlich ein in die überwältigende Natur Siebenbürgens.
Wo keine Blumen, weder Getreide noch Mais standen, schlängelten sich Bäche, und an ihren Ufern wuchsen der Baum, der Strauch und an den höheren Hängen ein kraft- strotzender Wald: Heimat des Bären, des Hirsches und der grob furchenden Wildsau.
Sie machten oft Schaden, daß es den Bauern das Wasser in die Augen trieb und dennoch war alles im Überfluß, das sollte Michael gleich leiblich merken.
Ein Pfiff, ein gewaltiger Ruck, und der Schaffner schrie: „Kirchenburg"!

Michael schnappte seinen Rucksack und sein Köfferchen und stand auf dem Peron, wie der Bahnsteig hierzulande genannt wurde.
Michael stand da wie bestellt und nicht abgeholt.
Als sich der Bahnsteig etwas gelichtet hatte, kam ein großer Mann auf Michael zu und sprach zu ihm: „Bist du der Michael Kammerer vom Distelhof?"
„Ja, der bin ich".
Dann legte ihm der große Mann seine breite Hand auf die Schulter . . . Michael empfand es augenblicklich: wie beim Vater daheim, wenn er ihn loben, trösten oder einfach gut zu ihm sein wollte.
Ein warmes Gefühl durchrann seinen jugendlichen Körper und er wußte, daß er ab sofort auch hier daheim sein würde.
„Herzlich willkommen!" Kammerers wohnten in der Oberen Gasse, gleich neben dem Pfarrhaus. Hier reihte sich Haus an Haus. Es waren eineinhalb Stock hohe Häuser mit ähnlichen Fassaden.
Zur Straße meistens drei oder vier Fenster.
An die Frontseite angemauert ein großes, einladendes Tor mit Türchen und großem Bogentor, daran eine feste Mauer bis zum Nachbarhaus.
Vor dem Haus waren Birnen- oder Apfelbäume gepflanzt, und in ihrem Schatten vor dem Haus stand eine Bank.

Hie und da war statt der Mauer auch ein kleineres Ausdinghaus integriert.
Hier verlebten die älteren Menschen ihren Lebensabend.
Ins Altersheim oder fortgeschickt im Alter wurde hier niemand.
Die alten Menschen waren angesehen, auch wenn sie nichts Produktives mehr leisten konnten.
Man war lieb zu ihnen und bat um ihren Rat und Segen ...
Durch das kleine Tor schritt nun Michael mit dem Mann, der seinem Vater am Ladogasee das Leben gerettet hatte.

Wenn er an seinen Vater dachte, überkam ihn das Gefühl, als könnten die zwei Brüder sein.
Übrigens hatte dieses kleine Tor auch noch eine andere Bewandtnis, wie Michael bald dahinter kommen sollte.
Es hatte so sein Geheimnis. Aber dieses Geheimnis sollten Michael und sein zukünftiger Freund noch früh genug erkunden.
Über einen gepflasterten Gehweg schritt man am Haus entlang in einen Hof, der rundherum zugebaut war.
An das Wohnhaus, an dem sie entlang gingen, schloß sich die Wohnküche. Daran anschließend die Waschküche und das Backhaus.
Ein großer, überdachter Schuppen nahm den Holzvorrat von ein paar Jahren auf.
Dann kamen die Stallungen und quer zum Hof, gleichzeitig seinen hinteren Abschluß bildend, die Scheune.
An der gegenüberliegenden Hofseite war das Nachbarhaus, ebenso gemauert von der Scheune bis zur Straße.
So war der Hof ein fest umschlossener Raum, der fast einbruchsicher war.
Im geschotterten Hof befand sich vis à vis vom Wohnhaus das Preßhaus für die Weinernte, hie und da auch das Ausdinghaus und der Gemüsegarten.
Die Hofseite des Hauses war mit einem mächtigen Weinstock bedeckt, von dem die Trauben reichlich hingen.
An die hintere Scheune schloß sich ein großer Baumgarten an mit allen Sorten von Birnen, Äpfeln, Zwetschgen, Aprikosen, roten Träuble, schwarzen Johannisbeeren und allem was man so zum Leben brauchte.
Über eine kleine Treppe schritten sie ins Wohnhaus.
Eine geräumige Bauernstube lud ein zum Sitzen.
Doch vorher rief Vater Kammerer seine Familie zusammen.
Frau Kammerer war etwas älter als Michaels Mutter, hatte eine selbstgewebte Bluse aus weißem Leinen an und eine Arbeitsschürze drüber.

Sie machte einen liebevollen Eindruck wie die Treni, ihre Tochter, die Michael so um die 18 Jahre schätzte.
Dann kamen der Sohn Georg, der so um 16 Jahre schien und der Martin, der war zehn oder elf, lachte den Michael freimütig an und sagte: „Auf gute Freundschaft."
Die zwei waren sich auf Anhieb sympathisch.
Das war der Beginn einer Freundschaft für ein ganzes Leben.
„Michael, wir heißen dich in unserem Haus willkommen," sprach der Vater von Martin.
„Alle Brüder und Schwestern aus der alten Heimat, wo sie auch immer her sein mögen, werden von uns in Liebe verehrt. Unsere Türen und Häuser stehen allzeit für euch weit offen."
Das Letzte sprach er mit einer gewissen Rührung und Michael konnte es nicht ahnen, wie wahr das eines Tages sein würde.

Nun sprach Michael unter Herzklopfen folgende Worte:
„Zunächst herzliche Grüße von Dr. Fred Scheiffele, der mir die Reise überhaupt ermöglicht hat." „Sowas," meldete sich Vater Kammerer, „der war immer so ungeschickt bei allen Unternehmungen auf der Flucht und hätte uns fast verraten ... jetzt ist das sogar ein Doktor."
„Lieber Onkel Johann, liebe Tante, liebes Bäsle, liebe Vettern ...
Ich wähle bewußt diese verwandtschaftliche Anrede, weil wir einen Brief unseres Oheims gefunden haben, der darauf schließen läßt, daß wir nicht nur den gleichen Namen tragen, sondern auch richtiggehend verwandt miteinander sind. Der ist nämlich 1846 nach Siebenbürgen ausgewandert".
„Das war damals mit Stefan Ludwig Roth, unserem Volkshelden, das haben wir erst in der Schule gehabt" warf Martin dazwischen.
„Das wissen wir alle," beschwichtigte Mutter Kammerer ihren Martin, „doch laßt den Michael weiter erzählen".
„Ja, der hat von Siebenbürgen einen Brief geschrieben, daß er in Kirchenburg gut angekommen ist, daß es ein schönes Land sei und daß ihn die Menschen hier sehr wohl aufgenommen hätten."
„Das ist ja sehr interessant, der Pfarrer ist unser Nachbar, und bei dem steht alles in den Kirchenbüchern. Wir glauben dir das natürlich auch so – aber wenn das in den Kirchenbüchern steht, dann haben diese doch einen Wert und die ganze Gemeinde nimmt Anteil daran!"
„Jetzt ist genug der Rede" meldet sich die Treni-Tante und führt Michael in die Wohnküche.
„Der Bub hat doch sicher einen Mordshunger," und da hatte sie nicht weit danebengegriffen.

Michael blieben die Augen stehn. Der Tisch bog sich vor Speisen.
Sein erster Blick blieb an dem schönen Laib Bauernbrot hängen.
Onkel Johann hatte es schnell begriffen.
Er nahm mit Würde den Laib auf, ritzte mit dem Messer ein Kreuz in seine Rinde, dann schnitt er dem Michael einen Ranken herunter: „Magst du den Anschnitt?“ Michael nickte „und wie, Onkel Johann.“
Dann ging der Laib rundherum, und als jeder vom Brot hatte, sprach der Martin: „Komm Herr Jesu, sei unser Gast und segne was du uns bescheret hast, Amen!“
Michael dachte: wie daheim, und es schnürte ihm vor Freude fast die Kehle zu, er nahm sich ein Beispiel am Martin und aß vom Speck und der geräucherten Bratwurst, vom Schinken und alles schmeckte so herzhaft und vorzüglich, weil alles selber gemacht war.
Martin bot ihm noch Honig an, den bekam er vom Lehrer geschenkt, weil er auf seine Bienen aufpaßte, wenn sie schwärmten: „und das hier ist Lodawerch, weißt du nicht was das ist? Dann probier's einmal!“
Wie sagt ihr dazu? „Zwetschgengesälz“ antwortete Michael.
„Und das da mußt du auch noch probieren!“
„Was ist das?“
„Branza sagen die Rumänen dazu. Das ist deshalb rumänisch, weil in der Hauptsache die Rumänen Schafherden haben.
Auf der Stîna (Alm) machen sie große Käselaiber. Wir kaufen so ein Rad, schneiden es auf und mahlen es mit dem Fleischwolf, der Brei wird gesalzen und wie der Brotteig geknetet. Er ist sehr lange haltbar.“
Michael probiert: „Der schmeckt ja wirklich vorzüglich.“
„Wart ab, den macht meine Mutter mit Palukes, das ist ein Maisbrei und kommt auch aus der rumänischen Küche.“
Eine Lage Maisbrei, eine Schicht Branza — und das fünf Schichten übereinander und im Bratrohr gebacken, das gibt dir Kraft für zehn Wägen Heu auf- und abzuladen.„
Onkel Johann sagte nach dem Frühstück: “Michael und Martin haben heute frei. Martin du zeigst dem Michael das Haus, die Scheune, den Stall und den Garten, damit du dich bei uns auskennst, Michael.
Morgen geht ihr zum Herrn Pfarrer. Ich werde euch anmelden. Und wenn das alles erledigt ist, werdet ihr bei der Heuernte mithelfen.
Wir mähen morgen die große Wiese im Lederwinkel und da könntet ihr beim Ausbreiten der Mahd und beim Wenden helfen.“
„Ja, das machen wir gern,“ antwortet Michael, und Martin nickte dazu.
Dann gingen Michael und Martin in den Garten, sie spähten die Bäume nach Frühobst aus.

Martin kletterte wie eine Eichkatze auf einen Birnbaum und schüttelte, aber was herunterfiel war frühreif und wurmig.
Dann gingen sie hinter die Beeren, da war schon etwas mehr zu holen.
Martin sagte: „Wie Fratele Nicolae, das ist rumänisch und heißt: „Wie der Bruder Bär". Bei uns gibt es noch Bären und die gehen auch gerne in die Beeren und sehen dann oft ulkig aus, weil sie sich den ganzen Fang mit Beerenobst verschmieren."
Vom Garten stiegen sie auf den nächsten Berg und hatten einen wunderbaren Blick über die Ortschaft.
„Siehst du da drunten das Rathaus, da hat mein Großvater mütterlicherseits ein halbes Leben lang das Sagen gehabt. Am Rathaus vorbei führt die Hauptgasse, weiter hinunter ist ab dem Bahnhof die Untere Gasse. Von der an aufwärts ist die Obere Gasse.
Hinter dem Rathaus ist die Hintere Gasse und jenseits des Baches ist die Ziganie. Alles in allem wohnen 1600 Seelen in Kirchenburg, davon 1200 Deutsche.

Der Besuch beim Pfarrer hatte sich um einen Tag verschoben.
Dem Vater von Martin war das recht so. Das Wetter war trocken und warm, so richtig zum Heuen.
Schon ganz früh waren Martins Vater, sein Bruder Georg und Tudor, der rumänische Knecht, zum Mähen aufgebrochen.
Vater Kammerer übernahm dabei die erste Sense und gab so für die nachfolgenden zwei Sensen das Tempo an.
Sie hatten gut vorgelegt und von 4 Uhr in der Früh bis um 7 Uhr durchgeschafft.
Die Daheimgebliebenen hatten den Stall versorgt und fuhren gegen sieben Uhr auf's Feld.
Diese Partie führte die Treni, die Schwester von Martin, an.
Michael, Martin und ein Zigeunermädchen, das oft auch im Haushalt bei Kammerers aushalf, waren mit dabei.
Man hatte für die Mäher ein kräftiges Frühstück mitgenommen und eine Luier, das ist ein Wein, der den Durst stillt und weniger Alkohol enthält.
Martin erklärte dem Michael das so: „Nach der Weinlese werden die Trauben zermanscht und gepreßt. Da wir ja nur von Hand die Presse betätigen, bleibt noch genug in den Trauben. Man lockert die Presse, übergießt das Preßgut ausgiebig mit Wasser, läßt es gut einziehen und preßt noch einmal, das gibt die Luier. Ein superleichter Wein, der dennoch besser schmeckt als Wasser und sogar noch etwas Kraft in sich hat."

Die Mäher setzten sich in den Schatten eines Baumes, hielten eine ausgiebige Vesperpause und ruhten sich aus.
Die Gruppe um Treni machte sich daran, die Mahd auszubreiten. Dabei ging es so ähnlich wie beim Mähen. Eine voran und die anderen folgten, zuerst kam die Treni, dann der Martin, das Zigeunermädchen und dann kam Michael.
Nach ein paar Runden hatte der Michael den „Vorteil“ heraus und hielt ganz gut mit. Was ihm zu schaffen machte, war die höhersteigende Sonne, die Luft flimmerte richtig über der Mahd, seine Schülerhände, die schon rot anliefen und das vor ihm schaffende Zigeunermädchen.
Dabei stellte Michael seine ersten „rassischen“ Betrachtungen an. Die NSDAP zuhause ließ kaum eine Veranstaltung vorübergehen ohne die Herrenrasse oder arische Rasse ins rechte Licht zu rücken und die Juden und Zigeunerrasse als minderwertig darzustellen. Von den Juden wußte er es schon daheim, daß das nie stimmen konnte. Nun schaffte so ein Zigeunermädchen vor ihm. Sie mochte so in seinem Alter sein oder ein bißchen älter und zeigte schon voll entwikkelte weibliche Formen. Sie war barfuß und das Kleidchen war an manchen Stellen zerschlitzt und abgetragen. So schien ihr Körper in einem helleren Bronceton, ebenmäßig – einer Gazelle gleich – durch die Stoffetzen. Darunter hatte dieses Mädchen nichts, als den wahren Leib.
Michael hatte so eine Art Bedürfnis, wie es in ihm aufzuleben schien, noch nie verspürt.
Das Mädchen fühlte seine Blicke – was ja als angenehm empfunden wird und ließ ihn in der Vesperpause noch tiefer blicken.
Michael schämte sich einerseits, andererseits zogen ihn diese zarten Rundungen magisch an.
Das sollten also die Brüste einer Frau sein. Es waren eigentlich mehr so harmonische Erhebungen, an deren höchstem Punkt sich die Brustwarze befand.
Ungemein verlockend schien ihm die Haut in diesem Bereich und er verspürte einen ungemeinen Drang, sie mit seinen Blicken zu umfangen.
Als bei der Vesperpause alles interessiert in eine Richtung schaute, zog sie das eine Bein leicht an, und erlaubte ihm den Blick bis an den Ursprung allen menschlichen Lebens.

Die Ebenmäßigkeit ihrer Beine und das schwarze Gekräusel ihrer lockigen Haare ließ ihn wie erstarrt drauf blicken. So was hatte er im Leben noch nie gesehen.
Michael war so perplex, daß ihn der Martin dabei ertappte.

Er wußte schon mit elf Jahren besser Bescheid, als sein Vetter aus Deutschland mit vierzehn Jahren.
„Laß dich ja nicht von einer Zigeunerin verführen. Du kannst dich hier keinen Tag lang länger halten. Auch sonst ist bei uns erotische Zurückhaltung geboten.
Läßt du dich mit einer Deutschen ein und tust sie nicht heiraten, wird sie in Zukunft als leichtfertig geschnitten und es kann ihr passieren, daß sie ledig bleibt oder einen Witwer oder älteren Mann heiraten muß, um der Einsamkeit zu entgehen.
Auf jeden Fall – sollte dich mein Vater bei einer solchen Unternehmung erwischen, setzt er dich in den nächsten Zug und schickt dich nach Hause – da gibt es kein Erbarmen."
Das war das erste Lehrstück, das Michael in diesem Siebenbürgerland anschaulich erlernte. Man durfte auch hier – wie daheim übrigens auch – nicht alles, was man wollte. Nur hier war das gar zu verführerisch gewesen. So direkt . . . Martin riß ihn aus seinen Betrachtungen.
„Weißt du, wir haben weder gegen die Zigeuner, noch gegen Rumänen, Sekler, Ungarn, Juden und Ruthenen etwas.
Wir haben in 800 Jahren gelernt, mit allen Menschen auszukommen und zu leben, nur eines wollen wir unter allen Umständen bewahren: Wir wollen deutsch bleiben, und das ist kein Chauvinismus, sondern reiner Selbsterhaltungstrieb, das predigt uns der Pfarrer von der Kanzel, sagt uns der Lehrer in der Schule, sagt der Nachbarschaftsvater und sagt uns der eigene Vater.
Wir Sachsen sind keine Rassisten, indem wir andere als minderwertig betrachten, sondern beschränken uns – das aber sehr streng, darauf, unsere eigene Art in einem Völkergemisch zu bewahren.
So einer jungen Zigeunerin den samtenen Leib zu streicheln, Michael, wem würde das wohl nicht gefallen, dann sagt er unter vorgehaltener Hand: Auch wir kennen den Spruch: Wer noch nie eine Zigeunerin geküßt . . . weiß nicht was Feuer ist.
Aber wir lernen es von Kindesbeinen, daß man nicht alles darf, was einem gefällt, und das ist bei uns ein Erbe, das über viele Generationen weitergegeben wird."
Michael war geheilt, dem Zigeunermädchen auch nur mehr in Gedanken näher zu treten, wenn es ihm auch etliche unruhige Nächte bescherte.

Seine Einladung ins Pfarrhaus verlief positiv.
Der Pfarrer hieß Michael Mangesius und hatte, wie die meisten deutschen Pfarrherrn Siebenbürgens, in Deutschland studiert.
„Der Pfarrer ist bei uns nicht nur geistliches Oberhaupt, er ist auch eine sittliche, und geistige Autorität. Er ist der Inbegriff der Kirchen-

burg – und arbeitet am Fortbestand unseres kleinen Völkchens über 1500 km von der Urheimat entfernt. Er wurde von jeher von uns frei gewählt, bekam eine doppelte Hofstelle wie die Gräven und Hannen und war wie diese Richtschnur im Leben der Menschen," erzählte der Martin dem Michael.

Als sie den Pfarrhof betraten, war Michael unwahrscheinlich beeindruckt. Was er da sah, war beinah fürstlich.

Abgeschirmt durch die Ringmauer hatte man von der Straße keinen Einblick. Nach der hinteren Seite hin verlief diese Ringmauer um die Kirche und war bewehrt mit Türmen und Steinhallen mit Schießscharten.

So ergab sich vor dem Pfarrhaus ein riesengroßer Platz, wo Ostern die ganze Gemeinde hineinging.

Nach dem Gottesdienst war es Brauch, einer Einladung des Pfarrers zu folgen.

Hier wünscht man sich frohe Ostern.

Die Adjuvanten spielten auf. Der Pfarrer und der Herr Kurator halten Ansprachen und die Kinder werden mit einer Brezel beschenkt. Es werden zum Teil diese förmlichen Reden gehalten, die durch ihre Wiederholung und Überlieferung ungeheuer zu Herzen gehen: Das „Wort machen" genannt.

Diese Freiflächen vor dem Pfarrhaus wurden durch herrliche Blumenrabatte umkränzt wie auch alle Wege dahinter. Linker Hand waren an der Ringmauer die Sträucher und Gemüsegärten und dahinter ein riesiger Garten mit Obst und Ziersträuchern.

Hier stand auch ein Bienenhaus mit fast hundert Völkern.

Nach rechts wurden das Pfarrhaus und der Platz davor von Wirtschaftsgebäuden begrenzt.

Hinter ihnen war ein regelrechter Bauernhof, der von einem Knecht und einer Magd betreut wurde.

Die Pfarrfamilie war so wirtschaftlich autark.

Das Heu wurde von der Bruder- und Schwesternschaft eingebracht, für die das ein Freudentag war.

Mit Gesang und Neckereien ging es da auf die Felder und daß es nicht ausartete, waren der gewählte Altknecht und die Altmagd dem Pfarrer verantwortlich.

Abends wurden die Mädchen und Burschen auf den Pfarrhof zum Abendessen eingeladen.

Bei Gesang und Unterhaltung, bei der die Pfarrfamilie aktiv mitwirkte, verging die Zeit wie im Fluge und entlohnte reichlich für die Mühen des Tages.

Sie klopften an die Tür, das Dienstmädchen öffnete und führte sie ins Pfarramtszimmer.

Die Verwandtschaft

Welch eine gediegene Atmosphäre strahlten diese Räume aus. Schwere eichene Möbel, sicher ein paar Generationen alt, enthielten die Namensregister vieler Generationen. Hier war vermerkt, wer geboren und gestorben und was sonst an besonderen Ereignisssen über die Menschen gegangen war.
Hier in diesen Räumen wurden Zwistigkeiten beigelegt, die der Nachbarschaftsvater nicht mehr schaffte. Hier wurden Geburt, Hochzeit und Tod nach förmlich festgelegten Kleiderordnungen und Reden angezeigt.
Der Herr Pfarrer ließ nicht lang auf sich warten.
Er hatte trotz seinem strenges Äußeren einen sehr warmen einfühlsamen Ton in seiner Stimme: „So, grüß dich Gott, Martin, du bringst mir ja heute deinen neuen Freund aus Deutschland mit.“
Michael stellte sich vor. „So, Michael heißt du, genau den gleichen Vornamen wie ich. Hast du dich gut eingelebt bei uns?“
„Ja, Herr Pfarrer, es gefällt mir sehr gut in Siebenbürgen.“
„Wie ich gehört habe, wollt ihr zwei nach einem gemeinsamen Ursprung forschen.
Irgendwo hat ja jeder von uns hier seine Wurzeln im Reich, aber interessant wird es, will man es konkretisieren. Kannst du mir, lieber Michael, dazu etwas sagen.“
„Ja natürlich, mein Vater war mit Martins Vater in sibirischer Gefangenschaft. Dabei haben sie festgestellt, daß sie beide Kammerer heißen.
Bei einem Umzug haben wir dann viele Jahre später einen Brief gefunden. Demnach ist ein Großonkel von uns 1846 nach Siebenbürgen ausgewandert.“
„Ganz klar, das war die Aktion meines großen Kollegen Stephan Ludwig Roth, der aus Württemberg an die 3000 Familien nach Siebenbürgen brachte. Wie hieß nun dein Großonkel?“
„Franz Kammerer, Herr Pfarrer.“
„Nun, dann laßt uns mal sehen,“ sprach der Herr Pfarrer und schickte den Martin, er solle nach dem Erwin schauen – dem Pfarrerssohn. Erwin war gleich zur Stelle und begrüßte sehr freundlich den Michael, er war in der vierten Gymnasialklasse im Bischof-Teutsch-Gymnasium in Schäßburg, auch Bergschule genannt, weil sie im Burgviertel am Berg stand, unterhalb der gewaltigen Bergkirche.

„Lieber Michael, lieber Martin, lieber Erwin,“ sprach der Pfarrer, „ihr erlebt nun eine geschichtliche Stunde wie sie das Leben schreibt, deshalb habe ich auch den Erwin dazu gerufen. Ihr seid in solch einem jugendlichen Alter, daß es für euch prägend sein kann, solch einer historischen Erkenntnis beizuwohnen."

Dabei langte er nach einem dicken Folianten, geschützt durch einen gewaltigen Umschlag, der oben und unten verschnürt war.

Es war, als würden alle die Luft anhalten und es legte sich so eine Spannung über den Raum und die Menschen darin.

Nun lag der Foliant aufgeschlagen vor ihnen.

Fein säuberlich stand da: „Franz Kammerer geb. 2. 1. 1817 am Distelhof bei Geislingen an der Steige in Württemberg, ehelichte am 20. 2. 1847 die ehrsame Tochter unseres Althannen Andreas Müller."

Michael nahm seinen Vetter Martin in die Arme und Pfarrer Mangesius legte seine Hände auf ihr Haupt und es sah aus wie ein Segen – denn nach 85 Jahren berührten sich in den zwei Buben zwei verwandte Geschlechter, die bis jetzt fast 2000 km entfernt voneinander lebten und kaum etwas voneinander wußten.

Michael und Martin Kammerer hatten einander gefunden, und was ihre Väter noch nicht wissen konnten hatten sie heute erfahren, und daraus wurde eine lebenslange Freundschaft.

Nun freuten sie sich alle aus vollem Herzen, und nachdem sie der Herr Pfarrer entlassen hatte, lud sie der Pfarrersohn Erwin in den riesigen Pfarrgarten ein und da gab es die köstlichsten Äpfel und Birnen, die Michael in dieser Fülle noch nie gesehen hatte.

Hier bekam er auch den ersten Kontakt zur Wehrmauer der Kirchenburg.

Wie eine Gänsehaut überzog es seinen Rücken, als er die Jahrhunderte alten Steine sah, die wie Felsblöcke vor ihm standen, verwittert und ehrwürdig, aber standhaft wie in harten Türkentagen.

In die Bewunderung vom Michael klang das Wort Erwins: „Willst du mitmachen? Wir erstürmen die Mauer und dabei stellen einige die Angreifer dar, mit Schild und Holzschwert bewehrt.

Die Burgverteidiger haben Tannenzapfen, halbfaulige Äpfel und Stangen, mit denen sie uns abwehren.

Wir haben zwei Leitern, die wir unter ihrem Beschuß an die Mauer stellen.

Sobald wir trotz Gegenwehr die Mauer besetzt haben, müssen sich die Verteidiger ergeben. Die Verteidiger werden dann in die Gefangenschaft abgeführt und als Leibeigene verkauft wie früher."

„Klar mach ich da mit", entgegnete der Michael.

„Dann werde ich der Burgbesatzung Bescheid geben", erwiderte Erwin.

Den Kampf legen wir auf den Sonntag, 4 Uhr nachmittags fest.

Wir werden unsere Kämpfer benachrichtigen, damit bis dahin reichlich „Munition“ vorhanden ist ...
Morgen abend nach dem Abendläuten halten wir eine erste Besprechung zwischen den Anführern auf der Mauer und den Angreifern.“
Die Zeit war für Michael und Martin wie im Flug vergangen.
Der Michael hatte versprochen, sofort zu schreiben, wenn er in Kirchenburg angekommen wäre.
Aber jetzt war schon der dritte Tag, seit er hier war, und immer noch hatte er keine Zeit gefunden.
Nach dem Ereignis beim Herrn Pfarrer war's nun höchste Zeit.
Dem Onkel Fred hatte er auch einen Brief versprochen, denn durch ihn war ja die ganze Reise zustandegekommen.
Wenn er sich jetzt nicht sofort hinsetzte und schrieb, würde es wahrscheinlich nie mehr der Fall sein.

Liebe Eltern!
Soeben komme ich vom Herrn Pfarrer in Kirchenburg.
Was wir immer schon vermutet hatten ist ab heute laut Kirchenbuch offiziell: Wir sind mit Kammerers in Kirchenburg verwandt.
Unser Großonkel ist 1846 hier in Kirchenburg seßhaft geworden, hat eine Tochter aus gutem Hause geehelicht und den Müllerhof neben dem Pfarrhof übernommen.
Es ist ein großer Hof mit fruchtbaren Feldern und Weinbau.
Nehmt mir's nicht übel, wenn ich jetzt schließe.
Der Martin Kammerer, drei Jahre jünger, ist mir nicht nur ein guter Verwandter, sondern auch ein guter Freund geworden.
Essen, Land und Leute über alle Maßen gut. Erzähl Euch, wenn ich heimkomme alles ganz genau.
Herzliche Grüße von allen, vor allem aber von Johann Kammerer, Eurem Kriegskameraden!
Euer dankbarer Michael

Lieber Onkel Fred!
Ohne Dich hätte ich all das Schöne nie gesehen und erlebt. Schon die Fahrt war so überaus aufschlußreich. Ich habe in Geschichte geschwelgt, die Nibelungenwehr bildhaft vor mir gesehen.
Übrigens sind wir mit Kammerers aus Kirchenburg verwandt.
Der Vater, die Mutter, der Sohn Georg 16 und die Tochter Treni 18 sind hervorragende Menschen, wie man sie bei uns im „Ländle“ überall auch antreffen kann. Der Sohn Martin, 11, ist in der kurzen Zeit mein bester Freund geworden.

Der geht noch in die Volksschule aber das wäre so ein Fall für Dich: „Hock na Büble und lern' ebbes G'scheits . . ." Das könntest Du seinem Vater schreiben, da tätest ein gutes Werk – denn der ist sehr aufgeweckt für sein Alter.
Dir lieber Onkel schreib ich bald wieder. Du hast mir zu einer herrlichen Ferienfahrt verholfen – das werde ich Dir nie vergessen.

Herzliche Grüße speziell von Johann Kammerer, Deinem Kriegskameraden!
Dein Michael.

Der erste Sonntag in Kirchenburg war angebrochen, um 7 Uhr hatte die kleine Glocke geläutet.
Das war das Zeichen, daß die Burg und die Speckhalle, eine alte ehemalige Waffenhalle, in der jeder Bauer drei bis vier Speckseiten hängen hatte, offen waren.
Hier holte man sich den Speckvorrat für die ganze Woche.
In diesem Gewölbe hing der Speck bei der größten Hitze schön luftig und kühl.
Dort reifte er zunächst drei bis vier Monate, bis er das gewisse unnachahmliche Aroma und die sprichwörtliche Zartheit erlangte.
Michael durfte den Onkel begleiten.
Ihm liefen die Augen über – in einer großen Steinhalle, in der es kühl war wie in einer Gruft, hatte jeder Bauer seinen Platz und den Speck von drei, vier Sauen hängen.
„Diese Halle hat einmal gebrannt, da soll man das Feuer 200 km weit gesehen haben," sagte der Onkel zum Michael.
Dann wickelte er sein Messer aus einem mitgebrachten schneeweißen Linnentuch, schnitt eine kräftige Portion herunter und wickelte den Speck mit dem Messer wieder in das Tuch.
Hier hatte alles seine Ordnung, dadurch bekam jede Handlung eine gewisse Würde.
Hektik kannte man nicht, man war seit Jahrhunderten Herr auf der eigenen Scholle, langsam und mit Bedacht ging alles vor sich, dafür um so ausgiebiger und ausdauernder.
Diese Ruhe und Würde prägte auch diesen Menschenschlag.
Michael sollte das noch oft erleben.
Nach dem Frühstück machte man sich für die Kirche zurecht.
Da war schon die Vorbereitung wie der Kirchgang eine beinah heilige Handlung.
Da wurde nicht geschludert, sondern man fing beizeiten an.

Die Bäuerin wurde gebockelt mit einem Ziertuch – aus Spitze und wertvollen Nadeln (Hefteln).
Dann kam die Treni dran, mit Borten und Bändern wurde sie schön geschmückt.
Der Onkel trug ein weißes Trachtenhemd, dazu einen seidenen Plastron mit Ähren und Blumen bestickt, schwarze Stiefel, eine schwarze Hose mit zweireihigem Rock und darüber den Kirchenpelz.
Der Kirchenpelz hatte nach innen die Wolle und außen war die reine Lederhaut, schön gegerbt und reichlich bestickt, oft mit Jahreszahl und Namen des Trägers.

Es war ein sehr würdevoller und offizieller Aufzug, wie er sich beim Anzeigen einer Geburt, eines Todesfalles oder einer Heirat auf dem Pfarrhof wiederholte.
Als alle so gerichtet in der großen Wohnstube standen, sprach der Onkel Johannes:
„Meine Lieben, unser Familienbaum ist durch unseren Michael mit einem kräftigen Ast gesegnet worden.
Lieber Michael, wir begrüßen dich als einen der Unsrigen.
Unser Haus soll hinfort auch das deine sein.
Solang uns der Herrgott nicht hungern läßt, sollst auch du keinen Hunger bei uns leiden.
Wir wollen mit dir teilen in Ewigkeit, Amen.
Laßt uns jetzt in die Kirche gehen und Gott danken, daß er uns in unseren alten Tagen noch einen Sproß geschenkt hat, und euch einen Bruder, den wir mit Freuden annehmen wollen."
Michael waren die Worte und die Art, mit der sie gesagt worden waren, so zu Herzen gegangen, daß ihm alles, was er ausdrücken wollte, im Halse stecken blieb.
Er wurde mit Handschlag und Bruderkuß in die Familie aufgenommen, und war jetzt nicht mehr nur ein Kammerer vom Distelberg oder aus Stuttgart, sondern ein Michael Kammerer aus Kirchenburg in Siebenbürgen.

Die Glocken läuteten zusammen, und überall traten aus den Hoftoren festlich gekleidete Menschen auf die Straße und gingen würdigen und gemessenen Schrittes der Kirchenburg zu.
Es war keine Hoffahrt in ihnen – denn sie waren ja mit kleinen Nuancen alle gleich gekleidet, nämlich in der Tracht.
Also galt die Schönheit ihrer Kleidung allein dem Herrn, der da oben in der Burg sein Haus hatte und den sie mit ihrer schönen Tracht erhöhen wollten.

Michael, obwohl nur ein Bub von 14 Jahren, erlebte so eine Innigkeit und einen Zusammenhalt, wie er das noch nirgends bisher empfunden hatte.
Jeder hatte in der Kirche seinen Platz. Der Pfarrer und der Predigerlehrer saßen im Altarraum und links und rechts davor die Kirchenväter.
Da Onkel Johann auch ein Kirchenvater war, durfte Michael heute mit seinem Onkel auf der Ehrenbank sitzen, zum Zeichen, daß der Michael Kammerer aus Deutschland hier brüderlich aufgenommen war und das Recht einer zweiten Heimat bekommen hatte.
Der Pfarrer begrüßte den Michael Kammerer in seiner Predigt mit warmherzigen Worten und gab seiner Freude darüber Ausdruck, daß dadurch ein lebendiges Band zur alten Heimat geknüpft worden sei. Einer Heimat, die er in seiner Studienzeit in Tübingen so sehr schätzen gelernt hatte und vor allem den fleißigen, sparsamen und sauberen Menschenschlag der Württemberger.
Unser Johann Kammerer, Michaels Onkel, sei ein Vorbild in Kirchenburg und so hoffen wir, daß Michael sich hier gut einleben wird und ein echter Siebenbürger wird, nach Geist und Geblüt!
Nach dem Gottesdienst bildeten die ach so schön gekleideten Mädchen ein Spalier, um die Älteren zu ehren und sie auch sicher mit ihrem Anblick zu erfreuen.
Und das war dann auch in Wirklichkeit so.
Es wurden Neuigkeiten ausgetauscht und jeder wollte dem Michael die Hand geben und ihn zum Essen einladen.
Michael bewunderte auch den räumlichen Zusammenhalt. Um die Kirche herum war ein großes Oval, das von den Innenbauten der Ringmauer begrenzt war.
Hier waren -zig Kornkammern, in denen heute noch die Bauern ihre Behältnisse hatten, wo sie ihren Weizen und was sie nicht gleich brauchten, aufbewahrten.
Hier im Burghof waren zudem noch viele Räume, in denen die Bevölkerung früher Zuflucht gesucht hatte und oft über längere Zeit wohnen mußte.

Das Wertvollste, wie Speck und Getreide, war in der Burg. Das Vieh wurde bei Gefahr in den Wald getrieben und was nach einem Überfall übrig blieb, wieder eingesammelt.
Auch heute noch war das Burgtor außer bei kirchlichen Festen verschlossen und wurde nur auf Geheiß vom Burghüter geöffnet.
Eine Welt für sich mitten in einem Völkergemisch mit wechselnder nationaler Hoheit und Besetzung.
Aber darüber sollte Michael noch mehr erfahren.

Für ihn war der Moment so wichtig, es strömte soviel auf ihn ein.
Die jungen Mädchen steckten ihre Köpfe eng zusammen und nur an ihren verstohlenen Seitenblicken merkte man, daß sie ihn meinten . . .
Sodann ging man, indem man sich noch einen guten Appetit und einen geruhsamen Sonntagnachmittag wünschte, gemeinsamen Schrittes nach Hause.
Im Hof roch es schon nach Sonntagsbraten. Heute, zur Feier des Tages, wurde in der guten Stube gegessen.
Das Zigeunermädchen hatte bereits den Tisch gedeckt.
Es hatte auf den Braten aufpassen müssen, daß er nicht anbrannte und durfte dafür auftragen helfen und am Tisch mitessen.
Der rumänische Knecht hatte heute frei.
Vater Johann ging noch in den Keller und holte einen Krug guten Weines.
Dann konnte es losgehen.
Nach dem Beten kam in einer großen Terrine die obligate siebenbürgische Hennensuppe auf den Tisch. Goldgelbe Augen blitzten und perlten über der Brühe und ließen einem so richtig das Wasser im Mund zusammenlaufen.
Feine, selbstgemachte Nudeln und Fleischstücke erhöhten den Anblick.
Michael und Martin lachten sich zu, da würden sie sich schon dranhalten.
Vater Kammerer hatte den Blick der zwei Jungen aufgefangen und sagte: „Soviel könnt ihr zwei gar nicht verdrücken, als was eure Mutter herbeischafft. In diesem gesegneten Land hat es noch nie an Lebensmitteln gemangelt. Nicht mal in den Kriegszeiten."
Und er erzählte eine Episode aus jenen alten Zeiten, als Feinde wochenlang Kirchenburg belagerten.
Als sie bald am Verhungern waren, warfen ihnen unsere Vorfahren Brot und Speck von der Mauer und zeigten damit an, daß sie ihrer Belagerung noch lange standhalten würden.
Die hungrigen Feinde stürzten sich auf die Lebensmittel, bekamen ordentlich den Hintern voll und was noch laufen konnte verschwand, indem sie vom Brot herunterrissen wie hungrige Wölfe.

Von der Suppe allein hätte man sich schon satt essen können, aber jetzt kam der berühmte Schweinebraten in einer großen Eisenkasserole, direkt aus dem Bratrohr, und um den Braten herum gelegt die gute Bauernbratwurst mit Knoblauch und Zwiebel gewürzt.
Dazu gab es das knusprige Bauernbrot, Bratkartoffeln und vielerlei Salate und außerdem die obligaten süßsauren Zwetschgen.

Michael staunte nicht schlecht, das war alles so nach seinem Herzen: direkt, einfach, bequem und sooo gut.
Beim Nachtisch konnte er kaum mehr mithalten, er war „genossen“ gemacht. Und so schlichen sie sich in den Garten und legten sich ins Gras unter die Bäume, schauten hinauf zu den Äpfeln und Birnen und dachten, sie seien im Schlaraffenland.

Der Kampf (um die Burg)

Pünktlich um 4 Uhr standen sie im Pfarrgarten.
Da Michael einer der größeren Buben war, bekam er, nachdem die Anführer alles „Lateiner“, waren eine Angreifer„-kohorte“ zugeteilt.
Die Verteidiger der Burg standen schon oben mit ganzen Körben voll Tannenzapfen, angefaultem und verwurmtem Obst und Stangen, mit denen sie die Leiter umwerfen konnten, oder um die Angreifer zurückzustoßen.
Erwin hatte den Oberbefehl über die Angreifer, die nächste Kohorte führte Michael und eine Kohorte führte ein Freund von Erwin an, der mit ihm am Bischof-Teutsch-Gymnasium in Schäßburg war: Jon Vasilescu, ein Rumäne, den seine Eltern auf ein deutsches Gymnasium schickten, weil hier die Ausbildung besonders gut war.
Erwin als Oberbefehlshaber und quasi Hausherr machte nun eine Befehlsausgabe.
„Wir stehen hier auf ergrauten Mauern, die viele Jahrhunderte hindurch es erst ermöglicht haben, daß wir hier überhaupt noch sein können.
Denn zahlreich waren die Feinde in der langen Vergangenheit unseres kleinen deutschen Völkchens in Siebenbürgen.
In der Geschichtsstunde unseres Gymnasiums sind wir auf Ratschläge und Verhaltensregeln gestoßen, die unsere Vorfahren vor dem Kampf zu beherzigen hatten und da wir uns anschicken, so einen Kampf nachzuvollziehen, möchte ich den hier angetretenen Kriegern auszugsweise die Verhaltensregeln unserer Vorfahren in Erinnerung rufen:
„Damit des Feindes Macht tapfer und männlich mit großem Gemüt und mit Hoffnung in dem Namen Gottes welcher eine sichere und feste Burg ist, wider alle Feinde bestreitet werde.
Zum I. Der Herr Richter samt dem Rat sollen den Stadt- und Landmann wissen lassen, daß sich ein Jedermann mit allerlei notwendi-

gen Dingen, sonderlich aber mit Korn, Mehl, Salz und Holz fürsorgen und vorsehen soll.
Zum II. Soll sich Jedermann mit gutem Gewehr versorgen als mit Büchsen, Schwertern, Bogen und allerhand Zubehör, Stangen, Spieß, Schweine- oder Bären-Spieß und was dergleichen andere sind . . .
Zum III. Es soll ein jedes Stadtthor mit einem Hauptmann aus den weisen Herrn des Rats versehen sein . . . das vertraute Volk im Thor zu regieren.
Zum IV. In jedes Thor sollen auf's wenigste zur Besatzung fünfzig gute und mannhafte Männer mit ihrem guten Gewehr gesetzt und verordnet werden.
Zum V. Es sollen in einem Eckturm auf's wenigste zehn beherzte Männer verordnet werden, welche erfahren seien mit Hacken zu schießen und artlich wissen die Kriegsrüstung zu gebrauchen.
Zum VI. An einem jeden Eck der Stadt bei den Ecktürmen soll ein geschworener Ratsherr zum Hauptmann verordnet werden . . ."

So war es vor Hunderten von Jahren!
Ich bitte um einen fairen Kampf und es ist jetzt auf der Turmuhr 16.25 Uhr, um 16.30 Uhr beginnt der Angriff."
Darauf zog sich Erwin mit den Angreifern zurück und besprach letzte Einzelheiten.
„Wir müssen versuchen, unsere Schlagkraft auf einen Punkt zu konzentrieren und unseren Männern, die die Leitern ansetzen, Feuerschutz zu geben.
Dabei ist es sehr wichtig, daß unsere Geschosse treffen.
Die auf der Mauer haben ja keine Schilde, also wird es sie durcheinanderbringen, wenn sie öfter mal einen Apfel auf den Dätz kriegen.
Wenn wir beim ersten Angriff versagen sollten, dann ziehen wir uns nur kurz zurück und wagen den nächsten. Jon: am Räucherturm in den Brennesseln liegt noch eine Leiter versteckt, du stiehlst dich mit ein paar Mann weg. Und wenn bei uns das Kampfgetümmel losgeht, wird sich alles auf uns konzentrieren.
Dann versucht ihr vom Räucherturm her auf die Mauer zu kommen und sie in Besitz zu nehmen.
Wenn die von zwei Seiten beschossen werden, kann es nicht mehr lange dauern, bis sie aufgeben.
Nun füllte jeder seine Taschen mit gefallenen Äpfeln.
Die Schilder wurden ausgeteilt. Jeweils zwei stärkere Buben kamen an die Leitern.
Und die flinksten waren dafür vorgesehen, gedeckt von ihren Schilden über die Leitern auf die Mauer zu kommen, der Rest gab Feuerschutz.

Mit dem Schlachtruf: „Auf die Mauer“, griff man jetzt an.
Die ersten Äpfel prallten von den Schilden oder zerspritzten nach allen Richtungen.
Hie und da schrie auch schon einer, den das Wurfgeschoß an einer empfindlichen Stelle getroffen hatte.
Es standen bereits die zwei Leitern, aber an ein Hinaufkommen war nicht zu denken. Im Gegenteil. Die Verteidiger warfen mit ihren Stangen die Leitern um, dabei verfing sich ein Stecken in den Sprossen und fiel mit der Leiter hinunter.
Das war eine Schwächung der Verteidiger.
Sofort wurde ein neuer Angriff gestartet und von allen Richtungen schrie es jetzt: „Auf die Mauer.“
Es war eine Hektik und ein Getümmel wie in einer richtigen Schlacht, und vielleicht mag es vor einigen hundert Jahren so zugegangen sein, bloß mit anderen Wurfgeschossen.
Es kam so, wie es der Erwin vorausgeplant hatte.
Nachdem die meiste Munition verschossen war und die Kräfte nachließen, war Jon über den Räucherturm auf die Mauer gelangt und die Verteidiger ergaben sich.
Nun war die feierliche Übergabe der Burg an der Reihe.
In einem finsteren Verlies, beleuchtet nur durch das Licht der Schießscharten und einem in Öl getränkten Fetzen, den man vorher an einen Span gebunden hatte, erfolgten die Friedensverhandlungen.

Die Anführer standen um eine alte Truhe, die zum Tisch umfunktioniert worden war.
In den Winkeln war's mit Spinnweben überzogen und im Gebälk oben hingen Fledermäuse, die, plötzlich aufgeschreckt durch den Besuch, hin- und herflatterten.

Dem Michael blieb die Sprache weg.
Nachdem er seinen ganzen Jungenmut zusammengekratzt hatte – man durfte ja als Anführer nicht zeigen, daß man eher zum Knieschlotterer neigte – überkam ihn sowas wie das Heldische vergangener Epochen.
Die Geschichte vergangener Jahrhunderte begann sich in Fleisch und Blut zu zeigen. Wie weit weg hörte er den Erwin sagen: „Die Verteidiger der Burg haben sich ordentlich geschlagen und nur durch unsere strategische Überlegenheit verloren.
Wir wollen ihnen daher einen ehrenhaften Abzug gewähren. Dem Anführer der Burgbesatzung wird unsererseits Freundschaft auf Lebenszeit angeboten.
Martin, bring die Hellebarde.“

Darauf holte Martin eine echte Hellebarde, wohlverwahrt in einem ganz kleinen Versteck.
Gemessenen Schrittes ging er in die Raummitte und drehte die Hellebarde – zum In-Augenschein-nehmen im großen Rund der Krieger.
Das war ja eine fast heilige Handlung:
Der brennende Span wurde aus der Halterung genommen und damit die Schneide der Hellebarde beleuchtet, dann wurde diese mit einer Feile scharfgemacht.
Totenstille war im Raum.
Erwin prüfte die Schneide und ritzte sich damit in den Finger; dann sagte er: „Wer von den Anführern es mir gleich tun will, um auf ewige Freundschaft zu schwören, der folge meinem Beispiel" . . . und es traten vor der Martin Kammerer, der Gräven-Oinz und der Jon Vasilescu, der Rumäne. Aus den Völkerscharen Siebenbürgens hatte sonst keiner Zutritt zur deutschen Burg, aber der Jon war ein guter Freund zum Erwin und kein völkischer Scharfmacher, deshalb durfte er in das Heiligste der sächsisch-deutschen Nation in Siebenbürgen eintreten: In die Kirchenburg.
Jeder Anführer, der durch die Schärfe der Hellebarde sein kostbarstes fließen ließ – sein Blut – tropfte es auf das Blatt der Hellebarde. Und sie taten es, einer nach dem anderen, dann verrührte es der Erwin mit einer alten Schwertspitze, legte seine Schwurhand hinein, die anderen taten es ebenso, dann sprach er:
„Lieber Herrgott, laß uns Freunde bleiben bis an unser Lebensende."
Darauf gaben sie sich die Hände.
Dann sprangen sie hinaus in den Pfarrgarten, suchten nach den besten Äpfeln, aßen sich den Bauch voll, daß es nur so schmatzte und legten sich in den Schatten der Bäume.

Michael Mangesius, der Pfarrer und Herr dieses herrlichen Gartens, machte mit seiner Frau einen Spaziergang, dabei erspähte er die abgekämpften Krieger.
„Na ihr Helden, nächsten Sonntag seid ihr alle beim Vespergottesdienst, da werde ich unserem Gast zulieb etwas über die Geschichte Siebenbürgerns erzählen und das machen wir gleich im Anschluß an den Gottesdienst.
Daß mir auch keiner fehlt, ihr edlen Krieger."
„Jawohl, Herr Vater," kam es wie aus einem Munde.
So ein evangelischer Pfarrer in Siebenbürgen wurde mit ehrwürdiger Herr Vater, und seine Frau mit ehrwürdige Frau Mutter angesprochen.

Schon aus dieser Anrede kann man auf die vertrauensvolle Stellung des Pfarrers als Mittelpunkt seiner Gemeinde schließen.
Er war geistige und geistliche Autorität zugleich, obwohl ihm nur das Wort und sein Vorleben die Macht dazu verliehen.

Die Ernte

An einem Spätnachmittag lud der Onkel Johann „seine“ Buben, damit meinte er den Michael und Martin, zu einer abendlichen Rundfahrt ein.
Er wollte prüfen, wann man mit der Weizenernte beginnen könne.
Zwei mittelschwarze Rappen zogen den Leiternwagen, mit dem man auf dem Rückweg noch etwas Grünfutter heimholen wollte.
Herrlich, die angenehme Zugluft auf dem holprigen Gefährt. Den Buben machte das Gehopse Spaß, und Onkel Johann war das gewohnt.
Michael war stolz auf seinen Onkel von Kirchenburg in Siebenbürgen. Er war so ein stiller, ausgereifter Mann. Dazu ein gütiger Vater für die Seinen.
Noch nie hatte er ein schlechtes Wort von ihm vernommen.
Sein Gesicht war zerfurcht wie die Erdkrume dieses guten Bodens.
Und so gehörte hier auf seine Weise alles zusammen, war abgerundet und hatte seine gute Ordnung.
So waren auch die Felder. Wie unberührt schön leuchteten sie in der untergehenden Abendsonne und der Wind wellte ihre prallen Ähren.
Und an den Hängen reifte der Wein, ein Land voll Gold und Rebensaft: Wie es im Nationallied der Sachsen so schön heißt.

„Brrrr,“ rief der Onkel den Pferden zu. Man hielt an einem riesigen Weizenschlag.
Michael erschien das Feld so sauber und appetitlich, daß er gleich an das gute Backofenbrot dachte, das die Treni Tante jede Woche aus dem Backofen holte, und dazu die gute „Hanklich“ wahlweise mit Rahm, Speck oder Zwiebel, Obst und sonstigen Zutaten belegt, ein Hochgenuß sondergleichen und hier mußte man nie einteilen oder sich zurückhalten, es gab von allem so viel, bis man richtig satt war und nicht mehr konnte.
Nun wußte Michael auch, warum das so war. Jeder Rain, jeder Graben, jede Halde und jedes Feld wurde so bebaut, wie es für die entsprechende Frucht sich am besten anbot.

Sie fuhren jetzt schon eine ganze Stunde – nun wußte er im wahrsten Sinne, was Agrikultur eigentlich in hohem Sinne war: Die Kunst, mit Liebe, Passion und Verstand Landwirtschaft zu betreiben.
Allein wenn er den vor ihm liegenden Landschaftsteil betrachtete, kam ihm das alles so richtig zum Bewußtsein.
Auf dem Bergkegel oben wuchsen herrliche Kiefern, an seiner Nordseite kam ein ganzer Wald von Tannen hoch, an der Südseite strotzte im üppigen Grün ein riesiger Weinberg, wo es flacher wurde ein Maisfeld, dann ein goldgelber Weizenschlag und da, wo es in den Graben ging, eine Zwetschgenplantage mit sauber gepflegten Bäumen, an denen vom Boden mit einer Stange auch die Krone erreichbar war, also ohne Leiter genutzt werden konnten.
Martin schien die Gedanken von Michael zu lesen.
„Da mußt du im Herbst kommen, da fahren wir ganze Leiterwagen voll blauer Zwetschgen nach Hause und alles wird zu Schnaps gebrannt.
Den verkauft mein Onkel in der Wirtschaft.
Deutsche sind da nur als Rollkommando gefragt. Bevor die Schnapsbrüder meinem Onkel die Wirtschaft auseinandernehmen, werden sie im hohen Bogen gefeuert."
„Mensch Martin," sagte der Michael, „ist das eine Idylle!"
Im Schatten mehrerer Bäume sprudelte eine Quelle, herrlich klares Wasser, aus dem Boden. Mit ein paar Steinen war sie sauber gefaßt und so gestaut, daß man bequem daraus trinken oder schöpfen konnte.
Die zwei Buben legten sich auf den Bauch und tranken in vollen Zügen . . .
Onkel Johann sah ihnen zu und hatte eine Freude an ihnen.
„Michael" sagte er, „auch das kommt nicht von ungefähr.
Wenn die Schneeschmelze vorbei ist und der Boden wieder seine Festigkeit erlangt hat, tritt die Bruderschaft in Aktion, die Quellen vom ganzen Hattert zu säubern, in Ordnung zu bringen und, wenn nötig, auszubessern.
An einem bestimmten Tag versammelt sich die Bruderschaft im Burghof und wird in kleine Gruppen auf dem Hattert verteilt.
Jede Gruppe hat Bretter, Axt, Säge, Schaufel und Spaten dabei und bekommt eine Anzahl Quellen vorgegeben.
Sauber geputzte Pferde, als ein Markenzeichen ihres Besitzers, werden dabei vorgespannt und hinaus geht's mit Freudenjauchzer und Gelächter.
Freilich schauen da die Mädels versteckt hinter den Jalousien ihren Burschen nach und das wissen diese ganz genau, und deshalb kickerikien sie auch wie stolze Gockel, denn heut haben sie keine Luier dabei, sondern schon einen echten und guten Tropfen!

Es ist der Brunnentag und wie und was man tut, muß nachher auch etwas gleich sehen und das Ergebnis hast du vor dir."
Michaels Herz war so voll Begeisterung für dieses Land, seine guten Menschen und dieses Brauchtum, was ihm immer mehr zu Bewußtsein gelangte.
Hier gab es keine geschriebenen Gesetze.
Diese deutsche Gemeinschaft funktionierte so.
Denn die Gesetze machte der Staat, das waren früher ungarische Könige, die Habsburger, dann die Fürsten von Türkengnaden, dann wieder die Habsburger, dann wieder die Ungarn und seit dem Ende des ersten Weltkrieges die Rumänen.
Im Laufe dieser vielen Jahrhunderte hatte sich beflügelt, durch das Andreanum, worüber sicher der Pfarrer am nächsten Sonntag den Buben etwas erzählen wollte, die deutsche Nationsuniversität der Sachsen, mit eigener Gerichtsbarkeit, mit gewählten Gräven, Hannen und Pfarrherrn mit Zünften und Nachbarschaften herausgebildet und das funktionierte ohne Advokaten und Gefängnisse – Machtmittel waren allein die Gemeinschaft, der Brauch und die gewählten Vertreter, die dem Nachdruck verliehen.
„Kommet her Buben," rief der Onkel „das sind reife Weizenähren".
Dabei nahm er eine Ähre, zerrieb sie in seiner schwieligen Hand und herrlich goldgelbe Körner von üppiger Fülle lagen in ihr.
„Jetzt prüft man zunächst die Form und Farbe und Größe, damit man nächstes Jahr weiß, ob man sich wieder für diese Sorte entscheidet, dann beißt man auf so ein Korn mit den Zähnen, um zu prüfen, ob es richtig hart ist, also reif.
Zuviel Reife hat den Nachteil, daß bei der Ernte sehr viel ausfällt.
Dieses Feld ist sehr reif und soll nicht mehr mit der Sense gemäht werden, sondern behutsam mit der Sichel, deshalb fahren wir jetzt schnell nach Hause.
Der Knecht muß heute abend noch in die Ziganie und soviel Weiber anwerben wie möglich, dann geht's morgen früh nach dem Frühstück gleich hinaus zum Ernten."
Der rumänische Knecht hatte Erfolg gehabt, aber das allein war nicht entscheidend.
Die Kammerers waren bei den Zigeunern gut angesehen, weil sie immer gaben, wenn jemand von ihnen anklopfte und etwas erbat.
Am Morgen standen so etliche fünfzehn bis zwanzig Frauen im Hof und palaverten miteinander.
Nachdem die Treni-Tante ihre Anzahl wahrgenommen hatte, gab es bald darauf einen Riesenpalukes (Maisbrei) und gute Milch vom Stall, für jeden so viel, bis er satt war.
Dann ging's mit einem großen Pferdewagen hinaus auf's Feld.

Es war ein prächtiges Bild, diesen geschmeidigen Schnitterinnen bei ihrer Arbeit zuzusehen.
Fast schwerelos bückten sie sich zur Erde, legten die geschnittenen Halme zur Garbe und achteten auf die Richtung.
Der Knecht, die Treni, der Georg, der Martin und der Michael mußten die Garben binden und zum Kreuz legen.
Hier wurden selbst bei einem Gewitter die Ähren nicht so naß, als daß man sie nicht jederzeit hätte abfahren können, außerdem trocknete ein warmer Wind den Ährensegen sehr schnell.
Eine prachtvolle Ernte schien sich anzubahnen.
Die langstieligen Ähren waren voller Korn, es lachte nicht nur das Herz von Onkel Johann, jeder hatte eine Freude bei dieser sauberen und ausgiebigen Arbeit.
Gegen Mittag gab es eine deftige Pause mit Zwiebel, Speck und gutem Bauernbrot.
Außerdem gutes Quellwasser, und um die Leute bei Laune zu halten kreiste eine Schnapsflasche, dabei achtete man darauf, daß das mit Maß und Ziel geschah, denn sonst wäre aus der Arbeit nichts mehr geworden.
Nach der Mittagspause kam auch die Treni-Tante dazu, plötzlich ein Mordsgeschrei, eine Schnitterin hatte Wehen bekommen.
Man hatte es ihr gar nicht so angesehen, daß ihr Leib gesegnet war.
Man legte sie in den Schatten nah bei der Quelle und bald darauf krähte ein neuer Erdenbürger zum Himmel hinauf.
Heißes Wasser war schnell gemacht und auch sonst konnten sie sich immer behelfen.
Die Frau blieb im Schatten und weiter ging die Arbeit, als wäre so was alltäglich, und das war es ja auch.
Während die Deutschen ihre Kinder nach der Vermögenslage in die Welt setzten (meistens nach dem zwei-Kindersystem), machten die anderen ihre Kinder aus Spaß an der Freud und ein gnädiger Herrgott würde auch sie ernähren, ob nun zehn oder zwanzig da waren.
Es soll schon vorgekommen sein, daß so ein geplagter Familienvater nicht mehr alle Häupter seiner Lieben kannte.
Und als er mal wieder von der Arbeit heimkam, vielleicht war er auch ein bißchen angesäuselt, und eine ganze Horde dreckiger Kinder vor seiner Hütte stehen sah, sprach er zu seinem Weib: „Wollen wir die jetzt waschen – oder lieber neue machen?"
Dabei langte er nach ihrem Hintern ... und weiß der liebe Herrgott, wie die Geschichte ausgegangen ist.

Bis am Abend war das riesige Feld abgeerntet, in Garben gelegt und in Kreuzpyramiden zum Abfahren gerichtet.

Michael spürte es, von der vielen Bückerei war er müde geworden – aber der Tag hatte ihm ungemein gefallen.
Die Zigeuner sind sehr musikalisch und fehlen bei keiner sächsischen Hochzeit, und so singen sie auch im Feld bei der Arbeit. Und wenn da eine vorsang und die anderen sangen dazu im Chor die Antwort ... beeindruckte ihn das sehr.

Jede Rasse hat ihre Eigenheiten, und das war doch das Schöne, was ihn beeindruckte und was das Leben hier in Siebenbürgen für ihn so bunt machte.

„Wer kann alles auswägen und richten unter den Menschen, auf daß es gerecht sei," sagt der rumänische Pope und streicht seinen Bart „nur der da oben, und dessen Wege sind nicht unsere Wege und seine Weisheit währet dennoch in Ewigkeit, Amen."

Einmal in der Woche war Singstunde. Da trafen sich die musikalisch begabten Mädchen aus der Schwesternschaft mit den Knechten (so wurden die Burschen ab der Konfirmation genannt) aus der Burschenschaft zu einem gemischten Chor, und der hatte landauf, landab eine vorzügliche Qualität.
Meistens leitete ein Lehrer den Chor, und die Altmagd und der Altknecht hielten auf Ordnung.
Unentschuldigtes Fehlen wurde hart geahndet.
Sie hatte natürlich überwiegend ihre schönen Seiten.
Die Mädchen kamen mit den Burschen in Berührung, und was im Winter die Spinnstube ermöglichte, glich im Sommer die Singstunde aus.
Außerdem war man bei Ständchen, Geburten, Hochzeiten ein gern gesehener Gast und schlecht leben tat man da nirgends.
Die Leute schauten drauf, sich als Gastgeber gegenseitig zu übertreffen und Red' und Gegenrede gaben jedem Fest einen offiziellen und ehrsamen Charakter – wer wollte da zur Seite stehen?

Ein Lausbubenstreich!

„Michael, weißt du, wie die Liebe geht? fragte der Martin den Michael.
„Biologisch schon!"
„Was heißt biologisch, das mußt du dir einmal anhören!"
„Ja, wo kriegt man das zu hören?"
„Da müssen wir bloß auf den Birnenbaum hinaufkriechen vor Nachbars Haus; es darf uns natürlich kein Mensch sehen, sonst kriegen wir den Arsch voll.
Den Eltern sag' ich, daß wir mal in der Scheune im Heu schlafen möchten, dann sind wir außer Kontrolle.
Wenn dann die Sofie von der Singstunde kommt, begleitet sie ihr Freund, die sind einander versprochen und werden im Winter heiraten, weil's im Sommer bei uns keine Zeit dafür gibt, auch wird im Winter erst geschlachtet. Und weißt Du, bei so einer siebenbürgischen Hochzeit da geht was weg, da ist die halbe Ortschaft unterwegs, und drei bis vier Tage dauert sie auch.
Also die zwei dürfen etwas mehr als die anderen, wie soll man dazu sagen, ganz in's Bett dürfen sie natürlich nicht, aber so im Türle oder auf der Bank vorm Haus, wenn's überall dunkel ist."
„Ja, dann sehen wir doch nicht's" wirft der Michael ein.
„So ein bißchen schon und das Gestöhne mußt du dir mal anhören, da gehn dir die Schuhnägel runter."
„Da bin ich aber gespannt."
„Das kannst du ruhig sein, ob die das bei euch in Deutschland auch so machen, hier sagt man, bei euch sei alles besser . . .!"
„Das glaube ich nicht, mir gefällt's bei euch genau so gut, wie daheim, wenn ich nicht meine Mutter und meinen Vater hätte, würde ich hier bleiben."
„Das freut mich aber sehr, daß du so gut über uns denkst Michael, was willst du überhaupt einmal werden?"
„Arzt, das hat mir meine Oma schon ans Herz gelegt, und auf die habe ich immer sehr viel gehalten auch jetzt denke ich noch oft an sie, weißt du, die hat Heilkräuter gesammelt und war so gut zu den Kranken, und mir hat sie immer so schöne Geschichten erzählt und mich geherzt und gestreichelt, und das hat mich immer so warm berührt.
Deshalb möchte ich einmal so gut zu den Menschen sein und ihnen helfen, und das kann ich als Arzt am besten."
„Und was willst du mal werden Martin?"

„Ich weiß es noch nicht so genau. Vielleicht werde ich Bauer wie mein Vater!"
„Du hast doch einen älteren Bruder, der ist ja schon Bauer."
„Das macht nichts – egal wer den Hof kriegt, es gibt immer Hofstellen, wo es keine Buben gibt und da ist man als tüchtiger Schwiegersohn willkommen."
„Aber da gibt es sicher genügend andere Burschen, wenn ich dich so reden höre und deine Ansichten erfahre, machst du einen überdurchschnittlichen Eindruck auf mich und mein Onkel Fred aus Stuttgart, mit dem ja auch Dein Vater in Gefangenschaft war, sagt immer: Büble was mer ka und gelernt hat, an dem trägt man leicht, hock di auf deinen Hosenboda und lern ebbes."
Und da hat er recht. Der ist Rechtsanwalt und kann sich ein Auto leisten und in Urlaub fahren und wunderbar erzählen und überzeugend reden, der ist richtig gebildet. Mit dem war ich schon im Theater. Weischt, meine Eltern sind ja sehr liebe Leut, aber mit dem kommen die nie mit!"
„Aber ob mein Vater mir das Gymnasium zahlen kann?
1921 hat der rumänische Staat eine Bodenreform durchgeführt und allen, die mehr hatten, wurde entsprechend etwas weggenommen und dafür den meist weniger bemittelten Rumänen und Zigeunern gegeben.
Das hat zunächst unsere wirtschaftliche Basis geschwächt, sagt mein Vater, aber jetzt haben wir unsere Felder wieder zurückkaufen können, weil's die ja selber nicht bewirtschaften wollten oder konnten, die gehen lieber als Taglöhner. Aber ob's jetzt geht, sei dahingestellt. Weißt du, dann muß ich in die Stadt und ein Zimmer mieten und essen, selbst wenn ich von daheim auch etwas mitbekomme, so kostet es doch viel Geld, und ob das mein Vater aufbringt?"
„Versuchen mußt du das auf alle Fälle" sagt Michael.
„Mir tät es ja schon gefallen. Der Erwin, unser Pfarrersohn, und der Jon studieren auch in Schäßburg und das sind bei 1600 Seelen die einzigen in unserem Dorf."
„Kämpfe drum und ich werde dir helfen, vielleicht finde ich die richtigen Worte bei deinen Eltern. Vielleicht kommen wir mal abends drauf zu sprechen, wenn ich vom Onkel Fred erzähle und das interessiert ja deinen Vater auch so sehr, und wenn ich dann sag, wie gut es dem geht und daß er auch mich und meine Eltern überzeugt hat, daß es vorteilhaft ist, wenn sie mich studieren lassen; überhaupt, wenn man wie du das Zeug dazu hat, außerdem interessiert mich das alles sehr, was ich auf dem Gymnasium lerne.
Nun gut, Mathematik ist nicht gerade mein Fall – da muß man halt was übriges tun.

Mit dem Abitur hast du den Marschallstab im Tornister, sagt der Onkel Fred.
Das ist aber auch für euch hier in Siebenbürgen sehr wichtig, daß ihr studierte Leute habt, die was auf dem Kasten haben."
„Da hast du nicht unrecht" antwortet Martin, „bei uns sind die ersten Volksschulen schon um 1300 nachgewiesen. Und an den Universitäten des Abendlandes waren schon zu allen Zeiten Studenten aus Siebenbürgen inskribiert. Mein Onkel mütterlicherseits hat 1913/14 in Tübingen studiert.
Wir haben in unserer Geschichte schon ganz gute Leute vorne dran gehabt, sicher wird uns der Herr Vater am Samstag etwas davon erzählen."
Man konnte sie schon fast die „zwei Unzertrennlichen" nennen.
Michael und Martin palaverten im Garten, dabei war die Sonne schon am Untergehen und ihr Lausbubenstreich rückte immer näher.
So ganz geheuer war dem Michael die Sache nicht.
Immerhin war ihm hier Vorbildfunktion zugefallen, ohne daß er etwas dafür konnte.
Alles, was von der alten Heimat – aus Deutschland kam, erfuhr hier eine fast unmenschliche Vergötterung.
Hier liebte man Goethe und Schiller mehr als in Deutschland. Hier sang man Schubertlieder am Abend auf der Straße.
Die Adjuvanten spielten aus dem Freischütz und in der Kirche erklang: Eine feste Burg ist unser Gott. Zu Weihnachten wurden in allen Orten deutsche Theaterstücke aufgeführt und Martins Vater bezog die landwirtschaftlichen Monatsblätter direkt aus Deutschland, um mit den neuesten Züchtungen, Anbaumethoden und Düngergaben bekannt zu sein.
Diese Deutschlandgläubigkeit barg natürlich eine große Gefahr: Die würden dem größten Hasardeur auch Glauben schenken, wenn er nur aus Deutschland war.
Und Michael dachte unwillkürlich an Zuhause, an Hitler, von dem der Onkel Fred keine gute Meinung hatte und an die S.A. und die NSDAP.
Gelegentlich wurde Michael sogar darauf angesprochen. „Bei Euch in Deutschland soll es ja wieder aufwärts gehen. Der Hitler legt ja mächtig zu bei den Wahlen und verspricht dem Volk die deutsche Ehre wiederherzustellen und vor allem die Schmach von Versailles zu tilgen."
Was sollte Michael dazu sagen, erstens verstand er noch nichts von Politik und zweitens wollte er die Hoffnungen dieser Menschen nicht enttäuschen.

Ein starkes Deutschland war für sie von Vorteil, nicht nur wirtschaftlich, sondern vor allen Dingen kulturell.
Ihre Ziele waren bei der rumänischen Regierung so leichter durchzusetzen – wer wollte das nicht begreifen.
Im Ort gab es damals schon drei bis vier Radios, und da schlupften sie oft in die Lautsprecher, um ja von Deutschland etwas zu erfahren.
Michael und Martin hatten ihren Standort vom Garten auf die Bank vor dem Haus verlegt.
Vor fast jedem Haus war eine Bank und davor standen zwei bis drei Bäume.
So war immer ein Schatten vor dem Haus, in dem sich herrlich plaudern ließ.
Nachmittags die Alten, abends die Jungen und noch später die Pärchen, wenn es dann noch später wurde und man war sozusagen versprochen, schlupfte man in das gemauerte Haustürchen, hier hatte man etwas mehr Deckung.
Im Hof zu verschwinden wäre zu weit gegangen.
Das Haustürchen war noch neutral und Nachbars Bank und Haustürchen waren nun bald der Ort der Handlung.
Martin, der schon oft den Baum erklommen hatte, wies den Michael ein und von welchem Ast man die beste Übersicht hatte und vor allem am längsten aushalten konnte beim Sitzen.
Es war bereits dämmerig geworden. Die Singstunde war aus.
Die Mädchen und Burschen traten von der Schule vor das Burgtor um noch Gute-Nacht-Lieder zu singen.
Das war der Zeitpunkt, unbemerkt den Posten auf dem Baum zu beziehen.
Alles schaute zur Burg und kein Mensch würde sie beim Hinaufklettern beobachten.
Martin machte es dem Michael vor und bald waren beide droben.
Ein herrliches Gefühl, der Erde entrückt in so einem Baum zu sitzen. Unten liefen die Leute vorbei und keiner ahnte, daß er von oben beschaut und belauscht werden konnte.
Bald kamen die ersten Sänger vorbei. Ihr harmloses Gerede, ihr gegenseitiges Necken hörte sich an wie die Vorstrophen im Balzlied des Auerhahn's.
Auch die keckern zunächst zusammenhangloses Zeug, bis sie sich dann einsingen und zur Sache schreiten.
Nachbar's Sofie mit ihrem Georg blieben langsam hinter den anderen zurück – man rief sich noch was zu, dann waren die zwei allein unter ihrem Baum. So dachten sie wenigstens. Die da oben aber spitzten die Ohren.

Die zwei unterhielten sich über die Probe, dann wer mit wem geliebäugelt hatte und ob da und dort was am anbandeln war.
Dabei rückte Georg immer näher an die Sofie und flüsterte ihr ins Ohr: „Wie froh bin ich, daß wir zwei uns einig sind – eine bessere hätt ich eh nie finden können als dich!"
„Du Schmeichler", erwiderte sie. Dabei belohnte sie seine Rede mit einem Kuß.
Georg küßte ihr das Ohrläppchen und dann bedeckte er alle ihre neckischen Stellen mit Küssen.
Soviel Zärtlichkeit hatten die zwei im Baum diesem Tolpatsch nie zugetraut.
Aber Georg ging noch weiter – seine Küsse hatten die Sofie so stimuliert, daß sie sich nun innig umschlungen immer weiter küßten.
Martin flüstert dem Michael ganz fachmännisch zu: „Das ist jetzt der Zungenkuß." Aber es kam noch besser: Die rechte Hand hatte der Georg um die Sofie gelegt und mit der linken streichelte er ihren Busen – zunächst nur übers Dirndl, dann lockerte er den Bändel, mit dem das Hemd im Brustbereich gehalten wurde.
„Oh laß das Georg, oh, oh laß das," flüsterte sie ihm heiß ins Ohr. Dann atmete sie ganz schwer und tief.
Schneeweiß drängten sich ihre Brüste aus dem linnenen Hemd und Michael mußte anerkennend feststellen, die Sofie hatte schon wesentlich mehr zu bieten, als das Zigeunermädchen von da neulich.
Georg bedeckte ihre Knospen mit lauter Küssen und das erhöhte bei der Sofie das Stöhnen und Seufzen.
Michael mußte sich an einem Ast festhalten, sonst wäre er womöglich noch vom Baum geflogen. Er erinnerte sich an seinen Lehrer in Latein, der ihnen die Tantalusqualen erläutert hatte.
Das hier war so was ähnliches. Sein Glied hatte sich so versteift, daß er kaum mehr auf dem Ast sitzen konnte, aber es gab kein Entrinnen mehr – es sei denn, er wäre in den Gipfel ausgewichen – aber was sollte er im Gipfel?
Wo doch der Georg die Sache voll im Griff hatte. Mit der rechten Hand preßte er die Sofie fest an sich. Mit den Lippen umwarb er die empordrängenden Brüste und mit der linken Hand streichelte er jetzt der Sofie ihre Zehen und ihre schlanken Fesseln.
Dann fuhr er ihr sachte an den Waden hoch, dabei rutschte das Dirndl immer höher und höher, jetzt lagen bereits ihre Knie frei und ihre schneeweißen Schenkel erhellten das Dunkel der Nacht.
Für drei Augenpaare erhöhte sich von Sekunde zu Sekunde die Spannung.
Sofie hatte die Augen geschlossen und stöhnte dem Paradiese zu.
Etwas wie eine elektrische Ladung lag über dem Ganzen und man

meinte das Knistern der Drähte gleich lustvollem Verlangen zu spüren — auf einmal fuhren wie ein Blitzschlag zwei Katzen unterm Hoftor hervor, krallten sich auf den Baum unter fürchterlichem Schreien, Blasen und Zischen.
Auf der Bank lag die Sofie schon halb entkleidet.
Plötzlich flog der Kater im hohen Bogen aus dem Baum direkt auf das Liebespaar.
Dem Martin war er über den Schuh gesprungen und aus einer Reflexbewegung heraus hatte er ihm einen Schucker gegeben.
Was jetzt auf der Liebesbank losging, war unbeschreiblich.
Dem Georg hatte er den Hut vom Kopfe mitgenommen, der Sofie über die angeschwollenen Brüste hinweggefegt.
Das ergab eine unwahrscheinlich hektische Situation.
Die Liebesleute fuhren auseinander, als seien sie von der Tarantel gestochen worden.
Die Sofie konnte nur mit Mühe ihre Sachen unterbringen und war mit einem Satz im Haustürchen.
Gerade konnte Georg sie noch einholen, sonst wäre sie ihm vielleicht für immer ent- schwunden.
Er half ihr noch die Garderobe zu richten und einen geordneten Rückzug anzutreten.
Sein Phallus war sowieso in sich zusammengefallen und den Rest des Abends für nichts mehr zu gebrauchen.
Als Georg bereits ein paar Meter auf dem Heimweg war, miaute Martin ganz vorsichtig aus dem Baum.
Da blieb er plötzlich wie gebannt stehen, sah zum Baum herauf und murmelte in sich hinein: „Ich sollt' grad nach einem Stein suchen und dir elendes Mistvieh von einer Katz den Baum hinunter helfen."
Die zwei auf dem Baum mußten sich an den Ästen festhalten und auf die Zähne beißen, um nicht lauthals hinauszulachen.
Nachdem alles ruhig war, schlichen sie sich über den Hof in die Scheune, ließen das Ganze nochmal Revue passieren und lachten sich den Bauch voll — bis sie in das herrlich duftende Heu hineinsanken . . .
Mutter hatte ihnen zwei Kissen und ein paar Decken hinaufgelegt. Das brauchten sie alles nicht.
Das Heu strahlte eine so angenehme Wärme aus, als würde es die eingefangenen Sonnenstrahlen eines herrlichen Sommertages wieder von sich geben.
Michael dachte noch im Einschlafen an die vielen Kräuter, in die sie sich da hineingebettet hatten.
Wie Balsam entspannten sich ihre jugendlichen Leiber und ließen sie gleich in ein unbeschreibliches Traumland versinken, aus dem sie erst

wieder erwachten, als der helle Tag durch die Ritzen der Dachziegel hereinblitzte.
Noch ganz benommen vom Duft dieser einmaligen Nacht gingen sie zum Wassertrog auf dem Hof und erfrischten sich ausgiebig, gleichzeitig versprachen sie sich durch Zeichen, keine Silbe von den erlebten Halluzinationen der vergangenen Nacht preiszugeben.
Als die Katzen ihnen um die Füße strichen und ihren Anteil am Frühstück erbettelten, war es jedoch aus mit ihrer Fassung.
Lauthals lachten sie heraus und die Eltern schüttelten nur verständnislos die Köpfe über ihr Gehabe.

Der „Zugang"

Michael und Martin waren im Garten und spekulierten nach reifem Obst.
Da sahen sie den Erwin, wahrscheinlich ging er mit den gleichen Absichten umher.
Man traf sich am Zaun und Michael kam auf die Burgspiele von neulich zu sprechen: „Mich hat das ungeheuer beeindruckt, das alte Gemäuer der Ringmauer mit den urtümlichen Hallen, die Schießscharten und die Belebung des Ganzen durch unseren Kampf und den Friedensschluß.
Es war echt „spitze," sagt man bei uns.
Was mich aber am meisten beeindruckt hat, waren die Statuten, die du originalgetreu aus der Kumanen- und Petschenegenzeit vorgelesen hast.
So was hört man höchst selten, ist das bei euch alles noch aufbewahrt?"
„Wenn dich das interessiert, lieber Michael, da bist du bei uns in eine wahre Fundgrube gefallen.
Aus solchen Statuten haben sich im Laufe von vielen Jahrhunderten ungeschriebene Gesetze herausgebildet: Das Brauchtum hat oft einen höheren Wert als jedes Staatsgesetz, und damit du gleich eine Ahnung davon kriegst, gehst du am Freitag mit mir zum Zugang der Bruderschaft.
Vorher muß ich dir das alles erklären.
Hüpf über den Zaun, da hinten haben wir eine Laube mit Tisch und Bank und da können wir uns in Ruhe darüber unterhalten.
Jeder ehrliche konfirmierte junge Mann wird in die Bruderschaft aufgenommen. Das Mädchen in die Schwesternschaft.

Sie stehen unter selbstgewählten Beamten und unter eigener Satzung. Der Pfarrer ist die oberste Instanz, außerdem hat er einen Knecht und Mägdevater zur Seite.
Diese sind quasi auch eine Art Appellationsinstitution, falls sich ein Bruder ungerecht getadelt oder bestraft fühlt.
Denn über ihm sitzen der gewählte Altknecht, sein Stellvertreter, der Jungaltknecht, der Wortmann und die Irtenknechte, zuständig für Veranstaltungen.
Mancherorts gibt es sogar noch gewählte Aufsichter.
Sie führen ein strenges Regiment und überwachen das Betragen ihrer Mitbrüder.
Z.B. gibt es von Martini bis Lichtmeß die Rockenstuben.
Hier treffen sich die unverheirateten Mädchen zum Spinnen und zu Handarbeiten.
Die Burschen gesellen sich dazu.
Es wird auf ordentliches Betragen großer Wert gelegt.
Hier hat der Jüngere dem Älteren den Platz anzubieten. Tut er das nicht, wird er notiert. Auch das allgemeine Betragen und Benehmen wird hier beobachtet und bewertet.
Wird einer beim Tanzen angeklatscht und gibt er das Mädchen nicht frei, wird er vorgemerkt.
Die Liste läßt sich beliebig fortsetzen: fehlt einer beim Frühgottesdienst oder lacht einer oder unterhält sich mit dem Nachbarn während der Predigt, oder hat er ein Trachtenstück verkehrt an, oder er fehlt bei einer Beerdigung, oder er schwängerte gar ein Mädchen und heiratet sie nicht, wird er sogar aus der Bruderschaft ausgeschlossen, darf keine Tracht mehr tragen und bei keinem Tanz mehr zugegen sein. Er ist damit gesellschaftlich verstoßen.
All diese strengen Strafen haben nur den einen Zweck, dem jungen Menschen einen Rahmen vorzugeben, der ein ordentliches Zusammenleben in der Gemeinschaft bewirken soll.
Es geht nicht an, daß bei Menschen, die so sehr aufeinander angewiesen sind, Händel und Streitigkeiten bestehen oder gar überhand nehmen – es wäre das Ende.
Beim Zugang begrüßt der Altknecht seine Mitbrüder nach einer feststehenden Rede: Dem Wortmachen.
Abgewandelt für den jeweiligen Zweck und etwas abgewandelt von Dorf zu Dorf, aber auch abgewandelt von Sprecher zu Sprecher, verkörpert das Wortmachen überlieferte Redewendungen, die von Generation zu Generation weitergegeben werden und eine ungeheure geschichtliche und emotionale Aussage darstellen.
Mir geht ein Schauer über den Rücken, wenn Jahrhunderte aufleben und zu uns sprechen."

„Da liegen wir ja auf der gleichen Wellenlänge“ unterbricht Michael den Erwin.
„Da bin ich aber gespannt“.
„Das kannst du ruhig sein – der Martin hat da allerdings keinen Zutritt. In so eine Bruderschaft muß man erst aufgenommen werden – und das ist nur möglich nach der Konfirmation.“
„Ich bin froh, daß ich dort noch nicht dabei bin,“ antwortet der Martin, „da muß man ja seine Untaten selber bekennen“ und zwinkert dabei dem Michael zu.
„Also es bleibt dabei,“ sagt der Erwin zum Michael. „Vorsichtshalber werde ich beim Altknecht um Genehmigung bitten, da du aber das Alter hast, wird er hoffentlich nichts dagegen einzuwenden haben.“
Als sie sich verabschiedet haben und Michael und Martin wieder in ihrem Garten sind, sagt der Martin: „Da würden wir ja eine schwere Strafe aufgebrummt kriegen. Wenn der Georg das wüßte, tät er uns glatt anzeigen. Also ja nichts rauslassen.“
„Mir war's gleich nicht wohl bei der Geschichte,“ erwiderte Michael kleinlaut.
„Aber lustig war's dennoch, ich biege mich heut' noch vor Lachen, wenn ich an den Busen-Kater von der Sofie denke, vielleicht hat sie sogar ein paar Liebesrunen von ihm abbekommen – da kommt der Georg so leicht nicht mehr dran,“ pfeift er altklug durch die Zähne . . .
Darüber muß nun Michael wieder Lachen, dieser Martin hat es faustdick hinter den Ohren.

Der Freitag ist da. Die allermeisten Sachsen nehmen es mit dem Glauben ernst und essen an diesem Tag fleischlos.
Heuer soll es die ersten Zwetschgenknödel zum Mittagessen geben. Da Michael schon auf dem Zug etwas darüber gehört hat, ist er sehr gespannt, wie die wohl schmecken.
„Martin und Michael,“ schreit die Mutter, „kommet her und holt mit dem Korb ein paar Zwetschgen aus dem Garten, achtet drauf, daß sie reif und gesund sind, heute gibt es Zwetschgenknödel.“
„Juchhe,“ ruft da der Martin „das gibt ein Wettessen – wer die meisten schafft ist Zwetschgenkönig.“
„Wieviel muß man da essen?“ fragt der Michael.
„Soviel in deinen Bauch hineinpassen,“ antwortet der Martin.
„Da muß ich mir das Rezept merken – bei uns gibt es ja auch Zwetschgen, die kommen meistens von Bühl in Baden, vielleicht kann die meine Mutter ebenfalls kochen . . .“

„Jetzt wart einmal ab, wie sie dir schmecken – im übrigen können wir ja beim Kochen zugucken, das ist sowieso besser als jedes Rezept“ doziert der Martin.
Im Nu ist der Zwetschgenkorb gefüllt.
„Gell, wenn es nach eurem Gusto geht, läuft euch die Arbeit von der Hand,“ lacht Mutter Kammerer zu „ihren“ Buben hin, und die verstehen ihre Mutter -s’ ist halt wie überall mit den Buben und ihre Mütterla.
„So, jetzt holt vom Keller etliche Kartoffel, wascht sie schnell und setzt einen Topf voll auf’s Feuer zum Kochen.
Dann holt etwas Holz vom Schuppen und macht es klein, da kann man die Hitze besser regulieren.“
Beim Kartoffelschälen dürfen die Buben naschen – so eine heiße Kartoffel mit Butter und Salz . . . wem läuft da nicht das Wasser im Mund zusammen?
Mutter Kammerer reibt derweil die heißen Kartoffel auf ein Nudelbrett, läßt sie auskühlen und gibt ungefähr die Hälfte Mehl dazu, Schmalz, ein bis zwei Eier und etwas Salz ergeben einen Teig, aus dem man eine Wurst formt. Von dieser schneidet man dünne Scheiben, die etwas ausgeformt werden. Und in diesen Teig wird die Zwetschge hineingelegt und mit ihm gut umhüllt. Nun wird der Knödel in kochendes Salzwasser gegeben und aufgekocht, dann wird er in einer Pfanne mit gerösteten Semmelbröseln solang gewendet, bis er überall damit gut bedeckt ist. Mit Zimt und Zucker, fein verrührt, wird er eingestäubt und fertig ist die Leibspeise.
Das gleiche läßt sich auch mit einem mürben Teig machen.
Um acht Mäuler mit Zwetschgenknödel satt zu kriegen, ist schon eine gehörige Portion herzurichten, zumal die Buben ein Wettessen vorhaben.
Nun, beim fünften Knödel werden sie schon langsamer und beim sechsten und siebten sind sie gestopft wie Weihnachtsgänse.
Begeistert waren alle und für nächste Woche erbaten sie sich von Mutter Kammerer Zwetschgenknödel aus mürbem Teig.
Es gab noch viele Spezialitäten im Siebenbürgerland, die durchzuprobieren waren.
Neben der Wiener Küche gab es Gerichte mit rumänischer, ungarischer, ja sogar russischer und türkischer Färbung.
Das Hähnchen-Paprikasch kam aus der ungarischen Küche.
Typisch deutsche Gerichte waren das Sauerkraut mit Schweine- und Schaffleisch gekocht.
Der Schweinebraten mit der guten siebenbürgischen Bratwurst, dazu gab es Sauerkraut frisch vom Faß, eine Vitaminquelle für den ganzen Winter, und süßsaure Zwetschgen.

Michael hatte sich prächtig eingelebt und all das, was Siebenbürgen ausmacht, würde ihm noch vielen Spaß machen.
Doch jetzt mußte er sich auch etwas waschen und zum „Zugang“ richten.
Die Bauernburschen zogen ihre Tracht an und als offizielles Zeichen, daß was Wichtiges zu tun war, trugen die beamteten Burschen ihren Kirchenpelz.
Heute Abend war „Zugang“ und das war Volksgericht, Versöhnung, und durch das Abendmahl Vergebung.
Eines kam heute noch hinzu, die Aufnahme der Konfirmierten in die Bruderschaft.
Irgendwie spürte Michael die Bedeutung, die Größe und den feierlichen Rahmen, der so einer Versammlung innewohnte.
An der Stirnseite des Saales saßen die gewählten Würdenträger im Kirchenpelz.
Äußeres Zeichen nicht nur von Würde sondern auch Macht, die sie im Namen der Versammlung, im Namen des Pfarrers und im Namen des ganzen Kirchenvolkes hier ausübten.
An der rechten Stirnseite des Saales saßen der Pfarrer und der Knechtvater als Aufsichtspersonen (der Knechtvater ist Mitglied des Presbyteriums und speziell für Bruderschaftsfragen dem Pfarrer und der Gemeinde verantwortlich).
Nachdem sich die Bruderschaft vollzählig versammelt hatte, machte der Altknecht sein „Wort“:
„Ehrwürdiger Herr Vater, verehrter Knechtvater, liebe Mitbrüder:
Schuldig sind wir zu allererst unserem lieben Gott zu danken, der uns erhalten hat bis zu der lieben gegenwärtigen Zeit.
Schuldig zu danken sind wir unserem ehrwürdigen Herrn Vater, als unseren Seelsorger, der uns die Genehmigung zu unserem Zugang und die Teilnahme am Abendmahl gestattet.
So wissen wir auch von Sitten und Gebräuchen, die da gehalten werden zur Ehre unserer Christengemeinde.
Um sie nicht auszulaugen, wollen wir um einen ehrlichen Richttag bitten, damit, wenn wir zum Tisch des Herrn schreiten, nichts mehr Trennendes zwischen uns sei.
Das Abendmahl ist ein Bruderschaftsmahl und wehe es tritt einer im Zwist oder mit unreinem Gewissen vor unseren allerhöchsten Gott und Vater, er könnte seinen Zorn über sich und unsere Gemeinschaft bringen und uns ins Verderben führen.
Es ist darum gebeten und auch gestattet worden, unserer Ursachen halber, unsere Schuld zu bekennen.
Wer es freiwillig tut, dem wird die Hälfte der Strafe erlassen, wird er

angezeigt oder ein Amtsknecht hat sich Nachteiliges über ihn notiert, trifft ihn die harte Strafe unserer Satzung.
Es wird außerdem jeder Bruder aufgerufen, wenn er vom andern eine Straftat weiß, sie hier anzuzeigen.
Nun trete vor, der sich einer Übertretung schuldig fühlt oder mit einem Bruder uneins ist.
Erinnern möchte ich, bevor wir weiterfahren, an unsere ungeschriebenen Gesetze:
Erstens: Fremdsprachen sollen verboten sein.
Zweitens: Ungebührlich darf sich keiner stellen.
Drittens: Ohne unser Wissen und Wollen darf sich niemand vom Richttag entfernen.
Ich bitte jetzt unseren Gast, dabei schaut der Altknecht den Michael an, mit den nicht angeklagten Brüdern den Saal zu verlassen bis daß ihr wieder hereingerufen werdet."
In dieser Zeit stellen sich die freiwillig vorgetretenen beim Jungaltknecht vor und beichten ihr Vergehen.
Es werden nun die einzelnen Vergehen behandelt und Recht gesprochen.
Zwischen streitenden Parteien muß ein Ausgleich gefunden werden, sonst werden sie vom Abendmahl ausgeschlossen.
Das bedeutet gleichzeitig den Ausschluß von jeder Zusammenkunft der Jugend, sei es beim Tanzen, Gesang, Kränzchen oder der Rokkenstube und Spinnstube.
„Seid ihr geschickt zur Versöhnung?" fragt der Altknecht die Streitenden. Wenn sie bejahen, sagt der Altknecht: „So wie uns der Herr seinen Frieden gelehrt hat und wie es allein ein Zusammen-leben geben kann, so trete jetzt der Jüngere zum Älteren, der Starke zum Schwächeren und der Klügere zum Uneinsichtigen und bitte um Verzeihung."
Michael, der inzwischen auch wieder in den Saal gebeten worden war, befolgte mit den anderen die Weisung des Altknechtes, dabei stand er plötzlich vor dem Georg, dem er und Martin nicht ganz einwandfrei begegnet waren und es kam dem Michael zum erstenmal aus tiefem Herzen, als er die Worte sprach: „Ich bitte dich Bruder um Verzeihung, wenn ich mit etwas bewußt oder unbewußt gefehlt, dir unrecht getan habe, oder dich beleidigt haben sollte."
Nachdem dieses geschehen war, trat der Altknecht vor und bat für sich und seine Amtsknechte um Verzeihung: „Ihr lieben Brüder, sowohl älteste wie jüngste, verzeiht und haltet uns zugute, falls wir mit etwas gefehlt und mit Worten und Werken euch ungerecht behandelt haben sollten."

Es hatte keiner einen Einwand, und so antwortete die Versammlung „ihr habt nicht gesündigt."
Sodann wurde die Aufnahme der Jungen in die Bruderschaft vollzogen.
Angeführt vom Jungaltknecht und Wortmann betraten nun die Jungknechte den Raum.
Es sprach der Jungaltknecht sein Wort:
„Ehrwürdiger Herr Vater, verehrter Knechtvater, liebe Amtsknechte und liebe Mitbrüder!
Wie wir wissen, hat der vorangegangene Richttag im Frieden des Herrn stattgefunden zur Ehre unserer Bruderschaft und zur Ehre eines jeden Bruders. Nun wünschen diese konfirmierten Jungknechte, nach christlichen Sitten und Gebräuchen, in unsere Bruderschaft aufgenommen zu werden.
Sie stammen alle aus christlichem Elternhause, sind an einer christlichen Schule erzogen worden und haben sich nichts Unehrenhaftes zuschulden kommen lassen."
Darauf antwortete der Altknecht: „Eurem Antrag sei stattgegeben, sofern ihr euch verpflichtet, Bruderschaftsgerechtigkeit zu halten und jeden guten Bruder zu ehren und zu achten."
Darauf trat der älteste Jungknecht vor und sprach folgendes Wort: „Liebe Brüder, wir danken euch für die feierliche Aufnahme in eure Reihen, wir versprechen die Satzung zu achten, jeden Bruder zu ehren und jedermann ein guter Bruder zu sein."
Anschließend ergriff nochmal der Altknecht das Wort:
„Liebe Brüder! Der Richttag und die Aufnahme der Jungbrüder sind vollzogen. Sollte sich einer ungerecht behandelt fühlen, was nicht unsere Absicht war, darf er beim ehrwürdigen Herrn Vater oder beim Herrn Knechtvater Beschwerde führen.
Sollte das nicht der Fall sein, bleibt das, was hier gesprochen wurde, unter uns und wird nicht auf die Gasse getragen. Haltet die Gebote und verhaltet euch so, wie es guten Brüdern zukommt – nicht daß Verweis vorkommt. Gebt jedem die Ehre.
Die Ehre gehört nicht dem, dem man sie gibt, sie gehört dem, der sie gibt.
Für dieses Mal haben wir nichts mehr, ihr könnt gehen!"
Sowas hatte der Michael noch nie gehört und gesehen.
Er war so beeindruckt, daß er vor lauter innerer Ergriffenheit wie ein Schlafwandler heimwärts lief.
An der Ringmauer wartete bereits der Martin „Na, wie wars?"
„Unwahrscheinlich, wie mich die vorgegebene Rede, betroffen gemacht hat. Diese Redewendungen haben etwas ungeheuer Feierli-

ches an sich. Jetzt verstehe ich auch, daß eure Bräuche wie Gesetze sind, die einzuhalten jeder sich verpflichtet fühlt."
Mittlerweile kam auch der Erwin mit einer sehr schönen Maid daher.

„Das ist der Michael aus Stuttgart und das ist die Schneider Mariechen.
Die haben heute Abend eine Parallelveranstaltung gehabt. Das Wort ist abgewandelt dem Sinne nach das gleiche, wie du es heute bei der Bruderschaft gehört hast."
„Freut mich, da möchte ich gerne noch mehr davon hören," antwortete Michael.
„Das ist kein Problem" lachte ihn Mariechen an. Sie mochte so um die zwanzig sein, war schlank und rank, hatte so schöne blaue Augen und eine Haut so frisch und so zart, daß Michael vor diesem Bauernmädchen die Augen niederschlagen mußte, so schön war sie.
In seinem Gehirn stiegen unwillkürlich Vergleiche auf mit daheim, und so mußte er diesen Menschen hier trotz ihrem schweren Bauernstand, den sie lebten, unwahrscheinlich viel Farbigkeit der Sprache und eine Lebensart zuerkennen, die ihn ansprach.
Nicht nur die Tracht, auch die neckisch geführten Reden und ihr Gesang beeindruckte ihn sehr.
Als eine genügende Anzahl Mägde und Knechte beieinander waren, stimmte die Mariechen ein Lied nach dem andern an und es klang wie es vor tausend Jahren irgendwo am Rhein, an der Donau, am Main oder am Neckar geklungen haben mag.
Michael fühlte sich, so weit von Deutschland entfernt, wie daheim. Sie saßen unter den duftenden Linden an der Ringmauer, umschlungen und auch Hand in Hand ...
Unwahrscheinlich schön diese Synthese zwischen dem bröckelnden Stein der Ringmauer und dem überschäumenden Blut, das sich in diesen jungen Menschen manifestierte.
Die lange Vergangenheit, die Gegenwart und Zukunft verbanden sich hier in Wärme und Geborgenheit.
Michael strich mit seiner Hand über die Steine der Ringmauer und es war ihm, als berühre er Jahrhunderte.
Er begann mit offenen Augen zu träumen. Gesang und Pausen und die ganze Unterhaltung wurden von den Fröschen im Hochmoor begleitet und unterlegt.
Oh wundersame herrliche Gotteswelt, hier möchte ich mein Leben lang verträumen. Dann stimmten sie das Lied vom „Hontertstroich" an und seine Gedanken gingen zum Distelhof, auf die Schwäbische Alb, zu seiner Oma, und plötzlich wußte er warum es ihm hier so gut gefiel. Es war die bäuerliche Art dieser Menschen, die ja auf der

Schwäbischen Alb so ähnlich war, und die auch ein Lied sangen, wenn ihnen das Herz am Überlaufen war.

Die vielen Eindrücke und Gedanken, die Michael bewegten, hatten ihn ganz still werden lassen. Voll Andacht und mit ein bißchen Wehmut hörte er die letzte Strophe vom Holderstrauch: Beim Holderstrauch, beim Holderstrauch da säzt en traurich Med (Maid), der Vigel schweigt, der Hontertstroich der hot scho lang verbläht!
Unwillkürlich entglitt ihm ein Seufzer – auch für ihn war er verblüht am stillen Distelberg.
Er hatte sich zwar in Stuttgart zurecht gefunden, aber wer die Schwäbische Alb erfahren, den läßt sie nicht mehr los . . .
Sicher gab es hier in Siebenbürgen die herrlichen Einzelhöfe, nicht in dem Maß wie auf der Schwäbischen Alb, das war ja auch verständlich, hier mußten sich die Menschen zusammenscharen und eine Burg bauen, wenn sie den ständigen Überfällen zum Trotz überleben wollten, daher auch diese gesellschaftliche Durchgliederung aller Bereiche wie Bruder- und Schwesternschaft, die Nachbarschaft und die Zünfte in den Städten.
Es war einer auf den anderen angewiesen und keinen ließ man allein, weil man ihn dringend brauchte.
Michael war durch seine ruhige Art den meisten aufgefallen, und da er mit Martin etwas am Rande der Bank saß, wurde er kurzerhand von der Schneider-Mariechen aufgefordert, zwischen zwei Mägde zu sitzen.
Nun, widersprechen konnte er ja nicht, andererseits folgte er gerne ihrer Anweisung.
Die Mädchen waren in ihrer Tracht sehr ansprechend gekleidet und hatten fast ohne Unterschied eine schlanke und ranke Figur.
Nun spürte er zum ersten Mal ihre körperliche Nähe und während die rechts von ihm Sitzende nicht so zu ihm drängte, nahm er die linke aus den Augenwinkeln ins Visier.
Sie hatte hellblonde Zöpfe, ein schmales, feines Gesicht, hatte etwas ausgeprägte Augenbrauen, darunter zwei wundersame Augen – älter als er war sie schon um einiges – aber unwahrscheinlich anziehend.
Da die Unterhaltung immer lustiger und viel im sächsischen Dialekt gesprochen wurde, brauchte der Michael eine Dolmetscherin.
Lehnchen schien wie geschaffen dazu.
Sie hatte scheint's keinen festen Freund, was in ihrem Alter auffällig schien.
Nachdem sie das Lied vom „Kli Wäld-Vijeltchen“ gesungen hatten, wollte Michael den Text ins Hochdeutsche übersetzt haben: „Ist

doch ganz einfach," sagte Lehnchen: „Kli, heißt klein, Wäld, heißt Wald und Vijeltchen – Vögelein."
„Und wie war das mit der zweiten Strophe?" wollte der Michael wissen „Sanj ta mer mi, sang ta mer mi" zwitscherte s'Lehnchen. „Sing du mir mehr" und Michael fiel ein : „Sing du mir mehr, du kleines, wildes Vögelein" und plötzlich lachten sich die zwei an und das mit der Übersetzung klappte vorzüglich.
Zurückhaltung und Scheu waren wie verflogen.
Michael zitierte weiter: „Ich will um deine Federlein, dir Gold und Seide winden . . ." Da schaute sie ihm tief in die Augen, als wollte sie sagen: ich trau dir nicht, du junger Hüpfer und sie erwiderte „Das Lied hat auch eine dritte Strophe: 'Halt ta dei Guld, halt ta dei Segd' na? . . . na? . . . was könnte das heißen?"
„Das habe ich beim besten Willen nicht verstanden" konterte der Michael etwas schlitzohrig – aber er war erkannt.
Man merkte dem Lehnchen an, daß sie schon etwas Erfahrung mit den Burschen hatte – und sie entgegnete mit der dritten Strophe in hochdeutsch: „Behalt dein Gold, behalt dein Seid, ich will dir nimmer singen. Ich bin ein klein wild Vögelein und niemand kann mich zwingen."
Dabei schmiegt sich ihr Körper an Michaels Seite, daß ihn völlig neue Gefühle überkamen.
So nah hatte Michael noch keine fremde Frau gespürt, aber es kamen immer noch mehr Knechte und Mägde zusammen und so hieß es zusammenrücken, und in dieser gemischten Form war ja das allein schon ein Vergnügen.
Michael fühlte ihre schlanken Schenkel an den seinen und jede Bewegung stimulierte ihn in unvorstellbarer Weise.
Wenn sie ihren Oberkörper ihm zuwandte, um seine Fragen besser beantworten zu können, fühlte er ihre schmale Taille und ihre Brust unter dem linnenen Hemd.
Gottseidank war es Nacht und niemand erfuhr, wie ihm das Blut zu Kopfe jagte, wenn auch die Lehnchen sicher etwas davon mitbekam . . .
Das waren Erfahrungen, die jeder angehende Mann gerne macht, und da sie bereits älter war, schien es ihr bewußt.
Nach zehn Uhr verabschiedeten sich die schon Versprochenen und die, die fest miteinander gingen.
Die Jüngeren begleiteteten sich gassenweise nach Hause.
Ruhe legte sich über das Dorf, nur das Froschkonzert, hie und da ein Hund oder ein anderes Tier ließen sich noch vernehmen.
In den „Türchen" war sicher noch Leben, aber Michael war der

Naseweis gründlich vergangen. Er wollte sich hier einfügen und an die Ordnung dieser guten Menschen halten.
Noch lange dachte er auf seinem Strohsack über den „Zugang“, über das „Wort Machen“, an die schlanke Taille und das linnene Hemd des Lehnchen und was sich zart darunter verborgen, an mehr wagte er nicht zu denken, die Berührung allein . . . hatte ihn ja restlos aus der Fassung gebracht.
Doch auch über seinem Bett schwebte zum Schluß die Königin der Nacht und ließ sein junges Herz wieder friedlich werden und ins siebenbürger Traumland mit seinen trotzigen Kirchenburgen, den hübschen Mädchen mit ihren schönen Liedern, entschwinden.

Der Gral!

Ihm widerfährt nach uralten Sagen eine vielfältige Deutung.
Doch jede zielt auf das Höchste, was ein Mensch begreifen kann, und seine ewige Sehnsucht darstellt: Irdische und himmlische Glückseligkeit.
Gral heißt in altfranzösisch: die Schüssel.
Aus wertvollem Jaspis soll sie die Abendmahlsschüssel Christi gewesen sein. In ihr soll Josef von Arimathia bei der Grablege Christi Blut aufgefangen haben.
Ohne Zweifel ist der Gral damit für alle Suchenden und Gläubigen ein Charisma. Es gibt für sie nichts Erhabeneres auf dieser Welt als das Abendmahl und das Blut Christi – das er für die Sünden dieser Welt hingegeben hat.
Und wenn er sagt: Tut dies zu meinem Gedächtnis, meint er sicher auch, folgt meinem Beispiel: vergebt euren Feinden, geht in der Liebe soweit, euch für euren Nächsten aufzuopfern. Wenn das alle täten – welch eine Glückseligkeit wäre heute schon auf dieser Erde . . .
Bei all diesen hochgeistigen Betrachtungen wollen wir nicht aus den Augen verlieren, was Gott zu uns Menschen gesagt hat: „Verflucht sei dein Acker um deinetwillen. Im Schweiße deines Angesichts sollst du dein Brot essen, bis daß du wieder zu Erde werdest, davon du genommen bist.“
Das beinhaltet den Kampf ums Überleben und viele legen das so aus, ihren Bruder dabei auszunehmen, ihn zu bestehlen, ihn zu betrügen und aufs Kreuz zu legen.
Der Gral zeigt uns den Weg, dieses harte Gottesurteil abzumildern durch Jesus Christus, seinen Sohn. Er zeigt uns durch ihn den Weg – trotz dieses Fluches – die irdische und himmlische Glückseligkeit zu erlangen.

Ein solches Bestreben suchen die siebenbürger Sachsen mit ihrem Gang zurKirchenburg.
Sie ist geistliche, geistige und moralische Instanz von allerhöchsten Graden.
Als sie nämlich kaum da waren in diesem Land und ihre ersten Furchen gezogen, die ersten Kirchen erbaut und die ersten Ernten eingefahren hatten, da kamen 1241/42 die Tartaren und schlugen alles tot, was sie erwischen konnten.
Die Übriggebliebenen scharten sich um den Altartisch und dankten, daß sie noch einmal mit dem Leben davongekommen waren und bauten um ihn herum eine Wehrkirche, dann eine Ringmauer und als die Zeit es zuließ, eine zweite und dritte, mit Türmen und Schießscharten versehen und am siebenten Tag da gingen sie hinauf zur Kirchenburg – zu ihrem Mont-Salvage – dem aus der Sage: unnahbaren Berg – dem sich nur der Reine nähern durfte . . .
Sie durften es, denn sie hatten oft das Letzte hergegeben, um die Abendmahlschüssel vor den Heiden zu bewahren und zu beschützen. „Ein Bollwerk der Christenheit!"
Und ihre zentrale Erkenntnis: geistig und körperlich – durch Verzeihen und Vergeben zu überleben!

Heute war Abendmahlssonntag und als alles festlich gekleidet war, ging Vater Kammerer zu seinem Knecht, den Rumänen und sprach zu ihm: „Ich bitte dich um Verzeihung, falls ich dich mit etwas gekränkt oder beleidigt haben sollte."
Dann ging er zum Zigeunermädchen und sprach das gleiche.
Und so reihum bis zu seinem guten Weib, und alle taten es ihm gleich.
Und es war ein starker Geist, von dem auch Michael sich bemächtigt fühlte und er spürte tief in seiner Brust zum erstenmal den Gral – die Abendmahlschüssel und ihre Philosophie für ein friedliches Miteinander und für ein Überleben der Menschheit.
Und gemeinsam beschritten sie dann den Weg zum Gottesdienst – in die Kirchenburg!
Michael und Martin waren vorausgegangen, sie hatten die Erlaubnis bekommen, auf den Glockenturm zu steigen und das Zusammenläuten der Glocken mitzuerleben.
Sechs kräftige Burschen, auf jeder Glockenseite drei, zogen das Seil, und als sie den Besuch aus Deutschland sahen, wollten sie ein übriges tun und zogen die Glocken so steil hinauf, daß sie im oberen Bereich fast stehen blieben.
Das gab ein ungeheures majestätisches Läuten – so, als wenn der Kaiser oder Bischof angesagt wäre und plötzlich hatte der Michael das Glockenseil in der Hand und beinah hätte es ihn in den Glocken-

turm hinaufgezogen, rechtzeitig hatte er nachgegeben; Martin sprang hinzu und nach ein paar Zügen war er im Rhythmus und es stieg der hehre Klang der selbstgeläuteten Glocken in sein Herz und von dort über das Dorf und über die weiten Fluren in das Siebenbürgerland. Einer von der Schwäbischen Alb läutete im Bergland von Siebenbürgen die Glocken und rief die Gläubigen zum Altartisch des Herrn. Welch herrliches Gefühl eingebunden zu sein in diese große, ehrwürdige Gemeinschaft.

Als Michael abgelöst war, sah er den mächtigen Bau des Turmes, die grob behauenen kantigen Quadersteine und die stärker wie jedes Eisen anmutenden eichenen Balken. Im Glockenstuhl war mit der Axt das anno domini 1376 hineingehauen.

Als das Läuten zu Ende war, kraxelte Michael über die Mittelstreben bis zum Glockenbalken und fuhr mit seiner Hand über die Jahreszahl 1376, vor genau 555 Jahren hatte einer dieser tüchtigen Vorfahren sie in den Balken geschlagen.

Und auf der großen Glocke las er die lateinische Inschrift:

„Oh Maria veni cum pace“ (Oh Maria bring uns den Frieden!)

Nicht ahnend, daß er hier einmal mit knapper Not überleben würde und die größte Liebe seines Lebens erfahren sollte.

Michael durfte beim Erwin auf der ersten Empore Platz nehmen.

Diese Empore war für die Bruderschaft reserviert.

Auf der zweiten Empore war die Orgel und Platz für den Gesangverein.

Für Martin gab es keinen Pardon, er mußte zu seinen Altersgenossen in die vorderen Kirchenbänke.

Herrlich das Präludium der Orgel, das durch den mächtigen Kirchenraum brauste.

Nun konnte Michael den Blick von oben genießen.

Vor ihm der Altar, links und rechts etwas vorgezogen das Chorgestühl für den Pfarrer und Predigerlehrer und für kirchliche Würdenträger.

Vor den Stufen zum Altarraum stand das mit Weinlaub kunstvoll verzierte Taufbecken.

Links und rechts etwas schräg gestellt, mit Blick auf den Kirchenraum, saßen die Presbyter. Rechter Hand die Kanzel, zu betreten von dem Altarraum über eine verdeckte Wendeltreppe.

Hier würde Michael 12 Jahre später abtauchen und seinen Häschern entfliehen, das konnte er aber heute alles noch nicht ahnen.

Was ihn interessierte war das mächtige Kreuz, das am Aufgang vom Kirchenraum zum Altarraum hing. Es hatte ein Loch in seiner Mitte und war reichlich befleckt.

Seine Farbe war stellenweise ausgelaugt.

Erwin sah seinen Blick und flüsterte ihm ins Ohr: „Das mit dem Kreuz erzähle ich dir nach dem Gottesdienst."
In den vorderen Reihen saßen die Buben und Mädchen.
Dahinter die Mägde, die konfirmierten Mädchen der Schwesternschaft mit ihren Borten und reichlich verzierten Bändern. Dahinter die Frauen, schön gebockelt, auf der Brust die altgermanische Fibel, und um die Taille einen wertvoll gestickten silbernen Spangengürtel. Dann kamen die Männer in ihren schwarzen Stiefeln, mit schwarzem Rock und schwarzer Hose, darüber den herrlich verzierten Kirchenpelz,
Ein würdiger Anblick.
In der Frühkirche hatten sich diejenigen, die am Abendmahl teilnehmen wollten, durch ein bestimmtes Geldstück, das sie auf die Altarstufen legten, auch zahlenmäßig erkenntlich gezeigt.
Nun stimmte sie das Kyrie mit seinem „Herr erbarme dich unser „ auf den Gottesdienst ein. Ohne Gottes Hilfe konnten sich diese Menschen ihr Leben nicht vorstellen.
Sie waren schon so oft gebeutelt worden und wer hätte ihnen sonst geholfen, wenn nicht Er?
Sie lobten im Gloria seine Allmacht und Güte, und dankten ihm, daß er sie bis zum heutigen Tag erhalten hatte: 250 000 deutsche Seelen inmitten Millionen anderer.
Und im Sanctus entrücken sie ihrer täglichen Bedrohung und fühlen sich den himmlischen Heerscharen zugehörig.
Aus übervollen und gläubigen Herzen sangen sie:„Du hast zu deinem Abendmahl als Gäste uns geladen . . ."
Die Liturgie führt die Gläubigen zum Höhepunkt:
„Kommet herzu, es ist alles bereit."
Michael muß an sich halten, so tief spricht ihn dieses Bild an: Diese von harter Arbeit geprägten bäuerlichen Gestalten in ihren Kirchenpelzen schreiten würdevoll dem Altare zu, um auf seinen Stufen vor Gott, ihrem Vater, das Knie zu beugen.
„Nehmet und esset vom Brot des Lebens! Nehmet und trinket vom Kelch des Heiles!"
Und als der ehrwürdige Herr Vater das Brot und den Wein reicht, erklingt von der Empore aus rauhen Männerkehlen das „Heilig, heilig, heilig, heilig ist der Herr!" aus der Deutschen Messe von Franz Schubert.
Michael hat eine solche Innerlichkeit noch nicht verspürt. Sie wird seine junge Seele für ein Leben lang prägen. „Der Leib und das Blut Christi stärke und bewahre euch im rechten Glauben zum ewigen Leben, gehet hin in Frieden!"

Sie wissen, was diese Worte für sie bedeuten ... und sie nehmen sie dankbar an. Ihr täglicher Kampf ist nicht nur materieller Art ...
Und so singen sie nach dem Segen voll Innbrunst das Ausgangslied: „Unseren Ausgang segne Gott, unsern Eingang gleichermaßen, segne unser täglich Brot, segne unser Tun und Lassen, segne uns mit sel'gem Sterben und mach uns zu Himmelserben."
Zum Ausgang braust nochmals die Orgel auf.
Die Schwesternschaft bildet vor dem Kirchenportal ein schönes Spalier, so, daß auch der Auszug aus der Kirche sich in einem schönen und würdigen Rahmen vollzieht.

Danach spricht Michael Erwin auf das Kreuz in der Kirche an, er spürt, daß es eine besondere Bewandtnis auf sich hat.
„Es ist überliefert, daß sich hier im 15. Jahrhundert eine große Tragik abgespielt hat.
Man hatte vom Turm den anrückenden Feind erst spät bemerkt.
Bis man das Vieh loskettete, um es in den Wald zu jagen, waren sie schon da. Mit knapper Not gelangte die Bevölkerung noch in die Burg. Als die Brücke bereits hochgezogen war, stellte man fest, daß die Kantor- Marie mit ihrem Kleinkind fehlte.
Man versuchte, die Feinde von der Belagerung abzuhalten und mit Geldgeschenken zum Weiterziehen zu überreden.
Als die Verhandlungen schon weit gediehen waren, fiel plötzlich ein Schuß und ein feindlicher Offizier lag tot am Boden.
Ein Verteidiger hatte sich soviel Mut angetrunken, daß ihm die Hakkenbüchse aus Versehen losgegangen war.
Das brachte die Feinde in arge Wut. Sie begannen, das Dorf anzuzünden und dabei entdeckten sie die Kantor- Marie mit ihrem Kind. Beide schleppten sie vor die Burg und drohten Weib und Kind den Kopf abzuschlagen, wenn nicht sofort das Burgtor geöffnet würde. Sie würden niemanden ein Haar krümmen, nur der Pfarrer müßte für ihren Offizier büßen ...
Sofort befahl der Pfarrer das Tor zu öffnen. Mit dem was nachher geschah, hatte allerdings niemand gerechnet. Sie griffen sich den Pfarrer, banden ihn an das Kreuz, das vor uns hängt und drehten eine lange Schraube durch das Kreuz und den Pfarrer und hingen ihn bei lebendigem Leib im Chorraum auf.
Dann plünderten sie die Burg und zogen ab.
Für den Pfarrer kam jede Hilfe zu spät – aber es hatte sich wieder gezeigt: diese Pfarrer in Siebenbürgen, ich sage das nicht, weil mein Vater einer ist, waren schon eine besondere Rasse Bedenkenlos hatte er das Tor öffnen lassen, obwohl es offensichtlich war, daß ihm Gefahr drohte.

Die Grals-Hüter

„Nicht zu verwechseln mit dem Burghüter," erzählte Erwin weiter. Er war ins Fahrwasser geraten – „Komm" sagte er, „ich entschuldige dich bei der Mutter Kammerer, du ißt heute bei uns.
Bis das Essen fertig ist, drehen wir noch ein paar Runden und ich erzähle dir noch etwas aus unserer Geschichte."
„Aber das kann man doch deiner Mutter nicht zumuten," entgegnete Michael.
„Bei einem siebenbürgischen Pfarrer kam es noch nie auf ein Mittagessen mehr oder weniger an. Die waren in unserer bald 800 jährigen Geschichte schon immer so gut gestellt, daß nur die Besten unseres Volkes Aussicht hatten, eine Pfarrerstelle zu bekommen. Es ist urkundlich nachgewiesen: daß bei der ursprünglichen Auswanderung ein niederer Adel den Auswanderern Begleitschutz gab und Plebane, also Pfarrer, den Zug begleiteten.
Dabei haben die Pfarrer überlebt. Der Adel ist entweder im ungarischen Adel aufgegangen oder hat sich im Volk assimiliert."
„Das ist ja bald wie im Nibelungenlied," wirft Michael ins Gespräch: Winelind sagt zu Hagen: „Nun merket Hagen, es wird sich so begeben, daß von euch (Rittern) nicht einer davon kommt mit dem Leben, allein des Königs Kaplan. Von dem sei euch bekannt, der kommt gesund wieder heim in König Gunthers Land."
„Das ist ein guter Einwurf," sagte Erwin.
„Denn gerade diese Plebane wurden von Beginn der Besiedlung an vom Volk verehrt und mit dem Zehnten bedacht.
Sie waren so in der Lage, sich frei zu entfalten und wirtschaftlich unabhängig zu sein. Da sie meistens aus dem niederen Adel, den Gräfengeschlechtern, stammten, hatten sie auch weltliche Macht. Die Gräven waren ursprünglich Richter und Beamte und liehen ihrem Sohn, Bruder oder Vetter gern auch mal Schild und Schwert ... um ihnen die fetten Pfründe einer Pfarrstelle zu erhalten.– Leider war es den Bischöfen in Weißenburg und Gran nicht entgangen, daß so ein Pfarrer aus den reichen deutschen Kolonistendörfern oft mehr Einkünfte hatte als sie selber.
Es ist schriftlich nachgewiesen, daß der heitere Lebensgenuß im 13.und.14. Jahrhundert auch geistliche Kreise erfaßte und daß die Zahl der Gänge außer dem Nachtisch auf fünf beschränkt werden mußte – bei Leichenmählern auf vier, wobei Bier und Wein unbeschränkt blieben.
Pfarrersknechte mit Sporen und Schild ritten an der Seite der Herren

und ein Karrambolieren auf der Heimreise soll auch schon vorgekommen sein.
Aber nicht daß du glaubst, das sei alles gewesen. Was viel mehr wog, war ihre geistige Potenz. Ich sagte dir schon eingangs, daß nur die besten eine Chance hatten, eine Pfarrstelle zu bekommen.
Und um bei den von dir zitierten Nibelungen zu bleiben: Sie kamen sogar heim in König Gunthers Land: Zum Studieren!
Die Einschreibungslisten an den Universitäten westlicher Länder etwa in Wien, Prag, Krakau, Köln, Wittenberg, Heidelberg und Tübingen sind voll von Studierenden aus Siebenbürgen.
Ab dem 15. Jahrhundert war es sogar Vorschrift, daß ein Pfarrer akademischen Grad nachweisen mußte.
Dafür wurde er, nach dem er sich an Gymnasien des Landes als Lehrer bewährt hatte, vom Volk gewählt und mit einem Reiterbanderium an der Hattertgrenze des Dorfes eingeholt und unter Glockengeläut und dem Spalier der festlich gekleideten Dorfbewohner empfangen.
Auch hier galt das 'Wortmachen': die überkommene Rede.
Sie hat sowas Feierliches, Sendungsbewußtes an sich ..."
„Ja", entgegnete Michael, „ich hoffe, noch viel davon zu hören und zu lesen."
„Das Gerippe oder die große Richtung haben auch hier die Pfarrer vorgegeben – sie waren zu allen Zeiten gebildete Leute, auf die sogar die königliche Kanzlei zurückgriff, wenn es galt, schwierige Texte aus dem Lateinischen zu übersetzen oder diplomatische Briefe zu verfassen.
Ende des 15. Jahrhunderts drang der Humanismus durch diese Pfarrherrn bis in die einsamen Karpatentäler.
Es gab Pfarrer, die versilberten ihren Zehnten, nahmen Urlaub vom Bischof und zogen nochmals ein paar Jahre westwärts, um ihren Bildungshunger zu stillen.
Wenn diese Männer zurückkehrten in ihr Waldland, brachten sie oft hohes Wissen und Bildungstitel mit, was aber noch mehr galt, sie nahmen es ernst mit ihrer Aufgabe: Verkünder der ewigen Wahrheit im Volk zu sein. Dafür gab ihnen dieses Volk einen Teil seiner Arbeitsfrucht.
So hätte eigentlich alles zum Besten sein können, wenn nicht die Bischöfe dauernd dagegen geschürt hätten.
Sie versuchten mit allen Mitteln, diesen Pfarrherrn ihren Zehnten zu entreißen und begingen damit den größten Fehler ihrer Geschichte.
Sie schweißten die Pfarrherrn im deutschsprachigen Raum Siebenbürgens zusammen, und als die Reformation durch Johannes Honterus nach Siebenbürgen getragen wurde, war es nur ein kleiner

Schritt bis die Sächsische Nationsuniversität zum neuen Glauben übertrat und damit die Bischöfe und ihr dauerndes Verlangen endgültig abschüttelte.
Sicherlich sind die Siebenbürger Sachsen nicht primär nur aus wirtschaftlichen Gründen evangelische. Christen A.B. geworden.
Die Auswüchse der damaligen Zeit, die sich in Siebenbürgen oft in Klöstern und ihren Bettelorden, in Erbschleichereien und Ablaß ausdrückten, hatten eine gehörige Abscheu gegen die Praktiken der damaligen Amtskirche hervorgerufen.
Auch nahm man es den Mönchen übel, daß sie ein fettes, sorgloses Leben führten, während die übrige Bevölkerung jeden Heller hergeben mußte, um die Burgen auszubauen und sich gegen die Feinde zu wehren – ja, auch ihre Klöster gegen diese zu schützen. Zudem lehnten sie es ab, Steuern zu zahlen, oder an den Befestigungsbauten tätige Hilfe zu leisten, geschweige denn mit Schwert und Schild auf der Mauer zu stehen.

Dem hohen Bildungsstand der Pfarrherrn ist zu verdanken, daß es bei der Reformation kein Blutvergießen und keine Unterdrückungen gab.
Die neue Lehre gab den Siebenbürger Sachsen eine geistige Einheit, die sie wie eine große Wehrmauer umgab und zu einer festen Einheit zusammenschweißte: zu einer Nationsuniversität.

Das Dienstmädchen holte die jungen Herren zum Essen. Sie hatten sich so vertieft in die Geschichte, daß sie beinah das Mittagessen verpaßt hätten.
Das Pfarrhaus war ein sehr geräumiger Bau. Die Pfarramtskanzlei hatte Michael ja bereits kennen gelernt. Jetzt gingen sie im Gang daran vorbei in ein geräumiges Eßzimmer.
Michael wurde sehr herzlich von Erwins Mutter begrüßt und durfte rechts vom Herrn Pfarrer Platz nehmen.
„Was war denn euer Thema, daß Ihr so spät anrückt?“ fragte Erwins Vater.
„Dein Berufsstand,“ entgegnete Erwin.
„Das ist ja interessant, dennoch schlage ich jetzt vor, unserer Mutter die Ehre anzutun und das gute Essen zu genießen, nachher hätte ich sicher auch etwas dazu zu sagen.“
„Herzlichen Dank für die Einladung,“ konnte Michael gerade noch anbringen, dann kam die Suppe auf den Tisch und Erwins kleinerer Bruder sprach das Tischgebet.
Wie duftete vor ihnen die Grießnockerlsuppe – welch ein Genuß! Dem Michael hätte das vollauf genügt, so gut schmeckte sie ihm.

Aber es gab noch ein Paprikagulasch mit Reis, dazu süßsaure Zwetschgen und reichlich Salat aus dem schönen Pfarrersgarten. Wie herrlich frisch war das alles, und so gut und geschmackvoll zubereitet. Michael hatte ja beim Fabrikanten in Stuttgart auch schon manches gesehen, das hier war mit weniger Pomp serviert, aber dafür so gut, daß er am liebsten gar nicht mehr aufgehört hätte zu genießen.
Dazu gab es die berühmte Mädchentraube, ein Weißwein vom feinsten Aroma oder Quellwasser aus dem Krug.
„Vater," sprach der Erwin, „dürfen wir einen Schluck Mädchentraube probieren?"
„Selbstverständlich, mit Maßen genossen ist der Wein eine Gottesgabe und soll euch gut bekommen: der Herr helf as!" sagte der Herr Vater, als er das Glas erhob, was im Dialekt beim ersten Schluck dazugehört und „der Herr helfe uns" heißt.
War das eine familiär-festliche Atmosphäre!
Nachher gab es noch als Nachtisch selbstgebackene Cremeschnitten.
Nun, das war schon ein hervorragendes Sonntagsessen und ermunterte direkt noch zu einem Spaziergang und Gespräch im Garten. Dabei begleiteten Michael und Erwin den ehrwürdigen Herrn „Vater".
Der Weg führte sie durch den Ziergarten zu einem mächtigen Bienenhaus, wohl an die hundert Völker waren hier emsig bei der Arbeit.
„Ich liebe diese fleißigen und so nützlichen Insekten von ganzem Herzen. Durch die in ihrem Erbgut veranlagten Eigenschaften sind sie in der Lage, soviel Gutes zu produzieren und außerdem sind sie in meinen Augen ein Abbild von Gottes Größe und Güte.
Wenn man diese Gesetzmäßigkeit, die absolute Zuverlässigkeit, ihren sprichwörtlichen Bienenfleiß, ihre Verteidigungsbereitschaft für ihr Volk und ihre Königin bedenkt, so muß man sagen, alles Eigenschaften, die wir Menschen uns zum Vorbild nehmen könnten.
Uns hat der Herrgott durch den Sündenfall zusätzlich die Erkenntnis gegeben, darüber hinaus in allen Dingen abzuwägen, welches nun der richtige Weg wäre.
Die Biene macht es aus Instinkt, wir haben nicht nur die Erkenntnis – und den Verstand, sondern auch ein Herz und eine Seele.
Wie soll nun der einfache Mensch in allen Lagen dieses Lebens wissen, was Recht und Unrecht ist. Gut, die Erziehung gibt ihm gewisse Entscheidungshilfen, aber ob es auch die Richtigen sind, persönlich, in bezug auf die Familie, in bezug auf die Nachbarschaft oder in bezug auf eine größere Gemeinschaft in der er lebt?

Jesus Christus mit seiner Lehre von der Liebe, zeigt uns den Weg. So sind wir Pfarrherrn bemüht, unsere Gemeinde auf diesem Weg zu führen. Es ist die einzige Möglichkeit, für so eine kleine Volksgruppe in der Sturzflut Andersfühlender zu bestehen.
Hier bei uns gibt es Dörfer, die sind nachweisbar zigmal abgebrannt und durch Kriegshandlungen zerstört; sie sind immer wieder aufgebaut worden.
Wie soll sowas möglich sein, ohne einen Glauben, eine Hoffnung? Wie soll man es ertragen, wenn laufend Männer erschlagen, als Sklaven für den Menschenhandel abgeführt werden, darunter sogar die Kinder (Rumeser Student) . . .
Wie soll man es ohne einen starken Glauben ertragen, wenn auch das letzte Stück Vieh von den Feinden geschlachtet und gestohlen worden ist und man selbst zum Ackern den Pflug ziehen muß?
Oder wenn in einer Ortschaft nur noch Weiber übrig bleiben . . .und sie sich von ihren Knechten schwängern lassen müssen, damit es wieder Hoferben gibt.
In diesen vielen Jahrhunderten voller Nöte und Drangsal ist ein Zufluchtsort entstanden, nicht nur um materieller Werte willen und um die heile Haut zu retten – es war vielmehr eine Stätte, wo Gott wohnt, wo man seine seelischen Wunden zu ihm bringen kann, wo das Wort Gottes gepredigt wird, das wie Balsam die geschundenen Seelen tröstet und sie wieder aufrichtet für einen neuen Tag, für ein neues Aufbauen, für ein neues Säen und Ernten.
Dieser Zufluchtsort der siebenbürgischen Seele ist die Kirchenburg, sie ist der Gral, das Heil, der Glaube, den die Menschen aus der abendländischen Welt ihrer Väter mitbrachten und im Namen Christi unbeschreiblich innig und tatkräftig erhöhten.
So ist die Kirchenburg Zuflucht, seelischer Rückhalt, Glauben an die Zukunft, an das Weiterbestehen der Familie, der Gemeinde und des Volkes.
Vielleicht ist die Kirchenburg auch noch mehr als man mit Worten auszudrücken vermag. Wir Pfarrherrn sind dazu berufen, es zu bündeln, auszudrücken und einen Weg den Menschen zu zeigen, an den sie sich halten können.
Wir sind dazu berufen, den hohen moralischen Wert der Bergpredigt in das tägliche Leben umzusetzen, zu transponieren und in Anerkennung dieses Willens werden wir nicht nur mit Pfarrer, sondern im allgemeinen mit ehrwürdiger Herr Vater angesprochen.“

Nach der Kirche in die Kirche

Sie hatten Wort gehalten, die „edlen Krieger“ von da neulich. Vollzählig saßen sie im Vespergottesdienst und lobten mit Wort und Gesang ihren Herrgott.
Wem es die Ernten öfters verhagelt und wer um sein täglich Brot kämpfen muß, lebt in einem engeren Verhältnis zu seinem Herrgott als der, dem die gebratenen Tauben in den Mund fliegen oder auf siebenbürgisch ausgedrückt: die Hanklich (Kuchen) zum Hals raushängt.
Blitz und Donner gingen hernieder. Es war eins von jenen kontinentalen Gewittern, bei denen jeder froh war, in der Kirchenburg zu sein. Hier war man am sichersten Ort im ganzen Dorf. Hier stand der stattliche Wehrturm, gleich Kirchenturm, neuerdings sogar mit einem Blitzableiter versehen. Wieviele Blitze mochten schon um sein Haupt gezüngelt haben in den vielen Jahrhunderten, in denen er sein ergrautes Gemäuer zur höheren Ehre Gottes emporstreckte?
Ein heiliger Ort, ein echter Gral, indem sich die Jungen versammelt hatten, um sich ihrem Michael aus Stuttgart geschichtlich darzustellen.

„Lieber Michael, liebe Mädchen und Jungen, liebe Knechte!“ sprach der Herr Vater die Versammelten an.
„Nach ein paar einführenden Worten werde ich die Gesprächsleitung an unseren Predigerlehrer, Herrn Graef, weitergeben. Wir alle wollen uns miteinander bemühen, einen kurzen, aber wirklichkeitsnahen Werdegang unseres kleinen deutschen Volksplitters darzustellen.
Zunächst ist da der Name: Siebenbürger Sachse.
Nun, Siebenbürgen kommt von den sieben Burgen, Mediasch gegründet 1145, Mühlbach 1150, Hermannstadt 1160, Klausenburg 1178, Schäßburg 1198, Kronstadt 1203, Bistritz 1216.
Bei dem Namen „Sachse“ wird die Sache schon schwieriger.
Es ist nachgewiesen, daß die Hauptmasse der ersten Siedler aus dem Erzbistum Köln, zu dem auch Lüttich gehörte, und dem Bistum Trier mit Luxemburg, Eifel, Hunsrück stammen.
Es ist möglich, daß auch Kolonisten aus dem Bistum Magdeburg, das damals Zentrum der Ostkolonisation war, hier in irgendeiner Weise mit von der Partie waren. Ganz sicher auch aus Württemberg, Baden und Bayern.
Die Siedler wurden von den Ungarn als Teutonici, Flandrensis und Saxones bezeichnet und „ad retinendam coronam“ (zum Schutze der Krone) gerufen.

1591 hält der Sachsengraf Albert Huet vor Fürst Sigismund Bathori auf dem Landtag eine lateinische Ansprache: „Von der Sachsen Ursprung, Leben, Handel und Wandel."
Er versucht aus damaliger Sicht den Namen so zu erklären: „Der Name der Sachsen stammt vom lateinischen Wort Saxum, welches soviel wie einen harten Fels bedeutet, weil sie tapfere, berühmte, starke und standhafte Leute sind . . . Andere leiten den Namen vom uralten deutschen Wort 'Sachs' ab, daß soviel wie ein zweischneidiges Schwert bedeutet, weil sie dieses benutzen.
Es ist auch bei uns im Gebrauch, wie eure fürstliche Durchlaucht in der Hermannstadt beim Schwertertanz durch Augenschein erfahren konnten . . ."
Soweit der Sachsengraf, auf den ich später noch zurückkommen werde.
Die neuesten Erkenntnisse, die mir sehr einleuchten, leiten sich aus der Geschichte ab.
Die Ungarn waren um 900 bis 933, wie ein paar Jahrhunderte früher die Hunnen, eine Geisel des Abendlandes.
Sie plünderten in Südfrankreich, Italien und in einem unvorstellbaren Maße in Deutschland.
Heinrich von Sachsen versteht es, durch Tributzahlung sich die Ungarn solang vom Hals zu halten, bis er sein Land befestigt hat und sein Heerbann steht.
In den harten Slawenkämpfen ist dieser Heerbann zusammengeschweißt, und als die Ungarn im Jahre 933 wieder erscheinen, werden sie bei Rietheburg geschlagen.
Heinrich hat das deutsche Reich zusammengefügt.
Sein Sohn Otto I. von Sachsen führt das deutsche Königtum auf eine höhere Ebene.
Bei seiner Krönung in der Karolingerpfalz in Aachen ist der Bayer der Marschall, der Lothringer der Kämmerer, der Franke der Truchsess und der Schwabe der Mundschenk.
Doch leider bleibt diese Harmonie nur kurze Zeit erhalten.
Um 954 entwickeln sich bürgerkriegsähnliche Zustände in Deutschland und die Magyaren wittern Morgenluft. Sie fallen wieder in Deutschland ein, werden von Otto in die Schranken gewiesen und am 10. August 955 geschlagen. Daher die vielen St. Laurentiuskirchen, die nach der Schlacht am Lechfeld diesen Heiligen geweiht werden. Das führt soweit, daß sie sogar das deutsche Recht in Ungarn einführen und den Vertrag zum Erz und Salzabbau durch deutsche Bergfachleute erneuern.
Deutsche Handwerker gründen Städte und deutsche Bauern roden die Wälder Siebenbürgens und werden des Königs zuverlässigste

Zinszahler und eine Stütze der Könige gegen den aufmüpfigen ungarischen Adel, der den deutschen Gästen nichts zu befehligen hat. Aus all dem Gesagten entsteht eine derartige Hochachtung der Ungarn gegenüber den Sachsen, daß alles, was von Deutschland kommt unter diesen Begriff eingeordnet wird und aus diesem einfachen Grund bezeichnen die Ungarn ihre Siedler als Sachsen. Ich übergebe jetzt das Wort an den Predigerlehrer Herrn Graef."
„Zunächst möchte ich unserem Herrn Vater für die Ausführungen zu unserem Namen danken. Es ist ein Ehrenname, den wir durch Fleiß und viele Opfer bis zum heutigen Tag erhalten haben.
Wir wollen jetzt miteinander den geschichtlichen Beweis antreten, daß wir, das kleine Sachsenvolk, in Siebenbürgen die älteste Demokratie Europas sind.
Doch nun möchte ich euch fragen, wer das Gedicht von Georg Friedrich Marienburg: 'Der Sachsenadel' vorzutragen bereit ist?
Zunächst war Stille in den Reihen, dann meldete sich der Martin. Leise und etwas unsicher fing er an zu deklamieren, bis ihn das Pathos so richtig packte.

Als an des Rheines Felsenstrand
Der Ritter Burgen baute
Und vor des Eisenmannes Hand
Dem frommen Bürger graute,
Da beugte vor gewaltgem Streich
Geknechtet sich die Menge,
Da wards im heilgen, deutschen Reich
Dem freien Mann zu enge!

(Da zogen viele Wackern aus . . .")
Michael nimmt den Faden auf und memoriert Martins Vortrag in Kurzform:
„ein Haus der Freiheit gründen . . .
im fernen Ungarnlande . . .
Doch nicht vergaßen sie das Schwert, den Pflug und auch die Rebe,
daß auch das neue Heimatland gewohnte Labung gäbe . . .
Wer schützet nun die neue Saat vor Feindes Ungewitter- der Bürger wars, der Bauersmann – sie warn der Freiheit Ritter!
Sie schlugen kühn das Königs Schlachten, türmen Wälle auf und Mauern . . .
und Königsworte rühmen laut! „Des Reiches feste Säulen."

„Daß sich die Neuansiedler oder Gastsiedler des Königs wirtschaftlich schnell etablierten, ist aus einer Urkunde zu schließen, die besagt:

König Bela III. von Ungarn beziffert die Einkünfte, die er von den Gastsiedlern des Königs jenseits der Wälder (Transilvania) erhält, auf 15000 Silbermark und das schon um das Jahr 1186" dozierte Herr Predigerlehrer Graef.

„Aber damit ist es ja nicht genug – 1191 bestätigt der Papst die Errichtung der Hermannstädter Probstei.

Ein Zeichen, daß mit den Deutschen christliche Kultur und organisiertes Leben in die Wildnis eingezogen war.

1147 bis 49 zieht ein Kreuzfahrerheer durch Ungarn.

1189 zieht Kaiser Friedrich I. von Hohenstaufen, eine Leuchte des Abendlandes, auch Barbarossa genannt, mit einem Kreuzfahrerheer durch Ungarn. Sicher haben die Siedler durch das Ansehen und die Macht der deutschen Ritter profitiert und mancher wird unterwegs, dem es zum Heiligen Land zu weit geworden war, ausgestiegen sein und sich bei den Gastsiedlern des Königs niedergelassen haben.

Schon um 1210 gründen Zisterzienser eine Abtei in Kerz (bei Hermannstadt) und nach dem mißglückten Kreuzzug Heinrichs VI. (er holte sich auf der Jagd eine Erkältung, an der er erst 32jährig am 28.9.1197 verstarb), erschien der Deutsche Ritterorden 1211 in Siebenbürgen.

Er gründete Burgen und Dörfer, u.a. die Marienburg als Hauptsitz und war für Siebenbürgen und das Burzenland ein echter Gewinn.

Er schlug die wilden Kumanen und trug das Kreuz über die Karpaten bis in die Walachei (Langenau-Cimpulung ist eine Gründung des Ritterordens).

Leider wurde er dem König von Ungarn zu stark und verließ 1225 Siebenbürgen in Richtung Kulmerland und Ostpreußen.

Welche Perspektiven – auch wirtschaftlicher Art – hätten sich für den Südosten Europas ergeben, wo zeitweilig mehr Deutsche lebten als Ungarn, wenn der Ritterorden geblieben wäre.

„Wer weiß noch ein wichtiges Datum aus jener Zeit?"

Andreas hatte sich gemeldet: „Das war das Andreanum nach König Andreas II. benannt oder auch der Goldene Freibrief.

„Kannst du uns daraus das Wichtigste nennen?"

„Er war für uns Golden, weil König Andreas uns das Gebiet zwischen Broos bis Draas zu eigen vermachte und nur dem König untertan, (Fundus regius – Königsboden).

Das war für die damalige Zeit ungeheuer viel – weil alle anderen Hörige waren.

Wir durften unsere Richter und Pfarrer selber wählen und sie mußten aus den eigenen Reihen sein. Es heißt dabei wörtlich, „wir befreien sie vollständig vor jeder fremden Gerichtsbarkeit," und in Para-

graph 11 heißt es: „Den Wald aber mit allem Zubehör und die Nutzung der Gewässer mit ihren Flußläufen, die allein der König zu vergeben hat, überlassen wir allen, den Armen wie auch den Reichen, zur freien Verwendung.
Paragraph 12: Wir wollen auch und befehlen Kraft Königs Autorität, daß keiner unserer Adligen ein Dorf oder irgend ein Landgut von königlicher Majestät zu fordern wage. Wenn aber einer einfordert, dann sollen sie aufgrund der ihnen von uns gegebenen Freiheit Einspruch erheben.
Paragraph 14: Auch fügen wir den genannten Freiheiten der Besagten hinzu, daß ihre Kaufleute überall in Unserem Königreich frei und ohne Abgabe hin und herreisen dürfen ...
Paragraph 15: Wir befehlen, daß bei ihnen selbst auch alle ihren Märkte abgabenfrei gehalten werden.
Damit aber das, was oben gesagt ist, in Zukunft rechtswirksam und unerschüttert bleibt, haben Wir dieses Blatt mit dem Schutz Unseres doppelten Siegels bekräftigt.
Gegeben im 1224. Jahr nach der Menschwerdung des Herrn, im 21. Jahr unseres Königtums."

Aus diesem Dokument geht einwandfrei hervor, daß wir die älteste Demokratie in Europa praktiziert haben.
Wir waren Freie und entschieden durch Wahlen unsere Geschicke.
Freilich waren im Anfangsstadium ein niederer Adel, die Gräfen, unsere Vertreter nach außen und zuständig in Sicherheits- und Rechtsfragen.
Sobald sie aber ohne Volkes Stimme fungieren wollten, wurden sie ausgemerzt und ausgestoßen.
Außerhalb des Königsbodens sind diese Gräfen oft zu Reichtum und hohem Ansehen gelangt – aber dann meistens durch Heirat und Verschwägerung mit dem ungarischen Adel in diesem aufgegangen.
Die Gräfen, die im Volk blieben, haben sich zum Teil unvergessene Verdienste um dieses erworben und haben als Pfarrer oder geistige Führer in ihm gewirkt.
Um 1235 werden bereits Hermannstadt und Kronstadt als städtische Siedlungen genannt.
Es reift im Waldland ein Blühen und Gedeihen.
Stattliche Dörfer entstehen und durch den reichen Kindersegen, werden immer neue Täler besiedelt und urbar gemacht.
In dieses Aufblühen des Lebens im Karpatenraum kommt 1241/42 der Tartarensturm und schlägt ganze Schneisen der Verwüstung und Vernichtung über den aufkeimenden Wohlstand jener Tage.
„Herr Graef," meldet sich der Herr Vater zu Wort, „ich besitze aus

dem Echternacher Kodex, der heute in Paris aufbewahrt wird, eine Abschrift, die eine sehr anschauliche Aussage zum Mongolensturm darstellt.
'Im Jahre der Fleischwerdung des Herrn 1241, genau am Ostersonntag (31. März), brachen die Tartaren über die Karpatenwälder, drangen in Rodna (Rodana), einem Markt Ungarns, ein und töteten dort viertausend Menschen oder mehr. Am selben Tag drang ein zweites Heer der Tartaren in die Provinz ein, die Burzenland (Burza) heißt und tötete den Führer eines Heeres des siebenbürgischen Landes mit allen seinen Leuten. Am Dienstag derselben Woche (2. April) fielen im Markt, der Nösen (Nosa=Bistritz) heißt, 6014 Christen. Am Donnerstag (4. April) fielen im Dorf Kokelburg (Kümelburch) mehr als dreißigtausend. Ebenfalls an einem Donnerstag, vor dem Sonntag Misericordias (11.April) fielen in der Stadt, die Hermannsdorf (villa Hermanni = Hermannstadt) heißt, mehr als hunderttausend. Am selben Tage geriet der König von Ungarn, Bela, der ein zahlreiches Heer hatte, in einem Kampf mit Batu, dem älteren König der Tartaren. Er entkam nur mit Mühe und verlor von den Seinen – schrecklich zu sagen – zehntausend und mehr. In diesem Kampf fielen drei Bischöfe und zwei Erzbischöfe. Ebenso fielen in einer Burg, die Klause (Clusa) heißt, eine Unmenge von Ungarn. Dasselbe geschah in Großwardein (Waradinum) und in einem Dorf, das Forum Thome genannt wird und in der siebenbürgischen Stadt Weißenburg (Alba) und im Dorf Zaliz."
„Wir haben diesen Bericht im Gymnasium auch gelesen," meldet sich Erwin zu Wort, „und darüber diskutiert. Allem Anschein nach müssen die Zahlen der Toten übertrieben sein. Unser Geschichtslehrer sagte, daß es zu jener Zeit durchaus üblich war, um die große Entsetzlichkeit darzustellen, mit solchen Übertreibungen dies wirksam zum Ausdruck zu bringen.
Eine nette Legende aus jener Zeit ist uns im Volksmund erhalten.
Nachdem alles wieder ruhig war und die Tartaren abgezogen waren, kam der Mann in seinen Hof zurück und als er merkte, daß die Tartaren sein Weib verschleppt hatten, rieb er sich die Hände und sagte, denn sie war eine echte Beißzange gewesen: Armer Tartar, armer Tartar, du hast dich aber recht vertan . . . und das sagte er öfter am Tag, wenn er an seine Frau dachte: Armer Tartar, armer Tartar . . . und als er gerade genüßlich seinen Maisbrei mit Milch löffelte, da flog die Tür auf und vor ihm stand sein Weib – die nicht mal die Tartaren wollten.
Ab dem Tag sagte er nur noch: „Elender Tartar, elender Tartar!"

„Wer kann sich an das Gedicht die Waisen erinnern?“ frägt Herr Lehrer Graef, „sicher ist es in jener Zeit entstanden.“
Ein schmächtiger Junge mit einer krächzenden Stimme meldet sich zu Wort und versinnbildlicht durch seinen Vortrag die verheerende Zeit von damals.

Dieser Tartaren- oder Mongolensturm hat ganze Dörfer ausradiert, die sich gar nicht mehr erholt haben.
Heute noch soll man in manchen Wüstungen in windigen Nächten das Sturmesläuten der Glocken und das Jammern der Menschen unter den unbarmherzigen Schlägen der Tartaren hören.
Doch die Übriggebliebenen rückten zusammen und befestigten ihre Kirchen und Städte.
Ein Burgenbau ungeahnten Ausmaßes setzte ein, es entsteht der siebenbürgische Gral: die Kirchenburg.
Städte wie Hermannstadt, Kronstadt, Marienburg, Tartlau, Bistritz, Schäßburg, Mediasch, Mühlbach, Birthelm, Agnetheln u.a. errichten Türme und Mauern, die so stark waren, daß u.a. Hermannstadt im Kampf nie erobert werden konnte und das, obwohl die Türken einstmals vor Wien standen . . .
Nicht einmal die Pest um 1349 kann diese Aufwärtsentwicklung stoppen.
Nach einer Urkunde von 1376 sind die Zünfte bereits so entwickelt, daß sie sich mit denen in Zentraleuropa messen können.
Die Urkunde zählt in Hermannstadt 19 Zünfte und 25 Gewerbe auf. Augsburg hatte zu der Zeit 16 Zünfte mit 20 Gewerben und Straßburg hatte 28 Zünfte, Köln 22 Zünfte.
Die Zünfte in Siebenbürgen unterteilen sich in 1 Fleischhacker, 2 Bäcker, 3 Lederer, 4 Weißgerber, 5 Schuster, 6 Schmiede, zu denen die Gewerbe der Nadler, Kupferschmiede, Wagner, Gürtler, Schwertfeger und Schlosser gehörten, 7 Kürschner, 8 Handschuhmacher, 9 Mantelschneider, 10 Messerschmiede, 11 Hutmacher, 12 Seiler, 13 Wollweber, 14 Weber, 15 Faßbinder, 16 Töpfer, 17 Bogner, 18 Schneider, 19 Beutelmacher.
Dazu kamen, obwohl sie die Urkunde nicht erwähnt, Zimmerleute, Maurer, Goldschmiede, Zinngießer, Wachszieher.
Auch war damals schon in Hermannstadt das Metallgießen üblich. Die Hermannstädter Johannisglocke trägt das Datum 1350, Feldgeschütze in Hermannstadt tragen das Datum 1380 und in Schäßburg ist urkundlich ein Archler erwähnt, was soviel sein kann wie Geschützmeister.
Es wurden Kettenhemden, Helme, Rüstungen in eigenen Werkstätten gefertigt.

Aber nicht nur in den Städten blühte das Handwerk, auch auf dem Dorf und den Marktflecken geht es rührig zu. 1460 wurden in Heltau über 100 Sichelschmiedemeister gezählt.
Kronstadt hatte in der Hochblüte des Handwerks 43 Gewerbe mit 1227 deutschen Meistern – das will schon was heißen.
Die Standbilder in der Großwardeiner Festung: die heiligen Könige Stephan, Emmerich und Ladislaus sind im Jahre 1370 von sächsischen Kunstgießern, Martin und Georg, den Söhnen des Meister Nikolaus aus Klausenburg, geschaffen worden.
Von den gleichen Künstlern stammt das Bildwerk des hl. Georg 1373, das heute in der Burg in Prag neben St. Veit Aufstellung gefunden hat.
Berührung haben die Siebenbürger auch mit der Parlerschule aus Schwäbisch Gmünd und mit Veit Stoß. Ein Sohn betrieb in Schäßburg eine Malerwerkstatt, aus der verschiedene Altäre hervorgegangen sind.
Ein anderer Sohn von Veit Stoß lebte in Kronstadt als Bildschnitzer. Ein dritter, der Goldschmied Martin Stoß tritt 1534 in Nürnberg – als Mediascher Bürger – das Erbe seines Vaters an. Ein weiterer Bruder von Veit Stoß, wirkte als Goldschmied in Harro bei Broos in Siebenbürgen.
Im Jahr 1376 wurde eine strenge Zunftordnung erlassen: Es waren anwesend die Mitglieder der Gauversammlung, der Gewerbetreibenden und die Abgesandten des Königs: Bischof Goblinus von Siebenbürgen ein Sachse, und Johann von Scharfeneck, Kastellan der Landskrone beim Roten Turmpaß.
Aus dieser umfangreichen Satzung wollen wir ein paar beispielhafte Sätze herausgreifen: Jede Zunft soll alljährlich in der Woche nach Weihnachten zwei Meister wählen, die sollen schwören, daß sie für die Stadt und Provinz Gerechtigkeit in ihrem Handwerk einhalten und keine Ungerechtigkeit, weder aus Freundschaft noch aus Gunst oder um eines Geschenkes Willen, gestatten oder ungestraft durchgehen lassen ...
„Z.B.: Die Zunft der Fleischhauer soll für zehn Gulden Hermannstädter Gewichts, zwei Pfund Wachs, zwei Eimer Wein und ein Mahl verliehen werden.
Die Fleischhauer müssen der Stadt und allen, die dieselbe betreten, reines, frisches Fleisch in genügender Menge immer liefern, und so oft ein Fleischhauer gestohlenes Vieh kauft, wird er mit Verlust eines Guldens und Ausschluß vom Fleischverkauf auf vier Wochen bestraft. Welcher Fleischhauer aber einen Mann oder eine Frau in der Fleischbank schmäht, soll mit einer Geldbuße bestraft werden.
Welcher eine Leichenfeierlichkeit versäumt, mit einer Buße von drei

Groschen. Auch sollen Zunftmeister der Fleischhauer verdorbene und unreine Fleischstücke, die sie in den Bänken gefunden haben, den Hunden zum Fraß vorwerfen."

So hatte jede Zunft ihre Satzung.

Zuwiderhandlungen gegen diese Satzung werden mit 20 Mark feinen Silbers nach Hermannstädter Gewicht bestraft, von welchen 10 Mark unserem Herrn König für das Castell Landskron und die anderen 10 Mark der Gesamtheit unserer Provinz zufallen sollen . . .Aufnahme in eine Zunft wird nur Menschen mit rein deutschem Geblüt gestattet."

Die Zünfte übernehmen in den Städten die Verantwortung für Teile der Mauer.

So gab es einen Schneiderturm, einen Schusterturm, einen Ledererturm und in Schäßburg sogar einen Goldschmiedeturm.

„Herr Predigerlehrer," meldete sich der Wilhelm, „ich kenne da eine Geschichte von dem Goldschmiedeturm, die hat mir mein Großvater erzählt."

„Das ist ja wunderbar, Wilhelm, komm erzähl sie uns auch."

„Die Türken waren vor Schäßburg aufgezogen. Der Pascha befehligte auf einem weißen Elefanten sitzend seine Janitscharen. Da lud ein Meister der Goldschmiedezunft besonders sorgsam eine Feldschlange, stopfte viel Pulver hinein und zwängte eine wohlgeformte Bleikugel ins Rohr.

Dabei beschwor er die Kugel und rief die Heiligen zur Hilfe herbei, denn die Not war groß und schreckenerregend das Geschrei der anstürmenden Krieger.

Schon legten sie die ersten Leitern an die Mauer – da visierte unser Meister den Pascha auf seinem weißen Elefanten an . . . ein unmögliches Unterfangen und dennoch – als der Schuß mit ungeheurem Getöse brach – sank der Elefant mit dem Pascha tot zu Boden.

Jetzt faßten unsere Leute Mut, machten einen Ausfall und schlugen die führerlos umherirrenden Feinde in Grund und Boden.

Zum Gedächtnis an diese Heldentat wurde der Pascha auf dem Elefanten sitzend eingegraben und darüber das Türmchen auf der Steilau errichtet."

„Sehr gut Wilhelm," lobte der Herr Predigerlehrer und auch dem Herrn Vater stand das Wohlwollen ins Gesicht geschrieben.

„Leider ging es nicht immer so glücklich aus. Im Jahr 1438 überfielen die Türken Mühlbach. Hierüber berichtet das erste von einem Siebenbürger Sachsen geschriebene Buch.

Es wurde in vielen Auflagen veröffentlicht.

In einer Auflage von 1530 hat sogar Martin Luther: Dem Gott seligen Leser, das Vorwort geschrieben. Es ist der sog. Tractatus de ritu

et moribus Turcorum, (Erörterung der Sitten und Bräuche der Türken), oder das Türkenbuch des Bruders Georg von Mühlbach, genannt auch der Rumeser Student, Georgius geboren 1422 in Siebenbürgen.
Er schreibt u.a.: „ . . . überfiel der Großtürk Muratbet mit dreihunderttausend Reisigen das Ungarland zu verderben . . .“
Deshalb richtet er seine Spitze auf die Siebenbürgen, und alles, das ihm entgegen kam, zerfleischt er greulich und leget es gewaltig zu der Erden.
Zu dieser Zeit bin ich gewesen ein Junger um fünfzehn oder sechzehn Jahr, von dieser Provinz gebürtig . . . Studierung halber nach Mühlenbach . . . gezogen . . . da der Türk kam fing er gleich zum Sturm zu arbeiten . . . ergebet Euch in Frieden . . . sprach der Herzog der Walachen . . . die Übermacht der Türken ist zu groß . . . Ein gestrenger Edelmann . . . der mit den Türken viel gekämpft hatte, wollt diesem Rat nicht folgen und eher hundertmal sterben, denn sich, sein Weib und Kinder in die Hände des Türken übergeben.
Die erwählten einen Turm, in den sie die ganze Nacht Proviant, Waffen und was zur Gegenwehr not ist, eintrugen . . . Als nun das ganze Heer . . . mit großer Unsinnigkeit . . . liefen den Turm an mit großem Sturm . . . was das für ein Hagel und Anlauf gewesen sei, kann keine Zunge genugsam sagen, ein solch Dichte der Pfeile, Steine, also daß es dichter denn ein Regen oder Schnee anzusehen war, ein solich Geschrei der Krieger, Geschärr und Klappern der Waffen, Krachen, Stürmen der Anlaufenden, als wöllt Himmel und Erde brechen in einem Augenblick. Dieweil nun der Turm nit sehr hoch war, zermalmten und verderbten sie zuhand das Dachwerk mit Pfeilen und Steinen, aber der Mauer von ihrer Stärke wegen mochten sie gar nichts abgewinnen . . . dann warden sie zu Rat, daß sie nicht nachließen den Turm zu stürmen, die anderen Holz zutrugen, damit sie eine solche Bastei machten, daß sie schier dem Turm gleich war. Diese zündeten sie an und brieten uns, gleich wie das Brot im Ofen. Als nun fast all von dem Feuer zerschmolzem und tot waren, und sie vernahmen, daß sich niemand mehr im Turm reget, zerissen sie das Feuer, fielen zur Tür hinein, ob sie vielleicht jemand halb tot finden, das sie den frischten und erquickten und herauszögen. Indem fanden sie mich halbtot, gaben mich gelabet und verkauft einem Kaufmann, der mich mit anderen Gefangenen anfesselt und an Ketten schmiedet und über die Donau bis gen Andrianopolim . . . führet.
Nun von gemeldetem Jahr 1438 bis in das 1458 hab ich die schwere Bürd und unleidlich Angst dieser aller härtesten erbärmlichen Gefängnis nit ohne Gefahr und Nachteil Leibes und Seel erlitten, darin siebenmal verkauft . . .“

„Es war die Zeit, wo der Türke immer häufiger ins Land einfiel."
„Herr Predigerlehrer," meldete sich die Schneider Mariechen, einige Mädchen waren auch in der Kirche geblieben, „ich weiß da eine Geschicht die meine Ur-, Ur-, Ur-, Uroma erlebt haben soll."
„Das ist wunderbar, erzähle sie uns!"
„Sie war um die Frühsommerzeit im Weinberg um überschüssige Triebe zurückzuschneiden, da sieht sie, wie eine Horde Janitscharen auf den Weinberg zureitet.
Als sie von ihnen gesehen wird, steigen diese mit Mordsgebrüll von ihren Pferden, leinen das Leitpferd an und springen den Weinberg hoch, um ihrer habhaft zu werden. Ihr bleibt bald das Herz vor Angst im Leibe stehen. Blitzschnell hängt sie Kopftuch und Schurz an den Weinstock und springt geduckt von den Reben in einem Bogen auf die Pferde zu, schwingt sich mit einem Satz auf das Leitpferd und reitet was das Pferd hergeben kann der Ortschaft zu. Die anderen Pferde springen hinterher.
Als die Krieger statt einem lustvollen Abenteuer nur einen Schurz mit Kopftuch finden und auch noch ihre Pferde suchen müssen, geraten sie dabei in die Ortschaft, wo alles für ihren Empfang bereits gerichtet war."
„Bravo" sagt der Predigerlehrer und der Herr Vater, wie auch die andern freuen sich sichtlich an der fixen und gescheiten Ur-, Ur-, Ur-, Urgroßmutter.
Da meldet sich die Rosi: „Auch ich weiß eine Geschichte aus der Türkenzeit. Ob's meine Urahne war, kann ich nicht sagen, aber meine Großmutter hat's mir erzählt.
Da ist bei einem Überfall auf Kirchenburg meine Urahne nicht mehr in die Burg gekommen, weil sie bei den Bienen war. Als sie von den Türken entdeckt wurde, wollten sie diese gleich überfallen und mitnehmen, aber da sind sie an die Richtige gekommen.
Dem ersten hat sie gleich einen Bienenkorb über den Turban gestülpt und die anderen sind gelaufen, als wäre ihnen ein ganzes Ritterheer auf den Fersen."
Von den ersten Türkeneinfällen ins Burzenland wird bereits 1395 berichtet.
Man organisierte im Sachsenland ein Frühwarnsystem das bis in die Walachei hinunter reichte.
Es ist eine Urkunde vorhanden, wo ein Rumäne mit Namen Neascul aus Cîmpulung (Langenau) dem Hans Benkner, Richter zu Kronstadt über die Türken berichtet (Kundschafterdienst leistet).
Auch wurde durch Rauchzeichen und ein in Blut getauchtes Schwert, das man durch die Ortschaften trug, der Heerbann organisiert.

Unsere Vorfahren haben sich dabei wacker geschlagen und auch manche Schlacht gewonnen.
Auf jeden Fall konnten die Feinde keine größere deutsche Stadt erobern.
Kaiser Sigismund, Römischer Kaiser Deutscher Nation (1387 – 1437) sagt über die Sachsen: „Wie ihre Väter im lichten Tatenglanz erstrahlten, so haben auch sie ... Gut und Blut, Leib und Leben nie geschont, also daß an ihrer Treue kein Mangel haftet und den Ruhm ihrer Taten die Zeit nie verlöschen, nie mit der Nacht der Vergessenheit dekken dürfte."
Der Papst nannte Hermannstadt ein „Bollwerk der Christenheit" und Anton Trautenberger, der Königsrichter, wirft die Türken von Siebenbürgen bis an die Donau zurück.
Auch Georg Hecht ist mit einem sächsischen Aufgebot dabei, als die Türken Ali-Begs auf dem Brotfeld am 13. Oktober 1497 vernichtend geschlagen werden.
Angesichts solcher Verdienste bestätigt König Mathias Corvinus die Einheit der Sachsen (Universitas Saxonum) auf Königsboden.
Durch Intrigen des Adels und Thronstreitigkeiten verliert das Abendland die Schlacht bei Mohatsch 1526 und die Türken erobern die ungarische Tiefebene. Ofen wird für 145 Jahre Sitz eines Paschas und Siebenbürgen ein Fürstentum unter türkischer Oberhoheit. Die Türken stehen vor Wien!

Durch die verworrenen politischen Zustände jener Zeit wird die Reformation in Siebenbürgen ohne Blutvergießen durchgeführt. Der Motor dieses gewaltigen Umdenkens ist der Humanist, Gelehrte, Pädagoge und Pfarrer Johannes Honterus.
Eine überragende Gestalt der Sachsen."
„Lieber Michael! Die ausführliche Bewertung dieses hochgeistigen Menschen, der u.a. auch den Buchdruck in Siebenbürgen eingeführt hat, kann hier und heute nur angedeutet werden und muß einer eingehenden Würdigung vorbehalten werden.

Eine wichtige Station auf unserem geschichtlichen Werdegang ist die Erneuerung der Union, der drei Landstände Siebenbürgens 1544. Eine Landesgesetzgeberische Vollmacht ist danach nur möglich, wenn alle drei Nationen zustimmen: Adel, Szekler und Sachsen.

Durch den deutschen Einfluß und Tributzahlungen, die hauptsächlich auch nur von den Deutschen aufgebracht werden, bleibt Siebenbürgen auch unter türkischer Oberhoheit abendländisch nach Geist und Bekenntnis.

Keine einzige Moschee ist in Siebenbürgen gebaut worden.
Obwohl seit 1557 die garantierte Religionsfreiheit gilt.
1583 proklamiert der Königsrichter und gewählte Sachsengraf, Albert Huet, das Eigenlandrecht der Deutschen in Siebenbürgen.
Es bleibt rechtswirksam bis 1853, als das österreichische Allgemeine Bürgerliche Gesetzbuch wirksam wird.
Dieser Albert Huet hält 1591 eine lateinische Rede vor dem Fürst und dem Landtag von Siebenbürgen, aus der ich ein paar Sätze noch zitieren möchte: ...Wir sind bekräfftigte Bürger und liebe Getreuen welches aus Königkligen Send-Brieffen, derer wir grosse Laden voll haben, erwiesen wird.
Sey Gott gelobet dafür ... dass man sich mit Schuh-machen mag erhalten u.I,F.D. (Ihrer Fürstlichen Durchlaucht) einen dicken, fetten, gutten, und angenehmen Zinss kann geben. Davon wollen wir die Namen Kirschner, Schuster, Schneider, lieber tragen als Diebe, Mörder, Raiber ...
Im Schweiss deines Angesichtes soltu dein Brod essen ...: Es spricht der Apostell Paulus ... die Schaafe soll man scheren und nicht schinden.
Item man muss die Hühner nicht sampt den Eyren fressen damit wir nicht Gott ... erbittern. Es spricht der Apostell Paulus: So wir uns selbst richtetten, so werden wir nicht gerichtet werden.
Wird E.F.D. (Eure Fürstliche Durchlaucht) gewehren und uns in Friede und Ruhe erhalten, so wollen wir nicht nur allein diesen Tag glücklich preisen ... sondern uns bewerben verdienth zu machen ... das du getrost und ohne Sorge einem jeden Uterthanen dein haupt in seinen Schoss mögesst können legen ..."
Leider waren die Fürsten oft selbstherrlich oder selber machtlos.
Da schoben sich kaiserliche, türkische und wallachische Truppen über Siebenbürgen, und alle plünderten das Volk bis zum letzten aus.
Hermannstadt läßt in dieser Zeit eine Münze prägen: „Vor und hinter uns das Verderben, Gott sei uns gnädig."
In dieser Zeit kommt ein Teufel an die Macht, der sich in Tyrannei überbietet. Es ist Gabriel Bathory (1606-1613) der speziell die deutschen Städte erpreßt.
Normal durfte ein Fürst in eine deutsche Stadt nur mit persönlichem Gefolge einreiten. Durch eine Finte schmuggelt Bathory ein ganzes Heer nach Hermannstadt hinein. Er haust wie ein Irrer.
Da er Kronstadt auch übertölpeln will, machen diese das Fallgitter zu.
In offener Feldschlacht fällt der Stadtrichter Weiß vor Kronstadt und alle höheren Schüler dieser Stadt – aber nach Kronstadt kommt er

nicht hinein. Seine eigenen Knechte erschlagen diesen Wüstling und lassen ihn im Straßenstaub liegen.
In einer Chronik von 1634 wird berichtet, daß sich die Kronstädter über den tödlichen Abgang des viel Gehaßten so freuten, daß dreimal mit allen Glocken zusammen geläutet wurde.
„Alle Büchsen in allen Türmen, Posteien und Thoren den ganzen Tag und Nacht abgeschossen und solch epicurisch, cyklopisch Säuleben mit Fressen, Saufen, Tanzen, Springen und Jubilieren, daß es nicht Wunder gewesen, die Stadt hätte sollen versinken."

Es waren nicht nur die Türken, die es auf die reichen deutschen Siedlungen abgesehen hatten.
Zu den Petschenegen gesellten sich die Kumanen, die Kurutzen und durchziehende Soldateska mancherlei Couleur und wären diese Kirchenburgen hier nicht gewesen, wäre von uns Deutschen kein Stäubchen mehr vorhanden.
1688 sagen sich die Landstände Siebenbürgens von den Türken los. Nach der vergeblichen Belagerung Wiens 1683 gelingt es 1686 Ofen zu befreien. 1688 Belgrad.
Siebenbürgen unterstellt sich dem Kaiser Leopold I, Römischer Kaiser Deutscher Nation, der nun auch ein Fürst von Siebenbürgen ist, unter der Bedingung, die Religionsfreiheit anzuerkennen.
Im Leopoldischen Diplom wird dies für Siebenbürgen verankert.
Damit ist Siebenbürgen ein Großfürstentum unter Habsburg und gehört zum Römischen Reich Deutscher Nation, das von den Karpaten bis zur Nordsee reicht.

1866 verliert Habsburg den Krieg gegen Preußen und ist so geschwächt, daß es den Ungarn nur noch in der Außenpolitik und Wehrpflicht Vorgaben macht.
1867 Errichtung der Doppelmonarchie. Siebenbürgen wird ein Teil Ungarns, und da die Ungarn in Siebenbürgen eine Minderheit sind, setzt eine furchtbare Magyarisierung ein.
Alle Bemühungen, rumänisch, ungarisch und deutsch als gleichberechtigte Sprachen zu verwenden, werden hinfällig.
1876 zertrümmern die Ungarn den Königsboden und damit das 1224 feierlich und bis an das Ende aller Tage im Andreanischen Freibrief gegebene Versprechen, die Eigenständigkeit – und das Eigen-Landrecht der Sachsen zu respektieren und zu wahren.
Man redet sich mit dem Vorwurf gegen die Sachsen heraus, sie seien Staat im Staate und schürten durch ihre Privilegien den Haß der anderen Völker.
Was nützten uns die Lobreden der Vergangenheit:

Schutz und Schild des Abendlandes zu sein, ein Bollwerk der Christenheit.
Am 21.Dezember 1848, bald nach seiner Thronbesteigung, schreibt Kaiser Franz Joseph an sein „treues Sachsenvolk“: „es war unserem Herzen wohltuend und hat uns hohen Trost gewährt, die hohe Aufopferung zu erkennen, mit welcher Ihr bereitwillig Haus und Hof, Werkstätte und Pflug verlassen und mit freudiger Hingebung von Gut und Blut die Waffen ergriffen habt, um den seit Jahrhunderten bestehenden Bau der Gesamtmonarchie, ihre Einheit und Kraft, sowie die Rechte unseres kaiserl. Hauses in dem Augenblick drohender Gefahr zu stützen und zu schirmen. Thron und Staat, für die Ihr gekämpft, werden Euch die verdiente Anerkennung zollen und die Bürgschaften zu schützen wissen, welche Eure von Unsern Ahnen oft belobte Tapferkeit, Ausdauer und Treue, vornehmlich aber Euer Sinn für Ordnung und Gesetzlichkeit und der vernünftige Gebrauch der unter Euch heimisch gewordenen Freiheit für den Glanz der Krone und den Bestand des Staates gewähren.“
Nicht übergangen werden dürfen hier jene vielen tapferen Männer, die seit dem Übergang Siebenbürgens unter der Herrschaft des Hauses Habsburg (1691) gekämpft und auf dem Feld der Ehre gefallen sind.
Die Abwehr der Magyarisierungsbestrebungen sind bis 1914 das beherrschende Problem der Siebenbürger Sachsen wie das der Rumänen.
Die Haltung der Siebenbürger Sachsen bei der deutschen Reichsgründung 1871 zeigt schon an, daß sie die deutsche Sprachgemeinschaft, der sie sich zugehörig fühlen, nicht mehr vom Kaiser eines Vielvölkerstaates (Habsburg), sondern vom Deutschen Reich repräsentiert sehen.
Je stärker der Magyarisierungsdruck wird, um so mehr fühlt man sich der Reichsdeutschen Kulturnation zugehörig.
Und so ist es nur zu verständlich, daß die Siebenbürger Sachsen von den Ungarn enttäuscht sind, und am 8. Januar 1919 ihren Anschluß an das Königreich Rumänien beschließen.
Am 18. 11. 1918 hat die rumänische Nationalversammlung in Karlsbad-Weißenburg (Alba Julia) bereits ihren Anschluß an das Königreich Rumänien beschlossen.
Der wichtigste Punkt für uns Sachsen ist der Punkt 1:
1. Die volle nationale Freiheit für alle mitbewohnenden Völker. Jedes Volk wird den Unterricht, die Verwaltung und die Rechtspflege in seiner eigenen Sprache durch Personen aus seiner Mitte erhalten und jedes Volk wird das Recht der Vertretung in den gesetzgebenden

Körperschaften und in der Regierung im Verhältnis der Zahl seiner Volksangehörigen haben.
2. Gleichberechtigung und volle autonome konfessionelle Freiheit für alle Konfessionen im Staate . . .“

Die erste Enttäuschung für uns Deutsche war die Bodenreform 1921. Die Enteignung deutschen Bodens schwächt die wirtschaftliche Situation der Siebenbürger Sachsen in erheblichem Maß.
Andererseits ist es verständlich, wenn Hungrige an die Macht kommen, daß sie dann den Begüterten etwas wegnehmen.“
Nun bittet der Herr Vater ums Wort.

„Lieber Michael, liebe Jugend, verehrter Herr Predigerlehrer Graef! Der Abriß über unsere Geschichte ist sicher in dieser kurzen Zeit nicht vollkommen, dennoch hoffen wir die Probleme angeschnitten zu haben.
Zunächst wäre festzustellen: Es geht uns trotz Bodenreform wirtschaftlich einigermaßen gut. Wir haben alle satt zu essen und zu trinken und können sogar noch exportieren.
Wenn man die gut genährten Viehherden sieht und den gepflegten Pferdebestand, hat man noch nicht den Eindruck, als wären wir am absteigenden Ast.
Nun, es versucht jeder, wie seither auch, an unserem Reichtum zu knabbern.
Kulturell gesehen haben wir unsere evangelische Kirche Augsburger Bekenntnisses – wie bei Euch in Deutschland.
Unsere deutschen Schulen, Landwirtschaftsschulen, Gymnasien und Lehrerbildungs-anstalten.
Wir haben ein deutsches Theater, deutsche Zeitungen und sind kulturell mit Deutschland verbunden.
Unsere Pfarrer studieren in Deutschland und die meisten sonstigen Akademiker auch.
In den Zukunftsperspektiven sind wir geteilter Meinung.
Einige meinen, unser einziges Heil bestehe darin, uns enger an Deutschland zu binden.
Dabei laufen wir Gefahr, in die tägliche Politik hineinzugeraten.
Auch schreckt mich persönlich der Gedanke, dieser Hitler, der zur Zeit. soviel Zulauf hat, könnte sich diktatorische Allüren anmaßen, gegen das sind wir.
Mit den Rumänen, die ja wie wir nationale Unterdrückung erlebt haben und die geistig wie kulturell dem Abendland zuneigen – wäre meiner Meinung nach trotz aller Meinungsverschiedenheiten, die sich ja rein aus einer anderen Mentalität ergeben können, ein fruchtbares Zusammenleben möglich.

Für unser Zweikindersystem können wir sie ja nicht verantwortlich machen, auch kann man einem Volk nicht Vorwürfe machen, wenn der Schoß ihrer Weiber ursprünglicher und gebärfreudiger ist, als der der unseren.
Das ist aber unser zentrales Problem.
Was Stephan Ludwig.Roth, der Meschner Pfarrer und unser Volksheld klar erkannte, uns neues Blut zuzuführen und das im großen Stil – hat nun nicht stattgefunden.
Adolf Meschendörfer, Schuldirektor am Honterusgymnasium in Kronstadt, begriff hautnah die Ursprünglichkeit und den Lebenswillen der rumänischen Nation und die Bedrohung, die für unser Deutschtum daraus erwuchs.
In seinem großen Bucherfolg „Die Stadt im Osten" (Kronstadt) kommt das klar zum Ausdruck:
„Seht, ihr klugen, gesicherten Leute in Europa: Wir stehen hier bis an die Brust in einem reißenden Strom, der uns fortspülen will von unserer Insel. Der uns den Boden unter den Füßen wegschwemmt und manchmal über unsere Köpfe geht.
Wir stehen mit zerschundenen Füßen auf schartigen, spitzen Steinen und sind müde. Wir halten uns an den Händen, denn manch einer gleitet aus und taumelt. Wir halten uns, eine müde Mauer, und sehen mit aufgerissenen Augen, wie alle, die von der Kette gerissen sind, vor uns versinken . . ."

Die Menschen in Deutschland lasen das und waren davon angetan – im übrigen waren sie mit sich selber beschäftigt und hatten ihre eigenen sozialen und wirtschaftlichen Probleme."
Jetzt meldet sich der Predigerlehrer zu Wort: „Ich sehe unsere einzige Chance in einer ganz engen Bindung an die neue Entwicklung im Reich. Hitler predigt das Völkische, er kann auch uns hier neue Impulse geben.
Es ist ja nicht das Wirtschaftliche, was uns hier bedrängt, sondern wir sehen völkisch keine Aussicht mehr auf eine Garantie, Deutsche bleiben zu können, und gerade das ist unser aller Wunsch, sicher auch die kirchliche Ansicht, die ja nur im bezug auf Hitler etwas konservativer denkt."
Vater Mangesius entgegnet: „Die Kirche denkt nicht nur konservativer, sondern in Jahrhunderten.
Sie bezieht ihr Fundament aus der Bibel und glaubt an die Worte Jesu und das ewige Leben. So haben wir hier in bald acht Jahrhunderten noch viel schlimmere Zeiten als die heutigen überlebt.
Deshalb ist unsere Ansicht: Ein brüderliches Verhältnis zu unseren deutschen Landsleuten im Reich zu pflegen, in erster Linie auf kul-

tureller, geistiger und wenn es beiden guttut, wirtschaftlicher Basis. In der Politik jedoch keine zu engen Verquickungen stattfinden zu lassen. Schon Bismarck hielt das 1883 für nicht opportun. Er schrieb an die deutsche Botschaft in Wien, daß „Gemütsbedürfnisse" in der Politik zurücktreten müssen, letzten Endes auch zum Wohle der Auslandsdeutschen.
Ich persönlich habe da meine Konsequenzen gezogen und bemühe mich um ein gutes Verhältnis zu meinem orthodoxen Mitbruder und Pfarrer und zu allen Anders völkischen."

Michael war wie zugemauert von Geschichte. So eine Debatte wäre im Reich undenkbar gewesen. Unwahrscheinlich mit welcher Eleganz die zwei völkischen Führer ihre eigene politische Richtung verfochten.
Das war Demokratie im besten Sinne des Wortes.
Da meldete sich Erwin, der Pfarrerssohn zu Wort: „Ich glaube, die Siebenbürgische Elegie, von Adolf Meschendörfer würde sehr gut zu diesem Thema passen. Sie macht uns nachdenklich und anschließend würde ich vorschlagen, soll uns Michael etwas über sich, sein Land und wenn er will und kann, über unsere Diskussion hier sagen."

Der Herr Vater wie auch der Herr Prediger waren von dem Vorschlag angetan, denn nur zu leicht hätte der lehrreiche Nachmittag in eine politische Diskussion abgleiten können.
Der Predigerlehrer machte natürlich kein Hehl daraus, Hitler und die neue Zeit zu verehren und der Herr Vater war zwar genauso deutsch, aber mit den bereits angekündigten Einschränkungen . . .
Erwin, der Pfarrerssohn, trug die Elegie von Meschendörfer vor und man merkte, wie der hervorragende Einfluß des Bischof-Teutsch-Gymnasiums aus Schäßburg mit zum Ausdruck kam:

„Anders rauschen die Brunnen, anders rinnt hier die Zeit,
früh faßt den staunenden Knaben Schauder der Ewigkeit.
Wohlvermauert in Grüften modert der Väter Gebein,
zögernd nur schlagen die Uhren, zögernd bröckelt der Stein.
Siehst du das Wappen am Tore? Längst verwelkte die Hand.
Völker kamen und gingen, selbst ihr Name entschwand.
Aber der fromme Bauer sät in den Totenschrein,
schneidet aus ihm sein Korn, keltert aus ihm seinen Wein.
Anders schmeckt hier der Märzwind, anders der Duft von Heu,
anders klingt hier das Wort von Liebe und ewiger Treu.
Roter Mond, vieler Nächte einziggeliebter Freund,

bleichte die Stirn dem Jüngling, die der Mittag gebräunt,
reifte ihn wie der gewaltige Tod mit betäubendem Ruch,
wie in grünlichem Dämmer Eichbaum mit weisem Spruch.
Ehern wie die Gestirne zogen die Jahre herauf,
ach, schon ist es September. Langsam neigt sich ihr Lauf."

Michael begreift nur ahnend die tiefsinnige Aussage dieser Zeilen, außerdem bekam er bereits Lampenfieber, hier überhaupt etwas sagen zu können.

Der herrliche Kirchenraum mit seiner gewaltigen Akustik, der Herr Vater und der Herr Predigerlehrer ... aber da sah er auch die Jüngeren, wie den Martin, der ja auch einen Beitrag geleistet hatte.

Und da saßen auch noch jüngere, die ihre Sache sehr gut gemacht hatten ... und die zwei Mädchen ... Das alles stärkte sein Selbstbewußtsein und zum erstenmal in seinem Leben mußte er aus dem Stegreif und vor dieser ehrwürdigen Kulisse etwas sagen.

Er ordnete seine Gedanken und als er die ersten Worte gesprochen hatte, bemerkte er, wie wohltuend dieser große Raum seine Worte wiedergab.

Er faßte Mut und begann folgendermaßen zu reden:

„Sehr geehrter Herr Vater, sehr geehrter Herr Predigerlehrer, liebe Mädchen, liebe Freunde und Kameraden!

Für die, die mich noch nicht kennen: ich bin der Michael Kammerer und bin auf der Schwäbischen Alb geboren. Das ist ein Altgebirge, dessen höchste Erhebung der Lemberg mit 1015 Meter, ist.

Es zieht sich vom Hochrhein bis zum Nördlinger Ries.

Südlich von meinem Geburtsort liegt in ungefähr 30 km Entfernung Ulm a. d. Donau mit dem höchsten Kirchturm der Welt, 161,6 Meter hoch.

Damit ihr meinen Geburtsort leichter findet: Ich stamme von der Stubersheimer Alb, höchste Erhebung ca. 690 Meter, nahe bei Geislingen an der Steige gelegen.

Mein Vater war dort Kleinbauer und Waldarbeiter und da das Höfle zum Sterben zuviel und zum Leben zu wenig hergab, sind wir durch die Vermittlung eines Kriegskameraden meines Vaters nach Stuttgart gezogen und bewirtschafteten dort das Gütle eines Fabrikanten.

Gütle ist im schwäbischen ein kleines Gut, das eher den ideellen Wert als den materiellen unterstreicht.

Beziehung zu Siebenbürgen hat mein Vater durch den Johann Kammerer bekommen.

Er, ein Rechtsanwalt aus Stuttgart und mein Vater sind miteinander aus Irkutsk in Sibirien geflohen und beim dritten Versuch über den Ladogasee und Finnland 1920 nach Hause gekommen.

Es wäre sicher abendfüllend, wenn uns der Onkel Kammerer, Martins Vater, etwas darüber erzählen würde.
Er hat meinem Vater das Leben gerettet.
Als dieser aus dem Ladogasee schöpfen wollte, hat ihn eine Welle mitgenommen und Johann Kammerer ist ihm nachgesprungen und hat ihn mit letzter Kraft ans Ufer gezogen.
Ich besuche in Stuttgart das Gymnasium. Ich muß Euch sagen, daß es bei uns in der Großstadt sehr viel Armut gibt und viele Leute nicht genug zum Essen haben. Deshalb bin ich froh, bei Euch zu sein.
Nach dem, was ich alles gehört habe, bin ich auch aus anderen Gründen froh, Euch, Eure Gastfreundschaft und eure Geschichte kennengelernt zu haben.
Es war faszinierend zu hören, mit wieviel Mut und Geschicklichkeit Ihr euch behauptet habt. Mich persönlich begeistert am meisten: Euer Brauchtum, Eure Kirchenburg, Eure Schule, die Bruder- und Schwesternschaft, die Nachbarschaft, Euer immenses deutsches Liedgut, die Adjuvanten und der ganze Zusammenhalt im Ort.
Soweit ich kann und es in meiner Macht steht, werde ich mit meinen bescheidenen Möglichkeiten für Euch immer und alle Zeit eintreten wie es auch Euer St. L. Roth, von der Jugend hier und in Deutschland gefordert hat.
Eine Stelle aus dieser Geschichte, wo Euer Sachsengraf Albert Huet seine Rede „Von der Sachsen Ursprung, Leben, Handel und Wandel“ 1591 vor Fürst Sigismund Bathory hält, fällt in etwa auch die Redewendung: „Daß du getrost und ohne Sorgen einem jeden Unterthanen dein Haupt in seinen Schoß mögest können legen . . .“
Unser Nationallied von Württemberg darf ich euch als Abschluß meiner Ausführungen vorsingen in dessen vorletztem Vers die ähnliche Redewendung vorkommt.“
„Unsere Kantorin wird dich sicher gern mit der Orgel begleiten, wenn sie die Melodie aufgegriffen hat,“ fügte Pfarrer Mangesius hinzu.
Da rief die Kantorin von der Orgel Empore : „Das Lied ist mir von meinem Studien- aufenthalt in Tübingen bekannt“ und gab den Ton an.

Preisend mit viel schönen Reden
ihrer Länder Wert und Zahl
saßen viele deutsche Fürsten
einst zu Worms im Kaisersaal.

„Herrlich“, sprach der Fürst von Sachsen,
„ist mein Land und seine Macht,
Silber hegen seine Berge,
wohl in manchem tiefen Schacht.“

„Seht mein Land in üpp'ger Fülle“,
sprach der Kurfürst von dem Rhein.
„Gold'ne Saaten in den Tälern,
auf den Bergen edler Wein!“

„Große Städte, reiche Klöster“,
Ludwig, Herr zu Bayern sprach,
„schaffen, daß mein Land dem Euren,
wohl nicht steht an Schätzen nach.“

Eberhard, der mit dem Barte,
Württembergs geliebter Herr,
sprach „Mein Land hat kleine Städte,
trägt nicht Berge silberschwer.
Doch ein Kleinod hält's verborgen,
daß in Wäldern noch so groß,
ich mein Haupt kann kühnlich legen,
jedem Untertan in Schoß.“

Und es rief der Herr von Sachsen,
der von Bayern, der vom Rhein,
„Graf im Bart! Ihr seid der Reichste,
Euer Land trägt Edelstein!“

Als die letzte Strophe gesungen war, brauste Beifall auf und der Herr Vater ergriff noch einmal das Wort:
„Lieber Michael, liebe Mädchen und Burschen.
Dieser Abschluß hat mich sehr ergriffen, ich danke für Eure Beiträge, vielleicht können wir so etwas ähnliches nochmal erleben.
Ich wünsche euch einen schönen Nachmittag.“

Der Regen hatte sich verzogen, unterhalb der Burg floß ein herrlicher Bach, der bei Regenwetter oder nach Gewittern zu einem gefährlichen Fluß anschwellen konnte.
Teile dieses Baches flossen sogar unter die Burgmauer und waren mit mächtigen Eisenstäben vom übrigen Bach abgetrennt.
In Notzeiten sicher ein gutes Wasserreservoir, auch für die Brunnen in der Burg.
Angesichts des heißen Tages waren diese Gedanken sekundär.
Die Burschen zierten sich nicht lange, zumal die Ufer mit Weiden und sonstigem Gestrüpp zugewachsen waren.

Michael tat es den anderen gleich und im Adamskostüm stürzte man sich in die Fluten.
Der Bach hatte ausgewaschene Stellen und Vertiefungen, da tauchten die besseren Schwimmer nach Krebsen, die es hier noch reichlich gab.
Auch probierten einige an den ausgewaschenen Ufern Forellen mit der Hand zu greifen und welch' ein Wunder für Michael, innerhalb einer Stunde hatten die Buben etliche Forellen gefangen, die man alle dem Michael verehrte.
Man spielte Räuber und Gendarm, tauchte unter im Wasser, verschwand unter Wurzelstöcken und kletterte über die Weiden in uneinsehbare Naturlauben.

Oh glückselige Jugendzeit, Michael und Martin konnten es heute noch nicht ahnen, daß ein paar Jahre später hier ein Kriegskamerad in arge Not geraten würde.
Michael und Martin nahmen den Eimer mit Forellen mit nach Hause und die Treni-Tante zauberte in ihrer Pfanne eine Delikatesse, an die würde Michael sein Leben lang denken.
Oh glückselige Urlaubszeit in diesem Land, so weit und frei bald wie der Sternenhimmel über ihnen.
Unvergessene Abende auf der Bank vor dem Hause.
Die ersten Frühbirnen fielen von den Bäumen und zerplatzten auf den Steinplatten des Gehwegs.
Die Buben konnten immer noch eins drauf machen.
Ein kleiner Rüttler und Birnen gab's in Hülle und Fülle.
Dann wurden sie bei lustigen Gesprächen vertilgt.
Und wenn es später wurde und eigentlich nur noch die Größeren auf der Gasse sein durften, dann war man still und horchte den Fröschen vom Hochmoor zu.
Dieses Hochmoor war ein paar Quadratkilometer groß und unberührt und lag oberhalb der Gemeinde, angrenzend an Friedhof, Wald und Feld.
Im Winter konnte man darüber Schlittschuh laufen und im Sommer gehörte es ganz den Fröschen.
Es war für die Gemeinde ein unerschöpfliches Wasserreservoir und für Zugvögel ein Eldorado.
Es war mit einigen Büschen und kleinen Inseln bestanden, aber sonst nur für ganz Kundige begehbar.

Ein Tag in freier Wildbahn

Vater Kammerer gab den Buben, wenn sie brav geholfen hatten, immer wieder mal einen Tag zur freien Verfügung, dann konnten sie anstellen was sie grad wollten.
Martin schlug vor, an den Gezemdabirgh (gezäunter Berg) zu gehn, das war ein großer Weinberg an einem Bergkegel.
Am Südhang wuchsen herrliche Trauben, am Bergrücken standen riesige Kiefern und am Nordhang Fichten.
Unweit davon zog der Schäfer mit seiner Herde entlang eines tiefen unbeschreiblich urigen Waldes.
Er hatte irgendwas Unwägbares an sich und Bär und Wolf waren in ihm zuhause, zum Leidwesen des Hirten, dem sie immer wieder mal bei Nacht in den Pferch einbrachen und blutige Ernte hielten.
Der Weinberg lag so um die 4 bis 5 km von der Ortschaft entfernt.
Martin hatte seinen Vetter Konrad eingeladen, dessen Vater hatte ein Kolonialwarengeschäft mit Gasthaus und obendrein gehörte ihnen auch eine Parzelle von dem Weinberg am Gezemdabirgh.
Der Vetter Konrad hatte den Vorteil, daß er irgendwo in einer Tasche immer ein paar Bonbons oder ein paar Feigen oder gar einen Tabak hatte.
Wie es halt die Situation ergab und er etwas mitlaufen lassen konnte.
Außerdem war Konrads Vater Jäger – da fiel auch mal eine Patrone ab, die man dann im Feuer hochjagte, oder das Pulver herausnahm und mit ihm herumexperimentierte.
Heute hatte Erwin einen Sack dabei – fast nichts drin und oben zugebunden. Dennoch machte er den Eindruck, schwer zu sein.
„Bis wir zur Ortschaft draußen sind, lauft ihr so, daß man den Sack nicht so genau sieht."
„Warum, was hast du da drinnen Konrad?"
„Mensch, du bist ja neugieriger als meine Oma," entgegnete Konrad altklug.
Sie waren an der „Hill" angelangt. Hier führte ein Hohlweg zwischen Burg und Gärten aufwärts.
Oben angekommen waren rechts der Friedhof und links das Hochmoor.
Verstohlen fühlten die Buben am Sack – es war ein harter Gegenstand darin.
Konrad fackelte jetzt nicht mehr lange: „Da, ihr dürft ihn tragen – aber aufgemacht wird der Sack erst am Weinberg."
Der Sack wurde rumgereicht und getragen.

Als sie die Hochfläche erreicht hatten, trafen sie auf den Knecht von Martin, der zwischen Moor und Friedhof am Viehhüten war.
„Domnisorule," (junger Herr) rief er auf rumänisch, „komm her!"und Martin sagte „ihr lauft den Weg weiter und ich geh zu ihm, mal sehn was er will."
Nach einer Weile war Martin wieder bei ihnen.
„Er hat gesagt, wenn wir ihm gegen Abend das Vieh heimtreiben helfen, wird er uns eine prima Pilzmahlzeit auf den Kohlen braten."
„Und uns vergiften," sagte der Laczi, der auch dabei war. Er war ein echter Szekler und wohlgelitten bei den deutschen Buben.
„Das tut der nie," sagte Erwin, der Pfarrersohn, — „der ist doch schon bald zehn Jahre bei Kammerers und unser guter Nachbar."
„Konrad komm sag, was ist in dem Sack?"
„An der Weinberghütte laß ich die Katz aus dem Sack, da werdet ihr Milchkälber Augen machen!"
„Der spannt uns richtig auf die Folter," ließ sich der Martin vernehmen.
Sie waren jetzt am Moor vorbei und stiegen einen Bergrücken hoch. Rechter Hand war als Fortsetzung vom Friedhof der finstere Wald, der an seiner Südseite zum Dorfe abfiel und an dessen Lehnen ein herrlicher Tropfen gedieh.
Nachdem sie die Bergkuppe erreicht hatten, sahen sie bis zum Gezemdäbirgh. Rechter Hand kam ein weites welliges Feld. — Vom Gezemdäbirgh konnte man an klaren Tagen über dieses Feld hinweg die Fogarascher Karpatenkämme bewundern.
An einer herrlich sprudelnden Quelle machten sie einen längeren Halt. Sie legten sich auf den Bauch, bliesen gekonnt die Libellen aus dem Bereich ihres Mundes und tranken dann mit vollen Zügen das köstliche Naß, und es schmeckte so wunderbar und kühlte ihr hitziges junges Blut!
Zudem spendete ein knorriger Holunder reichlich Schatten.
Wie schön war dieses Siebenbürgerland, gestaltet von fleißigen Händen in so vielen Generationen.
Sowas Schönes kommt nicht von ungefähr, man muß schon was dazu tun.
Die Buben hatten noch nicht diese Gedanken, sie hatten heute frei und lümmelten auf dem weichen Wildgras und schauten in den sich schon herbstlich verfärbten tiefblauen Himmel."
Vielleicht sind schon die ersten Trauben reif,„ ließ sich Martin vernehmen."
„Wir haben etliche Stöcke davon, und ich weiß gut, wo sie stehen."
„Michael, wachsen bei euch auch Trauben?" rief der Laczi.

„In Stuttgart und Umgebung schon, aber auf der Schwäbischen Alb, wo ich geboren bin, nicht.
Da ist das Klima zu rauh – dafür wächst dort ein Weizen mit kräftigen Halmen und starken Ähren.
Auf der Alb gibt es sehr tüchtige Bauern, die aus dem kargen Boden eine Art Kornkammer gemacht haben.“
„Bei uns wächst eigentlich fast alles“ ließ der Martin wissen.
Wir liegen auf dem Breitengrad von Südtirol und produzieren einen Körnermais, der pfundige Schweine und Mastochsen gedeihen läßt. Die verkaufen wir nach Wien und Deutschland und machen gute Geschäfte mit euch.“
Konrad teilte eine Runde Bonbons aus und dann ging es weiter Richtung Gezemdäbirgh. Unterwegs kamen sie an einem bewaldeten Bergkegel vorbei und Konrad gab Zeichen, das Reden einzustellen und vorsichtig hinter ihm zu gehen.
Es hatte sich gelohnt.
In dem lichten Holzbestand zog eine Rehgeiß mit ihren zwei noch gefleckten Kitzen.
Voll Bewunderung saugten die Buben den schönen Anblick in sich hinein, und nur durch den Zeigefinger auf dem Mund konnte Konrad ein Aufjauchzen der so Entzückten verhindern.
Die Geiß hatte dennoch was gemerkt, verhoffte und äugte den Buben nach, die sich lautlos aus dem Staube machten.
Nun waren sie nicht mehr weit vom Gezemdäbirgh.
Sie kamen von der Westseite und wollten zuerst auf den Bergrücken.
Das Gelände stieg sachte an. Schon rochen sie das Harz der mächtigen Kiefern und Tannen.
Es war ein lichter Bestand zur Freude der Augen und der tiefatmenden Lunge.
Dem Michael entrang sich ein Juchzer, so schön lag das Land vor seinen Augen, ein wahrer Garten Gottes.
Herrlich die sauber bebauten Felder. Gräben die zu steil schienen, waren mit Apfel,- Birnen- und Zwetschgenbäumen bestückt – ein Zeugnis fleißiger Bauernhände.
Und die Hitze flimmerte über all dem und ein fruchtbarer reifender Odem lag über dem Land, soweit ihre Augen auch blicken konnten.
Nachdem sie das alle eingehend und lange bewundert hatten, fielen sie über den Erwin her mit seinem Sack.
„Also ich packe jetzt aus, aber eines müßt ihr mir versprechen, zu niemanden etwas sagen, sonst kommt mein Vater ins Gefängnis.“
Das war nun wieder so eine Einschränkung, die Unheil versprechend aussah.

Dennoch siegte die Neugier und jeder schwor, sich daran zu halten. Gemeinsam gingen sie durch die Weinbergreihe hinunter zur Weinberghütte.
Sie hatte eine breite Zufahrt und zwei Räume, einen großen, um die Pferde oder Kühe einzustellen und einen kleineren für die Weinberghüter oder als Unterschlupf für die Arbeiter im Weinberg.
Martin holte einen Riesenschlüssel aus einem Versteck und sperrte auf. Dann legte Konrad seinen Sack auf den Tisch und fing an, folgendermaßen zu reden.
„Wie ihr wißt, grenzt unser Garten an den Rathausgarten. Wenn ich also im Garten bin und der Polizist auch, dann sag ich dem: „Buna ziua domnule Polizist“ d. h. „Guten Tag Herr Polizist.“
Zunächst hat der mich gar nicht beachtet, aber da ich vom Gasthaus weiß, daß er sich gern von meinem Vater einen Schnaps schenken läßt, habe ich immer wieder den Kontakt zu ihm gesucht.
Eines Tages, die Zwetschgenbäume standen prasselnd voll in unserem Garten, da hab ich gefragt: „doriti niste prune?“ (ob er eine Handvoll will) und er konnte mich nicht unbeachtet stehen lassen. Schließlich wäre das ein Akt der Unhöflichkeit gewesen, wenn er jemanden überhört, der ihm was schenken will.
„Le-as dori mai bine lichide“ (flüssiger wären sie ihm lieber) hat er herumgezwinkert.“
Da hab ich gesagt: „Un moment,“ und bin in den Keller gesprungen, da haben wir ja Fässer voll Zwetschgenwasser und hab ihm eine Flasche voll über den Gartenzaun gereicht.
Dabei hab ich auch mit den Augen gezwinkert und gesagt: „O Tuica gustoasa“ (ein geschmackvoller . . .) Er hat dann gleich probiert, mich anerkennend angeschaut und die Flasche in seinen Rock geschoben.
Ein paar Tage drauf habe ich ihn wieder getroffen, da war er die Freundlichkeit selber.: „Buna ziua domnisorule,“ rief er über den Zaun (Guten Tag, junger Herr), “gut waren die Zwetschgen von da neulich.“
„Moment,“ habe ich geschrien und hab ihm noch eine Flasche herausgelassen.
Bei den Mengen Schnaps, die mein Vater verkauft, kommt es auf ein oder zwei Literchen gar nicht an, dachte ich. Und der Polizist freute sich sehr.
Da fragte er, ob er mir auch eine Freude machen könne.
„Sie wissen, Herr Polizist, mein Vater ist Jäger, aber sein Gewehr gibt er mir nicht gerne, obwohl ich schon Katzen und Ratten aus dem Fenster mit ihm geschossen habe, wenn er fort war.“
„Ist gut, Domnisorule, heute Abend, wenn es Nacht ist, gebe ich dir

eines über den Zaun — das sind so alte Karabiner noch vom Krieg 70/71, die wir nicht mehr brauchen. Mußt halt acht geben, welche Munition dazu gehört . . . und schön versteckt halten, nach dem Gesetz steht auf einen gezogenen Lauf die Todesstrafe.
Sofern es unser Gebiet hier betrifft, wird ja nicht soviel passieren — eine Reklamation kommt zuerst zu mir und die schlag ich dann wegen Bagatellsachen nieder." Dabei plusterte er sich auf wie ein Gockel und machte gleichzeitig mit der Hand eine abwertende Geste.
Die Reklamation kam schneller als gedacht.Er hat mir das Gewehr gegeben. Am anderen morgen bin ich zum Weinberg gegangen und hab ein paar Schüsse losgelassen.Da das Gewehr so schwer war, daß ich es kaum halten konnte, sind mir ein paar Kugeln über den Weinberg hinweggegangen.
Etliche Tage später hat mich der Polizist an den Gartenzaun gewunken: „Domnisorule" hat er gesagt, „hast du das Gewehr am Weinberg ausprobiert?" „Ja," hab ich stotternd zugegeben.
„Der Schäfer war da und hat gesagt, ihm seien ein paar Kügelchen ums Ohr geflogen, er wüßte gut, wie das täte, seit er im Ersten Weltkrieg war.
Dann hab ich ihm gesagt: Du Dummerchen, mußt du mit deiner Schafherde ausgerechnet dort fahren, wo scharf geschossen wird? Ha? Wie groß ist deine Weide? Ha? und ausgerechnet dort . . . oh du großer Gott — und dabei hab ich zum Himmel hinauf geschaut.
Also, wenn sie dir ein oder auch zwei Schafe erschossen hätten, wäre ja das nicht gerade das Schlimmste gewesen, es wäre sowieso besser, du hättest weniger Schafe und mehr Verstand, ha?
Das mußt du doch einsehen Cioban (Hirte). Du warst doch im großen Krieg und da haben sie gezielt auf dich geschossen und haben dich nicht getroffen, ha? — sonst wärst du doch nicht hier? Und nicht nur dich . . . den Badea von der Untergasse, den Cornea von der Mühle — die alle haben sie nicht getroffen."
„Ja, Herr Polizist, wenn es da geschossen hat, sind wir ins tiefste Loch gekrochen und haben uns den ganzen Tag nicht mehr gerührt.„
„Na siehst du, wärst du doch da auch in deine Coliba (Hütte) geschlüpft und hättest gedacht: laß doch den schießen so lang er will, einmal wird ihm die Munition schon ausgehen und jeden Tag schießt er ja auch nicht. Oder?"
„Hast recht, Herr Polizist, entschuldige die Störung und hier hab ich dir für den Ärger, einen Urda (Käse) mitgebracht."
„Siehst du Domnisorule, so macht man das, jetzt habe ich zu deinem Schnaps auch noch einen Käse bekommen. Und sei mir nicht böse, Domnisorule — gib her den alten Kloben und auf die Nacht komm an

den Zaun, dann gib ich dir ein Gewehrchen, so hat dein Vater keins!" Und da liegt es jetzt vor euch."
Wie in einer heiligen Handlung wurde der Sack aufgebunden und ein handlicher Gebirgskarabiner lag vor ihnen.
Konrad ließ ihn von Hand zu Hand gehen.
Dann sagte er: „Das ist wahrscheinlich für die meisten von Euch das erste Mal, daß Ihr eine Waffe in der Hand habt, das oberste Gesetz, wie es mir mein Vater eingebleut hat, heißt: Lauf nach oben oder unten halten und nie auf einen Menschen richten und wenn man es noch so genau weiß, daß keine Patrone im Lager ist."
Dann wurden Zielübungen gemacht und die tollsten imaginären Hirsch- Reh- und Wildsäu- Abschüsse getätigt.
„Jetzt machen wir ein paar Probeschüsse – nur müssen wir herausfinden, welches Kaliber da hineinpaßt, ich hab ein Säckchen voll Patronen dabei."

Dann probierte man zunächst, was ins Lager paßte und ob der Verschluß zuging.
Nachdem eine Patrone hineingegangen war, banden sie das Gewehr an einen Weinstock und am Abzug wurde eine lange Schnur befestigt, dann ging alles in Deckung und Konrad zog ab.
Eine mordsmäßige Detonation war die Folge und hinten am Verschluß war eine meterlange Stichflamme herausgeschossen.
Diese Vorsichtsmaßnahme hatte sich bereits gelohnt.
Man probierte es noch zweimal und siehe, das Gewehr schoß.
Erwin konnte nicht umhin zu bemerken: „Der Konrad ist ein echter Archler!"
„Was ist das, ein Archler?" fragten alle durcheinander.
„Seht Ihr, Ihr Analphabeten! . . . das ist ein Geschützmeister, wie es sie früher bei uns fast in jeder Burg gegeben hat."
Nachdem alles untersucht und beredet worden war, versteckte Konrad seine Waffe – diesmal aber besser als das letzte Jahr den Tabak. Da hatten die Buben geraucht, und da überraschend ein Erwachsener auftauchte, wurde das Päckchen Tabak schnell hinter einen Weinstock verscharrt. Beim Graben im Frühjahr entdeckte es ausgerechnet der Vater von Konrad. Peinliche Rückfragen waren die Folge und nur mit der größten Not ging es ohne körperliche Züchtigung ab.
Nun meldete sich Martin zu Wort. „Laczi, du machst jetzt vor der Hütte ein Feuer. Erwin, du holst unten von der Graben-Quelle einen Krug voll Wasser und der Michael geht mit mir reife Trauben suchen.

So war geschwind jeder beschäftigt und Konrad konnte mit Umsicht sein Gewehr verschwinden lassen.
Die Stöcke hingen so richtig voller gesunder weißer und roter Trauben; wenn es keinen Hagel gab, würde die Ernte sicher überdurchschnittlich ausfallen.
Nun waren sie an einem Stock, der bereits reif aussah.
Martin probierte, dann ließ er den Michael naschen und der hörte gar nicht mehr auf, so gut schmeckten ihm die frischen Trauben vom Stock. Das war das erste Mal in seinem Leben, daß er das so unmittelbar erlebte und vor allem so ausgiebig genießen durfte.
So versuchten die zwei zunächst einmal ein paar Sorten und dann schnitten sie einen ganzen Korb für die übrigen ab.
Die waren als Nachspeise gedacht, doch als Martin mit ihnen auftauchte, waren sie im handumdrehen vernascht und Martin durfte neue holen.
Michael half so lang das Feuer anzuzünden und nachzulegen und spitzte für jeden einen langen Spieß zurecht.
Konrad säbelte handgroße Speckschnitten, die man auf Fingerdicke bis zur Schwarte einschnitt.
Dann wurden etliche Zwiebel aufgeschnitten und gesalzen.
Als alle da waren, spießte jeder eine Speckschnitte auf seinen Spieß und hielt sie ins Feuer. Ganz Sparsame fingen das abtropfende Fett auf ein Stück Brot. Nun brutzelte der Speck.
Die Schwarte krümmte sich in der heißen Flamme und ließ die einzelnen fingerlangen Speckstückchen so richtig knusprig nach außen sich winden.
Ein appetitlicher Geruch stieg den Buben in die Nase und ließ sie begierig zulangen. Dazu wurde die rohe Zwiebel gegessen – und ein richtiger Kanten Bauernbrot vertilgt. „Das schmeckt mir besser als im besten Hotel in Hermannstadt oder Kronstadt," ließ sich der Erwin vernehmen.
„Pardon, Kronstadt oder Hermannstadt," meint der Martin, obwohl Hermannstadt die Hauptstadt des Sachsenlandes ist, wollen die Kronstädter überall und in jeder Hinsicht die ersten sein."
„Ja wieso das?" frägt der Michael.
„Keiner weiß es genau, doch ich vermute, sie bilden sich ein, vom Ordensmeister Hermann von Salza, dem Kreuzritterführer, persönlich einen Spritzer abbekommen zu haben . . ."
War das ein lustiges Essen. Die einen präparierten den Nachschub, die anderen brutzelten und die dritten schmatzten ostentativ, um zu zeigen, wie es ihnen schmeckte.
Auch der Krug Wasser machte fleißig die Runde und als alles genudelt voll war, kamen die Trauben dran.

„Eßt euch ruhig satt," sagte der Martin „der Nachschub ist nicht weit und reift bei Tag und Nacht."
Dann legten sie sich den langen Weg in das weiche Gras vor der Weinberghütte, schauten in den stahlblauen Himmel über sich und dachten, der Herrgott ist ein guter Mann und meint es wohl mit uns.
Als es den Brüdern zu langweilig wurde, holte Konrad ein Päckchen Tabak aus der Tasche, teilte Zigarettenpapier aus und jetzt probierte jeder eine Zigarette zu drehen.
Konrad mußte es vormachen und dann kamen die lustigsten Gebilde zustande.
Bei manchen riß auch das Papier und beim andern wollte die Spucke nicht kleben. Ein böses Geschnatter entspann sich, bis die ersten blauen Wölkchen zum Himmel tanzten.
Angezündet wurde natürlich mit einem Kienspan.
Und mancher schluckte schon von daher soviel Rauch, daß ihm ganz schummrig vor den Augen wurde.
Nun, die Gewiefteren hatten vielleicht schon ein kleines Vergnügen daran – der Michael, der Erwin und der Laczi gaben schnell auf, bevor es ihnen speiübel wurde.
Die Zeit war wie im Flug vergangen. Noch einmal erklommen sie den Bergrücken.
In weiter Ferne zog der Schäfer seiner „Stîna" (Alm) entgegen.
Sonst schien die Zeit still zu stehen.
Reifende Stille und eine Ruhe lagen über dem Feld.
Michael dachte: wie bei uns daheim am Distelhof.
Am liebsten wären die Buben über Nacht geblieben, aber Zuhause würden sie warten und dem Tudor hatten sie versprochen, das Vieh heimtreiben zu helfen. Mit dem Moor in der Nähe war es besser, wenn noch jemand aufpaßte.
So zogen sie wieder dem Dorfe zu. Die Sonne ließ ihnen genügend Zeit, beim Tudor noch etwas zu verweilen.
Da roch es schon nach dem herb- edlen Duft verschiedener Pilze.
Tudor hatte aus geschälten Hartholzstäben einen Grill konstruiert und darauf legte er sein Grillgut: „Und damit ihr gleich seht, daß ich nur gute Ware gesammelt habe, wurden von mir schon alle Sorten durchprobiert."
Da lief den Buben abermals das Wasser im Munde zusammen.
Das war die reinste Delikatesse.
Erwin sagte: „Wenn ich jetzt noch eine Prise Salz hätte, wär mein Glück vollkommen." Tudor hatte das gehört – er verstand gut deutsch, kramte in seinem Scherpar (breiter Ledergürtel mit zig Taschen) und siehe, in einem Fach hatte der Tudor sogar eine Prise Salz . . .

Man kaute zum Vergnügen ganz behäbig und langsam und spürte das einmalige Aroma dieser erdigen Frucht.
Aber damit nicht genug. Am angrenzenden Maisfeld hatte es schon einen milchigen Mais.
Den legte man anschließend noch auf den Rost.Und aus den Kohlen buddelte Jon die dritte Überraschung.
Er hatte aus einem Kartoffelfeld noch ein paar Erdäpfel organisiert.
„Hoffentlich nicht beim Ändress Bauer?"
„Gerade bei dem Geizhals" konterte Tudor.
„Der wird meinem Vater was Schönes erzählen" sagte Martin.
„Du immer noch nicht kennen Tudor he! . . . habe seitlich heraus gebuddelt und Stock stehen lassen – rumänischer Knecht Tudor nicht so dumm – und im 'Komm si komm sa' waren wir immer schon besser als ihr Sachsen . . .haa?"
Die Buben hatten schon ganz schwarze Finger und der Mund war auch in Mitleidenschaft gezogen – wer aber das mal verkostet hat – und Kunstdünger war in Siebenbürgen teuer und rar und wurde kaum verwendet, der kann nicht mehr davon lassen, und gesund ist es obendrein.
Um das verglühende Feuer lagen sie und wärmten ihre Bäuche und Tudor fing an, seine Geistergeschichten vom Moor zu erzählen und da der Friedhof etwas erhöht angrenzte, ließ er immer wieder mal so einen Geist über die Gräber huschen und im Moor verschwinden.
„Ich schwör's euch bei der Gesundheit meiner lieben Eltern . . ." „Die leben doch schon lange nicht mehr," warf der Martin ein.
Und ohne eine Miene zu verziehen: „also gut, dann bei sämtlichen Onkels und Tanten, daß ich die Wahrheit sage und ich's direkt vor mir gesehen habe . . .
Einmal hat sogar einer nach mir gelangt – aber dem hab ich einen Kuhfladen entgegengeschmissen und den mögen nicht mal die Geister . . ."
Jetzt war es Zeit nach Hause aufzubrechen. Der Stall mußte noch gerichtet werden.
Zum Abendbrot brauchte heute keiner mehr etwas. Noch ein Glas warme Milch nach dem Melken und wieder war ein herrlicher Tag in Siebenbürgen zu Ende gegangen.
Michael war ein anderer Kerl geworden.
Jeden Tag die frische Luft, das kräftige Essen und das Angesehensein bei Jungen und Alten, hatten sein Selbstwertgefühl steigen lassen.
Er spürte, wie aus einem etwas labilen und unsicheren Großstadtjungen ein kerniger junger Mann sich zu formen begann, indem sich auch geistig eine eigene Meinung zu bilden anschickte.

Eines wurde ihm immer mehr zum Herzensbedürfnis. Hoffentlich konnte er diesen Menschen einmal soviel Gutes zurückgeben, wie er von ihnen täglich erfuhr.
„Michael, hast du schon gehört, „Peter und Paul“ ist nicht mehr weit und da gibt es einen herrlichen Tanz im Freien mit viel Brauchtum,“ erzählte ihm die Treni, Martins Schwester.
„Da freu ich mich aber sehr, wird da die Lehnchen auch dabei sein?“
„Ja sicher“, entgegnete ihm die Treni. „Da sind alle Jugendlichen dabei – es wäre eine Schande, nicht dabei zu sein. Du weißt ja vom „Zugang“, was das bedeutet, wenn da einer ausgeschlossen wird.“
Unterhalb der Kirchenburg war das Schulhaus in Verbindung mit Gemeindehaus und Rektorwohnung. In den oberen Räumen waren die Klassenzimmer und die Wohnung. Parterre war ein großer Saal mit Bühne, angrenzend Probierräume für die Adjuvanten und den Gesangverein.
Neben dem Schulhaus war ein ebener, eingezäunter Platz.
Hier fanden die Tanzveranstaltungen des Sommers statt.
Am äußersten Zipfel des Platzes waren die Klos – schon mit Wasserspülung – denn unter ihnen floß der Bach vom Hochmoor vorbei, der alles mitnahm, was man ihm anvertraute.
Dieser Bach floß in den größeren Bach und dieser in Schäßburg in die große Kokel.
So hatten alle was davon und keinem zum Übel.

Peter – und Paulstag

Die Bruderschaft zog mit Äxten in den Wald und schlug junge Buchen.
Damit wurde der ganze Tanzplatz eingezäunt.
Dann wurde eine Laube inmitten der Tanzfläche geschaffen für Verliebte, die mal unbeobachtet eine kleine Pause einlegen wollten.
Seitlich war eine Laube für die Adjuvanten und Ehrengäste eingerichtet mit freier Sicht zum Tanzplatz. Hier stand auch ein großer Lindenbaum.
Am Schulhaus entlang wurden Bänke aufgestellt für die Mütter und Schaulustigen.
Die Bruderschaft übernahm die Ausschmückung des Platzes und die Schwesternschaft band eine herrliche Blumenkrone.
Schon am Vortag sammelten die Mädchen ganze Körbe voll Feldblumen, meistens Margeriten, blaue Glockenblumen und türkische Nelken.

Am Nachmittag wurde dann die Blumenkrone gebunden. Zu dem Feldblumenkranz noch Eichenlaub und auf die Spitze der Krone ein großer Blumenstrauß, bestehend aus Spargel, Lilien und Provinzrosen.
Diese herrliche Blumenkrone wurde einem 10 – 15 Meter hohen entrindeten Baumstamm aufgesetzt.
Unterhalb der Krone war ein Querholz angebracht, daran hingen ein Krug mit Wein und auf der anderen Seite ein Tuch, darin war ein Vesper eingepackt.
Darunter war nochmals ein etwas größeres Querholz durch den Stamm eingelassen und befestigt.
Michael half mit bei den Vorbereitungen und manches kam ihm sonderbar vor, andererseits wollte er nicht immer Fragen und erfahren würde er es bald genug, wozu das alles gut sein sollte . . .
Der Samstag nahte und damit auch Michaels Abschied.
Die anschließende Woche sollte es nach Hause gehen.
In Deutschland hatten die Schulen schon begonnen und Michael hatte noch zwei bis drei Wochen Extraurlaub erhalten.
Welche Überraschung gab es für Michael am Sonntag Morgen.
Da kam ein Bub und brachte ihm ein Sträußchen von dem Mädchen mit dem er neulich an der Burgmauer so nett zusammengesessen hatte.
Das war wieder das Brauchtum.
Jedes Mädchen schickt seinem Burschen ein Sträußchen, und das heftet sich dieser bei dem Tanz an die Brust.
Das war nicht nur eine nette Aufmerksamkeit, sondern schon ein Zeichen von Sympathie und darüber hinaus sah das sehr gut aus.
Michael freute sich sehr und schenkte dem Buben ein paar Lei.
Was war dieses Lehnchen für ein patentes Mädchen, obwohl sie viel älter war als er, hatte sie ihn nicht verschmäht, nun hatte auch er eine Freude.
Nach dem Mittagessen begann das große Ereignis.
Die Burschen wagten den Männertanz, wie es im Brauchtum festgelegt ist.
Dann hieß es: „Verzeiht ihr Brüder führt einmal an."
Darauf stellten sich die Mädchen im Schulhof auf, angeführt von dem Altknecht, dem Jungaltknecht, dem Wort und dem Irtenknecht.
Nach dem Aufstellen hüpften die Mädchen nach einer Schnell-Polka in das Kreisrund der Tanzfläche. Die Burschen liefen außen gegen die Mädchen-Richtung, und wenn alles gut gemischt war, spielte die Musik einen Walzer und jeder suchte sich sein Mädchen und wie zufällig fand Michael die Lehnchen, seine Blumenbinderin.
Ihm schoß die Röte ins Gesicht, aber er hielt sich tapfer, machte eine

Verbeugung und bat um den Tanz.
Ohne seine Partnerin hätte er sich ganz schön blamiert, aber sie flüsterte ihm zu, da sie seine Unsicherheit merkte:
„Laß dich ganz locker von mir führen und horche vor allem auf die Musik, dann geht es wie von selbst."
Und so war es dann auch – Michael tanzte zum erstenmal in seinem Leben einen Walzer.
Er kam sich vor wie im siebenten Himmel.
Das schöne Trachtenhemd mit Stickerei und die Seidenkrawatte bestickt mit Ähren und Blüten. Das hübsche Sträußchen an der Brust und in den Armen eines gut gewachsenen schlanken Mädchens mit blonden Haaren und blauen Augen. Ein feingeschnittenes Gesichtchen, mein Gott, die konnte genau so gut von Stuttgart oder Kiel sein. Und wie schön die angezogen war.
„Wie heißt man deine hübsche Tracht?"
„Gefall ich dir Michael?" „Und wie!" kam es ihm unwillkürlich und bewundernd von den Lippen.
„Das ist der „Schinnenkerel" und besteht aus dem weiß gestärkten Rock mit Falten, weiße Schürze schwarz bestickt und dem sächsischen Faltenhemd. Alles selber gemacht. Über dem Hemd ein schwarzes Samtmieder verziert mit einem bunt bestickten Ledergürtel mit Silberspange."
„Daß ihr das so schön machen könnt – ich bewundere euch!"
„Weißt du, im Winter haben wir viel Zeit dazu. Im Kränzchen oder in der Rockenstube wird gestickt, gehäkelt und genäht."
Allmählich merkte Michael, daß dies Siebenbürgerland außer seiner herrlichen Natur, Speck und Zwiebel noch ganz andere Qualitäten vorzuweisen hatte.
Doch als er zu nah an diese Qualitäten heran wollte, hielt sie diskret aber bestimmt auf Abstand. Auch das tat sie auf eine Art, daß Michael am liebsten erst recht an sie hingeschlupft wäre.
Aber viele Augenpaare ruhten aufmerksam auf den Tanzenden – und wehe man wäre aufgefallen!
Das Gerede im Dorf wäre wie ein Lauffeuer herumgegangen und die Lehnchen hätte es ausbaden können, wo sie sowieso keinen festen Freund hatte, was in ihrem Alter ungewöhnlich war.
Michael spürte, daß sie ein Wohlwollen an ihm gefunden hatte, doch er wußte nicht so recht, wie er seine Gefühle hier einordnen sollte. Es war ja das erste Mal, daß er ein Mädchen überhaupt spürte und an dem Lehnchen war alles dran, womit der Herrgott so ein Mädchen begehrenswert macht.
Wie soll das alles ein so junger Spund artikulieren und ausdrücken können und sich richtig verhalten?

Wie er so seinen Gedanken nachhing, bliesen die Adjuvanten ein Signal und es trat Ruhe ein im großen Rund.
Der Herr Vater und die Presbyter hatten Aufstellung genommen und der Wortknecht begann an dem glatten Kronenstamm aufwärts zu klettern.
Das war gar nicht so einfach – denn er war in der Tracht und hatte Stiefel und Stiefelhosen an.
Aber er war das reinste Muskelpaket. Mit mächtigen Schüben und Armen gleich Stahlklammern zog und schob er sich am glatten Stamm empor.
Als er das Querholz erreicht hatte, rief alles Vivat (er lebe hoch) und brausender Beifall belohnte seine Leistung.
Am Kindertanzplatz machte es ihm einer nach und bekam ebenfalls Beifall.
Nachdem er sich aus dem Krug und aus dem schönen Tuch gestärkt hatte, entrollte er ein Pergament und sprach das Wort: „Zu förderst wollen wir unserem Herrgott danken, der uns bis zum heutigen Tag erhalten hat."
Alle riefen: „Vivat!"
„Er möge unsere Obrigkeit mit Weisheit segnen."

„Vivat!"

„Er möge unseren ehrwürdigen Herrn Bischof erhalten und in seinem Glauben bestärken."

„Vivat!

„Er möge unserem Herrn Vater, samt seiner Familie, Gesundheit schenken auf daß er noch viele Jahre unserer Gemeinde vorstehen kann."

„Vivat!"

„Er erhalte unsere Lehrer, damit sie mit Weisheit die Kinder lehren."

„Vivat!

„Er gebe unserem Presbyterium – Gerechtigkeitssinn und Weitsicht, damit unsere Gemeinde gedeihe."

„Vivat!"

„Er schenke der Schwester-und Bruderschaft die Einsicht, das Brauchtum zu pflegen und in Einigkeit und Treue zueinander zu stehen."

„Vivat!"

„Der Herrgott segne unsere Felder, beschütze sie vor Hagel und Unwetter, damit sie uns das tägliche Brot spenden mögen."

„Vivat!"

„Der Herrgott bewahre unsere Gemeinde Kirchenburg vor Feuer und Wassernot."

„Vivat!“

„Unser Herrgott erhalte Peter- und Paul!“

„Vivat!“

„Unser Herrgott erhalte dich und mich und den, der höher ist als ich.“

„Vivat!“

Dann erklang aus der kleinen Krone die glockenhelle Stimme des Knaben:
„Auch die Mädchen und Buben von Kirchenburg danken für dieses Fest und versprechen, brav in der Schule zu lernen und zuhause mitzuhelfen!“

„Vivat!“

Nun sang man gemeinsam:

Siebenbürgen, Land des Segens,
Land der Fülle und der Kraft,
mit dem Gürtel der Karpaten
um das grüne Kleid der Saaten,
Land voll Gold und Rebensaft,
Land voll Gold und Rebensaft!

Siebenbürgen, Meeresboden
einer längst verfloss'nen Flut!
Nun ein Meer von Ährenwogen,
dessen Ufer waldumzogen
an der Brust des Himmels ruht,
an der Brust des Himmels ruht!

Siebenbürgen, süße Heimat,
unser teures Vaterland!
Sei gegrüßt in deiner Schöne,
und um alle deine Söhne
schlinge sich der Eintracht Band,
schlinge sich der Eintracht Band!

Dem Michael ging das alles ungemein zu Herzen. Mit welcher Freude und mit welchem Ernst standen diese Menschen zu ihrer Gemeinschaft. Da spürte man die Kraft, die aus ihr hervor geht und in der jeder Geborgenheit findet.
Als die Strophe kam: „Und um alle deine Söhne schlinge sich der Eintracht Band“ legte jeder seinen Arm auf die Schulter des anderen

und nun war sie auch bildlich da, diese Gemeinschaft, die man so wohltuend empfand.
Michael war so gerührt, daß er an sich halten mußte.
Auf seiner Schulter lag der schwere Arm eines Bauern und der fühlte sich so an wie der seines Vaters – und ein warmes Gefühl zog in sein Herz und voller Dankbarkeit sang er: „Und um alle deine Söhne schlinge sich der Eintracht Band."

Als das Lied ausgeklungen war, kam wieder ein Tusch der Adjuvanten:
Der Redner von der Krone meldete sich noch einmal zu Wort:
„Im Auftrag der Amtsbrüder und der Amtsmaiden habe ich folgendes bekannt zu geben: Jeder in Kirchenburg kennt unseren Michael Kammerer aus Württemberg.
Er wird nächste Woche wieder heimfahren und so wollen wir ihm schöne Grüße an unsere alte Heimat mitgeben und ihn mit folgendem Lied, das der gemischte Chor einstudiert hat, ehren und eine Freude machen:
„Preisend mit viel schönen Reden."

Anschließend gab es einen fast nicht enden wollenden Beifall, bis die Adjuvanten zu einer Damenwahl aufspielten.
Die Altmagd (so alt war sie nicht, wie man vom Namen her schließen konnte, es ist die gewählte Leiterin der Schwesternschaft) fordert als erste den Michael zum Tanz.
Es war die Schneider-Mariechen, die da neulich an der Burgmauer die nette Unterhal- tung zugange gebracht hatte.
Für ein Bauernmädchen besaß sie eine überdurchschnittliche Intelligenz, das merkte man schon an ihrer Unbefangenheit und wie sie sich mit Michael unterhalten konnte: „Wirst Du uns wieder mal besuchen, Michael? Oder hat es Dir nicht so gut gefallen in Kirchenburg?"
„Da erübrigt sich eine Antwort, aber weil Du es bist, sag ich's Dir: Am liebsten würde ich dableiben . . .!"
„Das freut uns aber sehr, daß Du uns soviel Ehre antust."
Bevor er antworten konnte, wurde er angeklatscht und mußte nun der Reihe nach mit so vielen Mädchen tanzen. Der Bann und die Scheu waren gewichen.
Etwas resigniert bemühte sich die Lehnchen den Andrang ihrer Geschlechtsgenossinnen zu übersehen und hielt sich beiseite.
Und das war gut so, denn damit entging sie irgendwelchen Munkeleien.

Es war nämlich schon aufgefallen, daß die zwei sich sympathisch waren.
Am Spätnachmittag gingen die Amtsburschen zur Altmagd nach Hause.
Hier warteten bereits die Amtsmaiden um sie zu bewirten.
Am Vortag hatten die Amtsmaiden die besten Kuchen gebacken und ihr Können unter Beweis gestellt.
Bei lustiger Unterhaltung verging die Zeit sehr rasch.
Michael war dazu eingeladen und bewunderte die Vielfalt eines solchen Tages.
Kaum hatte er das ausgedacht, spielten die Adjuvanten vor dem Haus der Altmagd ein Ständchen.
Sie wurden ebenfalls eingeladen und nach einer Stärkung ging es dann unter den Klängen der Marschmusik wieder zurück zum Tanzplatz.
Zum Abendbrot wurde eine Stunde Pause gemacht und dann bis Mitternacht getanzt.
Jetzt wußte Michael, wozu auch die Laube in der Mitte des Tanzplatzes gut war.
Er sah immer wieder Pärchen da hinein verschwinden und bei Gott, da war es so dunkel, daß sie im wahrsten Sinne des Wortes verschwunden waren.
Nach einem Tanz mit Lehnchen ... wußte er nicht wie ihm geschah, vielleicht hatte auch er selbst den Anlaß dazu gegeben, war er plötzlich mit ihr in der Laube.
Die waren alle so beschäftigt mit ihrer Partnerin, daß es gar niemandem groß auffiel.
Zunächst bekam Michael ein flaues Gefühl im Magen.
Was macht man jetzt mit so einem Mädchen – so nah und doch nicht ganz allein?
Lehnchen war da erfahrener. Sie streichelte Michaels Wangen, dann spürte er ihren Atem so nah an seinem Mund, Michael begehrte plötzlich ihre Lippen und kaum daß er sich's versah, hatte er den ersten Liebeskuß seines Lebens vollbracht.
Es gefiel ihm so gut, daß er noch mehr Zärtlichkeit verlangte, bis die Lehnchen ihm ganz heiß ins Ohr flüsterte „jetzt ist es genug, sonst fallen wir auf."
Und als wieder ein Tanz war, huschten sie in den Reigen der anderen – mit dem Unterschied, daß Michael etwas näher an sein Lehnchen heran durfte. Dabei spürte er ihre schlanke Taille, berührte den so schön gestärkten Rock und getraute sich kaum daran zu denken, was sich traumhaft dahinter verbergen könnte.
„Wirst du mir auch mal schreiben?"

„Ja klar!"
„Zu deiner Abfahrt werde ich nicht kommen, du weißt warum . . .
aber sehen werde ich dich und wenn's vom Kirchturm ist."
„Das freut mich Lehnchen, ich werde Dir zuwinken."

III. Kapitel

Nach Hause

War das ein Abschied. Dem Michael hatten sie den Koffer voll Lebensmittel gestopft.

Schinken, Speck und Brot und die gute Siebenbürgerbratwurst – schön geräuchert.

Äpfel, Birnen, Trauben, alles was es gab, war in seinem Koffer drin, und noch eine Tasche dazu. Er konnte es kaum tragen.

Die halbe Ortschaft war am Vika-Bahnhof erschienen.

Diese Kleinbahn fuhr von Hermannstadt über Agnetheln nach Schäßburg.

Wenn am Schäßburger Marktplatz, wo es ja auch etwas aufwärts ging, die Schienen überfroren waren, brauchte sie Anlauf und alle Raffinessen, um den Buckel zu schaffen.

Ein lustiger Schäßburger hatte einen Einfall. Er nahm einen Behälter mit Kukuruz, mit dem man sonst die Schweine füttert und erlaubte sich so, die Vika den Berg herauf zu locken, es soll ihm eine Strafe eingetragen haben, wegen Verächtlichmachung einer staatlichen Einrichtung.

Nun, der Zug pfiff, und alles mußte am Peron zurücktreten.

Nach zig Umarmungen stand nun Michael fast allein auf der offenen Plattform der „Vika" und winkte mit seinem weißen Taschentuch zur Burg hinauf, und von dort ganz winzig klein winkte es zurück – seine scharfen Augen sahen ihr Händchen, das herzige Gesicht eines Mädchens und ihre blonden Haare leuchteten ...

Wie konnte er heute ahnen, daß dieser Burgturm in einigen Jahren ihm das größte Erlebnis seines Lebens bescheren würde.

Doch heute nahm ihn dieser Abschied ganz in Anspruch. Zwischendrin würgte es ihn in seinem Hals, denn diese Menschen waren so gut zu ihm gewesen.

Martin, der ihn als einziger bis nach Schäßburg begleiten durfte, hatte alles mitbekom- men.

„Die Lehnchen hat Dir ganz schön den Kopf verdreht ... schlag Dir die aus dem Kopf ... Erstens ist sie fast zehn Jahre älter als Du. Zweitens hat sie schon mal etwas mit einem Burschen gehabt und da sie arm ist wie eine Kirchenmaus, haben's die Eltern nicht geduldet und jetzt will sie keiner mehr. Die muß gerade warten, bis sie einen Witwer heiratet. So ist das hier."

„Ich bin ja auch noch zu jung zum Heiraten – was redest Du daher," entgegnete ihm Michael.
„Aber lieb habe ich sie dennoch gefunden."
Und im stillen dachte er und wie lieb, dabei spürte er ihre rosigen weichen Wangen und ihren frischen Atem und ihren wahnsinnig süßen Mund.
Ein Seufzer entfuhr ihm und der Martin schaute ihn ganz mitleidig an: „Schau lieber diese herrliche Landschaft an, durch die wir jetzt fahren."
Linker Hand zog sich ein hoher Bergrücken mit kräftigen Buchen bestückt bis nach Schäßburg.
Rechts von dem Bähnle floß der Schaaser Bach, dessen Flanken sich in ein kuppiges Gelände verloren.
Eine paradiesische Landschaft, die sich um jede Kurve der Eisenbahn noch schöner präsentierte.
Und erst dieses Schäßburg, wie lag es so herrlich zwischen den Bergen gebettet – selber Berg und Burg, zu der die zwei Buben jetzt erfurchtsvoll hinaufblickten.
Am vorhin erwähnten Marktplatz hielt die Vika oder auch Wusch genannt.
Vor ihnen stand der Stundturm – das Wahrzeichen von Schäßburg. Er gab den Eingang frei zu einer riesigen Burganlage mit den verschiedenen Türmen der Zünfte.
Über allem thronte die Bergkirche wie eine Behüterin ihres Volkes. Wenn ihre große Glocke erklang, hörte man sie bis nach Peschendorf, Kirchenburg, nach Wolkendorf, Schaas und in allen Ortschaften um Schäßburg herum und ihr Klang war so tief und bedächtig, daß man gerne seine Hände faltete, um für alles seinem Herrgott zu danken und um seinen väterlichen Beistand zu bitten. Und so empfanden es auch der Michael und der Martin – ihre Seelen waren noch nicht verfremdet vom übrigen Gekreische dieser Welt.
Als sie zum Hauptbahnhof gingen, war es bald schon anders.
Aber Kindergeschrei ist nicht nur erträglich, sondern gerade zu erfrischend, wenn es aus überschäumender Freude kommt, und das war hier so.
Ein ganzer Zug voll braun gebrannter, junger, lustiger Burschen und Mädchen – die vor Gesundheit nur so strotzten, fuhr in den Bahnhof und aus allen Fenstern schaute wie neu geboren die Freude heraus. Warum kann es in diesem Leben nicht immer so sein? fragte sich sicher mancher Reisende.
Und Martin half seinem Michael in sein Zugabteil. Das war auch nötig, denn allein wären der Koffer und die Tasche kaum zu tragen gewesen.

Nun verabschiedeten sich die zwei Brüder, denn das waren sie in der Zwischenzeit geworden und der Lebenssaft in ihren Adern hatte sich wie schon bei ihren Vätern zu erkennen gegeben und zueinander geführt. „Blat wit net ze Wässer!" heißt ein sächsischer Spruch hierzu. (Blut wird nicht zu Wasser! Wie wahr auch hier der Volksmund!)
Es war gut so, daß der Michael mit Fragen bestürmt wurde, so fiel der Abschied leichter.
Die Erlebnisse dieser Mädchen und Buben wurden zu einer Lobeshymne auf das schöne Siebenbürgerland und seine guten Menschen. Und bei allen waren die Koffer am Überlaufen, und aus Taschen und Tüten holte man bereits die ersten belegten Brote mit Butter, Wurst und Käse hervor.
Es roch nach den üppigen Fleischtöpfen der siebenbürgischen Küche. Nun, er hatte schon einiges zu erzählen und war in Gedanken dem Herrn „Vater" und Predigerlehrer dankbar für die Geschichtsstunde in der Kirche nach dem Vespergottesdienst.
Dann hatte er schon vieles vom Brauchtum mitbekommen, nachdem er sich so dafür interessierte, auch wollte ihm Martin über jedes Fest berichten, was im Jahreskreislauf so vor sich ging.
Damit fühlte sich der Michael schon als angehender Experte für südostdeutsche Geschichte. Und das Auftreten in der Öffentlichkeit hatte er da unten auch schon etwas gelernt – er würde also nicht hinter dem Berg halten und für den Bekanntheitsgrad Siebenbürgens etwas tun, womöglich zum Vorteil dieser Menschen.

Die Fahrt verging, von dem Rattern der Räder über den Schienen begleitet, in einem unwahrscheinlichen Tempo.
Vorbei flog die Puszta und bald war Budapest erreicht mit der schönen behäbigen Donau und diesen herrlichen Bauten.
Wien, Salzburg, München der Südosten des Römischen Reiches, Deutscher Nation, durch viele Jahrhunderte umkämpft und verteidigt, vermittelten Michael freudig das Gefühl, bald zu Hause zu sein.
Was würde in diesen zwei Monaten alles passiert sein?
Wie würden sich Vater und vor allem die Mutter freuen, ihren Michael wieder in die Arme zu schließen.
Michael dachte auch an den Onkel Fred, dem er ja das alles zu verdanken hatte.
Am besten würde er alle zu einem siebenbürgischen Abend einladen.
Dazu würde es original siebenbürgische Bratwurst, Schinken, Speck und Zwiebel und den trockenen Landwein – aus dem Weinberg der Kammerers geben. Und dann würde er erzählen und erzählen und erzählen – so leicht würde ihm der Stoff nicht ausgehen.

Mit diesen Gedanken hatte sich Michael wieder eingestimmt auf zu Hause, und als der Zug im Stuttgarter Bahnhof hielt, warteten zwei Männer auf ihn. Sein guter Vater und der Onkel Fred und ein dritter trat auf sie zu, das war der Michael, so stabil und breitschultrig war er geworden.
„Ja, Michael bist du das noch?"
„Und ob," gab er zur Antwort.
„Ja sag einmal, du bist ja ein ganzes Stück gewachsen."
„Und eine Freundin hast du sicher auch schon," rief Onkel Fred.
„Gib deinen Koffer," sagte der Vater, „haben sie dir Backsteine hineingepackt? so schwer ist der!"
„Die Backsteine könnt ihr essen Vater und wie gut die schmecken." Dabei machte er eine Streichelbewegung über den Bauch.
Onkel Fred hatte sein Auto am oberen Eingang zum Bahnhof geparkt und schon ging es die Königstraße hinauf zum Gütle.

Mutter wollte ihren Michael gar nicht mehr loslassen, so freute sie sich an ihm und auch Frau Vögele begrüßte ihn überschwenglich und s'Hannele rief ihm zu: „Das nächste mal geh' ich mit!"
Michael lud alle ins Haus und machte seinen Koffer auf.
„Bitte bedient Euch und eßt, was Euch freut.
Unsere Verwandtschaft ist reich und hat mir alles aus vollem Herzen geschenkt und eingepackt.
Ihr könnt Euch gar nicht vorstellen, wie lieb diese deutschen Menschen in Siebenbürgen sind."
Sogar Herr Vögele war herbeigeeilt – und erkundigte sich: „wie geht es unseren deutschen Volksgenossen in Siebenbürgen?" und ohne eine Antwort abzuwarten fuhr er weiter: „Denen wird es noch besser gehen, wenn unser Führer Adolf Hitler an der Regierung ist.
Im 25- Punkte- Programm der NSDAP steht unter Punkt 1: Wir fordern den Zusammen- schluß aller Deutschen."
Keiner sagte was, aber im Begrüßungstaumel fiel das auch weniger auf.
Als alle gegangen waren bis auf den Onkel Fred, saß man zusammen und vesperte etwas und Michael bestellte die Grüße von Johann Kammerer an seine beiden ehemaligen Mitgefangenen und Michael erzählte wie brüderlich er aufgenommen wurde bei Kammerers und daß es halt so schön gewesen sei, wie er sich das gar nie hätte vorstellen können.
„Und was gibt es bei uns Neues?"
„Es sieht sehr schlecht aus Michael. Sechs Millionen Arbeitslose.
Die Deutschnationalen und der Stahlhelm schließen sich der

NSDAP an. Damit erfahren die eine ungeheure Stärkung" betonte Onkel Fred.
„Unsere Landsleute in Siebenbürgen warten drauf, daß Deutschland wieder stark wird, von dem erhoffen sich die meisten eine große Hilfe bei der Durchsetzung ihrer völkischen Ziele in Rumänien."
„Nun, da können sie Recht haben, aber wo führen diese Radikalinskis unser Volk hin?" antwortete Onkel Fred.
„Man traut sich ja heute schon nichts mehr zu sagen, weil man vor ihrer Schlägertruppe Angst hat.
Oder hältst Du das für eine Argumentation wenn sie sagen: „Und willst Du nicht mein Bruder sein, so schlag ich Dir den Schädel ein" und überall das laute, ungebildete Auftreten, wie sollen solche Menschen ein Volk führen und sich bei den Mitvölkern Sympathie erwerben?"
Elsa lenkte ab; „Laßt lieber den Michael von Siebenbürgen erzählen, das ist doch viel interessanter ..."
Michael spürte den Zwist und die Bedrückung und geriet selber in den Zwiespalt dieser Gefühle.
Diese Probleme hatten sich durch seinen Besuch in Siebenbürgen eher noch aktualisiert.
Und ein starkes Deutschland wäre sicher auch für die Menschen dort von Vorteil – wer konnte das leugnen.
Die Rumänen in Siebenbürgen hatten ja auch immer von ihren Brüdern jenseits der Karpaten Schützenhilfe erhalten.
Und waren die Ungarn, als Siebenbürgen noch ihnen gehörte, um ein Jota besser?
Der Blick von Michael hatte sich geweitet und das beschäftigte sein junges Leben schon ganz wesentlich, zumal er darüber nachsann, wie er „seinen Siebenbürgern" wohl helfen konnte.
Im Gymnasium wurde er mit Hallo und bestürmenden Fragen aufgenommen und sein gutes Aussehen trug nicht nur zur Bewunderung bei ... hier aufzutrumpfen wäre sicherlich falsch gewesen, aber das war ja auch noch nie seine Art gewesen, eher umgekehrt.

Durch seinen Aufenthalt in Siebenbürgen war er nicht nur körperlich stark geworden, auch sein Selbstbewußtsein war gestiegen. Er hatte gesehen, wie man sich in einem Heer andersvölkischer durch Tatkraft und Fleiß behaupten und durchsetzen kann.
Michael wurde auch von den Lehrkräften erwachsener behandelt und das führte dazu, daß er sich dementsprechend bemühte, das in ihn gesetzte Vertrauen zu rechtfertigen.
Sein versprochener Vortrag in Geschichte war ein voller Erfolg geworden.

Und der Geschichtslehrer nahm Michael nachher zur Seite und fragte ihn, ob er den Vortrag nochmal wiederholen wolle, er hätte da interessierte Jungen und Mädchen, die sehr viel für das Auslandsdeutschtum übrig hätten.
Michael sagte erfreut zu, denn das war schon eine große Auszeichnung für ihn und Stoff hatte er ja genug und vielleicht konnte er – wie es ihm im Hinterkopf immer herumschwirrte für „seine Siebenbürger" etwas tun.
Eines Abends fragte Michael seine Eltern: „Habt ihr was dagegen, wenn ich einen öffentlichen Vortrag über Siebenbürgen halte? Unser Geschichtslehrer hat mich dazu ermuntert es zu tun, nachdem mein Vortrag vor der Schulklasse so gut ausgefallen ist."
Die Eltern von Michael waren zunächst sprachlos. Es waren ja im Grunde einfache Menschen vom Distelhof auf der Schwäbischen Alb und nun sollte ihr Sohn einen Vortrag halten, aufgefordert vom Herrn Studienrat persönlich.
Das war ja etwas, was sie zunächst nicht fassen konnten.
Während beim Vater Kammerer ein gewisser Stolz hervorleuchtete, andererseits die pietistisch angehauchte Seele ganz tief da drinnen: ja nie hoffärtig zu sein und nie höher sein zu wollen, als man es von seinem Stand her vermöge.
„Ja so eine Ehre, mei Büble," sprudelte die Mutter als Rheinländerin hervor, „daß wir sowas mit unserem Michi erleben dürfet. Ja, tu es nur mein Büble und tu es gut. Ja was wird da der hochnäsige Herr Vögele sagen? Und erst der Onkel Fred?"
Nun, der Vortragsabend kam schneller als gedacht. Und Michael traute seinen Augen nicht recht.
Was da in den Saal marschierte, waren andere Menschen, als wie sie bleichgesichtig und verwahrlost auf der Straße herumlungerten: Sauberer, wenn auch im geflickten Hemd. Die Buben gekämmt, gewaschen und das Haar kurz und gescheitelt. Mädchen sehen ja von Natur immer besser aus als die Buben, aber die hier hatten Zöpfe, weiße Blusen an und ein Lachen im Gesicht.
Bis Michael das überdenken wollte – war der Saal schon voll und Herr Studienrat Eisele trat ans Rednerpult und eröffnete den Vortragsabend mit anschließender Diskussion.

„Liebe Zuhörer, liebe Jugend!

Michael Kammerer ist erst vor ein paar Tagen von einem längeren Aufenthalt aus Siebenbürgen zurückgekehrt.
Er hat dort die Volksgruppe der Siebenbürger-Sachsen kennen gelernt, die sich in achthundert Jahren als Deutsche erhalten haben.

Es mutet wie ein Wunder an, wenn man weiß, daß die Türken vor Wien standen, Hermannstadt in Siebenbürgen aber nie erobert haben.
Nun, er wird uns das alles geschichtlich belegt erläutern."
Ich erteile Michael Kammerer das Wort."
Michael wußte nicht wie ihm geschah. Sein Puls schlug ihm bis in den Hals. Vor soviel Leuten hatte er noch nie gesprochen, jetzt war er dran und er wollte ja für seine Siebenbürger was erreichen.
Nachdem er die ersten Worte herausgebracht hatte, wurde er ruhiger.
Er sah in so viele aufgeschlossene und interessierte Gesichter, daß er dies als eine direkte Ermutigung empfand.
Die zogen sein Wissen förmlich aus ihm heraus.
Und er erzählte über die Fahrt und den Empfang. Über das Phänomen der Kirchenburg, einmalig auf der ganzen Welt, ein siebenbürgisch deutscher Gral – ein Heiligtum das noch lebt, zudem die Menschen jeden Sonntag hinauf pilgern.
Vom Brauchtum – das ungeschriebene Gesetz – das die Menschen besser befolgen als das bürgerliche Gesetzbuch.
Von deutschen Sitten und Gebräuchen die sie zum Teil noch vor 800 Jahren aus der alten Heimat von Rhein und Mosel von Baden und Württemberg, von Bayern und Österreich in die neue Heimat mitgenommen und dort gepflegt haben.
Die Söhne von Veit Stoß haben in Siebenbürgen gelebt und gewirkt und Luther hat zum ersten siebenbürgischen Buch, das 1480 in Rom erschien und viele Auflagen hatte, das Vorwort geschrieben: „Tractatus de ritu et moribus Turcorum" (Erörterung der Sitten und Bräuche der Türken).
Fast eine Stunde hatte der Michael bereits gesprochen und es war immer noch mucksmäuschen still im Saal.
„Liebe Zuhörer, ich könnte ihnen noch ein oder zwei Stunden über diese Siebenbürger Sachsen, die nur eins wollen: unter allen Umständen Deutsche bleiben, erzählen."
Dabei brauste ein ungeheurer und kaum enden wollender Beifall auf.
Michael empfand den richtigen Schluß gefunden zu haben – denn er hatte ja die Wahrheit gesprochen.
Als der Beifall unter der Beschwichtigungsgeste von Herrn Studienrat Eisele nachließ, dankte Herr Eisele mit folgenden Worten.

„Lieber Michael!
Deine erfrischenden Worte, direkt aus der Quelle eines auslandsdeutschen Volksstam mes-, haben uns angerührt und begeistert.
Wir singen zum Abschluß unserer Veranstaltung das Deutschland-

lied, und schließen dabei in Gedanken unsere Volksgenossen im Karpatenbogen mit ein."
Nach dem Deutschlandlied meldete sich Michael noch einmal zu Wort.

„Liebe Zuhörer! Weil mich euer spontaner Gesang begeistert hat, werde ich jetzt das Siebenbürgerlied singen.
Bei der letzten Strophe heißt es da: „Und um alle deine Söhne, schlinge sich der Eintracht Band." Dabei legt jeder seinen Arm dem Nebenmann auf die Schulter."
Minutenlanges Klatschen war der Dank für dieses Lied.
Nun meldete sich ein Zuhörer und bat ums Wort: Er sei begeistert von diesem Abend und sollte Adolf Hitler an die Macht kommen, sei er überzeugt, daß alle deutschen Volksgenossen, auch im Ausland, für die Treue zu Deutschland belohnt und unterstützt werden würden.
Auch er bekam Beifall – nicht von allen – aber von vielen.
Onkel Fred, der auch als Zuhörer dabei war, nahm den Michael nachher mit nach Hause.
Kaum daß die Autotür zu war, meldete er Bedenken an: „Dein Vortrag war sehr gut und hat mir gefallen, weil er ohne tendenziöse Absichten war.
Wo Du aber hereingeraten bist, hast Du wohl wahrgenommen: das war eine verkappte Wahlversammlung für Hitler und seine Genossen."
„Mcinst Du Onkel Fred?"
„Unser Studienrat Eisele ist doch ein vorbildlicher Mann und ein tüchtiger Lehrer dazu. Das Publikum hat mir einen guten Eindruck gemacht. Sauber gekleidete Menschen, ordentliches Verhalten.
Gut, der eine Zwischenrufer wollte für Hitler Stimmung machen – aber das ist ja nicht verboten, seine Meinung zu sagen."
„Das nicht," entgegnete der Onkel, „sonst reden die auch nicht so zimperlich, aber heute hatten sie den Wolf im Schafpelz inszeniert um bei Schülern und Studenten anzukommen!"
Michael war noch zu sehr mit seinem Vortrag beschäftigt, um die Einwände Onkel Freds noch weiter zu beachten.
Zu Hause angekommen war das Hallo groß. Und Onkel Fred bestätigte dem Michael einen großartigen Vortrag gehalten zu haben.
„Ja hat er auch Beifall bekommen?" erkundigte sich Elsa.
„Und ob – die wollten gar nicht mehr aufhören, nur die Gefahr ist jetzt groß, daß ihn die Nazi vor ihren Karren spannen werden.
So ein gut aussehender junger Mann, der auch noch reden kann ..."

„So schlimm wird es ja nicht gleich werden," beschwichtigte Elsa den Fred.
Der Wilhelm wußte nicht, was er sagen sollte.
Er dachte an den Mann, den er beim Stehlen ertappt hatte, er wußte aus Kollegenkreisen, wie sehr die Landwirtschaft verschuldet war und es gab keinen Rucker und keine Aussicht auf Besserung – das Einzige was ihm auffiel, war der Zulauf, den die NSDAP in der letzten Zeit hatte, und das waren nicht nur Schläger, die dort mitmachten, sondern zusehends auch gute Leute – gerade auch auf dem Land wie ihm der Hornbauer da neulich berichtet hatte.

Michael war auf sein Zimmer gegangen, um dem Martin einen Brief zu schreiben. Dieses Ereignis und der Beifall galt ja seinen siebenbürgischen Freunden.

Lieber Martin!
Liebe Freunde von Kirchenburg!

Um mich an Euer „Wortmachen" anzulehnen, möchte ich folgendermaßen schreiben: Zunächst wünsche ich, daß Euch unser lieber Gott bis zum heutigen Tage gesund erhalten hat.
Meine Heimreise ist sehr gut verlaufen. Vater und Onkel Fred haben mich am Bahnhof abgeholt, sonst wäre ich wohl schwerlich nach Hause gekommen. Soviel habt Ihr mir mitgegeben.
Herzlichen Dank von meiner Mutter, dem Vater, Onkel Fred und allen, die davon kosten konnten. Es hat ihnen allen sehr gut geschmeckt. Speck und Wurst haben wir immer noch.
In der Schule ist alles bestens.
Ich habe einen Vortrag über Siebenbürgen gehalten, und da der so gut ausgefallen ist, hat mich unser Studienrat aufgefordert, in einem Gasthaussaal den Vortrag zu wiederholen.
Kannst Dir vorstellen, lieber Martin, wie ich da geschwitzt habe.
Man hat mir soviel Beifall gespendet, daß der Herr Studienrat die Leute beschwichtigen mußte und dann haben wir als Abschluß das Deutschlandlied gesungen und ich als Dreingabe das Siebenbürgerlied, und alle haben sich wie bei Euch zu Hause bei der letzten Strophe umschlungen. Das war eine Wucht, sage ich Dir, und heute weiß von denen jeder, wo Siebenbürgen liegt und wie schön es da ist.
Schreibe mir bald und sag' schöne Grüße an Deine Eltern und Geschwister.
Meine Eltern sind stolz darauf, mit Euch verwandt zu sein.
Herzliche Grüße auch von Onkel Fred.
Begrüße mir den Erwin, den Konrad und den Jon.

Herzliche Grüße auch an die Schwesternschaft und besonders eine davon – Du weißt schon!
Dein Michael

Als Michael am andern Tag den Brief zur Post brachte, begegnete ihm Herr Vögele: „Grüß dich Michael! Ich habe von deinem gelungenen Vortrag über Siebenbürgen gehört – freut mich sehr, freut mich sehr, mach' nur so weiter."
Michael wußte nicht, was er drauf sagen sollte. Der hatte ihn bis jetzt wie Luft behandelt und nun diese Ehre.
Auch im Gymnasium hatte sich manches zum Vorteil für Michael geändert.
Und Michael honorierte das, in dem er sich anstrengte und ins Zeug legte. Er wollte zwar kein Streber sein – lehnte allerdings auch zu primitive Lehrerwitze ab.
Das hatte den Vorteil, daß das allgemeine Niveau der Klasse stieg.
Michael organisierte auch ein kleines Hilfsprogramm für die, die in einigen Fächern Schwierigkeiten hatten. Das trug ihm dann den Klassensprecher ein, worüber er sich richtig freute.
Und erst seine Mutter.
Wilhelm war natürlich auch stolz auf den Buben – sie waren ja ganz kleine Leute von der Alb und nun diese Auszeichnungen, die sie ja auch auf sich bezogen, und das mit Recht.
Für seine Armut kann manch einer nichts – aber gegen die Dummheit und Faulheit gibt es genügend Mittel, das hatte man ihnen schon in Weidenstetten in der Schule und erst recht in der Kirche gepredigt.
„Bete und arbeite" ist hier nicht nur eine Redensart, sondern wird auch als Grundrichtung verstanden. Im Schwäbischen und speziell auch auf der Alb, in die Tat umgesetzt, wie es jeder in den schmucken Häusern, den wohl bestellten Ställen und fruchtbaren Feldern unschwer bestätigt finden kann.
Eines Morgens bringt der Briefträger für den Michael einen Brief.
Der erste Brief seines Lebens. Ausländische Briefmarke, abgestempelt mit „Rom≠nia", also von Siebenbürgen. Michael strahlt übers ganze Gesicht.
Obwohl er schon spät dran ist mit der Schule, überfliegt er den Brief von Martin.
Also hat er's doch geschafft: Der Martin hat die Aufnahmeprüfung ins Bischof-Teutsch-Gymnasium in Schäßburg geschafft und seine Eltern haben es genehmigt.
Juchhe! jauchzt es im Michael und einen schönen Gruß von Erwin, Konrad, von Schneider Mariechen, von Lehnchen . . .

Michael versteckt den Brief und ab geht's in die Schule.
Er fliegt förmlich vor lauter Freude und als er rechtzeitig eintrifft: „Menschenskinder horcht einmal her, den ersten Brief von Siebenbürgen habe ich heute erhalten, da dürft ihr das Kuvert anschauen und die Briefmarken."
„Was schreiben sie denn?" „Mein Freund und Vetter, der Martin, von dem ich Euch ja schon erzählt habe, darf das Gymnasium besuchen. Da wollen nämlich die meisten nur Bauern werden, das ist ihr ganzer Stolz, obwohl der Martin so eine Begabung hat – der könnte sogar bei uns hier bestens mithalten.
In der nächsten Stunde war der Michael gar nicht so aufmerksam.
Seine Gedanken flogen 2000 Km weiter.
Der Brief hatte seine Sehnsucht entfacht.
Er dachte an die weiche Wange vom Lehnchen, an ihre zarten und weichen Lippen und an die tollen Erlebnisse in der Burg, in Feld und Wald.
Sicher hatte Herr Studienrat Kramer, Deutschlehrer seines Zeichens, was bemerkt – aber er lies den Michael, heute so sehr in sich versunken, gewähren, vielleicht dachte er dabei an seine eigene Jugendzeit zurück . . .
Zu Hause wollten natürlich alle wissen, wie es den Siebenbürgern wohl geht und die Elsa schmeichelte sich so richtig bei ihrem Büble ein:
„Ich bin ja so neugierig – laß mich doch auch einmal lesen . . ."
Und was macht's Büble? – der Mutter etwas abschlagen? . . . das ist kaum möglich!
„Da lies halt . . .!" sagt er nach einer Weile . . .
„Und das Lehnchen?" flüstert sie ihm ins Ohr, „was ist das für eine?" und er stottert los: „die ist ja fast 10 Jahre älter als ich, was denkst du denn?" dabei läuft er rot an wie ein Feuerwehrauto.
Sie streichelt seine Haare „Ist sie dennoch hübsch?"
„Ja sehr" und sie drückt's Büble an ihre Brust und freut sich über ihr verliebtes Katerle . . . „Daß es der Martin jetzt auch geschafft hat, ein Gymnasiast zu sein, freut mich riesig."
Und so gibt sie ihrem Michael die Möglichkeit, seiner Beklemmung zu entrinnen.
Das ist die Würze des täglichen Lebens – wenn's daheim schön sein soll, und das hat mit reich oder arm überhaupt nichts zu tun: es ist reine Einstellungssache.
Und so ähnlich spürte man das zunehmend von den Braunhemden – es war als wenn ein Saubermann mit ihnen einherging.
Kein Gestracke, kein Sich-gehen-Lassen, wie man das von Kleidung und Betragen oft von einfachen Menschen gewohnt war.

Nicht mehr dieser mutlose, verschlissene und von Lethargie befallene Ausdruck in den Gesichtern, eher ein Aufleuchten, ein Lachen, ein Lied auf den Lippen.
War es da ein Wunder, daß die ordnungsliebenden Deutschen, die nach soviel Schlamperei und Mißwirtschaft die Nase voll hatten, sich immer mehr diesem Hitler zuwandten?
Der vor allem Ordnung versprach.

Im Schullandheim!

Studienrat Eisele sprach den Michael wie zufällig auf dem Heimweg von der Schule an: „Was machst du in den Herbstferien?" Und ohne seine Antwort abzuwarten: „Ich wüßte einen Ferienaufenthalt für dich auf der Alb. Lauter Kerle wie du und älter, sportlich und völkisch ausgerichtet, treffen sich in einem Schullandheim.
Ich glaube, es könnte dir gefallen. Sprich mit deinen Eltern darüber und gib mir Bescheid."
Michael war sofort begeistert: Dieser Studienrat war wie ein Gönner zu ihm.
In seiner Euphorie fragte er auch nicht lange nach dem wieso und warum.
Seine Eltern hatten nichts dagegen, warum auch? Gegen die Alb und ein Schullandheim konnte man doch keine Einwände haben.
Zudem legte sich Michael mächtig ins Zeug.
Er war gut in der Schule und half obendrein noch zu Hause mit.
So konnte er dem Studienrat Eisele eine freimütige und positive Antwort geben.
Der quittierte das mit einem aufmunternden Lachen und gab Michael Zeit und Treffpunkt bekannt.
Bis zum Städtle am Albtrauf wurde mit der Eisenbahn gefahren, dann stieg man zu Fuß die Alb hinauf. Gepäck hatte keiner viel – von wo auch? In diesen lausigen Zeiten war man froh, das nötigste am Leib zu haben und ein paar Tage in froher Runde zu sein, womöglich noch den Mittagstisch zu Hause zu entlasten.
Und so war es denn auch! Von allen Richtungen strömten junge Leute herbei. Man meldete sich auf der Schreibstube, bekam ein Bett zugeteilt, seinen Spind mit Handtuch und Seife, einen Drillich und ein Paar einfache Schuhe.
Bis man das alles in Augenschein genommen und ausprobiert hatte pfiff es auf dem Flur und eine leicht soldatisch angehauchte Stimme schrie: „Raustreten zum Appell und Essens Empfang!"

Nun, da waren einige dabei, die hatten, schien es, das schon öfters gemacht.
„Rührt euch ihr Schlappschwänze!"
Das gefiel dem Michael zwar nicht besonders, aber er rannte dem Haufen hinterher.
Im Hof nahm man stubenweise Aufstellung im offenen Karree.
Das war nun schon ein gewaltiger Haufen, der da in Reih und Glied stand.
Und so etwas wie das Machtgefühl einer organisierten Masse – schien sich breit zu machen.
Ein Jugendführer trat vor: Deutscher Junge, Anwärter zur Hitlerjugend, Führerbewerber der HJ, bedenke: „Du bist nichts – Dein Volk ist alles! . . .
Wegtreten zum Essen!" Das war kurz und bündig und verfehlte nicht die Wirkung!
Dann ein voller Schöpfer aus der Gulaschkanone . . . welchem Jungen schlägt da nicht das Herz höher. Das war eine Wucht, und ein Brot gab es auch noch dazu.
Für einige war es der erste geräucherte Speck im Leben, der da in der Suppe mitschwamm.
Der wurde bei den Bauern organisiert – viele von ihnen waren völkisch eingestellt, um nicht zu sagen Hitleranhänger.
Die Not und die Verschuldung gerade in der Landwirtschaft waren so groß, daß die Schriften von Darre wie Glaubenssätze zum Besseren in den Ohren der Bauern klangen.
So war es selbstverständlich, daß man sich gegenseitig aushalf.
Die Buben klaubten Kartoffeln dafür und gegen geringe Bezahlung durften sie soviel mitnehmen, daß es auch zum Einkellern langte.
Überall saßen bereits „Braune".
In Lebensmittelmärkten, Großbäckereien, Konservenfabriken gab es Beziehungen und so wurden diese verkappten HJ-Lager verpflegt und durch Spenden finanziert.
Ziel der NSDAP war es, die Jugend für sich zu begeistern und diese Rechnung ging mit diesen Lagern voll auf.
Hier organisierte man den Sauerteig, der dann in den Jahren 1930/31/32/33 voll aufging.
Vor 1933 waren z.B. die Hälfte aller NSDAP Mitglieder in Württemberg zwischen 18 und 30 Jahre alt.
Michael und die Jungen im Lager hatten keine Ahnung, welchen Mächten sie in die Fänge gingen.
Um 14 Uhr machten sie eine herrliche Wanderung am Albtrauf.
Der Lehrgangsleiter erklärte ihnen: „Vor uns liegt das Land der Hohenstaufer. Eines der mächtigsten Kaisergeschlechter, das

Deutschland je hervorbrachte und vor euch seht ihr seine Wiege. Von hier sind sie aufgebrochen, Deutschland, Italien und das Römische Reich, Deutscher Nation zu beherrschen. Sie waren das mächtigste Reich jener Zeit auf Erden."

Dem Michael war das alles aus eigener Anschauung bekannt.

„Und was sind wir heute für ein Jammerhaufen", ließ sich der Lehrgangsleiter vernehmen.

„Unterdrückt, gedemütigt, ausgeblutet und ausgepreßt.

Nach dem Youngplan müßten wir jede Sekunde 80 Goldmark zahlen und das 60 Jahre lang.

Nun rechnet mal schnell ihr Mathematiker, was das für eine grandiose Summe ergibt, unmöglich darzustellen und an allem sind die Kommunisten schuld.

Sie sind unserem siegreichen Heer in den Rücken gefallen und im Reich und hinter der Front haben sie die Anarchie gepredigt: Ihr einziges Ziel: Sowjetdeutschland!

Wollen wir dieses herrliche Land im Chaos versinken lassen?"

Nein, das wollte bestimmt keiner!

Es rumorte in den jungen Seelen und nach einer kleinen Pause.

„Wer kann sich ihnen entgegenstellen wenn nicht wir, die an ein glückliches Deutschland glauben.

An ein Deutschland, das wieder uns gehört, wo wieder Ordnung und Sauberkeit herrscht. Wo der eine dem anderen vertraut und den Schiebern für immer das Handwerk gelegt wird.

Und wenn ich vor dem Mittagessen den Spruch sagte: „Du bist nichts, Dein Volk ist alles" dann habe ich das so gemeint: daß es uns und dem einzelnen nur gut gehen kann, wenn es dem ganzen Volk gut geht und dazu muß jeder einzelne sich der großen Idee Adolf Hitlers unterordnen und ihm bedingungslos folgen."

Nach der Albwanderung marschierte man nachdenklich dem Lager zu, genoß den herrlichen Blick in das Land und mancher dachte in seinem Innern: Es waren so viele Regierungen dran und keine hat eine entscheidende Wende zum Besseren gebracht, vielleicht sollte man gerade der NSDAP eine Chance geben ... zumal ihre Mitglieder zum größten Teil aus ordentlichen Kreisen kommen.

Nach dem Abendessen saß man draußen unter den Bäumen, brannte ein Lagerfeuer ab und sang ein Volks- und Soldatenlied nach dem anderen.

Das erinnerte Michael an Siebenbürgen.

Wie oft waren sie abends oder am Sonntagnachmittag an der Ringmauer gesessen und hatten gesungen.

Und wieviele Lieder klangen gleich: „Beim Holderstrauch", „Am Brunnen vor dem Tore", „Hab oft im Kreise der Lieben" und noch viele andere mehr.
Hier kamen andere dazu, „Auf der Schwäbischen Eisenbahna", „Aus grauer Städte Mauern", „Die blauen Dragoner sie reiten", „Schwarzbraun ist die Haselnuß", „Droben im Oberland", „Es klappert der Huf am Stege".
„Liebe Jungs!" ließ sich der Lehrgangsleiter vernehmen.
„Wir singen jetzt: „Kein schöner Land."
Morgen werden wir mit Frühsport beginnen, dann wird uns nach dem Frühstück ein junger Offizier einen Vortrag halten: „Warum die jungen Offiziere Deutschlands einen Beitritt zur NSDAP befürworten."
Am Nachmittag unternehmen wir einen Marsch nach Karte und Kompaß und in der Nacht werden wir einen Nachtmarsch machen – ich verspreche euch jetzt schon eine spannende Erkundung."
„Nun Brüder, eine gute Nacht, der Herr im hohen Himmel wacht, in seiner Güte uns zu behüten, ist er bedacht."
Michael fiel auf seinen Strohsack und war in Sekundenschnelle eingeschlafen.
Der schöne Spaziergang am Albtrauf, die gute Luft und die fröhlichen und beschaulichen Lieder hatten ihn müde gemacht.
Viel Zeit zur Besinnung blieb ihnen in den nächsten Tagen nicht.
Es war immer etwas auf dem Programm und er hatte den Eindruck, so etwas wie ein Deutschbewußtsein zu bekommen.
Dabei dachte er an Martin und begriff, um wieviel diese Siebenbürger es schwerer hatten als sie hier, Deutsche zu sein.
Michael entschloß sich, aus dem Schullandheim dem Martin einen Brief zu schreiben.

Lieber Martin!

Herzlichen Dank für Deinen Brief. Was meinst Du, von wo ich Dir antworte? Ich bin in den Herbstferien in einem Schullandheim auf der Schwäbischen Alb.
Es ist aber mehr zur Tarnung als Schullandheim benannt, in Wirklichkeit sind wir deutsche Jungen, die mit der neuen Zeit bekannt gemacht werden. Es gefällt uns allen sehr gut hier und wir hoffen, eines Tages auch Euch im fernen Siebenbürgen beistehen zu können.
Sag an alle Kirchenburger herzliche Grüße und die Jungs vom Schullandheim entbieten Euch den deutschen Gruß!
Dein Michael.

Auf dem Weg in die HJ!

Die Atmosphäre bei Vögeles hatte sich zusehends gebessert.
Die Fabrik hatte wieder mehr Aufträge. Auch die Empfänge in der Villa vermehrten sich wieder. Nur sah man jetzt mehr gestiefelte und soldatisch gekleidete Männer ein- und ausgehen.
Auch die Hanne war nach Jungmädelart gekleidet und Michael mußte sich eingestehen, daß ihr der Aufzug gar nicht schlecht stand.
Das sauber gekämmte Haar und die blitzsauberen Zöpfe beeindruckten ihn nicht unerheblich – aber gegen die Lehnchen war sie halt ein Mädle, das ihn mehr kameradschaftlich interessierte.
Die Jugend um ihn herum und sogar die Gymnasiasten bekannten sich immer mehr zu Adolf Hitler, obwohl es für Schüler verboten war.
Es war wie ein Aufbruch in eine neue Zeit.
Überall wurden Ausflüge, Lager, Gesangsabende, Jugendtreffen und sportliche Wettkämpfe organisiert.
Überall wurde auf gute Organisation Wert gelegt – was im Gegensatz zu der üblichen Schlamperei nicht nur den Jungen gefiel.
Ein neuer deutscher Mensch wurde geprägt, der sich wohltuend von dem damals üblichen abhob.
So konnte es nicht mehr lange dauern, bis auch der Michael sich dazu entschloß, HJ- Mitglied zu werden.
Das einzige, was ihn immer noch bremste, war der Onkel Fred, der sich seltener machte. Und das tat dem Michael weh. Ihm hatte er schließlich sehr viel zu verdanken.
Andererseits sagte auch die Mutter Elsa: Er sei ein grantiger Junggeselle, der sich wegen der Partei auch mit Vögeles überworfen habe. Dabei habe er bei Vögeles als Wirtschafts- und Finanzberater sicher ein gutes Geld verdient.
Eines Tages lief der Michael dem Onkel Fred in die Arme.
Onkel Fred lud ihn auf eine Tasse Kaffee ein und dabei entspann sich folgendes Gespräch:
„Wie ich gehört habe, warst du ja in einem HJ- Lager“.
„Onkel Fred, es war kein ausgesprochenes HJ- Lager oder zumindest nicht öffentlich als solches deklariert und zudem hat mich der Studienrat Eisele dazu eingeladen.“
„Ja merkst du denn gar nicht, daß der ein verkappter Nazi ist.“
„Und wenn er das wäre? In meinen Augen ist er ein aufrechter Mann, der sich persönlich und als Lehrer vorbildlich verhält.“
„Das mag sein Michael. Ich würde dich ja selbst, wenn du HJ-Führer werden würdest, genauso für einen anständigen Kerl halten wie

ich das jetzt tue –, nur wo soll das hinführen, dieses ganze System, wenn nur einer das Sagen hat. Der kann ja größen- wahnsinnig werden und uns alle ins Verderben stürzen."
„Ich glaube, daß du zu schwarz siehst. So kann es doch auch nicht weitergehen, das sagt selbst mein Vater und der Hornbauer hat es auch zu ihm gesagt – und die zwei verstehen gewiß nicht viel von Politik und sind friedliche Menschen."
„Das ist es ja gerade, dieser Opportunismus wird uns ins Verderben führen – keiner sagt was – außer den Kommunisten – und die sagen es unqualifiziert.
Die Sozialdemokraten und Liberalen sind noch die einzige Hoffnung in meinen Augen – wenn es nicht schon zu spät ist."
„Die Sozialdemokraten haben doch Stimmenverluste, lieber Onkel, daß es nur so pfeift, meiner Meinung nach ist es zu spät. Ich falle ja jetzt schon auf, weil ich noch nicht in der HJ bin. Wie soll ich einmal studieren, wenn ich erst dazu gehe, wenn es nicht mehr anders zu machen ist. Was kann ich als Außenseiter überhaupt noch bewirken? Du beklagst dich ja selber, daß du dich kaum noch getraust, den Mund aufzumachen.
Ich glaube wenn man dabei ist, kann man eher Einfluß nehmen und das Schiff in die richtige Richtung lenken."
„Lieber Michael, Du bist wie mein eigener Sohn," dabei legt er ihm die Hand auf den Arm und schaut ihm warmherzig in die Augen.
Dieser Onkel Fred ist ein guter, aber ein eigener Mensch, wie es sie zu allen Zeiten gegeben hat, ein Individualist, der sich schwer tut bei dem Gedanken, gegängelt und zu Einheitsbrei vermanscht zu werden.
„Schau ich sehe ja Deinen schwierigen Stand im Gymnasium und später beim Studieren ein. Verspreche mir aber eins: höllisch auf der Hut zu sein, und keine Unmenschlich- keiten zu begehen – weil Du Dich dann auf jeden Fall persönlich schuldig machst, und zweitens dein Kritikvermögen dahin gehend zu schärfen, nur nach außen ja zu sagen, und sonst Herr deiner fünf Sinne zu bleiben.
Wenn du mir das versprichst, bleiben wir trotz größter Differenzen Freunde bis an unser Lebensende." Dann setzte er nach:„Letzteres wird sehr schwer sein, weil die Begeisterungsfähigkeit der Jugend in dieser Zeit eine schwere Versuchung darstellt."
„Lieber Onkel, was Du von mir verlangst, werde ich beherzigen, weil ich Dich sehr hoch schätze – vielleicht wird es auch nicht so schlimm, wie Du es im Augenblick siehst."
Dabei hatte Michael freie Hand. Es fiel ihm wie ein Stein vom Herzen, denn in vielen Bereichen deckten sich seine Ansichten mit denen der neuen Zeit, und zudem war er dem Studienrat Eisele ver-

pflichtet, er hatte Angst, einen Gönner und Freund zu enttäuschen. Michael stieg nun voll jugendlicher Begeisterung in die Hitler-Jugend ein und fand was er suchte: Volkstumspflege, Geschichtsbegeisterung, Lied- und Literaturverehrung.
Er ging auf wie eine Flamme und verzehrte sich in ideellen Vorstellungen einer angeblich so hehren und besseren Zeit!

Sogar der Herr Wächterle, den der Wilhelm einstmals beim Gemüsestehlen erwischt hatte und dem er seither immer mal etwas zusteckte, kam eines Tages in einem besseren Anzug daher.
„Wir haben fürs WHW gesammelt und der Anzug hat mir gerade so gut gepaßt, da hab ich gedacht, wer weiß, ob er einem anderen auch so steht und etwas besser muß ich ja jetzt auch angezogen sein, wo ich doch Blockwart geworden bin."
Wilhelm schmunzelte in sich hinein.
„Das Gemüse kriegen sie weiter umsonst, aber versprechen sie mir eines: Lassen sie mich mit einer Parteimitgliedschaft zur NSDAP in Ruh' und halten sie mir die übrigen Werber vom Hals!"
Michael war bereits bei der Landtagswahl 1932 als illegaler Hitlerjunge im Einsatz.
Es machte höllischen Spaß, blitzartig aufzutauchen, die Plakate zu kleben und genauso spurlos zu verschwinden. Da machte sich die gute Kondition aus den Trainingslagern, den Turnstunden und Wehrübungen bezahlt.
In Württemberg erhielt die NSDAP über ein Viertel aller Stimmen und wurde stärkste Partei.
Intelligente Leute waren sehr gefragt, da die Partei schneller wuchs als profilierte Leute an der Führungsspitze vorhanden waren.
Michael war schon längst positiv aufgefallen und wurde zum Scharführer ernannt.
Sein Aufgabenbereich wuchs schlagartig an. Die nächste Wahl stand schon wieder an.
Im November 1932 waren bereits Reichstagswahlen.
Die Regierungen agierten z. T. nur noch durch Notverordnungen.
Die NSDAP mauserte sich in vielen Ländern zur stärksten Partei.
Da ernannte Reichspräsident von Hindenburg, beeinflußt durch den ehemaligen Reichs- kanzler Franz von Papen, durch Teile der Industrie und der Großgrundbesitzer, Adolf Hitler zum Reichskanzler.
Am 28. 1. 1933 hebt das Kultusministerium in einem Erlaß das für Schüler geltende Verbot der Zugehörigkeit zur Hitlerjugend auf.
Am 30. 1. 1933 war es soweit. 2500 SA Männer formierten sich in Karlsruhe zu einem eindrucksvollen Fackelzug und in Stuttgart marschierten 8000 SA, Parteimitglieder, HJ und Stahlhelm zum

Marktplatz wo Gauleiter Murr eine eindrucksvolle Rede hält.
Michael ist mit seiner Mannschaft auch dabei und schwimmt so richtig auf der Woge jugendlicher Begeisterung.
Damit war der Durchbruch geschafft. Eine ungeheure Begeisterung ging durchs Land und motivierte vor allem die Jugend.
Ein Aufruf der DKP zum Streik war ohne große Resonanz geblieben
Als am 28. Februar der Reichstag brannte, war es, als würde man Öl ins Feuer gießen – nicht nur, daß der nationalsozialistische Reichsinnenminister Frick nun durch Not- verordnungen Reichskommissare einsetzen konnte, die praktisch die Regierungs- tätigkeiten in den Ländern übernahmen, – die NSDAP hatte ein Argument mehr, die Nichtwähler zu mobilisieren und sie mit Anarchie zu erschrecken.
Dadurch errang die NSDAP bei der Reichstagswahl am 5. März 1933 in Baden 45 % der abgegebenen Stimmen und 42% in Württemberg und landete einen grandiosen Sieg.
Am 8. März übernahm die Reichsregierung die Macht in Württemberg unter dem Polizeikommissar und SA- Führer Dietrich von Jagow und am 15.März wird Gauleiter Wilhelm Murr zum Württembergischen Staatspräsidenten gewählt.
Die NSDAP feiert die Machtübernahme mit einem Fackelzug.
Auf einer anschließenden Kundgebung erklärt Staatspräsident Murr:„Wir bieten jedem die Hand . . .wer sich aber entgegenstellt . . . den werden wir mit aller Brutalität niederschlagen. Wir sagen nicht: Aug' um Auge, Zahn um Zahn. Nein, wer uns ein Auge ausschlägt, dem werden wir den Kopf abschlagen, und wer uns einen Zahn ausschlägt, dem werden wir den Kiefer einschlagen."
Während um ihn alles jubelte, spürte Michael zum erstenmal eine Beklemmung.
Diese Sprache war nicht seine Art, und eine christliche Aussage so negativ abzuwandeln, verfolgte den Michael sogar auf dem Heimweg.
Was ihn außerdem bedrückte war, wie man mit den jüdischen Mitbürgern umging.
In Siebenbürgen war man zumindesten so deutsch wie hier in Stuttgart, wenn nicht noch deutscher, und trotzdem bemühte sich jeder mit den Rumänen, Seklern, Ungarn, Ruthenen, Tataren, Zigeunern und vielen anderen auszukommen.
Wie ein Segen kam ihm der Brief vor, den er in diesen Tagen vom Martin erhielt.

Lieber Michael!

Das ist mein verspäteter Weihnachtsbrief an Dich. Die Schneider-Mariechen, Du weißt ja noch an der Burgmauer, die Dich so nett betreut hat und Dich neben das Lehnchen gesetzt hat, sie hat für Dich das Weihnachtsbrauchtum von Kirchenburg aufgeschrieben und da ist es:
Für Michael war dieser Brief wie ein Wegtauchen in eine andere Welt. Aus all der Wahlkampfhektik, Plakate kleben, Aufregung und zum Schluß auch Enttäuschungen, gingen seine Gedanken zu Martin. Er sah die Burg mit der Kirche. Ihre Abgeschiedenheit und Erhabenheit gleich einem Gral.
Die Ruhe und der Frieden, der über allem lag, unterbrochen höchstens vom Ruf des Bussards, dem Gequake der Frösche vom Hochmoor oder sonst einer Kreatur.
Er sah die Menschen – bedächtig ihrer Arbeit nachgehen – bemüht im Umgang miteinander ja niemandem ein schlechtes Wort zu geben und sich in die Gemeinschaft einzuordnen.
Welch friedliche Gelassenheit, in der jeder sein Auskommen hatte.
Nun las er weiter: Ein paar Wochen vor Weihnachten heißt es eines Tages in der Schule: Die Leuchter werden gewählt. Das heißt, zwei Mädchen und zwei Buben – meistens die Älteren, werden von den Lehrern aufgefordert, ihre Singschar zu wählen. Da es vier Leuchter gibt (zwei Mädchen und zwei Knabenleuchter) werden also die Kinder in vier Leuchter- und Singgemeinschaften gewählt.
Wenn es das Wetter erlaubt, gehen nun die Kinder mit den Lehrern in den Wald zum „Wintergrün pflücken". Dieses Wintergrün wird dannin eine Quetsche gepreßt, und wenn alle vier Gruppen fertig sind, wird ein Feuer angezündet, Speck am Spieß gebraten und mit Brot und Zwiebel gegessen.
Es werden dann noch verschiedene Spiele gemacht, um dann am Spätnachmittag singend nach Kirchenburg heimzukehren.
Die Verwandtschaft, Bekanntschaft und Wahlgemeinschaft der vier „Leuchtenkinder" bereiten nun Abends und Sonntags den Leuchterschmuck vor.
Rosen, Nelken, Oleander, Johannisblumen, Margeriten, Vergißmeinnicht, Maiglöckchen und Lilien werden künstlich hergestellt.
Wenn der Bast reif ist, holen ihn die Kinder.Es wird das Mark ausgestoßen, daraus werden dann herrliche, weiße Schleifen gemacht.
Am letzten Sonntagabend vor Weihnachten wird der Leuchter angekleidet. Er besteht aus einem Holzgestell mit einer dreistufigen Holzkrone aus drei Reifen und zwei Bügel.
Die Reifen und Bügel werden mit dem Wintergrün überbunden.

Darauf kommen die Bastmaschen. Schon das allein ist eine Augenweide, das natürliche Weiß auf dem tiefen Grün, und beides eine Gabe der Natur.
Nun werden aus den Papierblumen, die den echten täuschend ähnlich nachgebildet sind, schöne Sträußchen gebunden und passend zueinander am Leuchter befestigt.
Er wird als Abschluß mit Lametta geschmückt, darauf wird noch Blattgold geblasen.
Die Zendelfähnchen und die Kerzen gesteckt, vervollständigen den Leuchter.
Auf den Leuchter kommt bei den Mädchen das Siebengestirn und bei den Buben der Stern.
Diese Leuchter sind ein Meisterwerk der Phantasie, und eine Gemeinschaftsarbeit von höchstem Wert.
Klar, daß eine Gruppe die andere übertreffen will.
Am vierten Adventssonntag werden sie nun zur Besichtigung freigegeben und die Jugend geht in die Häuser, um sie anzuschauen.
Beim Hineingehen sagen alle: er ist schön, er ist schön, und beim Hinausgehen rufen meistens die Kinder: er ist garstig, er ist garstig, d. h. man tut ihn „Ausschreien", im Volksmund: „auskraischen".
Nun sind wieder die Schulkinder dran. Sie haben jeweils in ihrer Leuchtergruppe oder Singgruppe in der Adventszeit das „Quem pastores" und „Wie soll ich dich empfangen" eingeübt.
Am Heiligen Abend findet zunächst in der Familie die Bescherung statt, wobei nicht nur die Kinder beschert werden, sondern auch das Gesinde.
Es gibt vorher ein festliches Abendessen, an dem der Krug auch zwei- oder dreimal in den Keller geht, um einen guten Wein zu kredenzen.
Dann geht die Tür zur „guten Stube" auf und da brennen dann die Kerzen am Baum.
In Siebenbürgen sind da noch Äpfel, Nüsse, Kekse, Feigen und Pralinen, je nach Haus und Möglichkeiten, dran. Bei ganz Armen soll es vorgekommen sein, daß der Vater auf die Frage seines Sohnes, was er nun zu Weihnachten kriegen würde, ihm fast verschämt ins Ohr flüsterte: Ich pisch dir a Glätsch (eine Schleife)."
Gegen zwölf wird dann die Heilige Nacht eingeläutet. Eine Stunde lang wird die große Glocke bis fast zum Überschlag von kräftigen Bauernburschen gezogen.
Von allen Höfen laufen tief vermummte Gestalten bedächtigen Schrittes dem Burgberg zu.
Hier bildet sich eine lose Gesellschaft vor der Burg und der Kirche. Man horcht andächtig, voller Rührung den gewaltigen Tönen der

Glocke zu. Jugendliche brennen auch mal eine Wunderkerze ab. Von den Häusern ringsum leuchtet das Licht der guten Stube auf die verschneiten Gassen und erhellt und erwärmt die Herzen der Menschen. Sonst ist alles still und in Dunkelheit getaucht.
Nachdem die Glocke aufgehört hat zu läuten, blasen die Adjuvanten das „Puer natus“ vom Turm (des Knaben Geburt).
Dann singt der Männerchor „Die Heilige Nacht“ von Beethoven und das Lied „Welt ging verloren, Christ ist geboren, freue dich oh Christenheit“.
Zum Abschluß blasen die Adjuvanten „Stille Nacht“, „Es ist ein Ros entsprungen“ und andere Weihnachtslieder.
Am ersten Christtag in der Früh wird um fünf Uhr in die Frühkirche geläutet.
Alles was laufen kann strömt zur Kirche, es ist der schönste Gottesdienst im ganzen Jahr.
Nacht liegt über der Erde, nur vom Schnee und den Sternen erhellt. Den Weg zur Kirchenburg findet jeder, denn sie sind ihn von kleinauf so viele Male gegangen.
Und als sie die Finsternis überwunden haben und das Kirchentor sich vor ihnen auftut, da schauen sie wie ins Paradies.
Mächtige Christbäume erhellen den Raum.
Und im Chorraum stehen die mit soviel Liebe geschmückten Leuchter, drumherum die Leuchterkinder, und es strahlen aus ihren Augen die Lichter der hundert Kerzen und erhellen zum Lobe Gottes den hohen Raum.
Und wenn dann die Orgel braust „Vom Himmel hoch da komm ich her“, dann drängt es den letzten für das Erleben dieser Nacht: dem Herrn zu danken.
Nachdem der Herr Vater die Epistel verlesen hat, erheben sich die Erwachsenen und gehen in einem würdigen Zug um den Altar herum und spenden für die Kollekte.
Dann singen die Leuchterkinder im Wechselgesang das „Quem-Pastores“.
Zuerst die Buben, dann die Mädchen und anschließend das Lied: „Wie soll ich dich empfangen“.
Die beiden Lieder werden nur zu Weihnachten gesungen und sind daher besonders feierlich.
Das „Quem-Pastores“ stammt noch aus der vorreformatorischen Zeit und soll bereits im 14. Jahrhundert gesungen worden sein. Nachdem Du, lieber Michael, Lateiner bist, schreibe ich Dir den Text mit Übersetzung, original wie er gesungen wird.

Der erste Knabenchor beginnt:
Quem pastores laudavere,
Quibus angeli dixere,
Absit vobis jam timere:
Natus est rex gloriae.

Dann singt der erste Mädchenchor die Übersetzung:
Den die Hirten lobten sehre
Und die Engel noch viel mehre:
Fürcht' euch fürbaß nimmermehre
Uns ist geboren der König der Ehrn.

Es folgt der zweite Knabenchor:
Ad quem reges ambulabant,
Aurum, thus myrrham portabant
Immolabant hoc sincere
Leoni victoriae.

Und die Übersetzung singt der zweite Mädchenchor:
Zu dem Könige kamen geritten,
Gold, Weihrauch, Myrrhen brachten sie mitten.
Sie fielen nieder auf die Knie:
Gelobet seist du, Herr allhie.

Jetzt wechselt die Reihenfolge. Die nächste lateinische Strophe singt der erste Mädchenchor:
Exultus cum Maria
In coelesti hiererchia,
Natum probant voce pia
dulci cum melodia.

Und die Übersetzung der erste Knabenchor:
Freuet euch heute mit Maria
In des Himmels Hierarchia,
Da die Engel singen alle
In dem höchsten Thron mit Schalle

Zweiter Mädchenchor:
Christo regi, Deo nato,
Per Mariam nobis dato.
Merito resonant vere
Laus honor et gloriae!

Zweiter Knabenchor:
Lobet alle Menschen gleiche!
Gottes Sohn vom Himmelreiche
Uns zum Trost ist er geboren.
Lob und Ehr sei Gott, dem Herrn!

Nun predigt der Pfarrer die Weihnachtsgeschichte: „Und es begab sich aber zu der
Zeit ..."
Und vom Hochdeutschen wechselt er über zum Dialekt, und auch das ist nur einmal im Jahr üblich: am Weihnachtsmorgen.
Und es klingt so innig und ergreifend, und jeder fühlt bis in sein Innerstes die frohe Botschaft: „Uns ist heute der Heiland geboren ..." Halt, Leuchtpunkt und Hoffnung für dieses kleine Völkchen soweit von dem Mutterland entfernt – sich stetig um sein Lebenslichtlein wehrend – in einem brodelnden Kessel von Begierden ... und als der ehrwürdige Herr Vater anfängt zu beten, da stehen sie alle auf und sprechen, tief in ihrem Innersten bewegt, jede Silbe und jedes Wort mit ihm: Vater unser, der du bist im Himmel ...
Michael mußte den Brief auf die Seite legen –, so hatten ihn die Zeilen erfaßt und beeindruckt.
Er sah ja das alles bildlich vor sich, da er die Menschen und Örtlichkeiten kannte, und es rannen ihm vor Ergriffenheit die Tränen über die Wangen und er fühlte sich so tief verbunden mit den Seinen in Kirchenburg.
Welch eine andere Welt; hier wie dort geprägt von Deutschen.
Oh, wenn er seine Eltern nicht hätte, würde er nach Siebenbürgen fahren und für ewig dort bleiben.
Noch eine Weile sah er das Land in Gedanken vor sich, dann las er weiter: „Lieber Michael, man redet z. Zt. sehr viel über Deutschland und die neue Zeit. Von gewaltigen Aufmärschen hört man, und wenn Adolf Hitler spricht, versammeln sich auch bei uns die Männer an den paar Radios, die es jetzt bei uns auch gibt und drücken ihre Köpfe voller Neugier an die Lautsprecher, um dann mucksmäuschenstill zuzuhören. Einesteils hat man einen Stolz, daß Deutschland wieder was gilt in der Welt, andererseits hat man auch Angst, daß es wieder zu einem Krieg kommen könnte.
Was hältst du von der Sache?
Sonst gibt es bei uns nicht viel Neues – bis aufs Lehnchen.
Ihr ist vor ein paar Monaten die Mutter gestorben, jetzt steht sie ganz allein da mit ihrer zwölf Jahre jüngeren Schwester.
Da dem Burghüter das Weib gestorben ist, haben die zwei geheiratet und damit ist allen geholfen.

Die Lehnchen hält die Kirche in Ordnung und ihre Schwester hat auch eine Bleibe gefunden. Sie wohnt jetzt im Burghäusle bei der Kirche. Ich weiß, ihr wart Euch ein bißchen zugetan, aber Freunde hat man im Leben nie genug, sagt der alte Hirte, von der Hutweide und viel mehr hätte der Altersunterschied sowieso nicht zugelassen. Einen Stich gab es dem Michael –, aus mit der Träumerei vom Lehnchen, ihren weichen Wangen und ihren aufregenden Lippen.
Nun, der Martin hatte recht, dennoch trauerte der Michael noch eine Weile seinem Lehnchen nach.
Die Ereignisse in Stuttgart ließen ihm aber nicht viel Zeit dazu.
Die Elsa erzählte: Bei einer Nachfeier zur Machtergreifung, seien sehr hohe Funktionäre bei Vögeles gewesen, dabei sei die Drohung gefallen, denen den Garaus zu machen, die bei der Rede Hitlers am 15. 2. das Rundfunkkabel durchgeschnitten hätten.
Und Wilhelm erzählte: der Wächterle hätte sich neulich beim Gemüseholen die Hände gerieben: „Endlich kommen sie dran die Schlawiner. Der Heuberg füllt sich so langsam und wie gescheit die unseren das machen – die sperren sie nicht ein, die nehmen sie nur in Schutzhaft – damit ihnen draußen nichts passiert. Das hätten die Kommunisten sich sicher nie träumen lassen, wie man sich heute um sie sorgt."
Es bleibt nicht bei den Kommunisten. Täglich werden immer mehr, Sozialisten, Pfarrer, Künstler und sonstige unliebige Personen, die das neue Regime kritisieren, auf den Heuberg geschafft.
Für den Michael wird es immer schwieriger, seine völkische Begeisterung mit den Gepflogenheiten der NSDAP in Einklang zu bringen.
Er denkt immer öfters an das Gespräch mit Onkel Fred und kann noch gar nicht ahnen, wie bald auch dieser seine Hilfe in Anspruch nehmen muß . . .
Noch bemüht sich Michael in erster Linie, das Gute zu sehen, und da ist ohne Zweifel z.B. die Speisung Minderbemittelter.
Im März 1933 werden 136.781 Mittagessen ausgegeben.
Die Beschäftigungslage hat sich gebessert.
Die Elektrifizierung der Eisenbahnstrecke Stuttgart- Ulm- Augsburg wird als großer Fortschritt gefeiert, zumal man die Geislinger Steige ohne Schublok überwinden kann.
So namhafte Institutionen wie der Richterverein plädierten am 27. 4. 33 für den Beitritt zur NSDAP.
Sogar die Kirche steht zunächst der NSDAP nicht abweisend gegenüber.
Am 19. 5. 33 erklären Stuttgarter Studenten: „Wir deutschen Studenten wollen Wächter und Hüter deutscher Art sein, deshalb werden wir unser Volk schützen vor fremdem Geist."

Das kann Michael einigermaßen akzeptieren, aber wenn er dann hört, daß ein paar Tage später 4000 – 5000 Jugendliche sich zu einer Kundgebung treffen unter dem Motto: „Kein schöner Tod ist in der Welt, als wer vom Feind erschlagen", da gehen ihm die Schuhnägel herunter, vor soviel öffentlich proklamierter Dummheit.
Wenn man dann noch überlegt, daß Hitler den Staatspräsidenten Wilhelm Murr zum Reichsstatthalter für Württemberg ernannte, d.h. er gab ihm die Machtfülle, Regierungen zu erneuern oder zu entlassen.
Wenn man dann noch weiter erfährt, daß Murr den Justizminister Christian Mergenthaler zum Ministerpräsidenten beruft und der nichts Besseres weiß, als ein Ermächtigungs- gesetz durchzusetzen, daß der Regierung das Recht gibt, auch außerhalb der Landes- verfassung Gesetze zu beschließen, erkennt man die Machtlosigkeit des Volkes und eigenen Denkens und die Gefährlichkeit, als Individuum gegen die Partei zu opponieren.
Die Bücherverbrennungen geben Michael den Rest.
Als Gymnasiast und Hitlerjunge muß er dabei sein.
Auf dem Marktplatz in Stuttgart entzünden sie ein Feuer und verbrennen die „schlechten" Bücher, begleitet von Bannsprüchen: „Gegen Dekadenz und moralischen Verfall".
„Ich übergebe den Flammen die Schriften Sigmund Freuds." „Verschlinge Flamme den literarischen Verrat am Soldaten des Weltkriegs."
„Für Achtung und Ehrfurcht vor dem unsterblichen deutschen Geist."
Michael läßt sich nichts anmerken – den Büchern tut es ja Gottseidank nicht weh! Aber sein Entschluß steht fest: Er mußte sich eine Nische suchen, wo er sein Ziel, zu studieren, durchsetzen konnte, ohne diesen hirnverbrannten Blödsinn noch weiter mitzumachen.
Bei einer Kundgebung „Brüder in Not" in der Liederhalle, veranstaltet vom Volksbund für das Deutschtum im Ausland, trifft Michael seinen Oberstudienrat Eisele, in der Uniform eines höheren SS-Offiziers.
„Heil Hitler Herr Oberstudien . . ." dann verbessert er sich: „Heil Hitler Sturmbannführer!"
Das beeindruckt den Herrn Eisele sehr. Das ist doch ein Mordskerl, dieser Michael, denkt er sich, der kennt sich aus! Dabei haben der Michael und s'Hannale sich einen Spaß draus gemacht, alle Dienstgrade, die bei Vögeles aus und ein gehen, auf Anhieb zu erraten.
„Was, bist du erst Scharführer? Das wird sich bald ändern."
„Sturmbannführer, darf ich etwas fragen?"
„Ja selbstverständlich, wo wir doch alte Bekannte sind."

„Sie kennen meine Begeisterung für das Auslandsdeutschtum, könnte man mich nicht von der HJ zur besonderen Verfügung dahin abkommandieren. Es kommen ja laufend Delegationen vom Ausland, die könnte ich in irgendeiner Form betreuen."
„Ja klar Mann, Du bist doch wie geschaffen dafür, bei Deiner Rednergabe und Deinem Auftreten . . . richtig, das Deutsche Turnfest steht vor der Tür . . .da könntest Du z. B. die Auslandsdeutschen aus Rumänien betreuen. Du hörst demnächst von mir!" Und weg war er.
Michael hatte rote Backen bekommen. Das war der Weg. Vielleicht konnte er auf diese Tour einmal sogar nach Siebenbürgen fahren.
Michael bekam nach ein paar Tagen ein Schreiben, sich sofort auf der HJ-Bannführerstelle zu melden. Der Termin paßte, und Michael trat an in voller „Wichs".
Versammelt waren ein höherer SS-Führer, SA-Führer, der Bannführer und etliche HJ-Stammführer.
Michael hatte einen durchtrainierten Körper, so fiel es ihm nicht schwer, beim Eintreten, ein forsches „Heil Hitler" aufs Parkett zu legen.
Er bemerkte reihum Wohlwollen in den nordischen Gesichtern . . . dann wurde er auf Eintritt und bisherige Tätigkeit in der HJ ausgefragt, obwohl ja sicher eine Akte von ihm vorlag.
„Ist Dein Vater Parteimitglied?"
„Nein Bannführer – aber er steht schon immer auf der Seite der Partei. Bitte fragen Sie den Parteigenossen und Blockwart Wächterle, der wird ihnen das bestätigen.
Wissen Sie, mein Vater ist ein Kleinbauer von der Alb und meidet so gut es geht die Öffentlichkeit, der fühlt sich am wohlsten bei seinen Tieren und wenn er im Boden wuhlen kann."
„Solche Menschen braucht das neue Deutschland auch, akzeptiert! Was hast Du nach dem Abitur vor?"
„Womöglich Medizin studieren." Da wich das Wohlwollen wieder aus ihren Gesichtern und bei einigen meinte Michael sogar eine lauernde Skepsis zu spüren.
„Meine Großmutter hat man auf der Alb die Holder-Marie geheißen, oder die Holder-Kammre, daß sagt schon alles, und die hat mir auf dem Sterbebett quasi das Versprechen abgenommen, Arzt zu werden und den kranken Menschen zu helfen."
Nun wich der Argwohn wieder aus ihren Gesichtern. Es war ja bekannt, daß viele Führer ihre Schwierigkeiten hatten im Umgang mit studierten Leuten.
„So so, dann willst du Holder-Doktor werden."
„So ähnlich Bannführer."

„Oft ist die Homöopathie der Allopathie vorzuziehen," warf der SS-Führer ein, und zwinkerte dem Michael zu. Und Michael griff den Ball auf: „Von meinem ersten Gehalt als Arzt werde ich ihrem Förderverein was stiften . . .". Allgemeines Wohlwollen.
Der Bannführer schaute nacheinander seine Führergenossen an, dann sprach er zu Michael: „Wir haben von Deinem Bericht über die Deutschen in Siebenbürgen gehört und von Deinen Aktivitäten vor den Wahlen. Du hast dich trotz Risiko für die Partei eingesetzt und gezeigt, wo dein Platz ist, wir befördern Dich ab sofort zum Stammführer z.b.V. und delegieren dich zum Deutschen Auslandsinstitut (DAI), melde Dich beim Professor."
Michael wäre am liebsten wie ein Pfeil davon geschwirrt . . .
Im Hinausgehen steckt ihm der anwesende SS- Führer noch seine Anschrift zu. Michael empfand es fast wie eine Anbiederung, trotzdem verwahrt er sie sorgfältig . . . man konnte ja nie wissen! Auch das mit der Spende hatte er ja eigentlich nur gesagt, um besser anzukommen, und hatte dabei voll ins Schwarze getroffen.
Er meldete sich umgehend beim Professor und wurde mit offenen Armen aufgenommen. Auch er war informiert über Michaels Vortrag und seinen Aufenthalt in Siebenbürgen.
„Das wichtigste Problem, das jetzt ansteht und bei dem wir uns bewähren müssen, ist das Turnfest", sagte der Professor zum Michael. „Man schätzt, daß ungefähr 200.000 Menschen nach Stuttgart kommen, und das ist selbst für so eine große Stadt ein dicker Happen. Da ich viele Empfänge, Reden, Begrüßungen absolvieren muß, frage ich Sie, Herr Kammerer ob", . . . „ich bitt' Sie Herr Professor, sagen Sie doch Michael zu mir", „also Michael, ob Du das Organisatorische übernehmen könntest, das ist sowieso nicht meine Stärke. Hier hast du einen Zeitplan über alle Veranstaltungen. Deine Aufgabe wäre speziell, die Rumäniendeutschen am Bahnhof abzuholen, in Quartiere zu bringen, die Du ebenfalls besorgen solltest, sie zu den Veranstaltungen zu begleiten und womöglich bis zu ihrer Abfahrt zu betreuen. Du kannst dir HJ- Kameraden rekrutieren soviel Du brauchst, am besten aus Deinem ehemaligen Wirkungskreis."
„Abgemacht, Herr Professor, das tue ich gerne – nur müssen Sie mich über alles informieren und wo ich Sie finden kann, falls Fragen auftauchen. Ich nehme Verbindung auf zum Generalorganisator, dann wird das schon hinhauen."
Michael hatte sich einiges aufgeladen, aber für seine Siebenbürger tat er das gerne. Sicher waren auch Banater Schwaben, Zipser Sachsen und Bessarabiendeutsche, vielleicht auch ein paar aus der Dobrudscha und aus dem Altreich von Rumänien dabei. Um so besser, dann lernte er auch diese kennen.

Am Abend besprach er alles mit seinen Eltern. Michael hatte ein gutes Verhältnis zu ihnen. Er half mit, wo er nur konnte, und sie freuten sich an seinen Erfolgen.
Michael war bereits in der Oberstufe vom Gymnasium, und Elsa wie auch Wilhelm hatten einen gewissen Stolz dabei.
Nun waren sie Feuer und Flamme, ihrem Michi an die Hand zu gehen.
„Wenn wir Frau Vögele fragen würden, ob wir durch Belegung der Scheuer und des Gartens, eventuell auch durch Zelte, die Unterbringung gewährleisten könnten. Vielleicht würde auch Herr Wächterle ein paar Zimmer organisieren", warf der Wilhelm in die Debatte.
„Und ich würde mich um die Verpflegung der jungen Leute kümmern", pflichtete Elsa bei.
„Das wäre ja großartig", freute sich Michael.
„Morgen früh werde ich zunächst mit Frau Vögele reden und dann planen wir weiter" sagte die Elsa.
Frau Vögele war nicht gerade begeistert, dafür um so mehr ihr Hannale. Das war doch eine einmalige Gelegenheit, diese Siebenbürger, von denen der Michael so begeistert erzählt hatte, einmal näher kennen zu lernen.
S'Hannale, schlau wie alle Weiber, wußte den Hebel richtig anzusetzen: „Michael, Du sollst zu meinem Vater kommen!"
Sowas war dem Michael noch nie vorgekommen – was würde der von ihm wollen?
Nun, weit hatte er es ja nicht zur Villa.
„Heil Hitler, Herr Vögele!"
„Heil Hitler, Michael! Ich habe gehört, daß Dir organisatorische Aufgaben anvertraut wurden. Sehr beachtenswert, wie man Deine Qualitäten einschätzt. Ich wollte es Dich bloß wissen lassen, daß ein Auto meiner Firma Dir, für besondere Anlässe, zur Verfügung steht. Auch werde ich Deine Absicht: Rumäniendeutsche Turner bei uns aufzunehmen, nicht nur räumlich, sondern auch finanziell unterstützen.
„Da danke ich aber sehr, Herr Vögele! Ich bin ganz überrascht von Ihrer großzügigen Hilfe."
Daneben stand s'Hannale und strahlte übers ganze Gesicht, und Michael, wie konnte es anders sein, strahlte zurück.
Es war, als wenn sich die ganze Welt besprochen hätte, dem Michael zu helfen.
Der Auftakt zum 15.ten Deutschen Turnfest, war ein Schauturnen, an dem 11.000 Mädchen mitwirkten.
Der Ministerpräsident ruft den 40.000 – 50.000 Besuchern zu: „Deutschland wird nicht untergehen. Deutschland wird ewig leben!

Seid einig im Glauben an Deutschland, ein Wille beseele Euch, eine Sehnsucht brenne in Euch und ein Glaube lodere in Euch und er heiße: Deutschland über alles!"
Welchen jungen Menschen hielt es da auf den Sitzen?
Welcher Ausgepowerte und Verbeulte schöpfte nicht neue Hoffnung beim Anblick dieser vielen jungen und sauberen Menschen. Aus allen Gauen und Städten trafen Sonderzüge ein, und die NSDAP stellte die sportliche Begeisterung voll und ganz in ihren Dienst.
Am 23. Juli formiert sich nach einem Feldgottesdienst im Hof des Neuen Schlosses ein unwahrscheinlicher Festzug: Die Turner ganz in Weiß. Die Reiter in Rot und die Jäger in grünen Jacken. Dann folgen die Winzergenossenschaften, die Handwerkerinnungen und dazwischen die Deutschen aus dem Ausland mit ihren heimischen Trachten.
Ein unwahrscheinlich malerisches Bild.
Das alles bewegt sich Richtung Cannstatter Wasen, wo am heutigen Tag die „Adolf Hitler Kampfbahn" eingeweiht wird.
Am 28. Juli findet eine volksdeutsche Kundgebung in der Stadthalle ihren Höhepunkt. Dabei überbringt Michaels Professor die Grüße der Auslandsdeutschen.
Am 29. Juli bewegt sich nach Anbruch der Dunkelheit ein herrlicher Fackelzug von den Hängen Stuttgarts Richtung Cannstatter Wasen. 500.000 Menschen sollen hier versammelt sein und Joseph Goebbels nützt es aus, die NSDAP ins rechte Licht zu rücken.
Am 30. Juli ziehen in der Früh 130.000 – 150.000 Turner in mehreren Kolonnen zum Hof des Neuen Schlosses. Fast drei Stunden defilieren sie an dem Reichsvizekanzler von Papen, an Dr. Goebbels und Prinz August Wilhelm von Preußen vorbei. Dabei werden besonders herzlich begrüßt die Turner aus dem Ausland und Grenzland: Rumänien, Ungarn, Lettland, Estland, die Vorarlberger Schützen und die Danziger.
Viele Turnergruppen führen heimattypische Symbole mit: Die, von der Ruhr,eine Nachbildung eines Bergwerks, die Sachsen ihr Meißner Porzellan, die Westfalen riesige Brote, Schinken und große Flaschen Korn. Vom Schwarzwald marschieren die Villinger Uhrenmänner auf.
Eine ungeheure Begeisterung reißt alle mit.
Wer kann sich diesem gewaltigen Spektakel entziehen? Das nicht nur die Jugend, sondern alle Menschen in zunehmendem Maße erfaßt!
Auch beim Michael sind alle seine Zweifel wieder verflogen. Diese gläubige Hingabe der Menschen ist wie ein Narkotikum und torpediert auch den letzten Zweifler.

Die Schlußveranstaltung des 15. Deutschen Turnfestes eröffnet ein Chorfesttanz von 15.000 Turnerinnen.
Während des Massenspeerwerfens von 200 Studenten, erscheint Hitler. 40.000 Turner und 20.000 Turnerinnen ziehen in 40 Kolonnen in die „Adolf Hitler“- Kampfbahn ein. Wer konnte dem noch etwas entgegen setzen? Ein absoluter Höhepunkt, eine organisatorische Superleistung.
Daran war Michael mitbeteiligt, und als er den SS-Führer von da neulich zufällig traf, gab es ein Mordshallo.
Michael erzählte ihm die glückliche Unterbringung der Mannschaft aus Rumänien und wie wohl sie sich hier in Deutschland fühlten. Er erzählte ihm auch über die ungeheure Erfahrung, die diese Menschen mit dem Milieu einer Großstadt verkraften mußten . . . Das alles lohne sich, weil es im Grunde die besseren Deutschen seien.
„Wieso das?“ fragte verwundert der SS- Führer.
„Weil sie jeden Tag um ihr Deutschtum kämpfen müssen.“
„Siehst Du“ sagte der SS- Führer, „da bist Du mir ein Stück voraus weil Du bei ihnen warst. Ich freue mich für Deinen Erfolg am Turnfest, Du hast Deine Aufgabe glänzend gelöst.“
Wen freut nicht ein Lob? Und Michael hatte es verdient. Seine Eltern, s'Hannale, die Frau Vögele, alle halfen mit, die rumäniendeutschen Turner unterzubringen und zu verpflegen.
Sie dankten es mit ihren typischen südostdeutschen Spezialitäten: Schinken, Speck, Brot, Zwiebel, Knoblauch und die obligate und so gute Bratwurst. Ganze Gläser voll, schön in Fett eingelegt und auf diese Weise konserviert, waren Schweinerücken, Koteletts und Bratwürste mit von der Partie. Was aber noch mehr wog, war ihr geselliger Zusammenhalt: Wenn sie sich nach einem anstrengenden Tag unter den Bäumen von Vögeles Bauernhof zusammenfanden und ihre wunderbaren, melodischen Weisen sangen, dann zog es sogar den Herrn Fabrikanten Vögele ganz unauffällig dazu und es wärmte seine eiserne und so kalte Geschäftsseele. Sicher verflossen auch bei ihm für einige Augenblicke das Soll und Haben, dafür küßte ihn die Muse jenseits der Wälder, aus einem Land, daß man Siebenbürgen nannte.
Michael hatte eine Menge guter Menschen kennengelernt und alle luden ihn ein, sie unbedingt zu besuchen.
Auch der Herr Professor vom DAI war voll des Lobes: „Also Michael, wie Du das gemeistert hast, war große Klasse. Ich bleibe bemüht, Dich mit einer Überraschung zu erfreu'n.“
Nun, Michael war froh und zufrieden, daß sich seine Vorstellungen so gut realisiert hatten.

Das Deutsche Auslandsinstitut hatte sich so gut entwickelt, daß bei der Hauptversammlung am 20. September 1933 kein Geringerer als der Oberbürgermeister von Stuttgart, Dr. Karl Strölin, Vorstandsvorsitzender des Instituts wurde. Der Professor flüsterte Michael unter vorgehaltener Hand ins Ohr: „Bei Sachen, die gut laufen, lassen sich sogar Prominente vor den Schlitten spannen – was soll's? Ein gewichtiger Name nützt uns allen."

Wo ist Fred?

Vor lauter Turnfest war es niemandem aufgefallen, daß der Onkel Fred schon eine ganze Weile nicht mehr vorbeigekommen war. Sonst ließ er sich alle zwei bis drei Wochen auf einen Schwatz beim Wilhelm nieder. Diese Kriegskameradschaft von zwei so unterschiedlichen Männern hielt verdammt gut über so viele Jahre hinweg.
Der Wilhelm als einfacher Holzfäller und Kleinbauer von der Alb und dieser supergescheite Doktor der Ökonomie, des Steuerrechts und der Rechtsgelehrtheit, waren schon ein komisches Gespann. Dem einen tat es wahrscheinlich gut, sich mit einem Genie auszuschweigen.
Dem andern womöglich, den Geruch des Bodens wahrzunehmen, einen ehrlichen, unkomplizierten Menschen auf sich wirken zu lassen, im Unterschied zu seiner täglichen Klientel, mit Kinkerlitzchen, Ausreden und der Verlogenheit der sogenannten besseren Gesellschaft.
Wo war dieser Onkel Fred?
„Hat ihn jemand beleidigt?" fing die Elsa an zu fragen.
„Wieso soll ich ihn beleidigen" antwortete der Wilhelm, „wir sitzen doch meistens nur beieinander, geredet wird dabei kaum etwas und dennoch haben wir uns immer gut verstanden."
Das glaub' ich wohl, denkt sich der Michael und ist alarmiert. Er geht nicht mit Scheuklappen durch diese Welt und hat schon viel unter der Hand gehört. Zum Beispiel vom Heuberg und so . . .
Nach zwei Tagen hält er es nicht mehr aus. Da muß was sein: Wo ist der Onkel Fred?
Er kann nicht mehr denken. Angst und Verzweiflung treiben ihn um. Michael hält viel auf seinen Onkel . . . Jetzt macht er sich auf den Weg!
Onkel Fred hat ein schönes Haus am Hasenberg. Man übersieht von hier halb Stuttgart, und bei Nacht ist es so schön wie im Märchen , so viele Lichter strahlen in die Dunkelheit . . . Dunkelheit . . . Dunkelheit.

Michael sagt das letzte Wort immer noch vor sich hin, denn das Haus von Onkel Fred liegt wie ausgestorben in der Dunkelheit. Kein Licht strahlt aus den sonst so behäbig weiten Fenstern. Dunkelheit liegt über Haus und Garten. Michael läutet . . . und läutet . . . wie eine Burg kommt ihm die Stützmauer vor, die das Grundstück zur Straße hin abschließt. Blitzschnell fährt es ihm durch den Kopf: wie bei den Siebenbürger Sachsen – aber leider ist heute eine Mauer nicht mehr das wie vor Jahrhunderten. Damals wars noch Wehr und Waffe, und wenn da unten ein mißliebiger Eintritt begehrte, rief man ihm den Schäßburger Gruß hinunter und dabei blieb's. Heute kommen sie im dunklen Mantel und machst du ihnen nicht auf, schicken sie ihre Schergen, und die legen dich in Ketten und führen dich wohin sie wollen und machen mit dir was sie wollen.
Und so war es wahrscheinlich mit Onkel Fred. Dem Michael stand der kalte Schweiß auf der Stirn und zum erstenmal in seinem jungen Leben spürte er sein Herz vor Aufregung schmerzlich schlagen.
Die Haushälterin kam in der Dunkelheit dahergeschlichen, nachdem sie den Michael erkannt hatte und sagt: „Sie haben ihn schon vor dem Turnfest geholt – politische Polizei . . ."
Michael wußte Bescheid. Jetzt ja keinen Fehler machen. Er schlich sich nach Hause und schloß sich in sein Zimmer ein.
Ein schmerzlicher Pfeil hatte sein junges Herz getroffen.
Dieses herrliche 15. Deutsche Turnfest mit seiner strahlenden Jugend, die sich kritiklos, wie er selber ja auch in den Dienst dieses Systems gestellt hatte, ihm vertraute, benutzte dieses Vertrauen, um Andersdenkende zu eliminieren.
Er zwang sich förmlich zur Ruhe, denn mit Fäusten zu schlagen, da waren die besser, das hatte er selbst schon erfahren.
Plötzlich fiel ihm die Adresse ein von dem SS- Führer. Wo hatte er die nur abgelegt, hoffentlich hatte sie nicht seine Mutter beim ausleeren der Taschen weggeworfen. Fieberhaft fing er an überall zu suchen. Es ging um seinen Onkel Fred und da wollte er keine Stunde versäumen. Er fand sie nicht, und wenn er die ganze Bude auf den Kopf gestellt hätte. Es war ja auch Mitternacht . . . voller Erschöpfung nickte er ein.
Seine Mutter weckte ihn: „Was ist los mit Dir? Du bist so spät heimgekommen und jetzt siehst Du aus wie das heulende Elend?"
„Oh Mutter, wenn Du wüßtest, wie schlecht es mir geht. Den Onkel Fred haben sie abgeholt, weißt Du was das heißt?"
„Ja wieso abgeholt, und von wem?"
„Oh Mütterle, bist Du naiv. Ja hast Du noch nichts gehört von der politischen Polizei und Gestapo?"
„Ja warum sollen die den Onkel Fred geholt haben?"

„Ja warum? . . . weil er halt sei Maul net halten kann, und dabei ist er so gescheit! Wem nützt jetzt das, wenn er am End auf dem Heuberg sitzt?"
„Was sagst Du?" frägt der Wilhelm, der auch was mitbekommen hat.
„Ja schlag mich's Blechle, da gang i mit meiner Sens hinauf und hol den Fred heraus."
„Daß ich nicht lach', Vater! na sperret sie Dich dazu. Moinscht Du, die lasset sich von Euch foppa?
Also wo ist die Adresse?"
„Ja welche Adresse?" frägt die Elsa.
„Du tuscht doch meine Sacha aus den Hosen, Hemden und Jacken ausleeren, bevor Du sie aufräumst, und des möcht ich wissen wo die sind."
„Draußen auf der Veranda hab' i a Körble . . ."
Tatsächlich, unter verknitterten Prospekten und Programmen kommt Gottseidank auch die Adresse hervor.
Michael schöpft neue Hoffnung. Er wäscht und richtet sich. Seine Gedanken arbeiten fieberhaft. Wie heißt jetzt der auch: Wolf Hartmann steht auf dem Zettel. Wenn der nicht will oder kann, dann geht er zum Studienrat Eisele, der ist ja auch SS- Führer. Im Hintergrund ist ja auch noch der Professor, und dessen Chef ist schließlich der Oberbürgermeister von Stuttgart. Irgendeiner wird ihm doch helfen können. Ein paar höhere HJ- Führer hat er ja beim Turnfest auch kennengelernt. Vielleicht hat der eine oder andere eine Querverbindung zur Gestapo.
Jetzt steht er vor dem Haus, in dem Wolf Hartmann wohnt. Ein bißchen zweierlei ist ihm schon zumute. Was soll er überhaupt sagen und wie anfangen? Er weiß ja gar nicht, warum und ob sie den Onkel Fred geholt haben . . . Auf jeden Fall kann er von dem was erfahren.
„Heil Hitler Wolf!" ruft Michael zum Fenster hinauf, aus dem Hartmann hinunter schaut.
„Ich komme gleich" ruft er hinunter.
„Das ist aber nett, daß Du mich mal besuchst."
„Du, ich hab' was auf dem Herzen und da Du mir damals Deine Adresse zugesteckt hast, brauche ich heute Deinen Rat."
„Schieß los, am besten wir laufen ein Stück. Du weißt ja, Wände haben Ohren."
Das war dem Michael sympathisch. Hatte er diesen Mann doch zu oberflächlich eingeschätzt?
„Ich muß etwas ausholen: Mein Vater war im Ersten Weltkrieg in sibirischer Gefangenschaft und da hat er den Alfred Scheiffele, Steuerberater und Rechtsanwalt, und den Johann Kammerer, Bauer in Siebenbürgen, kennengelernt. Das hat zwischen den drei Männern

so eine Freundschaft ergeben, daß die dreimal von Irkutsk durchgegangen sind und beim dritten Mal tatsächlich über den Ladogasee und Finnland nach Hause gekommen sind. Die haben von den Kommunisten bis an ihr Lebensende die Schnauze voll.
Den Johann Kammerer habe ich in Siebenbürgen besucht, er ist in Wirklichkeit ein Verwandter von uns, dessen Vorfahre 1846 ausgewandert ist.
Der Fred Scheiffele, um den es hier geht, hat mir die Reise nach Siebenbürgen ermöglicht und meinen Eltern die Arbeitsstelle bei Vögeles besorgt."
„Aah, den kenne ich auch."
„Ja, hoffentlich von seiner guten Seite?"
„Klar, wieso, hat der auch Mucken?"
„Nur unbedeutende, häuslich ist er halt so ein bißchen Napoleon."
„Ach so!" entgegnete Hartmann.
Vorsicht, dachte sich der Michael, da wärst du beinah hineingetappt. Wozu auch immer so unnötige Bewertungen?
„Ja und was ist mit diesem Alfred Scheiffele? Um den geht es doch hier?"
„Wolf, Du hast es richtig erraten. Das ist ein Junggeselle und ein Eigenbrötler, wie er im Buche steht. Wenn dem etwas gegen den Strich geht, dann sauft er irgendwo ein Viertele und pregelt und bruddelt, daß es ein Graus ist, und so stell' ich mir das auch jetzt vor. Den haben sie irgendwann vor dem Turnfest geholt und irgendwohin verfrachtet, wo es sicher ist, daß ihn keiner hört. Politisch ein harmloser Nörgler, dafür verbürge ich mich."
„Das hast Du gut gesagt Michael. Ich vertraue deinen Worten. Da ich gute Verbindungen zur politischen Polizei und Gestapo habe, komme nächste Woche vorbei, dann kann ich Dir vielleicht mehr sagen."
„Ich danke Dir Wolf, da hab ich Dir was mitgebracht von Siebenbürgen."
„Was ist das?"
„Eine Spezialität: In Schmalz eingemachte Bratwürste. Wenn Du mal Lust hast auf etwas Deftiges, ist es eine gute Abwechslung. Auf jeden Fall ist es geschmacklich hervorragend. Das Fett schmeckt als Brotaufstrich sehr gut und eignet sich zum rösten von Bratkartoffeln."
„Herzlichen Dank, das werde ich gleich heute Abend ausprobieren."
Michael grüßte zackig und als er ums Haus rum war, überfiel ihn die ganze Machtlosigkeit des einzelnen gegen diese Maschinerie von organisierter Gewalt.

Wie schön die eine Seite: „Mit klingendem Spiel durch das Tor.“ Wie grausam die andere: Brutalität gegen Andersdenkende, Diskriminierung, Schutzhaft, Rassismus.
Er war trotz der ganzen Misere dem Onkel Fred dankbar, daß er ihn darauf hingewiesen hatte. In seiner jugendlichen Begeisterung wäre er sonst nie dahintergekommen.
Zu Hause beschlossen sie, auch den Herrn Vögele darüber zu informieren. Onkel Fred hatte sich zwar bei ihm etwas rar gemacht, gerade weil zu viele braune Prominenz dort ein- und ausging, dennoch durfte man nichts unversucht lassen.
„Elsa, Du hast doch so einen guten Draht zur Frau Vögele“ ließ sich der Wilhelm fast bittend vernehmen, “versuche alles, um den Fred freizukriegen, sonst kann der ja noch umkommen in dem Lager.“
„Vater, da haben die sicher kein Interesse daran, das tät sich bei so einem Mann herumsprechen und der Partei mehr schaden als nützen.“
Michael konnte es kaum erwarten, bis die Woche herum war. Er war am Haus von Onkel Fred nochmals vorbeigelaufen, aber hineinzugehen war sogar ihm zu gefährlich. Man mußte jetzt alles unterlassen, was die Sache hätte komplizieren können.
Nach einem Monat hatten sie den Onkel Fred mit zig Auflagen wieder auf freiem Fuß . . . und ohne die Meriten von Michael: Eintritt in die HJ vor der Machtergreifung, illegaler Einsatz als Führer von Klebekolonnen beim Wahlkampf, Redner bei verschiedenen Veranstaltungen, hervorragende organisatorische Leistung beim Turnfest, Fürsprache höherer SS- Führer, wäre es wohl schwerlich möglich gewesen.
Michael traf den Onkel Fred am „Birkenkopf“, einem Waldstück oberhalb vom Hasenberg, und als sie festgestellt hatten, daß die Luft sauber war, fiel der Onkel Fred dem Michael um den Hals und Michael war betreten, einen ausgereiften Mann weinen zu seh’n.
„Sie haben uns angespuckt, geschlagen, angeschrien und in unflätiger Weise erniedrigt. Michael, was ist da über uns gekommen? Womit haben wir das verdient?“
Ein unheimliches Erbarmen überkam den Michael. Dieser Mann war im Weltkrieg Kanonenfutter wie sein Vater und der Onkel Johann von Siebenbürgen. Dann dreimaliger Ausbruch aus russischer Gefangenschaft mit unheimlichen Gefahren für Leib und Leben, und jetzt diese bittere Erkenntnis, im eigenen Vaterland unterdrückt zu werden.
„Onkel Fred, du versprichst mir, in Zukunft zurückgezogen zu leben. Komm zu uns und zu meinem Vater, da könnt ihr Euch über

alles aussprechen . . . Ein zweites Mal wird man Dich kaum mehr herausholen können."
„Und Du versprichst mir, vorsichtig so weiterzumachen, ohne deine Verbindung wäre ich sicher noch nicht auf freiem Fuß. Eine Errettung aus diesem System kann nur noch von außen kommen, wir selber schaffen das nicht mehr. Und dennoch kann der einzelne etwas tun, wie Du es bewiesen hast."
Für Michael war es eine Warnung für sein ganzes Leben. Er spürte wie nie zuvor die Machtlosigkeit des einzelnen. Wie hätte man z.B. den jüdischen Ärzten, die ja unbestritten gut waren, helfen können, nachdem ihnen am 1.September 1933 die Behandlung von Kassenpatienten untersagt wurde? Es gab überall Aufpasser.

Michael hatte vor lauter Turnfest und Onkel Freds Misere Martins Weihnachtsbrief noch nicht beantwortet. Jetzt war bald wieder Weihnachten und höchste Zeit dazu.
Am 16. September erscheint im Stuttgarter Amtsblatt eine Mitteilung, wonach man im Kampf gegen Hunger und Kälte 16.000 Zentner Kartoffeln zur Verteilung bringen will. Desgleichen im Frühjahr 1934. Ein positives Zeichen.
Lehrer und Notare lösen ihre Fachvereine auf und schließen sich als Fachgruppierung der NSDAP an. Stärkt das Ansehen der Partei, denkt sich Michael.
Am 1. Oktober 1933 findet mit einem Umzug der Bauern und Winzer ein Erntedankfest in Stuttgart statt. Der Kreisleiter lobt den Bauernstand als „Urquell nationaler Kraft".
Auf dem Marktplatz feiern die Reichswehr, der Stahlhelm, die Polizei, SA und SS einen Erntedank-Gottesdienst. Es wird für das WHW gesammelt und in allen Gaststätten werden Eintopfgerichte zu günstigen Preisen angeboten. Ein gutes Image für die Partei.
Geschäfte stellen Plakate ins Schaufenster: „Deutsches Geschäft". Michael rümpft die Nase.
Am 15. Oktober 1933 kommen 10.000 Handwerksmeister, Gesellen und Lehrlinge in den Hof des Neuen Schlosses zu einem Feldgottesdienst mit Fahnenweihe zusammen. 2000 Sänger des Schwäbischen Sängerbundes singen Beethovens „Die Ehre Gottes in der Natur". Mit dem Choral „Eine feste Burg ist unser Gott", gesungen von 10.000 Menschen, findet der Gottesdienst seinen Höhepunkt, und mit dem Deutschlandlied und dem Horst- Wessel- Lied seinen Abschluß.
Die Kirche und Gott werden oft bemüht, und in der Zeitung erscheint folgendes Gedicht: „Gruß dem Führer: Heil dem Führer, der den Zagen, Glaube, Mut und Hoffnung leiht, der uns hoch empor-

getragen, über Hader, Haß und Streit! Daß der Ehre Pfad aufs neue Er uns weist mit fester Hand, dank es ihm durch Lieb und Treue. Dank ihm's deutsches Vaterland."

Zum 24. Dezember erscheint in der Zeitung nochmal ein Gedicht: Zur Einführung dessen ein paar Prosazeilen: „Es gilt die Weihnachtsgeschichte des Evangeliums umzudenken in ein Symbol für die gesamte Haltung des deutschen Volkes, das sich aus dunkler Nacht gläubig zum Licht einer neuen Zukunft hindurchringt: Stille Nacht, heilige Nacht, Deutscher Geist traumerwacht, aufwärts führe dein Volk allezeit, bring ihm Frieden nach tapferem Streit, Frohsinn und Freude sein Teil, Deutschland zum ewigen Heil!"

Michael denkt sich, das wäre doch ein Aufhänger für den Weihnachtsbrief an Martin.

Lieber Martin!

Herzlichen Dank für Deinen Brief vom Frühjahr und vor allem für die Aufzeichnung des Weihnachtsbrauches. Herzlichen Dank auch an die Schneider Mariechen für ihre Mitarbeit.

Mich hat das so gerührt, daß ich mir fest vorgenommen habe, es einmal bei Euch selber zu erleben.

Anbei habe ich Dir ein Gedicht abgeschrieben, das am Heiligen Abend in einer hiesigen Zeitung erschienen ist. Es ist von einem Doktor verfaßt: „Weihnacht im Umbruch der Geister"

Gegen Euer Brauchtum finde ich das schon etwas mager, um nicht zu sagen makaber. Sicher gibt es auch bei uns nicht lauter so Hirngespinste, ich will es auch nicht weiter bewerten, ich habe es Dir nur aufgeschrieben, weil Du nach der neuen Zeit gefragt hast, und da stellt es sicher eine entsprechende Aussage dar.

Das Turnfest war ein voller Erfolg. Im stillen hatte ich gehofft, Dich unter meine Fittiche zu kriegen, weil ich die Rumäniendeutschen organisatorisch betreut habe. Leider warst Du nicht dabei.

Nachdem Ihr ja jetzt auch über Radios verfügt, seid Ihr ja sicher politisch auf dem laufenden. Am 1. 11. hat der Reichspropagandaminister Dr. Joseph Goebbels bei uns vor 10.000 Menschen eine Versammlung abgehalten unter dem Motto: „Mit Hitler gegen den Rüstungswahnsinn der Welt."

Falls Du es nicht gehört haben solltest, zitiere ich Dir einige Passagen: „Wir stehen heute auf festem Grund, hinter uns das Volk, um uns die Partei, vor uns die Idee, über uns die Fahne, wer will da gegen uns sein? Wer sollte vermessen genug sein, zu denken, daß dieses System einmal gestürzt werden könnte?"

Lieber Martin, das zu kommentieren überfordert meine Kompetenzen, vielleicht können wir uns einmal mündlich darüber unterhal-

ten. Zunächst aber muß ich fest lernen. Die Anforderungen in der Oberstufe des Gymnasiums sind nicht von Pappe. Wie kommst Du auf dem Bischof-Teutsch-Gymnasium voran?
Schreibe mir so oft Du kannst, auch wenn Du nicht auf jeden Brief eine Antwort kriegst, so bleibe ich doch Dein bester Freund.
Dein Michael!

P.S. Sag schöne Grüße an alle Mädchen in der Schwesternschaft und an alle Burschen und vor allem an Deine Lieben zu Hause.
Sollte jemand Hochzeit feiern, schickt mir eine offizielle Einladung, vielleicht kann ich mich hier loseisen.

Postwendend kam ein Brief von Martin.

Lieber Michael!
Habe Deinen Brief vor drei Tagen erhalten und da wir an Dreikönig eine Hochzeit haben, bist Du herzlichst eingeladen. Viel Zeit hast Du ja nicht mehr, aber wie heißt das so schön bei Euch: „Wo ein Wille, ist auch ein Weg" und ganz Kirchenburg wartet auf Dich!
Du fragst, wie es mir am Bischof-Teutsch-Gymnasium geht. Ich habe wie Du den Lateinzug belegt – da stehen mir manchmal die Haare zu Berge. „Aqua das Wasser, Vinum der Wein, scher dich zum Teufel verfluchtes Latein", könnte ich den ganzen Tag deklamieren.
Dabei ist auf dieser altehrwürdigen Schule bis ins 16.te Jahrhundert in der Hauptsache Latein gesprochen und gelehrt worden. Man hat eine Stadtrechnung von 1522 gefunden über die Entlohnung des Rektors, und das war sicher nicht die erste. Man kann also mit Fug und Recht annehmen, daß unsere Altvorderen sehr gebildet waren und neben Latein noch Griechisch konnten.
Wo ich das erste Mal da hinauf gesprungen bin, blieb ich ehrfurchtsvoll vor der Inschrift der Bergschule stehen und buchstabierte: „Patriae filiis virtute palladique sese voventibus sacrum". Damals verstand ich kein Wort und genierte mich zu fragen, jetzt ist es mir geläufig und heißt: „Den Söhnen der Heimat, die sich der Kunst und Weisheit widmen, ein Heiligtum."
So wird das bei uns gesehen und nicht nur von den Deutschen – obwohl es ein rein Deutsches Gymnasium ist. Auch die Rumänen, Sekler, Juden, Armenier und sonstige wissen um dieses Heiligtum und schauen ehrfurchtsvoll den Berg hinauf. Auch Ion Iliescu, unser rumänischer Freund, ist auf der Bergschule und wird als Rumäne akzeptiert. Bei einem Deiner nächsten Besuche solltest Du ihn mal begrüßen.

Lieber Michael! Letztes Frühjahr habe ich die Maturafeier miterlebt. Da ich jetzt bei der Schülerblasmusik bin, war ich von Anfang an dabei.
Die ganze Stadt nimmt Anteil an diesem Fest,alles horcht erwartungsvoll zum Berg hinauf. Plötzlich erklingen Böllerschüsse, und da zählt jeder mit. Für jeden Kandidaten der bestanden hat, donnern drei Stück ins Tal.
Dann klettern die Maturanten auf die stadtseitige Burgmauer und singen, unterstützt von unserer Blasmusik, den Choral: „Nun danket alle Gott, mit Herzen, Mund und Händen, der große Dinge tut an uns und allen Enden, der uns von Mutterleib und Kindesbeinen an bis diesen Augenblick unzählig gut's getan . . ."
In der Stadt bleibt alles steh'n, und mich hat es während dem Blasen so ergriffen, daß ich Mühe hatte, meine Stimme zu halten.
Im schwarz-samtenen Flaus, dem Festkleid der Coetisten (obere Klassen) zieht der Zug, von unserer Blasmusik angeführt, zum Heldenhain, wo die Gefallenen der Bergschule ihr Ehrenmal haben.
Über den Burgplatz geht dann der Zug unter dem Stundturm in die Stadt. Alle Fenster sind voll von Blumen werfenden Mädchen . . .
Freudentrunken lesen die beschenkten die Blumen auf. Wieviele glückselige Blicke werden da getauscht?
Nachdem der Zug wieder zur Burg hinaufgezogen ist, wird an der Schülertreppe eine längere Rast eingelegt. Die Vorbereitungen für den Fackelzug werden getroffen und manch einer wird auch überlegen, wie oft er diese Treppen in den vielen Jahren hinauf und hinab gesprungen ist.
Nach Anbruch der Dunkelheit findet der große Umzug statt, diesmal als Fackelzug.
Am Marktplatz gibt es dann ein längeres Verweilen. Mädchen und Burschen bilden einen weiten Ring und die Schülerblasmusik, die heute unwahrscheinlich gefragt ist, spielt zum Abschluß: „Nun leb wohl, du kleine Gasse, nun leb wohl, du stilles Dach, Vater, Mutter sah'n mir traurig, und die Liebste sah mir nach."
Vom Berg droben grüßt noch einmal die angestrahlte Bergschule ihre Auserwählten, dann geht's hinauf zur „Villa Franka",und dort wird durchgetanzt bis in die Früh und der Abschiedsschmerz zu lindern versucht. Denn jetzt geht es zum Studieren hinaus in die Welt, zu neunzig Prozent nach Deutschland.
Nun, was sagst Du jetzt, lieber Michael? Schon wieder ein Stück Brauchtum für Dich aufgeschrieben und diesmal meine eigene Kreation! Du stehst ja schwer in meiner Schuld und könntest mir ausführlicher von Euch berichten.
Bis bald Dein Martin

„Was ist dieser Martin für ein prima Bursch!“ stellte die Elsa fest, nachdem sie den Brief auch gelesen hatte, „der könnte uns doch auch einmal besuchen. Wir haben ja in Stuttgart auch einiges vorzuweisen.“
„Und unsere Alb, ist das vielleicht nix? „bruddelt der Wilhelm dazwischen. Michael pflichtete bei, nahm seine Füße unter die Hände und weg war er. Im Gymnasium mußte er ein paar zusätzliche Urlaubstage beantragen und seinen Professor vom DAI mußte er auch informieren. Er hatte etwas läuten gehört, daß einige Aktivitäten mit Auslands- deutschen geplant waren. Vielleicht war eine Fahrkarte von Stuttgart nach Kirchenburg und zurück realisierbar. Obwohl Michaels Eltern auch ausgeholfen hätten. Ihr Einkommen war wieder besser geworden, seit es bei Vögeles aufwärts ging.
Trotzdem wollte Michael seine Eltern schonen, wo er doch für das DAI soviel Zeit geopfert hatte. Nun gut, er wollte das nicht gegeneinander aufrechnen, zumal er es ja gerne und aus freien Stücken für seine Auslandsdeutschen tat. Sozusagen aus Liebe zur Sache.
Sein Professor war begeistert, als er ihm von der Einladung erzählte. „Ich erteile Dir hiermit einen Auftrag: Wir planen im Herbst eine Ausstellung. „Deutsche Art in aller Welt“,“ da trifft es sich gut, wenn Du Dir darüber Gedanken machst und eine Umsetzung vom Landleben in Siebenbürgen bringen könntest. Dazu gehört das Studium der Menschen, ihrer Art, der Tracht und verwendeter Geräte.
Nachdem Du schon mal in Siebenbürgen warst, ist das eine gute Auffrischung Deiner Erinnerung und für uns insoweit wertvoll, weil wir alles möglichst wahrheitsgetreu nachstellen wollen.
Wenn Du damit einverstanden bist, übernimmt das DAI deine Fahrtkosten. Und wenn Du ein paar Tage überziehen solltest, rufe ich Deinen Schuldirektor an und entschuldige Dich, mit dem Hinweis, Du seiest im wissenschaftlichen Auftrag unterwegs.“

Michael jauchzte nach innen und außen und allen war geholfen.
Er setzte sich mit einem freudigen Lachen in den Zug und fuhr in „wissenschaftlichem Auftrag“ von dannen!

IV. Kapitel
Bauernhochzeit in Siebenbürgen

Bei dieser Fahrt sah der Michael seine Auslandsdeutschen von einer höheren Warte: Er war im Auftrag des Deutschen Auslandsinstituts unterwegs. Geschäftsführer war der warmherzige und idealistisch gesinnte Prof. Dr. Richard Csaki. Dieser Mann hatte bereits Anfang des Ersten Weltkrieges Herz bewiesen. Durch seine Mitinitiative, ursprünglich als Leiter des Kulturamtes in Hermannstadt, fanden bereits 1915 die ersten Kindererholungsfahrten nach Siebenbürgen statt. Im Frühjahr 1915 konnte er den ersten Transport von Kindern aus Leipzig und Dresden auf dem Großen Ring in Hermannstadt begrüßen.

Die unzureichende Ernährung in Deutschland und Österreich hatte dazu geführt, daß der Volksrat, das Landeskonsistorium und die Frauenvereine in Zusammenarbeit mit dem Völkerbund, der Deutschen im Ausland, dem Deutschen Roten Kreuz, dem Gustav-Adolf-Werk wie anderen Institutionen und Behörden, sich zusammengeschlossen hatten, um im Lauf der Jahre einer unwahrscheinlichen Anzahl unterernährten Kindern Erholung in einer bäuerlichen gesunden Umgebung – mit damals überreichem Angebot an Lebensmitteln – zu ermöglichen.

Der Leiter eines solchen Transportes bedankte sich mit folgenden Worten: „Mögen aus dieser Kinderhilfe Freundschaften entstehen, die für alle Zeiten gelten."

Seinen Wunsch hat unser Herrgott erhört. Wie es Michael und Martin an ihrem eigenen Leib verspürten.

Es kamen Mädchen und Jungs, mit Eisenbahn, Donauschiffen, Lastautos, die letzten Kilometer mit Pferd, Ochsen- und Büffelgespannen.

Das Wort einer siebenbürgischen Pflegemutter: „Wir freuen uns ja so sehr, diese halbverhungerten, abgemagerten Kinder herausfüttern zu können. Wir schätzen uns glücklich, endlich einmal Reichsdeutsche bei uns zu haben und ihnen alles geben zu dürfen, was sie zu Hause so sehr entbehren mußten." Kann man noch ein schöneres Bild einer Mutter malen, als sie es hier selber zum Ausdruck bringt? Bei diesen Gedanken wurden Michaels Augen feucht. Mit welcher Liebe hatten sie auch ihn bei seinem ersten Ferienaufenthalt betreut. Jeden Wunsch an seinen Augen abgelesen, und nun durfte er wieder zu diesen guten Menschen hinfahren. Sein Herz jauchzte vor innerer Freude und Erregung.

Nun war der Zug bereits über Wien hinaus und donnerte durchs Marchfeld Budapest entgegen. Wer weiß heute noch, dachte er sich im stillen, daß Pest um 1200 eine „Magna et ditissima Theutonica villa" gewesen ist (eine große und sehr reiche deutsche Stadt).
Daß „Gottschee" im 14. Jahrhundert mit 170 deutschen Dörfern besiedelt wurde. Daß die Schwabenzüge von 1723 – 73 die Bukowina, Bessarabien, Friedenstal bis in die Dobrudscha besiedeln und um 1782 – 87 mit der Gründung der Schwäbischen Türkei, der Batschka, dem Banat, Syrmien, Slawonien und mit Fünfkirchen und Agram fast einen Anschluß an die Gottschee erreichen. Im Osten, unterm Theiß-Knie, entstehen noch weitere deutsche Dörfer, deren Bewohner als Sathmar-Schwaben bezeichnet werden.
Auch in der Walachei und der Moldau sind einzelne Siedlungen vorhanden.
Michael wußte Bescheid, und als sein Zug durch diese historische Landschaft dahinbrauste, sah er das Land nicht mehr allein durch die Schulbrille, sondern eigene Studien und der Einfluß seines überaus intelligenten Professors hatten ihn gebildet.
Seine unauffällige Art hatte den Michael zudem gelehrt, daß man als Deutscher im Ausland sich eher zurückhaltend verhalten sollte.
Die Siebenbürger Sachsen wußten das sehr wohl. Ihr immenser Reichtum im Verhältnis zu den Rumänen, von den Zigeunern ganz zu schweigen, war sowieso dazu angetan, Neidkomplexe zu schüren. Hoffentlich ließen sie sich durch die „Neue Zeit" nicht zu sehr herauslocken.
Michael sah diese Gefahr kommen. Deshalb würde er der allgemeinen Begeisterung, die auch hier um sich griff, eher verhalten begegnen. Die Menschen meinten ja im Grund auch gar nicht Hitler, sondern waren deutsche Menschen in einer Oase, preisgegeben chauvinistischen Stürmen und Gelüsten, ausgebleicht und halbverdurstet in ihrem Kampf um ihr Deutschtum. Und nun hörten sie von dem aufblühenden Deutschland. Kann man es ihnen verdenken, wenn sie sich etwas Saft in ihre vertrockneten Adern erhofften.
Michael begriff das gut. Dennoch wollte er vorsichtig bremsen. Sein Interesse lag beim Brauchtum, hier konnte er nirgends anecken, und indem er sie in dieser Richtung bestärkte, war auch für sie ein gewisser Vorteil gegeben. Dieses Brauchtum barg eine ungeheure Lebenserfahrung, Anstand und Würde im Umgang miteinander und noch viel mehr, es war Lebenshilfe und Ehrenkodex von der Wiege bis zur Bahre.
Michael hatte gar nicht bemerkt, daß sich in seinem Zugabteil die Menschen ausgewechselt hatten, erst als er original schwäbische Laute hörte wurde er gewahr, daß in seinem Abteil lauter Schwaben

saßen. Sie trugen die Tracht der schwäbischen Bauern und sprachen wie die auf der Alb.
Plötzlich sprach ihn der Mann an: „Ja Büble wo kommscht her oder mueß mer z' Dir scho junger Herr sagen?"
„Um da Gottes Willa, i bin froh, wenn eber mit mir Schwäbisch schwätzt, wo i doch von der Alb be."
„A so ganz glaubet mir des neda."
„Stimmt, i leb jetzt scho a paar Jahr mit meine Eltern in Stuergert."
„Drom, des hairet mir glei."
Michael ging allmählich ein Licht auf: Das waren wahrscheinlich Banater Schwaben.
„Wo fährscht no hi ?"
„Nach Siebenbürgen, da hab i Verwandte."
„So, so-sonscht hätscht auch mit uns geha könna, bei oos gibt's auch ebes z' esset. Moinscht nett Weib?"
Dabei sah er 's Mütterle neben sich an und die sah wieder s 'Töchterle an und die saß neben dem Michael und war gar nicht so „schiach" wie man das im schwäbischen so zu sagen pflegt, und hier war man mitten in Ungarn ein ganzes Schwabenabteil.
„Rond rom lauter Schwaba", sagte der Vater Häberle und stellte sich gleichzeitig vor. „Jetzt wolla mer vespera, tuescht uns doch koin Korb gea und fescht mithalta, in Deinem Alter han i en ausgewachsenen Gockel alloi g' herret."
Dem Michael wurde es warm ums Herz, mitten in Ungarn „moinscht seiest auf der Alb".
Jetzt wurde ausgepackt. Aus einem Sack wurde zunächst ein sauberes Tuch herausgenommen und ausgebreitet, dann ein Bauernbrot draufgelegt. Da lief dem Michael schon der Saft im Mund zusammen. War das ein Brot! Vater Häberle hatte seinen Blick erfaßt:„Woischt Büble, unser Weizen bekommt viel Wärme und kann schön ausreifen, des gibt a Mehl und a Brot . . .!"
Dabei macht er das Kreuzzeichen über die Rinde und schneidet es an. Wie in Siebenbürgen, denkt sich der Michael, nur ist dieses Brot heller und etwas lockerer – ein Brot luftig und leicht wie Flaum.
Dazu die selbstgemachte Butter . . . ein riesengroßer Bollen . . .
„Lang no zua Büble, mer hant no mai!"
Irgendwie erinnert den Michael der Vater Häberle an den Hornbauern. „In der Korbflasche ist a gueter Tropfen . . . komm i zeig Der, wia mer draus trinken tut."
Dabei nimmt er den Henkel in die Innenhand, daß der Kolben auf dem Handrücken und dem Unterarm schön aufliegen kann . . . und gluckert ein paar kräftige Schluck. Mit der linken Innenhand wischt er über den Flaschenmund und mit dem Handrücken über seinen

Schnauzer. Das war für Michael eine Hilfe und eine einladende Geste zugleich. Nun, das Butterbrot war nur die Vorspeise gewesen, denn jetzt holte der Vater Häberle einen Schinken aus seinem Sack, an dem hätte sich keine Sau zu schämen brauchen. An dem schnipfelten sie genüßlich von „Kecskemet" bis nach „Weitenfeld".
Dann aßen sie noch ein paar harte Eier und ein paar Hühnerstrempel, sozusagen als Nachspeise, und das gab Durst!
Dem Michael wurde die Korbflasche immer sympathischer ...
„Des ist net so a räser wie bei Uich auf der Alb, daß er oim glei s'ganze Hemed hinta neizieht ... woischt a Ahna vo mir isch aus der Gegend vo Tibinga, deshalb wois mer des guet."
„Des hör' i gern, Herr Häberle!"
„Komm, sag Haaans zu mir und Du bischt der?"
„Michael!"
„Bist a g'schmacks Büble, wann de witt, derfscht mit meinem Dechterle a bissele auf da Gang naus – aber mach' ihr koi narrets Vötzle, des vertrag i nett so gera – es sei den willscht se heirada!?"
Der Michael bekam eine rote Birne – das war einer wie der Hornbauer.
„Sie muesset scho entschuldiga, mei Vater schwätzt halt so raus, aber sonst is es a lieber Maa."
„I kenn da einen von der Alb, der könnt sei Bruder sein und außerdem han i en Onkel in Stuttgart, der grad so ischt.Mer ist halt net immer drauf gefaßt, was dene so einfallt."
„Da haben sie recht", dabei schaut sie ihn gar nicht so unrecht an. Sie zwängen sich gemeinsam ins Gangfenster und der Fahrtwind kühlt ihre heißen Wangen, dabei weht er dem Michael ein paar brünette Locken ins Gesicht . . . Michael spürt ihren festen, jugendlichen Körper und wo sie schon so zaghaft miteinander kontakten und einander zutraulicher werden, legen sich zwei schwere Hände auf ihre Schultern und der Haaans Häberle sagt: „Gell der Appetit kommt beim Vespern!"
Michael übergeht die Bemerkung und frägt den Vater Häberle über die wirtschaftliche Lage im Banat: „Mir hent en gueten Boda, a ebenes Feld, genügend Wasser und a heiße Sonn', was braucht mer da noch fragen, und i ben der gröscht Bauer von Weitenfeld ond guet katholisch. Ond was dem Siebenbürger sei Kirchenburg, des ischt bei uns des feine, weiße Mehl." Dabei reibt er den Daumen am Zeigefinger und sagt: „Jetzt müsse' mer aber aussteiga . . ."
Die Fahrt von Budapest bis Weitenfeld war im Nu verflogen.
Man lud Michael noch x- mal ein, den Haaans Häberle in Weitenfeld zu besuchen, und dann war er wieder für sich allein. Es tat ihm gut, etwas zu sich zu kommen, bevor er in Schäßburg eintraf.

Hier stand schon Martin und winkte ihm zu.
Nach einer kräftigen Begrüßung eilten sie zum Wicka-Bahnhof und mit der Wusch schnauften sie kurz darauf den Schäßburger Marktplatz hoch.
Herrlich der Stundturm mit der gut erhaltenen Burganlage und den trotzigen Zunft- und Verteidigungstürmen. Über allem aber thronte wie eine geistige Empore das Bischof-Teutsch-Gymnasium und als Krönung die Bergkirche. Welch ein sauberes Städtchen dieses Schäßburg, und erst der tiefe und feierliche Klang der Bergglocke.

In Kirchenburg hatten sie heute diese Gedanken nicht. Am Bahnhof hatten sich die Jugendlichen der Hochzeitsgesellschaft eingefunden, um den Michael vom Bahnhof abzuholen. Es war der Mittwoch und der Tag der Jugend. Es wurde allerhand Schabernack und Allotria getrieben. Als der Zug einlief, überboten sie sein Dampfen und Fauchen mit Hallo und Halt-Geschrei und als er endlich hielt, erklang das Begrüßungslied: „Grüß Gott, grüß Gott, mit hellem Klang, Michael sei gegrüßt mit unserem Gesang!"
Dann wurde beim Michael links und rechts eingehakt, und in dem man die ganze Straße für sich in Anspruch nahm, ging es mit dem Lied: „Wem Gott will rechte Gunst erweisen" dem Hochzeitshause zu.
Hier war man schon emsig am Werken.
Die Burschen hatten in der Früh schon Kleinholz gemacht und den Backofen angeheizt.
Frauen und Mädchen kneteten in vielen Mulden den Teig und die Jüngeren hatten Tannengrün geholt und schmückten damit das Hochzeitstürchen. Am Schluß zierten sie es noch mit selbstgebastelten Papierblumen, und wirklich, es sah sehr einladend aus.
War das ein Empfang! Michael mußte gleich die erste „Hanklich" probieren, und da nacheinander noch immer neue Sorten aus dem Backofen kamen, war er bald genudelt voll. Oh hätte er nur seiner Mutter so eine knusprige Hanklich mit Rahm belegt zuschieben können ... aber die war ja so weit entfernt, sicher wußte sie sehr wohl wie gut es ihrem „Büble" hier erging.
Abends kam er erst bei Kammerers zum Grüß- Gott- sagen, die hatten Verständnis dafür. So eine Bauernhochzeit im Siebenbürgischen ist schon was ganz besonderes.

Donnerstag war ein großes Kommen und Gehen in den Hochzeitshäusern. Von allen Höfen „schickte" man Hühner, Eier, Mehl, Frischfleisch, Speck, Kraut, Bohnen, Reis, Grieß und anderes. Wenn man bedenkt, daß oft zwischen 100 bis 300 Personen zu bewirten

waren, kann man das geflügelte Wort „Zwei Hochzeiten, ein Abbrennen“ sehr gut nachvollziehen.
Aber Brauch ist Brauch, und wenn alles zusammenhilft, ist noch keiner dabei zugrunde gegangen.
Zum Schicken eignen sich gut die Kinder, weil sie reichlich mit Stritzel und Kuchen beschenkt werden.
Die Burschen tragen an diesem Tag Stühle, Bänke und Tische in das Hochzeitshaus und leihen eventuell noch benötigtes Geschirr.
Am Freitag wird der Backofen nochmals angeheizt. Brot, Hanklich, Kuchen und sonstiges Gebäck wird ergänzt, damit es ja ausreichend vorhanden ist.

In den beiden Hochzeitshäusern wird gleichzeitig gebacken, und welches am ehesten fertig ist, zeigt das an durch die „Schar!“
Das ist ein besonders guter Kuchen. Meistens mit grobzerstoßenem Zucker garniert (soll Hagelkörner darstellen).
Doch bis die „Schar“ im andern Hochzeitshaus ist, muß die Jungfer oder deren zwei oder drei, verschiedene Hindernisse überwinden. Das macht die Sache lustig und es kommt auf den Einfallsreichtum der jeweiligen Hochzeitsgesellschaft an.
Michael verfolgt die „Schar“ mit Abstand und lernt so dieses ulkige Brauchtum kennen, das nicht nur in Kirchenburg, sondern durchaus auch in Schaas üblich ist. Wie beiläufig steh'n ein paar Weiber beieinander und tratschen . . .
Als sich die „Schar“ nähert, zetert eine los: „Margret, oh Margret, man hat Dich gesehen mit dem Wolfi poussierend an der Linde stehn!“ Dabei schaut alles interressiert zur Linde hinüber. Auch Margret läßt sich geschwind verleiten, hinüber zu schauen, in dem Augenblick versucht ein Weib, ihr den Kuchen zu entwinden.
Margret hat aufgepaßt und hält ihn fest – sonst wäre der ganze Auftrag danebengegangen, und statt dem andern Hochzeitshaus eine Erfolgsmeldung zu bringen wäre wohl das Gegenteil eingetreten und die „Batschtanten“ hätten obendrein einen lustigen Kaffeeklatsch daraus gemacht und die „Schar“ genüßlich verzehrt.
Außer Atem gelangt Margret mit ihrer Begleitung im anderen Hochzeitshaus an, und auch hier gilt das Wort!
„Grüß Gott, Ihr Frauen, mich schickt Frau Ahn, die „Schar“ zu bringen aus Grieß und Rahm! Der Weg war nicht einfach durch Sturm und Schnee, am Kuchen liegt jetzt noch der Hagel, oh weh!
Dann wollten mich einige Weiber bezürzen und mir mit Tücke den Kuchen stibitzen. Dabei ist die „Schar“ nur für Euch bestimmt und zeigt an, daß wir mit dem Backen fertig sind!“

Jetzt stürzen sich alle Backfrauen auf den Kuchen und probieren was die „Konkurrenz“ fertig gebracht hat und wie man sie übertrumpfen könnte.

An diesem Tag verabschieden sich die Braut und der Bräutigam aus der Bruder- und Schwesternschaft beziehungsweise vom Jahrgang. Das ist nun wieder etwas für den Michael. Denn auch das geschieht durch ein Wort.
Michael steht im hintersten Eck der guten Stube und sieht die Burschen bedächtigen Schrittes eintreten, dann spricht der Altknecht das Wort: „Einen glückseligen Abend, möchten wir Euch allen wünschen. Unserer Ursachen halber und weil es das Brauchtum so verlangt, sind wir heute Abend in dieses Haus gekommen, unseren Bruder Georg aus der Bruderschaft zu verabschieden.
Kommt herbei ihr Brüder und bildet einen Kreis. Unser lieber Georg wird nachher aus ihm treten und für immer ausgeschieden sein. Ich will daher so zu ihm reden: Am ersten soll geehrt werden unser lieber Herrgott, den wir allzeit ehren wollen.
Danach soll geehrt sein unser Bruder Georg, der sich anschickt, in den Stand der heiligen Ehe zu treten.
Gott wolle segnen Euren Kornbaum und Euren Weinberg reichlich an Berg und Tal und an allen Orten, wo ihr hingelangen werdet. Gott wolle segnen Euern Ehestand, damit dieser wäre der erste und der letzte, damit er nicht sei ein Ehestand gleich Wehestand, sondern ein Freudenstand, ein Seligenstand. Auch wolle Gott Euch viel Gutes geben und bescheren und Euch mit gesunden Kindern segnen. Dies möchten wir Dir, lieber Bruder, wünschen vom höchsten Gott im Himmel.“
Darauf entgegnete Georg mit einem kurzen Wort:
„Meine lieben Brüder! Ich danke Euch für Euer Kommen und Eure guten Wünsche. Möge sie unser lieber Herrgott erhören und mir zu dem, was ich vorhabe, seinen Segen geben.
Nehmt bitte Platz und esset und trinket, was wir Euch von Herzen gerne geben.“
Michael setzte sich zu ihnen und sofort entspann sich ein lebhaftes Gespräch. Alle wollten wissen, was es wohl Neues gebe im Reich. Michael versuchte, durch Gegenfragen im Lande zu bleiben und mehr über dieses schöne Brauchtum zu erfahren. Mit dem Wortmann hatte er den richtigen Gesprächspartner gefunden.
„Es ist eine Ehre für einen sächsischen Bauern, wenn seine Tochter mehrere Bewerber findet. Das ist ein Zeichen, daß sie nicht nur hübsch ist sondern auch „etwas hat.“

Wenn der Knecht die ähnlichen Bedingungen aufweisen kann, hat man nichts dagegen, wenn der Knecht zu seiner Magd in die „Gasse geht". Das hast Du doch schon mitbekommen?" sagte der Wortmann und Michael dachte sich: und wie! Die Bank vor dem Haus und das Gassentürchen waren ihm seither geläufige Begriffe.
Der Wortmann fuhr weiter: „In der Rockenstube und bei Tanzveranstaltungen, widmet der Knecht seine ganze Aufmerksamkeit seiner Magd. Er macht ihr anläßlich eines Marktes kleinere Geschenke und sie erwidert es mit einem „Gepäschken", einem Blumensträußchen, das er sich bei Tanzveranstaltungen an die Weste oder an den Rock heftet." Michael dachte dabei blitzschnell an sein Lehnchen, hatte sie ihm nicht auch schon ein Zeichen von Sympathie zukommen lassen und jetzt konnte er sie nicht mal sehen . . .
„Auch ein wunderschöner Hutschmuck", erzählte der Wortmann weiter „kann diese Sympathie zum Ausdruck bringen.
Wird die Sache spruchreif, sieht man auch die Eltern der beiden zusammengehen. Es wird der wirtschaftliche Rahmen ausgehandelt, denn das junge Paar muß ja nachher davon leben können und eine Familie ernähren. Wenn es dann heißt: „Meine Tochter hat alles beisammen", der Vorrat in Truhen und Speichern ist gut und genug Speck und Weizen an der Kirchenburg, wird die Hochzeit in Angriff genommen, wie Du es jetzt erleben tust."
„Gibt es da auch Abschlägiges?" will der Michael wissen.
„Und ob! Wenn die Eltern das nicht gerne sehen, darf sich ein Mädchen nichts schenken lassen. Frägt der Bursch einmal zaghaft an . . . wird ihm gesagt: die Ernte sei nicht gut ausgefallen und das Mädchen hätte sich noch nicht das Salz in die Suppe verdient. Zudem sei sie noch im Hause nötig und müßte der Mutter helfen. Man sagt es also dem Bewerber durch die Blume . . . Hier aber ist alles klar und deshalb dürfen wir von Herzen lustig sein."
Nach einer angemessenen Zeit steht der Wortmann auf und spricht: „Verehrte Hochzeitseltern, lieber Georg!
Bei guten Leuten ist es gut sein, es muß aber auch einmal geschieden sein. Wir werden uns wieder dahin begeben, von wo wir hergekommen sind. Nicht ohne wahrgenommen zu haben, daß ihr uns freundlich begegnet seid und das nicht mit leeren Worten, sondern mit Zeichen der Liebe mit Speis und Trank. Auch habt ihr uns darbringen lassen ein Saitenspiel.
Für das alles sei Euch von Herzen gedankt. Ich wünsche Segen von daher, wo er hergekommen ist, daß es nicht gespüret werden möge. Im übrigen aber haben wir die Zeit, die wir uns hier aufgehalten haben, nicht mit Stillschweigen verbracht, sondern haben auch einige Wechselworte miteinander gehalten: Falls wir mit unserer Rede

gefehlt haben sollten – sollt Ihr gebeten sein, es uns zugute zu halten, denn wie leicht fehlt der Mensch gar da, wo er sich am sichersten fühlt.
Willentlich möchten wir aber nur getan haben, was uns zugekommen ist und Euch, liebe Hochzeitseltern, gefällig.
Wir möchten einen friedlichen Abend wünschen, eine glückselige Nacht und einen fröhlichen Morgen.
Die künftige Zeit bleibe Gott mit allem Guten bei uns, bis wir uns auf frischen Füßen wieder finden mögen.
Dies sollten meine Worte sein."
Michael war wie immer von diesen wohlbedachten Worten gerührt und begeistert. Er empfand es wohltuend gegen den oft rüden Versammlungston der Nazis und die laute Art, die sich im Reich bei Veranstaltungen gern breit machte.
Samstag war der vierte Hochzeitstag, und Michael bewunderte die Kondition der Hochzeitsgesellschaft und speziell die des Hochzeitspaares einschließlich Eltern. Das war eine organisatorische Leistung ersten Grades, wurde aber durch das Brauchtum in vieler Hinsicht erleichtert.
Am Samstag abend geht das Brautpaar in die Betstunde. Auch hierfür ist der Ablauf vorgegeben. Nach der Betstunde wird in beiden Hochzeitshäusern nochmal getrennt getafelt.
„Michael!" ließ sich der Martin vernehmen, „wir haben einen Auftrag: Wir sollen die Rosi aus Wolkendorf holen, das ist eine Cousine der Braut. Der Konrad geht mit," dabei zwinkert er mit dem Auge, „es könnten uns Wölfe in die Quere kommen. Hilf mir den Schlitten richten."
Mutter Kammerer hatte bereits ein paar Ziegelsteine auf die Herdplatte gelegt, die heizte man so auf, daß man sie nur noch mit einem Schürhacken in eine alte Decke befördern konnte, um sie damit gut einzuschlagen. Die hielten die Wärme ein paar Stunden und waren speziell zum Warmhalten der Füße gedacht.
Es war ein duftiger Wintermorgen. Der Reif lag über den Bäumen, daß die Äste krachten und die Sonne spiegelte diese herrliche Welt in tausend Kristallen.
Eine Wonne war es, die schwarzen Rappen über den jungfräulichen Schnee fliegen zu sehn. Ihre Hufe schienen kaum den Boden zu berühren. Martin mußte an ihnen halten, daß sie nicht zu sehr ins Schwitzen kamen. Im Nu waren Nüstern und Mähne mit Reif überzogen – ein Bild voll uriger Kraft und edler Geschmeidigkeit. Der Weg nach Wolkendorf ging ziemlich eben, führte aber durch ein großes Waldstück, das nach Kirchenburg zu von der Hutweide begrenzt wurde.

Von weitem sahen sie den Weinberg am Gezämdabirgh, wie stoisch tief verschneit standen gleich riesigen Standbildern die prächtigen Kiefern und Tannen auf seinem breiten Rücken.
Wieviel frohe Stunden hatte er schon den Menschen in der Weinlese beschert, und wieviel Arbeit und Schweiß gekostet, bis die Trauben reif an ihren Stöcken hingen. Wieviel Phantasien und enthemmtes Lachen hatte erst der Wein und Schnaps den lustigen Zechern geschenkt, wie man es gerade auf so einer Hochzeit immer wieder erfahren konnte.
Nun kamen sie in den großen Wald. Außer dem Schnauben der Pferde war nichts zu hören, als wären die drei Burschen mit ihren Pferden allein auf der Welt.
Hier waren die Wölfe noch an der Tagesordnung, und ganz weit weg meinte man das schaurige Heulen eines Leitwolfs zu hören.
Konrad nahm sein Gewehr aus dem Sack und Martin rief ihm zu: „Hast Du auch die richtigen Kugeln dabei?“
„Was glaubst Du wohl, damit habe ich in der letzten Zeit etliche Füchse und Rehe erlegt. Einen Wolf allerdings noch nicht. Halt an, seht ihr den Tannenzapfen in der hohen Tanne ...“Wauf“, blitzte das Mündungsfeuer in dem dunklen Wald und schon spritzten nach allen Richtungen die Schuppen auseinander. „Bravo“ kam es wie aus einem Munde. Michael und Martin lobten die Schießkünste ihres „Archlers“. „Laß uns auch mal probieren!“
„Einmal schon, aber dann muß ich erst meine Kugeln nachzählen, denn am Montag müssen wir die Rosi wieder heimfahren und bis dahin könnten die Wölfe immer noch Hunger haben.“
Durch das Geballere war denen die Lust am Beutemachen vergangen.
In Wolkendorf, einem kleinen Weiler, war man froh, Besuch zu bekommen. Hier war man richtiggehend eingeschneit. Der Vater von der Rosi war so eine Art Aufsichtsjäger einer größeren Jagdgesellschaft aus Schäßburg und war die einzige Verbindung zur Außenwelt. Er hatte schon manchen Wolf vom Haus aus erlegt, wenn sie gar so gierig und vom Hunger getrieben ihr schauriges Konzert in Hausnähe vollführten. Vollmondnächte waren hierzu besonders geeignet, da schien das Visier wie von selbst das Ziel zu finden.
„Awer kut doch ännen“ bat in einer dialektisch warmherzigen Art die Mutter von der Rosi die jungen Herrn ins Haus.
Michael buchstabierte, was sie genau gesagt haben könnte, und Martin führte seine Pferde in den Stall, legte jedem ein Decke über den Rücken und versorgte sie mit Wasser, Heu und Hafer.
Eine geräumige Wohnküche empfing die Gäste. Ein großer eiserner Herd mit zig Ringen zum Abnehmen, mit Bratrohr und einem

Durchlaß in das Wohnzimmer, wo er noch einen Kachelofen heizte, sorgte für mollige Wärme und machte das Anwesen der Reimers zu einem heimeligen, wohnlichen Jägerwigwam. Zumal die Schwarten, Bälge und Decken von Wildsau, Luchs, Fuchs, Wolf und Bär ihr übriges dazu beitrugen.
Nun hatte auch der Michael die einladenden Worte von Frau Reimer entschlüsselt: „Awer – aber, kut – kommt, doch ännen – innen – herein.“
Und so war hier auch die Atmosphäre: „Awer kut doch ännen!“
Auf der Herdplatte stand ein Mordskessel, leicht eingelassen in den Herd, indem man ein paar Ringe herausgenommen hatte, und in dem schwammen im brodelnden Schmalz die sagenhaft guten siebenbürgischen Krapfen.
Man mag das Schweineschmalz verdammen, für Krapfen und Spiegeleier zelebriert es eine Kruste, die geschmacklich vom Feinsten ist was es in dieser Richtung geben kann.
Und so wars denn auch. Kaum, daß sie gemütlich Platz genommen hatten, servierte Frau Reimer eine Mordsschüssel goldbrauner Krapfen, mit einem Stäubchen Zucker drauf, zum Anbeißen gut!
Martin traf immer den Nagel auf den Kopf: „Da haben wir es aber gut getroffen, liebe Reimertante!“
„Gell, bei so einer Schüssel Krapfen werde ich sogar zur lieben Tante.“
„Ja das bist Du auch so, aber mit Krapfen noch viel, viel lieber und süßer.“ „Ich kenn' Dich doch, Du Schmeichler!“
So ging das Wortspiel hin und her. Vater Reimer kredenzte einen Glühwein, der mußte Tote aufwecken. Hier waren nicht nur Zimt und Zucker drinnen, sondern die Kräuter und Wurzeln des Waldes und ein harzig wohlschmeckender Waldhonig.
Nach dem ersten Glas saßen sie schon in den Hemden da und bissen in die löchrigen und zart krachigen Krapfen. War das eine Wonne! Zugleich sahen sie hinaus in die grimmige Kälte . . .
Womit waren sie von hier überhaupt noch hinauszulocken?
Doch der Lockvogel trat schon ein: Ein Röslein wie es der Herrgott nie schöner hätte wachsen lassen können. Ein blühendes Zweiglein siebenbürgisch-sächsischer Weiblich-keit.
Die Burschen hielten mitten im Kauen inne und staunten das Mädchen an. Das mußte die Waldfee sein: Zarte Konturen zeichneten ihr Gesicht und liefen über in eine drahtige, schlanke Figur, die unter dem samtenen Mieder das Weiche einer ebenmäßig schön gewachsenen Frau zum Ausdruck brachte.
Braven Jägern soll ja hie und da so eine Waldfee sogar im Wald begegnen, und als es wieder einmal der Fall war, soll sie gesagt haben:

„Lieber Jäger, Du hast dein Wild gut versorgt, Du hast drei Wünsche frei!“ „Oh liebe Waldfee, wenn ich Dich so anschaue, habe ich eigentlich nur einen Wunsch ...“ Und so erging es auch dem Konrad, „Archler und Jägersohn“, behutsam legte er seinen Krapfen auf die Seite – Grüne kennen sich ja meistens, wenn sie sich auch nicht immer grün sind und sagte: „Vater Reimer, wollt' Ihr uns die anvertrauen?“
„Vorsicht Bua, die schießt schneller und besser als Du denkst!“
„Das glaub ich sofort, sie hat mich schon getroffen!“ Dabei legte er die Hand aufs Herz. Und alle freuten sich an seiner guten Antwort. So ergab immer wieder ein Wort das andere und im Handumdrehen war die Zeit vergangen.

Heute abend ging das Brautpaar in die Betstunde und anschließend feierte jede Verwandtschaft nochmal für sich. Für Michael war wieder ein Stück Brauchtum zu entdecken und vor allem das Wort zu hören.
Vorläufig aber saß er noch im Schlitten neben einer im wahrsten Sinne bezaubernden Waldfee, die ihm allerdings der Konrad schon etwas abzujagen versuchte. Es war ihm auch so recht. Diese Schlittenfahrt war einmalig schön . . .! Die Pferde flogen mit dem leichten Schlitten wie im Märchen dahin, und da es heimwärts ging, ließ ihnen Martin die Zügel ... Herrlich anzuschauen – dieses ebenmäßige Gespann. Das wunderbare Muskelspiel ihrer Leiber, das elegante Ausgreifen ihres edlen Geläufs.
Michael mußte tief einatmen. In welch eine zauberhafte Gegend hatte ihn ein gütiges Schicksal hingeführt!
Er wagte einen Blick zum Himmel und dankte von Herzen. In diesem Land mußte man gläubig werden ... so schön hatte es der Herrgott erschaffen.
Zu Hause war man froh, als der Schlitten wohlbehalten in den Hof hereinfuhr. Tudor war gleich zur Stelle und half, die Pferde auszuschirren. Man führte sie in den warmen Stall und rieb sie am ganzen Körper mit Stroh trocken.
Martin sagte dabei zum Michael: „Die merken sich das gut, wie man sie behandelt, und sind dann auch danach!“
Michael konnte sich nicht zurückhalten: Er streichelte ihre weichen Nüstern und legte seine Wangen an ihren Kopf, dabei strömte ein so glückseliges Gefühl durch seinen Körper – wie war es schön, die Kreatur so leibhaftig zu spüren ...
„He! willst Du da hinten übernachten?“ rief der Martin dem Michael zu.
„Wir müssen uns richten, sonst versäumst Du noch das Wort!“

Sie gingen zunächst in das Bräutigamhaus. Hier hatte sich die Verwandtschaft bereits versammelt.
In Kirchenpelz und Tracht trat der Bräutigam vor seine Eltern und sprach folgendes Wort: „Lieber Vater, die Stunde ist da, wo ich aus dem Elternhaus scheiden muß um einen eigenen Hausstand zu gründen.
So bin ich gekommen, um Euch lieber Vater, bevor ich mit meiner Braut in die heilige Betstunde gehe, um Verzeihung zu bitten.
Verzeiht mir, wenn ich Euch je ein böses Wort gab oder Euch beleidigt haben sollte.
Seid bedankt, lieber Vater, für alles, was Ihr mir bis zum heutigen Tag Gutes getan habt und mich mit Gottes Hilfe auferzogen habt. Seid bedankt für jeden Bissen und jeden Tropfen, den Ihr mir gereicht habt und für die gute Lehre, die ich von Euch empfangen durfte. Seid bedankt, für das was Ihr mir aus dem Segen Eurer Arbeit überlassen habt. Kommt mir auch hinfort entgegen und anerkennt mich auch weiterhin als Euren Sohn.
Ich verspreche, Euch im Alter eine Stütze zu sein, wenn Gott mir das Leben und die Gesundheit schenkt."
Dann ging er zur Mutter, und hier ging es nicht ohne Tränen ab.
Michael war so ergriffen, daß er in diesem Augenblick sicher kein Wort hätte herausbringen können.
Der Bräutigam ging dann zu seinen Geschwistern und zur ganzen Verwandtschaft und bat um Verzeihung.
Abschließend machten sie sich auf den Weg zur Braut.
Michael und Martin durften ihn begleiten.
In der guten Stube saßen die Eltern der Braut und die Verwandtschaft. Der Bräutigam wiederholte in etwa das gleiche wie in seinem Elternhaus, dann fügte er hinzu: „Habt Dank, liebe Schwiegereltern, für alles was Ihr meiner Braut Gutes getan habt.
Habt Dank für das was Ihr in Truhen und Kästen aus dem Segen Eurer Arbeit für sie aufbewahrt habt.
Ich verspreche Euch, meine zukünftige Frau in Ehren zu halten, für sie zu sorgen und Euch ein guter Schwiegersohn zu sein.
Nachdem es Gottes Wille war, uns ein Paar werden zu lassen, bitte ich Euch, Eure Tochter mir in die heilige Betstunde folgen zu lassen. Ich wünsche nichts sehnlicher, als daß ich sie morgen zum Traualtar führen darf und erbitte dazu Euren Segen."
„Liebe Kinder, unseren Segen habt ihr. Geht miteinander in Gesundheit und Liebe bis an das Ende eurer Tage."
Dann flossen wieder reichlich Tränen.
Nach der Betstunde war es dann um so fröhlicher.

Gegen Mitternacht ging alles nach Hause, denn der Haupttag war ja am Sonntag.
Beim Glockenläuten formierte sich vor jedem Hochzeitshaus ein festlicher Zug zur Kirche. Vor der Kirche begrüßte man sich und schritt feierlich ins Gotteshaus.
Im Anschluß an den Gottesdienst fand die Trauung statt.Die ganze Gemeinde nahm daran Anteil.
Vor der Kirche bliesen die Adjuvanten einen alten Hochzeitsmarsch. Alles gratulierte dem jungen Paar, dann ging es im lustigen aufgelokkerten Zug ins Hochzeitshaus.
Hier spielten zum Empfang die Zigeuner. Meistens eine erste Geige, eine zweite, Baß und Zimbal. Man mochte diesen Zigeunern nachsagen, was man wollte, in der Musik bringt kaum ein anderes Volk diese Gefühlsfülle zum Ausdruck wie sie es vermögen.
Wievielen glückseligen Paaren hat ihr Saitenspiel zur höchsten Gefühlsvollendung verholfen und wieviele, die Pech hatten, getröstet: „Hus Zigan!“ (spiele Zigeuner), war das geläufige Wort und sie spielten „als weint' einer!“
So hat jedes Volk seine guten Seiten. Über die „Speck-Sachsen“ das waren die, die da heute feierten, sagten die Rumänen und Zigeuner, sie seien geiziger als die Schotten und Schwaben zusammen. Aber an so einem Tag merkte man gewiß nichts davon.

Den fleißigen Frauen waren solche Sprüche fremd. Sie hatten es an nichts fehlen lassen und eine herrliche Hochzeitstafel hergerichtet. Nach der edel schmeckenden Hühnersuppe mit selbstgemachten feinen Nudeln gab es verschiedene Braten, dazu eingemachtes Kraut, süßsaure Zwetschgen und eingemachtes Obst zum Nachtisch. Wein, Schnaps konnte jeder nach belieben trinken, und für die Kinder gab es Himbeer- Ribisel- oder Holundersaft, hie und da auch ein „Kracherl“.
Nach dem Essen wurden Reden geschwungen, Gedichte aufgesagt, und da man auch Jüngere zu Wort kommen ließ und sich über ihren Auftritt freute, dachte sich Michael, es wäre an der Zeit, auch etwas zu sagen und sich für die Einladung zu bedanken.
Er klopfte an sein Glas und augenblicklich war es mucksmäuschenstill in der Stube. Da sah man wieder, welch' eine Hochachtung diese Siebenbürger Sachsen ihren Brüdern aus Deutschland entgegenbrachten.

„Liebes Brautpaar!
Liebe Hochzeitsgesellschaft!

Zunächst möchte ich mich sehr herzlich für Eure Einladung bedanken.
Ich habe innerlich gejauchzt, als alles soweit war und ich zu Euch fahren durfte.
Wie Ihr wißt, bin ich wahnsinnig verliebt in Euer Brauchtum. Ich habe es auch jetzt wieder so schön empfunden.
Diese vielseitigen Bräuche konnten sich bei uns in dieser Form gar nicht so entwickeln, weil zum Beispiel in Württemberg erst 1817 die Leibeigenschaft aufgehoben wurde. Bis dahin sagte uns jeweils der Fürst, Graf oder Baron, was jeder zu tun und zu lassen hatte.
Es gab sogar Hochzeitsgesetze. Darinnen war festgelegt, wieviel Tische eine Hochzeits- gesellschaft belegen durfte.
Dann waren „in der Zech“, d. h. diejenigen, die freigehalten werden durften, nur die engsten Anverwandten – alle andern mußten selber zahlen.
Wenn das Brautpaar sie dennoch freihielt und wurde dabei ertappt, mußten die Freigehaltenen einen Gulden Strafe zahlen, die eine Hälfte für den Herzog, die andere für den Armenkasten. Im Landrecht von Württemberg stand: „Es zehre jeder seinen Pfennig selbst.“
Dann gab es das „Jus primae noctis“. Das Recht der ersten Nacht. Das stand dem jeweiligen Fürsten, Grafen oder Baronen zu. Das heißt zu deutsch: Die Braut mußte sich vor der Hochzeitsnacht zunächst dem jeweiligen Potentaten zum Beischlaf hingeben. Aus dieser Zeit stammt auch der Brauch der Brautentführung. Man wollte dieses Gesetz dadurch umgehen, riskierte dabei aber harte Strafen.“
Ein allgemeines Protestgemurmel machte sich breit, und Michael fuhr weiter: „Jetzt seht Ihr, auf welcher Insel der Glückseligen, Ihr hier schon immer gelebt habt!
Eure Vorfahren sind nicht umsonst ausgewandert und waren dann freie Bauern und das schon 800 Jahre lang.
Aus Württemberg sind in den Hungerjahren 1777 – 1816 und 1840 – 1847 164.000 Menschen ausgewandert. Es gab zeitweilig in Ungarn mehr Deutsche als Ungarn. Unter diesen Auswanderern der jüngeren Zeit ist ja auch der Vorfahr von meinem Onkel Kammerer.
Ich wünsche dem Hochzeitspaar, daß es nie auswandern muß, und daß es hier in diesem schönen Land glücklich und zufrieden leben darf.
Hoch soll’n sie leben.“
Brausender Beifall für den Michael, und alle kamen und drücktem ihm die Hand.

Die Zigeuner spielten zum Tanz und vor dem Abendessen wurde „gegabt“ und in die Freundschaft aufgenommen.
Dazu wurde ein Tisch hergerichtet, dahinter stellte sich das junge Paar.
Von den Eltern gab es die Frauentracht und persönliche Dinge. Dann ging es nach Verwandtschaftsgrad. Auch hier galt das Wort: „Eine kleine Gabe bring ich, um eine große Freundschaft bitt' ich.“ Es waren viele Sachen des täglichen Gebrauchs dabei und manchmal sogar eine Flugschar.
Nach dem Abendessen wurde der Brautschleier abgetanzt.
Gegen eine Geldspende durfte nun jeder mit der Braut noch einmal tanzen. So kam das erste Geld in die Haushaltskasse.
Als letzter tanzte der Bräutigam, und ihm war es vorbehalten, den Schleier abzutanzen. Damit war die Braut auch äußerlich eine junge Frau geworden.
Meistens zog sich dann das junge Ehepaar zurück.

Die Hochzeitsgesellschaft tanzte weiter oft bis Montag früh.
Nachdem sich auch die letzten verzogen hatten und der Morgen ins Haus schien, wurde die junge Frau nach dem Frühstück in die Frauentracht gekleidet. Zunächst wurde sie „geschlijert“, geschleiert, der Kopf wird kunstvoll mit einem Schleier versehen und mit schönen Bockelnadeln festgehalten und gleichzeitig verziert. Über dem samtenen Mieder schmückt eine altgermanische Fibel die Brust. Ebenfalls reichlich mit Steinen verziert sind die metallenen Schließen der schönen Gürtel.
Reichlich bestickte Bänder und Tücher zieren die junge Frau.
Dieser Farbreichtum und diese Kunstfertigkeit im Sticken und Nähen sind so vollkommen wie man sie nur auf Bildern des frühen Mittelalters bei flämischen Meistern oder beim deutschen Albrecht Dürer bewundern kann.
Die Mode des frühen Mittelalters wurde von diesen Auswanderern mitgenommen, bewahrt und in einer bewundernswerten Weise fortentwickelt.
Zur höheren Ehre Gottes gekleidet, geht die junge Frau in die Frühkirche, wird vom Herrn Vater eingegrüßt, der ihr auch ihren zukünftigen Platz anweist.
Am Montag wird das Hochzeitshaus aufgeräumt. Die geliehenen Gegenstände werden zurückgebracht, Haus und Hof bekommen wieder ihr gewohntes Gesicht.
Am Dienstag findet der Umzug statt. Auf einem stattlichen Wagen wird das Heiratsgut der Frau an ihren neuen Bestimmungsort ge-

bracht und alles kann nun sehen, wie reichlich und schön ihre Aussteuer ist.
Das war nun wieder der Anlaß für ein Wort: Diesmal sprach es die junge Frau zu ihren Eltern, und wer die Situation dieses Abschieds begreift weiß, wie schwer so eine Tochter aus dem Haus gelassen wird.
„Seid bedankt, liebe Mutter und lieber Vater, für den Beistand, den ich von Euch erfahren habe. Gottes Wille ist es gewesen, mich heute diesen Weg beschreiten zu lassen, aber auch mein Wille. So laßt mich ihn willig gehen.
Seid bedankt, liebe Eltern für alles, was Ihr an mir getan und aus dem Segen Eurer Arbeit überlassen habt.
Seid gebeten, mir auch hinfort zur Seite zu steh'n und anerkennt mich weiter als Euer Kind.
Ich will auch Euch immer als meine Eltern anerkennen und Euch im Alter eine Stütze sein."
Nach dem Umzug werden sie vom Nachbarschaftsvater in die neue Nachbarschaft eingegrüßt.
Die Nachbarn schenken den Jungvermählten Sachen des täglichen Bedarfs.
In der Nachbarschaft ist man in jeder Hinsicht aufgehoben. Muß einer mehr tragen als ein Mann zu tragen imstande ist, muß der Nachbar helfen. Wird einer krank, bringt die Nachbarschaft die Ernte ein. Und gerät einer in Geldnot, kann er sich aus der Nachbarschaftslade gegen geringen Zins Geld leihen.
Auch die Beerdigung wird von der Nachbarschaft durchgeführt und eventuelle Streitigkeiten vom Nachbarschaftsvater geschlichtet. Ordentlicher Kirchgang und eine Teilnahme am Abendmahl werden von der Nachbarschaft wohlwollend begrüßt. Der Nachbarschaftsvater wird demokratisch gewählt und von einem Ältestenrat beraten.

Stefan Ludwig Roth hat die Nachbarschaft so gezeichnet:
„Die aus einem Brunnen tranken,
Brot aus einem Ofen aßen,
Die die Nachhut füreinander hielten,
Die sich die Wohnhäuser aus gemeinschaftlicher Kraft aufrichteten,
In Krankheits- und Unglücksfällen den Willen der Anverwandten hatten,
Die endlich auf derselben Totenbank ruhten,
Und die letzte, traurige Ehre der Leichenbegleitung als eine Gemeinsamkeit erwiesen,

Beim Tränenbrot des Verstorbenen Verdienste rühmten und aus nachbarlichem Vermögen und Beruf für Witwen und Waisen sorgten.
Diese brüderliche Gesellschaft, durch Örtlichkeit bezeichnet
Nannte sich die „Nahen", die Nachbarschaft."

So hat alles seine Ordnung und das „soziale Netz", von dem man anderweitig so Rühmenswertes zu sagen weiß, existiert hier schon seit Jahrhunderten.
Michael hatte das nun alles miterlebt und war noch ganz benommen von dessen Vielfalt. Er hatte auch manchen Tanz gewagt, aber so schön wie einstens mit Lehnchen waren sie alle nicht gewesen. Er trauerte insgeheim, daß er sie nur einmal sehen konnte beim Hinausgehen aus der Kirche. Sie hatte es kaum gewagt, ihn anzuschauen. Dennoch meinte er einen Augenstrahl von ihr erhascht zu haben. Wie schön verinnerlicht war ihm ihr Blick erschienen . . . würde er sie überhaupt noch einmal wiedersehen?

Wieder in Stuttgart

Viel Zeit blieb ihm nicht zu solchen Überlegungen. Wie ein Gejagter eilte er zum Bahnhof. Sein Urlaub war überzogen und mit der Schule war nicht zu spaßen. Im Zug konnte er die Schlafentzugserscheinungen einer siebenbürgischen Bauernhochzeit etwas kompensieren. Er schlief mit kurzen Unterbrechungen von Schäßburg bis nach Wien.
Seine Koffer und Taschen hatten sie ihm auch diesmal vollgestopft mit Lebensmitteln.
Am Bahnhof empfingen ihn sein Vater und's Hannale. Onkel Fred hatte sich aus bekannten Gründen zurückgehalten.
Vor dem Bahnhof wartete der Chauffeur von Vögeles und so brauchten sie das schwere Gepäck auch dieses Mal nicht zu tragen.
Hannale ging nicht mehr weg von Michaels Seite: „Erzähle mir alles, was Du erlebt hast. Was macht der Martin und ist er immer noch so lustig?"
Und Michael erzählte und erzählte, und Frau Vögele war gekommen und seine Mutter Elsa hörte zu und sie waren alle aus dem Häusle, wie feierlich und lustig es auf so einer siebenbürgischen Bauernhochzeit zuging.
Dann erzählte ihnen Michael, wie sie das Rösle von Wolkendorf geholt hätten und wie er das erstemal in seinem Leben einen Wolf

habe heulen gehört. Schauerlich hätte es in dem großen Wald geklungen. Und dann erzählte er von den guten siebenbürgischen Krapfen, die, in reinem Schweineschmalz gebacken, beim Verzehr so edel krachen, als würde man in eine Hostie beißen.
S'Hannale hätte in dieser Nacht am liebsten bei Kammerers übernachtet, aber Frau Vögele nahm sie fest in ihre Arme, und Wölfe gäbe es bei uns schon lange keine mehr.
Michael machte sich Sorgen um Onkel Fred. Er hatte ja jetzt einen Anlaß, ihn zu besuchen. Er richtete etwas von seinem siebenbürgischen Mitbringsel zusammen und hatte vor, auch beim SS- Führer Wolf Hartmann vorbei zu gehen. Dem hatten die in Fett eingemachten Bratwürste doch auch so gut geschmeckt.
„Ja, daß Du Dich noch hergetraust?" waren die ersten Worte von Onkel Fred.
„Warum denn nicht, Onkel? Jetzt tu net so und verhalte Dich normal!"
„Normal sagst Du? Was meinst Du, wie meine Freund', in Anführungszeichen, seit meiner Verhaftung weniger geworden sind! Kaum einer läßt sich noch bei mir sehen und die wenigen Guten sitzen jetzt unfrei auf dem Heuberg."
„Onkel, unsere Abmachung bleibt bestehen: Halt Du Dich politisch zurück und mache mir keine Schwierigkeiten – vielleicht können wir dann dem einen oder anderen echten Freund sogar helfen. Du mußt auch das Gute sehen. Die Arbeitslosigkeit ist seit der Machtergreifung wesentlich zurückgegangen – das bedeutet für so viele Familienväter, daß sie wieder ihre Familien ernähren können."
Es war sehr schwer mit so einem alten Grantler . . .obwohl der Onkel erst knapp über die fünfzig war.
„Was macht auch der Johann?"
„Schöne Grüße soll ich Dir von Ihm bestellen und ob Du ihn nicht mal besuchen willst?"
„Darüber ließe sich nachdenken . . .!"
„Mein Vater meint, daß Du auch bei ihm mal wieder vorbeischauen könntest. Oder willst Du da oben voll versauern?"
„Von wegen versauern! Da gibt es noch mehr qualifizierte Menschen die Eurem Führer skeptisch gegenüber stehen. Hast Du schon etwas von einem Robert Bosch gehört?"
„Nein, wer ist das?"
„Jetzt schlag mich's Blechle," fährt der Onkel weiter . . . „Jetzt hat der noch nichts von Robert Bosch gehört. Siehst Du, so seid Ihr Jungen, vor lauter Firlefanz und Heil- Hitlergeschrei wißt Ihr nicht, wo der Zaster erwirtschaftet wird . . . da habt Ihr noch nie was davon gehört?

Das ist der größte Unternehmer unserer ganzen Region und gibt in der heutigen lausigen Zeit Zehntausenden Menschen Arbeit und Brot. Außerdem ist er in seiner sozialen Einstellung unübertroffen: Er hat bereits 1906 den achtstündigen Arbeitstag eingeführt. Im übrigen Deutschland geschah dies erst 1919.
Den hat sogar Euer großer Führer Adolf Hitler empfangen, und weißt Du, was dieser Bosch einem Freund darüber berichtet hat: „Das will ein Staatsmann sein und weiß nicht was Gerechtigkeit ist!"
Ich weiß auch noch mehr über diesen Robert Bosch: er sucht die Freundschaft und Versöhnung mit den Franzosen und denkt an ein vereinigtes Europa. Lauter vernünftige Ansichten.
Den haben ein paar von Eure subalterne Grasdackel in Schutzhaft nehmen wollen. Aber der hat Lunte gerochen und hat sich auf den Boschhof abgesetzt, bis diese Rotzlöffel gemerkt haben, an wen sie sich da ranmachen wollten.
Du siehst also, daß ich nicht der einzige bin, der sich dagegen wehrt, dieser braunen Pestilenz den Arsch abzulecken."
„Du gehst aber wieder scharf ran, lieber Onkel! Wohin könnten wir uns denn zurückziehen? Vielleicht auf den Distelhof? Nur ... ob wir dort überleben würden?"
„Hascht ja recht", lenkte der Onkel ein. „Wo soll man sich aber sonst den Kropf leeren können, wenn nicht bei den engsten Bekannten?"
„Solang Du es bei uns tuscht, lieber Onkel, ist ja auch nichts dabei!"
Und in seinem Innersten dachte sich Michael: Es wird gut sein die Verbindung zur SS weiterhin zu pflegen ...

Michael besuchte anschließend den Wolf Hartmann und erzählte ihm ganz begeistert von der Bauernhochzeit, und was das DAI im Herbst für Pläne hat.
„Und hier habe ich Dir von Siebenbürgen etwas mitgebracht." Da strahlte er übers ganze Gesicht. „Da machst Du mir aber ehrlich eine Freude damit!"
„Gern geschehen", gab Michael zur Antwort." Ich halte Dich auf dem laufenden, wenn beim DAI etwas Interessantes läuft."
Ein prima Kerl, dachte sich der Wolf Hartmann und Michael dachte: mit Speck fängt man Mäuse, und wer weiß, wie man den wieder brauchen kann.

Am 6. März hält Hochschulgruppenführer und Studentenführer Albert Schmehl eine Rede, in der er betont: Bei der Zulassung zum Hochschulstudium müsse auch die Führung in der HJ bewertet werden.

Michael fühlt sich insgeheim bestätigt und hält in einem kleineren Kreis einen Vortrag über eine siebenbürgische Bauernhochzeit.
Sein Professor ist begeistert, so einen engagierten Mitarbeiter über den Südosten gefunden zu haben.
Am 7. Mai erscheint eine Bekanntmachung, nach der alle Studenten vor Aufnahme des Studiums ein Pflichthalbjahr in einem Arbeitsdienstlager absolvieren müssen.
„Wenn es allein dem Zweck dient, die spätere geistige Elite mit Hammer und Spaten bekannt zu machen, ist es sicher nicht verkehrt", bekennt sogar der Onkel Fred, als er wieder mal auf Besuch bei Kammerers ist.
Der Röhmputsch am 30. 6. 34 hat in Stuttgart keine großen Auswirkungen, bis auf den Tod von Dr. Hermann Matheis, dem früheren Leiter des politischen Polizeiamtes in Württemberg. Onkel Fred quittiert es mit sichtbarer Genugtuung.
Was dem Michael dagegen aufstößt, ist eine Kanzelabkündigung zum Reformationstag am 8. Juli, in der dem Führer gedankt wird für den Einsatz seines Lebens (beim Röhmputsch) und an das Bibelwort erinnert wird: „Gerechtigkeit erhöht ein Volk, aber die Sünde ist der Leute Verderben."
Nun, vielleicht taten sie es aus dem gleichen Grund, den auch Michael verfolgte: Aus der heiklen Lage das Beste zu machen.
Vom ersten auf den zweiten August ist der Chor des Brukenthal-Gymnasiums aus Hermannstadt zu Besuch in Stuttgart.
Michael zeigt ihnen die Sehenswürdigkeiten und betreut sie auch sonst.
Am 9. September 1934 gibt der Hermannstädter Knabenchor ein geistliches Konzert in der Leonhardskirche.
Am gleichen Tag eröffnet der Professor vom DAI eine Ausstellung: „Deutsches Volk jenseits der Grenzen." Michael hat mitgeholfen, ein riesiges Gemälde im Kuppelsaal aufzuhängen: „Mutter Deutschland mit ihren Kindern in den fünf Erdteilen." Wege und Verbreitung deutscher Kolonisation.
Am 14. September werden in der Liederhalle Volkslieder der Auslandsdeutschen vorgetragen.
Am selben Tag lesen im Kronprinzenpalais Erwin Wittstock und Heinrich Zillich aus ihren Werken. Am fünfzehnten September finden im überfüllten Saal der Stadthalle Volkstanzgruppen aus Siebenbürgen, dem Banat, aus Südtirol, aus dem Egerland und Elsaß und ein Gesangverein aus Kattowitz die Möglichkeit, ihr schönes Brauchtum unter Beweis zu stellen.
Michael ist fest im Einsatz und mit voller Begeisterung dabei. Das

waren doch Veranstaltungen, die das Toleranzverständnis so verschiedener Volkskunstauffassungen direkt förderten.
Bei den meisten Veranstaltungen waren auch die Kammerers und Frau Vögele mit ihrem Hannale dabei. Alle waren begeistert von den schönen Trachten und dem Lied und Brauchtum der Auslandsdeutschen.
Was den Michael wieder den Kopf schütteln ließ, war eine Veranstaltung der Schwäbischen Erzieher. Der Reichsamtsleiter des NS- Lehrerbundes ließ folgenden Spruch als Erziehungsideal von seinem geistigen Stapel: „Wir führen unsere Kinder zuerst nach Walhall und schauen dann von dort zum Olymp."
Das war dieses geistlose NS- Blabla, für das der Onkel Fred dem Michael die Ohren geöffnet hatte und der Michael dem Onkel Fred höchste Anerkennung zollte.
Am sechsten November waren der Professor und Michael wieder dran: „Deutsche Art in aller Welt."
Das DAI zeigt Szenen aus dem Landleben in Siebenbürgen, eine Hochzeit aus dem Schwarzmeergebiet, einen Schwabenball aus Ungarn und viel Beifall erntet der Sathmarer Singkreis, der unverwechselbare schwäbische Lieder zum besten gibt.
Der Landesverband Württemberg im Verein der Auslandsdeutschen übernimmt für die Sathmar-Schwaben, die 1712 aus Württemberg ausgewandert sind, die Patenschaft.
Damit ging ein ereignisreiches Jahr für Michael und seinen Professor dem Ende entgegen.
Der Professor hielt vor Weihnachten eine kleine Feierstunde für seine engsten Mitarbeiter und lobte dabei das große Engagement Michaels, der in eineinhalb Jahren vor dem Abitur stehe und dennoch bei allen Veranstaltungen des vergangenen Jahres so erfolgreich mitgewirkt habe.
„Zum Dank finanziere ich Dir, lieber Michael, eine Urlaubsreise nach Siebenbürgen mit beliebigen Ausflügen. Somit kannst Du Land und Leute auch außerhalb Kirchenburgs kennenlernen, daß ja quasi Deine zweite Heimat geworden ist."
Michael wäre am liebsten bis an die Decke gehüpft. Jetzt war er endlich diese verdammte Geldknappheit los. Er konnte sich die Jahre davor nicht mal eine Bahnfahrt nach Schäßburg leisten, viel weniger nach Hermannstadt oder Kronstadt, nun konnte er im ganzen Land herumfahren und Schlafen und Essen kostete ihn bei diesen deuschlandbegeisterten Sachsen keinen Pfennig, im Gegenteil, die würden ihm gleich noch eine halbe Sau mitgeben, wenn die hörten, daß er vom Reich war.

Michael konnte nicht umhin: er umarmte seinen Professor, und der verstand das wohl. Zwischen den beiden hatte sich ein echtes Vater-Sohn- Verhältnis herausgebildet und das zeichnete wieder die Menschen von da unten aus: Sie haben ein Herz und wissen, daß es außer ihnen auch noch andere gibt, andere Menschen, andere Rassen und andere Sprachen – wenn sie die eigene Art auch mit aller Zähigkeit verteidigen, sind sie dennoch für die andern aufgeschlossen. Und gerade auch diese Erkenntnis wollte der Professor dem Michael damit ermöglichen.
Auf dem Nachhauseweg dachte Michael an das blöde Gerede von der Herrenrasse und an die irrsinnigen Rassegesetze. Die meisten Menschen in Württemberg wie ja auch in Siebenbürgen und anderswo sahen doch nicht alle wie nordische Adonisse aus. Waren sie deshalb in ihrer Art schlechter als die aus der NS- Ideologenkiste? Was war das überhaupt für eine Borniertheit, die Menschen nach ihrem Äußeren bewerten zu wollen.
Noch mußte Michael ein halbes Jahr im Gymnasium schuften – aber er tat es gerne, hatte er doch die Fahrkarte in der Tasche für einen der schönsten Urlaube seines jungen Lebens.
Am neunten Februar findet ein Empfang in der Villa Berg statt. Bedeutende schwäbische und auslandsdeutsche Schriftsteller lesen aus ihren Werken.
Am 28. Februar findet ein Vortrag statt über die 600.000 Ungarndeutschen und die Madjarisierungsbestrebungen der ungarischen Regierung.
Ende Mai kommt auch mal wieder ein Brief von Martin.
Michael wollte schon lang einmal schreiben, um die großen Neuigkeiten bekannt zu geben . . .nun ging es mit einem.

Lieber Michael! 25.5.1935

Habe wieder einen Brauch für Dich notiert. Herzliche Grüße von Mariechen, sie hat mir dabei geholfen.
Ostern wird in der Karwoche ab Gründonnerstag gefastet. Am Ostersonntag lebt alles wieder auf. Lustige Bubengruppen ziehen in die Häuser, wo ein Mädchen lebt, zum „Bespritzen". Dabei gilt folgendes Wort: „Frohe Ostern möchten wir wünschen . . .wir haben gehört, bei Euch blüht ein 'Röslein', dürfen wir es bespritzen?"
Dann öffnet die Mutter die Tür zur guten Stube und da steht nun dieses Röslein und wird von allen Seiten bespritzt. Dabei gibt es da verschiedene Techniken. Die einen, wo die Eltern wenig Geld haben oder geiziger sind, kaufen ihren Buben kein Parfum. Die haben dann eine gewöhnliche Flasche, in die sie Rosenblätter und sonstige gut

riechende Blumen eingelegt haben. Über den Flaschenmund haben sie ein durchlässiges Tuch gebunden, hie und da geht das auch mal ab, dann wird das Röslein nicht mehr bespritzt sondern regelrecht begossen.
Auch die mit ihrem echten Parfum haben zum Schluß ihre Schwierigkeiten, meistens langt es nicht und muß mit Wasser aufgefüllt werden. Auf jeden Fall bekommen die kleineren Buben jeder ein bunt bemaltes Ei. Oft müssen sie unterwegs nach Hause, um abzuladen. Die älteren Burschen bekommen einen Likör oder ein Schnäpschen, auch mal Gebäck angeboten. Auch bei dieser Gelegenheit werden erste Anbahnungen getroffen zu einem späteren Zusammengehen!

An Ostern begrüßen sich die orthodoxen Rumänen mit dem Wort: „Hristos a înviat!“ und der Begrüßte antwortet: „Adevarat a înviat.!“ Ich finde das sehr schön und rührend zugleich: „Christus ist auferstanden!“ und die Antwort: „In Wahrheit, er ist auferstanden!“
An Ostern gehen die Patenkinder zu ihren Paten, um ebenfalls „Frohe Ostern“ zu wünschen. Jedes wird mit einem Ei und mit einem Päckchen zum Schlecken oder auch mal was zum Anziehen beschenkt.
Da mein Vater vierzig Patenkinder hat, artet so was zur Arbeit aus.
In der Kirche werden die Kinder mit dem Himmelbrot beschenkt (eine Art größere Hostie mit gutem Geschmack).
Nach der Kirche begleitet die ganze Gemeinde den Herrn Vater auf den Pfarrhof. Man nennt es das „Ostergeleit.“
Es bildet sich ein festlicher Zug, den die Adjuvanten anführen. Der Kurator macht sein Wort und wünscht der Pfarrfamilie „Gesegnete Ostern!“
Der Herr Vater bedankt sich mit einer kurzen Rede.
Die ganze Gemeinde steht in einem großen Rund, von der Ringmauer bis zum Pfarrhaus.
Welch ein prächtiges Bild ergeben diese malerischen Trachten. Die Mädchen mit ihren Borten und Bändern, mit ihren frischen und frohen Gesichtern. Die Burschen kraftvoll mit Stiefeln und Pelz. Und wie würdig die Tracht der Frauen: Den Hollandschleier mit wertvollen Nadeln gebockelt, auf der Brust die altgermanische Fibel, um die Taille den steinbesetzten Spangengürtel, von dem seitlich ein buntes Seidentuch bis zum Rockende herunterhängt.
Wie ein Fels stehen die Bauern in ihrem Kirchenpelz dabei, und aus ihren zerfurchten Gesichtern scheint es, als fände die achthundertjährige Geschichte ihres Volkes durch sie ihren würdigen Ausdruck.
Das schönste im großen Rund sind die Augen der Kinder. Sie leuchten voller Erwartung, denn heute gibt es für jedes ein oder zwei Bre-

zeln, ein Gebäck, das es nur einmal im Jahr gibt, und dann noch vom Herrn Vater geschenkt.
Lieber Michael, die Atmosphäre kann ich Dir kaum beschreiben, da mußt Du einmal dabei sein.
Wenn dann noch ein Sonnenstrahl über die Erde leuchtet, ist es, als wenn nach einem langen und harten Winter, wie er bei uns ja vorkommt, ein echter Hoffnungsschimmer über die Menschheit ginge.
Der Herr ist in Wahrheit auferstanden, wie es die Rumänen so schön zu sagen pflegen.

Lieber Michael! Kommst Du in den großen Ferien? Wir würden uns alle sehr freuen.
Dein Martin!

PS Herzliche Grüße auch vom Jon Iliescu, das war der Rumäne, der bei unseren Burgspielen dabei war, und aufs Bischof-Teutsch-Gymnasium nach Schäßburg geht. Du sollst ihn, wenn Du wieder in Kirchenburg bist, besuchen, er würde sich sehr freuen.

Michael war gerührt. Das war einfach eine andere Welt da unten in dem Karpatenbogen. Die glaubten noch an Christus, während die Nazis offen Stellung gegen die Kirche bezogen. Am liebsten war ihnen eine Art NS- Ersatzreligion „geprägt von heldischer Frömmigkeit“.
Eine Anmaßung, die unser Herrgott noch bitter strafen sollte.
Michael setzte sich gleich hin, um einen Brief an Martin loszulassen.

Lieber Martin! Stuttgart, den 30.6.35

Herzlichen Dank für Dein Schreiben. Es hat mich so gefreut, diesen schönen Osterbrauch zu erfahren. Sag auch schöne Grüße an die Schneider Mariechen und an alle Kirchenburger jung, und alt.
Das neueste will ich Dir gleich zu Anfang verraten: Mein Chef, der Herr Professor, hat mir für die großen Ferien eine Fahrt nach Siebenbürgen gestiftet und ich darf mir alle Sehenswürdigkeiten ansehen, egal in welchen Orten und Städten. Für Verpflegung und Übernachten muß ich selber aufkommen, aber das dürfte kein Problem sein. Erstens habe ich verschiedene Adressen von Leuten, die am Turnfest waren und zweitens seid Ihr ja so gastfreundlich, daß ich sicher nie auf der Straße übernachten werde.
Mach' Dir einmal Gedanken, wo ich überall hinfahren sollte. Wenn Du willst, kannst Du mich begleiten.
Dein Michael!

Dem Hannale mußte der Michael das postwendend auch erzählen. „Sag einmal, kannst Du mich nicht auch mitnehmen, mein Vater gibt mir doch sicher das Geld."
Um Gottes Willen, dachte er sich, hättest du nur den Mund gehalten. Auf die müßtest du die ganze Zeit aufpassen.
„Das geht schlecht Hannale, Du bist ja erst, zwölf und wenn Dir was zustoßen würde!"
„Ja was soll mir schon zustoßen? Du erzählst doch immer, daß es da so fromm und gesittet zugeht."
„Aber das mit den Wölfen hast Du wohl vergessen?"
„Daß ich nicht lache, jetzt willst Du mich noch auf die Schippe nehmen!"
Dann rannte sie nach Hause.
Dem Michael war das nicht recht, wo das Verhältnis zu den Vögeles jetzt doch ganz annehmbar geworden war. Auch waren seine Argumente mehr spaßig gemeint, und's Hannale hatte sie für ernst genommen.
Ein paar Tage später traf er Frau Vögele: „Mach' Dir keine Gedanken wegen dem Hannale, ich habe es ihr bereits ausgeredet, wenn ihr euch wieder seht mach',als wäre nichts gewesen."
„Ich danke, Frau Vögele, und nichts für ungut!" entschuldigte sich der Michael, das wäre nicht gut, wenn nicht gar unmöglich gewesen. Die ganzen Bad- und Toilettengepflogenheiten waren auf dem Land wie übrigens im damaligen Deutschland auch, in keinem Vergleich zur Villa, in der s'Hannale lebte.
In der Schule ging es um die Wurst . . . Michael hatte es sich zur Gewohnheit gemacht, möglichst alles in der Stunde mitzuschreiben. Damit haftete der Lehrstoff einfach besser. Wenn er seine Notizen am Vorabend durchlas und kurz vor der Stunde nochmals überflog, war er bestens im Bilde. Der Stoff prägte sich auch durch die visuelle Wiederholung einfach besser ein. Somit bekam er keine feuchten Hände, wenn er an sein Zeugnis dachte . . . er studierte ja noch nebenher die Geschichte und Erdkunde Siebenbürgens.
Er kannte allmählich alle deutschen Ortschaften Siebenbürgens und wußte annähernd, wie und wo etwas passiert war.

V. Kapitel

Michaels dritte Fahrt!

Die Strecke kannte er nun schon – andere Interessen rückten in den Vordergrund. Michael war siebzehn und versuchte, in dem Völkerwirrwarr des Südostens die richtigen Beine zum richtigen Kopf und das Stupsnäschen zum übrigen Habitus einzuordnen, um daraus dann auf die Volkszugehörigkeit zu schließen. Er konnte schon recht gut die verschiedenen Sprachen unterscheiden, wenn er auch ungarisch nichts und rumänisch nur ein paar Brocken verstand, die ihm der Tudor beigebracht hatte. Nun, das waren auch nicht gerade die vornehmsten, immerhin hätte er sich damit Platz verschafft, denn, wenn der Tudor die schrie, gingen sogar die Ochsen zur Seite. Im Fluchen war der Tudor prämienverdächtig.
Jetzt tat sich die Abteiltür auf und herein schwebte ein Pusztamädchen. Anders hätte es sich der Michael nicht denken können. Die hatte diesen dunklen Teint von Rassepferden und eine echte Wildpferdmähne, war feingliedrig, ja fast zerbrechlich. Beim Hinsetzen zog sich ihr Rock bis weit übers Knie hinauf und Michael wußte im Moment gar nicht, wo er hinschauen sollte, bis sie seine Verlegenheit merkte und ihn einfach schelmisch anblickte . . . Ihre sportlichen Oberschenkel schienen gar nicht so zerbrechlich und Michael dachte sich, ungarisch sollte man jetzt können, mit der würde er gerne, wie das die Siebenbürger Sachsen so schön zu sagen pflegen, ein paar Wechselworte tauschen.
Ja nun, sie blickten sich immer wieder an und Michael bekam das Gefühl, jetzt irgendetwas tun zu müssen, da deutete er mit dem Finger zum Fenster hinaus und sagte fragend: „Puszta?“
„Igen!“ (Ja)
Ein Wortschwall ungeahnten Ausmaßes überdeckte den Michael. Temperamentvoll und melodisch ritt sie zur Attacke und wäre der Atilla nicht schon so viele Jahre tot, hätte dies eine Tochter von ihm sein können. Michael fühlte sich schon auf dem Rücken eines Pferdes mit ihr durch die Puszta reiten und ihr heißer Atem glich dem, den die Puszta zu ihnen hereinwehte.
Noch ein paar feurige Blicke, ein heißer Abschiedskuß und er verlor sie auf irgend einem Bahnsteig aus den Augen . . .
War es überhaupt wahr gewesen? fragte sich Michael nach einer Weile, oder schien das ganze nur eine Luftspiegelung gewesen zu

sein, die ja zur Sommerszeit in der Puszta durchaus üblich sein sollte. Wer wußte das so genau? Michael war eingedöst bei dieser fürchterlichen Hitze und Schwüle und im Halbschlaf mußte er immer wieder an den Haaans Häberle aus Weitenfeld denken mit seiner Korbflasche, da tät er sich heute festsaugen dran . . . dann war er endgültig eingeschlafen. Und im Schlaf vergehen der Durst und die Sehnsucht nach einem so rassigen Pusztamädchen.

„Sighisoara“ rief der Schaffner am Peron: Schäßburg!

Michael fuhr hinaus wie einer, der dabei ist, das Mittagessen zu verschlafen. Auf dem Hinweg hatte er immer ein leichtes Gepäck, so war er im handumdrehen draußen.

Der Martin tat ganz erstaunt: „Ich hab schon gemeint, Dich hätten sie unterwegs verloren oder Du würdest heute ausnahmsweise bis Bukarest fahren.“

„Grüß Dich Martin! Es war so schwül im Zug, und da bin ich eingeschlafen.“

„Du wirst doch nicht schon zurücksetzen wollen?“

Der Martin war der Alte geblieben.

„Laß mal Deine Mütze sehn, ob sie Dich versetzt haben?“ foppte der Michael zurück.

„Klar,“ sagte der Martin „sonst wäre ich ja vor Dir und ganz Kirchenburg blamiert.“

Bei Kammerers war ein Mordshallo. Michael gehörte schon zur Familie, und in der Ortschaft war es wie ein Lauffeuer herumgegangen: Der Michael ist da!

„Am Sonntag ist bei unserem Vetter Gräf Taufe, da bist Du eingeladen, Michael !“

Das fängt ja gut an, dachte sich der Michael, kaum da und schon ein Fest in Sicht.

Georg, der Bruder von Martin, war als Taufpate vorgesehen, und Treni, seine Schwester. Nun konnte Michael auch dieses Brauchtum hautnah erleben.

Man saß in der guten Stube beieinander und die Trenitante erzählte, wie so eine Taufe bei den Siebenbürger Sachsen vonstatten geht.

„Vier bis sechs Wochen nach der Geburt findet meistens die Taufe statt. In dieser Zeit darf die Wöchnerin das Haus nicht verlassen und keine schwere Arbeit tun. Das ist so ein ungeschriebenes Gesetz, welches sogar vom Nachbarschaftsvater überwacht wird — zum Schutze der Mutter.

Sie wird in dieser Zeit von Anverwandten und vor allem von den zukünftigen Paten mit Essen versorgt, auch wird ihr jegliche schwere Arbeit abgenommen.

Die Hebamme meldet das Kind auf dem Rathaus an und der Vater geht in Tracht und Kirchenpelz und zeigt die Geburt seines Kindes beim ehrwürdigen Herrn Vater an. Auch das geschieht durch ein Wort:
„Einen glückseligen Tag möchte ich dem ehrwürdigen Herrn Vater wünschen. Wie er vielleicht schon erfahren haben wird, hat uns unser gnädiger Gott nicht nur mit irdischen Gütern beschenkt sondern uns auch mit einem Leibeserben gesegnet. So bin ich gekommen, um den Herrn Vater zu bitten, aus unserem Kind einen Christenmenschen zu machen und an ihm die heilige Taufe zu vollziehen."
Dann geht der Kindesvater zu den zwei weiblichen und den zwei männlichen Taufpaten – in manchen Gemeinden am Abend vor der Taufe – und bittet um Gevatterschaft, dies ist Christenpflicht und darf nicht abgelehnt werden:
„Einen glückseligen Abend möchte ich Euch wünschen.
Nachdem uns Gott der Vater mit einem Sohn gesegnet hat und wir um unsere eigene Vergänglichkeit wissen, möchten wir Dich, lieber Georg und Dich, liebe Treni, um Gevatterschaft bitten – damit das Kind christlich getauft werde und auch in schlechten Zeiten einen Beistand finden möge."
„Lieber Peter, wir nehmen die Gevatterschaft an und versprechen Euch, ein guter Gevatter zu sein und dem Kind ein fürsorgender Pate."
Am Sonntag morgen gehen die Treni ins Geburtshaus und der Georg als Pate direkt in die Kirche. Michael darf die Treni begleiten.
Im Geburtshaus ist das Kind bereits auf ein Kissen gebettet, mit der Brautschürze der Mutter gewickelt, mit Seidentüchern, die die Mutter als Mädchen getragen, gefatscht und mit dem Brauttuch zugedeckt. Man schmückt es mit dem Schönsten, das einem zur Verfügung steht.
Treni, als die jüngste Patin, darf das Kind in die Kirche tragen.
Beim Eintritt in das Haus sagt sie, an die Mutter gewandt: „Ich danke für die Ehre, Eure Gevatterin zu sein. Ich verspreche Euch, eine treue Gevatterin zu sein und werde Euch Treue erzeigen, solang mir Gott das Leben schenkt."
Die ältere Gevatterin sagt bei ihrem Eintritt: „Auf Euren Wunsch und Willen bin ich gekommen, meine Christenpflicht zu erfüllen."
Machen sie sich dann mit dem Kind auf den Weg sagt eine ältere Frau: „Gott segne Euren Ausgang und Eingang."
Die Patinnen ziehen sich an diesem Tag besonders festlich an, wie es eben die Tracht erlaubt.
Am Kircheneingang warten die Taufpatinnen, bis das Tauflied erklingt: „Herr dies Kindlein bringen wir, nimm es auf von unseren

Armen, tritt mit Deinem Glanz herfür, und erzeige Dein Erbarmen, daß es Dein Kind hier auf Erden und im Himmel möge werden." In der Zwischenzeit haben sich die Taufpaten zum Eingang begeben und schreiten nun im feierlichen Zuge ins Gotteshaus. Vorne der älteste Taufpate, dann die älteste Taufpatin, es folgen die jüngste Patin mit dem Kind und der jüngste Pate. Dabei singt die Gemeinde: „Hirte nimm dein Schäflein an; Haupt mach' es zu deinem Gliede. Licht der Welt zeig ihm die Bahn; Friedefürst, sei du sein Friede; Weinstock, hilf, daß diese Rebe, auch im Glauben dich umgebe."

Der Pfarrer wartet am Taufbecken. Es übernimmt die älteste Taufpatin das Kind und hält es über das Taufbecken.

Nach der Taufhandlung singt die Gemeinde die dritte Strophe des Taufliedes: „Nun, wir legen an Dein Herz, was von Dir wir doch empfangen; führ die Seufzer himmelwärts, und erfülle das Verlangen; Herr, den Namen, den wir geben, schreib ins Lebensbuch zum Leben."

Währenddessen schreiten die Taufpaten im feierlichen Zuge hinaus. Die Hebamme übernimmt nun das Kind und setzt sich neben die Mutter in die Kirchenbank.

Am Ende des Gottesdienstes segnet der Pfarrer die Mutter und das Kind. Für die Mutter ist das gleichzeitig das Zeichen, daß sie sich wieder frei bewegen darf.

Dann geht es zurück ins Geburtshaus, und hier lautet das Wort: „Einen kleinen Heiden trugen wir hinaus, als Christenmenschen bringen wir ihn wieder."

Eine festliche Tafel ist in der Zwischenzeit hergerichtet worden.

Es gibt Suppe, Braten und der Michael, der bis jetzt bloß Zuhörer war, wird in die Mitte genommen und förmlich mit Essen und Trinken zugedeckt, vorher aber steht man auf und bittet den Herrn zu Tisch.

Nach einem ausgiebigen Essen, daß sich bis in die Abendstunden hinzieht, steht der älteste Pate auf und spricht folgendes Wort: „Ihr meine lieben Freunde!

Alles, was einen Anfang hat muß auch ein Ende haben. Wir haben erfahren, daß man uns in diesem Hause nicht mit leeren Worten entgegen gekommen ist, sondern mit Zeichen der Liebe, mit Speis und Trank, und das zum wiederholten Male.

Für das alles sage ich im Namen aller meinen besten Dank. Möge es nicht gespüret werden und möge es dem jungen Erdenbürger zum Wohle gedeihen.

Wir wünschen Euch allen einen glückseligen Abend und eine gute Nacht.

Bleibe Gott mit all seiner Güte bei uns, bis wir uns wieder auf frischen Füßen finden mögen.
Das sollten meine Worte sein."

Michael hatte nun schon soviel gehört von diesem überkommenen Wort und jedesmal ging es ihm ans Herz. Dieser Anstand und diese Würde, die hier zum Ausdruck kamen, stimulierten ihn in unwahrscheinlicher Weise.

Für ihn war es klar: komme was kommen mag, diesen Siebenbürger Sachsen wollte er sein Leben lang verbunden bleiben, das versprach er sich mit heißem Herzen, so gut hatte es ihm bei der Taufe gefallen.

Auch aus einem anderen Grunde wurde sein Herz besinnlich und schwer: Bei der Taufe in der Kirche hatte er die Lehnchen gesehen. Sie war noch viel schöner geworden und machte so einen verinnerlichten Eindruck. Sicher hatte sie eine ungeheure Leidenszeit hinter sich.

Das Kainsmal, abgelehnt worden zu sein ... obwohl sie das höchste hergegeben hatte, was ein armes Mädchen geben kann – ihre Unschuld.

Dann der Tod der Mutter, das Ganz- allein- sein mit einem kleinen Mädchen, ihrer Schwester. Die Heirat mit einem fast zwanzig Jahre älteren Mann. Was wäre ihr anders übrig geblieben?

Auf so einem Dorf waren die Möglichkeiten begrenzt und ihre Schwester zu klein, um sie allein lassen zu können. Und das hätte sie ja müssen, wenn sie in Schäßburg in den Dienst oder in eine Fabrik hätte gehen wollen.

Als der Burghüter um ihre Hand bat, hatten sich zwei Verzweifelte gefunden. Der Burghüter mußte ja die Kirche in Ordnung halten und die ganze Burganlage überwachen. Es waren ungeheure Werte, die ihm anvertraut waren. Wenn man nur an die Speckseiten, mindestens drei bis vier pro Hof, denkt. Dann war das ganze Getreide der reichen Bauern in der Burganlage gelagert. Viel zu viel, was auf den Schultern dieses Mannes lag.

Als der Galter Oinz, so heißt der Burghüter, vor das Lehnchen trat und mit unsicherer und bedeckter Stimme um ihre Hand bat, fügte er mit niedergeschlagenen Augen hinzu: „Ich weiß, daß Du mich nicht aus Liebe heiraten kannst, dazu bin ich zu alt, aber eines versprech ich Dir, Du sollst es gut haben bei mir und Deine Schwester auch. Solltest Du unbedingt einmal einen Fehltritt machen müssen, so werde ich ihn Dir verzeihen – aber weise mich bitte nicht ab."

Sicher dachte sie auch daran, wie es ihr selber ergangen und wie schmerzlich sowas ist . . .Der Galter Oinz hat sich an sein Versprechen gehalten . . .

Das alles hatte dem Michael die Treni erzählt auf dem Heimweg von der Taufe. Sie hatte auch etwas von seiner Zuneigung zum Lehnchen verspürt und auch vom Lehnchen mal was gehört, sie waren ja fast Nachbarn und nur durch den Pfarrhof getrennt.
Soviel hatte der Michael schon lang nicht mehr übers Lehnchen vernommen und es durchzog ein Liebesweh sein Herz und ließ ihn die Nacht kaum schlafen.

Schäßburg – Castrum sex?

Michael wollte fort, um auf andere Gedanken zu kommen.
„Martin, hast Du überlegt, wohin ich zunächst fahren könnte um Euer Land besser kennenzu- lernen?"
„Nach Schäßburg" antwortete der kurz und bündig.
„Die Burganlage ist eine von den besterhaltenen mittelalterlichen Stadtbefestigungen. Bei Euch soll es doch ein Rothenburg ob der Tauber geben – so ähnlich ist Schäßburg, nur am Berg droben, wie Du es ja aus eigener Anschauung kennst.
Die Bergkirche birgt noch unerforschte Geheimnisse. Man hat damit begonnen, die wertvollen Grabplatten und Grabsteine zu sichern und ihre lateinischen Texte zu entziffern.
Es ist unwahrscheinlich, mit welcher Selbstliebe sich die Honoratioren jener Zeit titulierten und ihre Wichtigkeit und Unwiederbringlichkeit mittels Grabstein für die Nachwelt zu erhalten versuchten. Zum Teil auch ihre Vergänglichkeit beweinten. Und trotzdem ist die Welt auch ohne sie weitergegangen und keiner spricht mehr von ihren Taten und Meriten, selbst wenn sie noch so hohe Ämter bekleideten . . . dahin sollte man alle schicken, die sich hier und heute gar so wichtig vorkommen."
„Lieber Martin, Du hast mich richtig neugierig gemacht. Begleitest Du mich nach Schäßburg?"
„Nein, ich muß zu Hause helfen. Übernächstes Jahr will ich aufs Lehrerseminar nach Hermannstadt. Das kostet meinen Vater eine Stange Geld und uns schenkt hier keiner was, im Gegenteil – zusätzlich zu den Staatssteuern müssen wir unsere eigenen Schulen, Lehrer und Pfarrherrn erhalten und bezahlen. Da ist es schon wichtig, mitzuhelfen. Aber ich habe einen guten Führer für Dich. Er hat heuer das Abitur gemacht und will jetzt in Tübingen oder Heidelberg studieren. Sein Vater ist irgend ein hohes Vieh in der Wirtschaft und seine Mutter Violinvirtuosin. Sie führen ein großes Haus mit Köchin

und Dienstmädchen. Der Gert Fröhlich, so heißt er, ist Lateiner und hat sich auch schon ein bißchen mit der Bergkirche befaßt. Seine Vorfahren liegen auch auf dem historischen Friedhof bei der Bergkirche begraben. Er will Dich führen."

„Wo kann ich ihn finden ?"

„Hier hast Du seine Adresse und irgendwo wirst Du ihn finden, entweder zu Hause oder er hinterläßt, wo er ist.

Im übrigen mache ich natürlich nicht die ganzen Ferien Heu – wenn Du nach Hermannstadt fährst, möchte ich Dich begleiten, denn da ist das Lehrerseminar, und irgendwann fang ich dort mit Gottes Hilfe an."

Am anderen Morgen fuhr Michael mit dem Frühzug nach Schäßburg. Er wollte nicht so bald bei Fröhlichs auftauchen und machte noch einen kleinen Spaziergang durch die Stadt.

So oft hatte er schon zur Burg emporgeschaut, heute wollte er sie sich ergehen. Über den Marktplatz schlenderte er zum Stundturm. Hier war der Haupteingang in die Burg und die große Uhr an der Stirnseite zeigte die neunte Stunde.

Michael meinte, jetzt wär's an der Zeit und ging ein paar Gassen weiter, da lag ein freistehendes Haus inmitten eines alten Baumbestandes. Nach hinten, der Burgmauer zu, stieg das Gelände steil an und endete in einem gepflegten Terrassengarten.

Nun, er hatte ja nichts zu verlieren und war von Vögeles einiges an Hautevolee gewöhnt. Er klingelte und ein Mädchen mit Häubchen und weißem Schürzchen öffnete ihm. Kaum daß er sein Anliegen vorgebracht hatte, kam der Gert auch schon daher.

„Ist gut," sagte er zum Mädchen.

„Du bist der Michael? und ich bin der Gert, sie sagen auch Bubi zu mir, aber dem Alter bin ich, glaube ich, jetzt entwachsen."

Und so schien es dem Michael auch: „Grüß Gott Gert, Martin hat mich an Dich verwiesen."

„Alles klar, mich ehrt es, wenn ich einem vom Reich unsere Kultur näherbringen kann. Komm, trink eine Tasse Café mit mir und dann marschieren wir los."

„Erzsike!" rief er, und als niemand kam, wiederholte er es in einem strengeren Ton und schon stand sie da: die Erzsi!

„Das ist unsere Köchin, die Erzsike", dabei lächelte sie den Michael freimütig an, und Michael dachte sich: ist das ein knuspriges Mädchen. Gert fuhr weiter: „Sie kann wunderbare „Möhlspeisen" machen und hat auch sonst beste Qualitäten," dabei fuhr er ihr streichelnd über den wohlproportionierten Hintern.

„Aber gnä' Herr, was wörd Gast aus deutsches Laaand denken?"

„Na, Michael, aus deutsches Laaand, was tust du denken?“ Michael kam ganz in Verlegenheit: „Eine Tasse Café würde ich ganz gerne mittrinken.“ Und insgeheim dachte er sich: Das ist schon eine andere Köchin wie die Berta bei Vögeles. Heidenei, heidenei!
Als die Erzsi mit dem Café da war, sagte der Gert zu ihr: „Das Mädchen soll das Gastzimmer richten, der Michael bleibt heute Nacht bei uns.“
„Ich habe aber in Kirchenburg nichts gesagt, daß ich fortbleibe.“
„Deshalb fällt Kirchenburg nicht ein, und was soll Dir auch sonst hier passieren?“
Nachdem sie noch eine Tasse Café getrunken hatten, machten sie sich auf den Weg. Gert zeigte dem Michael zunächst die untere Stadt und erklärte ihm von unten die verschiedenen Sehenswürdigkeiten am Berg. Wir gehen jetzt den Weg, den fast jeder Schüler zum Gymnasium nimmt.
Unterwegs trafen sie die Erzsike beim Lebensmitteleinkauf. War das ein strammes Weib! Sie winkte ihnen fröhlich zu und Michael dachte sich, und so vertraut!
„Ist das eine Ungarin?“, dabei dachte er an das Puzstamädchen.
„Nein“, antwortete der Gert, „eine Szeklerin, aber vom Temperament her das gleiche“ dabei schnalzte er mit der Zunge und lächelte den Michael allwissend an. Der wußte nicht, was er sagen sollte. Er war ja auf dem Gebiet, das der Gert hier wahrscheinlich meinte, eine echte Pflaume . . . wohlbehütet von seiner Mutter Elsa.
„Das ist der Stundturm – ein Wahrzeichen Schäßburgs und der vordere Eingang zur Burg. In seinem oberen Bereich war das Rathaus untergebracht. Heute ist hier ein Museum.
Die Gründung Schäßburgs ist mit 1191 oder 1198 urkundlich erstmals als „Castrum sex“ und ab 1298 als „Schespurch“ erwähnt.
Die Ringmauer ist 930 m lang und bis zu zehn Meter hoch. Ursprünglich gab es vierzehn Verteidigungstürme, die von den Zünften instandgehalten und verteidigt wurden. Hoffentlich fallen sie mir alle ein: Goldschmiedturm, Seilerturm, Fleischerturm, Kürschnerturm, Weberturm, Schneiderturm, Schusterturm, Faßbinderturm, Zinngießerturm, Schmiedturm, Ledererturm, Schlosserturm und der Stundturm, wo wir gerade stehn. Der Barbiererturm wurde 1631 abgetragen.
Wenn wir jetzt über den Burgplatz gehen, beginnt am Ende der Schulgasse die Schülertreppe. Sie ist 1660 erbaut und hat 176 Stufen. Sie ist überdacht und führt steil hinauf, direkt zum Bischof-Teutsch-Gymnasium. Wieviele Schüler sie hinauf und hinab gesprungen sind wird kaum mehr nachvollziehbar sein. Ich allein werde sie in den acht Jahren wohl fünftausend Mal gegangen sein.

Also packen wir es an: ich zum fünftausendeintenmal und du zum erstenmal."

Wieviele Gefühle, Hoffnungen, Enttäuschungen werden hier wohl hinauf und hinab getragen worden sein, dachte sich der Michael im Hinaufgehen.

Wieviel Mühe und Anstrengung hat es wohl gekostet, diese Burganlage auf steiler Höhe zu erstellen.

Das sächsische Siebenbürgen war in Wirklichkeit eine Festung im Südosten Europas.

Jetzt standen sie vor dem Gymnasium und ehrfurchtsvoll buchstabierte der Michael den Spruch an der Stirnseite des Gebäudes: „Patriae filiis virtute palladique sese voventibus sacrum." Das war der Spruch, den ihm Martin schon einmal aufgeschrieben hatte und er dachte laut, in Wirklichkeit: „Ein Heiligtum" und Gert quittierte es mit Hochachtung.

Ein herrliches Bild bot sich den beiden vom „Bischof-Teutsch-Gymnasium" über die Burganlage und Teile der Stadt.

„Bei diesem Blick," meldete sich Gert „muß ich Dir etwas über das Bügerrecht (Jus Indignatus) von Schäßburg auszugsweise vortragen, das ich im Heimatmuseum zufällig gelesen habe: „Dieweil die Einigkeit unsres Volkes ... nach sovielen Staatsveränderungen ... wohlen noch steht ... dargegen man uneinig gewesen, wie dessen Trauer Exempel zu Clausenburg zu sehen ... nicht allein die Einigkeit des Glaubens verloren, sondern von der Nation völlig hinweggerissen ... (Deshalb) ... soll Niehmand für einen ... Schäßburger Bürger ... geachtet sein als in einem Ehebette gezeugtes leibliches Kind. Fremde sollen um das Jus Indignatus gebührend anhalten ... wenn sie ihr ehrlich Teutsches Herkommen haben ... dagegen keine Ratzen, Wallachen, Winden, Kroaten, Böhmen ... und dergleichen zum Bürgerrecht zugelassen werden, es hätte denn die ganze Respublique eine sonderbare Nothurff ... Verstandes und Geschicklichkeit freyer und Kunst halber auf und anzunehmen ... und besteht hierinnen die privilegierte Unitas populi oder Ein u. Reinigkeit des sächsischen Volks, daß wir mit fremden Nationen unvermischt bleiben, darob steif und fest halten ..."

„Weißt Du jetzt, warum wir außer durch unsere Schulen, in den vielen Jahrhunderten Deutsche geblieben sind?"

Nun wandten sie den Blick nach oben und da stand im wahrsten Sinne des Wortes, dieser siebenbürgisch- deutsche Gral!: Die Bergkirche.

Ein Heiligtum, wie man es allein äußerlich nicht schöner malen kann. „Mit dem Bau wurde 1345 begonnen“ hörte Michael, noch ganz versunken in dieses herrliche Bild, den Gert sagen.
„Einige behaupten, sie sei auf den Resten einer romanischen Kirche erstanden. Funde dieserart wurden allerdings keine gesichert.
Anhand von Grabsteinen, die bei der Restaurierung der Kirche im Jahr 1776 und 1934, also vor einem Jahr aus der Versenkung geholt wurden, sind nur deutsche Namen zum Vorschein gekommen. Sei es wie es wolle, wir wissen, daß wir nicht die ersten auf dieser Welt waren, aber um unsere kulturelle Leistung möchten wir uns ungern bringen lassen. Schließlich haben unsere Vorfahren in einer unvorstellbaren Kraftanstrengung das hier alles erbaut und erschaffen und aus einem urkundlich erwähnten Gyepü (= Dornen-verhau) einen blühenden Garten Eden geschaffen. Wie Du Dich selber davon überzeugen kannst.
Die Bergkirche enthält überaus wertvolle Gemälde, die von den Zünften und einzelnen Persönlichkeiten gestiftet wurden.
Das Wichtigste ist das Gemälde des Erzengels Michael mit Waage und Schwert – die guten und die bösen Werke eines Verstorbenen abwägend. Der Künstler ist unbekannt.
Das Bild kann dennoch in eine Beziehung zu Tilmann Riemenschneider gebracht werden. Sein Erzengel im Bamberger Dom läßt auf verwandte Vorbilder schließen.
Siehst Du, lieber Michael, welch' einen berühmten Namensvetter Du in der Bergkirche von Schäßburg hast.
Ein Sohn des Veit Stoss hat ebenfalls in Schäßburg gewirkt und war Schäßburger Bürger.
Laß uns nochmal eine Eigenheit dieser Kirche bewundern: Die große Glocke. Wenn sie läutet, hört man ihren Glockenklang bis weit ins Land hinaus. Sicher hat sie unseren Volksdichter, Michael Albert, zu seinem Gedicht „Die Bergglocke“ inspiriert. Er ist unweit von hier geboren und hat die Bergkirche mit ihrem historischen Friedhof auf sich wirken lassen.“
Nun deklamiert Gert zwischen den Glocken, mit Blick auf Friedhof und Kokeltal, einige Strophen aus Michael Alberts Gedicht: „Die Bergglocke: Wenn tief im Tal erloschen sind am Weihnachtsbaum die Kerzen und noch im Traum so manchem Kind die Freude pocht im Herzen, dann tönt voll Ernst, dann tönt voll Macht vom Berg die Glocke droben, um in der stillen, heiligen Nacht den Herrn, den Herrn zu loben. Es braust ihr Klang so feierlich in Tönen, lang gezogen, die wälzen über Wälder sich wie eines Meeres Wogen: – sie braust ihr Lied so voll, so tief . . .

Dem Michael ist als würde er träumen: Dieser Blick, die Umgebung und die Gefühle Michael Alberts . . . wirklich eine gehaltvolle und tiefe Welt, in der diese Siebenbürger Sachsen hier leben.
Ihre Vergangenheit birgt in Türmen und Basteien, in Kirchen, Bildern und Altären und sogar in Grabsteinen wie hier in der Bergkirche unwahrscheinliche Schätze aus vielen Jahrhunderten mit gültigen philosophischen Erkenntnissen: „MOLE SUB HAC RECUBO . . . Unter dieser Last (Stein) ruhe ich . . . hingerafft, gleich einer purpurnen Blume verwelkt . . . Wird das ehrwürdige Rathaus den Mann nicht mehr aufnehmen. Dahin sind Herkunft und Ansehen, dahin die Ehren . . . Lernt ihr Sterblichen, daß wir Staub und Asche sind."
Sie übersetzen weiter. Der Wissensdurst hat sie ergriffen.
So einfach ist das aber nicht, diese Steine zu enträtseln. Jahrhunderte sind über sie hinweggegangen, haben sie verwittern lassen. Zum Teil wurden sie als Treppenstufen verwendet und das bei einem ehemaligen Königsrichter na . . .na . . .na . . .wenn der das wüßte . . .
Sie waren beide geschafft: „Es erfreuen sich an seiner Seele der Himmel, (vielleicht !?) an seiner Tugend die Enkel, der Körper gehört dem Sarg und der Nachwelt sein Herz."
Mein Gott, wie wertvoll sind diese Inschriften aus dem 14., 15., und 16. Jahrhundert. Allen Mächtigen dieser Erde sollte man sie wie einen Spiegel vor Augen halten, auf daß sie erkennen, wie unwichtig sie sind. Wer weiß heute noch etwas von einem Richter sowieso oder gar einem Königsrichter „GR . . ." und wie wichtig der sich vorkam?!: „Lernt ihr Sterblichen, daß wir Staub und Asche sind!"
Unter dieser Erkenntnis sähe manches in dieser Welt anders aus.
Welche Nachwelt will schon „sein Herz"?
„Wie würde sich Hitler unter dieser Prämisse wohl beurteilen",fuhr es dem Michael, laut gesprochen, durch den Kopf?
„So sehr bist Du scheint's nicht von Hitlers Unsterblichkeit überzeugt! „Nahm Gert die Bemerkung Michaels entgegen, „obwohl Martin gesagt hat, Du seiest ein höherer HJ- Führer."
„Dieser Personenkult, der bei uns betrieben wird, geht mir allmählich auf die Nerven. Die Demagogie erreicht solche Formen,daß sie nicht blos den einfachen Menschen seiner Sinne beraubt, sondern durchaus auch Gebildete diesen dämonischen Heilslehren verfallen. Der Preis aber, den wir dafür zahlen werden, könnte sehr teuer werden – weil ihre rassenpolitischen Wahnvorstellungen von einer Selbstliebe, persönlicher Über- schätzung und Überheblichkeit nur so strotzen."
„Das ehrt mich aber sehr, wenn Du mir solche Wahrheiten zukommen läßt. Wie soll ich mich allerdings verhalten, wenn ich demnächst zu Euch zum Studieren komme?"

Michael schaut ihn prüfend an, und da er ihm nicht den Eindruck eines Fanatikers macht, bestärkt er ihn in folgender Richtung:
„Ich würde mich an Deiner Stelle diplomatisch verhalten. Alles, was Dein klarer Menschenverstand als gut bejaht, mitmachen, was er ablehnt, dazu nicht deklamatorisch nein sagen, sondern in der Ausführung negieren oder wenn möglich richtig machen, wenn Du Dich dabei nicht verrätst! Wer von uns ein berufliches Ziel verfolgt und sich diesem System entgegenstellt, begeht Selbstmord – darüber gibt es überhaupt keinen Zweifel. Ich wäre denen genau so auf den Leim gegangen und war viele Jahre ein begeisterter Anhänger – aber ich habe einen Onkel, der hat mir die Augen für ein klares Abwägen geöffnet. Der ist wegen öffentlicher Kritik schon in Schutzhaft gesessen. Gottseidank konnte ich ihn auf Grund meiner Stellung und Verbindung zu maßgeblichen Leuten wieder herausholen.
Somit möchte ich jeden warnen, hier ungeschickt zu opponieren.
Wenn ich Dir das sage, dann nur, weil ich Dir vertraue und weil ich mir wünsche, daß Du keine Enttäuschung erlebst oder gar Fehler begehst."
„Lieber Michael, da hast Du meine Hand – einen Kuß kann ich Dir aus Dankbarkeit nicht geben, der sieht unter Männern schon etwas lächerlich aus, aber von der Erzsike – na! wär das was?"
Dabei zwinkert er dem Michael zu, doch Michael weiß mit diesen Dingen nicht so recht Bescheid. Deshalb wendet er sich wieder den Grabsteinen zu.
„Gert! auch ich habe zu danken. Mein Leben lang werde ich an die Inschriften auf diesen Grabsteinen denken: Lernet ihr Sterblichen, daß wir Staub und Asche sind!"
Dann stiegen sie hinab in die Krypta. Wochenlang hätten sie hier bleiben können um die Inschriften vergangener Jahrhunderte zu enträtseln.
Das meiste war in lateinischer Schrift, zum Teil in antiken Begriffen und Ausdrucks- weisen, oft auch nur als Fragment erhalten. Aber eine Lebenswahrheit leuchtete aus allem hervor.
Die modrige Luft, der Staub beim Abwischen der Schrift, das dauernde Bücken und Stehen den ganzen Tag über hatte sie müde gemacht.
Ihre Kehlen waren trocken und der Magen knurrte, denn sie hatten vor lauter Geschichte und Vergangenheit seit dem Morgen nichts mehr zu sich genommen. Sie waren beide von der Trauer der Menschen, trotz höchster Meriten hinscheiden zu müssen, geschafft und gingen in sich gekehrt den Burgberg hinunter in das pulsierende Leben einer siebenbürgischen Stadt.
Als sie ins Haus kamen, erklang ein Solo nach dem andern.

„Meine Mutter“, sagte Gert. “Sie übt jeden Tag ein paar Stunden, eigentlich nur um meinen Vater damit zu erfreuen. Er ist beruflich sehr in Anspruch genommen und findet in der Musik seinen seelischen und geistigen Ausgleich. So passen die zwei eigentlich gut zueinander, wenngleich sie sich dadurch eine eigene Welt aufbauen, die sie zwar isoliert, in der sie aber von unwahren Freunden kaum enttäuscht werden können, weil die Musik ihre wahre Freundschaft ist.“
Und so war es denn auch. Gert und Martin aßen das Abendessen für sich und wurden von Erzsike, der Köchin, mütterlich betreut. Sie las „Irrren junge Herrren“ jeden Wunsch von den Augen ab und „Irrre junge Herrren“ hatten heute soviel Staub geschluckt, daß sie ein paar Flaschen „Mädchentraube“ köpften.
Jetzt war Michael froh, daß er nicht mehr nach Kirchenburg fahren mußte.
„Michael, trink ruhig noch einen Schluck. Der heutige Tag war richtiggehend trocken. Ich schleich mich und Du tust wie Daheim! Sei mir ja kein ‘Kukurutzpatzer’.“
„Was soll das wieder heißen?“ entgegnete Michael.
„Also Kukurutz, daß weißt Du, ist der Mais, und da gibt es eine Sorte, wenn man den auf eine heiße Platte gibt, platzt er auf und macht um das doppelte mehr aus sich. (schmeckt übrigens sehr gut). Alle, die hier oben in der Burg oder drumherum wohnen, sind die „Burgmannen“ und die drunten am Schaaser Bach oder in der Unterstadt sind satirisch abwertend gemeint die: „Kukurutzpatzer!“ Das sind Begriffe, die sich vielleicht seit dem Mittelalter erhalten haben, aber zum Teil“ und dabei schaut er den Michael ganz spitzbübisch an, „auch heute noch ihre Gültigkeit haben.“
Die Erzsike brachte noch eine Flasche Wein und beim Michael ging ein Licht auf: „Komm hock Dich her Du liebes Szekler-Mädchen“, der Wein hatte dem Michael Mut gemacht . . .,“ was hast Du für nette Grübchen an Deinen Bäckchen!“
„Junges Herrr, nicht mehr soviel trinken, weiß Erzsike was viel besseres mit junger Herrr zu machen . . .!“
Dabei ließ sie ihn tief blicken und dem Michael gefiel plötzlich das Spiel! „Oh Elsa“, fuhr es ihm blitzschnell durch den Kopf „du guets Mütterle vom Schwobaländle, dei Sohn kommt in Versuchung!“
Die Erzsi ließ ihre Fingerchen zärtlich durch Michaels Haare gleiten, dann kraulte sie seine jungfräuliche Brust.
„Was hast starkes Muskel auf Brust – joi mamam – was bist Du strammes deutsches Mann!“
Beim Michael war auch sonst noch was stramm geworden. Er ließ die „Mädchentraube“ Traube sein und folgte dem Mädchen auf ihrer

Liebesspur . . . dann preßte sie ihn so leidenschaftlich an ihre Brust, daß Michael zuweilen meinte, den Atem zu verlieren . . .
Michael fühlte zum erstenmal in seinem Leben den weichen und begehrlichen Schoß einer sich öffnenden Frau:
„Oh Castrum sex – Schessburgiensis !
Ein ach . . .so süßes Szekler-Mädchen hat mich in deinen Mauern zum Mann gemacht."

Als er am andern Morgen den Gert beim Café traf, wollte sich Michael entschuldigen: „Die „Mädchentraube hat mir mächtig zugesetzt!"
„Ich glaube, eher das Mädchen als die Traube, tu nicht so heilig, die Erzsi hat's mir und der halben Abiturklasse beigebracht und jetzt soll sie ausgerechnet so einen echten Teutonen ausgelassen haben!?
Solltest Du noch Nachhilfe brauchen, kannst Du in den nächsten Wochen nochmal vorbeikommen. Dann schauen wir aber nicht mehr nach den Grabsteinen . . .! Die Schenkel der Erzsike und ihren Liebesquell zu erforschen ist manchmal ein noch höheres Latein als Grabinschriften zu ergründen. Oder bist Du nach der heutigen Nacht nicht auch der gleichen Meinung?"
Erzsike sagt immer: „Deutsches Mädchen macht nur Libbe, wenn heiraten . . . ich mache Libbe, weil Libbe Spaße macht . . . und bitte schön was soll armes Student machen – kann nix heiraten, weil kein Geld, aber Erzsike macht Libbe umsonst, weil Erzsike libben Student von ganzes Herzen – joi Istenem!" (Oh mein Gott!)
„Da ist was Wahres dran. Auch bei uns in Stuttgart ist es unvorstellbar, mit einer ohne Heiratsversprechen und höheren Absichten eine Liebelei zu haben.
Die Nazi gar stilisieren die Mädchen zu heiligen Wesen empor . . .
Da dürfen demnächst nur noch approbierte Rassen-Siegfrieds ran!
Was bleibt da unsereinem übrig: Pollution, Masturbation oder ihn in der Schlinge mit schwarzem Flor zu tragen?"
„Das hast Du gut gesagt", pflichtete Gert bei und fuhr weiter: „Im übrigen sollen die Rumäninnen sehr sanfte Liebhaberinnen sein, die es zwar nicht so feurig wie die Szeklermädchen treiben, dafür aber sehr hingebungsvoll und mit einer natürlichen Selbstverständlichkeit sich bis zur Leidenschaft steigern. Bitte, ich habe keine Ahnung, aber einige behaupten es."
Michael konnte es nicht ahnen, daß er, bis die Ferien vorbei waren, auch das noch erfahren würde.
Er verabschiedete sich von Gert, bedankte sich für die Führung und so gute Betreuung und lud ein, ihn in Stuttgart zu besuchen.

„Verabschiede Dich nicht so umständlich, wie ich Dich kenne, kommst Du ja doch nochmal zur Nachhilfe!"
Michael lächelte etwas verlegen — so weltmännisch wie dieser Gert konnte er sich einfach noch nicht geben.
Da die Wicka alias Wusch erst am Nachmittag nach Kirchenburg fuhr, lief der Michael die paar Kilometer zu Fuß.
Es war für ihn wie eine Erlösung, zwischen Wiesen und Wäldern sein durcheinander-geschleudertes Innenleben wieder in Ordnung zu bringen.
Die Bergkirche, die Burg, die Türme, die Grabsteine — soviel Erhabenes an einem Tag und dann die Sünde! Von der Kirche sogar als Fleischeslust apostrophiert. Dabei war es doch nur eine natürliche Hingabe eines Menschen an einen andern? Oder war das zu einfach gedacht? So schnell würde er das alles nicht ins Reine bringen . . . zu idealistisch war er auferzogen. Eigentlich war doch nichts Verwerfliches passiert. Die Erzsi hatte ihn doch sogar dazu animiert.
Ja und die Lehnchen? Bei diesem Gedanken wurde ihm der Unterschied bewußt zwischen Liebe und einer Liebelei. Wie sehnte er sich trotz dem Erlebnis von heute Nacht nach „seinem" Lehnchen, obwohl es nicht seines war und sogar einem anderen gehörte.
Das waren Erfahrungen und Gedanken, die einfach zum Leben gehörten, und Michael ging mit kräftigen Schritten in dieses Leben.
In einer Stunde war er in Kirchenburg.
Ion Iliescu, Erwins Freund und Bergschüler, wohnte von Schäßburg her gesehen am Dorfanfang, wo etliche Rumänen ihre Höfe hatten.
So war es für den Michael naheliegend, ihm einfach einmal Grüß Gott zu sagen, nachdem er auch von Martin wußte, daß ihn der Ion gerne mal gesprochen hätte.
Er klopfte ans Tor und ein schlankes, fast scheues Mädchen öffnete ihm. Tiefschwarz hing ihr das Haar bis an die Schulter. Aus dunklen Augen blickte sie ihn fragend an „Ist der Ion da?"
„Iech sprec nix . . .eu vorbesc numai romaneste." (Ich spreche nur rumänisch)
Ion hatte was gehört und kam freudig auf Michael zugegangen. „He, Michael, das ist aber schön, daß Du mich besuchst! Was kann ich Dir anbieten, wir sind leider nicht so reich wie Deine Gastgeber, die Sachsen, und Weinberg haben wir auch keinen . . ."
„Hast Du einen Schluck Wasser? Ich komme jetzt von Schäßburg zu Fuß gelaufen, da wird man durstig."
„Komm, setz Dich!"
Im Hof stand ein Maulbeerbaum und in seinem Schatten waren ein Tisch und eine Bank.

Kaum daß sie saßen, war das Mädchen mit einem Krug Wasser da. Sie hatte also doch verstanden.
Michael bewunderte aus den Augenwinkeln dieses ausgeglichene, geschmeidige Wesen.
In ihrem dünnen Kleidchen zeichneten zwei zarte Erhebungen die knabenhafte, schlanke Gestalt eines Mädchens. Als er sein Glas leergetrunken hatte, schenkte sie ihm wieder ein, dabei berührte sie ohne Scheu seinen Rücken und ließ ihn das Mädchenhafte ihres Körpers spüren. Michael war wie elektrisiert. Er kam bei seiner Erzählung ins Stottern, aber der Ion half ihm aus der Verlegenheit: „Das ist die Marioara, meine Schwester."
Sie reichte ihm ihre schmale Hand . . . dabei spürte er eine ungeheure Ausstrahlung, die von diesem zarten Geschöpf ausging. Auch lagen ihre Hände so kongruent ineinander, daß Michael Mühe hatte sie wieder loszulassen.
„Wo kommen eigentlich die Rumänen her?" stellte Michael fast analog die Frage. Bis jetzt hatte er sich mehr um seine Landsleute gekümmert, da ihm aber Ion und die Marioara sehr sympathisch waren, drängte sich ihm diese Frage beinahe auf.
„Das ehrt uns, wenn Du uns danach fragst", antwortete Ion.
„Ursprünglich haben in der Völkerwanderungszeit verschiedene Stämme unser Land besiedelt. Die Bastarnen und Gepiden waren germanischen Ursprungs. Dann sickerten slawische Stämme in unser Gebiet, in wieweit sie sich mit Resten der Germanen vermischt haben, ist unbekannt. Auf jeden Fall existierte zu Zeiten Trajans ein starkes Volk im Karpatenbogen die „Daker".
Ihr Reichtum reizte die Römer.
Kaiser Trajan ließ durch den Baumeister Apollodoros aus Damaskus bei „Drobeta", unweit des „Eisernen Tores", eine Brücke über die Donau bauen, deren Pfeiler heute noch zum Teil sichtbar sind.
Eine ungeheure Leistung für die damalige Zeit. Bei „Sarmizegetusa", der Hauptstadt der Daker, kam es zur Entscheidungsschlacht (106 n. Chr). Die Römer siegten und Kaiser Trajan ließ durch Apollodoros zum ewigen Gedenken an diesen ruhmreichen Kampf, das Trajansforum in Rom errichten (107/13), wo die Schlacht in den Stein hineingemeißelt wurde und heute noch bewundert werden kann. Was von den Dakern in der Schlacht nicht fiel, stürzte sich, einschließlich König Dezebal, ins Schwert, um der Schmach zu entgehen, in Rom als Verlierer vorgeführt zu werden.
Ihre Weiber aber lebten weiter und waren schön und begehrlich wie das Edelweiß der Karpaten.
Entweder wurden sie von den römischen Legionären genommen

oder sie gaben sich dem stolzen Sieger hin ... wer weiß das noch nach so vielen Jahren?
Aus dieser Verbindung sind in Jahrhunderten die Rumänen entstanden."
„Als aber die Teutonici, Flandrenses, später Sachsen genannt, dieses Land in Besitz nahmen, steht in allen Urkunden, war es ein „Desertum", eine Öde", warf Michael ins Gespräch, „oder ein „Gyepü", ein Dornenverhau wie es die Ungarn nannten."
Soviel wußte Michael als Südostexperte auch schon.
„Das kann sein," entgegnete Ion, „als die Römer sich von hier zurückzogen, waren ihre Hinterbliebenen schutzlos und zogen sich in unwegsames Gelände zurück, wichen allen Angriffen aus und überlebten gesund in den Schrunden und Spalten der Karpaten und in den Sümpfen der Donau als Hirten und Kleinbauern.
Das Leben meines Volkes artikuliert sich weniger im Kriegeführen als im Kindermachen und -gebären. So sind wir mittlerweile die volkreichste Nation in Siebenbürgen geworden und zum Staatsvolk avanciert.
Der Schoß der rumänischen Mutter siegte über tausend Jahre Ungarntum und achthundert Jahre dem Abendland zugewandte sächsisch-deutsche Geschichte. Wir werden die Sachsen, obwohl wir es könnten, nicht totschlagen, sondern aufsaugen wie das Löschblatt die Tinte.
Komm her Marioara, mein liebes Schwesterchen, Du Zukunft meines Volkes und laß dich von mir, Deinem Brüderchen, ein bißchen herzen."
Dabei neckten sich die zwei und Michael spürte erneut die ungeheure Ausstrahlung dieses einfachen, barfüßigen Mädchens.
„Komm, mein Herzchen und sag dem Mihai ein rumänisches Gedicht auf aus Siebenbürgen, geschrieben von unserem Bauerndichter Gheorghe Cosbuc: „NOI VREM PÄMÎNT!
Flamind si gol, far-adapost, mi-ai pus pe umeri cit ai vrut, si m-ai scuipat si m-ai batut si cîne eu ti-am fost! Ciocoi pribeag, adus de vint, de ai cu iadul legamint sa-ti fim toti cîne, loveste-n noi! Rabdam poveri, rabdam nevoi si ham de cai si jug de boi: Dar vrem Pamînt!
Michael hatte kein Wort verstanden, aber die innere Glut, der Ausdruck, das Flehen, die Leidenschaftlickeit dieser Mädchenseele war echt: „Wir wollen Land", das sagte nun auch der Ion, und riß den Michael in die anschauliche Wirklichkeit dieses Landes ...
„Meine Übersetzung soll nur dem Sinne nach Dir sagen was Cosbuc hier zu Ausdruck bringen will: Verhungert, nackt und ohne Dach habt ihr die Schultern uns beladen, angespuckt und uns geschlagen, euren Hunden gleich! Vom Höllenwind daher gewehter Junker ...

du darfst uns plagen, spann uns ins Pferde- oder Ochsenjoch, auch das wolln wir ertragen: Nur gebt uns Land!"
Michael war beeindruckt und Ion fuhr fort: „Wir brauchen Land Michael, die Sachsen besitzen es, die ungarischen Adligen, unsere Bojaren und wir sind nur Knechte. Die Landreform 1921 hat uns zwar etwas gegeben, aber nicht genug. Wir haben uns vermehrt und brauchen Land.
„Ja, aber mit welchem Recht? Die Sachsen haben dieses Land urbar gemacht und unter einem ungeheuren Fleiß zu dem gemacht, was es heute ist„ konterte Michael."
Und wir Michael, haben Kinder gemacht, und die wollen essen. Du kannst einem Volk nicht vorschreiben, wieviel Kinder es zeugen soll. Schau meine Schwester an: ist sie nicht wie eine Blume, die sich im Frühjahr öffnet und geradezu, wenn auch unbewußt, nach Befruchtung sehnt. Und so ist es bei uns im ganzen Land!"
Michael bewunderte die Ursprünglichkeit dieser Argumente. Hier mußten die Siebenbürger Sachsen mit ihrem Zwei-Kinder-System unterliegen. Zwei-Kinder-System deshalb, um ihren Nachkommen eine auskömmliche, wirtschaftliche Basis zu ermöglichen. Für eine ausreichende Antwort fühlte sich Michael überfordert.
„Wieviel Schafe habt ihr Ion?"
„So an die vierzig, der Onkel sagt, er zählt sie nicht jeden Tag!
Er betreut unsere mit an der Stîna am Gezemdabirgh, nicht weit vom Weinberg der Kammerers, Deinem Gastgeber."
Dabei schaut die Marioara, die das ganze Gespräch wie ein stiller Engel verfolgt hat, den Michael mit einem freundlichen, ja fast spitzbübischen Lächeln an.
„Ja, die Marioara bringt dem Onkel öfters mal was zum Essen. Hie und da bleibt sie über Nacht in der Stîna (Alm)"
„Ja hast du keine Angst vor den Bären und Wölfen?" spricht sie Michael direkt an.
Sie antwortet auf rumänisch und Ion übersetzt:
„Denen sind die Schafe lieber."
Und mir wärst du lieber, geht es dem Michael durch den Kopf. Dabei setzt sie wieder dieses schelmische, ja beinah verführerische Lächeln auf.
„Vielleicht sehen wir uns bald einmal wieder. Ich mache jetzt eine kleine Rundreise nach Hermannstadt und Kronstadt."
„Das sind alles historische Städte, von den Sachsen gegründet, aber von uns ganz schön in Besitz genommen."
Michael bemerkte, wie sehr das Ringen unter den Völkerschaften dieses Raumes im Gange war.

Die Ungarn hatten schon versucht, die Sachsen zu magyarisieren, – die Rumänen würden sie aufsaugen: „Wie das Löschblatt die Tinte" war wohl der richtige Ausdruck.
Michael mußte an die Elegie von Meschendörfer denken: „Völker kamen und gingen, selbst ihr Name entschwand . . . Ehern wie die Gestirne zogen die Jahre herauf, ach schon ist es September. Langsam neigt sich der Lauf."
Hatte Meschendörfer damit seine Sachsen gemeint? Michael ging sinnend von dannen.

Die Reise nach Hermannstadt

Bei Kammerers in Kirchenburg war alles auf dem Feld, nur Martin hütete das Haus. Seit er auf dem Gymnasium war, mußte er nicht mehr jeden Tag mithelfen.
„Daß Du überhaupt noch nach Hause kommst?" war seine erste Bemerkung. „Dich hat wohl das Burgfräulein am Wickel gehabt – so deformiert siehst du aus!"
„Mäßige Dich, Du Schreiadler, jetzt laufe ich bei der Hitze die acht Kilometer zu Fuß von Schäßburg daher . . ."
„Klar, daß sieht man so alten Leuten sofort an. Hast Du Hunger?"
„Ein Stück Brot könnte nicht schaden."
„Also komm mit, jetzt suchen wir die Hennennester aus. Hie und da legen die in die Scheune und da findet sie meine Mutter so schlecht . . ."
Nach ein paar Minuten hatten sie zehn Eier beieinander. Aus dem Gärtle wurde Salat geholt und nun kochten die zwei, daß der Speck nur so in der Pfanne spritzte. Nachdem jeder fünf Eier verdrückt hatte, wurde das Thema Hermannstadt aufgegriffen.
Martin dozierte: „Hermannstadt ist die Hauptstadt des ehemaligen Königbodens und der Sächsischen Nationsuniversität. Im Andreanum steht: „Das niemand über sie richten soll (Sachsen) als wir selbst (der König) oder der Hermannstädter Gräv."
Kannst Du es begreifen, warum der ungarische Adel so einen Haß auf uns hatte: niemand durfte uns was sagen als der König selber und der von uns gewählte Sachsengräv, und in Hermannstadt fing alles an. Als die „Teutonici und Flandrenses" 1150 dort ankamen, stießen sie auf der Anhöhe der heutigen Altstadt zwei gekreuzte Schwerter in den Boden. Dann knieten sie nieder, baten Gott um seinen Segen und schworen: dieses Land in Besitz zu nehmen und bis zum letzten

Blutstropfen zu verteidigen. Ein Schwert wurde nach Broos gebracht und eins nach Draas. Somit wurde der Königsboden in Besitz genommem.
Ein mächtiges Zweihandschwert wird heute noch in der Kirchenburg von Draas aufbewahrt. Das Schwert von Bross ist in den vielen Kriegswirren verloren gegangen."
„Martin, Du machst mich richtig neugierig – wann können wir losfahren?"
„Morgen früh – meine Eltern haben nichts dagegen und das Geld für die Fahrkarte hab ich auch schon. Außerdem hat mir der Herr Vater ein paar Adressen gegeben, von daher erhalten wir eine Führung und die Möglichkeit zum Übernachten."
„Das ist ja wunderbar!" freute sich Michael.
„Im übrigen soll Dein Chef in Stuttgart ein „Sesam-öffne-Dich" in Hermannstadt sein."
„Das ist ja toll, wo ich doch so ein gutes Verhältnis zu ihm habe!"
Normal fuhr die „Wusch" alias „Wicka" ihre dreißig bis vierzig Kilometer in der Stunde, aber bergauf gab es Probleme. Da konnte man echt Blumen pflücken nebenher und oft mußte sie am Berg Anlauf nehmen, um hinaufzukommen.
Bis Trappold lief es ja ganz bequem, immer am Schaaser Bach entlang, aber die Henndorfer Höhe war nur mit Mühe zu schaffen. Da mußte der Heizer schon richtigen Dampf machen, sonst blieb man unten.
Nun, an dem Morgen, als der Michael und Martin mit der „Wusch" nach Hermannstadt fuhren, war der Heizer gut aufgelegt und warf ein paar ordentliche Schaufeln Kohle in den feurigen Schlund der dampfenden, schnaufenden, pustenden und pfeifenden „Wicka".
Was für ein herrliches Gefühl, dachte sich der Michael, fast wie der Waldhausener Albexpress, nur daß der wirklich ein Express ist gegen dieses Bähnele.
Sie standen auf der offenen Plattform des letzten Waggons und genossen Berg und Tal, Wiesen, Matten und Hänge aus vollem Herzen.
Und Michael empfand es rührend, so viele Kilometer von daheim entfernt hießen die Ortschaften und Stationen: Schaas, Trappold, Henndorf, Neidhausen, Jakobsdorf, Probsdorf, Roseln, Agnetheln – das war ein Marktflecken und schon im Mittelalter berühmt wegen seiner hochentwickelten Handwerkskunst. Es hatte dementsprechend auch eine stark bewehrte Kirchenburg.
Weiter ging es durch das Harbachtal nach Werdt, Alzen, Leschkirch, Marpod, Holzmengen, Kastenholz und Schellenberg. Hier mündete die „Wusch" in die Hauptlinie der großen Eisenbahn. Da man eine

extra Schmalspur ab hier sparen wollte, hatten die Ingenieure eine glänzende Idee: Sie legten zwischen die zwei großen Gleise eine extra Schiene. So wurde die „Wicka“ auf seltsame Weise geadelt: Sie fuhr jeweils auf einer Seite mit ihren Rädern auf den großen Schienen und mit den andern auf Schmalspur, aber das sah ja keiner und der Heizer und Lokomotivführer machten richtig Dampf, um wenigstens so dem Orientexpreß ein bißchen Konkurrenz zu machen. Nach Schellenberg war man bald in Hermannstadt, und hier hatte die „Wusch“ sogar ihren eigenen Bahnhof, wenn auch ohne die vielen Lappalien, die ein großer Bahnhof eben haben muß.
Michael und Martin stiegen glückselig aus ihrem „Bähnele“, „so heißt das im Schwäbischen“, belehrte Michael seinen Martin.
Staunend standen sie vor der Silhouette Hermannstadts, anfänglich „Cibinium“ geheißen. In einer alten Stadtbeschreibung:“ . . .als eine große Stadt nit vil kleiner dann Wien.“ (Sebastian Münster, l550). Oder in der Weltchronik von Kreckwitz 1688: „ . . .vornehmste, größte und schönste Stadt unter den sieben Teutschen, wie auch allen andern Städten dieses Landes.“
Der Tatarensturm im Jahr 1241 und 1285 machte auch hier alles dem Boden gleich und forderte einen hohen Blutzoll. Das führte zu einem konsequenten Burgenbau und schon im Jahre 1366 hatte Hermannstadt bereits eine dritte Ringmauer.
Von weitem sahen sie die Stadtpfarrkirche mit ihren vier Türmchen. Das hieß wie in Schäßburg auch: „Jus gladii – eigene Blutgerichtsbarkeit.“
Hermannstadt, von den Türken auch die rote Stadt genannt, weil die Ringmauern zum Teil mit roten Backsteinen gemauert waren, galt im Mittelalter als uneinnehmbar.
Die dreifachen Mauern waren im Vorfeld durch Seen und Sümpfe gesichert.
Der Zibinsfluß, der die Stadt einseitig umfloß, wurde so geschickt verzweigt, daß er in der Stadt durch seine Bächlein für saubere Luft, gutes Wasser und im Vorfeld für versumpftes Gelände sorgte. Außerdem waren die Stadtmauern mit vielen Türmen, Bastionen und Feuerwaffen gesichert. Hermannstadt besaß schon im Mittelalter eigene Stückgießereien und hatte mehr Zünfte als Straßburg, Augsburg oder Nürnberg nachweisen konnten.
Die Zünfte verteidigten wie in Schäßburg, Mediasch, Kronstadt und Agnetheln u. a. die Stadtmauern und „ihre „Türme.
Mit dem Hochgefühl dieses Anblicks marschierten die zwei jungen Herren ins Zentrum von Hermannstadt. Voller Erstaunen gerieten sie in die Heltauergasse und erlebten das pulsierende Leben einer Großstadt am Tor zwischen Okzident und Orient.

Massen von Menschen aller Nationen schoben sich den Boulevard rauf und runter, unterhielten sich, debattierten, gestikulierten, grüßten sich, sahen sich und wurden gesehen.
Jetzt empfand Michael zum erstenmal ein deutsches Milieu – denn so waren rundherum die Häuser – umwallt und umspült von einem babylonischen Stimmengewirr. Die Menschen machten ihren Abendspaziergang und flanierten über die Prachtzeile Hermannstadts, und es fühlte sich jeder wohl dabei, man akzeptierte einander und lebte in Feierabendharmonie, wenn es nur immer so bliebe. Martin sah hier tiefer.
Michael spürte, etwas oberflächlich, wie hätte es auch anders sein können, den Hauch, den Windstoß vom Balkan als etwas Erregendes, Fremdes.
Martin erkannte in ihm, trotz einer gewissen Sympathie, seine lebensbejahende Ursprünglichkeit und eine gewisse Bedrohung für sein Volk.
Michael verglich wiederum die Situation mit Stuttgart, die massenhaften Aufmärsche der Nazis und hier diese glühende Individualität.
Nach diesem stürmischen Empfang für ihre Gefühle kamen sie bei zwei zurückhaltenden und vornehmen Damen unter. Ihre Männer waren hohe Beamte gewesen. Sie machten einen selbstbewußten, ja fast patrizischen Eindruck. Sie waren freundlich, aber einen Tataren oder Petschenegen hätte keiner von den zwei jungen Herren darstellen mögen – da wären am Ende noch die alten Zeiten erwacht und die „zwei“ hätten sie mit Besen und Schrubber zum Haus hinausgefegt.
„Morgen früh um acht Uhr wird sie unsere Nichte durch Hermannstadt führen und ihnen die Sehenswürdigkeiten zeigen. Konzentrieren sie sich dabei auf die Sehenswürdigkeiten . . . für Spasetteln ist uns unsere Nichte zu schade! Gute Nacht!“
„Hui“ dachten die zwei und zogen ihre Köpfe ein. Nun, das Zimmer war pico bello, die Betten hervorragend und eine Sauberkeit glänzte durch den Raum . . . da hätte man also ohne weiteres vom Boden essen können.

Silberblau lag der Himmel über dem erwachenden Hermannstadt. In süd- und südöstlicher Richtung türmten sich die Karpaten in den schon leicht herbstlich angehauchten Himmel. Konnte es wahr sein, daß aus so einer schönen Gegend immer schon die Gefahren für Hermannstadt herauf gezogen waren? Der Rote-Turm-Paß, durch eine Burg gesichert, durch die Landskrone verstärkt, hatte zwar manches abgehalten, aber zu stark war der Eroberungsdrang der Völker vom Balkan, um alles verhindern zu können.

Pünktlich um acht war die Gertrud zur Stelle. Sie war die besagte Nichte, machte einen intelligenten und feschen Eindruck und war auf der Lehrerinnenbildungsanstalt in Schäßburg. Jetzt hatte sie Ferien wie Michael und Martin und machte als Ferienjob Führungen.
„Pünktlich um zwölf wird Mittag gegessen“ riefen ihnen die zwei Tantchen noch nach, dann waren sie draußen.
Was ist Hermannstadt für ein traditionsbeladener Ort!
Die ganze Innenstadt schreit förmlich nach Entdeckung.
„Ich schlage vor,“ sprach die Gertrud, „wir fangen mit der Stadtpfarrkirche an. Ihren Turm sieht man ja von weither. Ihre vier Türmchen deuten nicht nur das „Jus gladii“ an sondern hatten eine Wächterfunktion. Zwei Wächter waren Tag und Nacht da oben im Einsatz und überwachten die Stadt, in erster Linie gegen Brandgefahr. Damit man sicher ging, daß sie nicht schliefen, mußten sie jeden Stundenschlag auf der „Drummel“ wiederholen. Erspähten sie am Tag ein Feuer, mußten sie von dem Türmchen, das der Richtung am nächsten kam, ein rotes Tuch hinaushängen, bei der Nacht eine rote Laterne.
Trotzdem brannten 1556 über 556 Häuser ab. Im Jahr 1570 sogar 1306 Häuser und im Jahr 1761 um die 461.1768 erließ der Stadtrat ein Bauverbot für Holzhäuser und Schindeldächer und ab da war die Gefahr im Abklingen.“
Mittlerweile standen sie unmittelbar vor der Stadtpfarrkirche.
„Das ist der älteste, hochgotische Sakralbau Siebenbürgens. Baubeginn um 1320. Es ruhte der Bau immer wieder, so auch um 1431 bis 1448.
Alle Kräfte mußten auf den Ausbau der Stadtbefestigung konzentriert werden, denn 1432 standen die Türken zum erstenmal vor den Toren Hermannstadts, um dann 1437, 1438 und 1442 wieder zurückzukehren und die Stadt zu belagern. Eine immense Bauleistung der Bürger war im 15. Jahrhundert die Fertigstellung des vierten Ringmauergürtels, der die Stadt umschloß und uneinnehmbar machte.
Als Vollendungsjahr der Stadtpfarrkirche wird das Jahr 1520 angegeben.
Wir machen jetzt einen Rundgang durch die Kirche – wenn Ihr Fragen habt, meldet Euch! Alles zu erklären reicht uns die Zeit bei weitem nicht. Allein die wertvollen Grabplatten und Epitaphe würden Stunden in Anspruch nehmen, und um zwölf müssen wir bei meinen Tanten sein, sonst ist was los meine Herren!“
„Das ist der Michael und ich bin der Martin! Ist alles klar ?“
Man war sich näher gekommen. Die Gertrud gab bestimmt einmal eine gute Lehrerin ab. Ihre klare, sachliche Aussprache machte die Führung zu einem spannenden und wahren Vergnügen.

Bis halb zwölf hatten sie gerade das Gröbste in der Stadtpfarrkirche besichtigt, dann eilten sie auf den Großen Ring, kauften zwei Blumensträuße und gingen zum Mittagessen.
Die Tanten warteten bereits, und als die jungen Herren ihre Sträuße überreichten, waren es die liebsten Tantchen, die Michael und Martin je kennengelernt hatten.
Es gab ein richtiges Stadtessen mit Vorspeise, Suppe und so knusprigen Backhendln, daß sie des Lobes voll waren und noch eine süße Nachspeise. Michael dachte bereits an eine Etatüberschreitung, aber Martin hatte ja auch noch was Klimpriges dabei . . .
Nach dem Essen ging es gleich wieder los.
Der „Ratturm" wurde angesteuert.
„Er wurde Ende des dreizehnten Jahrhunderts als Torturm errichtet", Ließ sich die Gertrud vernehmen.
„Er war einer von drei Zugängen zur Stadt und konnte mit einem eisernen Fallgitter sehr schnell verschlossen werden. Zudem war er massiv von Feuerwaffen gesichert. Die steinernen Löwen darüber, mit ihrem martialischen Aussehen, sollten fremdes Kriegsvolk abschrecken und sogleich zum Abziehen veranlassen."
Sie kamen nun zum Großen Ring.
„So schön dieser Platz hier ist, war er für viele in früheren Zeiten ein Schrecken. Hier wurden die öffentlichen Hinrichtungen vollzogen, unter anderen auch die des Sachsengrafen Sachs von Harteneck. Ein aufrechter Kämpfer für sein Sachsenvolk und die Gerechtigkeit. Leider legte er sich mit dem magyarischen Adel an. Die Sachsen wurden zu der Zeit ausgepreßt bis aufs Blut. Ihre einzige Chance erblickten sie im Zusammengehen mit Habsburg. Das blieb den ungarischen Adligen nicht verborgen. Als Sachs von Harteneck vor dem Landtag die Forderung erhob, auch der ungarische Adel müßte Steuern zahlen, um die Gerechtigkeit im Lande herzustellen, warteten sie nur auf eine Gelegenheit, um ihn zu liquidieren, wie sie es 150 Jahre später mit St. L. Roth ebenfalls taten.
Die Gelegenheit kam bald.
Sachs von Harteneck überführte den Schäßburger Bürgermeister Johann Schuler von Rosenthal – einen Günstling des Sultans – der Untreue und Geldfälschung und ließ ihn hinrichten. Diesen Anlaß machte der Adel zu seinem Fall und klagte ihn an.
Zugleich klagte ihn der sächsische Stadtrat von Hermannstadt an, da er sich der Mitwisserschaft am Mord des Kammerdieners Adam schuldig gemacht hätte.
Sachs von Hartenecks Frau hatte diesen beauftragt, ihren ehemaligen Geliebten, den kaiserlichen Generaladjutanten Acton zu vergiften. Nachdem der Anschlag mißglückte, floh Actons Diener ins

Harteneck- Haus wo ihn Hartenecks Frau wegen Mitwisserschaft umbringen ließ.
Sachs von Harteneck erfuhr davon, brachte es aber nicht fertig, seine Frau anzuzeigen und wurde dadurch selber schuldig.
Beide Gerichte verurteilten ihn am 3. Dezember 1703 zum Tode.
Am 5. Dezember 1703 fiel sein edles Haupt am Großen Ring, den Ihr hier vor Euch seht.
Die Frau von Harteneck wie auch der Mörder wurden begnadigt.
Es war ein politischer Mord, wie man ihn nicht schöner inszenieren könnte.
Leid muß einem der Vater Hartenecks tun. Es war der greise Stadtpfarrer von Hermannstadt, der seinen Sohn unter Singen geistlicher Lieder zur Richtstätte begleitete und ihm so einen letzten Dienst erwies."
Betretenes Schweigen hatte sich über die jungen Leute gelegt, zu anschaulich hatten sie sich in diese Tragödie hineingedacht.
„Habsburg entschuldigte sich und bedauerte, und ging wie so oft vor dem ungarischen Adel in die Knie.
Den Fall des Sachsengrafen Pempflinger (1521 – 1535, nach dem die Pempflingergasse benannt ist, könnte man so ähnlich bewerten.
Nach der Schlacht bei Mohacs, wo die Türken siegen und der ungarische König Ludwig II. umkommt, wäre nach vorliegenden Verträgen Ferdinand von Habsburg der rechtmäßige Nachfolger.
Der Woiwode Johann Zapolyai, der während der Schlacht bei Mohacs unweit mit 40000 Mann bereit stand, hätte die Schlacht wenden können, aber Zapolya verriet aus persönlichen Interessen das Abendland, wurde Mittelsmann des Sultans, und so wurde Ungarn für anderthalb Jahrhunderte türkisches Paschalik.
Zapolyai wurde König von Ungarn von Sultans Gnaden.
Zwischen Ferdinand von Habsburg und Zapolyai entflammte ein Bürgerkrieg, in dem Comes Markus Pempflinger für Habsburg und das Abendland Partei ergriff.
Sechs Jahre hat er mit Hermannstadt gegen den ungarischen König und den Sultan gekämpft und konnte nur durch den Tod überwunden werden.
Einen günstigen Effekt hatte diese Zeit insoweit, als die Reformation ohne größere Schwierigkeiten in Siebenbürgen durchgeführt werden konnte.
Habsburg war schwach, und dem ungarischen König und dem Sultan war egal, an wen und wie die Leute glauben wollten."
„Liebe Gertrud!" ließ sich der Michael vernehmen: „Du hast Dir entweder einen Café oder ein Eis verdient."
Auf der Terrasse eines Cafés am Großen Ring ließen sie sich nieder...

„Etwas muß ich im Zusammenhang mit Habsburg noch sagen: Bei all diesen Auseinandersetzungen zwischen Habsburg, den Ungarn und Türken, standen die Sachsen immer auf Seiten des Abendlandes, wenn es sich auch durch die Schwäche der Habsburger schlecht gelohnt hat."

1542 rühmt Ferdinand von Habsburg „die wunderbare Treue" der Sachsen. 1600 stellt Rudolf der II. von Habsburg fest: „Die ihr nach Herkunft und Sprache und was mehr ist als Alles nach angestammter Reinheit der Gesinnung Deutsche d. i. unseres Blutes seid . . ."

Nachdem sie ihr Eis gegessen hatten und wieder etwas zu sich gekommen waren, schlug die Gertrud vor: „Wir laufen jetzt in die Harteneckgasse, da sehen wir noch ein Stück Ringmauer, wie sie ursprünglich war, gemauert mit roten Backsteinen und bewehrt mit Türmen und Basteien. Hermannstadt wurde gesichert von 39 Stadtmauertürmen und folgenden Basteien: Hallerbastei, Sagtorbastei, Heltauerbastei, Burgtorbastei und die Soldischbastei.
Im achtzehnten Jahrhundert verloren Mauern und Türme endgültig ihre Bedeutung und wurden zum Teil abgetragen. Hier in der Harteneckgasse wurde der „Dicke Turm" in ein Theater umgebaut, es war das Jahr l787, genau 33 Jahre nach Wien, elf Jahre nach Preßburg und noch vor Prag und Graz – hatte Hermannstadt ein eigenes deutsches Theater. Neben dem zweigeteilten Parkett besaß es 43 Logen und das Paradies – eine Galerie. Die Bühne war 16 Meter breit und 15 Meter tief, hatte einen Schnürboden und Versenkungen.
Hier fanden auch Bälle und Tanzveranstaltungen statt.
Im Jahre 1788 wurden 130 Theater- und Opernaufführungen dargeboten. Beamte des Guberniums, Offiziere und das Patriziat waren begeisterte Besucher.
Wenn auch die Sachsen oft Pech hatten mit Habsburg, im Theater und in der Musik wurden sie reichlich von Wien entschädigt.
Ein reger Kulturaustausch setzte ein und viele Wiener Ensembels haben in Hermannstadt ihr Debut gegeben.
Durch den Hermannstädter Musikverein – Hermannstadt hatte damals 14000 deutsche Einwohner, davon waren 500 Mitglieder des Musikvereins gab es einen unwahrscheinlichen kulturellen Aufbruch. Sämtliche Werke Mozarts wurden aufgeführt, desgleichen Beethovens Symphonien bis zur neunten.
Nachdem sich der Hermannstädter Musikverein mit dem Männerchor „Hermania" vereinte, konnten auch Opern aufgeführt werden. Als erste Oper kam Lortzings „Zar und Zimmermann" zur Aufführung. Es folgten Beethovens „Fidelio", Bizeths „Carmen", Mozarts

„Don Juan“, Verdis „Aida“, Wagners „Lohengrin“ und C.M. von Webers „Freischütz“.
Auch sächsische Künstler erhielten die Möglichkeit, ihre Werke aufzuführen.
Seit 1932 mußten alle Musikaufführungen mit einheimischen Kräften bewerkstelligt werden, da die damalige rumänische Regierung ausländischen Ensembles ein Mitwirken verbot.
Eine Theatergemeinschaft Siebenbürgens setzte die Tradition fort. Vor zwei Jahren konnte das „Deutsche Landestheater in Rumänien“ Schillers „Wilhelm Tell“ aufführen.
Das Lehrerseminar in Hermannstadt sowie das Brukenthalgymnasium und andere deutsche Institutionen tragen mit Musikaufführungen, Theaterstücken und sonstigen Veranstaltungen sehr zum kulturellen Leben Hermannstadts bei.
Dieses erfolgreiche Wirken Hermannstadts hat sich auf alle Städte und Gemeinden Siebenbürgens ausgebreitet. Überall haben sich Musikvereine und Theatergruppen gebildet, und so ist es keine Seltenheit, wenn man den Freischütz oder Stücke daraus auf den kleinsten Dörfern Siebenbürgens hört.“
„Das können wir bestätigen“, meldeten sich Michael und Martin zu Wort. „Auch in Kirchenburg haben wir das schon gehört.“
„Diese Ausstrahlung ging soweit, daß sie sogar die Rumänen erfaßte. Gheorghe Dima (1847 – 1925), ein hochgeschätzter rumänischer Künstler, war von 1883 – 1898 Mitglied im Hermannstädter Musikverein.
Am 14. August 1892 wurde unter dem Banner des Mozart'schen Bundesliedes: „Brüder, reicht die Hand zum Bunde“, der „Siebenbürger Deutsche Sängerbund“ aus der Taufe gehoben, der dann Mitglied des „Deutschen Sängerbundes“ wurde.“

Mittlerweile war es Abend geworden.
Es war für alle ein anstrengender Tag gewesen.
Gertrud sagte: „Ich möchte Euch zu Freunden einladen, die haben eine Hütte außerhalb Hermannstadts – nur müssen wir uns bei den Tanten entschuldigen, hoffentlich können die schlafen, wenn sie erfahren, was wir vorhaben.“
Nun, das überließen Michael und Martin der Gertrud. Sie erzählte den Tanten, daß Michael von Stuttgart wäre und ein guter Bekannter von Dr. Csaki und sofort war ihr Mißtrauen in Hochachtung umgeschlagen.
„Also, Ihr könnt' jetzt anstellen was Ihr wollt – von den Tanten hat Michael Generalvollmacht – weil er einer vom Reich ist und den Professor kennt.“

Das erleichterte zwar ihr Vorhaben, schränkte aber gleichzeitig ein vorbeibenehmen recht drastisch ein . . .
So ist das bei diesen Sachsen: Überall diese ungeschriebenen Gesetze, dachte sich Michael, und ihr uneingeschränktes Vertrauen, wenn einer vom Reich kommt.
Der Hüttenabend verlief in einer unvergeßlichen Atmosphäre . . . am liebsten wäre der Michael am Feuer liegen geblieben, so romantisch war der Platz.
In einem Baumgarten brannte ein Feuer – sonst verschlang finstere Nacht die Erde. Nur die Sterne und die Kämme der Karpaten ließen eine göttliche Landschaft erkennen, die sich zur Ruhe schickte. Am abschüssigen Teil des Gartens erkannte man in seinem Grund, beim Aufflackern des Feuers, ein Gewässer. Es dämpfte die lustigen und kecken Töne der jungen Menschen. Zu ihnen gesellten sie sich.
Wie warm und unkompliziert war die Aufnahme! Schon saßen sie in ihrer Runde und ein Begrüßungslied erwärmte gleich dem Feuer das Gemüt.
Es knisterte nichtnur das Feuer . . . die Attraktivität dieser Mädchen war so elementar, daß man förmlich die Schwinnungen der Seelen spürte. In ihren feschen Dirndln wäre sicher manch einer näher auf Tuchfühlung zu Ihnen gegangen – doch leider blieben sie so unnahbar wie die Fabelwesen aus einer anderen Welt.
Gertrud erzählte, was sie ihnen alles gezeigt habe und daß sie jetzt etwas irdisch Zeitliches und Nahrhaftes gut vertragen könnte.
Sofort wurde ein Holzfleisch aufgelegt und auf der Glut gebraten.
Dazu gab es Bauernbrot, Gurken und Kartoffelsalat – war das ein Genuß!
Michael hatte das noch nie gegessen: Fleisch über den Kohlen gebraten, wobei das Fett in die Kohlen tropfte . . . nein, dieser Luxus war in Deutschland unvorstellbar. Dazu gab es Bier oder einen gespritzten Wein. Michael konnte ihn bei dem spärlichen Licht gerade noch erkennen: „Mädchentraube", da war Vorsicht geboten, der hatte es in sich, außerdem ergaben sich da noch andere Assoziationen, obwohl er das mit der Erzsike nie bereute. Er hatte mal eine Frau gespürt, wie Gott sie erschaffen und die Erzsike hatte diese Natürlichkeit mit ihm ausgelebt.
Sicher waren diese Mädchen hier noch wesentlich begehrenswerter, aber es getraute sich keiner anzüglich zu werden oder gar auf Berührung zu gehen.
Man hatte sicher auch erkannt, daß ein ausschweifendes Leben, und das spiegelte sich auch im Brauchtum wieder, das Lebenslichtlein dieses kleinen Völkchens schon längst ausgeblasen hätte.

Für Außenstehende wohl unbegreiflich, für Michael schon etwas begreiflicher, anderer- seits war er jung und spürte die süße Verlockung weiblicher Wesen — seit er bei der Erzsike war, umso stärker.
Mitten in seine Gedanken meldete sich einer zu Wort:
„Gertrud, hast Du unseren Gästen auch die Geschichte der Johanna Balk erzählt, Tochter des Königsrichters Melmer und schönstes Mädchen von Hermannstadt?"
„Nein, soweit bin ich noch gar nicht gekommen„, ließ sich die Gertrud vernehmen.
„Michael, Du mußt in Zukunft Deine Ferien in Hermannstadt verbringen, hier hängt an jedem Haus eine Geschichte" wußte ein anderer zu berichten.
„Wer will unseren Gästen die urkundlich festgehaltene Begebenheit erzählen?" ermunterte Gertrud die Runde.
Da rief einer aus dem Untergrund: „Eine gar schauerliche Geschichte!"
„Aber wahr ist sie und deshalb werde ich sie jetzt erzählen." Es meldete sich einer von der Lehrerbildungsanstalt, also ein zukünftiger Schulmeister zu Wort: „Es war das Jahr 1610. An der Regierung war der Fürst Gabriel Bathory, ein maßloser und herrschsüchtiger Despot.
Die reichen und bewehrten sächsischen Städte und Dörfer waren ihm schon immer ein Dorn im Auge. An die Macht gekommen, lud er ihnen Steuern auf, die nicht mehr zu bezahlen waren. Das trieb ihm die Zornesröte ins Gesicht und fachte sein diabolisches Wesen noch mehr an. Er wuchs sich aus zum Prototyp eines Diavolo perversester Sorte.
Am 10. Dezember 1610 ließ er einen Landtag nach Hermannstadt einberufen. Normalerweise hätte er da mit seinem persönlichen Stab einreiten dürfen.
Er gab vor, einen Feldzug gegen den walachischen Fürsten Radu Serban führen zu wollen und bat um Unterkunft für einen Teil seiner Soldaten und den Troß. Man kannte seinen Jähzorn und gab ihm nach — der größte Fehler, den die Stadtväter in ihrer vieljährigen Geschichte begingen. In den Planwägen waren weitere Soldaten versteckt — Hermannstadt war in seiner Macht!
Was er im Kampf nie geschafft hätte, war ihm durch eine Finte gelungen.
147 führende Männer wurden sofort zum Tode verurteilt. Die Schlüssel sämtlicher Tore mußten ihm ausgeliefert werden. Allen Männern wurde die Rüstung abgenommen, das Rathaus geplündert.
Die zum Tode Verurteilten konnten sich für 100 000 Gulden freikaufen.

Im Januar 1611 verließ er die Stadt, eine starke Besatzung zurücklassend, kehrte im Juli wieder zurück, erpreßte abermals 100 000 Gulden, beraubte die Bürger jeglicher Habe und trieb sie in die Verbannung.
Ein beispielloses Treiben der Soldateska setzte ein – ihr Herr war ihnen das beste Beispiel.
Schamlos fiel er über die Frauen her und ließ sich, um die Gepeinigten vollends zu entehren die schöne Tochter des Königsrichters, Johanna Balk, im Rathaus vorführen.
Er griff ihr vor den Soldaten an ihren Busen und als sie sich wehrte, befahl er: „Abführen, dich werde ich schon noch kirre machen!"
Sie wurde in sein Privatquartier ins Mövert'sche Haus gebracht. Hier wollte er ihr das Mieder herunterreißen und sich ihrer in Wollust bemächtigen.
Doch er hatte die Rechnung ohne dieses Mädchen gemacht. In einem unbewachten Augenblick löste sie ihr Brustheftel und stieß sich den langen Dorn mit Wucht ins Herz.
Eine stolze sächsische Patriziertochter hatte dem Tyrannen getrotzt und den Tod der Entehrung vorgezogen.
Bathory enthob den unglücklichen Königsrichter seines Amtes, und als er erfuhr, daß der Rat an den Kaiser und an den Sultan um Hilfe geschickt hatte befahl er alle Bürger, Weiber und Kinder niederzuhauen . . . Gottseidank ereilte ihn das Schicksal noch bevor diese Wahnsinnstat zur Ausführung kam: Er wurde von seinen eigenen Leuten erschlagen und im Straßenstaub liegen gelassen."
„In einem alten Gesangbuch soll man einen handschriftlichen Zettel gefunden haben",meldete sich ein anderer,"der soll noch aus dieser Zeit stammen und darauf steht geschrieben:'Ein jeder ehrliche Sachs sei dazu aufgerufen diesem Menschenschinder und Usurpator aufs Grab zu scheißen'.
Betretenes Schweigen lag über der Runde. Eine Stimmung wollte nicht mehr aufkommen, waren doch die Akteure dieser Handlung ihre Vorväter gewesen.
Mit Wehmut im Herzen erlebten sie noch eine Weile den Zauber der Karpaten und das Rauschen des Zibinflusses . . .
Warum mußte das Schöne dieser Erde, mit dem uns der Herrgott so reichlich beschenkt, durch solche Teufel, wie Gabriel Bathory einer war, immer wieder zunichte gemacht werden?
Die Geschichte und das Nachdenken darüber nahmen die jungen Leute mit in ihr Bett. Und es sträubte sich ihre junge Seele mächtig gegen die Despoten dieser Erde.
Im Einschlafen flogen Michaels Gedanken noch nach Hause und sein Schlaf wurde dadurch nicht besser . . .

War das mit Hitler nicht so ähnlich? Die Bücherverbrennung, die Unterdrückung einer anderen Meinung? Wie beim Onkel Fred selber erlebt! Die rassische Verfolgung der Juden? Überhaupt der ganze Rassenwahn? Die Vergöttlichung einer Person und Idee?
Was war, wenn der wahnsinnig würde? Der Verdacht auf Größenwahnsinn war ja schon eklatant!
Wie mit Bleikugeln in den Gliedern wachten sie am andern Morgen auf. Die Probleme, die sie am Abend in ihr Bett mitgenommen hatten, waren nicht verflogen und hatten ihnen eine unruhige Nacht beschert.
Ein Glück, daß die zwei Tanten sie auf andere Gedanken brachten.
„Ja, daß Sie den Herrn Professor kennen, so einen feinen Menschen. Der soll ja in Stuttgart ein bedeutender Mann sein.
Wissen sie, der war bei uns im Musikverein Mitglied, von dem haben wir schon eigene Kompositionen gesungen."
In dem was er tat war er gewiß ein großer Mann, und wie er es tat auch – wenn das nur nicht durch die Nazis zu einer Teufelskür wurde.
Michael mußte sich zusammenreißen, er war ja angesprochen worden.
„Ja, der Herr Professor ist ein sehr musischer Mensch. Ich verstehe mich ausgezeichnet mit ihm. Als sein freier Mitarbeiter unterstütze ich ihn und nehme ihm organisatorische Aufgaben ab. Wir harmonieren ausgezeichnet miteinander. Er hat mir diese Reise ermöglicht und ist mir ein guter Freund, wenn nicht gar wie ein Vater zu mir."
„Daß wir das noch erleben dürfen, Helene!" sagte die etwas ältere zu ihrer jüngeren Schwester.
Gertrud war mittlerweile auch eingetroffen. „Es gibt noch einen harten Tag heute."
sprach sie Michael und Martin an. „Zum Essen wird uns die Zeit kaum reichen." Und in Richtung Tantchen: „Am besten, wenn Ihr gleich miteinander abrechnet."
„Aber, aber, wir werden doch von so netten jungen Herren kein Geld nehmen. Bestellen Sie herzliche Grüße an den Herrn Professor. Er darf uns öfters so lieben Besuch schicken."
„Da fühlen wir uns aber arg geschmeichelt. Womit könnten wir das wieder gut machen?"
„Das habt Ihr schon getan – wenn Ihr wieder in Hermannstadt seid, bitte unbedingt bei uns Grüß Gott sagen."
„Das werde ich bald tun," mischte sich Martin ins Gespräch.
„Ich habe vor, demnächst das Lehrerseminar zu besuchen."
„Das ist das beste, was Sie tun können. So eine umfassende und in jeder Hinsicht gute Ausbildung gibt es kaum irgendwo."

Das freute nun wieder den Martin und so ging man in einer guten Stimmungslage voneinander.
Am Großen Ring holte sie die Geschichte von gestern wieder ein. Als wenn es die Gertrud in Gedanken erraten haben könnte, sagte sie: „Und wie oft haben sich gute Menschen darum bemüht, es recht zu machen. Als Petrus Haller 1545 Bürgermeister wurde, ließ er im Sitzungssaal des Magistrats eine Holztafel anbringen mit folgendem Wortlaut: „Illustrissima omnium virtutum est Justitia ..." (Die glänzendste aller Tugenden ist die Gerechtigkeit. Uneinnehmbares Bollwerk die Einigkeit der Bürger. Richtet gerecht über die Söhne der Menschen. Höre auch den anderen Teil.")
Wie wahr seine Worte – leider waren im gleichen Haus auch die Arrestlokalitäten mit der „Folter" oder „Marterkammer" und das „Martergärtlein", wo durch brutale Erpressungsmethoden oft Geständnisse erzwungen wurden. Was da allein in bezug auf Frauen mit Hexenverdacht gesündigt worden ist, sollte den Menschen heute noch die Schamröte ins Gesicht treiben.
War das Urteil gesprochen, wurde es hier auf dem Großen Ring vollstreckt.
Eine Rolandstatue in Ritterrüstung stand zum Zeichen der Gerechtigkeit und zugleich des Blutbanns, den die Stadt auszuüben berechtigt war.
Hier auf dem Großen Ring versammelte sich das Volk zu Festen, kirchlichen Prozessionen, Siegesfeiern, Paraden. Hier standen aber auch der Galgen, der Scheiterhaufen und der Richtplatz.
Hier wurden auch die Hexenverbrennungen durchgeführt, wenn sie das „Schwemmen" überführt hatte.
Auch leichtere Strafen wurden hier in aller Öffentlichkeit vollzogen: Auspeitschen, Prügeln mit „Lapathen". Hier war der Pranger, an dem sie in die „Fiedel" gespannt, und ihnen der Sandstein um den Hals gehängt wurde. Hier befand sich das Narrenhäusl, in dem die „Nachtgrassanten", Ruhestörer, Rauf- und Trunkenbolde eingesperrt wurden – oder auch Geistesgestörte, die dem öffentlichen Spott preisgegeben wurden.
Ab 1771 verschwand das alles und wich humaneren Zeiten, und das wollen auch wir in unserer Betrachtungsweise tun.
Ich habe Euren Blick zum Brukenthalpalais schon längst bemerkt. Es ist im Stil eines vornehmen österreichischen Spätbarock erbaut und repräsentierte das Gubernium – die Vertretung der Kaiserkrone.
Sein berühmtester Repräsentant war der Freiherr von Brukenthal (1777 – 1787).
Er wurde 1721 in Leschkirch geboren, absolvierte das hiesige Gymnasium, das später nach ihm benannt wurde und studierte in Halle

Geschichte, Rechtswissenschaft, Philosophie und Theologie. Er praktizierte dann die Verwaltung Siebenbürgens, mit ihrer historisch-juridisch komplizierten und differenzierten, mittelalterlichen Feudalordnung, die sich in anerkannte Stände: Ungarischer Adel, Szekler und Sachsen gliederte, und die unterschiedliche Rechte und Gepflogenheiten hatten.
Er schrieb ein historisch-politisches Buch und bewirkte damit großes Aufsehen.
Die ersten Audienzen bei Kaiserin Maria Theresia brachten ihm Anerkennung durch sein Wissen, seinen Scharfblick und seine umfassende Bildung. Er konnte für sein Sachsenvolk einiges zum Besseren wenden.
Auch sonst verdiente er sich den Respekt der Kaiserin. 1762 ernannte sie ihn „In Anerkennung seiner ausgezeichneten Geistesgaben, seiner Erfahrung, seiner Bildung und treuen Dienste zum siebenbürgischen Provinzkanzler."
1777 wurde er zum Gouverneur und kaiserlichen Statthalter des Großfürstentums Siebenbürgen ernannt.Zu diesem Zweck wurde dieses Palais erbaut.
1787 wurde er von Kaiser Joseph II. seines Amtes enthoben.
Nun widmete er sich ganz der Kunst, Literatur und Geschichte.
Er sammelte die besten Köpfe seiner Zeit um sich und gründete die „Siebenbürgische Quartalsschrift". Außerdem pflegte er eine umfassende Bibliothek, sammelte in seiner Pinakothek annähernd tausend Gemälde flämischer und holländischer Meister, unterhielt ein Münzkabinett mit allen siebenbürgischen Münzen und Medaillen, sammelte Gesteinsproben und Funde aus dem römischen Dazien. Im Brukenthalmuseum befinden sich auch die Zunftzeichen der Hermannstädter Zünfte.
Ein großes Haus voll Kunst und Kultur!
Wir werden jetzt einen Rundgang machen und das alles bewundern.
All das hat er per Testament dem Brukenthalgymnasium vermacht, wo er die ersten humanistischen Anregungen erhielt.

Lieber Michael und lieber Martin! Es wäre noch viel über Hermannstadt zu berichten. Eines dürfen wir auf keinen Fall vergessen. Neben Kunst Kultur und Musikleben begann in Hermannstadt schon sehr früh der Buchdruck. 1530 wird darüber in Urkunden berichtet und schon 1544 wurde bei „Trapoldner" das erste Buch in rumänischer Sprache gedruckt. Es hieß: „Catehismul romanesc". Wer weiß, wie die Entwicklung der rumänischen Sprache und Schrift vor sich gegangen wäre. Es gab nämlich bis dahin nur die kyrillische Schrift!
Hermannstadt ist Sitz des evangelischen Bischofs für ganz Sieben-

bürgen und mit dem Lehrerseminar, das kirchlich ausgerichtet ist, ein Austrahlungspunkt für siebenbürgisch — sächsischen Geist und siebenbürgische Kultur.
Einen Wissenschaftler, der hier am 25. 6. 1894 geboren wurde, sollten wir nicht vergessen, er heißt Hermann Oberth und hat mit seinem Buch „Die Rakete zu den Planetenräumen" der Welt neue Perspektiven eröffnet.
Wir laufen jetzt in den Erlenpark, da kommen wir am Lehrerseminar vorbei, leider treffen wir derzeit außer den Handwerkern niemanden an. Trotzdem kannst Du, lieber Martin, Dir etwas 'Wind' holen.
Vielleicht können wir im Erlenpark auch eine Kleinigkeit essen.
Für die Rückfahrt schlage ich Euch den großen Zug vor, über Mediasch und Schäßburg."
„Liebe Gertrud herzlichen Dank für Deine sehr aufschlußreiche und umfassende Führung. Wir laden Dich zum Essen ein, und solltest Du mal nach Stuttgart kommen, mußt Du mich besuchen. Hier hast Du meine Adresse."
Zwei anstrengende Tage neigten sich ihrem Ende zu.
Michael und Martin schwirrte der Kopf. Es tat ihnen so gut in der herrlichen Gebirgsluft, die von den Karpaten herüberwehte, sich zu erholen.
Bei der Rückfahrt schauten sie nochmal auf die stolze Silhouette Hermannstadts: Wie wahr die Worte von Papst Eugen IV. " . . . nicht nur Ungarns, sondern der gesamten Christenheit, schirmendes Bollwerk, Mauer und Schild."

Auf der Stîna(Alm) mit der Marioara

Michael wollte ein paar Tage für sich sein. Zu sehr hatte ihn Hermannstadt beeindruckt und ihm auch Probleme vergegenwärtigt, die er erst verarbeiten mußte.
Er mußte, bevor er nach Kronstadt aufbrach, wieder einen klaren Kopf bekommen. „Onkel Hans", sprach er zum Vater Kammerer, „darf ich ein paar Tage an den Gezemdabirgh?"
„Wenn es Dir nicht zu einfach ist, darfst Du das gerne. Wir haben ja dort nur eine Holzpritsche und einen einfachen Ofen!"
„Das genügt mir", entgegnete Michael.

Die Tante packte ihm in den Rucksack Speck, Zwiebel, Brot und Eier und Michael machte sich auf den Weg.
„Im „Graben“ hat’s vielleicht schon Zwetschgen und im Weingarten reife Pfirsich, vielleicht auch schon ein paar Trauben!“ rief ihm der Onkel nach.
Martin wäre am liebsten mitgegangen aber er mußte helfen – dann konnte er eventuell nach Kronstadt mitfahren.
In Hermannstadt hatten sie ja fast kein Geld verbraucht.
Michael schlenderte hinten durch den Garten an der Burg vorbei. Sehnsüchtig guckte er zum Burghüterhaus hinunter – konnte aber kein Lehnchen erspähen. Der Weg führte jetzt weiter zwischen Friedhof und Moor dem Gezemdabirgh zu. Wie war dieses Sachsenland so schön! Über Kuppen,an kleinen Tälchen an dornigen Gräben vorbei, kamen immer wieder die Weinberge, an deren Südseite die Trauben reiften und an deren Nordseite die Kiefern und Tannen rauschten. Dazwischen gab’s öfter einen freien Blick ins Land mit seinen ausgedehnten Mais-, hier sagte man Kukurutzfeldern. An Wiesen, schattigen Quellen und ausgedehnten Stoppelfeldern vorbei, war es dem Michael keine Sekunde langweilig. Michael fühlte sich wie im siebenten Himmel. Hier war kilometerweit keine Menschenseele zu sehen noch irgendeine Behausung.
Die nächste Fabrik war in Hermannstadt oder Schäßburg, dazwischen wuchs der Wald, das Veilchen, Kukurutz und Weizen, Wein, Pfirsich, Äpfel, Birnen und Zwetschgen, und wo der Boden nicht mehr so ergiebig war, zog der Schäfer mit seiner Herde.
Hatte nicht die M≠rioara gesagt, sie wüßte gut, wo der Weinberg von Kammerers wäre, sie brächte hie und da dem Onkel was zum Essen.
Dieses einfache Mädchen hatte eine ungewöhnlich starke sinnliche Ausstrahlung auf Michael gehabt. War dies das Geheimnis rumänischer Frauen? Waren sie dadurch zur volkreichsten Nation Siebenbürgens geworden? Vibrierte nicht ihr Körperchen gleich der Sehne einer Armbrust . . . und versprach nicht ihr geheimnisvolles, scheues Lächeln das Ungewöhnliche, noch nie da gewesene?
Das waren keine gekünstelte Darstellungen. Michael begriff es und allmählich ging ihm auf, was es war: die reine Natürlichkeit ihres Körpers und seiner verlockenden Gestik.
Wie wunderbar verschieden waren die Frauen dieses Landes.
Stolz, ja beinah unnahbar die Sächsinnen. Obwohl Michael beim Lehnchen etwas zu spüren bekommen hatte, was diese Schranken überwand: Echte Zuneigung und Liebe!
Der Gegenpol zu Lehnchen und der Hermannstädter Königsrichtertochter, Johanna Balk, war die Erzsike. Deshalb beileibe kein ver-

werfliches Wesen. Sie verkörperte das stramme, unkomplizierte Weib mit einem fast schamlosen Verlangen nach Körperlichkeit.
Wenn die dem Gabriel Bathory, diesem Wüstling, begegnet wäre,hätte sie wahrscheinlich nach der ersten jähen körperlichen Vereinigung gefragt: „Na Herr Ferscht, derf's nochmal sein?"
Ganz anders die M≠rioara. Unter ihrer kühlen Haut, gleich Carara-Marmor, vermischt mit mediterrianer Blässe, verbarg sich sicher noch ein Erbteil römischer Legionäre, erhöht durch die Schönheit und das Ebenmaß der Dakerinnen. Wahrscheinlich auch deren Leidenschaftlichkeit.
Ein verlockendes Ziel für einen Germanen, tiefer in ihre Wunder einzudringen, ihr aufregendes Wesen zu studieren oder sogar zu liebkosen.
War es verwerflich für so einen Jungen, der die Weiblichkeit soeben als etwas Himmlisches entdeckt hatte, sich mit ihrer Blüte, ihrem Kelch und ihren verschiedenartigen Düften auseinanderzusetzen?
Michael war mittlerweile am Weinberg angelangt. Zunächst setzte er sich vor die Hütte und sah über die Henndorfer Höhe hinweg die Karpaten leuchten.
Vor ein paar Tagen war er in ihrer Nähe gewesen. Was war das für ein schöner und besinnlicher Abend am Zibin-Fluß? Die Erzählung von der Johanna Balk. Wie hatte sie dieser Luzifer, alias Gabriel Bathory, gegen alle Usurpatoren dieser Erde empört, aufgewiegelt, motiviert und nachdenklich gemacht!
Wie schade um diese schöne Frau! Vielleicht war sie noch eine Jungfer gewesen und hatte das Leben überhaupt noch nie verspürt?
Welch' ein prima Mädel war die Gertrud, mit ihrem umfassenden Wissen und ihrer Gewissenhaftigkeit. Kein Wunder, wenn der Bildungsstand auch des einfachen Volkes so ein hohes Niveau aufzeigte. Geschweige dieser kleine deutsche Volkssplitter, der nur so von Doktoren und Professoren strotzte.
Welch ein Meisterwerk, die gotische Stadtpfarrkirche zu Hermannstadt – ein Gotteswerk am Fuße zum Orient.
Und dann diese trotzigen Wehrbauten! Als hätte man sie aus ihrem Ursprungsland Deutschland hierher eingeflogen.
Das deutsche Element war hier faktisch so stark vertreten, daß sich Michael wie daheim fühlte. Und dennoch hatte er es beim Flanieren auf der Heltauergasse gespürt, andere Laute drängten sich mit einer sebstverständlichen Natürlichkeit in den Vordergrund. Man spürte unübersehbar das pulsierende Herzblut eines aufstrebenden jungen Volkes, das der Rumänen!
Die Siebenbürger Sachsen würden es schwer haben, sich zu behaupten.

Nun, vielleicht ließ sich ein Gentleman's Agreement finden. Die Rumänen waren ja so viele Jahrhunderte selber unterdrückt gewesen. Wenn sie klug handelten, ließen sie den Sachsen die Luft zum Atmen, und das wäre auch für sie profitabel.

Wenn man nur an den Kulturaustausch dachte: Die Schriftsprache der Rumänen. Da sie orthodox waren, umgeben von Russen und Bulgaren, wäre es leicht denkbar gewesen, daß sie noch heute kyrillisch schreiben würden. Durch die Siebenbürger Sachsen bekamen sie ihre heutige Schriftsprache, die sie gleichzeitig dem Kulturkreis des Abendlandes zuführte. Wäre z. B. der rumänische Nationaldichter Mihai Eminescu (1850 – 1889) ohne seinen Bezug zum Deutschtum und zur deutschen Romantik das geworden, wofür man ihn heute verehrt und anhimmelt? Es ist naheliegend anzunehmen, daß er die ersten Anstöße dazu durch den Kulturkreis der Deutschen in Siebenbürgen erhalten hat. Später hat er in Deutschland studiert und war ein Bewunderer Kants und Schopenhauers.

Die wunderbare Musikalität seiner Sprache und das unerfüllte Liebesweh seiner Seele – könnte darinnen nicht auch ein Hauch von deutscher Romantik mitklingen?

Die Sachsen haben sich auch politisch für sie eingesetzt, als sie noch eine unbedeutende Minderheit in Siebenbürgen waren. Besonders aber unter St. L. Roth.Es verbanden ihn freundschaftliche Beziehungen zum Erzpriester Stefan Moldovan und auch sonst pflegte er gute Kontakte zum Rumänentum.

1559 entsteht in Kronstadt die erste rumänische Schule, beeinflußt vom Geist des Humanismus, den die Sachsen hier verbreiten. Um 1850 war ein Drittel der Hermannstädter Gymnasiasten rumänischer Herkunft und auf der Hermannstädter Rechtsakademie mit Hochschulcharakter waren um die gleiche Zeit fast die Hälfte der Jurastudenten Rumänen.. Nicolae Jorga, einer der bedeutendsten Politiker Rumäniens, revanchierte sich bei den Sachsen, indem er ihnen in „Valenii de Munte" Gelegenheit gab, auf einer Sommer-Volkshochschule rumänische Geschichte und Kultur kennenzulernen. Auch berief er in seine Regierung als Staatssekretär den Sachsen Rudolf Brandsch. Zu weiteren Kultur- und Literatenkontakten führten zwei deutsch-sächsische Zeitschriften, „Die Karpaten" des Dichters Adolf Menschendörfer (um 1907 – 1914) und der „Klingsor" von Heinrich Zillich (um 1924 – 1939). In diesen Zeitschriften wurden die deutschen Leser mit der rumänischen Dichtung bekannt gemacht. Die rumänische Zeitschrift „Gindirea" begrüßte das als eine Verbrüderung. Es fanden Gastspiele rumänischer Ensembles aus Bukarest in Hermannstadt und Kronstadt – unter Mitwirkung sächsischer Musikvereine, statt. Die Melodie zur Vereinigungshymne des

rumänischen Volkes: „Hora Unirii“ stammt von einem Alexander Flechtenmacher: „Hai sa dam mîna cu mîna, ce i cu inima romaná . . .“ (Laßt uns die Hände reichen denen, die rumänischen Seelen gleichen . . .)
Nun, ob das einfache Volk der Rumänen das auch so betrachten und den Sachsen honorieren würde . . . wer konnte das heute wissen?
Michael war schon ein halber Siebenbürger geworden, so kümmerten ihn die Probleme seiner sächsischen Brüder. Dabei hatte er selber Probleme genug.
Die Nazis waren allmählich auch hier unten sehr präsent. Es gab insgeheim Wahlversammlungen. Man gab sich im Haarschnitt und Gebaren nicht viel anders als in Deutschland. Es wurden verkappte Ferienlager abgehalten und — wenn auch etwas verschämt — gedrillt!
Michael hielt sich in dieser Richtung bewußt zurück.
Dieses zackige Gehopse paßte doch gar nicht zu diesen Menschen mit ihrer etwas bedächtigeren Gangart, ihrer Tracht und ihrem Brauchtum. Auch mußte man höllisch aufpassen, die Rumänen mit dieser Deutschtümelei nicht zu reizen oder gar zu verärgern. Schließlich waren sie das Staatsvolk und die Sachsen im Verhältnis zu ihnen eine verschwindende Minderheit.
Also war es auch hier notwendig, nicht aufzufallen, diplomatisch klug sich zu verhalten und den anderen Menschen und Rassen freundlich und aufgeschlossen zu begegnen.
Michael empfand immer mehr Verständnis für die loyale Haltung Onkel Freds.
Ihm ging dieser Hurra — Patriotismus bereits auf die Nerven.
Er war ja im Grunde seines Herzens keine Kämpfernatur, sondern mehr ein Mensch, der zum Helfen erzogen worden war. Wenn er dabei an die Holder-Marie oder seine Eltern dachte, waren das alles Naturen, die eher bereit waren zu geben als etwas zu fordern.
Deshalb war auch sein Ziel, Arzt zu werden, unumstößlich.
Hier konnte er sich am besten verwirklichen und gleichzeitig seinen Mitmenschen helfen.
Selbst wenn er dabei gute Miene zum bösen Spiel machen mußte, es gab sicher Möglichkeiten, sich anständig zu verhalten.
Michael schwelgte in Gedanken . . . Kein Mensch war weit und breit zu sehen und der einmalige Blick von diesem Berg war ein Genuß!
Jetzt würde er sich einen Krug Wasser holen von der Quelle im Graben. Dabei würde er dem Wasser zuschauen, mit welcher Stetigkeit und wallender Bewegung es aus dem Boden quoll — eine echte Gabe Gottes, und das bei Tag und Nacht, Jahr für Jahr. Von weitem leuchteten ihm schon ein paar blaue Zwetschgen entgegen.

Voller Freude betrachtete er ihr gesundes und üppiges Aussehen. Er ließ sich zu allem soviel Zeit, denn er hatte sie ja, und kein Mensch sagte was zu ihm, denn es war ja keiner da.
Die Taschen voller Zwetschgen, den Krug voller Wasser, schlenderte er gemütlich den Berg wieder hoch.
Dann suchte er nach den Pfirsichbäumen. Da lag ja ein ganzer Haufen Pfirsiche am Boden. Nachdem er sie eingesammelt hatte, nicht ohne sie genüßlich zu verkosten, versuchte er die Weinstöcke zu finden mit den frühreifen Trauben. Vom Martin wußte er ja noch grob die Richtung. Nun, das war etwas schwieriger, aber auch das gelang ihm schließlich.
Jetzt war er eigentlich für den restlichen Tag bestens versorgt.
So unmittelbar zwischen den Reben stehend, fällt ihm die große Sorgfalt auf, mit der so ein Weinberg gepflegt wird. Wie akkurat laufen die Reihen den Berg hinauf. Wie sauber gejätet ist die Erde, aus der der Stock seinen fruchtbaren Saft bezieht. Wie prall hängen die Trauben voll reifender Erwartung in der spätsommerlich-frühherbstlichen Wärme. Wer hat sie nicht schon wohltuend auf seinem Rücken verspürt?
Michael muß inne halten, so plötzlich ist er berührt von alledem. Eine Traube, die er auf seiner Zunge zerdrückt, gibt ihm eine süße Vorahnung von dem Duft und Aroma, das sie entfalten wird, wenn einst ihr Saft vergoren im Glase perlt.
Wieviel Arbeit haben der Onkel Johann und seine Familie verrichten müssen, bis alles so göttlich vor ihm hängt!
Einmal hat's ihm der Onkel erzählt, und unwillkürlich sieht er förmlich vor seinem geistigen Auge die Landschaft füllen. Sobald der Schnee geschmolzen ist, und man annehmen kann, daß keine allzu große Kälte den Knospen weh tun könnte, wird der Stock „ausgehoben". Man hat ihn vor Winterausbruch zurückgeschnitten und mit Erde, Stroh und Mist zugedeckt. Eine Vorsichtsmaßnahme gegen einen allzu strengen Winter.
Nun dürfen seine jungfräulichen Knospen ihre Augen zum hellblauen Frühlingshimmel erheben und sich in der herrlichen Frühlingsluft baden. Anfang Mai wird der Weinberg umgegraben und der ganze Stock gesäubert und gereinigt.
Ende Mai findet die erste Spritzung statt gegen den Traubenwickler, die Blattlaus und die Peronospora (eine Pilzart, die die befallene Stelle absterben läßt). Im Juni werden alle Nebentriebe entfernt, damit der ganze Saft der Traube zugute kommt. Der Stock wird wieder angebunden. Am Ende des Monats erfolgt die zweite Spritzung. Der Boden wird durch Jäten wieder gelockert und das Unkraut entfernt. Im Juli wird nachgebunden und die überflüssigen Blätter werden

abgebrockt. Im Laufe des Monats die dritte und vierte Spritzung vollzogen und der Boden erneut gelockert und das Unkraut entfernt. Im August wird zum fünften und sechsten mal gespritzt, nachgebunden, die überflüssigen Triebe entfernt und die besonders langen Triebe gekürzt, damit die Sonne besser in den Stock dringen kann, um die Trauben reifen zu lassen.
Der Boden wird wieder gejätet und das Unkraut entfernt.
In der ersten Septemberhälfte wird nochmal gespritzt und zum letzten Mal gejätet.
Im Weinberg ist jetzt öfters jemand, der aufpaßt oder auch nur die Vögel verjagt. Es werden Scheuchen aufgestellt, und zu Hause werden mit großer Sorgfalt die Fässer gerichtet. Im Oktober wird gelesen. Es ist das große Fest der Weinlese, aber auch ein Fest der harten Arbeit und der Lohn dafür. Wie zuckersüß läuft der Most aus der Kelter . . ., wenn er so um die 18° bis 19° hat ist der Onkel zufrieden. Nun gärt er und wandelt sich. Im Dezember wird er abgezogen und das Lager entfernt. Er klärt sich. Nach einem halben Jahr ist er flaschenreif und kann filtriert und abgefüllt werden. Im November wird der Weinberg umgestochen. Es werden die Triebe zurückgeschnitten und in kalten Gegenden unterlegt. Der Kreislauf hat sich geschlossen. Ein Jahr voller Arbeit ist zu Ende gegangen und dennoch wird Wein angebaut. Er eröffnet dem Menschen eine zweite Dimension dieses Lebens. Mit Maßen genossen, erfreut er des Menschen Zunge und Herz und beflügelt in unvorstellbarer Weise die Phantasie und den menschlichen Dialog. Michael war so richtig ins Schwärmen geraten.
Wie wär's, dachte er sich, wenn du jetzt noch den kraftstrotzenden Kiefern, die ihn durch ihr herrliches Rauschen schon längst begrüßt hatten, eine Reverenz erweisen würdest.
Von hier aus übersah man den halben Hattert und die Hutweide, die sich am großen Wald gegen Wolkendorf entlangzog.
Wenn die Marioara zur Stîna ging, mußte sie hier irgendwann vorbeikommen.
Das wäre aber der reinste Zufall gewesen, denn vielleicht war sie gestern da, dann würde sie heute nicht schon wieder kommen.
Was dachte er eigentlich immer an diese Marioara?
Erstens war sie Rumänin und damit eine zu enge Verbindung unerwünscht.
Wurde er also mit ihr gesehen, hätte er einiges Wohlwollen in Kirchenburg eingebüßt — und das würde ihn schmerzen — und wie!
Zweitens konnte es sein, sie würde ihn erstaunt anschauen und vorbeilaufen, und drittens: wenn da was passieren würde, er war ja in dieser Hinsicht noch ein Küken; das bißchen, was ihm Erzsike bei-

gebracht hatte, war mehr geeignet sich zu blamieren als Eindruck zu machen.
Man soll den Teufel, in diesem Fall müßte man eigentlich Engel sagen, nicht an die Wand malen!
Ganz weit in der Ferne sah der Michael, immer wieder verdeckt zwischen Stauden und Gras, etwas daherlaufen. War es überhaupt ein Mensch? Nach einer Weile stellte er fest: ja, es war einer!
Nach einer weiteren Weile meinte er, es könnte eine Frau sein.
So leichtfüßig ging keine Frau. War es ein Mädchen?
Jetzt sah er sie schon besser: Sie ging barfuß und trug einen Korb in der Hand. War es überhaupt möglich? Konnte das am Ende die Marioara sein? Sein Herz holperte nicht schlecht — sowas hatte er seit dem Lehnchen gar nicht mehr verspürt.
Also war ihm diese Marioara doch sehr zu Herzen gegangen und jetzt sah er genau: sie war's!
Als er meinte, sie würde herschauen, winkte er ihr zu und welch ein Wunder: auch sie hatte ihn erkannt und winkte zurück.
Michael lief ihr voller Enthusiasmus entgegen und als sie sich begrüßten kam sie ihm so nahe, daß es ihm durch sämtliche Glieder fuhr und er vor Freude erstarrte. Sie setzte wieder dieses schelmische Lächeln auf und alle Scheu war plötzlich zwischen ihnen wie verflogen. Sie verhielt sich so selbstverständlich natürlich wie bei ihrer ersten Begegnung, und als Michael sie fragte, ob sie Wasser, Pfirsiche oder Trauben wolle, sagte sie auf rumänisch „da„, was Michael mit ja einordnete.
Seite an Seite gingen sie miteinander zur Weinberghütte und Michael bewirtete sie, und sie nahm alles, ohne sich zu zieren.
Irgendwie radebrechten sie sich mit Händen und Füßen, Zeichen- und Körpersprache zu einer Verständigung.
Dabei gab es ulkige Szenen. Man lachte und blödelte, wie es bei jungen Leuten überall auf dieser Welt gar so leicht vorkommen kann.
Nach einer Weile deutete sie auf ihren Essenskorb und machte das Zeichen zum Gehen. Michael erstarrte geschwind, weil er gern mit ihr noch eine Weile geturtelt hätte. Doch das beeindruckte sie kaum.
Sie griff nach seiner Hand und zog ihn mit. Dabei merkte er wieder diesen Draht, die Energie, die von dieser zärtlichen Hand ausstrahlte.
Michael ließ sich gerne führen — wohin war ihm egal, er hatte ja Zeit, so unendlich viel Zeit und durch die Marioara versprach sie sogar recht interessant zu werden.
Nach einer halben Stunde waren sie in der Stîna.
Zehn zottige Gesellen stürzten sich auf den Michael: es waren die Verteidiger der Herde! Da hatte der eine und andere in manchem

Bärenkampf auch schon was abbekommen. Zu einer Schönheitskonkurrenz waren die nicht mehr geeignet, aber beim Zähnefletschen wären sie prämiert worden.
Ein Pfiff des Cioban (Hirten) und weg waren sie, als wären sie nie dagewesen.
Jetzt gab's eine freudige Begrüßung.
Der Onkel von der Marioara war etwas über fünfzig und hatte die typische Hirtentracht an: weit wallendes Hemd auf engen Wollhosen, am Fuß die Opanken (Bundschuhe). In der Taille wurde das Hemd von einem breiten Serpar (Gürtel) zusammengehalten.
Am interessantesten war dieser Serpar. Er hatte eine Unzahl von Fächern und Taschen und enthielt eigentlich alles, was so ein Hirte braucht.
Michael sollte das gleich erleben.
Der Hirte nahm aus einem Fach einen Feuerstein, aus einem andern einen Schwamm, von dem riß er ein paar Fasern weg, legte sie auf die Kante des Feuersteins, schlug mit einem Eisen daran vorbei — das gab Funken und schon rauchte der Schwamm. Dann rupfte er etwas dürres Gras, legte ein paar Tannenästchen und Späne dazu und schon loderte ein „Feuerchen„! Es war wie eine Kulthandlung, und Michael kam aus dem Staunen nicht heraus. Die Geschicklichkeit, mit der das alles vonstatten ging, erweckte sogar bei ihm als Zuschauer das höchste Vergnügen und rief seine Bewunderung hervor.
Jetzt holte er einen alten verrußten Kessel aus der Stîna und hing ihn über das Feuer. Das Essen wurde aufgewärmt und der Herr Costache ließ sich das Essen schmecken, nicht ohne dem Michael einen Löffel gebracht zu haben und ihn eingeladen zu haben. Als Michael auf seinen Bauch zeigte und das Zeichen voll machte, ließ er es gelten.
Als er fertig war, holte er einen in ein sauberes Tuch eingewickelten Käse. Er griff mit Daumen, Zeigefinger und Mittelfinger hinein, bildete ein Kügelchen und schob es unter seinen Schnurrbart. Dann bot er Michael und der Marioara den Käse an. Sie machten es ihm nach und Michael mußte es ehrlich gestehen: Sowas Gutes hatte er noch nie gegessen. Diesen Käse heißt man „Urda„!
Er wird von der abrinnenden Magermilch gemacht, die beim Käsemachen abtropft. Sie wird gesammelt und nochmals aufgekocht und zu „Urda„ verarbeitet. Es ergibt einen Magerkäse, der, beinahe süßlich, sehr gut schmeckt. Außerdem ist er sehr gesund, da er wenig Fett enthält. Man kann ihn auch mit Kräutern mischen.
So hat halt jedes Volk seine Spezialitäten.
Die Marioara hatte längst bemerkt, wie gut dem Michael der Käse schmeckte und nötigte ihn immer wieder sich zu bedienen.

Die Zeit war im Flug vergangen. Der Abend kam allmählich über den Wald und die Felder. Costache trieb seine Schafe in den Pferch, dabei halfen ihm die Hunde.
Die milchführenden Schafe wurden gemolken, und das gab dann den guten Käse, aus dem man den „Branza„ machen konnte.
Im Käsemachen sollen ja die Rumänen weltmeisterverdächtig sein.
Michael meinte, es wäre für ihn an der Zeit, zum Weinberg zurückzulaufen, und er versuchte durch Zeichen, der Marioara das mitzuteilen ... aber die Marioara nahm ihre kleine Hand, zog ihn in die Coliba, legte ihr zartes Ärmchen um seinen Hals und bedeckte sein Gesicht mit ihren Küssen.
Wie wohltuend war ihr frischer Atem und wie heiß und weich ihre Wangen.
Eine ungeheure Erregung hatte ihn erfaßt, und als der Badea Costache zurückkam, hatte er Mühe sie zu verbergen.
So ein Naturmensch ahnt mehr als tausend Worte sagen. Er ging zu einer Kiefer und brach ihre Äste. Dann legte er ein Hütteneck damit aus. Nun ging er zu einer Weißtanne mit ihrem weichen Reisig, das breitete er darüber. Ein weicher Schafspelz machte aus dem Ganzen ein kuscheliges Lager ... und der Duft der frisch gebrochenen Äste war betörend zugleich.
Dann ging er vor die Hütte und kochte seine „Mamaliga“, auch „Palukes„ genannt. Er schüttete in das kochende Wasser eine Portion Maismehl. Das ließ er eine Weile aufkochen. Eine Prise Salz leerte er darüber und verrührte das Ganze zu einem festen Brei. Nachdem er abgekühlt war, bekamen die Hunde ihre Portion und für den andern Morgen blieb auch für ihn etwas übrig.
Dann setzte er sich auf einen Stumpen vor die Hütte, nahm seine Flöte aus dem Serpar und es kam ihm beim Anblick der jungen Leute in den Sinn, wie er selber einmal jung gewesen und wie verliebt er damals war. Und die Töne seiner Flöte modulierten und erzählten es so warmherzig und schön, wie es keine Sprache dieser Erde zu erzählen vermag und wie es sogar der Michael aus Stuttgart verstand.
Andächtig saßen die zwei Verliebten auf ihrem Lager und ließen sich in eine Welt entführen in der es keinen Haß und keine Rassentrennung gibt, sondern nur noch gegenseitiges Verstehen ...
Die Marioara hatte ihr Händchen in Michaels Hände gelegt und sich an seine Brust gekuschelt. Immer enger schmiegten sie sich aneinander und wußten auch ohne Worte, was sie tun wollten oder gar tun mußten.
Der Onkel spielte immer weiter, und die zwei krochen in den Pelz und versanken ineinander.

Wie zwei Dürstende hatten sie ihren Quell gefunden und daran labten sie sich die ganze Nacht.
Als sie in der Früh aufwachten, war der Badea Nicolai mit seiner Herde weitergezogen. Er wußte noch gut um die Heiligkeit der Liebe und — daß man niemanden darin stören solle!
Michael nahm dieses zarte und so geschmeidige Wesen, einem Kätzchen gleich, noch einmal in seine Arme . . . noch einmal waren sie eins, und als er zum Abschied was sagen wollte, streichelte sie über seine Lippen und Wangen und schmiegte sich ganz eng an ihn, daß er ihre ganze Leidenschaft noch einmal zu spüren bekam.
Dann trennten sich ihre Wege — wahrscheinlich auf ein Nimmerwiedersehn! Oder sollte es anders kommen?

Den ganzen Tag lag der Michael vor der Hütte in weichem Gras und Klee und schaute in den blauen Herbsthimmel und träumte von dem Glück, das ihm in der Stîna in der Gestalt eines zarten rumänischen Mädchens das Marioara hieß,widerfahren war
Gegen Abend hatte er noch einen schönen Spaziergang um den Weinberg gemacht und war gerade dabei, sein Nachtlager zu richten, da klopfte es ganz aufgeregt an der Hütte.
„Mach auf! Ich bins, der Martin!“
Was hat den hergetrieben? schoß es dem Michael durch den Kopf.
„Was ist los!?“
„Das sag ich Dir gleich, laß mich nur ein wenig ausschnaufen. Ich bin nämlich inkognito hier.“
„Ja wieso, was ist passiert?“
„Bei uns heißt ein Spruch: Das Feld hat Augen und der Wald hat Ohren, und Dich hat man gestern Abend bei der Stîna gesehen.“
„Ja und?“
„Man hat Dich mit der Marioara gesehen.“
„Ja ist das so schlimm, ihr Bruder der Ion war doch auch schon bei uns an der Burg.“
„Sag einmal, begreifst Du das nicht! Das ist bei uns ein Vergehen besonderer Art. Da kann es Dir passieren, daß sie Dich in Zukunft ganz schön meiden.
Hier predigt man den jungen Leuten von klein auf: jeder soll bei seiner Art bleiben. Wenn das nicht so wäre, glaubst Du, hier liefe noch ein einziger Deutscher, geschweige denn Sachse herum? Wo wäre dann das Brauchtum, das Du so verehrst, wo wäre die schöne Gemeinschaft? Der Gottesdienst? Der Gesangverein? Die Bruder- und Schwesternschaft. Die Nachbarschaft, die Euer hochgelobtes soziales Netz bei weitem übertrifft?

So eine Gemeinschaft kostet auch Opfer.
„Ich sehe das ein, aber wenn man mich an der Stîna gesehen hat, heißt das noch lange nicht, daß ich dort geschlafen habe.
Ich habe mir einen Käse geholt und beim Schafemelken zugeschaut."
„Das kauf ich Dir nie ab — aber lassen wir es gelten. Ich lauf nachher beim Ion vorbei, er soll es bestätigen, daß seine Schwester noch am gleichen Abend wieder zurück war. Und bevor ein Gerede draus wird, verduften wir nach Kronstadt: Dea tummer Heangd fu Fugresch!"
„Was hast Du jetzt wieder gesagt?"
„Ich nicht, das sagen die Schäßburger in so einem Fall, und bei Dir müßte es modifiziert heißen: Du dummer Hund von Stuergert!
Dabei zwinkert der Martin dem Michael zu und weg ist er!

In Kronstadt!

Bis nach Schäßburg klopften sich die beiden gegenseitig auf die Schulter und die Schenkel, daß die andern Mitfahrer nur den Kopf schüttelten an dem albernen Benehmen dieser jungen Leute.
Die zwei hatten allen Grund dazu ausgelassen zu sein: Ion hatte mitgespielt („Warum nicht„, hatte er gesagt, „der Michael ist ein prima Kerl, und so eng sieht man das bei uns eh nicht . . .")
Und an der Aussage von Michael zu zweifeln war auch nicht „in", wo der doch vom Reich war und ein höherer HJ- Führer dazu, der würde sich doch nie mit einer anders-völkischen einlassen.
Als die „Wusch„ über den Marktplatz von Schäßburg fuhr, war auch ihr albernes Getue zu Ende.
Voller Ehrfurcht blickten sie zur Burg hinauf und Martin bedauerte es, in absehbarer Zeit von hier weggehen zu müssen.
Michael dachte an die Bergkirche, die kunstvollen Grabsteine, die Epitaphe . . . an die Glocke und das schöne Gedicht von Michael Albert. Wie ging es nur gleich, ob er das schöne Versmaß zusammenbrachte? Er überlegte: „Wenn tief im Tal erloschen sind . . . die Lichter oder Kerzen? . . . dann tönt voll Ernst, dann tönt voll Macht, vom Berg die Glocke droben . . . den Herrn, den Herrn zu loben."
Michael hatte ebenfalls Grund, den Herrn zu loben. War ihm doch auf seiner dritten Fahrt nach Siebenbürgen soviel Schönes widerfahren. Schäßburg hatte er kennengelernt. Hermannstadt bewundert, ganz zu schweigen von seinen intimen Erfahrungen, die jeder angehende junge Mann nun einmal machen muß.

Erzsike hatte ihm diesen schwierigen Zugang ermöglicht, und dafür war ihr der Michael von Herzen dankbar.
Bei der Marioara hatte er erfahren, daß Sex nur ein Bruchteil von dem ausmacht, was man mit Liebe oder Leidenschaft umschreiben könnte.
Bei ihr hatte er schon diese Innerlichkeit verspürt, die zu höheren Weihen hätte führen können, wie er sich das immer von der Lehnchen erträumt hatte.
Sie wäre für ihn das Medium, das die Vollendung versprach und was er sich in vielen Nächten erträumt hatte; aber obwohl nur ein Pfarrhof zwischen ihnen lag, war sie so unnahbar weit, wie der Nordpol vom Südpol.
Nun, Michael war ein ganzes Stück reifer geworden und war bei dem Gedanken daran allen von Herzen dankbar.
„Schau, das könnte Reps sein„, ließ sich der Martin vernehmen."
Die Burg steht auf einem Granitfelsen und war uneinnehmbar. Nicht weit davon ist Draas, wo das zweite Schwert aus der Gründerzeit verwahrt ist. Jetzt fahren wir noch durch den „Geisterwald" und dann ist Kronstadt bald erreicht. Ich habe von 1690 eine Chronik, da steht unter anderem folgendes über Kronstadt:
„Cronstadt. Ist eine aus den Sächsischen Städten in Siebenbürgen / lustig / mit Mauern / Gräben / und Thürnen / ziemlich starck umbfangen / inwendig hat es feine steinerne Häuser / große Kirchen / und eine gute Schul / und zu solcher eine stattliche Bibliothek . . . Wird von lauter Teutschen bewohnt . . . Es ist da wohlfeil zu zehren / hat aber keinen Weinwachs / das Wasser ist dagegen gut. Man machet allhier Tuch / und insonderheit die schönsten Ungarischen Weiber-Stieffel / von rothem Carmasin Leder. Es liegt zwischen ganz lustigen Bergen . . ."

Als die zwei aus dem Zug ausgestiegen waren, mußten sie zugeben, diese Stadt hatte Flair. Die „Schwarze Kirche„, das Rathaus, die „Zinne", die herrlichen Berge ringsum, die hier unmittelbar hereinschauten, das alles gab dieser Stadt ein gewisses Etwas.
Was sie noch mehr erhöhte, war der Zusammenklang von alledem.
Das Honterusdenkmal, die Honterusschule, der größte gotische Dom Südosteuropas . . . hier lag Geist in der Luft und den spürte man förmlich . . . als sie so richtig eingenommen waren von dem allen, sprach sie ein älterer Herr an: „Nun ihr reisenden Scholaren, von wo und wohin des Wegs?„
Michael und Martin stellten sich vor. „Tea best en Sachs„, sagte er zum Martin, „aber woher die Namensgleichheit, denn Sie sind doch aus dem Reich„, dabei schaute er Michael wohlwollend an. „Ich bin

der Prof. Sommer. Ich mach' Euch einen Vorschlag, ich habe in Tübingen studiert und da war man immer froh, eine Einladung zu bekommen und das tue ich hiermit auch, ja, ich lade Euch einfach ein, meine Gäste zu sein."
Die zwei schauten sich an, und der Herr Professor nahm sie bei den Ellbogen und ab ging die Post.
Michael mußte im stillen denken: Diese Gastfreundschaft ist schon einmalig.
Nun kramte Michael seine Adresse hervor und reichte sie dem Herrn Professor.
„Ist Ihnen der Name bekannt? „Ja sehr wohl, der Andi geht auch zur Honterusschule, ist aber z. Zt. auf einem DJ- Lehrgang. Er ist ein guter Sportler, und da sind solche Leute gefragt."
Er hatte die leichte Enttäuschung in Michaels Gesicht bemerkt und fragte gleich weiter: „Warum, was wollten Sie von ihm – wenn ich fragen darf?"
„Er war auf dem Sportfest in Stuttgart bei uns und hat mich quasi eingeladen, ihn zu besuchen. Nun kommen wir allerdings unangemeldet."
„Das macht überhaupt nichts", sagte der Herr Professor.
Mittlerweile waren sie an ein Haus unterm Zinnenwald angekommen. Der Herr Professor sperrte auf und ein herrlicher Innenhof präsentierte sich vor den Blicken der Gäste.
Man sah ihnen die Überraschung an. Diese Mode findet man schon in Österreich so reichlich kultiviert, und die zieht sich über Ungarn bis nach Siebenbürgen.
Wahrliche Kleinodien leuchten da oft dem Besucher entgegen.
Michael und Martin konnten gar nicht alles gleich erfassen, soviel Grün überstrahlte das Sonnenlicht.
„Schätzilein", rief der Professor ins Haus „ich hab Dir Gäste gebracht" und heraus trillerte es „das freut mich aber sehr . . .!
War das eine herzliche Begrüßung! Die zwei wußten gar nicht, wie ihnen geschah. Im Handumdrehen saßen sie auf der „Veranda" und genossen so richtig die Stauden – und Blumenpracht ringsum.
Die Frau Professor brachte gleich einen Himbeersaft mit Sprudel und einen Agnethler Kuchen, und dann wurde mal ausgiebig erzählt.
Michael mußte die Namensgleichheit erklären, und Martin von Kirchenburg wie es auf dem Bischof-Teutsch-Gymnasium sei, und ob der und der Lehrer noch unterrichten würde.
Nachdem Michael erzählt hatte, wie sie zum gleichen Namen mit Martin kämen, war der Herr Professor voller Begeisterung für das Württemberger Ländle.

„Ihr müßt wissen, ich habe ja vier Jahre in Tübingen studiert und so viel Schönes erlebt.
Wie haben wir auf dem Verbindungshaus einen abgezogen und gesungen wie die Staren – damals war ich ein paar Jahre älter als ihr . . . und hatte den Kopf voller Ideale. „Per Aspera ad Astra". Auf dem Weg zu den Sternen . . . salopp übersetzt.
Der Herr Professor kam ins Schwärmen: „Irmchen", rief er zu seiner Frau, „die zwei Burschen bringen mir die Jugend zurück! Stell dir vor, der Michael ist aus Stuttgart."
„Ja also, zum Mittagessen hätte ich reichlich gekocht . . ."
„Wie lange wollt ihr überhaupt in Kronstadt bleiben?"
„Höchstens zwei Tage, Herr Professor. Wir wollten halt die Stadt und ihre Geschichte kennenlernen."
„Da seid ihr richtig bei uns. Wir sind alte Kronstädter, und Platz haben wir auch. Unsere Kinder sind ausgeflogen. Hie und da kommen noch die Enkel, sonst stehen die Zimmer leer. Nach dem Andi können wir schauen, aber der ist sicher nicht da."
„Es ist ja auch nicht so wichtig. Hauptsache wir haben einheimischen Anschluß, wer könnte uns sonst so informieren?"
Michael und Martin hatten wieder den Wurf gemacht.

Es gab zum Mittagessen gefüllte Paprika und dazu eine Tomatensauce, die schrieb sich von und zu, und die zwei langten hin, daß die Frau Professor aus dem Jauchzen nicht herauskam.
Soviel Ehre war ihr schon lang nicht mehr widerfahren.

Dann begann der Herr Professor über die Geschichte seines Völkchens – der Siebenbürger Sachsen – zu dozieren. Wer tut das nicht gerne . . . und in Michael und Martin hatte er zwei sehr interessierte Zuhörer.
Er las ihnen aus den Quellen zur Verleihung des Burzenlandes an den deutschen Ritterorden vor und belegte die Daten wissenschaftlich: „Im Namen der Heiligen Dreifaltigkeit und ungeteilten Einheit. Andreas, von Gottes Gnaden König von Ungarn, Dalmatien, Kroatien, Bosnien, Serbien, Galizien und Lodomerien, für immer und ewig.
Unter den Zeichen königlicher Erhabenheit, durch die das ehrenwerte Andenken an Unsere Vorfahren seligen Gedenkens ausgezeichnet wird, findet sich vor den übrigen das als das hervorragendste und empfehlenswerteste, die rechte Hand größter Freiheit den anvertrauten Gästen zu reichen, deren Wirken im Reich sich als nützlich erweist und deren Gebet man als Gott befohlen erkennt.

So kommt es, daß Wir – in frommem Verlangen den Spuren Unserer Vorfahren frommen Angedenkens in Liebe folgend – und in dem Willen, nach dem Lauf in dieser Welt mit ihnen den Siegespreis des ewigen Lebens zu erlangen -, im Hinblick auf (Unsere) tätige Nächstenliebe den Kreuzrittern vom Hospital St Marien, das einstmals in Jerusalem war, jetzt aber sich wegen Unserer Sündenschuld in Akkon befindet, das sogenannte Burzenland, jenseits der Wälder bei den Kumanen, mag es auch verlassen und unbewohnt sein, übergeben haben zu friedlichem Bewohnen und zu freiem Besitz für immer und ewig, damit das Reich durch ihr Wirken erweitert sich ausdehne und Unsere fromme Stiftung durch ihr Gebet vor den höchsten Gott getragen werde, zum Heil Unserer Seele und der Unserer Eltern.
Wir erlassen ihnen die Freipfennige und Pfunde und gestatten, daß sie aller Abgaben ledig und frei sind. Niemandes Gericht oder Gerechtsame – ausgenommen allein des Königs – sollen sie unterliegen, den Richter sollen sie untereinander wählen und über sich setzen.
Gegeben von der Hand des Magisters Thomas, Kanzlers des Königlichen Hofes und Probst von Veszprim im Jahre nach der Geburt des Herrn 1211, im siebenten Jahre unseres Königtums (Zeugenreihe)."

Die günstige Entwicklung des Ordens zog neue Siedler an. Es wurden Dörfer und Städte gegründet, u. a. Marienburg, Kronstadt und Langenau in der Wallachei.
Aus Angst, der Ritterorden könnte dem König zu mächtig werden, wurde ihm gekündigt und ein nicht mehr gutzumachender Rückschlag setzte ein.
Die Siedler übernahmen das Erbe des Ritterordens, wie es in dem Gedicht über den Wegzug des Ritterordens zum Ausdruck kommt.
„Ich könnte es vortragen", warf der Martin ein. „Ja selbstverständlich sollst Du das aufsagen, es veranschaulicht unser Thema in höchsten Graden.

Abschied der Ordensritter aus dem Burzenland
von Hermann Tontsch

Und König Andreas tat folgenden Spruch:
„Herr Hermann von Salza, nun war es genug!
Genug eurer doppelt gehäuften Schuld,
Genug meiner Gnade und langen Geduld!"

Und die Ritter vom heiligen Hospital,
Geschient und gepanzert in blinkendem Stahl,
Sie wichen des Königs Bannspruch und Schwert;
Ist keiner von ihnen je wieder gekehrt: . . .

Doch eh' sie nach Norden das Schwarzkreuz gewandt,
Entbietet des Burzenlands Hannen zu sich
Der Landmeister, Ritter Theoderich.
Weiß jeder, was heut ihm das Beste sei:
Verbleiben, Gefolgschaft, wir stellen's ihm frei! ..."

Vor Michaels geistigem Auge stehen sie plötzlich da – die Kreuzritter von Mariens-Hospital. Die einen müssen gehen – doch die Freibauern wollen bleiben ...

Wir haben zur Heimat dies Land uns erkoren
Für uns und für alle, die nach uns geboren;
Ob Gott uns hier schütze, ob hier wir verderben;
Hier wollen wir leben, hier wollen wir sterben.

Und des Ritters gepanzerte Eisenfaust,
Vor der auch dem kühnsten Kumanen graust,
Sie umfaßt die Rechte dem Bauersmann –
Und zu allen gewandt, sagt der Landmeister dann:
Die Kraft, die uns zuwuchs, dem Lande zum Heil,
Sie werde den Bleibenden doppelt zuteil.
Gesegne euch Gott von Geschlecht zu Geschlecht
Eure heilige Arbeit, euer heiliges Recht!

Und die Ritter – sie zogen mit Panzer und Schwert;
Ist keiner von ihnen je wiedergekehrt.
Doch die Freibauern blieben; mit Pflug und mit Wehre
Dem König und Lande zum Heil und zur Ehre."

„Sehr gut Martin", lobten Frau und Herr Professor, und Michael spendete ihm Beifall.

„Leider brachen 1241 die Tartaren ins Land und machten fast das ganze Siedlungswerk zunichte", dozierte der Herr Professor.

„Wenn der Ritterorden dageblieben wäre, hätte diese Katastrophe vielleicht abgemildert werden können oder gar nicht stattgefunden. Kronstadt erholte sich verhältnismäßig schnell von diesem Niederschlag.

Die Burzenebene ist ein fruchtbares Land und besteht aus schwarzem Schwemmboden. Von hier aus war die Lebensmittelversorgung schon immer gesichert. Durch die günstige Lage Kronstadts am Predeal-Paß und die Besitzung von Langenau-Cîmpulung und weiteren Ortschaften in der Walachei begann schon sehr früh ein lebhafter Handel mit den rumänischen Fürstentümern jenseits der Karpaten.

Handelswege wurden z. T. von den Fürsten der Moldau und der Walachei gesichert, zum andern bildeten sich entlang der Handelsstraße deutsche Siedlungen, die bis in die Bukowina, bis zum Schwarzen Meer und bis zur Krim führten.
Diese Handelsstraßen hatten z. T. die Bezeichnung: „Weg Kronstadts".
Durch eine geschickte Politik der Kronstädter Ratsherrn in Verbindung mit ihren Plebanen (Pfarrherrn), mit anderen Worten, man wußte sich das Wohlwollen der jeweils Mächtigen zu sichern, man bekam dadurch Handelsprivilegien, die diesen Reichtum förderten.
Dieser Reichtum manifestierte sich durch den Bau der Ringmauer, der Schwarzen Kirche 1375 (erste schriftliche Erwähnung 1383) und der „Törzburg", 1377 von den Rumänen „Bran" genannt, aber von den Siebenbürger Sachsen erbaut.
Marienburg war einstmals Stammsitz des deutschen Ritterordens.
Schon früh war eine Rivalität zwischen Marienburg und Kronstadt vorhanden.
Mit dem Bau der Schwarzen Kirche setzten die Kronstädter solche Maßstäbe, daß diese Rivalität schon durch die äußeren Ausmaße (sie ist 89 m lang und 38 m breit und läßt sich neben jeden Dom im Westen stellen) für das ganze Burzenland entschieden war.
An dieser Kirche wurde mit wenigen Ausnahmen immer gebaut. Sie soll unter Pleban Thomas Sander ungefähr1375 begonnen worden sein. (Dieser Pfarrer entstammte dem Kronstädter Patriziat und hatte Privatbesitzungen, die er zur Hälfte dem Kirchenbau vermachte. Dadurch gab er ein gutes Beispiel für die anderen Besitzenden.)
Leider war seine materielle Mühe fast vergebens gewesen.
1421 überfielen die Türken Kronstadt und brannten alles nieder, auch die fast fertig gestellte Marienkirche.
Man vermutet, daß dieser umtriebige Kirchenmann seinen Tod in der Kirche gefunden hat.
Die übrige Bevölkerung rettete sich auf die Fliehburg an der Zinne und kam mit dem Leben davon.
König Sigismund ab 1433 Römischer Kaiser Deutscher Nation, organisierte den Widerstand gegen die Türken und weitet das Andreanum aus.
Von September 1426 bis Juli 1427 ist er Gast der Stadt Kronstadt und macht quasi den ersten Ausflug in die Schulerau.
Neustadt reklamierte dieses Gebiet für sich, und Sigismund, gefolgt von einem ganzen Konsortium, macht eine Begehung und entscheidet für Kronstadt.
Am 27. Juli 1428 wurde es verbrieft für ewige Zeiten ... „Das war die

Diplomatie der Kronstädter", sagte der Herr Professor mit einem Augenzwinkern!
„1449 wählten sie zu ihrem Pfarrer den Pleban Johannes Reudel. Die Schwarze Kirche war wieder aufgebaut. Johannes Reudel stiftete aus seinem Privatvermögen ein kostbares Taufbecken, das heute das wertvollste kunstgeschichtliche Stück der Schwarzen Kirche ist und ein Zeugnis siebenbürgischer Bronzegießerkunst darstellt.
Dieser Pleban Reudel war aber nicht nur Pfarrer, sondern, da er auch dem Kronstädter Patriziat entstammte, ein hervorragender Diplomat.
Als durch einen Aufstand des siebenbürgischen Woiwoden, unterstützt durch Mihai den Tapferen, Landesfürst der Muntenia, dieser zum unabhängigen Fürsten ausgerufen wurde, versuchte man auch Kronstadt gegen den rechtmäßigen König Mathias Corvin in das Lager der Aufständischen herüberzuziehen (mit Versprechungen und Drohungen).
Der Kronstädter Rat wußte tagelang nicht was zu tun sei.
Da schickte man zum Pfarrer und der sagte am Ende einer längeren Rede: „Daß wir uns gegen den König erheben sollen, das ist mein Rat nicht!"
Was war der Erfolg? Der König schlug den Aufstand nieder und Kronstadt wurde mit Privilegien überhäuft: „Im Ansehen der vielseitigen Beweise des Gehorsams und der reinen Treue!"
In barer Münze: Hauptzolleinnahmen der Walachei, einen Teil der Zolleinnahmen der Törzburg. Übertragung feudaler Domänen.
Zollfreiheit für die Kronstädter Kaufleute auf dem Gebiet seines Königreiches.
Das war der Weg zu einer königlichen Stadt – „unser Kronstadt!"
Der Herr Professor hatte gesprochen, stolz sah er über die Stadt und die Berge und die zwei Zuhörer – der Michael und der Martin spürten etwas von diesem Besonderen, was eben Kronstadt und seine Menschen ausmacht.
„Leider waren die Entscheidungen des Patriziats und der aus ihm stammenden Plebane – nicht immer die allein entscheidenden – zum Nachteil von Kronstadt.
1687 wird Siebenbürgen Kronland von Habsburg.
1688 erscheint ein kaiserlicher Offizier und begehrt protzig Einlaß in die Stadt. Es kommt zu einem Menschenauflauf, Schuster und Schneider und sonstige, die die Zeichen der Zeit nicht verstehen, wiegeln das Volk auf, setzen den Rat der Stadt ab und verweigern dem kaiserlichen General den Zutritt.
Eine völlige Verkennung der Situation. Das waren ja im Grunde keine Feinde – aber eine Verkettung unglücklicher Auffassungen,

Die Stadt wird eingenommen und die Rädelsführer werden geköpft. All das gibt soviel böses Blut, daß die Soldateska dementsprechend behandelt wird.
Als sie die Stadt verlassen, rächen sie sich, indem sie diese an ein paar Enden anzünden. Die ganze Stadt brennt nieder, u. a. auch die Schwarze Kirche.
Das einzige, was übrig bleibt, das Taufbecken des Johannes Reudel und die schwarzen Außenmauern der Schwarzen Kirche, die seither so heißt.
Jetzt wissen Sie auch, warum wir nicht soviel historische Substanz zu bieten haben wie z.B. Hermannstadt, Schäßburg oder Bistritz.
Unsere Leistung ist, abgesehen von der Reformation, auf die wir noch zu sprechen kommen, wirtschaftlicher Natur – was wir bis in unsere Tage erfolgreich für unser ganzes Sachsenvolk betrieben haben.
Jetzt machen wir aber Schluß mit der strengen Geschichte, ich lade Euch ein, mit mir durch Kronstadt zu flanieren, wie man das bei uns so schön zu sagen pflegt, und gegen Abend gehen wir Volkstanz üben."
Michael und Martin staunten nicht schlecht, wie unternehmungslustig der Herr Professor war.
„Da gibt es ein paar Mädchen und Jungen, die haben sich dem Volkstanz verschrieben, und da ich darüber viel gelesen habe, kann ich sie beraten.
Wir haben dadurch schon manchen in Vergessenheit geratenen Tanz wieder mit Leben erfüllt.
Wenn dann noch an Festtagen das alles in unserer schönen Tracht abläuft, denke ich voller Freude die Mühe hat sich gelohnt."
„Was mich bei Ihnen so fasziniert, ist gerade das Brauchtum, das Wort, die Tracht, es enthält soviel Würdiges und Schönes, daß ich immer gleich ins Schwärmen gerate. Ich habe bei uns in Stuttgart schon Vorträge darüber gehalten und bin quasi ein bißchen als Südost-Experte bekannt.
Mein Chef, der Herr Prof. Dr. Csaki, hat mir die Möglichkeit eröffnet, auch in diesem Urlaub etwas mehr von Siebenbürgen zu sehen."
„Von Ihrem Professor habe ich auch schon gehört. Er hat hier in Siebenbürgen einen sehr ehrenwerten Namen."
„Bei uns auch, Herr Professor."
„Nun, da wollen wir sehen, daß Sie ihm auch über Kronstadt nur Gutes berichten können.
Im übrigen ist das hier das Hotelrestaurant „Krone". Hier finden im Nebenzimmer die berühmten „Donnerstag-Abende" statt.

Die echte Creme der Kronstädter: das Geld, Geist und Kunst-Patriziat, trifft sich hier zum Segen unserer Stadt und vor allem der Schwarzen Kirche.
Profanes Gerede und Tratsch sind verpönt.
Von hier sind unwahrscheinliche Summen locker gemacht worden, um dieser ehrwürdigen Schwarzen Kirche, geistige Kultstätte so vieler Generationen, einen würdigen Rahmen zu erhalten.
Kommt, wir gehen in die Krone und trinken ein Bier, um, indirekt gesagt, das Geld zu würdigen, das hier für einen guten Zweck gesammelt wurde."
„Das finde ich echt Kronstädterisch", ließ sich Martin vernehmen, „warum sich nicht dazu bekennen, wenn es gut eingesetzt so viel Segen bringen kann!"
„Grüß Sie Gott, Herr Professor", ließ sich der Ober vernehmen und fuhr auf Kucheldeutsch fort: „Gehn's heit scho mit ihren Studenten zum Bier?"
„Schwafel nicht soviel, bring jedem eins!"
„So ist das hier Michael, als Professor bist du in so einem Städtle bekannt wie ein roter Hund!"
„Das macht doch nichts, sicher fühlt sich das Lokal geehrt, wenn Sie da einkehren."
„Laßt es Euch schmecken: zum Wohl! Ihr habt Ferien und ich bin in Pension – was kann da schon groß passieren."
Es passierte gar nichts – im Gegenteil – Michael konnte die Urwüchsigkeit der Menschen spüren, die etwas enthemmt die Freude am Bier und am Feierabend auslebten.
Auch ihr Gespräch wurde lebhafter.
Die Scheu war bei Michael und Martin nach ein paar Schluck Bier gewichen und Martin fragte:
„Sind die Kronstädter Mädchen nicht sehr stolz?"
„Nun", antwortete der Professor, „Ihr kennt ja sicher das Sprichwort: „Dummheit und Stolz wachsen auf einem Holz." So dumm sind unsere Kronstädter Mädchen nicht, sie versuchen nur, durch eine gewisse Unnahbarkeit, die auch als Stolz ausgelegt werden kann, ihre Aktien zu erhöhen. Das ist legitim und zeugt eher von Klugheit."
Oho, dachten sich der Michael und der Martin, der Herr Professor hat es auch noch gewaltig hinter den Ohren.
Aus der Aula einer Schule hörten sie schon von weitem Ziehorgelspiel.
Behutsam traten sie ein, um ja nicht zu stören, und als die Tanzenden den Professor gewahr wurden, wollten sie innehalten – aber der Professor machte ihnen Zeichen zum Weitermachen.

Martin und Michael waren erstaunt, wie herrlich melodisch sich die jungen Mädchen im Takt bewegten.
Wie schön, geschmeidig und vorteilhaft untermalte ihr jugendlicher Körper die vorgegebene Kür.
Unwillkürlich wiegten sich Michael und Martin zum Takt der Melodie.
Dem Professor war das nicht entgangen. Als der Tanz zu Ende war, sagte er: „Das ist der Michael aus Stuttgart und das ist der Martin aus Kirchenburg. Nehmt sie in Eure Mitte und laßt sie teilhaben . . ."
Sofort kamen zwei junge Damen aus dem Kreis auf sie zu, machten einen Knicks und boten den jungen Herrn ihre Hand zum Reigen.
Mein Gott, dachte der Michael – das ist Kultur!
Dieser Anstand, diese Würde, und dann noch von so wunderbar gewachsenen jungen Damen . . . Ohne dem Lehnchen in Gedanken wehtun zu wollen, diese Mädchen von der Stadt waren schon sehr gut in Form und so vorteilhaft gekleidet.
Da blitzt schon noch mehr durch die Kleidung als bei den langen Röcken auf dem Dorf.
Oh la la, dachte der Martin, als er zufällig das Knie seiner Partnerin berührte – das geht ja mächtig unter die Haut.
Laut Reglement war das verboten, aber Michael und Martin kannten ja die Figuren noch nicht so genau, und da konnte man eine Tuchfühlung oft nicht vermeiden.
Mein Gott, war sie schön . . . und der Professor drückte beide Augen zu.
Auf jeden Fall hatten alle rote Backen, als die Tanzstunde vorbei war und man beratschlagte, wie man diese Begegnung noch etwas ausweiten konnte.
Ein Tänzer – sicher von den Damen animiert – wagte ein Wort:
„Wie wär's Herr Professor, wenn wir morgen nachmittag einen Spaziergang auf die Schulerau machten, um unseren Gästen die herrliche Gebirgswelt der Karpaten zu zeigen?"
„Das ist ein guter Einfall. Morgen vormittag will ich unsere Gäste in die Schwarze Kirche und in die Weberbastei führen – damit wäre dem Geiste genüge getan und ein Ausflug der beste Ausgleich.
Also treffen wir uns um 12 Uhr hier."
Michael und Martin tauschten noch ein paar Blicke, denn so ganz gleichgültig waren ihnen diese Mädchen aus Kronstadt nicht geblieben.

Als sie beim Professor daheim waren, gab es noch einen Schluck Mädchentraube aus Mediasch. – In Kronstadt wächst kein Wein, weil

schon das Burzenland ab 400 Meereshöhe aufwärts liegt und weil die Kronstädter nicht gar alles haben dürfen.
Michael dachte beim ins Bett gehen an die Erzsike aus Schäßburg „Joi mamaaa“ und wußte gar nicht, wie nah er ihrer Heimat war und wieviele Erzsikes er noch sehen würde.

Die Schwarze Kirche

Michael und Martin hatten bei offenem Fenster geschlafen und die herrliche Bergluft genossen, die unmittelbar von den Höhen des Zinnenwaldes in die Häuser von Kronstadt hinabwehte und den Menschen einen guten Schlaf bescherte.
So wären sie bereit gewesen, Bäume auszureißen, soviel überschüssige Kraft hatte sich bei ihnen angesammelt.
Die Frau Professor hatte ein Frühstück gerichtet, bei dem sich von Landbutter über Preiselbeer-, Heidelbeer-, Ribiselmarmelade, Lodawarch (Zwetschgenmarmelade), Eier, fein geräuchertem Paprikaspeck, geräucherter Bratwurst alles befand, was so junge Männerherzen höher schlagen läßt.
„So meine Herrn, bitte richtig zugreifen, bis heut Abend ist es noch lang. Ein paar Brote habe ich schon zum Mitnehmen hergerichtet, weil das Mittagessen aus Zeitmangel ausfallen muß, hat mein Mann gesagt.“
„Das stimmt, wir haben einiges vor. Übrigens, möchtest Du nicht mitgehen Irmchen, es ist ja ein herrliches Wetter heute.“
„Geht nur ohne mich, Du weißt der große Garten und im Haus ist auch immer was zu richten, und außerdem kommt heute meine Putzhilfe, da muß ich schon da sein.“
Der Rucksack war schnell gepackt, und Martin als der Jüngste erbot sich, ihn zu tragen. Bis zum Ratsplatz hatten sie nicht weit. Jetzt standen sie davor: der herrliche Blick auf die Schwarze Kirche, den Zinnenwald und die Zinne.
Der Professor ließ ihnen Zeit, dieses Bild in sich aufzunehmen, vielleicht für ein ganzes Menschenleben, wer weiß, ob sie es nochmal sehen würden, und zudem an einem so schönen Tag.
Am Horizont leuchtete der helle Fels des Königsteins ... Mein Gott war das ein Anblick!
„Ja meine Herren, diesen lichten hellen Blick in die Ferne, den hatte auch Honterus – für sein Sachsenvolk.
Mit dem Rücken zur Schwarzen Kirche, also mit Christus im Kreuz,

in der einen Hand die Bibel, mit der anderen auf die Schule, zeigend, so steht er da.
Beides, die Kirche und die Schule, waren seine überragenden Perspektiven, die er seinem Volk geschenkt hat.
Was muß er für ein edler Mensch gewesen sein, der folgenden Ausspruch in der Schulordnung von 1547 getan hat: „Kein Knabe soll seiner Armut halber von der Schul ausgeschlossen sein, sondern möge ohne Geld daselbst lernen."
Und das im Jahr 1547, wieviel soziales Empfinden spricht aus diesen Zeilen?
Dieser Satz ist heute genauso wichtig wie damals, er stellt die einzige Möglichkeit dar, daß sich eine Gemeinschaft zum Positiven entwikkelt.
Honterus, wie Ihr ihn vor Euch seht, war Humanist und Gelehrter.
Wenn sich Geist und Herzensgüte paaren, dann entstehen Persönlichkeiten, die über Jahrhunderte wirken.
Ich kann nicht sein ganzes Leben und Wirken hier so geschwind abhandeln und will mich auf's Wichtigste konzentrieren.
Wenn Ihrs überhaupt hören wollt?"
„Ja, mit dem größten Interesse, Herr Professor", kam es aus beider Mund.
„Der Vater hieß Georg Gras und war ein patrizischer Lederer in der Kronstädter Schwarzgasse.
Zum Namen Honterus soll er gekommen sein, als er in großer Wassergefahr in einem Hollunderstrauch (Hontert) seinen Lebensretter fand.
1515 ist ein Johannes, Sohn des Lederers aus Kronstadt, im Universitätsmatrikel von Wien eingeschrieben.
Als Magister der freien Künste kommt er zurück.
Er steht im Thronstreit zwischen Zapolya und König Ludwig II. auf Seiten Habsburgs, also der „Deutschen" Partei, die auch Sachsengraf Pempflinger und Hermannstadt vertritt.
Kronstadt ist hier wendiger, der Stadtrichter Lukas Hirscher versucht es mehr mit Diplomatie, dabei wird Honterus wegen seiner starren Haltung ausgewiesen.
1529 ist er beim Humanisten Turmaier in Regensburg.
Von da geht er an die Universität Krakau und ist da lehrender Schüler. Er gibt hier zwei Bücher heraus: eine lateinische Grammatik und eine Weltbeschreibung.
1532 ist er in Basel und macht mittels eines selbstgeschnitzten Druck-Holzstockes Abzüge einer siebenbürgen-Karte. Hier kommt er auch mit der Reformation in Berührung und macht Bekanntschaft mit den Schriften Erasmus von Rotterdams und Melanchthons.

Er wird nach Kronstadt zurückgerufen, um das Schulwesen neu aufzubauen.
Dabei richtet er sich eine eigene Druckerei ein, in der er wichtige Schulbücher selber druckt (z. B. „Zu Nutz der Jugend").
Er wird in den Stadtrat gewählt.
Schon immer gab es den Streit zwischen dem Erzbischof in Gran und seinen Plebanen wegen dem Zehnten.
In jener Zeit eskalierte dieser Streit über den Zehnten hinaus.
Die Geistlichkeit strebte die Richtergewalt über geistliche Personen, Witwen und Waisen und Testamentsvollstreckungen an. Damit geriet sie in Konflikt mit den Stadtvätern und deren Vertretung, der Sächsischen Nationsuniversität.
Über Kaufleute waren die Schriften von Luther auch in Siebenbürgen längst bekannt und wurden gelesen.
1539 machte Honterus einen ersten Vorstoß, und die Bewegung bekam plötzlich einen „Befeurer" ...
König Ludwig II. als Habsburger, gab dem Königsrichter Pempflinger den Auftrag alle diese Schriften zu vernichten, aber durch den Thronstreit und die türkische Oberhoheit war sein Befehl nicht viel wert.
So ist es nicht verwunderlich, daß das Reformationsbüchlein des Johannes Honterus reißenden Absatz fand.
1543 führt Hermannstadt die Reformation ein, und 1547 ist sie in allen sächsischen Gemeinden zu Hause.
Im April des Jahres 1544 wurde der „gelehrte und gottesfürchtige Mann, Herr Johannes Honterus zum Pfarrer in Cronstatt erwählt".
Bedeutende Männer jener Zeit ehrten ihn unter der Bezeichnung: Als ein Apostel im Ungarlande.
Was er im stillen geleistet hat, soll nur kurz erwähnt werden.
Das Honterusgymnasium baut er zu einer Art Hochschule aus.
Er führt mit dem Coetus, der bis in unsere Tage existiert, die Schüler-Selbstverwaltung ein.
(Da keiner Herr und keiner Knecht).
Er führt die Freiübungen während der Schulstunden ein – ein ganz revolutionäres Element jener Tage. Und er legt die größte Bibliothek im Südosten Europas an.Darunter mit wertvollen Folianten altgriechischer Literatur. Sie verbrannte 1688.
Lieber Michael und lieber Martin, wir gehen jetzt in dieses ehrwürdige Gotteshaus, die Marienkirche, nach dem fürchterlichen Brand von 1688 die Schwarze Kirche genannt und da werden wir eine kurze Andacht halten und für diesen unseren Johannes Honterus ein 'Vater unser' beten".

Michael und Martin waren so ergriffen von der Verehrung, die der Herr Professor für Honterus hier dargebracht hatte, daß auch sie etwas von der Größe dieses Mannes spürten.
Voller Ernst schritten sie durch das ehrwürdige Portal.
Befangen blieben sie im Eingang stehen . . . welch eine Erhabenheit strahlte ihnen in diesem Gotteshaus entgegen.
Hier spürte man wieder diesen Gral der Siebenbürger Sachsen – in den hoch aufgerichteten schlanken Säulen und dem strahlenden Licht im Chorraum.
Ausdruck einer herrlichen Verehrung für Gott, ihren Vater und Erlöser aus soviel Not und Gefahr.
Still ließen sie sich in einer Bank nieder und atmeten mit Hingabe den Geist dieses Gotteshauses ein.
Behutsam nahm der Professor das Buch von Egon Hajek „Meister Johannes" zur Hand, blätterte darin und sagte: „Ich lese Euch jetzt den Tod des Reformators vor, daraus erkennt ihr, mit welcher Verehrung er auf seinem letzten Weg begleitet wurde: . . . Mächtig brauste der Föhn vom Zinnenwalde her, der Chorgesang der Buchen antwortete in dröhnendem Liede der Himmelsehnsucht des Meisters entgegen.
. . . Als Meister Johannes den Rektor seiner Schule erblickte, ging ein freudiges Lächeln über seine verfallenen Züge.
„Valentin", flüsterte er, „hüte die Schule . . . meine Schule . . . in der Schule liegt unseres Volkes Kraft . . ."
. . ."Es soll geschehen, Herr. Wie Ihr sprecht, so soll es sein . . .
. . . Röchelnder und langsamer wurde des Meisters Atemzug . . .
. . . Eben überschritt die Sonne den Zenith. Wie von einer Ahnung geleitet, hatte Herr Schneider den Befehl gegeben, man solle heute ausnahmsweise mit der großen Glocke zu Mittag läuten . . .daß
. . .Meister Johannes, der von jeher am Klang dieser tiefen, herrlichen Gottesruferin seine herzliche Freude hatte, sie noch einmal hören könne . . .
Als die letzten Glockenschläge über die Dächer hingeglitten waren, hatte das tapfere Herz des Meisters seine ewige Ruhe gefunden . . .
Auf Straßen und Plätzen knieten die Menschen und weinten trauernd ihrem 'Vater' nach!
Michael und Martin waren so gefangengenommen vom Heimgang dieses großen Mannes und der räumlichen Umgebung, in der dieser gewirkt hatte, daß sie bald das Gefühl bekamen, dabei gewesen zu sein.
Der Professor mußte sie in die Wirklichkeit zurückholen und führte sie durch den herrlichen Raum dieser Kirche.

Am Wahrzeichen Kronstadts, der Krone auf einem Wurzelstock, blieben sie stehen, und Martin blickte voll Ehrfurcht hinauf und sagte: „In Wahrheit eine königliche Stadt!"
Dann zeigte ihnen der Herr Professor die reichste und größte altorientalische Teppichsammlung der Welt.
„Kronstadt trieb Handel bis weit in den Orient, und wenn dann so eine Handelskarawane mit eigenem Geleitschutz, die oft aus gepanzerten Rittern bestand, glücklich und ohne Schaden zurück war, dann schmückte ein Rat oder Zunftmeister seinen Kirchenstuhl mit einem wertvollen Teppich, obendrein stiftete er für die gesunde Wiederkehr der Kirche einen Teppich, der dann die Altarstufen und die Emporen – auch heute noch zu Festtagen – schmückt.
Desgleichen birgt diese Kirche edelstes Abendmahlsgeschirr.
Ein Zeugnis der hohen Handwerkskunst der Siebenbürger Sachsen.
Kronstadt hatte in seiner handwerklichen Hochblüte 43 Gewerbe mit 1227 deutschen Meistern.
Hier auf dem Marktplatz vor dem Rathaus fielen 1688 die 5 Häupter der Rebellen, Schuster und Schneider, die dem deutschen Kaiser den Krieg erklärt hatten.
Um noch ein Beispiel aus der langen Geschichte dieses Platzes zu erwähnen: Hier wurde am 23.November 1656 Georg Kleinhauptig, Torhüter, enthauptet, weil er mit der Spitalspfarrerin Ehebruch getrieben hatte."
Nachdem sie die Weberbastei besichtigt hatten, ein perfektes Verteidigungsbollwerk mit Schießscharten und verdeckten Wehrgängen, wurde es Zeit, an den ausgemachten Treffpunkt zu gehen.
Hier war schon eine lustige Gesellschaft beieinander.
Die Herren in Pumphosen und Wanderkleidung, die Mädchen in feschen Dirndeln mit Kniestrümpfen und so hübschen Beinen.
Was war das für eine aufgeräumte Clique!
Michael und Martin wurden integriert, und an Gesprächsstoff fehlte es nicht.
Der Professor war entlastet, denn nun sorgten andere für Aufklärung. Die Mädchen hier waren nicht so schüchtern, wie die auf dem Land, und mit Lachen und Scheckern ging es den Weg zur Schulerau hinauf. (Bis ins 16.Jahrhundert war sie Eigentum des Kronstädter Gymnasiums und hieß Schülerau:„mons gymnicus".
Nach einem gemütlichen Aufstieg hatten sie das Höhenheim auf der Schulerau erreicht.
Eine wahrhaft herrliche Au, oder besser gesagt, viele Auen, eingebettet in wunderbare Waldpartien, die gegen den „Schuler" immer lichter wurden.

Ein Gebiet zum Gehen und sich ergehen in einer gesunden Höhenluft, mit Schatten, Licht und Sonnenschein.
Michael konnte es kaum begreifen, wie schön es da oben war.
Von der Schwäbischen Alb kannte er die ehrwürdigen Zeugensteine, die es ja um Kronstadt auch gab, aber hier war er ja unmittelbar am Gebirg'.
Der „Schuler" erreichte eine Höhe von 1799 m, die „Zinne" über Kronstadt, ein Ausläufer des Schulers, 955 m.
Links im Osten war der „Krähenstein" 1954 m, weiter südlich der „Hohenstein" 1843 m, im Hintergrund der „Butschetsch" mit dem „Omul" 2505 m, rechts von ihm der „kleine Königstein" 1791 m und der „große Königstein" mit 2238 m ü.d.M.
Die Mädchen kannten ihre Heimat!
So streng und ergreifend, wie es in der Früh mit dem Professor zugegangen war, so locker, fröhlich und heiter war es hier auf der Au. Wenn er jodeln hätte können, Michael hätte es getan.
Sein Martin war ihm gänzlich abhanden gekommen.
Um 16 Uhr war großer Treffpunkt an dem Höhenheim, da würde er ihn ja wiedersehen, schließlich war er ja für ihn, als der ältere Kammerer, verantwortlich!
Von allen Richtungen strebten sie nachher dem Höhenheim zu.
Michael und Martin erlebten einen Nachmittag und Feierabend im Gebirge, so schön und erhaben, inmitten einer so lustigen und unbeschwerten Atmosphäre.
Herrliche Ausblicke ergaben sich in die Burzenebene, auf den Zeidnerberg und den Geisterwald und im Norden auf das Baraolter und Bodacker Gebirge. Ganz im Hintergrund meinte man die Hargita zu sehen, die Heimat der Szekler und der Erzsike.
Immer wieder ging dem Michael die Erzsike durch den Kopf, nicht weit von hier war ihre Heimat. Oh süßes Szekler Mädchen, einmal noch möcht ich bei dir sein, bis ich wieder in meine strenge Heimat komme und wieder ein zack, zack und Heil Hitler bin.

Doch jetzt war er auf dem Höhenheim, und da war es schön.
Der Wirt hatte eine Ziehorgel, und ein Volkslied um das andere klang in die Karpaten und sie waren deutscher, als in Deutschland je ein Berg hätte sein können. 6O Berghütten hatte der SKV (Siebenbürgische Karpatenverein) in sie hineingebaut und die Routen dazu markiert. Eine immense Leistung, wenn man bedenkt, daß das alles von den paar Siebenbürger Sachsen finanziert und auf freiwilliger Basis dargestellt wurde.
Das war eben die Vorbildfunktion dieses kleinen deutschen Völkchens: Kirchen, Schulen, Städte und Burgenbau, Handwerk und

Industrie, Ackerbau und Viehzucht, Dichtung, Lied, Theater, Kunst und Buchdruck und noch vieles mehr — eine Kulturleistung ohnegleichen . . . vielleicht kann man das einmal begreifen, dachte sich der Herr Professor, und wie recht hatte er bei diesen Gedanken!
Michael und Martin saßen mitten in dieser Volkstanzgruppe . . . und es war so unendlich schön.
Zwischendrin packten die Mädchen ihre kulinarischen Mitbringsel aus, denn es kam die Vesperzeit, und was gibt es Genußvolleres, als in der freien Natur sich dem Labsal guter Speisen hinzugeben.
Die Mädchen hatten knusprige Backhendel dabei, Kaiserfleisch, fein geräucherte Forellenfilets und Café, Bier, Wein und Mineralwasser gab's beim Wirt vom Hohenheim.
Dann hatte eine junge Dame eine besonders feine Spezialität dabei — einen Brotaufstrich aus Vinete (Eierfrucht), auch Auberginen genannt. Ein herrlich rauchiger Geschmack machte ihn zusätzlich begehrenswert und schmackhaft. Und als Nachtisch gab es Baumstritzel. Herz, was willst du noch mehr?
Die Herren machten ein Feuer, und die Damen den Teig.Da Michael sowas noch nie gesehen hatte: einen Kuchen auf offenem Feuer zubereitet, schaute er den Mädchen interessiert über die Schulter.
Aber da war das meiste schon getan. „Wir müssen ihn jetzt nur noch ein bißchen gehen-lassen."
„Ja wen und wohin?" stellte Michael seine Fragen.
„Wer erklärt mir überhaupt das Rezept? Wenn ich nach Hause komme und erzähle von einem Kuchen, den man über das offene Feuer gehen läßt, erklären mich meine Weiber für verrückt."
„Ja sag amal, wieviel Weiber hast du, wenn du das schon so betonst?" fragte eine Brünette — hatten sie nicht Hilde zu ihr gesagt?
Michael kam sich vor, wie der Hahn im Korb.
Gleich umringten sie ihn. Das war etwas, das sie alle interessierte.
„Gut" antwortete Michael, „tausche Rezept gegen Weiber", und schon hatte er ein Mordsgekicher um sich herum.
„Also", sagte die Hilde „man nehme, wie jedes Kochbuch damit anfängt, 2,5 kg Mehl, 1,5 l Milch, 50 g Hefe, 150 g Zucker, 12 Eier, (von 3 Eiern wird das Eiweiß zu Schnee geschlagen), 1/4 Wein, etwas Salz und 50 g. warme Butter, macht einen Teig daraus, und läßt ihn gehen. In unserem Fall nicht bis zum Schuleraugipfel, sondern nur bis zum Vereinshaus, d. h. dieser Hefeteig sollte nicht so lange gehen wie bei anderen Backwaren.
Man nehme dann ein mehlbestreutes Brett und schneide den Teig in 10 Teile. Die Teile walke man zu einem Streifen aus. Und da unser Teig jetzt soweit ist, machen wir dir das gleich vor."

Der Baum (es kann auch ein Wellholz sein, mit einem brennfesten Stiel), am besten 40 cm lang und 10 bis 15 cm Durchmesser, wird gut heiß gemacht und eingefettet. Der Teig wird darüber gewunden und fest angedrückt, damit es eine homogene Fläche ergibt. Über dem offenen Holzfeuer durfte nun der Michael den Baumkuchen drehen. Phantastisch, diese Art zu backen.
Alles stand um das Feuer, und jeder gab sein Gutachten ab. Nun kam die Hilde mit einem Schälchen zerlassener Butter und Schmalz (je hälftig) und strich mit einem Pinsel über den Baumkuchen. Dann wurde die Oberfläche mit etwas Kristallzucker, geriebenen Mandeln und Nüssen garniert. Als er anfing braun zu werden, wurde er nach allgemeiner Begutachtung auf ein Brett abgestoßen und mit etwas Vanillezucker bestäubt.
Im Nu war er gebrochen und jeder probierte ein Stückchen.
War das ein Hochgenuß!
Nachdem das Hantieren bekannt war, entwickelte sich Michael zum Baumstritzelbäcker. Die Hilde ging ihm wunderbar zur Seite, und bald waren sie ein Team, das die ganze Blase vorzüglich mit Baumstritzel versorgte.
„Sag a mal, wie war das mit Deinen Weibern, denen Du unser Geheimnis verraten willst?“ flüsterte ihm die Hilde ins Ohr.
„Ich schäme mich, es Dir zu sagen“, entgegnete Michael, „das sind ja nur meine Mutter, die Nachbarin und deren kleines Töchterlein.“
„Na, na kleines Töchterlein . . . vielleicht ist sie auch etwas größer . . . wenn wir mal nach Stuttgart kommen sollten, werden wir sie in Augenschein nehmen.“ So schäkerte man hin und her und kam sich näher.
Oh da wäre noch manches mehr gegangen! Allmählich hatte der Michael Erfahrung. Aber erstens paßten da die Begleiter der jungen Dame sakrisch auf, zweitens war der Professor da, und drittens waren auch die Mädchen von Kronstadt für ein leichtes Abenteuer nicht so leicht zu haben . . .
Michael hatte es ja probiert . . . die untergehende Sonne war wie geschaffen dazu, aber außer einem oberflächlichen Kuß und die Berührung ihrer Hüfte schien nichts opportun.
Dabei wäre sie so ein rassiges Weib gewesen, so eine Capra – Capra aus den Karpaten – eine Königstein-Gemse mit einem echten Gamsbart – sicher nicht am Rücken, doch wie neckisch ziert auch andernorts so ein Bärtchen das Weib . . .!
Für Michael war es Tabu und so gingen sie in der Dämmerung mit Lachen, Girren und zaghafter Tuchfühlung den Berg hinunter und landeten wohlbehalten beim Herrn Professor im Haus.

Ein herrlicher Kronstädter Tag war zu Ende gegangen und Michael und Martin bedankten sich bei ihrem Herrn Professor, dem die Anstrengung, trotz gutem Willen, etwas zuviel geworden war.

In der Hargita – Im Krater eines Vulkans

Am Frühstückstisch traf man sich wieder.
„Also das war ja gestern ein herrlicher Tag, aber ohne Mittagschlaf und . . .und . . .war es für mich zuviel", sagte der Herr Professor.
Ich muß mich heute erholen — bevor ich mit Euch ins Burzenland fahre.
Deshalb schlage ich vor, ihr fahrt heute nach Tusnad, ein Heilbad im Szeklergebiet. Die Szekler waren eine von den drei ständischen Nationen in Siebenbürgen. Adlige, Szekler und Sachsen saßen im Landtag von Siebenbürgen und machten die Gesetze.
Vom 14. bis zum 17.Jahrhundert war von den Rumänen noch nicht viel zu spüren."

Von Kronstadt waren sie schnell in Tusnad.
Das Gebirge hier gehört zu den Ostkarpaten, hat aber eine Eigenheit gegenüber den anderen Gebirgsstöcken, es ist vulkanischen Ursprungs.
Die Hargita und der St.-Annensee gehören in diesen Bereich.
Inmitten dichter Wälder liegt der Kurort Tusnad.
Sein heilwirkendes Wasser ist gegen Kreislaufleiden, Verdauungs- und Herzleiden berühmt.
Für Michael und Martin war das noch kein Anlaß, hierher zu fahren, wohl aber die andere Bauweise der Häuser und um einen echten Kratersee zu sehen.
Von Tusnad mußten sie so ungefähr eine Stunde laufen. Sie hatten ja nicht viel Gepäck, und durch diese herrliche Natur war es ein Vergnügen, es zu tun.
Sie kamen dabei durch kleine Szeklerdörfer und waren begeistert von diesen kleinen Häuschen aus Holz, z. T. mit geschnitzten Hoftoren und liebenswerten Menschen. Die Frauen waren oft etwas kleiner und rundlich, hatten aber ein frisches, gutes Aussehen. Die Männer waren typische Gebirgler, nicht zu hoch gewachsen, rahnig, und machten den Eindruck eines zähen Menschenschlages.
Freundlich und gutmütig dankte man überall ihrem Gruß.

Leider konnten sie sich auf kein Gespräch einlassen, da diese nur ungarisch sprachen.
Im letzten Drittel der Wegstrecke stieg das Gelände steiler an. Sie waren im Begriff, einen typischen Vulkankegel anzugehen, dicht bewachsen und, wie es schien, kaum bewirtschaftet.
Auf halber Höhe des Kegels drang aus einem Stumpen eine sehr gut schüttende Quelle, und da das Gestein ringsherum schon ganz rostig schien, nahmen Michael und Martin an, es könnte eine Mineralwasserquelle sein.
„Komm, da machen wir eine ausgiebige Rast und probieren das Wasser“, sagte Martin.
„Ja glaubst Du, daß man das trinken kann?“ fragte Michael.
„Ja freilich, da gibt es ja keine Behausung, noch was anderes, was das Wasser trüben oder gar verunreinigen könnte“, legte sich auf den Bauch und trank ein paar Schluck, dann mußte er aussetzen.
„Das ist tatsächlich Mineralwasser, es hat einen eisenhaltigen Geschmack und steigt einem in die Nasenlöcher, deshalb mußte ich aufhören zu trinken.“
Martin dellte seinen Hut ein, ließ ihn bis zur Krempe vollaufen und trank jetzt ungehindert und aus vollen Zügen das edle Naß.
Bis sie an den Kraterrand emporgeklettert waren, verging doch noch einige Zeit, auch schien es, daß sie den richtigen Weg verloren hatten, denn plötzlich waren sie wie im Urwald.
Die Richtung war ja nicht zu verfehlen, aber das nahm Zeit in Anspruch, es lag alles kreuz und quer, und umgestürzte Baumriesen mußten sie regelrecht überklettern.
Was macht das in dem Alter aus? Der See lag auf 950 m ü.d.M.
Jetzt hatten sie den Kraterrand erreicht und blickten in einen steilen bewaldeten Kessel hinunter. Nach einer Weile sahen sie das Blau des Wassers heraufleuchten.
Ein herrlicher Anblick!
Als sie näher kamen, nahm auch ihre Bewunderung zu. Wie auf dem Reißbrett war er, einem richtigen Wasserauge gleich, in den Grund gezirkelt.
„Mein Gott, ist das schön“, riefen Michael und Martin zugleich.
Sie setzten sich auf einen umgefallenen Baum und genossen von hier oben einen nie mehr zu vergessenden Anblick.
Als sie ein Stück weiter gingen, sahen sie am linken Seeufer eine Schutzhütte stehen – sie waren richtiggehend erleichtert.
Sonst hätten sie gleich umdrehen müssen, und auch dann wäre es fraglich gewesen, ob sie den Zug nach Kronstadt noch erreicht hätten.

Der Herr Professor hatte gleich gesagt, daß es an einem Tag hin und zurück kaum reichen würde.
Es sei denn, sie wären in aller Herrgottsfrüh aufgebrochen, und das waren sie ja nicht.
Nun schlenderten sie der Schutzhütte zu.
Sie hatte einen einfachen Gastraum und ein Pritschenlager zum Schlafen, für eine Nacht würde es ja genügen, obwohl es sehr einfach war.
Nachdem sie etwas gegessen hatten, die Frau Professor hatte ihnen für eine ganze Woche Proviant eingepackt, schlenderten sie dem See entlang.
Es war, als wenn jetzt noch der pure Lavastaub den Grund bedecken würde. Und lief oder klopfte man auf den Grund, so klang es hohl.
Das Wasser war klar bis auf den Grund, doch trat man hinein, wirbelte sogleich der Lavastaub auf.
Sie suchten sich ein sonniges Plätzchen und genossen den herrlichen Sonnenuntergang im Kessel eines Vulkans.
Michael machte sich schon gedanklich Notizen, denn sicher mußte er wieder einen Vortrag halten über Siebenbürgen.
Und's Hannale, welches er grad noch an der Mitreise hindern konnte, wollte alles besonders genau wissen.
„Die fragt immer nach Dir", sagte der Michael zum Martin.
„Wer fragt nach mir – ich sehe und höre keinen."
„S' Hannale."
„Wer ist das Hannale?"
„Das Töchterle des Herrn Fabrikanten Gottlieb Vögele aus Stuttgart, Chef meines Vaters und Besitzer unseres Hauses, letzteres gehört allerdings seiner Frau, aber ist letzten Endes egal."
„Deinem Ton nach zu schließen bist Du nicht gerade sein Freund."
„S' Hannale und ihre Mutter sind schon recht, bloß er ist ein Angeber, Nazi und Opportunist edelster Sorte."
„Da hört man ja Sachen . . . sag amal, bist Du Kommunist?
Daß Du so herausschwätzen tust. Laß Dich ja nicht bei andern so vernehmen. Ich glaub immer, Du bist ein höherer HJ-Führer."
„Also, wenn Du mir schwörst, es keinem Menschen zu sagen, dann schenk ich Dir klaren Wein ein.
Die Nazi haben den Onkel Fred eingesperrt, nur weil er a bissele bruddelt hat und anderer Meinung war.
Außerdem kann ich ihren lauten Ton und ihr zackiges Geschrei nicht leiden.
Die Juden tun sie auch verfolgen und leben in einem Rassenwahn, da meinscht, nur wir Deutschen sind etwas, aber diese Szekler und Rumänen sind doch auch liebe Menschen."

„Erkläre mir das mit der nordischen Rasse, das ist noch nicht bis zu uns nach Siebenbürgen gedrungen."
„Also die Nazis bevorzugen die nordische Rasse: Blond, blauäugig, schmales kantiges Gesicht, gerade Nase – nicht so eine Gurke, wie Du sie hast – schlanken großen Körperwuchs. Und dann verbinden sie das mit den inneren Werten. Bei diesem nordischen Menschentyp setzen sie die Treue voraus, Tatkraft, Fleiß, Intelligenz, Sauberkeit, also alle guten Eigenschaften, die Du Dir vorstellen kannst."
„Den Menschen, der all das hat, müßten sie züchten", pflichtete Martin bei.
„Das wollen die allen Ernstes" antwortete Michael – „da werden solche, die ihnen nicht ins Konzept passen, aussortiert wie taube Erbsen, und keiner kann was dagegen tun."
Die zwei Schwärmer hatten gar nicht bemerkt, daß es Abend geworden war.
Noch einmal genossen sie den schönen Rundblick in den Vulkankessel, dann gingen sie in die Schutzhütte.
Hier hatten sich etliche Pärchen eingefunden. Sie sangen die schweren ungarischen Weisen, und Michael bewunderte ihre tiefe, gefühlvolle Art, sich auszudrücken.
Von Zeit zu Zeit verschwanden auch etliche immer wieder, und da auch Michael und Martin vor dem Schlafengehen die Füße vertreten wollten, staunten sie nicht schlecht, wie es aus dem Gebüsch hervorstöhnte.
Martin gab dem Michael einen Rippenstoß – „hast Du auch schon einmal den Beischlaf ausgeübt?"
„Du drückst Dich aber sehr gewählt aus", antwortete Michael ausweichend.
„Es ist halt nicht zu überhören, daß Du jetzt das Bischof Teutsch-Gymnasium in Schäßburg besuchst."
„Hier gurrt es im Gebüsch, wie in einem Taubenschlag, und wir?"
„Lach dir doch eine von diesen rotbackigen Mädchen an."
„Meinst Du, ich will ein Messer zwischen den Rippen heute Nacht", antwortete Martin.
„Die Beschützer von denen sind sehr leicht erregbar und stechen sofort zu."
„Nun, soweit wollen wir nicht gehen – das gibt es sicher auch ohne Messer – aber Vorsicht ist geboten, sonst kann es auf andere Art teuer werden, indem Du dem Mädchen ein Kind machst", bemerkte der Michael.
„Das ist es ja gerade, und Geschlechtskrankheiten soll es auch geben – nicht bei unseren deutschen Mädchen –, aber an die kommt man ohne Heiratsversprechen ja sowieso nicht ran."

„Mußt halt abwarten, noch bist Du etwas jung dazu, irgendwo und irgendwann tut sich für jeden ein Türlein auf."
„Erzähl mir noch etwas über's Hannale aus Stuttgart, meinst Du, ich soll ihr mal schreiben?"
„Ja, das wäre eine blendende Idee."
„Wie alt ist sie?"
„Ungefähr drei Jahre jünger als Du."
Nun gingen sie wieder in die Schutzhütte und suchten sich einen freien Platz auf der Pritsche.
Es war schon ein eigenartiges Gefühl, so zwischen fremden Menschen zu liegen.
Außerdem war es schwül.
Nun, es waren ja meistens junge Leute, und die Mädchen sahen doch appetitlich und manche gar zum Anbeißen gut aus.
Michael dachte an Erzsike, und tatsächlich, das hier waren ihre Schwestern.
Eine erotisierende Spannung lag über dem Raum.
Michael meinte, Martin wäre schon eingeschlafen, auch er war im Einschlafen begriffen, plötzlich hörte er ein zunächst ganz leises, von Herzen kommendes tiefes Atmen, dort gar ein Stöhnen und am andern Ende des Raumes gar einen so süßen Aufschrei!
Welcher Konsens unter den Völkerschaften Siebenbürgens! Dachte sich Michael. Es wäre wohl besser, die jungen Leute auf die Pritsche einer Wanderhütte zu schicken als daß sie sich täglich bekriegten. Hier lag das rumänische Paar neben dem Szekler Paar, und ein Sachs und echter Teutone war auch dabei.
Eine bunte Völkerschar, wie sie Siebenbürgen schon immer beheimatet hatte. Diesmal einig in dem, was sie taten.
Das Gestöhne ging eine Weile so weiter, dann fing wieder ein anderes an.
Diese Nacht sollte Michael so leicht nicht vergessen . . .
Er hatte die größten Schwierigkeiten, eine Schlafstellung zu finden, und als es anfing, unerträglich zu werden, schlich er sich hinaus in Gottes freie Natur und kühlte sich am Wasser des St.-Annensees.
Wie gerädert wachten sie in der Früh auf.
Die wackeren Liebhaber von heut Nacht hatten sich bereits verzogen, nicht ohne beträchtliche Ranzzeichen hinterlassen zu haben.
Die Frau vom Hüttenwirt kam bereits mit Wasser und Scheuertuch und putzte alles sauber hinaus.

„Ja, da kommen ja unsere Ausflügler . . . wie war's?"
„Herrlich schön und anstrengend zugleich. Wir hatten im letzten Drittel den Weg verfehlt, aber dafür war es umso erlebnisreicher."

„War viel Betrieb?"
„Eigentlich schon, es ist Urlaubszeit und viel Volk unterwegs. Sehr interessant die Szeklerdörfer und auch die Menschen, man sollte ungarisch können, damit man sie versteht."
„Das ist gar nicht so einfach", entgegnete der Herr Professor, „als unsere Kinder klein waren, hatten wir ein Mädchen aus der Hargita, wie hieß sie gleich?" Michael wollte schon sagen: „Er . . ."
aber da rief es aus der Küche: „Erzsike".
„Das ist scheint's ein beliebter Name bei den Szekler Mädchen."
„Ja freilich, es sind lebenslustige nette Mädchen und nehmen nicht so leicht was krumm."
„Für heute Mittag habe ich ein Auto mit Chauffeur organisiert", sagte der Herr Professor.
„Wir machen eine kleine Ausfahrt ins Burzenland und besichtigen verschiedene Ortschaften und Industriebetriebe."
„Also ehrlich, Herr Professor, mit Ihnen ist uns ein großes Glück widerfahren, wir wären sonst im Kreis herumgerannt und hätten nur die Hälfte mitbekommen", sagte Michael.
„Nun, in so einem Fall hättet Ihr auf's Pfarramt gehen müssen, die hätten Euch schon weitergeholfen.
Hier bei uns hat doch jeder Pfarrer in Deutschland studiert, das ist seine zweite Heimat, und da tut selbst im Zeitmangel jeder was Besonderes!"
„Dennoch freut es uns, daß es so gegangen ist. Ihre Frau und auch Sie haben uns wie die eigenen Kinder aufgenommen."
„Aber ich bitte Sie, das war doch keine Belastung, sondern ein Vergnügen, mit so jungen Herrn wieder mal auf Tuchfühlung zu gehen."
„Wenn wir heute Nacht nochmal da bleiben dürfen?"
„Ja, selbstverständlich, Ihr könnt die ganze Woche bleiben und noch länger."
„Nein, das geht unmöglich. Ich möchte noch Mediasch kennenlernen, und Bistritz wäre eine interessante Stadt, aber dahin wird's mir gar nicht reichen. Ich stehe vor dem Abitur, und da muß ich mit Schuljahresbeginn pünktlich zu Hause sein."
„Was möchtest Du studieren Michael?"
„Arzt möchte ich werden."
„Das ist ein schöner, aber schwerer Beruf."
„Das weiß ich, Herr Professor. Ich habe eine Oma gehabt, die haben sie Holder-Marie gerufen – weil sie mit Holderblüten und Weißdorn, mit Huflattich und Salbei und sonstigen Kräutern die Menschen geheilt hat.
Da hab ich schon als kleiner Junge mithelfen müssen, und als ich größer war und sie wohl gespürt hat, daß sie unser Herrgott bald zu

sich nehmen möchte, da hat sie mir durch's Haar gestreichelt und hat gesagt: Gell Michele versprichst mer, daß Du den Armen und Kranken helfen tuscht und wenn's Dir zum Arzt net langet, no wirst so a Kräuterheiler wie Dei Oma.„„
Ja, da hast Du ja direkte Beziehungen zum großen Mann unserer Stadt: Honterus! Eifere ihm nach — solche Menschen sind ein Segen für alle."
„Oh, Herr Professor, bis dahin habe ich noch weit, und zudem gibt es so einen in vielen Jahrhunderten höchstens einmal."
„Da hast Du recht Michael, aber zur Linderung der menschlichen Not reicht immer schon der Nächste, wenn er gewillt ist zu helfen."
„Das scheint mir schon eher realisierbar, und das möchte ich auch von ganzem Herzen."
„Dann wirst Du auch ein guter Arzt. Ich wünsche Dir Gottes Segen dazu."

Im Burzenland

Die zwei jungen Herrn schätzten sich als Glückspilze ein, denn jetzt kamen sie noch zu einer Autofahrt.
Ein Industrieunternehmen hatte das Auto für einen Nachmittag mit Chauffeur zur Verfügung gestellt. Und diese Ausfahrt war in erster Linie dazu ausersehen, die wirtschaftlichen Initiativen dieser Burzenländer mal unter die Lupe zu nehmen.
Dazu hielt der Professor einen Prolog:
„Wie hatte St. L. Roth so schön gesagt: 'Not lehrt beten, und uns wird sie noch mehr lehren müssen.' Ich erzählte Euch bereits über die Handelsstraße bis auf die Krim und mit in den Orient: Erzeugnisse aus Siebenbürgen hatten einen klangvollen Namen, z. B. in Altrumänien unter „brasoveni" Waren aus Kronstadt.
Der Umbruch vom handwerklichen zur industriellen Fertigung blieb auch in Siebenbürgen nicht ohne herbe wirtschaftliche Enttäuschungen.
1868 bis 1873 wurde Siebenbürgen an das Eisenbahnnetz angeschlossen, ein ganzer Wirtschaftszweig von Großfuhrleuten, und das war bei dem regen Handel schon eine ganze Menge, verschwand von der Bildfläche.
Durch das Gewerbegesetz von 1872 wurden die Zünfte aufgehoben und die Gewerbefreiheit eingeführt, damit konnte jeder Dahergelaufene, und wenn er noch so einen Mist produzierte, dem anderen das Einkommen verwässern.

Durch diesen geldlichen Aderlaß waren die Handwerksbetriebe rein kapitalmäßig nicht in der Lage, den Übergang zum Industriebetrieb zu schaffen.
Durch Gründung von Banken und Genossenschaften wurde das etwas abgemildert und speziell hier im Burzenland in die Tat umgesetzt, wenn am Anfang auch einige ins Gras beißen mußten.
Nun, nicht wenige haben es doch geschafft – allerdings um den Preis der Überfremdung der deutschen Städte und Dörfer, weil Industriebetriebe eben Arbeitskräfte anziehen und wir diese mit unseren Zweikinder-System bei weitem nicht befriedigen können. Dazu kommt noch ein Gesetz des rumänischen Staates seit 1934, welches vorschreibt, daß 80 % des beschäftigten Personals in den Betrieben, Rumänen sein müssen.
Der Slogan: „Rumänen kauft nur bei Rumänen" wird zwar kaum beachtet, weil die Leute dort kaufen, wo es besser und preiswerter ist, aber immerhin beleuchtet es die Situation."
„Der Slogan kommt mir bekannt vor", unterbricht Michael den Herrn Professor, „bei uns heißt es: „Deutsche kauft bei Deutschen" und wird an jüdische Geschäfte hingehängt."
„Das hätte ich jetzt nicht gedacht. Seht Ihr, wie schnell eine Ansicht sich verändern kann – es kommt immer auf den Blickwinkel an – trotzdem ist es in meinen Augen verwerflich.
Nachdenklich sprach er weiter: „Das hätte ich jetzt nicht für möglich gehalten – wo doch schon der alte Fritz gesagt hat: „jeder soll nach seiner Facon selig werden."
„Oh das wäre erst recht zu begrüßen" konterte Michael, „da liegt bei uns noch manches mehr im Argen!!
Der Professor schaute Michael nachdenklich an und Michael biß sich auf die Lippen ... man konnte ja nie wissen, welche Ambitionen auch dieser pensionierte Lehrer vertrat, oder seine Kinder? Zudem schien Kronstadt auch in Richtung neue Zeit eine gewisse Vorreiterrolle zu spielen?!
„Wir machen jetzt eine Rundfahrt, damit Ihr Euch selber ein Bild machen könnt – alle Probleme werden wir in der kurzen Zeit sowieso nicht ansprechen können.
Der Aufschwung in der Landwirtschaft begann im Burzenland ab 1889, dem Gründungsjahr der Brenndorfer Zuckerfabrik.Der Zuckerrübenanbau gab einen unglaublichen Auftrieb.
Die guten ebenen Felder, durch die wir jetzt fahren, wurden mit der Zeit gewinnbringend kultiviert, so daß damit die innere Einstellung und Bereitschaft auch für andere Kulturpflanzen vorbereitet wurde. 1920 kam die Frankkaffeefabrik dazu. und damit der Anbau der Zichorie in Weidenbach.

1924 begann unter der Anleitung der Kronstädter „Chlorodontfabrik“ der Anbau der Pfefferminze im Burzenland. Die Dresdner „Leo-Werke“ denen die Chlorodontfabrik gehörte, initiierten den Menthaanbau, daraus man das Pfefferminzöl zur Herstellung der Chlorodont-Zahnpasta brauchte. Diese Fläche beträgt heute schon an die 300-400 ha, und die Brenndörfer Öldestillation ist eine der größten in Europa.
Außer diesen Industrien gibt es eine Zementfabrik und Tuchfabriken in Kronstadt. Papierfabriken in Tartlau und Zerneschr. Die Tuchfabrik Scherg ist die zweitgrößte in Rumänien und beschäftigt an die zweitausend Arbeitnehmer.
In Petersberg gibt es eine Spirituosenbrennerei und Bierbrauerei. Also, es läuft schon einiges bei uns.
Jetzt sind wir ja schon in Honigberg.
„Fahren sie bitte zur Kirchenburg“ die ist nämlich noch so gut erhalten, daß wir unbedingt einen Blick hineinwerfen müssen.“
„Alle Hochachtung“, fuhr es dem Michael und dem Martin aus dem Mund.
Mit starken Türmen bewehrt und einer sehr hohen Mauer umgeben, die heute noch eine wuchtige Verteidigungskraft ausstrahlt, stand sie da, wie in jenen alten Tagen.
Als sie in die Kirche traten, empfing sie mit dem Licht im Chor der gleiche Geist, der ihnen in Kirchenburg, Hermannstadt, Schäßburg, Kronstadt und sicher auf allen anderenOrten hier entgegenstrahlen würde.
Michael war kein ständiger Kirchgänger, und in Stuttgart hatten es die Kirchen immer schwerer, sich zu behaupten – hier aber würde er wie die anderen jeden Sonntag in die Kirche gehen – das war hier nicht nur Pflicht – das war ein Bedürfnis . . . und er betete ein „Vater unser“ für die Vergangenen, für die Lebenden und für die Zukünftigen.
Die nächste Station war Tartlau, und auch hier stand eine Kirchenburg von imposanten Ausmaßen und noch völlig intakt.
„Dieses Tartlau“, erzählte der Herr Professor, „ist nachgewiesenermaßen innerhalb von 500 Jahren , fünfzig mal bestürmt, niedergebrannt und verwüstet worden. Die Kirchenburg, in der wir hier stehen, konnte von den Feinden nie eingenommen werden.
Nie wird man den Verteidigungswillen, das Nicht-Aufgeben-Wollen, denWiederauf- bauwillen und den Fleiß dieser Menschen hoch genug bewerten können.
Kann es überhaupt ein Kriterium geben, das diese Menschen dazu veranlassen könnte, ihre Kirchenburg oder ihre Heimat zu verlassen?“

Nachdrücklich und voll Bewunderung schauten sie den Innenausbau dieser mächtigen Burganlage an und keiner getraute sich, auf die letzte Frage eine Antwort zu geben. Dann sagte Michael: „So wie ich Euch Sachsen in der Zwischenzeit kennengelernt habe, kann man Euch sicher mit Pech und Schwefel hier nicht vertreiben . . .
Wer Euch aber an den Kirchenpelz geht, d. h. Euch Eurer Identität berauben will, dem könnte es – so weh mir das tun würde – gelingen."
Der Professor wie auch Martin schauten bestürzt den Michael an und wagten nicht zu widersprechen. Denn sie spürten selber: durch die Industrialisierung mußten sie sich ohne die schützenden Mauern einer Kirchenburg anderen Ordnungen stellen . . . Der Kommunismus war zwar noch weit – aber das Potential – die Menschen, die ihm kritiklos frönen würden – ganz nahe!

In Brenndorf merkte man schon etwas mehr von der Industrialisierung.
Mit der Zuckerfabrik und der Öldestillation waren andere Schwerpunkte gesetzt.
In Marienburg beeindruckten sie die Überreste der alten Marienburg, noch von den Kreuzrittern erbaut. Voller Ehrfurcht gedachten sie der Ritter mit dem schwarzen Kreuz im Wappen, und wären sie hier im Burzenland geblieben, säh' manches nochmals anders aus.
Hier gedachten sie auch der 39 Gymnasiasten, die mit Michael Weiß gegen den Usurpator und Tyrannen Gabriel Bathory am 16. 10. 1612 gefallen waren. Das Studentendenkmal soll ihr Heldentum für alle Zeit bezeugen.
„Unsere Gymnasiasten waren immer schon die Elite unseres Volkes. Nicht nur diese 39 Gefallenen; auch in Hermannstadt und Schäßburg standen sie in vorderster Linie, und bei den fürchterlichen Pestepedemien, die alle Städte Siebenbürgens heimgesucht haben, versahen sie sogar den Leichendienst."
Michael und Martin erlebten Geschichte pur und waren voller Andacht.
Jeder Stein, jede Mauer, jede Kirche war Geschichte zum Anfassen, und durch ihren sachkundigen Führer wurde sie zu einem unvergessenen Erlebnis.
Über Heldsdorf, Zeiden, Weidenbach, Wolkendorf, Neustadt, Rosenau fuhren sie zur Törzburg. Eine mächtige Burganlage von den Siebenbürger Sachsen, 1377 erbaut. Umgeben von imposanten Gebirgszügen wie dem Königstein und dem Butschetsch mit seiner Sphinx.

Über einen kleinen Umweg fuhren sie ins Prahovatal, nach Azuga und Busteni, weil hier ebenfalls Siebenbürger am Werk waren und Industrien gegründet hatten.
Es sind dies die Tuchfabrik Rhein, Scheeser & Cie KG, die Bierbrauerei Azuga AG, die Möbelfabrik Rhein & Cie KG, die Zementfabrik E.Erler Nachf., Rhein & Cie AG (Sektfabrik), Säge der Papierfabrik C.& S.Schiel, und vier Kilometer weiter in Busteni die Papierfabrik C. &. S. Schiel.
„Von hier sehen Sie diese grandiose Gebirgslandschaft mal von der anderen Seite, zudem sind es in der Hauptsache Kronstädter oder Burzenländer, die diese Fabriksgründungen tätigten.
Der Inhaber der Papierfabrik C. & S. Schiel und hier insbesondere Herr Kommerzienrat Samuel Schiel waren große Förderer und Gönner der Schwarzen Kirche.
Sie haben immense Summen für den Erhalt und die Renovierung dieses Gotteshauses gestiftet.
Ein würdiger alter Herr, mit schneeweißem Bart, tritt ihnen entgegen — ein geistiger Patriarch — eine Persönlichkeit, wie sie eben nur das Leben formen kann: „Es freut mich, wenn zwei so junge Männer Interesse zeigen an dem, was wir in Jahrzehnten hier aufgebaut haben.
Mit 24 Jahren habe ich mit meinem Bruder hier angefangen, in einem besseren Schuppen, und schauen sie selber, was daraus mit Gottes Hilfe geworden ist."
Michael und Martin wußten gar nicht, wie antworten.
Da faßte sich Michael ein Herz: „Dieses Werk könnte bei uns in Stuttgart nicht besser, größer und effizienter dastehen.
Was Sie uns auf jeden Fall voraushaben, Herr Kommerzienrat, ist die herrliche Umgebung, mitten in den Karpaten."
„Nun, das stimmt junger Mann, aber was für uns primär wichtig war, ein immer fließendes Wasser und nahe beim Rohstoff."
„Bei einem ständig nachwachsenden Rohstoff, was ja bei uns in Deutschland bei vielen Produkten leider nicht der Fall ist."
„Man hört, daß die wirtschaftliche Lage sich im Reich bessern soll."
„Wir hoffen es alle — wenn nur der Preis nicht zu hoch wird."
Da schaute ihn ein alter, erfahrener Betriebsführer bedächtig an und sagte ganz langsam: „Mit dieser Antwort haben Sie sich eine Jausen verdient, junger Mann!"

Nach der Betriebsführung gab's dann im Anblick des Butschetsch 2505 m hoch — eine „Jausen„ nach echt Siebenbürger Art: Mit allem, was das Herz begehrt, dazu ein Bier, gebraut aus dem klaren Wasser der Karpatenberge.

Beim Nachhausefahren stellten sie fest, daß der Kopf voller Wissen und der Bauch voller Bier eigentlich gut zueinander paßten, weil eins das andere am Überlaufen hinderte . . .
Wiederum war ein erlebnisreicher Tag zu Ende gegangen.
Für Michael rundete sich das Bild von Siebenbürgen, und mit dem was er noch gelesen hatte konnte man sagen, er sei allmählich ein Experte.
Mediasch mit seinem St. L. Roth, dem Weinland und dem Raketen-Oberth, das mußte er noch erleben, wenn auch seine Zeit allmählich abgelaufen war.

In Mediasch
Stephan Ludwig Roth, Raketen Oberth
Das Lied vom Holderstrauch!

Michael fuhr von Kronstadt nach Mediasch durch, Martin stieg in Schäßburg aus.
Er hatte mit der Wusch einen günstigen Anschluß nach Kirchenburg.
Vom Professor aus Kronstadt hatte Michael ein paar Unterlagen über Mediasch bekommen, die studierte er im Zug, obwohl es von Schäßburg nach Mediasch nicht weit war, und die Gegend zum Anschauen wie geschaffen.
An den Südhängen erhob sich jetzt ein Weinberg nach dem andern.
Von hier kamen also die Mädchentraube, der Mönchstropfen und wie die anderen edlen Sorten alle geheißen haben mögen.
Michael hatte als original Älbler eigentlich keine Beziehung zum Wein gehabt.
In Stuttgart tranken sie Most, weil der Wein für so einfache Leute, wie sie es waren, zu teuer war.
Bei seinen verschiedenen Besuchen in Siebenbürgen hatte er allerdings eine nähere Beziehung zum Wein bekommen, auch hatte ihnen der Onkel Johann über die Kultur des Weintrinkens etwas beigebracht – also ganz so unbedarft war Michael nicht mehr, wenn ihm auch bis zu einem Weinkenner noch sehr viel fehlte.
Mit diesen weinphilosophischen Gedanken kam er in Mediasch an.
Sein Gepäck war ja nur ein kleiner Koffer, den schnappte er sich und schlenderte dem Kirchturm zu – denn diesmal wollte er zum Pfarrer, oder wenn der nicht da war, zum Rektor, darin hatte ihn der Professor von Kronstadt bestärkt.

Unterwegs blieb er an einem Ausstellungsraum mit verschiedenen Weinflaschen und Weinsorten stehen, und da er jetzt im Weinland war und die Mädchentraube bereits kannte, wollte er sehen, was es dort sonst noch so gab.
Nach einer Weile stand neben ihm ein Herr, der sprach ihn an:
„Interessieren Sie sich für Wein?"
„Ja, die Mädchentraube ist mir sogar bekannt, ein sehr guter Tropfen, aber die anderen Sorten studiere ich gerade."
„Nach Ihrer Aussprache sind sie nicht von da!"
„Nein, ich bin von Stuttgart."
„Was? Von Stuttgart! Da hab ich schon in einer Weinkellerei volontiert.
Kommen Sie, da gehen wir hinein. Ich habe hier was zu sagen, über den Wein kann man erst reden, wenn man etwas gegessen hat und ihn dann gebührend über die Zunge laufen läßt."
Er nahm den Michael beim Arm und schon saßen sie in einer gemütlichen Probierstube.
„Ibi", so hieß die Bedienung, „zwei Gulasch".
„Wissen Sie, die können hier einen Gulasch machen, da kriegt man einen obligaten Durst – aber wie hat mein Kellermeister in Stuttgart immer gesagt?: „Net wie a Kuh neisaufa, da Wei mues mer riecha, beissa, zupfa, und unter und über die Zung hüpfa lau, durna bis in da Schlund, na ischt er fei, na ischt er gsund und brengt koinen auf den Hund!"
Wie heischt Du?"
„Michael!"
„Zum Wohl Michael."
Der Michael wußte nicht, wie ihm geschah. Eben zuvor stand er noch mit seinem Köfferle auf der Straße – jetzt in einem gemütlichen Lokal, hatte einen wohlduftenden „Paprikasch" vor sich und durfte seinen ersten Schluck Wein in Mediasch probieren.
Eine Gastfreundschaft in diesem Siebenbürger Sachsenland, wie er sich's wohl nie erträumt hatte.
Ach du liebe Zeit, war das ein Tropfen . . . sowas hatte er noch nie probiert und nie davon gehört, was ihm sein Vis a vis von Stuttgart vortrug:
„Net wie a Kuh neisaufa . . . beissa, zupfa, . . ., riesla lau bis na en da Schlund na isch er gut, na ischt er gsund ond brengt koinen auf da Hund."
Sie waren schon bei der dritten Sorte und bei jeder wußte sein Vis a vis und Weinexperte ihm was zu sagen:
„Dieser hier ist erdig . . ."

Nachdem sie sieben Sorten probiert hatten, fragte das Vis a vis – denn vorgestellt hatte sich der noch nicht – vielleicht war er auch so stadtbekannt, daß er das nicht mehr nötig hatte -
„Was haben Sie heute noch vor?"
„Ich habe nichts vor", sagte Michael
„Ich wollte lediglich Mediasch, die Burg, St.L. Roth, etwas vom Wein und eventuell einen gewissen Prof. Oberth kennenlernen."
„Ha, ha, ha, da haben sie sich aber viel vorgenommen, junger Mann. Nun, ihr waret in Stuttgart freundlich zu mir, obwohl ihr die Auswärtige net immer so estimieret wie es schicklich wäre, kostet das hier nichts und bis zur Burg werde ich Sie auch begleiten.
Mit sieben Sorten Wein im Bauch und einem fast vollständig gelöschten Paprika-Gulasch marschierten sie auf die Burgmauern los und es war gut, daß die alten Sachsen diese so gut gebaut hatten, denn oft mußte sich Michael an ihnen halten und sie waren ihm Stütze in seiner Not – wie sie es seinen Landsleuten über viele Jahrhunderte auch schon waren – allerdings unter anderen Umständen.
„Das hier", sagte sein Vis a vis „ist der Schneiderturm. Da oben sind sie aber nicht mit Nadel und Zwirn gesessen . . . da hätte ich nicht darunter stehen mögen zu Kriegszeiten . . . heute ist hier der Marktplatz und die schwere Not von damals vergessen.
Dieser Turm heißt der Seilerturm und wurde von der Zunft der Seiler in Ordnung gehalten und verteidigt. Er heißt auch der Marienturm.
Nun kommen wir zum Schmiedeturm, daneben ist die Rektorwohnung vom Gymnasium, in der St. L. Roth 1796 geboren wurde.
Über, St. L. Roth gibt es soviel zu erzählen, daß wir das im Stehen unmöglich erledigen können.
Also gehen wir weiter zum Schulturm und zum Torturm."
Jetzt glaubte Michael wirklich, daß er sich entweder einen Rausch eingehandelt hätte oder nicht mehr ganz bei Trost sei.
Sie kamen zum sogenannten Trompeterturm und der stand da wie der Turm zu Pisa: nämlich schief.
„Der Trompeterturm", sagte das Vis a vis „ist 69,5 m hoch und weicht von der Spitze bis zum Boden 1,5 m ab."
Also war Michael wieder beruhigt, es waren keine alkoholische Halluzinationen, sondern in Wirklichkeit ein schiefer Turm.
Durch die verschiedenen Hin-und Hergänge und die Umgänge in der Burg waren sie wieder so weit hergestellt, daß sie sich in die Kirche hineingetrauen durften.
So eine Kirche im Weinland hat sicher schon manchen Rausch über ihre Pforten hineingehen gesehen und ihn geduldet – sonst hätte sie gerade die, die Trost und Verzeihung brauchen, ausgeschlossen.

Und so ließ sie auch die Zwei über ihren „Dirpel“ schreiten und als sie das gewaltige gotische Dach über sich gewahr wurden und den herrlichen Chorraum mit seinen schlanken Säulen, dem Licht des Himmels, das sich über dem Fächeraltar ausbreitete, und auf sie so gewaltig wirkte – da kniete Michael, wie er's von seiner Mutter Elsa, die ja katholisch war, gesehen hatte, nieder, um dem Herrn in so einem herrlich schönen Raum, seine Verehrung und tiefe Anbetung darzutun: „Sit nomen Domini benedictum“ kam es unwillkürlich dem Michael über die Lippen – so ergriffen war er von dieser Mediascher Margaretenkirche.
Als sie wieder draußen waren, fragte Herr Inkognito, „was hast Du da drinnen für einen Spruch getan?“
„Bei dem Anblick mußte ich den Namen des Herrn preisen.“
„Oh Michael, jetzt hab ich herumgeraten, ob du vielleicht auch ein Piefke sein könntest? Weißt Du, so ein kurzgeschorener Zack-Zack, aber Du bist ein lieber deutscher Landsmann. Iß und trink, was in Dich hineingeht, Du bist mein Gast und a „Bettlad“ werd ich auch noch finden, sofern wir überhaupt eine brauchen.“
Das sah ja lustig aus, dachte sich der Michael, aber in seinem Alter wollte man noch etwas erleben und das Essen und der Wein waren exzellent – davon konnte man in Deutschland nur träumen.
„Ich hab so einen Einspänner, mit dem fahren wir jetzt in die Weinberge, da probieren wir die verschiedenen Trauben aus denen der Riesling, die Mädchentraube, der Traminer, der Königsast und der Gutedel gemacht werden. Vielleicht finden wir auch noch eine Perle von Czabo, das ist eine Tafeltraube bester Güte – allerdings eine frühe Sorte, die könnte jetzt schon weg sein – aber ein Gutedel schmeckt auch vorzüglich.
Weißt, ich bin auf dem Weingut hier das Mädchen für alles und heiße Andres, oder Oindres, auf Hochdeutsch: Andreas.
Einen Rausch – ich meine, so schnell hat man ja keinen, wenn man nicht den Wein wie eine Kuh in sich hineinsäuft . . . Ein geflügeltes Wort sagt auch: den Teufel treibt man am besten mit dem Beelzebub aus, in diesem Falle wär nicht der Oberteufel gemeint, sondern die Trauben, aus denen der Wein entsteht.
Ihre Vitamine – (auch anderes Obst) neutralisieren den Alkohol am schnellsten.
Wir werden uns also ordentlich den Magen vollschlagen und uns rüsten für heut' Nacht!
Für Unterhaltung ist da schon gesorgt. Der Mediascher Musikverein hat heute abend im „Deutschen Casino“ Probe und nachher hockt man beim Figuli, der führt einen guten Tropfen, u. a. auch von unserem Weingut. Im übrigen sind da auch Roth-Experten dabei und

einige sind beim Raketen Oberth am Gymnasium in Mathe und Physik unterrichtet worden.
Da hast Du alles beieinander, was Rang und Namen hat in dieser Stadt.“

„Hüüüh Palinka!“
War das ein nettes Kütschle, dachte sich der Michael, und so gut gefedert sitzt man da drinnen. Ein zweirädriges leichtes Gefährt – ein Kinderspiel für die Palinka zu deutsch: „Schnäpschen!“ und bald ging’s im Trab zum Städtle hinaus.
Ein begnadetes fruchtbares Land, zwischen der Großen und der Kleinen Kokel gelegen.
Jetzt stieg das Gelände an und ihr Weg führte durch unübersehbare Rebhänge.
Auf halber Höhe war eine große Weinberghütte mit Scheune.
Hier wurde die Palinka ausgeschirrt und gut versorgt.
Michael und Andres gingen nun durch die Weinbergreihen und Michael erhielt einen profunden Vortrag über den Weinbau in Siebenbürgen, die verschiedenen Rebsorten, ihre Eigentümlichkeiten, bis zum gern getrunkenen Labsal!
Zunächst aber delektierten sie sich an den wunderbar süßen Trauben.
Als sie genug hatten, legten sie sich unter einen Pfirsichbaum und dankten ihrem Herrgott.
Der hatte auch ein Einsehen mit ihnen, und ließ sie beide bis in die Abendstunden schlafen.
„Ja gibt’s das auch noch einmal – daß ich so verpenne“, rieb sich der Andres die Augen. „He Michael, Du schläfst ja immer noch – ja willst Du gar nicht mehr aufwachen.“
Der rieb sich auch die Augen und wußte so g’schwind gar nicht, wo er war.
Noch ein Blick von den Weinbergen ins schöne Kokeltal, dann spannten sie die Palinka ein und im Trab ging es nach Hause.
Die Palinka kannte ihren Weg und überhaupt, wenn es dem Stall zugeht, braucht das Pferd keine Zügel mehr.
„Komm geh’ g’schwind mit rauf in meine Dienstwohnung Michael, da können wir uns waschen und nach einem Notbett für Dich schauen.“
„Da braucht’s nicht viel – ich habe auf dem Gras unterm Pfirsichbaum fürstlich geschlafen.“
„Nun, etwas besseres haben wir schon – wenn auch das Sofa nicht die neueste Ausgabe ist.“
Nach kurzer Zeit hatten sie sich gerichtet.

„Weißt Du was, jetzt gehen wir zum „Heißen Totz“, der hat eine Wirtschaft am Markt und macht ein Lammbrüstl, da läuft mir jetzt schon das Wasser im Munde zusammen. Anschließend machen wir eine kleine Weinprobe, dabei will ich Dir jetzt schon etwas darüber erzählen, was Spitzenweine für Voraussetzungen haben müssen.
Zunächst ist eine gute Lage die beste Mutter guter Weine, dabei kommt es auf das Klima entscheidend mit drauf an: Sonneneinstrahlung, Neigungsrichtung, Neigungswinkel, Höhe der Lage, Windverhältnisse. Dazu kommt dann die Rebsorte, die auf die oben erwähnten Kriterien am besten anspricht. Sie ist die Erbmasse, die vom Biotop in Nuancen beeinflußt wird.
Die Erfahrung des Kellermeisters und die Harmonie zwischen Öchslesgraden und Säureprozenten auszutarieren, sind weitere Voraussetzung für einen edlen Tropfen.“
Nachdem das Lammbrüstel vorzüglich gemundet hatte, schlenderten sie in den Keller. Dabei achteten sie darauf, nicht zuviel Alkohol zu erwischen, sondern mehr auf die typischen Eigenheiten des Weines zu achten.
Sie probierten ein paar Sorten und Andres stellte Michael auf die Probe, von fünf Weinsorten erkannte er immerhin eine wieder, für einen Anfänger schon recht respektabel.
Mit diesem Grundwissen und einer guten Unterlage im Bauch schlenderten sie dem Deutschen Casinoverein zu, wo der „Figuli“ seine Konditorei und Weinwirtschaft hatte.
Der Laden hatte Tradition, das spürte man bereits beim Eintritt. Es ist schon eigenartig in so alten Wirtschaften – wenn man das alles auf Schallplatte hätte, was das Jahr über da gesprochen wurde. Es wäre sicher nicht uninteressant, vor allem für die Lokalmatadoren, die ja alles wissen müssen . . .!
Da der Musikverein im Hinterhaus noch beim Proben war, konnten sie sich den besten Platz aussuchen.
Sie bestellten zwei Viertel Bischofstropfen.
Dann hoben sie das Glas leicht ins Licht und freuten sich an der herrlichen Farbe dieses edlen Weines: welche „Blume“ ergötzte ihre Nasen und dann der erste genüßliche Schluck: „Michael da Wei muß ma beissa, zupfa, hopfa, riesla lau auf der Zung, unter die Zung und sei Fährtle über den Gauma gluckra lassen, durna bis in da Schlund, na isch er fei, na isch er gsund und brengt koinen auf da Hund!“
„Na, wie ist mei Stuttgarter Schwäbisch?“
„Ausgezeichnet, i nimm Di glei mit nach Stuttgart, aber a Portion Flaschen muscht dabei hau Andres, ohne die bischt ja bloß die Hälfte wert.“

„Wo ich in Stuttgart volontiert habe, hat der Kellermeister, wenn er besonders gut aufgelegt war, immer einen lateinischen Trinkspruch dahergebracht, den hatte er in seiner Jugendzeit an einer Weinpresse in der Gegend von Eltville am Rhein gelesen. Wie ging der auch gleich, ich besinn mich schon den ganzen Tag."
„In vino veritas", meinst Du den?
Um Gottes Willen, den weiß ja jeder – nein, nein der war schon qualifizierter. Ich habe auf dem Gymnasium auch das kleine Latinum gemacht, deshalb habe ich ihn auch verstanden. Jetzt fällt mir was ein: „Vinum delectat . . . so fing er an, jetzt weiß ich es wieder, das heißt: Der Wein ergötzt . . ."
„Nun, wen oder was kann er ergötzen?" bohrte Michael weiter.
„Ganz klar, Michael, daß ich da nicht gleich drauf gekommen bin: „Vinum delectat et laetificat cor hominum." Nachdem Du auch Lateiner bist, was heißt das?"
„Wenn ich das nicht wüßte, bräuchte ich nächstes Jahr nicht zum Abitur zu erscheinen: Der Wein ergötzt und erfreut des Menschen Herz. Immerhin brauche ich für mein Arztstudium das große Latinum!"
„Jetzt tu nicht so als hätte ich meinen Verstand schon versoffen, immerhin ist mir der Spruch nach 20 Jahren auch wieder eingefallen, und das in Latein."
So hänselten sie sich und waren schon sehr fidel bei dem guten Bischofstropfen.
Dann ging die Tür auf und so um die 35 Sänger erschienen beschwingt und bestgelaunt beim Figuli.
„Sag mal, warum warst Du nicht bei der Probe?" wurde der Oindres gleich angespochen.
„Ihr seht doch, daß ich einen Gast habe!"
„Entschuldige, wie der aussieht, hättest Du ihn doch gleich mitbringen können, vielleicht möchte er sogar Mitglied bei uns werden!"
„Das tät der schon, nur hätte er etwas weit zur Probe."
„Wieso? Wir liegen doch nicht aus der Welt?"
„Aus der Welt nicht, aber von Stuttgart jede Woche hierher zu fahren wär beim besten Willen nicht zumutbar."
„Was? Von Stuttgart ist der junge Herr, ja warum sagst Du das nicht gleich." Und schon bildete sich eine ganze Menschentraube um den Michael und den Oindres. Alle wollten wissen, wie es im Reich ginge. Die hörten halt den Rundfunk, dachte sich der Michael, und da drang sowieso nur das Beste an die Öffentlichkeit. Was nützt es diesen Menschen, wenn er das offenlegte?
Deshalb klopfte er an sein Glas und bat ums Wort:
„Liebe Mitglieder des Mediascher Musikvereins!

Ich soll Ihnen herzliche Grüße bestellen von Ihrem Landsmann: Prof. Dr. Richard Csaki, der bei uns in Stuttgart das Deutsche Auslandsinstitut leitet. Da ich ein freier Mitarbeiter von ihm bin, hat er mich dazu ermächtigt, darauf aufmerksam zu machen, daß 1937 in Breslau das große Sängerbundtreffen stattfindet und Ihr alle dazu eingeladen seid."

Ein begeisterter Applaus brandete auf.

Inzwischen war auch ein Mitglied des Vorstandes anwesend und hielt eine kurze Ansprache:

„Es ehrt uns, einen Bruder vom Reich heute Abend bei uns zu haben. Da ich gehört habe, daß Sie sich für die Geschichte unserer Stadt, unseres Vereins und den bedeutendsten Sohn unseres Sachsenvolkes, der hier geboren wurde, interessieren, will ich Ihnen einen kurzen Abriß darüber geben. Falls sie weitere Fragen haben, werden wir sie Ihnen sehr gerne beantworten.

Mediasch steht auf einer Ursiedlung aus der Hallstattzeit. Es wurden Skelette und Scherben gefunden, die das bezeugen.

Die erste Ansiedlung von 'Teutonici', erfolgte in den Jahren 1141 – 1161 und der Chronist vermerkt: 'Dieweil von Alters diese Gegend eine greuliche Wildnis, aber auch mehr rohrig und sumpfmorastig gewesen ist . . .das sich die Leut zu Unfriedenheit nicht so sehr vor Feinden gefürchtet wenn sie aus der Stadt beiseit gegangen . . .als vielmehr vor wilden Thieren haben fürchten müssen."

In einer Stadtbeschreibung von 1690 steht folgendes:

„Medwesch ist eine aus den Teutschen Städten in Siebenbürgen zwar nicht groß, aber ziemlich fest, an der großen Kokel gelegen . . .

Deren Inwohner Feld und Weinbau haben . . . Man hält darfür dass die Stadt mitten in Siebenbürgen gelegen. Die Kirche ist befestigt nach Gewohnheit dieses Volks, so die Tempel zu befestigen pfleget."

1395 brachen die Türken zum ersten Mal in das Land ein.

Die Fluchtburg, bestehend aus Palisaden, wurde ausgebaut. 1552 wird Mediasch vom Marktflecken zur Stadt erhoben und stellt sich als eine gut bewehrte Burg dar mit Türmen, Ringmauer und gut abgesicherten Wassergräben und Sumpfgelände.

Die klimatische Lage eignet sich vorzüglich für den Weinbau.

Emsige Zünfte, die wie überall in Siebenbürgen nur Menschen deutschen Abstammung offen stehen, begründen neben dem Weinbau seinen Reichtum.

Was unsere Stadt am meisten auszeichnet ist die Tatsache, daß Stephan Ludwig Roth, geboren 1796 am Schmiedturm in der alten Rektorswohnung, hier zur Welt kam und viele Jahre hier gewirkt hat.

Was uns am wenigsten auszeichnet, daß unsere Vorväter dieses Ge-

nie nicht immer erkannten und seine großartigen Perspektiven nur halbherzig verfolgten.
Schon sein Vater, Pfarrer von Kleinschelken und ehemaliger Rektor des Mediascher Gymnasiums, hatte in Tübingen Philologie und Theologie studiert.
Als begeisterter Altphilologe erzog er seinen Sohn in den hehren Idealen von Hellas und Rom. Dank dieser Erziehung und seiner überragenden Kenntnis alter Sprachen, bestand Roth 1816 am Gymnasium in Hermannstadt das Abitur: „Erster Klasse mit Eminenz!"
Nach dem Abitur machte er sich, wie sein Vater schon, auf den Weg nach Tübingen.
Da er viel zu Fuß ging, kam er unterwegs bei Wien an einer Hütte vorbei, wo protestantische Glaubensbrüder zurückgezogen lebten. Sie waren so beeindruckt von seiner Persönlichkeit und seiner Absicht, Theologie zu studieren, daß sie ein Wort von ihm hören wollten. Sie brachten eine alte zerfledderte Bibel, Baselerausgabe, herbei und er las daraus: „Wo sich zwei oder drei in meinem Namen versammeln, da will ich unter ihnen sein."
Wie tröstlich mögen diese schönen Worte Jesu aus dem Munde eines so jungen, überzeugten Glaubensbruders geklungen haben.
In Tübingen macht er den Doktor und in Iferten nimmt ihn Pestalozzi unter seine Fittiche. Er animiert ihn, ein Buch zu schreiben: „Der Sprachunterricht."
Auf Grund seiner hohen Intelligenz hatte er Angebote in der Schweiz zu bleiben oder als Pfarrer nach Venedig zu gehen.
Sein Ausspruch: „Ich gehe wohin mich Recht und Pflicht verlangt ... Diese Überzeugung machen mir schwarzes Brot zu Hause so angenehm als auswärts das Köstlichste."
Mit seiner Lehrerbildungsanstalt nach Pestalozzischem Modell, kommt er in Siebenbürgen nicht durch – was eine Anhebung des Bildungsniveaus bedeutet hätte.
Als Gymnasiallehrer begeistert er seine Schüler. Er führt den Turnunterricht nach Turnvater Jahn als Vorbild ein.
Er führt zusätzlich Leistungskurse über sächsische Geschichte, poetica superior, über antike Mythologie, lateinische Lyrik, hält Vorlesungen über Homer, Ovid und führt ein in die Philosophie.
Dabei ist sein Gehalt so knapp bemessen, daß er kaum seine Familie ernähren kann: „Als öffentlicher Lehrer war ich eine blinde Krähe, die nur das Maul aufsperrt und die alten füttern müssen. Meines vortrefflichen Vaters kann ich nicht ohne Tränen der Dankbarkeit gedenken: er gab meistens eher als ich bat und immer mehr als ich verlangte."

In seiner ersten Ehe hat er vier Kinder. Eines stirbt bereits nach acht Monaten. Dann stirbt ihm die Frau mit 27 Jahren an Auszehrung. In der Folge nochmals zwei Kinder.
1837 heiratet er ein zweites Mal. Auch aus dieser Ehe entstammen vier Kinder, bevor sie mündig werden stirbt die Frau mit 39 Jahren im Kindbett am Heiligen Abend des Jahres 1848.
Es ist unwahrscheinlich, was dieser Mann zu tragen hatte, und dennoch brannte er lichterloh in der Finsternis seines Volkes.
Dabei war er ein musischer Mensch und beherrschte vorzüglich das Klavier-und Orgelspiel.
In dieser Eigenschaft hat er auch beim Vorläufer des Mediascher Musikvereins mitgewirkt. 1822 teilt er seinem Vater mit, daß sie die 'Schöpfung' Haydns mit soviel Erfolg aufgeführt hätten, daß sie noch zwei Mal wiederholt werden mußte. Der Reingewinn dieser Aufführungen wurde zum Bau der Mädchenschule gestiftet.
1837 wird er Pfarrer von Nimesch. Dadurch rückt die Landwirtschaft in sein Blickfeld. Er erkennt daß der Bauernstand „Grundlage unseres Nationaldomes" ist!
Kaiser Joseph II. von Habsburg versetzt den Sachsen 1790 mit seinem Konzivilitätsdekret d. h. der Königsboden, im Andreanum für ewig und alle Zeiten den Deutschen Gastsiedlern verliehen und im Eigenlandrecht der Siebenbürger Sachsen verwaltet, wird aufgehoben, einen Todesstoß. Habsburg ging somit vor dem ungarischen Adel in die Knie.
Hier sei noch vermerkt, nachdem Du, lieber Michael, von Württemberg bist, daß Dein Landsmann Schubart sich mutig gegen diese Ungerechtigkeit publizistisch verwahrt hat und für das Deutschtum in Ungarn eingetreten ist. Leider blieb sein Protest unerhört, die Folge: Jeder konnte nun Boden, Haus und Grundbesitz und das Bürgerrecht auf Sachsenboden erwerben.
Beflügelt durch die französische Revolution wird auch den Zünften die Axt an die Wurzel gelegt: Niederlassungsfreiheit!
St. L. Roth schreibt dagegen seine Schutzschrift: „Die Zünfte" (1841).
Da die Ungarn das Ungarische als Amtssprache einführen wollen und die Sachsen und Rumänen dazu zwingen wollen, auf Ämtern nur noch Ungarisch zu verhandeln, schreibt Roth seinen „Sprachkampf in Siebenbürgen", eine Beleuchtung des Woher und Wohin (1842), indem er den ungarischen Gesetzesvorschlag geißelt und seherisch durchdringend behandelt.
Er spricht sich in seinem Sprachkampf für die Gleichstellung aller Nationen aus und unterstützt dabei auch die Rumänen, die ja zah-

lenmäßig die stärkste Volksgruppe in Siebenbürgen sind und politisch gar nichts zu sagen haben – was er als ungerecht empfindet.
Er wird dadurch nicht nur zum Anwalt der Siebenbürger Sachsen, sondern vor allem der damals rechtlosen Rumänen.
Um den Schlag gegen den Königsboden zu kontern, erkennt Roth: „Die Presse ist der Predigtstuhl dieser Zeit . . .“ Und: „Literatur ist ein Stab, an dem sich ein tiefgesunkenes Volk in die Höhe hebt“.
Es wird auf seine Initiative hin der „Verein für Siebenbürgische Landeskunde“ gegründet. Er entwickelt sich zu einer Art Thing des sächsischen Volkes.
Roth war als Pfarrer von Nimesch gleichzeitig Bauer geworden, denn jeder Pfarrer hatte im Siebenbürgischen einen Bauernhof dabei.
Dadurch erkennt er die Uneffektivität der damaligen Landwirtschaft und richtet ein Mustergut ein.
Er forderte Zusammenlegung der Zwergäcker, Wechselanbau, Stallfütterung, Anbau von Industriepflanzen, Anlage von Baumschulen, Errichtung von Ackerbauschulen.
Da er von der Überbevölkerung in Deutschland und den ungeheuren Auswanderungen nach Amerika von seinen Freunden aus Deutschland wußte, reifte in ihm der Plan, diesen Auswanderungsstrom nach Siebenbürgen umzuleiten und hauptsächlich die Ansiedlung von Württembergern ins Auge zu fassen.
Am 9. Juni 1843 wurde in Kronstadt der „Siebenbürgisch-SächsischeLandwirtschafts- verein“ gegründet. Die größte und fruchtbarste Vereinsorganisation der Sachsen, mit der Maßgabe, Neuerungen aufzugreifen und mit der Ansiedlung von Württembergern (die er aus seiner Studienzeit von Tübingen her kannte), einem tüchtigen Menschenschlag, das deutsche Element in Siebenbürgen zu stärken.
Da die Regierung nach zwei Jahren immer noch kein grünes Licht gab, entschloß sich St. L. Roth zu einem folgenschweren Schritt: er wagte im Sommer 1845 den Plan auf eigene Faust durchzuführen, unterstützt von einigen Freunden in Deutschland und Siebenbürgen.
Er ging zum zweiten Mal in seinem Leben nach Deutschland und schlug sein Standquartier in Berg bei Cannstatt auf.
Im „Schwäbischen Merkur“ landete er folgende Anzeige: „Es ist nicht abzusehen, wohin dieser erste Schritt einer deutschen Einwanderung nach Osten führen wird.
Hier an der Donau und sonst nirgends geht für Deutschland der Stern der Größe auf.“
Im Frühjahr 1846 verließ die Hauptgruppe der angeworbenen Schwaben in einfachen Donauschiffen Ulm und fuhr bis Pest.

Von hier wurden sie mit Pferdewagen durch die Puszta nach Siebenbürgen gefahren."
Da meldete sich Michael zu Wort.
„Ich bin begeistert von Ihrem Vortrag und möchte an dieser Stelle anfügen, daß ein Großonkel von mir bei dieser Aktion dabei war und heute dessen Nachkommen in Kirchenburg einen Hof betreiben."
Darauf gab es einen tosenden Beifall.
„Darf ich Sie bitten, Herr Schuler, ihren Vortrag fortzusetzen, er gefällt mir ausgezeichnet."
Darauf gab's wieder Beifall – man stärkte sich mit einem kräftigen Schluck und dann fuhr Herr Schuler fort:
„Die Ungarn hatten natürlich von diesen Vorgängen auch Wind bekommen, und da ihre Zeitung sich stark nach der Augsburger allgemeinen Zeitung orientierte, lasen sie dort auch folgendes: „Nur Deutsche an die Donau – wie Sand am Meer – nur Deutsche an die Donau und nach Siebenbürgen".
Sie konterten schlagartig: „Halb Deutschland ist unterwegs nach Ungarn und Siebenbürgen" und wiegelten das Volk auf, gegen St. L. Roth, den sie als den Hauptschuldigen erkannten, denn das war ja nicht in ihrem Sinne ... im Gegenteil, sie wollten die Sachsen wie die Rumänen und alle anderen Völkerschaften assimilieren und magyarisieren.
Durch die Sturmzeit 1948/49 wurde die Aktion abgebremst.
St. L. Roth gründete 1848 noch den „Siebenbürgisch-Deutschen Jugendbund" wo er den ersten Vorsitz übernahm und Theodor Fabini den Schriftführer machte.
Eine ungeheure Begeisterung erfaßte die deutsche Jugend Siebenbürgens. Man richtete Grußadressen an die Jugend Deutschlands: „Bei allem fühlen wir, daß wir ohne fortdauernde Verbindung mit Deutschland nicht bestehen können.
Es ist uns Stärkung zu wissen, daß das Mutterland auf uns schaut, es ist ein Labsal im ermüdenden Kampf zu denken, daß Tausende deutsche Jünglinge uns ihren Beifall schenken ... Am meisten aber trauen wir auf unsere Selbstermannung, die überall Schwert und Schild ist."
Ziel des „Siebenbürgisch-deutschen Jugendbundes" war: Hebung des Volkstums, Verbesserung des Volksschulwesens und der Lehrer-Seminare: „Das sächsische Volk weiß, daß seine Lebenserhaltung von seiner Bildung und sittlichen Kraft abhängt."
All diese hehren Ziele und Gedanken gingen unter im Bürgerkrieg.
Am 2. 12. 1848 wird Franz Joseph Kaiser von Österreich.
Am 4. 3. 48 erklärt die ungarische Revolutionsregierung die Loslösung von Österreich und Habsburg. General Bem, ein polnischer

Revolutionär führt die ungarischen Aufständischen gegen die Kaisertreuen Sachsen und Rumänen.
Theodor Fabini, der Schriftführer des „Siebenbürgisch-Deutschen Jugendbundes“ fällt am 9. 2. 1849 und stirbt den Heldentod.
Stefan Ludwig Roth wird kaiserlicher Kommissär des Pazifikationsausschusses für das Kokelburger Gebiet und in dieser Eigenschaft von den ungarischen Revolutionären in Meschen festgenommen.
Auf dem Weg nach Klausenburg bereiten ihm Schäßburger Studenten eine Fluchtmöglichkeit in die Walachei vor: St. L. Roth lehnt ab: „Unter keinen Umständen möchte ich als Feigling erscheinen und die Flucht ergreifen.“
Ich schlage jetzt vor, in das Gedenkhaus hinüberzugehen und unserem Gast aus Deutschland, den Anzug, in dem er fiel, seine Briefe und persönlichen Andenken zu zeigen.
Einmütig schritten sie über den Marktplatz der Burg zu, die in der finsteren Nacht stolz bewehrt um so trotziger mit ihren Türmen dastand.
Als alle im Gedenkhaus versammelt waren, fuhr Herr Schuler fort: „Schon in Ketten, schrieb St. L. Roth folgendes Distichon: Michael komm her, Du bist ja Lateiner und lies es uns vor:

„Hungaris Saxo
Si fueris leo, regalem serva tibi mentem,
Sic armis tutus, cordeque victor eris.
Claudiopoli die IImo Maii 1849

Stephanus Ludovicus Roth m.pr.
pastor animarum, quas sibi Christus Musnae
collegit.“

(Der Sachse dem Magyaren: Gleichst du dem Löwen an Kraft, so sei auch gesinnt wie ein König, Stark durch Waffen, wirst Sieger du nur durch Menschlichkeit sein! St.L. Roth e.h., Hirte der Seelen, die Christus in Meschen sich sammelte.)“

Michael überflog den Vers und erkannte die überragende Herzensbildung dieses Mannes.
Seine Stimme zitterte vor Ergriffenheit und tief beugte er sich vor diesem Dokument der Menschlichkeit.
Alle taten es ihm gleich und verharrten in der Stille.
Dann fuhr Herr Schuler fort: „St.L.Roth war durch seinen furchtlosen Einsatz für die völkischen Minderheiten wie Sachsen, Rumänen

und Sonstige zum bestgehaßten Mann im damaligen Ungarn avanciert und stand auf der schwarzen Liste.
Als sich in der Revolution 1848/49 die Gelegenheit ergab, packten sie zu, um ihn zu liquidieren.
In Ketten wurde er von einem Reitertrupp von Meschen nach Klausenburg entführt und einem Schandurteil unterworfen.
Ein Beteiligter äußert sich folgendermaßen: „Der Ankläger des Blutgerichts und die Richter hätten sehr gewünscht, den Vater von sechs Kindern freizusprechen, der sich mit ergreifender Würde betrug, solange das Verhör andauerte und das Urteil ausgesprochen wurde. Man konnte den Armen nicht freisprechen: die Richter waren, als sie das Todesurteil verkündeten, so befangen, daß sie darüber zitterten und weinten – sie konnten kaum sprechen . . .
Als das Todesurteil dennoch gesprochen war – ging der evangelische Pfarrer von Klausenburg zu Csanyi, dem Fürst der Finsternis und Luzifer dieses Schandurteils und bat für Roth um Gnade.
Csanyi ließ sich nicht erweichen, sondern nannte die Gründe für Roths Exekution: Nach seiner Meinung verdiene der Mann nicht einen sondern zehn Tode. Er habe ja überall und schon seit langer Zeit an der Vertilgung der ungarischen Nation gearbeitet, wie dies außer seinem sündigen Tun auch seine Ansiedlung von Schwaben beweise."
„Dabei war St. L. Roth ein tiefgläubiger Mensch, guter Christ und Pfarrer, zog zu seinen sechs Kindern sogar noch ein ungarisches Findelkind auf und bewies dadurch die Unmöglichkeit dieser Anschuldigung.
Nachdem die Revolution von Habsburg mit Hilfe der Russen niedergeschlagen war, endete dieser Csanyi am Galgen, aber vorher starb St. L. Roth im Morgengrauen des 11. Mai 1849 durch die Kugeln eines Exekutionskommandos – ohne Binde vor den Augen. Er bat den kommandierenden Offizier, Gottes schöne Welt bis zum letzten Atemzug zu sehen.
Überwältigt trat nachher der Offizier des Erschießungskommandos vor seine Leute und sagte: „Soldaten, lernt von diesem Mann, wie man für sein Volk stirbt."
Hier liegt sein von Kugeln durchsiebter Anzug.
Michael, lies den Brief, den St. L. Roth an seine unmündigen Kinder vor der Vollstreckung des Urteils schrieb:

'Lieben Kinder!
Ich bin eben zum Tode verurtheilet worden, und über 3 Stunden soll dieses Urtheil an mir vollzogen werden. Wenn mich etwas schmerzt, so ist es der Gedanke an Euch, die ihr ohne Mutter seyd, und nun

auch den Vater verlieret. Ich aber kann dieser Macht, die mich zur Schlachtbank führet, keinen Widerstand leisten, sondern ergebe mich in mein Schicksal, wie in einen Rathschluß Gottes, bei dem auch meine Haare gezählet sind ...
Die Frau Lehrerin wird mir einen Gefallen thun, wenn sie so lange noch da bleibt, bis meine Habseeligkeiten werden verordnet, und jedes Kind unter einem Flügel seyn. Das Theilamt wird ihr für ihre treuen Dienste gerecht werden.
Das ungarische Findelkind, welches ich zur Aufziehung aufgenommen, bitte ich ferner zu unterhalten. Nur wenn es die Eltern verlangen sollten, hätten sie ein näheres Recht dazu. Ich habe ohnedem keines mehr auf dieser Welt ...
Mit meiner Nation habe ich es wohl gemeinet, ohne es mit den andern Nationen übel gemeinet zu haben. Meine Amtierungen in Elisabethstadt und Kokelburg habe ich, aus Gehorsam in einen höheren Willen, geführet. Dieses ist das politische Verbrechen, welches mir den Tod zuzieht ...
Die Zeit eilt. Ob der kranke Leib meinen willigen Geist ehrlich tragen werde, weiß ich nicht. Alle, die ich beleidigt habe, bitte ich um herzliche Verzeihung. Ich meinestheils gehe aus der Welt ohne Haß, und bitte Gott meinen Feinden zu verzeihen. Mein gutes Bewußtseyn wird mich auf dem letzten Gange trösten. Gott sey mir gnädig, führe mich ins Licht, wenn ich im Dunkeln war, und lasse diese Voranstalten, die mich umgeben, eine Sühne seyn, für das, was ich in dieser Sterblichkeit gefehlet habe.
So sey es denn geschlossen – in Gottes Namen

Stephan Ludwig Roth
Evang. Pfarrer in Meschen
Clausenburg am 11. Mai 1849

Nachträglich muß ich noch ansetzen, daß ich weder im Leben, noch im Tode ein Feind der Ungarischen Nation gewesen bin. Mögen sie dieses mir, als dem Sterbenden, auf mein Wort glauben, in dem Augenblicke, wo sonst alle Heuchelei abfällt.

Idem ut supra.'

Dem Michael stand das Wasser in den Augen und seine Stimme war am versagen. Was mußte dieser St. L. Roth für ein edler Mensch gewesen sein?
Da trat einer aus der Runde vor und sagte: „Wieso dieser Mensch, ein siebenbürgischer Schweizer, der damals schon das Zusammenle-

ben unterschiedlicher Völker begrüßte, das alles ertragen konnte erklärt ein Spruch von ihm: „Wenn uns Angst und Bange werden wird in dieser Welt, wollen wir ans Kreuz treten und auf den Erlöser sehen und von ihm Kräfte holen, die Schwachheit des Fleisches zu überwinden."

Sie verharrten noch eine Weile in ehrfürchtigem Schweigen, dann gingen sie mit nachdenklichen Gesichtern wieder zum Figuli.

So aufgewühlt hätte sowieso keiner schlafen können.

Als alle was im Glase hatten, stand der Oindres auf und bat ums Wort: „Liebe Sangesbrüder, als ich vor 20 Jahren in Stuttgart volontierte, hat unser Kellermeister, wenn ein besonders guter Jahrgang seinen Gaumen erfreute, folgenden Spruch getan: Michael! sag Du ihn, mir ist er grad wieder entfallen", dabei zwinkert er Michael mit dem Auge zu. Nun, Michael wollte keinen Spielverderber machen, hob sein Glas fachmännisch ins Licht und deklamierte: „Vinum delectat et laedificat cor hominum!" Frei übersetzt nach Michael Kammerer in Sächsisch-Deutsch: Helf Gott, daß dieser Wein Eure Herzen ergötze und erfreue!"

Donnernder Applaus und ein kräftiger Schluck waren die Belohnung.

„Lieber Michael!" meldete sich der Sprecher des Musikvereins: „Wir haben außer unserem St. L. Roth nochmals etwas Geschichtliches anzumerken.

Diesmal auf musischem Gebiet und unseren Verein betreffend. 1896 dichtete der Mediascher Gymnasialprofessor, Schriftführer unseres Musikvereins und späterer Stadtpfarrer von Mediasch, Carl Römer, in einer echten Sternstunde das Liebeslied: „Äm Hontertstroch" (Beim Holderstrauch). Der damalige Musikdirektor des MMV, Hermann Kirchner, vertonte es und daraus wurde für die damalige Zeit ein Volkslied zum Weltschlager.

In Deutschland, England, USA und sogar in Japan wurde es gesungen.

Dieses Lied begeisterte so viele musische Menschen, daß in seiner Nachfolge ein ganzer Reigen Volkslieder entstand, die heute noch gesungen werden. Carl Römer: „Der grän Jäger" (Der grüne Jäger), Josef Lehrer: „Nur denj Uge loss mich sähn." (Nur deine Augen laß mich sehn), Ernst Thullner: „Af deser Ird." (Auf dieser Erd'), Anna Schuller-Schullerus: „Der Bäsch wird giel." (Der Busch wird gelb), Grete Lienert: „De Astern blähn insem em Gärtchen." (Die Astern blühn einsam im Garten) und noch viele andere.

Ich würde vorschlagen wir singen jetzt unserem Gast das Lied: „Äm Hontertstroch" das also unmittelbar hier entstanden ist . . ."

Michael war gerührt. Er mußte ein Dankeswort sagen: „Liebe Sangesbrüder des Mediascher Musikvereins! Eure Liebe, Eure Brüderlichkeit und Euer Zugetansein haben mich überwältigt.
Die Geschichte Eures St. L. Roth, die ich so anschaulich erleben durfte, ist mir so zu Herzen gegangen, daß ich diesen Mann wohl bis an mein Lebensende verehren werde.
Euer guter Wein und nicht zuletzt das Lied: „Äm Hontertstroch", machen mir den Abschied aus dem Siebenbürgerland immer schwerer . . . dabei muß es in ein paar Tagen sein.
Überhaupt, Euer Lied zeigt auf wie nah wir miteinander verwandt sind; bin ich doch in einem kleinen Höfle auf der Schwäbischen Alb geboren, das fast ganz vom Holunder zugewachsen war.
Meine Oma haben sie die Holder-Marie gerufen und weil sie mit Holder und Kräuter die Menschen geheilt hat, mußte ich ihr versprechen, auch ein Kräuterheiler oder Arzt zu werden.
„Schau, Michi" hat sie immer zu mir gesagt, und mir mit ihre wundersame Händ' über das Haar gestreichelt: „Das Höchste was ein Mensch im Leben erreichen kann – und das kann der Ärmste wie der Reichste – ist, seinem Nächsten zu helfen! Und dazu begnadet zu sein ist des Lohnes genug."
Vielleicht gelingt es mir im Leben auch, Euch mal was Gutes zu tun. Ich danke für die Erkenntnisse dieser Nacht und trinke auf das Fortbestehen unseres lieben Sachsenvolkes in dem schönen Siebenbürgerland."
Tosender Beifall, Zuprosten und viele kamen um den Michael in den Arm zu nehmen.
Jetzt war kein Halten mehr. Ein Lied nach dem andern machte die Runde, und als der Tag zu den Fensterscheiben hereinguckte, wollte es keiner wahrhaben, daß es schon so spät oder so früh geworden war.
Beim Figuli gab's frische Brötchen und einen wohlduftenden Bohnencafe. Nachdem man ausgiebig gefrühstückt hatte, war der helle Tag erwacht.
Die meisten verzogen sich, um noch eine Kappe voll Schlaf zu erwischen. Oindres und Michael gingen die Tasche holen dabei sagte der Oindres: „So geht's mir jedesmal mit dem Sofa . . . deshalb kaufe ich auch keinen neuen!"
Michael bedankte sich beim Oindres für die herzliche Gastfreundschaft.
„Wofür denn? Wir haben uns bei Dir zu bedanken. Endlich war mal wieder was los im Städtle! Komm bald wieder ist der beste Dank!"
Michael schlenderte zum Bahnhof. Er hatte bald einen Frühzug nach Schäßburg. Seine größte Sorge war: im Zug zu verschlafen.

Vis a vis von ihm saß ein älterer Herr, der auch in Mediasch eingestiegen war. Michael überlegte: eine gute Methode, nicht einzuschlafen, wäre eine Konversation mit ihm.
„Darf ich fragen: Sind Sie von Mediasch?"
„Ja selbstverständlich dürfen Sie das, und Sie?"
„Ich bin von Stuttgart und habe gehört, Sie hätten so einen berühmten Professor für Mathematik und Physik in Mediasch."
„Ach, Sie meinen den Prof. Oberth. Meine Enkel gehen zu ihm ins Gymnasium und die frage ich dann immer aus, ob sie heute wieder auf dem Mond waren . . .!"
Dabei macht er ein leicht spitzbübisches Gesicht.
„So, so, dann erzählt er also auch den Schülern was von seinen Visionen!"
„Visionen sind das nicht unbedingt, der haut ihnen die Wandtafel voll mit Formeln und Berechnungen, und ist er mal richtig drinnen in seinem Element, vergißt er seine Umgebung . . . nur wenn die Schüler das Allotria übertreiben, wird er wieder der Situation gewahr und kehrt auf die Erde zurück. Er bedient sich dann auch aller irdischen Möglichkeiten, seine Autorität wieder herzustellen. Zu dem Zweck soll sogar schon der Kreidekasten in die Meute geflogen sein. Er will natürlich niemanden verletzen, ärgert sich aber wahrscheinlich insgeheim, wenn die Schüler ihm eine Lockspur legten und er sich darauf begab."
„Das ist bei uns in Stuttgart auch nicht anders. Wir versuchen auch mit Tricks und über Steckenpferde des Lehrers den Unterricht zu verschleppen."
„Wir bewerten das so ähnlich. Herr Prof. Oberth ist ein sehr fähiger Lehrer und wissenschaftlich eine Prominenz, die über das Land hinaus bekannt ist. Wenn der bei Euch in Deutschland leben würde, hätte er sicher schon einen wissenschaftlichen Auftrag."
„Das können Sie auch so noch abwarten. Es wird nicht mehr lange dauern bis man Euch den aus dieser Idylle herauslockt."Entgegnete Michael.

Die Fahrt war wie im Flug vergangen: „Sighisoara" schrie der Schaffner, was soviel wie „Schäßburg" heißt.
Michael bedankte sich bei seinem Gesprächspartner für die angenehme Unterhaltung und stieg aus.

Beim Aussteigen ging es Michael blitzschnell durch den Kopf: hatte sich sein Gegenüber nicht mit „Honnigmann" vorgestellt. War das am End' ein Jude? Als Michael zurückschaute, lehnte er im Fenster und lächelte ihm zu.

„Sind Sie Jude?" flüsterte Michael zu ihm hinauf. „Ja, aber Sie brauchen das nicht so verschwiegen tun. Die Sachsen sind uns sehr freundlich gesonnen und unsere Kinder gehen in ihre Schulen."
„Ich wünsche Ihnen alles Gute!" rief ihm Michael nach, während der Zug schon aus dem Bahnhof dampfte.
Michael stellte fest: So ging es doch auch. Obwohl sie ihr Deutschtum so hoch hielten und an ihm hingen wie nicht mal die im Reich, bemühten sie sich dennoch mit allen Völkern Siebenbürgens auskömmlich und gut zusammenzuleben. War es nicht überhaupt der erste Schritt für ein friedliches Miteinander – den andersartigen zu achten und ihm freundlich zu begegnen – deshalb ging der eigenen Art noch lange nichts verloren!

Er erkundigte sich gleich nach einem Anschluß nach Kirchenburg aber die Wusch, alias Wicka, war schon über alle Berge.
Wo blieb er jetzt so lange? Zum Laufen war er zu müde. Auf einer Bank ein Nickerchen zu machen sah bald nach Penner aus. Er dachte auch an Gert, aber der würde ihn gleich mit der „Nachhilfe" auf die Schippe nehmen.
Ach was, dachte er sich: „Nachhilfe" hin oder her, er wollte ja gar nicht übernachten sondern nur den Mittagszug abwarten und der hatte am Marktplatz, unweit vom Gert, auch eine Station.
Doch es kam ganz anders als er dachte.
Kaum hatte er am Haus von Gert geläutet, zog ihn eine Mädchenhand zur Hautür herein: „Joi Mihaly, daß Du wieder kommen, Du starkes deutsches Mann – joi teremtete istenem! Nix geschlafen? Nix gewaschen? Komm, Du kannst schlafen bei Erzsike. Gert und Elter sind in Vakanz, Erzsike so allein! Abbber jetzt nixmehr allein. Ich Dich waschen und baden und ich Dir machen Schnietzel vom Kalb. Von wo komms Du? Nix von anderes Weib!?" Dabei erhebt sie drohend den Zeigefinger. Jetzt kam Michael auch einmal zu Wort: „Ich weiß nicht, ob ich dableiben kann Erzsi, wenn der Gert nicht Zuhause ist."
„Du bleiben, basta, sonst Erzsike bringen Dich um, Terrremtete!"
Dabei kommt sie ihm so nahe, daß ihm nichts mehr anders übrig bleibt als zuzugreifen. Und welcher Mann täte das bei so einem strammen Weib nicht gerne. Der müßte schon nicht von dieser Welt sein oder aus einer andern Gilde, und das war Michael beileibe nicht.
Am andern Morgen hatte er das Sexabitur mit Nachhilfe bestanden.
Ein liebes Wesen, diese Erzsike, so richtig naturhaft erotisch ohne Scheu, und so hingebungsvoll lieb!
Wenn er den Luzifer Csanyi mit ihr verglich, Menschen der gleichen Nation, stand eine Erkenntnis bei ihm felsenfest: Nie ein Volk, eine

Rasse verurteilen, denn in jedem Volk gibt es viel mehr gute Menschen als schlechte.
Trotzdem dachte er auf der Heimfahrt ans Lehnchen. War sie auch glücklich mit ihrem Burghüter? Ihre zarte scheue Art, das Blau ihrer Augen, die Sehnsucht darin nach Zärtlichkeit und Liebe, all das hatte der Michael in so vielen Stunden immer wieder gespürt und gefühlt und jetzt war er fast acht Wochen hier und hatte sie erst einmal flüchtig gesehen – seine Gedanken an Lehnchen machten ihn traurig – er würde und konnte sie ja kaum berühren, denn er wollte sie ja ihrem Mann nicht abspenstig machen, aber ihr ein bißchen nah sein, das hätte ihm schon genügt.
Als er in Kirchenburg eintraf, war niemand zu Hause.
Er schlenderte in den Garten und legte sich unter einen Baum – Zeit hatte er ja genügend zum Verschlafen.

Wie aus weiter Ferne hörte er seinen Namen rufen und als er endlich aufwachte, stand Erwin am Gartenzaun und schrie herüber: „Du hast ja einen gesegneten Schlaf, jetzt schrei ich mich hier bald heiser. Zum Mittagessen wollte ich Dich schon holen, aber Du hast nicht reagiert – jetzt komm wenigstens zum Kaffee zu uns herüber, meine Eltern würden sich sehr freuen.
Michael entschuldigte sich, wusch sich geschwind und setzte mit einem Hechtsprung über den Zaun in den Pfarrersgarten.
„Grüß Gott, Frau Mutter, Grüß Gott, Herr Vater!"
„Grüß Gott, Michael, man hat Dich ja kaum gesehen in den Ferien."
„Ich habe diesmal viel vom Sachsenland erlebt und es war begeisternd schön!"
„Komm setz Dich", lud ihn Frau Mutter mit einer Handbewegung ein.
„Herzlichen Dank für die Einladung – ein Kaffee wird mir jetzt wirklich guttun."
„Warum, hast Du schon lang nichts mehr gehabt?"
„Ich war doch in Mediasch und da war es ziemlich anstrengend."
Beim Erwin war ein Lächeln kaum zu übersehen.
„Ja und in Kronstadt wart ihr ja auch, da hat uns Martin schon etwas erzählt."
„Und bis auf die Fahrkarte habe ich kein Geld gebraucht."
„Das freut uns sehr, daß unsere Landsleute so gastfreundlich sind", warf der Herr Vater ein und Erwin zwinkerte Michael zu „was war denn in Mediasch so anstrengend?"
„Das, was Du meinst war es nicht allein, mir hat das Schicksal von St. L. Roth so zugesetzt, daß ich an mir halten mußte, um kein falsches Pathos zu inszenieren. Dabei hatte der doch so eine edle Ge-

sinnung, überhaupt alles hat mich fasziniert, was der auf die Beine gestellt hat – und was er wollte – denn vieles ist ihm ja gar nicht geglückt.
Dennoch bewundere ich diesen rastlosen und voller Ideen sprudelnden Mann.
Wenn sie den nicht erschossen hätten, wär noch manches Positive für Euer Siebenbürgerland herausgekommen, dessen bin ich felsenfest überzeugt.
Aber auch die anderen Völkerschaften Siebenbürgens haben von ihm profitiert, überhaupt die Rumänen – mal sehn, ob sie es Euch danken?"
„Ich habe gehört, Sie planen eine Gedenkschrift folgenden Inhalts" ließ sich Erwin vernehmen.
IN ACEST LOC A FOST
EXECUTAT LA 11 MAI 1849 DIN
ORDINUL NOBILIMII CONTRA-
REVOLUTIONARE MAGHIARE, PRO-
FESORUL SAS STEPHAN LUDWIG
ROTH. INTELECTUAL PROGRESIST
MILITANT ACTIV IN REVOLUTIA DE
LA 1848. SUSTINATOR NEOBOSIT
AL DREPTURILOR SOCIALE SI
NATIONALE ALE POPULATIEI SA-
SESTI SI ALE POPORULUI ROMAN.
(An diesem Platz wurde executiert am 11. Mai 1849 auf Befehl der feudalen ungarischen Gegenrevolutionäre der sächsische Professor Stephan Ludwig Roth. Intelektueller, fortschrittlich, militant aktiv in der Revolution 1848 unermüdlicher Vorkämpfer für soziale und nationale Gerechtigkeit, der sächsischen Bevölkerung und des rumänischen Volkes.)

„In der Politik, lieber Michael", sagt der Herr Vater „wird mehr nach Vorteilen fürs eigene Volk gehandelt und für das was war, gibt der Politiker nicht mehr so arg viel!
Das einfache Volk ist im Grunde anständig, wenn es aber in Not und Elend kommt, womöglich noch durch Parolen verführt wird, gleicht es einem Tier, daß sich nimmt, was es erwischen kann. Alle Erziehung – wenn es überhaupt eine genossen hat, fällt ab, wie ein unnützer Plunder."
„Dann ist Eure Lage sehr labil, ehrwürdiger Herr Vater", entgegnete Michael.

„Ja, das ist sie. Seit unsere Burgen nur noch einen ideellen Wert haben, und wir zahlenmäßig eine verschwindende Minderheit sind, ist es nur noch unsere Tüchtigkeit, die zählt.
Und der Tüchtige wird wie überall auf der Welt beneidet.
Schau, wir sind im Verhältnis zu den Rumänen und Szeklern immer noch die Reichen und Besitzenden."
„Dem allem kann ich zustimmen. Was ich auf meiner Reise durch Euer Land alles gesehen und erleben durfte, hat mich sehr tief bewegt – diese Kulturleistung, die ihr da vollbracht habt, und noch vollbringt, ist einmalig auf der Welt."
„Diese Begeisterung hört man allenthalben auch von NSDAP-gesinnten Kreisen und es gibt bei uns sehr viele, die ihr einziges Heil für die Zukunft in Hitler-Deutschland sehen.
Obwohl ich von Kollegen aus Deutschland weiß, daß sie sogar den Glauben in ihrem Sinn uniformieren möchten."
„Da muß ich Ihnen recht geben, ich hoffe, daß das unter uns bleibt – wenn ich das so frei hier zugebe. Da hat ja einer die Pfaffen als Otterngezücht bezeichnet, und ein SS-General hat ein Plakat in den Unterkünften folgenden Inhalts anbringen lassen:
„Gebetbücher sind Dinge für Weiber, auch für solche, die Hosen tragen. Wir hassen den Gestank des Weihrauchs, er verdirbt die deutsche Seele, wie der Jude die Rasse. Wir glauben an Gott, aber nicht an seinen Stellvertreter, das wäre Götzendienst und heidnisch. Wir glauben an unseren Führer und die Größe unseres Vaterlandes. Für diese wollen wir kämpfen, für keine anderen.
So frei wir leben, so frei wollen wir abtreten. Unser letzter Hauch: Adolf Hitler!"
Was man nach dem Sieg mit den Kirchen vor hat, sagt Göbbels:
„Den Bischof vor der Kirche aufhängen."
„Das lieber Michael ist nicht von Segen – wir Pfarrer leben geistig von Gütern, Wahrheiten und Weisheiten, die sich über Jahrtausende erhalten haben und göttlich sind. Wer gegen sie angeht, wird fallen ob früher oder später."
„Das kann ich in meinem jugendlichen Alter noch nicht so gut beurteilen, wie Sie, ehrwürdiger Herr Vater, dennoch glaube ich Ihnen und wenn's unter uns bleiben darf, füge ich hinzu, man sollte die Menschen hier mäßigen und ihnen raten, nicht zu sehr Hitler nachzurennen."
„Die rennen im Grunde nicht Hitler nach", warf Erwin in die Debatte, „sondern spüren ihre schwierige völkische Lage und das Aufblühen der anderen Völker.
Sie fühlen, daß sie ihr Deutschtum ohne Hilfe aus dem Mutterland verlieren werden.

Das ist kein Chauvinismus, wie das mancher, der im Trockenen sitzt, so einfach zu sagen beliebt. Das ist für uns hier die Gefahr, unsere deutsche Sprache zu verlieren, in der u. a. Goethe, Schiller, Uhland, Nitsche und Kant so herrlich geschrieben haben.
Das würde bedeuten, dem deutschen Volkslied zu entsagen, das so sehr unsere Seele stimuliert, auf Mozart, Beethoven, Schubert und Haydn zu verzichten, deren Musik Ausdruck unseres innersten Wesens ist.
Unsere ganze kirchliche Kultur – wer kann sich ihre Vermittlung in einer anderen Sprache vorstellen und das alles verstehen.
In diesem Dilemma erhoffen sie sich Hilfe vom Reich, das sie auch nach 800 Jahren immer noch als ihr Mutterland anschauen.
Und das stimmt ja auch, von dort sind wir einstens ausgewandert."
„Das alles bejahe ich von Herzen", entgegnet Michael, „nur eines möchte ich zu bedenken geben: der deutsche Herrenmensch, wie ihn die Nazi's hochstilisieren, macht sich mehr Feinde als Freunde in der Welt . . ."
„Also sind wir wieder bei der Erkenntnis, die ja auch Michael vertritt, mit den Nazis keine Verbrüderung einzugehen", bemerkte Erwin.
„Ich bin außerdem der Meinung, den Rumänen keine Ursache zu liefern, ihre Haltung den Sachsen gegenüber überprüfen zu müssen. Es leben hier ja außer Rumänen, die ja ein wertvolles Volk sind, mit Glauben und Kultur, auch noch andere ethnische Gruppen.
Wenn die, die Gelegenheit bekämen, die Prinzipien des Weltkommunismus hier umzusetzen – dann Gut Nacht Sachsenvolk!"
„Sehr gut bemerkt Michael", gab der ehrwürdige Herr Vater dem Michael recht.
„Das wird eine zentrale Frage und auch da müssen wir uns hüten, jemanden wie auch immer geartet die Ursache zu liefern, ihre gemeinsten und niedersten Instinkte an uns auszuleben . . ."
„Jetzt esset auch einen Kuchen, Ihr seid ja politisch so weggetreten, daß Ihr gar nicht merkt, wie ich mich um Euch bemüht habe", mischte sich die Frau Mutter ins Gespräch.
Michael bat abschließend noch einmal ums Wort.
„Ehrwürdiger Herr Vater, lieber Erwin, ich bitte, das was ich von meiner Seite zum Gespräch beigetragen habe, ohne Namensnennung zu behandeln, da ich ja in den nächsten Tagen zurückreise und mein Studium nicht gefährden möchte."
„Das ist selbstverständlich Michael – wir sind Dir ja so unendlich dankbar, Daß du uns auf einer Linie bestärkst , die ja eigentlich gegen den Strom zu gehen scheint, aber in unserer Meinung schon erörtert wurde!"

„Liebe Mutter, herzlichen Dank für den guten Kaffee und der Jugend für das gute Gespräch – ich muß noch an meiner Predigt arbeiten und bitte um Dispens!"
Erwin und Michael schlenderten durch den Garten und kamen auch am Gemüsegarten vorbei. Sie waren so vertieft in ihrem Gespräch, daß sie die Frau, die da am arbeiten war, fast übersehen hätten.
Erst als sie grüßte, verschlug es dem Michael die Sprache.
Erwin hatte was davon bemerkt, und da er sowieso ein Buch aus dem Haus holen wollte, um dem Michael etwas daraus vorzulesen, sprang er geschwind fort.
„Ja Lehnchen, daß ich Dich noch sehen darf, welches Glück, bevor ich abfahre."
„Mach mir das Leben nicht schwerer Michael, als es schon ist. Wie gerne wäre ich in Deiner Nähe – aber das ist doch unmöglich – weil's in Gedanken schon eine Sünde ist – wenn man uns gar noch sehen würde, käme es einer geistigen Steinigung gleich."
„Aber hier sieht uns doch keiner", dabei zog er sie hinter den Holunder an der Ringmauer und obwohl es beiden wiederstrebte etwas Verbotenes zu tun, war die Macht der Liebe stärker. Wie zwei dürstende fielen sie sich um den Hals und Michael küßte den Tau und die Tränen so vieler Nächte von ihren Lippen.
Erwin kam zurück und Michael flüsterte ihr ins Ohr: „Ich vergesse Dich nie!"
Ein dankbarer Blick war ihre Antwort.
Als er ein paar Tage später Kirchenburg verließ, schaute er verstohlen zum Kirchturm hinauf und ein weißes Tüchlein, ein Zeichen von Unschuld, Sehnsucht und Liebe winkte ihm zum Abschied einen Gruß.
Michael hätte losheulen können vor lauter Heimweh nach seinem Lehnchen. Aber die „Wusch" kannte kein Erbarmen und fauchte und quietschte zum Dorf hinaus.
Michael hatte diesesmal nicht nur seine Koffer voll, sondern Herz und Geist quollen sogar über, von dem was er alles erlebt hatte.
Er war auf die unterschiedlichste Art mit den Menschen, ihren Sehnsüchten, ihren Lebensgewohnheiten in Berührung gekommen und durfte zum erstenmal in seinem jungen Leben das herrliche Gefühl erfahren, das einem nur Frauen in dieser Vollkommenheit zu geben imstande sind.
Nur die Lehnchen, seine große Sehnsucht, entfernte sich mit jedem Kilometer den der Zug machte, immer weiter von ihm.
Mit jeder Faser seines Leibes und mit jedem Gedanken hing er an ihr und wäre am liebsten in sie hineingeschlupft für alle Zeiten. Aber es

war ja nicht möglich, wovon hätten sie leben sollen und verheiratet war sie jetzt obendrein.
Ade du Stern meiner Gedanken, vielleicht ist es mein Schicksal, bis an mein Lebensende nur von dir zu träumen ...?

Eskalationen

Was war das für eine Hektik gegen dieses beschauliche Leben in Siebenbürgen.
Am liebsten hätte der Michael auf dem Absatz kehrt gemacht – aber die Elsa, seine gute Mutter, schloß ihn so fest in ihre Arme und sein Vater legte ihm die Pranke auf die Schulter und der Onkel Fred fuhr ihm vor Freude übers Haar – es waren alles gute Menschen und die wollte er nicht enttäuschen ...
Also hineingesprungen in die tägliche Hast. Dabei durfte er den Dr. Csaki, seinen Professor nicht vergessen, dem er soviel zu verdanken hatte.
Er rief ihn an und bekam prompt eine Einladung, vor einem ausgesuchten Publikum über seine Erlebnisse in Siebenbürgen zu berichten.
Er legte den Vortrag mehr aufs geschichtliche Brauchtum und das gesprochene Wort und erntete lebhaften Beifall.
Prof. Dr. Csaki, bestätigte ihm, ein profunder Siebenbürgen-Kenner zu sein und stellte Michaels Einsatzbereitschaft sehr vorteilhaft heraus.
Es war immer gut, ein bißchen mehr bekannt zu sein.
Was hatte ihm sein früher Beitritt zur HJ und sein Schlenker zum DAI nicht schon alles für Vorteile gebracht!
Er mußte nicht mehr marschieren und sich konfrontieren. Der Rassismus eskalierte immer mehr und obwohl er ihm verwerflich schien, hätte er sich ohne seinen Schlenker zum DAI nicht drücken können.
Im Gegenteil, er durfte es nicht mal zeigen, daß ihm das mißfiel. Es wäre das Ende seines beabsichtigten Studiums gewesen. Und dieses Ziel hatte er sich unabdingbar gesetzt.
Noch waren da einige handfeste Hürden zu nehmen.
Am 1. 10. 1935 werden die ersten Dienstpflichtigen zum Arbeitsdienst einberufen.
Also war Michael nach dem Abitur dran.
Hoffentlich konnte er diesen Drill überstehen – denn das stank ihm am meisten: dieser rüde Ton auf dem Kasernengelände und das Gegröle bei den sonstigen Veranstaltungen.

Eines Tages kommt das Hannale ganz aufgeregt zu Kammerers gesprungen.
„Ist der Michael da?“
„Ja, schau mal oben, ob er auf seinem Zimmer ist?“ gab ihr Elsa zur Antwort.
„Michael, Michael“ polterte sie die Stiege hinauf und in der Hand schwang sie einen Brief.
„Der Martin aus Kirchenburg hat mir geschrieben.“ Das ist ein Kerle, ging es dem Michael blitzschnell durch den Kopf.
„Laß sehen.“
„Aber nur, wenn Du mich in Zukunft seine Briefe an Dich auch lesen läßt.“
„Abgemacht“ erwiderte Michael.

Liebes Hannale!

Von Michael habe ich Deine Anschrift bekommen und da ich gerne eine Schreibfreundin in Deutschland hätte, frage ich bei Dir an, ob Du mitmachen möchtest.
Ich bin jetzt in der dritten Klasse des Bischof-Teutsch-Gymnasiums in Schäßburg.
Meine Hobbys sind Tiere und da z. Zt. am meisten die Pferde.
Ich kann auch schon ganz gut reiten und wenn ich zu Hause bin, versorge, striegele und bürste ich sie auch.
Ich klopfe dann den Striegel aus wie es mich der Tudor, unser Knecht, gelehrt hat. Der war beim Militär, und da haben sie die Striche ganz soldatisch ausrichten müssen. Wenn ich dann dreißig bis vierzig Striche habe, dann glänzen meine Pferde wie das Silber der Tante Minna!
Wenn ich dann fertig bin, streichle ich ihre weichen Nüstern. Sie haben es ganz gerne, wenn ich ein wenig mit ihnen schmuse.
Und komme ich dann am andern Tag in den Stall, fliegen schon ihre Köpfe herum, dann wiehern sie und scharren mit den Vorderhufen. Ein Zeichen ihrer Liebe.
Was tust Du am liebsten?
Wirst Du mir auch einmal schreiben?

Herzliche Grüße an den Michael, seine Eltern und unbekannterweise auch an Deine Eltern

Dein Martin
aus Kirchenburg in Siebenbürgen.

„Ja, was soll ich jetzt antworten? Ich hab doch noch nie einen Brief geschrieben. Ich bin ja auch noch in der Volksschule und kann noch gar nicht so gut schreiben.“
„Das macht gar nichts. Jetzt überlegst Du Dir – z.B. was Du am liebsten tust und ob Dich etwas von Siebenbürgen interessiert, z.B. wieviel Schüler in der Klasse von Martin sind, oder wo das Gymnasium liegt und ob er Dir mal ein Bild schicken könnte – auch von seinen Pferden oder von sich selber, damit Du überhaupt einmal siehst, mit wem Du Dich da einläßt und ob er Dir rein äußerlich gefällt.“
S'Hannale war so aufgeregt, und nachdem der Michael ihr an die Hand ging, gab sie ihm vor Dankbarkeit einen Kuß auf die Wange und rannte mit dem Brief nach Hause.
Am anderen Tag stand sie schon wieder da und nach einer Weile kam Frau Vögele dazu. Sie hatte natürlich auch den Brief lesen dürfen: Ihr Töchterle hatte den ersten Brief von einem angehenden Mann erhalten und das war schon ein ganz großes Ereignis für ein zehnjähriges Mädchen.
Elsa kam auch dazu, und so wurde die Sache mal gründlich beredet, dann holte Michael ein Blatt Papier und's Hannale mußte schreiben:

„Lieber Martin!“
„Zunächst“, sagte der Michael zum Hannale und der versammelten Mütterschaft, „mußt Du Dich beim Martin für den Brief bedanken. Als nächstes wäre es gut, auch Deiner Eltern Freude darüber zu erwähnen, daß er Dir diesen Brief geschrieben hat.
Dann gehst Du auf seine Pferde ein und sagst, daß Du gut mitfühlen kannst mit ihm, obzwar Du noch kein Pferd hast, aber viele Vögel in Deinem Garten, die Du im Winter fütterst.
Dann hast Du Igel und Käfer hinterm Holzschuppen, die Du beobachtest und denen Du einen Leckerbissen zukommen läßt. Z. B. dem Igel gibst Du hie und da ein rohes Ei oder etwas Milch und am andern Morgen ist das Tellerchen leergesabbelt.
Dann bestellst Du auch schöne Grüße an die Eltern von Martin, schreibst auch von mir einen schönen Gruß und daß Du Dich freuen würdest bald etwas von ihm zu hören.
So, und das werden wir jetzt formulieren und mit der richtigen Zeichensetzung versehen.“
Und so schreibt's Hannale von Stuttgart den ersten Brief ihres Lebens an einen Mann in Transilvanien – jenseits der Wälder – namens Martin Kammerer aus Kirchenburg in Siebenbürgen.
„Gott Du bist groß und Deine Güte währet ewiglich!“
Das ist ein Spruch, der hängt über Hannales Bett und ihm empfiehlt sie mit kindlicher Hingabe ihren Brief in das ferne Siebenbürgerland.

Und er sollte ankommen und Gehör finden und der Segen Gottes würde mit ihm sein . . .

Ab diesem Zeitpunkt war Michael für niemanden mehr zu sprechen. Es ging um die Wurst, und da er wußte, was er wollte und für sein junges Leben schon viel gesehen und erlebt hatte, mußte er die Chance nützen und ergreifen.
Er hatte erkannt, was ihm so ein Studium für einmalige soziale Aufstiegsmöglichkeiten bieten würde.
Diese Plattform erreichten in der heutigen Zeit zwar einige über die Partei auch, aber ob sie von Dauer sein würde . . .?
Michael kam von ganz unten und wußte wie weh und erniedrigend Armut sein kann, deshalb wollte er durch ehrliches Bemühen seinen Stand verbessern – Gott hatte ihm einen guten Verstand geschenkt und von der Holder-Marie hatte er ein gutes Herz geerbt.
Gott würde ihm gnädig sein, zum Wohl der Menschen: ein Freund und Helfer der Hin- und Hergestoßenen und Unterdrückten.
Auch seine Einstellung zur sogenannten“Neuen Zeit“ hatte sich innerlich etwas gebessert, schließlich hatte sie fünf Millionen Arbeitslosen wieder Arbeit und eine neue Hoffnung zum Leben geboten.

Nach einem halben Jahr Arbeitsdienst, in dem man ihn nicht so traktierte, wie er es befürchtet hatte . . . vielleicht half ihm hier schon der Vermerk in seiner Personalakte, durfte er das Studium der Medizin beginnen.
Doch vorher wurde er zur besonderen Verfügung nach Berlin zur Olympiade abkommandiert.
Er hatte die Sportler aus Südosteuropa gesellschaftlich zu betreuen, eine sehr reizvolle Aufgabe, da alle Völkerrassen hier vertreten waren und es ein babylonisches Durcheinander zu koordinieren gab.
Auch mußte er darüber wachen, daß Termine eingehalten und die verschiedenen Gruppen auf den richtigen Weg gebracht wurden.
Am meisten beeindruckte ihn der Olympiabaum, geschmückt mit den Wimpeln von 53 Nationen, die an den olympischen Spielen teilnahmen.
Und als Beethovens Hymne an die Freude erklingt, getextet von seinem berühmten Landsmann Friedrich Schiller, ist Michael so sehr hin und hergerissen, daß er am liebsten alle seine Schützlinge egal, welcher Nation sie sind, umarmen möchte:
„Freude schöner Götterfunken, Tochter aus Elysium wir betreten feuertrunken, Himmlische, dein Heiligtum. Deine Zauber binden wieder, was die Mode streng geteilt, alle Menschen werden Brüder, wo dein sanfter Flügel weilt.“

Hatte er überhaupt zu schwarz gesehen mit der NSDAP und ihrem Demokratie-Verständnis.
Wenn man sah, wieviele Nationen Hitler zujubelten, kamen ihm immer wieder solche Zweifel.
Und am Sockel vom Olympiabaum stand die Inschrift: „Freund kehrst du heim vom olympischen Spiel, verkünde, daß Deutschland den Frieden will!"
War überhaupt noch einer da, der das nicht glauben wollte?
Zurückgekehrt von Berlin erlebt er, wie Stuttgart die Stadt der Auslandsdeutschen wird.
Sicher hatte Professor Dr. Csaki mit seiner anständigen, liebenswerten Art dazu beigetragen.
Es wurde dabei daran erinnert, daß 21 Millionen Deutsche jenseits der Reichsgrenzen wohnen.
Zur Erinnerung an diesen denkwürdigen Tag wird der Verbindungsweg von der Uhlandstraße zur Neckarstraße, der am Wilhelmspalais vorbeiführt, in Brukenthalweg umbenannt.
Zur Erinnerung an Samuel von Brukenthal, Gubernator Siebenbürgens zur Zeit Maria Theresias.
Am 3. 12. 1936 wird im Gesetzblatt verkündet: Alle jugendlichen zwischen 10 und 18 Jahren müssen zur HJ gemeldet und am 20. 4. zu Hitlers Geburtstag vereidigt werden: Mit Gefängnis oder Geldstrafe wird bestraft, wer Jugendliche nicht anmeldet, verhindert oder abhält von der Aufnahme in die HJ: „Ich schwöre Adolf Hitler unerschütterliche Treue. Ich schwöre, ihm und den Führern, die er mir bestimmt, unbedingten Gehorsam. So wahr mir Gott helfe!"
Auch hier, dachte sich Michael, hast du richtig gehandelt.
Er war früher und freiwillig dazu gegangen und hatte jetzt den Vorteil, nicht zu müssen.
Die letzten zwei Worte meldeten in seinem Gewissen schon wieder Zweifel an. Als er am 2O. 1. 1937 im NS Kurier liest: Die Bevölkerung solle sich von Juden fernhalten und ihren Einfluß ausschalten, und am 2. 2. 1937 eine Frau im gleichen Blatt „verdonnert" wird, weil sie im jüdischen Kaufhaus Schochen Waschseife kaufte, sind seine Zweifel wieder handfest geworden.
Als er von der IV Reichstagung der Auslandsdeutschen erfährt, auf der Frick mahnt: Kein Auslandsdeutscher darf je vergessen, daß er zu jeder Zeit und an jedem Ort ein Stück Deutschlands ist.
Jeder Auslandsdeutsche hat es erfahren, daß Deutschlands Größe, Macht und Ansehen in der Welt auch seine Stellung im Ausland bestimmt."
Und wenn weiter Baldur von Schirach am Tag der ausländischen Jugend sagt: „Wir erziehen diese Jugend für Adolf Hitler, wir fassen

sie zusammen im Glauben an die Fahne, die über allen Menschen deutschen Blutes schwebt, und im Bekenntnis zu dem einen einzigen Manne, dessen Namen die Jugend trägt und den wir grüßen, als den Schöpfer und Führer des heiligen germanischen Reiches: Adolf Hitler!"

Dann weiß Michael von den „Gemütsbedürfnissen" eines Bismarck und wie recht er hatte, als er dem Pfarrer von Kirchenburg und seinem Freund Erwin die richtige Warnung weitergab.

Die Nazis vereinnahmten den Begriff des „heiligen germanischen Reiches" und die 800 jährige Geschichte der Siebenbürger Sachsen und ein großer Teil folgte ihrer Liebeswerbung blind und kritiklos. Vielleicht auch deshalb, weil sie von den Ungarn dauernd drangsaliert wurden, sich magyarisieren zu lassen und weil jetzt die Rumänen, zwar etwas kulanter, das ähnliche Ziel im Auge hatten.

Mitten in diese nagenden Gedanken kam ein Brief von Martin an.

Lieber Michael!

Nach der Quarta in Schäßburg habe ich die Aufnahmeprüfung in die Lehrerbildungsanstalt von Hermannstadt bestanden.

Wir haben die Aufnahme in den Coetus mit einer handfesten Schlagorgie überlebt.

Nach altem Ritus mußten wir durch eine Gasse laufen in der die älteren Semester das Spalier bildeten.

Sie waren bewehrt mit Stöcken und allerlei „Schlagzeug".

Es war schon eine Mutprobe, da hindurchzulaufen. Da man uns vorher gewarnt hatte, polsterten wir die gefährdeten Partien unseres Körpers gut aus.

Trotzdem blieben ein paar Striemen als Andenken übrig.

Für die heutige Zeit eigentlich ein überlebtes Ritual einer Mutprobe!

Nun sind wir in den Coetus aufgenommen.

Eine Selbstorganisation der höheren Klasse.

Jeder hat einen Leibalten, der ihm rät und zu dem er kommen kann, wenn er nicht weiter weiß – eigentlich eine gute Einrichtung.

Öfters im Jahr ist eine Vollversammlung.

Hier wird zum Eingang das alte Coetuslied: „Sind wir vereint zur guten Stunde", gesungen.

Es gibt einen Präfekt, einen Stellvertreter, einen Fuchsmajor und sonstige Chargen.

Aber es sind auch Neuerungen im Gange.

Es gibt die „Deutsche Jugend" und die Anhänger dieser Richtung sagen: das mit dem Coetus sei ein alter Hut und Plunder!

Ich schätze, daß wir die Aufnahmeprügel umsonst bekommen haben und die Coetus-Versammlung wohl eine der letzten war in der langen Geschichte seit dem 14. und 15. Jahrhundert.

P. S. Meine Schwester Treni (Katharina) hat mir geschrieben, daß am 25. 11. wie gewöhnlich der Kathreinerball stattgefunden hat. In Siebenbürgen werden ja die Namenstage bald mehr gefeiert als die Geburtstage, und da es sehr viele Katharinas gibt, wird dieser Ball, neben „Peter und Paul", auch von der Schwesternschaft also von den Maiden ausgerichtet.
Du kennst ja unseren Gemeindesaal mit der Bühne und den großen Fenstern. Über dem Bühnenraum prangt ein schöner Willkommensgruß eingerahmt von Tannengrün und verziert mit Margeriten und sonstigen Blumen.
Die großen Fenster sind umfaßt mit sorgfältig gestärkten Vorhängen, von der Schwesternschaft eigens für diesen Zweck gestickt mit dem typischen Schwarz auf weißem Leinen. Über jedem Fenster ist eine Blumendekoration so ähnlich wie über dem Bühnenraum. Das gibt eine unwahrscheinlich festliche und einladende Atmosphäre. Wenn dann noch die Schwesternschaft in ihren würdigen Trachten hereinspaziert, hält es keinen mehr auf den Sitzen. Jung und alt erfreuen sich an ihrem frischen, sauberen und so lieblichen Anblick. Und so soll es ja auch sein.
Die Arbeit auf dem Feld ist getan. Der Wein hat sich geklärt. Nun will man bevor es Advent wird nochmal feiern und fröhlich sein. Auch will man den jungen Leuten Gelegenheit geben, sich näherzukommen und ans Heiraten zu denken.
Im Winter hat man Zeit dazu und leben kann so eine Gemeinschaft auch nur, wenn es Hochzeiten und Nachwuchs gibt.
Wenn dann die Adjuvanten aufspielen ... und es bitten die Mädchen die Buben zum Tanz ... heute dürfen sie das – denn es ist ja ihr Ball: der Kathreinerball, dann werden die Mütter und Väter und Tanten nicht mehr fertig mit Schauen, wo und wie sich was anbahnen könnte. Wer wollte da beiseite stehen und nicht von ganzem Herzen mitmachen?
Was macht Dein Medizinstudium und wann wirst Du Doktor?
Herzliche Grüße ans Hannale, ihre Eltern, Deine Eltern – an Dich und Onkel Fred!
Dein Martin

Nun, so schnell würde der Michael kein Doktor sein, aber das Studium machte ihm Spaß und er konnte daheim in Stuttgart wohnen bleiben.

So war er weiterhin mit Stuttgart verbunden und blieb auf dem laufenden.
Das am 10. Januar 1917 gegründete deutsche Auslands-Institut DAI feierte seine 20. Jahrfeier.
Aus diesem Anlaß gibt es Empfänge und eine Ausstellung: „Deutschtum im Osten – Bollwerk Europas."
Was Michael am meisten interessiert, ist die am 14. August 1937 stattfindende Veranstaltung des Banater Deutschen Sängerbundes und des Siebenbürgisch-Deutschen Sängerbundes in der Liederhalle.
Ungefähr 400 Mitwirkende faszinieren durch ihr Können und eigenständiges Liedgut.
Am 24. August erscheint Gauleiter Bohle, Leiter der Auslandsorganisation der NSDAP.
OB Ströhle übergibt ihm die Ehrenplakette des DAI, und er revanchiert sich mit einer Amtskette aus vergoldetem Silber mit der Widmung: „Dem Oberbürgermeister der Stadt der Auslandsdeutschen gewidmet vom Leiter der Auslandorganisation der NSDAP, Gauleiter Bohle, im vierten Jahr der Regierung Adolf Hitlers."
Vom 29. August bis 5. September findet die 5. Reichstagung der Auslandsdeutschen statt.
Eröffnung in der Stadthalle.
Ehrengäste Reichsaußenminister von Neurath und Prinz August Wilhelm von Preußen, sowie viele Botschafter und Gesandte.
In der Adolf-Hitler-Kampfbahn weiht Hess 60 Fahnen ausländischer NSDAP-Gruppen und schließt seine Ansprache mit folgenden Worten:
„Sagt draußen, daß ihr das Land eurer Väter gesehen, und daß es größer und stolzer ist, als ihr es erträumet.
Geht hinaus und berichtet, Deutschland lebt und wir leben, weil ein Adolf Hitler lebt, und weil ein Gott im Himmel lebt, der mit Deutschland ist. Wir grüßen den Führer: Adolf Hitler – Sieg Heil!"
Seit sie den Onkel Fred verhaftet hatten, sah Michael das alles kritischer – er machte sich nicht mehr vor lauter Begeisterung in die Hosen, wie es sicher bei manchem hier nahe dran war.
Der Schaden, der von diesem unnötigen Bla-Bla ausging, konnte gerade für diese Auslandsdeutschen bitter werden – wenn dieser Größenwahnsinn, zudem auch sie verführt wurden, eines Tages in die Brüche gehen sollte!
Mit Wollust würden die niederen Elemente der gastgebenden Länder die stolzen Deutschen demütigen oder gar vernichten.
Diese Gefahr ahnte Michael, und ein Schauer ging ihm dabei über den Rücken.

Der Bachchor der Schwarzen Kirche aus Kronstadt singt am 1. 9. 37 in der Liederhalle und am Tag darauf in der Stiftskirche.
Zu beiden Konzerten nimmt Michael seine Eltern mit und Frau Vögele mit ihrem Hannale.
Sie sind alle restlos begeistert für diese Menschen und ihr Land.
Der Reichsarbeitsdienst gibt mit mehreren Musikzügen vor dem Neuen Schloß ein Platzkonzert.
Am Abend findet auf dem Wasen ein fröhlicher Feierabend mit den Auslandsdeutschen statt.
Bei der Abschlußkundgebung am Tag darauf, dem 5. 9., hält Reichsminister Goebbels eine Rede im Hof des Neuen Schlosses.
Durch die Königsstraße zieht ein 4 km langer Festzug und die 5. Reichstagung schließt mit dem großen Zapfenstreich und einem Feuerwerk am Anlagensee.
So schön alles klingt und aussieht, an Michael nagt es: Zuviel der Ehre und hoffentlich müssen es diese treuen, guten und einfachen Menschen nicht teuer bezahlen.
Dabei sieht er sie vor sich, mit abgeschafften Händen und wetterzerfurchten Gesichtern, in der Ernte schon ab drei, vier Uhr in der Früh unterwegs, bis spät in den Abend hinein – ein fleißiges Völkchen, diese Siebenbürger Sachsen und Banater Schwaben – ohne anderen Nationen weh tun zu wollen . . .Es dürfte ihnen immer schwer gefallen sein, diese Leistung zu überbieten, und so pflanzte allein schon diese Tatsache den Stachel des Neids und der Mißgunst in ihr Herz. Wie würde es sie aufbegehren lassen, wenn dieses protzige Gebahren mancher Übermenschen aus dem Reich hier unten Nachahmer finden würde, und das war nicht auszuschließen.
Am 9./10. 11. 1938 bekommt es Michael bestätigt: Der Fanatismus der NSDAP und seiner Organisationen kennt keine Grenzen mehr und vernichtet die Gotteshäuser der Juden, plündert ihre Geschäfte und er erfährt es kreidebleich und kann nichts anderes tun, als schleunigst nach Hause zu verschwinden – sonst könnte er sich durch eine Unbedachtheit verraten.
Da waren sicher noch sehr viele andere anständige Deutsche, die so dachten, und keiner konnte auch nur den Blick erheben, sonst wäre er sofort auch dran gewesen.

Im kleinen Haus werden die „Räuber" aufgeführt. Ist dieser Titel nicht ein Synonym für diese Verbrechen?
Michael vergräbt seinen Kopf zu Hause und fühlt ein starkes Bedauern mit diesen verfolgten Menschen.
Welcher Zynismus offenbarte sich am 12. 11. 1938 in der Verordnung zur Wiederherstellung des Straßenbildes.

Die Juden müssen die Schäden des Progroms selber beseitigen und tragen.
Zudem bringt die Verordnung zur Ausschaltung der Juden die Schließung und „Arisierung“ der letzten jüdischen Läden und Unternehmen.
Das Auswanderungsbegehren der Juden wird immer größer und drängender und ihre Not immer ärger.
Die Zahl der Selbstmorde steigt, und ihre Lage verschlechtert sich von Tag zu Tag.

Kann man je dieses Leid ermessen, verurteilt, es mit gebundenen Händen ansehen zu müssen
Michael begleitet seine Mutter nach längerer Zeit wieder einmal in eine Kirche. Vielleicht erfährt er hier etwas auf seine brennenden Fragen. Diese verfolgten Menschen lebten doch Jahrhunderte mit uns unter einem Himmel, selbst wenn sie nicht zum gleichen Gott beten – so muß doch ein gleicher Gott über allen Rassen wohnen. Es kann doch nicht sein, daß ein Arier einen besseren Gott hat als ein Mohammedaner oder Jude.
Oder, daß am Ende nur der „Nazi-Gott“ der Richtige wäre. Was sagt der Pfarrer dazu? Wenn er es überhaupt wagt, etwas zu sagen!
Michael kommt zu sich, als er den Bibeltext liest, den er seiner Predigt zugrunde gelegt hat: Jeremia 18. 19.
Dies ist das Wort, das geschah vom Herrn zu seinem Propheten Jeremia: Mache dich auf und gehe in des Töpfers Haus, er arbeitet gerade auf der Scheibe. Als der Topf mißriet, machte der Töpfer einen anderen Topf daraus da geschah des Herrn Wort: „Kann ich nicht auch mit euch umgehen wie der Töpfer? . . . Siehe wie der Ton ist in des Töpfers Hand, also seid auch ihr in meiner Hand . . .“
Liebe Gemeinde!
Sind wir nicht gleichwohl Mißratene, wenn wir gegen Gottes Gebote verstoßen? Und müssen wir nicht seinen heiligen Zorn auf uns lenken, wenn wir nicht davon lassen? Es gibt so manchen unter uns, der nichts gibt auf Gottes Wort und wie bei Jeremia sagt: „Kommt laßt uns ihn mit der Zunge totschlagen und nichts geben auf all’ seine Rede . . .“ Wer sich so – und gegen seine Mitmenschen versündigt, den wird er strafen, denn es steht geschrieben: „Und der Herr wird strafen ihre Kinder mit Hunger und sie ins Schwert fallen lassen, daß ihre Weiber ohne Kinder und Witwen seien und ihre Männer zu Tode geschlagen und ihre junge Mannschaft im Streit durch’s Schwert erwürget werde.“
Und es schauderte Michael bei diesem Gedanken – denn viele hatten sich zu Missetaten verführen lassen und sich versündigt. Konnte er

überhaupt etwas dagegen bewirken? Und er besann sich auf die Worte seiner Holder-Oma: Den geplagten Menschen zu helfen. Diese Gedanken als die Lebenserkenntnis einer Einsiedlerin und alten Frau, wollte Michael zu seinem Berufsethos machen und ihm mit allen Fasern seines Lebens dienen.
So wie es aussah, würde er dazu noch Gelegenheit genug bekommen. Am 7. 3. 36 war Hitler ins Rheinland einmaschiert. Am 13. 3. 38 Einmarsch in Österreich, am 1. 10. 38 Besetzung des Sudetenlandes. Am 15. 3. 39 Besetzung der Tschechei. Am 23. 3. 39 Besetzung des Memellandes.
Die Lage spitzt sich auch sonst immer mehr zu. Am 29. 4. 1937 wird verfügt: „Wer den deutschen Gruß verweigert kommt in Fürsorgeerziehung." Onkel Fred kommt sich wie ein Hampelmann vor . . . und sein Kriegskamerad Wilhelm meint: „Wenn i scho den Arm heba muß, na kratz i mi glei, selbst wenn's mi bei dem Gedanken woanders no meh jucken tät."
Am 1. Juli 1937 verfügt Kultusminister Mergenthaler: „Wer von den Geistlichen den Treueeid auf Hitler verweigert dem wird die Unterrichtsbefugnis entzogen." Trotz dieser unerfreulichen Tatsachen gab es auch Hoffnungsvolles.

Am 5. 4. 1938 wird nach achtmonatiger Bauzeit das Richtfest am Robert-Bosch-Krankenhaus gefeiert.
Das ist für Michael ein Anlaß, vor seinem großen Landsmann und ehemaligem Alb-Nachbar innerlich den Hut zu ziehen.
Man überlege, sich ein Industrieller stiftet ein Krankenhaus für die Allgemeinheit. Damit aber nicht genug. Am 2. Juni 1938 ruft Robert Bosch die Jugendhilfe ins Leben. Danach werden begabte Jugendliche gefördert. Michael denkt wie bei Honterus in Kronstadt 1547: „Kein Knabe soll seiner Armut halber von der Schul ausgeschlossen sein, sondern möge ohne Geld daselbst lernen."
Auch zur Bildung, die ja in Siebenbürgen einen so hohen Stellenwert hatte, findet Michael bei seinem Landsmann Robert Bosch ähnliche Äußerungen: „Das alte Sprichwort: 'Bildung macht frei', möchte ich vor allem dahin auslegen, daß Bildung frei macht von dem Glauben an das Hergebrachte, vom unüberlegten Nachbeten der Phrasen und Schlagwörter usw.. Ein Mensch, der einen gewissen Grundstock an Bildung hat, ist urteilsfähiger und auch verantwortungsbewußter. Er ist nicht mehr der Spielball der mit unverdauten Schlagworten arbeitender Führer, die so häufig Verführer zu allen möglichen Torheiten sind."
Das waren klare und weise Worte eines Praktikers, die manchem „Führer" nicht so paßten. Sie konnten diesem Mann zwar aus dem

Weg gehen – was sie auch taten – aber seinen Weg nie diktieren! Wo Michael mit gebundenen Armen das Leid der Verfolgten ansehen mußte – da wagte sein Landsmann Robert Bosch tatkräftig zu helfen und die Not der Juden zu lindern. Für diese Taten der Menschlichkeit gebührt ihm ein Ehrenplatz.
Michael ist am Anfang seines Lebens. Die Begeisterungsfähigkeit seines jungen Lebens hat aber schon manchen Dämpfer erhalten. Er macht das Physikum und wird eingezogen zur Wehrmacht.
Aus allen Richtungen spürt man es förmlich, daß es auf einen Krieg zutreibt.
Er denkt an die Inschrift am Sockel im Olympiastadion:
„Freund, kehrst du heim vom olympischen Spiel, verkünde, daß Deutschland den Frieden will."
Wer war nun dieses Deutschland, das am 1. 9. 1939 in Polen einmarschiert und damit den zweiten Weltkrieg riskiert?

„Schola seminarium rei publicae" (Die Schule als Keimzelle eines Gemeinwesens!)

Martin hatte diese Sorgen nicht. Noch war es in Siebenbürgen ruhig und keine kriegerischen Absichten störten das „Studium" an der Lehrerbildungsanstalt von Hermannstadt.
Die allermeisten Schüler wohnten im Internat und genossen ein gutes Essen.
Aus diesem Milieu kam ein längerer Brief Martins an Michael, in dem er das alles darstellte.

Lieber Michael!
Warte immer noch auf eine Antwort auf meinen letzten Brief.
Da ich Deine Schreibfaulheit kenne, will ich nicht Gleiches mit Gleichem vergelten.
Zudem war mein letzter Brief nicht gerade aufschlußreich.
In der Zwischenzeit habe ich mich gut eingelebt und weiß, wie der Hase läuft.
Hier hat ein Schüler sämtliche Möglichkeiten, sich umfassend zu bilden.
Als Fremdsprachen haben wir Latein, Französisch und Rumänisch: rumänische Sprache, rumänische Geschichte und rumänische Erdkunde.

In Mathe quälen sie uns mit Logarithmen.
Was mir viel Spaß macht ist Deutsch und deutsche Geschichte, Philosophie und Pädagogik. Auch rumänische Erdkunde, befaßt sie sich doch mit den Bergen und Flüssen unserer Heimat.
Einen sehr breiten Raum nehmen die musischen Fächer ein.
Hier gibt es ein Streichorchester, einen Sängerchor, theoretische Musiklehre, Orgelspiel und eine Musikkapelle mit fünfzig Mann.
Diese wird vom Coetus betreut und auch der Dirigent ist ein Schüler der achten Klasse.
Hier habe ich mich angemeldet – weil es unheimlich erhebend klingt und gut aussieht, wenn so fünfzig Mann mit klingendem Spiel über den Schulhof schreiten.
Ein-bis zweimal im Jahr kommt es auch zu Ausmärschen in die Stadt.
Auch ein Konzert wird im Theater, vormals Dicker Turm, gegeben.
Hier tritt auch unser Orchester auf, mit klassischem Repertoire.
Einen gleich großen Rahmen bildet die sportliche Betätigung:
Es gibt eine Fußball-, Handball- und Volleyballmannschaft.
Dann ist Pflicht: Leichtathletik mit allen Disziplinen, und im Winterhalbjahr Geräteturnen mit allen Disziplinen und Boxen.
Die Freizeit ist kurz bemessen – nach dem Motto: Müßiggang ist aller Laster Anfang.
Dieser ganze Freizeitbetrieb, einschließlich das Zusammenleben im Internat, liegt in der Selbstverwaltung des Coetus.

Die Chargen wurden von uns gewählt und haben Weisungsgewalt.
Wer z. B. innerhalb des Internats beim Rauchen erwischt wird, fliegt gnadenlos – genauso muß Ausgang beantragt werden.
Ab 10 Uhr sind die Tore zu und es wird nur noch mit Passierschein eingelassen.
Um die praktische Pädagogik zu üben und zu erlernen sind ein paar Volksschulklassen angegliedert.
Was sich in letzter Zeit in den Vordergrund schiebt, sind die Möglichkeiten, statt einer vormilitärischen Ausbildung, die der rumänische Staat verlangt, eine von der Deutschen Jugendbewegung initiierte ähnliche Ausbildung mitzumachen – nur ob der rumänische Staat dies anerkennt, ist in meinen Augen sehr zweifelhaft und kann sträfliche Konsequenzen nach sich ziehen!
Politisch gesehen ist bei uns eine sehr labile Zeit. Regierungen gehen und kommen, bald wie der Mondwechsel.
Ob das so günstig ist?
Da sind die Verhältnisse bei Euch schon stabiler. Hier hört man nur Gutes über das neue Deutschland."

Da war es wieder, was Michael so störte. Da unten machte sich die „Partei" Liebkind und im eigenen Land ging man gegen Fremde oder Andersgesinnte so brutal vor, daß das nicht mehr zu überbieten war. Wie sähe es aus,würden diese Völker, bei denen Deutsche in der Minderheit waren, genauso nationalistisch und rassistisch reagieren?

„Und zum Abschluß meines Briefes resümiere ich für Dich eine Vorlesung über die Schulordnung in Siebenbürgen: 1334 wird im Brooser Stuhl urkundlich festgehalten, daß in deutschen Gemeinden in Siebenbürgen der „deutsche Laut" gelehrt wird.
1397 auch in Mediasch und 1352 lehrt in Mühlbach ein Magister Johannes. 1438, als Mühlbach zerstört wurde, schreibt der „Rumeser Student", der in die Türkei verschleppt wurde: „Studierung halber- auf der Schul gewesen in Mühlbach." Nach seiner Befreiung schreibt er ein Buch – das erste siebenbürgisch-sächsische Buch, das 1460 erschien: „Türken, Sitten und Gebräuche".
1394 wird ein Alexius, notarius publico et rector scolarum in Stotzenburg erwähnt (öffentl. Notar und Schulrektor).
Man sieht daraus, daß schon in früher Zeit die Schulbildung anerkannt und für sie Opfer gebracht wurden.
Das fing schon mit den Schulräumen an: Oft war nur eine Kammer vorhanden, und um etwas Licht zu ermöglichen, wurden die Fenster mit durchsichtigen geölten Lederhäuten bedeckt.
Unterrichtet wurde von Lehrkräften, die eine Stadtsschule besucht hatten.
Der Lehrer war oft Mädchen für alles und mußte beim Pfarrer zur Erntezeit auf dem Feld aushelfen.
1607 ist beurkundet, daß ein Lehrer, der sich dem widersetzte, ausgepeitscht und aus dem Dorf gejagt wurde. Auch wurden Lehrer z. T. per „mensa ambulatoria" (freier Tisch des Lehrers bei den Bürgern) bezahlt. Das „Schülerkorn" ist auch so eine Art, die Lehrer um ihren Lohn zu bringen. Das war das Korn, das durch das Sieb fiel und minderwertig war.
Kein Wunder, wenn sich die Lehrer zu wehren versuchten.
„Es wird verboten, die Knaben zu schmutzigen und unwürdigen Dienstleistungen heranzuziehen z. B. Kartenspiel, Gänse und Hühner zu stehlen."
Ein Bauer nennt den Rektor einen diebischen Zigeuner, weil er ihm „ein Fuder Obst heimgeschafft" hat.
Wenn ein Lehrer seine Schulmeisterstelle neu bekam, mußte er ein Essen zahlen.
Der Unterwälder Pfarrer Damasius Dürr sagt darüber um 1600:
„Ihr begehret ierlich von eurem armen diener das mall und zwingt

in, das ers geben muss, denn er ist unwillig, so drenkt man ihn bald mit dem Urlaub, das ihr in wollt verjagen und einen andern an seine Stelle ruffen, der euch den Kragen füllen werde."

In Kreisch werden 1628 die Gebühren dieses Mahles festgelegt: „5 Krügen Wein, 5 Broten, Rindfleischkächen und Braten für 40Pf, auf jeden Tisch ein heffig Brot und Kerzen."

Erst 1823 bestimmt der Schulplan des Bischofs, die Schulmeister sollten nicht auf ein, sondern auf vier Jahre gewählt werden und ab 1850 werden sie lebenslänglich angestellt. Der Lohn bestand meistens aus Naturalien. In Kreisch erhält er von jedem Wirt 3 Viertel Korn, 1 Viertel Hafer, 1 Brot – von der Hochzeit 2 Mass, 2 Braten und 2 Klotsch (kolacs-Gebäck). Kleine Leiche 8 Kr und 2 Brot General-Leiche 16 Kr u. 3 Brot.

Andernorts bestand das Gehalt aus den Sabbathalien, welche Sonnabend zu entrichten waren.

Von jedem Kind 1 Kreuzer oder 1/2 Mass Frucht, 1 Ei, Mehl, gebakkene Pflaumen.

1626 ist erwähnt, verdiente der Schulmeister sein Geld mit dem „Schärerlohn" (Bartscheren) oder mit Schuheflicken.

Dann waren Beerdigungen, Hochzeiten und Taufen Begebenheiten, wo der Schulmeisterlohn etwas aufgebessert werden konnte.

Das sind nur ein paar Auswüchse, wie man sie heute als solche bezeichnen könnte – oft wurde es örtlich verschieden gehandhabt.

Was kam nun bei dem ganzen heraus?

Auf dem Land wurde z. T. ein Schüler zum ersten Abendmahl nur zugelassen, wenn er schreiben und lesen konnte, den kleinen Katechismus deutsch und lateinisch aufsagen konnte und deutsche und lateinische Kirchenlieder und Psalmen beherrschte. 1616 fordert man von einem Schulmeister zu Latein und Griechisch noch die Kenntnisse der ungarischen Sprache. Erst im 18. Jh. befreite man die Volksschule vom Latein.

1726 beklagte man sich über die Barbarei, wenn kein Griechisch und Latein mehr gegeben wurde!

In den Stadtschulen oder höheren Schulen regiert der Schulstaat oder Coetus ähnlich den Zünften. Eine auf demokratischer Basis gewählte Schülerordnung oder Eigenverwaltung. Es wird vieles von den höheren Schulen in Deutschland übernommen.

Es findet ein reger Rektorenaustausch mit Deutschland statt. Im Lateinischen werden alle Schriftsteller gelesen, von Tacitus bis Cicero dazu im Griechischen das Neue Testament und die Fabeln des Asops.

Hebräisch beschränkt sich aufs alte Testament.

Der Schulstaat oder Coetus umfaßt alle Angehörigen der Schule. Er hat eigene Gerichtsbarkeit. Juditium findet unter der Aufsicht eines Lehrerskollegen statt.
An Grigori oder Michaelis wird der Senat neu gewählt.Er umfaßt den Präfekten, den Rex, den Orator, den Sekretär, den Historiografen, zwei Musici, den Aedilin, den Präto, den Ökonom usw. usf. All diese Funktionen sorgen für Ordnung und reibungslosen Ablauf des Studiums und es wird viel verlangt, z. T. beginnt der Tag schon um 3 Uhr früh und im Winter um 5 Uhr mit einer Messe Preces genannt und endet 8 Uhr abends mit einer Abendandacht.
Das Ziel dieser Bemühungen ist darauf gerichtet: zunächst Dorflehrer auszubilden; bei Tüchtigkeit und guter Auffassungsgabe konnte so ein Schüler folgende Erfolgsleiter durchlaufen (1589 belegt): Diskantist, Glöckner, Kantor, Kollaborator, Rektor, Stadtprediger, Pfarrer.
Letzteres war die Ausnahme. Pfarrer wurden zu 99% an deutschen Universitäten ausgebildet und daher auch der immerwährende geistige Austausch mit dem Mutterland Deutschland.
Aber man brauchte auf dem Sachsenboden, der ja praktisch ein Staat im Staate war, ungemein viele Beamte, Richter und sonstige gebildete Leute.
Deshalb war das Endziel des Gymnasiums, Latein und Griechisch in Schrift und Wort und in freier Rede zu beherrschen.
Der Sachsengraf Albert Huet hat in einer Schulrede 1602 die Schüler als „ seminarium rei publica“ bezeichnet. Und in diesem Sinne sollte der Nachwuchs für die „res publica“ herangezogen werden. Was konnte es Größeres geben?
Am Honterusgymnasium zu Kronstadt mußten sie nicht nur den lutherischen Katechismus in deutscher, griechischer und lateinischer Sprache auswendig können, sondern Vorträge über Geschichte in fehlerfreiem Latein halten.
Theologische Bildung, dramatische Aufführung und Disputation mußten einwandfrei beherrscht werden.
Geographie und Arithmetik waren Zusatzfächer.
Diese Studenten wurden zu den Pestbestattungen herangezogen, fielen bei Marienburg gegen den Despoten Bathory oder traten 1788 urkundlich erwähnt „ins Gewehr“!
Kein Wunder, wenn der Sachsenheld Siebenbürgens St.L. Roth, die Wichtigkeit einer guten Bildung, das Lehrerseminar als prägende Anstalt für ein ganzes Volk erkannte, und u.a. mithalf den Siebenbürgisch Deutschen Jugendbund zu gründen.

Herzlichen Gruß, Dein Martin!“

Lieber Martin!

Herzlichen Dank für Deinen lieben Brief und Deine „Vorlesung", die werde ich mir in Ruhe vorknöpfen.
Du hast die Sache richtig beurteilt und die beste Konsequenz daraus gezogen: Schreibe — wenn ich auch schreibfaul bin, immer, wenn Du mir was sagen willst. Für mich ist das so, wie wenn Euer Siebenbürgerland mit seinen lieben Menschen mit Deinem Brief hereinwehen würde — um meine Welt für ein paar Tage mit Eurer zu füllen und zu verzaubern und mich glücklich werden zu lassen.
Wie leben die Bilder und Erlebnisse wieder auf und wie sehr nehmen sie mich in ihren Bann!
Ich sehe mich dann oft unter einem Baum liegen und durch die schattigen Blätter schauen, in des Himmels Weite, und ganz weit droben ist es ein gemeinsames Dach unter dem wir alle — und dennoch so verschieden — leben.
Aber so verschieden die Menschen auch sind, oder gerade deshalb, kann es immer schön sein und bleiben, solange nicht einer dem anderen seine Art aufdrängen will.
Wenn dann Gewalt ins Spiel kommt, bekommt dieses gemeinsame Himmelszelt schwere Brüche und Risse, und daraus grüßt dann die Teufelsfratze: „Ich krieg Euch schon wieder so weit, daß ihr Euch gegenseitig malträtiert und totschlagt!"
Das ist es, was mich an dieser schönen Welt dann verzweifeln läßt . . .
Es ist jeder dazu aufgerufen, Frieden zu bewahren, und deshalb halte Dich gut mit den Fremden und Andersnationalen, gib ihnen nie einen Anlaß, schlecht über Euch zu denken oder zu reden.
Diesen Rat gebe ich Dir nach bestem Nachdenken, beherzige ihn gut.

Dein Michael!

P.S. Schreib auch mal wieder an's Hannale, sie freut sich immer sehr, wenn von Dir ein Brief kommt.
Sie ist ein frohes, aufgewecktes, lustiges und rankes Mädchen.
Wenn Du einen Gruß beim Lehnchen anbringen kannst, wäre ich Dir dankbar!
Mein Physikum habe ich geschafft und rücke nun für ein halbes Jahr zur Truppe ein. Um soldatisches Benehmen und Verhalten kennenzulernen und mit einfachen Waffen umgehen zu können.
Nach diesem Schnellkurs darf ich die Uniform eines Fähnrichs tragen.

Krieg

Am 1. 9. 1939 greift Hitler Polen an. Am 27. 9. 1939 kapituliert das Land.
Laut Nichtangriffspakt mit Stalin vom 29. 3. 39 holt sich Stalin seinen Anteil an der Beute und liquidiert dabei die Jugend und Intelligenz Polens bei Katyn. Man stelle sich das vor: Unschuldige junge Menschen wie es Michael und Martin waren oder wie sie jeder in der Familie hat, werden nur einer Wahnidee zuliebe hingeschlachtet. Schlimmer wie ein Stück Vieh erschossen und verscharrt.
Es solle jeder versuchen, sich in das einzelne Schicksal dieser Opfer hineinzudenken.
Das Los der Eltern und Großeltern zu begreifen versuchen, deren Stolz sie waren und denen es das Herz zerreißt, wenn sie nur im entferntesten dran denken, daß ihren Lieblingen etwas Böses widerfahren könnte.
Das ist die Fratze Luzifers – sie hat wieder gegen jedes bessere Wissen gesiegt und Millionen ins Verderben gestürzt.
„Herr, warum läßt Du das zu?" könnte man Tag und Nacht zum Himmel hinaufschreien – aber es wird keine Antwort kommen, weil die Antwort in uns selber liegt: Die Eitelkeit, die Habgier, die Herrschsucht, die Rachsucht. Lockt sie nicht jeden Tag neue Gewalttaten hervor, und das bei primitiven in gleichem Maße wie bei intelligenten Menschen.
Und hat uns Gott der Herr nicht die Erkenntnis gegeben, was gut und böse ist?

Und so begann dann das große Schlachten: Am 16. 2. 1940 besetzten die Deutschen Dänemark und Norwegen.
10. 5. 40 Angriff auf Frankreich, 14. 6. 40 Paris, 17. 6. 40 Frankreich kapituliert.
Engländer können sich unter schweren Verlusten auf die Insel retten usw. u.s.f.
Bevor der Luzifer aber so richtig zuschlagen kann, wenden wir uns nochmal erfreulicheren Dingen zu. Vom 5. – 16. Mai 1939 gastiert das deutsche Landestheater Hermannstadt im Schauspielhaus zu Stuttgart mit der Operette: „Das Mädel aus dem Kokeltal" von Hans Kelling und Richard Oschanitzky.
Da mußte Michael hin – das waren die vom „Dicken Turm" in Hermannstadt. Nun sollten seine Eltern, s'Hannale und ihre Mutter auch etwas davon erfahren.

Und es tat allen gut, denn die Sorgen mit dem drohenden Krieg lasteten schwer auf den Menschen.
Dabei dachte Michael an das liebliche Kokeltal mit seinen Rebhalden, dem Bischofstropfen, an St. L. Roth, an Prof. Oberth, der mittlerweile ja in Deutschland lebte und von der Wissenschaft vereinnahmt worden war, wie er es ja im voraus geahnt hatte.

Am 9. Juni 1939 findet die Hauptversammlung des DAI statt.
Prof. Dr. Csaki hebt in einem Bericht hervor, daß bereits sehr vielen deutschen Menschen im Ausland mit einer Sippenkartei die Herkunft aus dem Mutterland nachgewiesen werden konnte.
Die Hauptaufgabe des DAI liege im Sammeln. So werden 20.000 Bände deutscher Zeitungen im Ausland gesammelt. Das DAI wird dadurch zum zentralen Auslands-Pressearchiv erklärt.

Und dann die grausige Entscheidung. Am 1. 9. 1939 Krieg mit Polen.
Onkel Fred kommt vorbei und bleibt den ganzen Tag bei seinem Freund und Kriegskameraden Wilhelm.
Sie packen ihre Kriegserinnerungen aus und wissen, was die Jungen von heute erwartet.
Elsa weiß es auch – sie war ja Krankenschwester, und ihr Taschentuch wird an diesem Tag nicht mehr trocken.
Immer wieder rinnen ihr die Tränen über die Wangen, und Michael ahnt das große Entsetzen, über die anrollende Tragödie.
Nachdem die Siege und Besetzungen Hitler quasi in den Schoß fallen, glaubt Michael sein Studium beenden zu können und nicht zum Kriegseinsatz zu kommen.
Und so ist es auch.
Als Fähnrich kann er Anfang 1940 sein Studium weiterführen und kommt auch sehr gut voran.
Sein Wissen über Wundbehandlung und Kräuterkunde kommt ihm dabei sehr zupaß und er greift schon ganz anders hin als Kommilitonen, die von der reinen Theorie her kommen.
Das fällt den Professoren auf, und Michael bekommt oft die Gelegenheit, bei schwierigen Problemen dabeizusein.
In dieser Zeit kommt Martins Brief mit der Überschrift:

„Dona nobis pacem" Gib uns Frieden!
Das ist ein Kanon, den unser Musiklehrer am 1. 9. 39 mit uns einstudiert hat und es ist alles mit soviel Ernst und Traurigkeit geschehen, daß eigentlich die große Frage übrig- geblieben ist: „Warum tun es dann die Menschen?"

Nun, ich kann feststellen, daß diese Frage sehr individuell beantwortet wird. Insgeheim täten sich sehr viele über die deutschen Erfolge freuen und auch ich muß eingestehen, daß mich die deutschen Siege stolz machen.
Mein Vater urteilt da sehr verhaltener: „Für das einfache Volk war ein Krieg noch nie etwas Gutes. Es muß mit Blut und Gut dafür bis zum letzten Pfennig bezahlen."
„Vulgum semper stultum est." „Das Volk" sagten schon die alten Römer „ist immer dumm und blöde," das sagte auch der etwas ältere Gesangslehrer nach der Musikstunde.
Seit diesem Ereignis ist fast ein Jahr vergangen, und nun sind auch bei uns die ersten deutschen Lehrtruppen eingetroffen.
Ich war in Hermannstadt dabei und muß sagen, die Panzer sind über einen Blumenteppich gefahren, so begeistert und freundlich wurden sie empfangen, als wäre es eine Wiedersehensfreude nach 800 Jahren.
Seither reißt man sich um die deutschen Soldaten und jeder möchte einen haben, um ihn zu verwöhnen – ich glaube, die täten trotz ihrer sprichwörtlichen Sparsamkeit das letzte Hemd hergeben.
Andererseits stehen die deutschen Soldaten vor unseren Auslagen und Geschäften und kriegen den Mund nicht zu, vor lauter angebotener Ware.
Vor allem sind sie begeistert von dem Überangebot an Nahrungsmitteln in den Geschäften und auf den Wochenmärkten.
Es sind dankbare Gäste, und die Feldküchen sind abgemeldet und nicht mehr in Betrieb.
So merkt man doch, daß wir Menschen eines Volkes sind und eines Geblüts.

Euer Martin

P.S. Was macht Dein Studium? Und kannst Du nicht auch einmal etwas aus Deiner Arbeit berichten, was auch ein Nichtmediziner versteht!
Im übrigen hat unser Volksgruppenführer am 9. 11. 1940 in Mediasch die Gründung der NSDAP der deutschen Volksgruppe in Rumänien bekanntgegeben.
Am 20. 11. 1940 unterschrieb Antonescu das Volksgruppengesetz.
Damit ist die Volksgruppe die politische Führungsmacht aller Deutschen in Rumänien und in Siebenbürgen auch der Schulen und öffentlichen Einrichtungen.

Als Michael den Brief bekam, mußte er sich setzen.
Die hatten sich da unten richtig übertölpeln lassen. Daß die evangelische Kirche widersprach, konnte er zu diesem Zeitpunkt nicht wissen.

Und wer hätte zu jenem Zeitpunkt — was auch immer er versucht hätte — viel dagegen ausrichten können?
Die Nazis waren auf der Höhe ihrer Macht. Ungarn war beigetreten, Rumänien und Bulgarien waren Mitmarschierer. Jugoslawien und Griechenland besetzt.
Und Michael mußte äußerst vorsichtig sein mit seiner Antwort. Denn jetzt waren da unten die gleichen dran wie im Reich.
Ein falsches Wort, und er wäre von der Universität direkt bei Kaltenbrunners Totenköpfen gelandet.
Hier verheizten sie die Aufsässigen und Widerspenstigen und die sonst was am Leibe hatten, was den braunen Goldfasanen nicht gefiel.
Also schreibt Michael folgendermaßen zurück:

Lieber Martin!
Dein Brief hat mich wie immer sehr gefreut.
Den Kanon: „Dona nobis pacem" kenne ich auch und finde ihn sehr gut — wenn er auch in der letzten Zeit irgendwie überfordert zu sein scheint.
Zu Deinen politischen Äußerungen kann ich keine Stellung beziehen, weil ich zu weit weg von Euch lebe und letzten Endes doch nicht endgültig sagen kann, was gut für Euch ist.
Was Dir auf keinen Fall schaden könnte, wäre die Beherzigung einer Vorlesung, wie ich sie neulich erlebt habe.
Der Professor doziert und resümiert: „Trotz der sauberen Gesinnung und reinen Liebe des neuen deutschen Menschen, sind sie auf dem Vormarsch — die Geschlechtskrankheiten."
Und da möchte ich Dich, lieber Martin, ganz ernstlich ins Gebet nehmen. Du kommst jetzt in ein Alter, wo man den Frauen verstohlene Blicke nachwirft. Ich meine, es ist natürlich, und warum sollte es bei Dir anders sein?
Schau sie Dir aber genau an: wenn sie zu aufreizend und zu willig sind, laß lieber die Finger von ihnen, Du könntest Dich sonst für ein Leben lang unglücklich machen. Also wenn Du Dir da mal etwas holen solltest, kannst Du taub, blind und sonst was werden, aber komm ja nicht zu mir um Hilfe — die Möglichkeiten zu heilen sind sehr gering und die Prozedur sehr schmerzlich.
Nun habe ich Dir auch eine Vorlesung gehalten, die Du auf alle Fälle beherzigen solltest.
Sag schöne Grüße an Deine Familie, den Herrn Vater mit Familie, an die Schneider Mariechen, an Lehnchen mit Mann und Schwester und an Jon und seine Schwester Marioara.
Dein Michael !

Was sonst noch in Deutschland nicht mehr gut war, wußte man allmählich ziemlich genau: Die ersten Bomben fielen am 25. August 1940 auf Gaisburg und Untertürkheim; 4 Tote, 5 Verwundete.
Man stelle sich das vor: Dieses allmächtige Großdeutschland mit seinen Herrschaftsansprüchen über dreiviertel von Europa, mußte mitten in Deutschland ein paar Bomben über sich ergehen lassen.
War das schon der Anfang vom Ende?
Es war sicher erst ein Anfang, denn das Ende holte sich der begnadete Führer aller Zeiten und Ewigkeiten mit seiner Wahnidee am 22. 6. 1941 gegen Rußland anzutreten, und auf das eine Idiotie und Vermessenheit nicht allein bleibe, verfügte er am 20. 1. 42 die Endlösung der Juden.
Und unser aller Herrgott sprach durch seinen Sohn im Römer 12. Vers 19: „Die Rache ist mein, ich will vergelten, spricht der Herr!"
Und Er vernichtete in Stalingrad, diesem wahnwitzigen, die sechste Armee.
Nur schade, daß das lauter Menschen waren, die wie Du und ich Söhne waren von Müttern und Vätern, die Tage, Nächte und Jahre sich die Augen ausweinten, weil ihr Sohn, Vater, Neffe, Mann und Ärmster sterben mußte, oder in endlosen Kolonnen in sibirischen Straflagern das Elend, die Schmerzen, den Hunger, die Erniedrigung noch ein paar Jahre länger ertragen mußten, bis sie entkräftet und vor Hunger aufgedunsen nach Hause durften oder gleich an Ort und Stelle verscharrt wurden – schlimmer als das Vieh. War die Vernichtung der Juden nicht so ähnlich?
Die Rache ist mein, spricht der Herr!
Hoffentlich ginge es den Siebenbürger Sachsen und Banater Schwaben, überhaupt allen Auslandsdeutschen nicht auch so und sie mußten ausbaden, was dieser Wahnwitzige ihnen eingebrockt hatte.
Michael bekam Visionen und seine Stirne wurde naß und seine Augen begannen zu tränen . . . denn er fühlte sich diesen Menschen so verbunden und erkannte ihre große Verlassenheit!

Für Michael brachte das Jahr 1942 einen Lichtblick. Er machte sein Staatsexamen mit einem „Einser!".
Das zu feiern war obligat. Es war gleichzeitig die letzte gemeinsame Feier, die die Familie Kammerer, Onkel Fred, Frau Vögele mit ihrem Hannale, feiern durften.
Frau Vögele hatte ein paar Flaschen aus dem Weinkeller ihres Mannes abgezweigt, und wie durch ein Wunder bekam s'Hannale am gleichen Tag einen Brief von Martin.
Nun war Gesprächsstoff in Hülle und Fülle vorhanden.

Man saß in der gemütlichen Wohnstube von Frau Vögeles Eltern. Frau Vögele hatte sich immer mehr an Kammerers angeschlossen und war bald öfters bei ihnen als zu Hause in der Villa.
Herr Vögele ging ganz in seiner Fabrik und den Staatsaufträgen auf oder unter, wie man's nahm.
Elsa hatte so einen Stolz auf ihren Michael. Sie nahm ihn ganz fest in ihre Arme und drückte ihn an ihre Brust: Sie hatte alles erreicht im Leben und ihr Herrgott hatte sie erhört.
Als Michael so klein war und auf dem Distelhof wohl näher dem Jenseits als dem Diesseits war – hatte ihr Gott die Holder-Oma an die Seite gegeben – sie hatte sich regelrecht aufgeopfert für den Buben und sich nicht mehr von seinem Bettchen entfernt und sie dachte voller Dankbarkeit: redet ihr Ungläubigen, was ihr wollt, Gott ist denen Nahe, die ihn brauchen, ihn suchen und verehren.
Dann hatte sie der Onkel Fred vor dem wirtschaftlichen Ruin bewahrt und Michaels Studium beeinflußt und bevor die Feier begann, sprach die Elsa ein selbstverfaßtes Gebet:
„Lieber Gott im Himmel!
Wir danken Dir aus tiefem Herzen für diesen Tag.
Du hast unsere Gebete erhört und die Gebete unserer Mutter vom Distelhof auf der Alb.
Laß uns geh'n, wenn unsere Zeit gekommen ist, aber den Michael segne zum Wohle der Menschen.
Amen!“
Tränen der Freude und der Rührung benetzten ihre Gesichter und es war ein Tag, wie es wohl keinen zweiten mehr geben sollte.
Dann beteten sie gemeinsam: „Komm Herr Jesus sei unser Gast und segne was Du uns bescheret hast.“ Und als sie das Brot brachen, spürten sie, daß er unter ihnen war und ihnen leibliche und geistige Kraft gab, und diese würden sie hinfort brauchen.-
Der Krieg brach auch über sie körperlich herein und würde sie Zehnten.

Martins Brief brachte Jubel in die Runde. Ein zweites Staatsexamen war zu feiern: Er hatte vor den Behörden des Kultusministeriums aus Bukarest die Matura abgelegt und gleichzeitig das Lehrerdiplom erhalten.
Michael empfand eine gewisse Genugtuung dabei, hatte er doch den Martin zum Studium animiert.
Michael kam noch im gleichen Jahr in ein Feldlazarett zum Einsatz und machte den Doktor.
Sein Lebenstraum, an dem er von kleinauf hing, war in Erfüllung gegangen, und als er auf einer Dienstfahrt nach Ulm eine Stunde er-

übrigen konnte, fuhr er zu seiner Holder Oma an das Grab und hielt ihr ein langes Gedenken. Wie hätte sie wohl an ihm eine Freude gehabt, und vor allem an dem Schlangenzeichen an seiner schmucken Uniform.
Michael schaute noch geschwind am Distelhof vorbei . . . doch da war bis auf einen Türsturz vom Keller nicht mehr viel zu sehen.
Der Holder stand noch und er streichelte über seine Blätter, atmete tief seinen Duft in sich hinein und flüsterte ihm zu: „Wenn der Krieg vorbei ist, besuche ich dich wieder."
Dann warf er noch einen Blick über die Wege und Steige, die er mit der Holder Oma so oft gegangen war, und er spürte wie damals den frischen Atem und die reine Luft, die aus den Wäldern, den Hecken und Feldern und den ehrwürdigen Zeugensteinen über ihn kam, ihn festhielt und ihn tief einatmen ließ und er freute sich unbändig, hier geboren und ein echter Älbler zu sein.
Zum Abschied krächzte die alte Krähe und die Weihe zog ihre Bahn himmelan. Und er dachte voller Andacht: Welch ein Friede . . . doch der Krieg ging andernorts weiter.
Michaels Eltern mußten immer öfters in den Luftschutzbunker rennen, und da sie etwas abseits wohnten, gelang auch das nicht immer. Die Elsa, von Haus aus ein schlankes, schmales Weible, war nur noch ein Strich in der Landschaft und ihr Wilhelm wurde so wortkarg, daß man oft Tage nichts mehr aus ihm herausbrachte. Der Krieg zeichnete die Gesichter und man sah es den Menschen an, wie schwer sie an ihm trugen.
Michael ging auf in seiner Fürsorge um die verwundeten Soldaten.
Er war jetzt in einem Feldlazarett ein paar Kilometer hinter der Frontlinie, und Tag und Nacht brachten sie die jammernden und wachsbleichen Gestalten mit ihren Notverbänden herangekarrt, mit allem, was man sich nur denken konnte.
Wer einmal hier war, hatte die Aussicht, noch einmal davonzukommen.
Michael operierte kleinere Verwundungen schon selbständig, denn sonst wären seine vorgesetzten Kollegen gar nicht mehr zum Schlafen gekommen. Dieser Umstand kam ihm zugute und er gewann an Erfahrung und Selbständigkeit. Sofern er nicht umfiel vor Schlaf, übernahm er gerne den Bereitschaftsdienst.

Es war Weihnacht 1942. Die Kollegen hatten sich zusammengesetzt, um in Ruhe ein klein wenig zu feiern.
Ihm sagte der Alkohol in dieser Situation nicht zu und so saß er da, dachte an die Seinen daheim – an seine Siebenbürger und an Martin – sicher würden sie den mittlerweile auch eingezogen haben.

Plötzlich ein Riesenradau und Schreie nach einem Arzt. Da es auch noch schwäbische Laute waren, sprang Michael sofort hinaus.
Vor ihm sank einer zusammen, auf seinem Rücken lag ein Verwundeter, den er wahrscheinlich mit letzter Kraft daher geschleppt hatte. Er rief sofort ein paar Sanitäter. Man bettete den Schwerverwundeten, der nur noch schwache Lebenszeichen von sich gab – Michael gab Großalarm. Lungendurchschuß – der aber gut mit Mullbinden verschlossen war.
Nachdem der Verwundete versorgt war, kümmerte sich Michael um den Soldaten, der ihn hergeschleppt hatte.
Der hatte sich soweit erholt, daß er wieder ansprechbar war.
Michael gab ihm etwas zu essen und seine Ration Wein, den es für den Heiligen Abend gegeben hatte.
Sie schauten in die flackernde Kerze und Michael hörte eine Heilig-Abend-Geschichte, als hätte sie unser lieber Herrgott selber auf die Erde geschickt.
„Wissen's Herr Oberarzt, mir zwei, der Kurt und i sind von der Gmünder Gegend und waren auf dem Marsch zur Wolga um unsere lückenhafte Front zu flicken.
Ich bin ja schon von Anfang an dabei, aber das Feuer und den Zunder, den wir da bekommen haben . . . sowas hab ich von den Russen noch nie erlebt.
Wir mußten weichen und die sind uns auf den Fersen gefolgt.
Dabei ist der Kurt verwundet worden – ich hab ihn grad noch in einen provisorischen Unterstand reinschieben können und ihn mit einem toten Kameraden etwas abdecken können.
„Halt aus, hab ich zu ihm gesagt, ich hol dich ganz gewiß!"
In der Nacht habe ich einen Stoßtrupp organisiert.
Es war dem Zugführer sowieso recht und er hat uns auch noch Feuerschutz versprochen.
Im Morgengrauen sind wir losmarschiert.
Von weitem sehe ich noch, wie aus dem Unterstand zwei Russen türmen. Ich wollte schon schießen, hab aber um die Aktion nicht zu gefährden, keinen Krach machen wollen.
„Kurt, lebst du noch?"
„Ja, daß du mich holst?" kam es stotternd zurück, „die heilige Mutter Gottes hat es mir versprochen . . . so wahr mir Gott helfe," und dann war er weg. Ich hab ihn mir geschnappt und dann ging es los – aber auch der Zunder. Unsere hielten aber auch ganz gut mit und so hab ich ihn immer mit größeren Pausen bis daher geschleppt.
Versorgt ihn gut, er ist ja noch so a Büble und schaut, daß ihr Boden gewinnt – hier könnt ihr mit eurem Lazarett nicht mehr lange bleiben . . ."

Michael stand auf und gab ihm die Hand – ein Obergefreiter mit zerfurchtem Gesicht und den Pranken eines Bauern und es war bald Heilig Abend ... und diesmal hatte ein halbtotes Büble eine Herberge gefunden und wenn es schon so war, dann würde ihm Gott auch weiterhelfen.
Ich habe den Kurt nicht mehr aus den Augen gelassen – das hätte mich fast auch unter den Boden gebracht, denn der bekam so ein hohes Fieber, daß wir es kaum noch schafften.
In seinen Phantasien war immer von seiner Oma die Rede und das machte mir den Kurt noch sympathischer . . . und sie ist mit ihm in die Kirche gegangen und hat ihn beten gelehrt zur heiligen Mutter Gottes und sie ist ihm erschienen und hat ihm über das Haar gestreichelt und hat zu ihm gesagt: „Hab keine Angst, du wirst wieder gesund werden . . .!"
„Ja, du wirst wieder gesund" hab auch ich ganz fest zu ihm gesagt. Und dann hat er ganz tief geschlafen und es ging wieder aufwärts mit ihm!
Diese Geschichte schrieb nun Michael seinen Eltern als Weihnachts- und Neujahrsgrüße und er bekam auch zwei Briefe, einen von ihnen und einen von Martin: Und wieviel Freude brachten sie ihm, wenn es auch nicht viel Erfreuliches zu berichten gab.

Lieber Michael! Stuttgart, den 20.12.42

Wie wird es Dir wohl ergehen. Wir sind so in Sorge um Dich. In dem weiten Rußland sind doch so strenge Winter und dann habt ihr ja kein festes Haus und keine Heizung. Selbst wenn Du eine Rotkreuzbinde tragen solltest, setz Dich nicht unnötig einer Gefahr aus, es dankt Dir's nach dem Krieg keiner mehr, wenn Du einen Fuß, oder sonst was für's Vaterland geopfert hast.
Auch unsern Landesbischof hat das schwere Schicksal getroffen.
Er hat in der Markuskirche einen Trauergottesdienst gehalten, für seinen im Osten gefallenen Sohn.
Bei uns war am 22.11. der siebte Luftangriff mit 28 Toten und 71 Verletzten, auch sind 88 Häuser zerstört und 334 schwer beschädigt worden.
Die Wohnungsnot wird immer größer. Jetzt spricht man schon davon, einzelne Menschen zusammenzulegen, damit junge Familien unbedingt einen Raum für sich haben, wo sie dann ungestört Kinder zeugen können um das verlorene Blut im Krieg auszugleichen. Etwas schamlos finde ich das schon, auch noch öffentlich darüber zu reden.

Zwei polnische Fremdarbeiter haben sie auch erschossen. Einen 27jährigen wegen Notzuchtversuch mit einer deutschen Frau und einen 19jährigen wegen intimen Verkehrs mit einer deutschblütigen Frau.
Begründung des Gerichts: Ehebrechen muß doppelt so hart bestraft werden, weil es eine Beleidigung für die Soldaten an der Front darstellt, wenn ihre Frauen zum Fremdgehn verführt werden.
Am 29.11. kamen sie um eine „Löffelspende".
Die Blockfrauen bitten dabei um einige Löffel Mehl, Fett, Zucker, Grieß – damit alle Verwundeten bei der Weihnachtsfeier Gebäck bekommen.
Am 15.Dez. haben sie einen Schwarzschlächter hingerichtet und am 19.12.einen Schneider, weil er angeblich Waren verschoben hat.
Beider Vermögen wurde eingezogen.
Martin hat uns einen Brief geschrieben und um Deine Adresse gebeten.
Er ist seit Herbst bei der rumänischen Wehrmacht eingezogen.
Es geht ihm den Umständen entsprechend gut – das heißt wohl schlecht oder nicht besonders.
Wem geht's in der jetzigen Zeit auch schon gut?
Wir denken so oft an Dich, lieber Michi – paß auf Dich auf -ich bete jeden Tag um Deine gesunde Wiederkehr.
Schreib bitte so oft Du kannst und wenn es nur eine Zeile ist.

Deine Eltern

Es war schon eine harte Zeit, die der Beelzebub und Luzifer den Menschen eingefädelt hatte.
Nun rieben sie sich die Hände und lachten über diese Idioten, die sich schon wieder gegenseitig die Köpfe einschlugen.
Worum es eigentlich ging? . . . interessierte die gar nicht, ihr Hauptziel war schon zu allen Zeiten nur die Menschen aufeinander zu hetzen und flog dann mal der erste Stein, gab es kein Halten mehr.
Ein paar Eitle, die ihre Muskeln spielen ließen, waren immer dabei!
Wen interessiert es heute, warum Maria Theresia und Friedrich der Große miteinander Krieg führten?
Oder warum sich Napoleon in Rußland eine kalte Nase holte?
Die abertausend Soldaten, die dabei gestorben und erfroren sind: war das, das Glücksgefühl, welches die Mächtigen dieser Erde schon zu allen Zeiten dabei zu empfinden schienen . . .?
Einmal abgesehen von den Nazis und den Kommunisten, sitzen Sonntag für Sonntag die Leute in der Kirche – wozu eigentlich, wenn

keiner auch nur im entferntesten daran denkt, das einmal in die Praxis umzusetzen, was er da hört.
Aber auch ein Atheist macht es sich zu einfach, oder ist so ein Krieg gerade für ihn erfunden worden um Gott zu erfahren ... Wer will's wissen ...?
Auf jeden Fall wär's dann eine teure Erkenntnis!
Michael hatte so seine Gedanken.
Wenn er jeden Tag dieses Elend sah. Junge Menschen von Kugeln verschandelt, zerschossen, erblindet, verblödet, entstellt, für wen und wofür? Was hatte eigentlich Hitler davon? Beute machen? In Rußland? Das konnte es alles nicht sein – viel eher wollte ein Demagoge seine Idee vom deutschen Herrenmenschen durchsetzen und diesen über die anderen Völker stellen.
Ja im Krieg hatte man manchmal Zeit über so Sachen nachzudenken ...
Jetzt nahm er Martin's Brief und freute sich schon auf seinen Inhalt. Martin konnte alles so plastisch und ausführlich darstellen.

Lieber Michael! Carabal, den 20.12.1942
Jetzt bin ich auch Soldat, leider ein paar Dienstgrade kleiner als Du – wie Du richtig vermutest Schütze ... Nicht weit von der Donau in Altrumänien also zwischen Donau und Karpaten.
Als Offiziersanwärter habe ich mir ein Zimmer in der Stadt gemietet und verpflege mich auf meine Kosten. Das hat mir mein Vater bewilligt und der Spieß hat es abgesegnet.
„Mein Sohn ist mir zu schade, als Wanzenfutter in den Kasernen!"
Bei einem alten zahnlucketen Weible habe ich eine Bleibe gefunden, ich muß zwar vorderhand mit ihr in einem Zimmer schlafen – aber sie hat noch ein leerstehendes Zimmer, auf das sie mir später Hoffnung macht.
Vor allem kann ich durch ihren Garten und ein Loch im Gartenzaun in die Kaserne passieren, ohne auf alle Offiziere und Unteroffiziere zu treffen und womöglich ihren Unmut zu erwecken. Nach einer kurzen Rekrutenzeit hat mich der Spieß auf die Schreibstube geholt.
„Du kannst doch als „Invàtàtor" (Lehrer) sicher schreiben, ja klar, und rechnen kannst du am End auch", „ja, ich denk schon".
„Ja, was rennst du dann noch wie ein Irrsinniger auf dem Kasernenhof herum und folgst dem Arschloch von Korporal, der kann nämlich bloß schreien – vom Schreiben hat der noch gar nichts gehört. Verschwinde also schleunigst auf die Schreibstube und wenn du gut schreibst und rechnest, kannst du Gift drauf nehmen, daß wir Freunde werden, im andern Fall" und er griff nach seiner Centura, das ist

ein breiter Feldwebelriemen aus echtem Stierleder – wo das hinfällt, gibt es Striemen und Tränen „Im andern Fall“ . . .
Der Herr Plutoniermajor hatte übersehen, daß der Kompaniechef zur Inspektion gekommen war. Dem Herrn Plutoniermajor sagte er ein paar unfreundliche Worte, wegen seinem Griff nach der Centura: „Wenn du dem was antust, werden wir mit dir auch noch fertig, du Stier!“
Und in Wahrheit, dieser Mensch war ein Stier – vor dem hatten alle Angst.
Der hatte sein eigenes Reglement!
Nun, so eine Schreibstube zu führen ist ja für einen Abgänger einer höheren Schule die reinste Beleidigung.
Dem ging es glaube ich, auch im Grunde mehr darum, nicht da sitzen zu müssen.
Der mußte jeden Morgen ein paar erwischen, die nach seiner Ansicht fällig waren.
Die walkte er mit seinem Lederriemen tüchtig durch, dann war alles in Ordnung.
Der Zahltag war ja ein Theaterspiel ersten Ranges.
Die Entlohnung war so gering, daß es sich kaum lohnte, sie abzuholen. Aber das Theater müßtest du sehen:
Da stehen sie in langer Schlange vor der Schreibstube.
Beim Eintreten müssen sie zackig grüßen und sagen: „Sie sollen lange leben Herr Stabsfeldwebel.“ Das ist für einen Rekruten, der bis jetzt vielleicht irgendwo im Gebirg Schafe gehütet hat und seine Unterschrift mit einem Kreuz und Daumenabdruck quittiert, zu viel.
Dann geht's los – der vermöbelt dann gleich die ersten fünf und schmeißt alle hochkant hinaus.
Dann dreht er sich zur Icoana, das ist bei ihm die heilige Mutter Gottes und betet.
Die Rekruten flitzen, einer nach dem andern herein, unterschreiben und verschwinden – die meisten lassen ihren Zahltag liegen – „jetzt habe ich gerade für diese Idioten gebetet und schon lassen sie das Wichtigste liegen. Wem gehört das jetzt alles?“ Ich zucke mit den Achseln. Dann schiebt er's ein: „pentru Crucea rosie (für's rote Kreuz – wer's glaubt, wird selig) Ist mir auch egal.
Eines Tages kommt er ganz aufgeregt in die Schreibstube: „Kammeree“, schreit er „was hast du verbrochen? Du sollst sofort zum Regimentskommandeur“ und dann holt er eigenhändig eine Schuhbürste, fährt mir über die Schuhe, die Uniform, daß ich mir bald meschugge vorkomme. Ich marschiere also los und er bekreuzigt sich in einem fort „Oh Kammeree was hast du bloß angestellt . . .?“

Der hat mir ganz schön eingeheizt und so ein hohes Vieh wie einen Oberst hab' ich auch noch nie gesehen. Ich grüße: „Sie sollen lang leben, Herr Oberst, Schütze Kammerer meldet sich zur Stelle!"
„Steh bequem, mein Sohn. Ich habe gehört, du bist Lehrer von Beruf. Traust du dir zu, einen Unterricht in Deutsch zu erteilen? „Ja, selbstverständlich Herr Oberst".
„Dann möchte ich dich dem Direktor des hiesigen Gymnasiums vorstellen, meinem Freund Grigorianu." Ein sympathischer Zivilist so um die fünfzig, den ich eigentlich jetzt erst gewahr werde.
Ich verneige mich leicht vor ihm. Er gibt mir eine Adresse in die Hand und sagt: „Setzen sie sich mit unserer Deutschlehrerin in Verbindung, sie muß ein paar Wochen nach Bukarest." und entlassen war ich.
Um die Ecke, wohin man vom Hauptgebäude nicht mehr sehen konnte, stand schon der Stier! Daß er mich nicht abtastete, ob meine Knochen noch heil wären, war alles.
„Ja, was wollte er von Dir? Komm erzähl und laß nicht jeden Buchstaben aus dir herausziehen."
„Ab sofort bin ich hier beurlaubt und soll Unterricht auf dem Gymnasium erteilen: „Und was ist mit mir? Nun, so geht das ja nicht", fing er an zu poltern.
„Dann gehen Sie zum Oberst!"
„Jetzt beruhige dich nur mein Kleiner, so war das ja nicht gemeint. Aber wenn ich dich brauch, hilfst du mir Kleiner, pardon Kammeree oder wie du beim Teufel heißt, verfluchter Sachse, hau ab!"
Ich ging also und die Deutschlehrerin war eine echte Rumänin, zwar etwas blond eingefärbt – aber Deutsch und ohne blond? – ging das überhaupt in der heutigen Zeit?
Oder hatte ein Gepide so ein Urweib gedeckelt und das war wiederum die zehnmalige Urgroßmutter dieser Deutschlehrerin und daher die paar Strähnen – blonden Haares?
Die Römer haben dann auch noch kräftig mitgemischt und die Dakerinnen liebkost.
Also haben die Rumänen sehr ehrenwerte Eltern und Großeltern.
Um ein paar Ecken rum sind sie sogar mit uns Deutschen verwandt, denn unsere Vorfahren waren ja auch die Germanen, also sind wir zu den Rumänen sowas wie Geschwisterkinder in der zigten Generation.
Sie wollen zwar lieber mit den Franzosen verwandt sein, dann ist es ja für uns um so besser, weil wir mit den Franzosen auch verwandt sind . . . nur z.Zt. gerade nicht, da führen wir Krieg gegen sie!
Also diese Deutschlehrerin und leicht erblondete Rumänin, war nicht meine Kragenweite, auch hatte sie so Unebenheiten im Gesicht,

da dachte ich an dich und beließ es bei einer fachlichen Einweisung. Was sollte ich jetzt mit dem angebrochenen Abend und meiner neuen Freiheit machen?
Ich ging ins Kino. Doch kaum saß ich drinnen, kam eine Streife und holte mich heraus: „Es ist für Soldaten verboten . . .“
Da sagte ich dem Streifenführer: „Ich bin dem Stier sein Schreibstubenhengst“ da wichen die zurück, als wäre ich von der Pest befallen, oder hätte sie mit Tränenspray behandelt.

Von der ganzen Garnision waren die Offizierskinder im Gymnasium und ich als Schütze A . . . sollte Unterricht erteilen, ein hartes Los.
Deshalb holte ich sie 10 Minuten vorher auf den Schulhof und traktierte sie bei der Kälte mit Sport, um sie kirre zu machen. Aber ich hatte die Rechnung ohne die Zuverlässigkeit meiner Klamotten gemacht. Einmal platzte mir die Hose und einmal verlor ich einen Absatz – das Gelächter meiner Schüler war nicht mehr zu bremsen. „Bitte herhören“ ich mußte ja höflich bleiben, vielleicht war von meinem Kompanieführer der Sohn oder der verspätete Ableger meines Obersten auch in der Klasse.
„Bitte herhören“, sagte ich so höflich es ging. „Wenn sie jetzt lachen, dann lachen sie im Grunde genommen über die Insignien ihres Staates, zudem diese Uniform gehört. In diesem Kleid kämpfen und fallen Soldaten für die Freiheit ihrer Heimat.“
Das saß! Seither hatte ich im Unterricht niemals mehr Schwierigkeiten und als ich nach sechs Wochen ging, kamen sie zu mir her und verabschiedeten sich sehr freundlich von mir.
Auch in der Kaserne hatte sich das Blatt zu meinen Gunsten gewendet. Ich konnte kommen und gehen wie ich wollte – nicht aufreizend – durch die Hauptpforte – aber wozu auch? Wenn das Loch im Zaun immer noch offen blieb, genügte mir das durchaus.
Eines Tages sprach mich ein Offizier an ob ich ihm keinen Jagdhund besorgen könne, ich sei doch von Siebenbürgen und da würde die Jagd doch sehr gepflegt.
„Selbstverständlich Herr Oberleutnant!“, habe ich zu ihm gesagt, „eines müssen Sie mir glauben, ich bringe Ihnen nur dann einen Hund, wenn er von guter Rasse ist und das muß ich selber entscheiden.“
„Klar Herrrr?“ . . .“Kammerer. Herr Oberleutnant“, „gut Herrr Kamereee!“
„Ich verfüge Urlaub!“
„Aber mir steht noch keiner zu, Herr Oberleutnant!“
„Dann machen wir eben eine Dienstreise.“

So kam ich schon nach ein paar Monaten zu einem Kurzurlaub. Wenn meine Referenzen nicht so gut gewesen wären, hätte es mir nicht viel gebracht, so aber kam ich gerade noch um einen Tadel herum.
Einen jungen Hund hatte ich nämlich bei meiner Rückreise nicht dabei, von wo auch? Die werfen doch nicht auf Kommando und dem Stier brachte ich ein paar Flaschen Wein, da hat sich der verschüttelt, nicht wie ein junger, sondern wie ein nasser Hund und gesagt ich solle ihn selber saufen.
Nun gut, es war nicht gerade eine Mädchentraube oder gar ein Bischofstropfen, aber ein guter reiner Wein vom Gezemdabirgh war es schon. Den kennst du doch auch, auch wo er wächst . . . unweit der Stina mit seiner Coliba . . . an die kannst Du Dich doch noch gut erinnern . . . mit der Marioara und so . . .
Übrigens herzliche Grüße vom Ion und seiner Schwester der Marioara, auch die andern Grüße die Du mir aufgetragen hast, habe ich überbracht!

Eines Tages komme ich heim von der Kaserne, da sagt meine alte Herbergswirtin, als wenn sie in der Lotterie gewonnen hätte: „Im Besuchszimmer habe ich eine wunderhübsche Überraschung für den Herrn Soldat.
Was konnte jetzt das wieder sein?
Da war ein junges Weib im Zimmer drinnen, die ich gar nicht kannte und auch nicht wußte, was sie wollte. Nun, das erfuhr ich dann sehr schnell.
Sie entblößte sich im Handumdrehen und schnurrte wie eine Katze auf das Bett. Dabei ließ sie mich ihren Gamsbart sehen und auch sonst war sie vorzüglich gebaut, aber da dachte ich wieder an Dich und zum zweitenmal ließ ich eine todsichere Chance aus.
Aber diesmal muß ich mich bei Dir bedanken. Denn das war eine Hure, die war geschlechtskrank und hat die halbe Kaserne einschließlich dem „Stier“ angesteckt.
Diese verfluchte Hure haben sie eingefangen und nach Danuba verfrachtet, da war nämlich das Kriegsgericht und die schicken Deutschen Soldaten mit ihren superschicken Lehroffizieren und denen wollte man ja schließlich auch noch das große Hosenjucken gönnen . . .!
Doch davon erzähl ich Dir in meinem nächsten Brief.

Herzliche Grüße Dein Martin

P.S. „Der „Stier“ hat mich noch gefragt ob’s mich nicht auch juckt, „nein, hab ich gesagt,“ aber man hat sie doch bei Dir gesehen.“
„Ja stell Dir vor“, hab ich ihm gesagt, „ich hab sie auch gesehen, mitsamt ihrem Gamsbart“.
„Ja, und dich juckt nichts . . .“
„Nein, bei allen Heiligen nein – ich bin doch nicht so blöd wie ihr, ich hab ihr 5 Lei geschenkt und hab ihr gesagt, sie soll zu Dir gehen, Du hättest einen dickeren Beutel entschuldige – Geldbeutel.“
„Verfluchter Sachs“ und er griff nach der Centura – aber ich war weg, wie ein Strich. Ein Sportler muß man halt sein.“

Der Michael kriegte sich nicht mehr – so gelacht hatte er schon ewig nicht mehr.
Dieser Brief tat ihm direkt gut und brachte ihn auf andere Gedanken.
Bei seinem Rundgang schaute er nach dem Kurt, mein Gott, war das ein schmales Büble, aber er hatte die Augen offen und das Fieber war gefallen: „Du schaffst es Kurt, bete nur weiter zu Deiner Mutter Gottes, sie wird Dir beistehn.“
Die anderen Soldaten schauten dem jungen Arzt ungläubig nach und schüttelten ihre Köpfe.
Aber Michael ließ sich in seiner religiösen Ansicht nicht beirren.
Er hatte erfahren, daß das Gebet ihm Zuflucht und Ansprache gewährte und Hoffnung gab.
Und er fing an in der Bibel zu lesen, die eines Tages irgendwo einfach so herumlag.
Welche tiefe Weisheit und Erfahrung sprach aus ihren Zeilen und er schämte sich, nicht früher darauf gekommen zu sein, obwohl er durch seine Siebenbürger, die ja gläubige Menschen waren, immer schon mit dem Wort Gottes in Berührung stand.
Nun nahm er den Brief seiner Eltern nochmal zur Hand.
Da war ihm das mit den polnischen Fremdarbeitern aufgefallen.
Was konnte sich dahinter für eine Tragik verbergen.
Diese ausgehungerten Weiber nach Liebe und die von Gott dem Manne zugeteilte Kraft, mit Willen, Mut und Begehrlichkeit ein Weib zu erobern. Wer wollte da den ersten Stein werfen . . .?
Hoffentlich steckte nicht auch hier bei der Urteilsfindung ein Stück Rassismus dahinter.
Michaels Lazarett wurde zurückverlegt, bis in die Prager Gegend.
Einerseits freute er sich, wieder in einem abendländischen Land zu sein, andererseits ging ihm das Schicksal seiner Frontkameraden fürchterlich unter die Haut.
Oft war es gut, keine Zeit zu haben, um darüber nachzudenken.

Der größte Teil der 6.Armee war bei Stalingrad gefallen, verwundet, oder in sibirische Gefangenschaft geraten.
Manches Mal überfiel ihn die Mutlosigkeit ... und das Ende war nicht auszudenken.
Was sollte er in solcher Situation den Eltern schreiben.
Er machte also ein Kurztelegramm, mit neuer Anschrift und da dies ein größeres Lazarett war, hoffte er eine längere Zeit da zu bleiben.
Der Kurt, sein Schützling, hatte sich soweit erholt, daß man ihn bald nach Tübingen in Michaels Studierstadt verlegen konnte.
Hier sollten sie ihn wieder auf den richtigen Weg bringen – wenn es dazu auch noch lange dauern würde.
Es kamen immer wieder Rückschläge. Man vergegenwärtige sich das: Mit einem Lungendurchschuß eine Nacht in der Kälte Rußlands und dann fast einen Tag Rücktransport auf dem Rücken eines Kumpels. Wenn da nicht die Mutter Gottes hilft ... ist gewiß alles verloren.
Und jetzt erzählt der Kurt dem Michael über diese längste Nacht seines Lebens: „Wo mich mei guter Kumpel, der Schorsch, in den Unterstand einigschoben hat und mich mit einem toten Kumpel etwas abgeschirmt hat, sind bald drauf zwei Russen gekommen, auch so junge Kerle wie mir. „Nemetzki" haben sie immer wieder gesagt und uns gefilzt, dabei haben sie gemerkt, daß ich noch atme.
Ihrem Gespräch nach schätze ich, haben sie gesagt; der tut's nicht mehr lange, haben mir alles Eßbare abgenommen und mal richtig gevespert.
Es war schon ein sonderbares Gefühl, mit dem Todfeind auf Tuchfühlung und ihm völlig ausgeliefert sein.
Kurz bevor der Schorsch gekommen ist, sind sie getürmt.
Mich freut's, daß sie mit dem Leben davon gekommen sind.
Die waren so unschuldig oder anständig wie wir es von uns im besten Sinne auch annehmen würden..

Zur Waffen-SS

Mit Stalingrad war dieser Krieg entschieden. Zumal die westliche Allianz immer mehr die Luftüberlegenheit gewann und die inneren Schwierigkeiten ins unermeßliche stiegen.
Der hohe Blutzoll den die Kämpfe in Stalingrad, im Kaukasus und dem Dongebiet gekostet hatten, mußte schnellstens ausgeglichen werden.
Die Volksdeutschen aus Siebenbürgen, dem Banat und Ungarn boten sich hierfür geradezu an.

In verschiedenen Verhandlungen bemühten sich Reichsdeutsche Stellen um die Freigabe dieser Personengruppe aus den jeweiligen einheimischen Verbänden.
Einen Durchbruch erzielte Reichsaußenminister von Ribbentrop am 13.4.43 in den Verhandlungen mit Marschall Antonescu.
Er bedauerte in diesem Gespräch, daß insbesondere die Waffen SS sehr hohe Ausfälle gehabt hätte.
„. . .unter diesen Umständen sei es wichtig, genügend guten Ersatz dafür zu erhalten und da boten sich die Siebenbürger Deutschen und Banater Schwaben besonders an . . . da es sich bei ihnen um erstklassige Menschen handele . . .“
Es kam dann nach verschiedenen Schwierigkeiten zu dem Abkommen, daß am 12. Mai 1943 unterschrieben wurde.
Statt der erwarteten 20.000-30.000 Mann hatten sich 42.000 gemeldet, insoweit unverständlich als nach Stalingrad der Krieg schon verloren war. (Wahrscheinlich waren diese Menschen noch wertvoller, als man sie eingeschätzt hatte – sie wollten ihrem Mutterland, das in Bedrängnis geraten war, beistehen).
Michael bekam von Martin einen Brief und da der letzte soviel Neuigkeiten gebracht hatte, war er fast gierig drauf, ihn zu öffnen.

Lieber Michael! Carabal den 3O.4.43

Solltest Du einen Stuhl in der Nähe haben, setz Dich! Von Dir hört man ja kaum etwas, aber bei mir gibt es Nachrichten, gleich pfundweise!
Da ich Weihnachten noch immer keinen Urlaubsanspruch hatte, bekamen wir lediglich 2 Tage Ausgang. Da hat mich ein rumänischer Lehrer, der ebenfalls bei uns eingezogen ist, zu seinen Eltern auf's Land eingeladen.
Von Carabal Richtung Donau. Das Land ist hier topfeben und unwahrscheinlich fruchtbar – die gleiche schwarze Erde wie in der Ukraine.
Seine Eltern wohnen in einer Streusiedlung: hier ein Haus – ein paar Wiesen und Tümpel, dann wieder eins – für unser Verständnis ungeordnet.
Es laufen ziemlich viele Hunde in der Gegend alle ohne Kette, dafür laufen die Schweine alle an der Kette herum. Auch das ist ungewöhnlich.
Aber ich war trotzdem guter Dinge, mein rumänischer Freund ist ein prima Kerl, sonst hätte er mich ja gar nicht einladen brauchen. Wir kommen also an das Haus seiner Eltern und heraus tritt seine

Mutter mit einem Tablett, darauf Brot und Salz und ein kleines Schälchen mit etwas Marmelade.
Er erklärt mir: „Du nimmst jetzt – symbolisch von der Dulceata (Konfitüre) zum Zeichen, daß du süß empfangen bist.
Dann brichst du das Brot, tunkst es leicht in das Salz, zum Zeichen, daß wir mit Dir das Brot teilen und Du uns ein Bruder bist."
Du, das hat mich so gerührt, daß ich meinem rumänischen Freund beinah um den Hals gefallen wäre.
Nachher empfing uns eine große einladende Wohnstube, etwas niedriger gebaut, wie wir es von Siebenbürgen gewohnt sind, aber auch mit Blumen an den Fenstern und der Boden mit selbst gemachten Teppichen ausgelegt.
„Meine Mutter wird jetzt das Essen richten – wenn du mich begleitest, zeig ich Dir, wie wir das Brot dazu backen."
Das war für mich sehr interessant, war das doch bei uns eine Prozedur von einem halben Tag.
Mit Teig kneten und gehen lassen auch noch länger.
Ich muß vorausschicken: in dieser schwarzen Erde wächst ein Weizen, der mannshoch wird, ohne Kunstdünger und ohne eine Schaufel Mist.
Der Boden wird lediglich aufgerissen und das Saatkorn hineingeworfen, das ist alles . . .
Und aus diesem Weizen wird ein Brot . . .
Aber gemach, eins nach dem andern.
Wir gingen in die Scheune, holten Stroh und gingen dann in einen Nebenraum von der Küche.
Hier fiel mir auf, daß der Lehmboden besonders glatt und sauber gestrichen war. Darauf legte er das Stroh, zündete es an und ließ mit einem Kettenzug eine Tonglocke herunter, unmittelbar über das Feuer.
Die beiden Stellen, dieser Tonboden und die Tonglocke heizte er so ungefähr eine Viertelstunde an, dann nahm er einen Besen, fegte den Tonboden ganz sauber und brachte unmittelbar auf diesen Boden den Brotteig aus, nun ließ er mit dem Kettenzug die Tonglocke ganz herunter.
Wir gingen in die Stube und seine Mutter servierte uns eine Fischsuppe – sowas Gutes habe ich im Leben noch nie gegessen.
„Gehst Du mit? . . . wir müssen nach unserem Brot schauen." Er zog die Glocke etwas hoch und ein herrliches und großes Stück Fladenbrot kam darunter zum Vorschein. Mit einer Holzschaufel nahm er es auf – legte es auf ein rundes Brett und wir trugen es in die Stube. Es war so handbreit hoch.

Dann gab es Fische, verschiedene Braten und zu allem brach man sich ein Stück von dem Brot und das war ein Brot, sowas Lockeres, Löchriges, Gutes und Bekömmliches habe ich seither kaum mehr gegessen.
Dieses Essen dauerte von 13 Uhr bis 15 Uhr und mit Schnäpschen auch noch ein bißchen länger, und ich sage Dir eins: Jedes Volk ist vom andern verschieden, aber jedes Volk hat Eigenschaften, um deren Willen man es lieben und im guten Sinne beneiden kann.
Diese Gastfreundschaft, die mir mein rumänischer Freund an diesem Tag gewährte und die Herzlichkeit, die mich seine Mutter spüren ließ, bringen wir Deutsche in einem ganzen Jahr nicht zusammen.
Fern von der Heimat inmitten von lauter Rumänen war es mir Siebenbürger Sachsen so gut gegangen, daß ich mich kneifen mußte, ob es auch wirklich so war und ich nicht nur davon träumte.
Aber die Wirklichkeit und Unerbittlichkeit des Lebens holte mich dann im Januar ein.
Der „Stier" brachte mir von der Befehlsausgabe einen Vorführungsbefehl vor das Kriegsgericht in Danuba mit.
Prosit Neujahr, dachte ich mir, wieso überhaupt? Ich bin doch weder getürmt, noch habe ich Fahnenflucht begangen, noch geheimdienstliche Tätigkeiten verübt.
„Lies doch mal, was die überhaupt von Dir wollen." riß mich der „Stier" wieder in die Wirklichkeit zurück.
„Sie haben die Vormilitärische Ausbildung boykottiert."
Uns hatte man von der DJ (Deutsche Jugend) gesagt wir würden das in eigener Organisation erledigen.
Die Volksgruppenführung, unter Andreas Schmidt, hätte das mit der rumänischen Regierung so abgesprochen.
Ich schrieb schnell an meine Freunde nach Hermannstadt und die verwiesen mich an den Ortsgruppenführer unserer Volksgruppe in Danuba, einen Delikatessenhändler größerer Sorte.
Wie sollte ich aber nun zu dem kommen. Außerdem wurde ich wie ein Verbrecher von einem Soldaten mit aufgepflanztem Bajonett eskortiert.
Du mußt Dir das bildlich vorstellen, von der Kaserne bis zum Bahnhof marschierte der Soldat hinter mir mit aufgepflanztem Bajonett. Am Bahnhof stand der „Stier" so rein zufällig, wünschte mir ein gutes Verrichten und dem Soldaten sagte er: „Laß ihm ja die Freiheit", dabei deutete er auf mich, und geh mit ihm, wohin er gehen muß, ohne ihm auf der Pelle zu stehen, verstanden – wenn der sich beschwert, brech ich Dir alle Knochen, sobald ihr wieder in der Kaserne seid. Verstanden?"

„Zu Befehl domnule Plutoniermajor."
Das war aber hochanständig vom „Stier", dachte ich mir, und schon fing mein Lebensflämmchen an, wieder ein bißchen lustiger an zu flackern. Wenn zur Freude auch noch lange kein Anlaß bestand.
Wir meldeten uns in Danuba am Kriegsgericht. Überall sah man Soldaten in Ketten gelegt und von Soldaten eskortiert. Sowas hatte ich im Leben noch nie gesehen.
Da war kein Schloß an den Ketten, die waren regelrecht hineingeschmiedet.
Gott – verdamm mich nicht ... mein Gefühlsbarometer sank schon wieder um einige Grade und der Sekretär, bei dem ich mich meldete, frug mich nach meinem Rechtsanwalt.
„Ich habe keinen, von wo auch, ich bin ja gerade erst angekommen."
„Ich würde schon zu einem raten – sonst macht's der Pflichtverteidiger, und wie es dann ausgeht, weiß der liebe Herrgott", dabei schaute er hinauf zur Icoana und mir lief der Schauer über den Rücken, denn schon wieder klirrte einer in Ketten an mir vorbei.
Also drückte ich ihm 100 Lei in die Hand und er solle mir einen Rechtsanwalt besorgen.
Eine halbe Stunde später kam so ein halbverhungerter Famulus eines Rechtsgelehrten vorbei, prüfte meinen Fall, dabei sah er jedem, der in Ketten gelegt vorbeiklirrte nach, lockerte seinen Kragen, als wäre er am ersticken und fragte mich, wieviel ich bereit wäre, für meine Befreiung zu bezahlen."
Nun, ich nannte eine Summe, da wollte der weglaufen.
„Herr", sagte ich zu ihm, „ich bin bis jetzt Student gewesen, ich habe kein eigenes Einkommen, wovon soll ich Dir noch mehr bezahlen?"
„Aber ein reicher Sachse bist Du doch, oder? Ihr seid doch alle reich. Das weiß ich von meinem Onkel, der war einmal in Ardeal (Siebenbürgen) und der sagte „feciorule" – (Knabe) paß auf, die haben Gotteshäuser, da gehen unsere dreimal hinein und Kartoffeln fressen die erst, wenn sie durch die Sau gegangen sind, und jeder hat drei bis vier Speckseiten am Kirchturm hängen, da könnte man bei uns ein ganzes Haus zudecken, mitsamt dem Schuppen, und Du willst mir weismachen, Du habest kein Geld – dann geh doch zum Teufel und nimm Dir den alten Corsar als Rechtsanwalt, der schläft bei jeder Sitzung ein – eeeh! Was hast Du dann davon? Du Dummkopf von einem Sparmeister.
Ja, das hat mein Onkel auch noch gesagt. Da soll es Leute in Ardeal geben, denen läuft soviel Fett am Kinn herunter, von dem könnt unsereiner noch gebratene Kartoffeln für seine Kinder machen ..."
„Jetzt übertreibst Du aber, Du Schreibstubenhengst, Du bist ja noch übler als die Cortorar (vagabundierende Kesselflicker).

Dann wollte der mich wieder stehenlassen.
Eine Stunde habe ich mit diesem Menschen gefeilscht, denn er kam wieder und rechnete mir vor. „Also ein paar Lei muß ich für mich abzweigen, meinst Du der Geizhals von einem Rechtsanwalt zahlt mir ein Gehalt, der sagt immer, ich solle bis zum Jahresende warten, da wäre dann mehr beieinander und es tät sich besser lohnen, und ob ich dann überhaupt Verwendung hätte, für das viele Geld.
Aber am Jahresende ist der wie verschwunden.
Da geht dieser Haiduc (Räuber) mit seinem Liebchen zum Schifahren nach Sinaia oder auf die Poiana Brasov (Schulerau bei Kronstadt), und wenn er dann von dort wiederkommt, hat er keinen bani (Pfennig) mehr in der Tasche und will sich noch bei mir was borgen und ich weiß nicht, wie ich meine Familie ernähren soll, oh Gott, was hab ich doch für ein Schicksal auf dieser Erde!“
„Aber bevor Du jetzt in Tränen ausbrichst, Du Halsabschneider, wieviel willst Du für Dich und Deinen Herrn?“ Dann taxiert mich das Scheusal schon wieder: „15.000 Lei“ „Du bist ja total verrückt.“
„Ja, dem Sekretär vom Gerichtsvorsitzenden müssen wir das meiste geben.“
„Ja wieso seinem Sekretär?“
„Ja weil wir nur über den Deinen Namen als den eines durchaus honorigen Menschen auf den Richtertisch bringen.“
„Das ist mir jetzt egal, mehr als 10.000 zahl ich nicht, und wenn ich verdonnert werden sollte, nehme ich das Gewehr meines Soldaten und erschieß Euch alle.“
So war mir der Gaul durchgegangen.
„Hahaha,“ lachte er, „der hat ja bloß Platzpatronen drinnen“, und so war es auch.
„Um 17 Uhr ist Urteilsverkündung, Ihr Platzpatronen, da seid Ihr wieder da“, und weg war er mit meinem Geld.
„Du“ sagte ich meinem Aufpasser, „ich muß jetzt in die Stadt, entweder Du wartest hier auf mich, oder Du folgst mir ganz locker so auf 10 bis 15 Schritt Entfernung, ich kann so ein aufgepflanztes Bajonett in meinem Rücken nicht mal von weitem brauchen.“
„Ja, Herr“ sagte der, „mach wie Du es für richtig hältst.“
Also drückte ich dem ein paar Lei in die Hand, „kauf Dir solang was zu trinken, aber besauf Dich nicht, sonst muß ich Dein Gewehr auch noch tragen“, und weg war ich.
Ich hatte mich nach dem Delikatessenhändler und Ortsgruppenführer erkundigt und sagte mir, wer weiß, was der Hungerleider mit meinem Geld gemacht hat, sicherheitshalber gehst Du noch zum Ortsgruppenführer, vielleicht hat der einen Tip.

Es war ein ordentliches, schönes und großes Haus mit schönen Geschäftsräumen zur Straße hin.
Lauter hübsche Mädchen mit Häubchen und weißen Schürzchen bedienten die vornehme Kundschaft von Danuba aufs höflichste.
Ich brachte mein Anliegen vor und nachdem ich den Chef verlangt hatte, wurden mir verschiedene Türen geöffnet.
Die Einrichtung wurde immer vornehmer, die Teppiche immer weicher und ein Duft von Parfüm und guten Sachen durchzog den Raum.
Ich wurde in einen großen Salon geleitet – und hier sah ich die Lehrtruppen Deutschlands im vollen Einsatz.
Schicke deutsche Offiziere in vollem Ornat mit fein gebügelten Breeches und angelegten Orden und Ehrenzeichen – nur noch das Monokel fehlte, ließen sich von Mädchen den Sekt servieren und plauderten wie im Casino Monte Felicitas.
Und erst diese Mädchen. Hier hatte doch der Delikatessenhändler sämtliche Samtkatzen Rumäniens zusammengetrieben ... Figürchen hatten die, und schnurren konnten sie, also Michael, das wäre was für Dich gewesen – aber nur, wenn ich sie abgelehnt hätte – aber das tat ich nicht.
Der Herr Ortsgruppenführer empfing mich ganz locker und sagte: „Sie sind mir bereits avisiert, mein Lieber, und mach' Dir keine Sorge", fuhr er vertraulich fort, „das ist ja eine lächerliche Bagatelle. Ich rufe gleich meinen Freund, den General an – für alle Fälle." Die Verbindung war gleich da: „Nicule (Hänschen), mein Guter – wie geht es Dir? Du, ich hab da einen Martin Kammerer, der kommt heut zur Verhandlung . . . Bagatelle hat die Vormilitärische geschwänzt, weißt ja, die Burschen haben immer nur die Mädchen im Kopf, aber ich frag Dich ehrlich, waren wir anders?" . . .na siehst du . . . geht alles klar. Komm doch mal wieder auf einen Spumante vorbei, dabei machen wir einen Plausch und eine Partie. Ich küsse Dich . . . bis bald mein Guter . . ."
„Komm mein Kleiner", sagte er zu mir, „iß was!" und schon stand ein Mädchen da und versorgte mich fürstlich. Er selber war wie verschwunden. Ich konnte mich nicht mal mehr bedanken.
So ein gut dressiertes Kätzchen brachte mich, nachdem ich alles weitere Essen und Trinken ablehnte, an die Tür und schlich sich auf ihren Sammetpfötchen und gut gebauten, wunderbar einsehbaren Schenkelchen, nicht ohne mir ihre Duftnote zu hinterlassen, von dannen.
Mein Soldat hatte in Gemütsruh' auf mich gewartet, obwohl ich ja zwei bis drei Stunden weg war.
Gegen 16 Uhr gingen wir dann in den Gerichtssaal und da stand ich

doch unmittelbar neben den Soldaten mit ihren Ketten und sah mir ihr Elend an.
Die waren regelrecht hineingeschmiedet – wie im Mittelalter, und wenn die entlassen wurden, mußte der Schmied her, um die Kette zu trennen.
Nun, mir lief schon wieder der Schauer über den Rücken – wie oft wurde der Spruch „lebenslänglich" in den Saal gedonnert, und wie einfach schien es, als sie meinen Namen vorlasen: freigesprochen.

Immerhin genehmigten wir zwei uns noch ein Bier – der Eskortierte und der Eskortierer – er hatte sich brav an die Anweisungen des „Stiers" gehalten und ich würde an Lob nicht geizen.
Das war die hohe Gerichtsbarkeit, aber in der Kaserne wurde auch gerichtet.
„Nächste Woche ist Regimentsappell, da wirst Du schauen- du Sachs – am liebsten tät ich Dir auch ein paar mit dem Farrenschwanz über den Hintern ziehen – damit ihr endlich begreifet, daß wir Rumänen die Gescheiteren, die Besseren und die Stärkeren sind, als ihr Sachsen.
Ihr seid ja gar keine Deutschen, vielleicht ihre Ableger oder nicht mal das, wer kann sich da nach 800 Jahren so genau erinnern, wo ihr überhaupt hergekommen seid – vielleicht vom Nordpol oder am End' sogar vom Südpol.
Gott ist groß, aber daß er Euch ausgerechnet in dieses Fettnäpfchen, in das schöne Siebenbürgen hineingesetzt hat, nein . . . Mutter Gottes, da muß aber der Herrgott eine gute Stunde gehabt haben."
Dann bekreuzigte er sich und ging.

Ich war das schon gewohnt. Der sprach mehrmals am Tag mit seiner „Mutter Gottes" . . . so ein „Stier" von einem Mann.
Nun, der Regimentsappell kam heran.
Jeden Tag mußte ich ein paar Soldaten ins Lager zum Aufräumen einlassen, einsperren und beim Hinausgehen filzen. Denn es wurde alles gestohlen, was nicht niet- und nagelfest war.
Deshalb auch die Regimentsappelle, hier wurde die öffentliche Prügelstrafe vollzogen.
Es war auch kaum anders durchzukommen.
Die gingen in die Stadt, verscheuerten für ein paar Lei ihre Schuhe und kamen barfuß in die Kaserne zurück.
Dann nahmen sie das Leintuch vom Bett, wickelten es um ihren Bauch, Mantel darüber und verscherbelten es in der Stadt, und so ging das jeden Tag.
Hastige Kommandos hallten über den Kasernenhof.

Eine Kompanie nach der anderen füllte mit zackigen Schritten den Raum.
Dann marschierte die Blasmusik herein, und die Offiziere ritten hoch zu Pferd zu ihren Einheiten, immer mit entsprechender Meldung, bis zum Schluß der Herr Oberst vorritt.
Er verlas den Tagesbefehl, und dann kamen auch die Delinquenten dran. Es waren so zehn bis fünfzehn Mann – so genau konnte ich es nicht sehen.
Es wurden ihre Verbrechen bekanntgegeben und was mich fast körperlich berührte, mit zehn, fünfzehn, zwanzig, fünfundzwanzig Hieben auf den Hintern bestraft.
Mitten im Hof, etwas erhöht, stand ein Holzbock.
Vor den trat der Delinquent, legte auf Kommando die Hose herunter, der Arzt untersuchte ihn und gab ihn frei.
An je einer Hand wurde er von zwei Soldaten über den Bock gezogen und der „Stier" schwang den Farrenschwanz – beim dritten Schlag lief bereits das Blut und je ärger der schrie, desto fester und wütender hielt der drauf.
Also lieber Michael, an dem Tag schmeckte mir kein Essen mehr.
Zumal ich auch ein schlechtes Gewissen bekam und mich schon am Holzbock wähnte.
Gelegentlich hatte ich so einem armen Teufel – eine kleine Marschverpflegung ausgeschrieben.
Nachdem ich die Papiere hatte, brauchte ich bloß die Unterschrift des „Stieres" darunter- zusetzen, und die konnte ich so perfekt, daß der bei ihrer Besichtigung gesagt hätte: aber so gut habe ich selten unterschrieben – da muß ich besonders gut aufgelegt gewesen sein!
Die täglichen Meldungen ans Regiment mußte ich auch in seinem Namen unterschreiben – er war ja nie da, und hätte ich sie nicht pünktlich abgegeben, der wäre im Stand gewesen, mir dafür das Kreuz zu brechen, dazu hatte der immer Zeit.
Nun, es wird, glaube ich, nicht mehr so weit kommen. Wie ich aus zuverlässiger Quelle weiß, können wir uns zur Waffen-SS melden, und wer wollte sich da drücken? Wenn es darum geht, Euch Brüdern im Reich beizustehen!!!
Bleib gesund und halt die Ohren steif.

Dein Martin!

Das war wieder so ein Martin-Brief. Da hatte Michael ein paar Wochen dran zu lachen.
Der nächste Brief, den er bekam, war von zu Hause und nicht so lustig.

Beim achten Luftangriff auf Stuttgart am 11. März 1943 starben 112 Menschen und 386 wurden z. T. schwer verletzt.
Michael dachte: Nun ist es in der Etappe fast so gefährlich wie im Feld und bedauerte seine Eltern und die Betroffenen aus tiefstem Herzen.
Was hatten diese Menschen schon verbrochen, daß sie so elend bestraft wurden?
Innerlich hatte er sich schon lange von diesem Krieg und denen, die ihn inszenierten, abgesetzt.
Er war wenigstens in der Lage, sein schlechtes Gewissen durch seine Hilfe, die er den Menschen gewährte, moralisch etwas auszugleichen.
„Am 12. März hat Landesbischof Werner gegen Maßnahmen protestiert, die gegen die Juden ergriffen werden – (nämlich Abtransport nach Auschwitz).
Und welch eine Ironie: „Sie müssen sich noch eine Fahrkarte kaufen und selber bezahlen", hat uns eine Frau erzählt, schrieb Elsa.
Am 15. März 1943 wird bekannt gegeben, daß keine Damenhosen mehr nach Maß gemacht werden dürfen!!! (Haben diese Beamten Sorgen).
Am 6. Mai 1943 wird eine Frau zu vier Jahren Zuchthaus verurteilt, weil sie einem gefangenen Franzosen ein Jahr Unterschlupf gewährt hatte.
Ein Gauschulungsleiter hält am 24. Juni einen Vortrag: Krieg und Weltanschauung und stellt dabei fest, daß dieser Krieg ein „Rassenkrieg" sei, der „zur Erhaltung unseres Blutes geführt werden müsse."
Michael bekommt fast das Kotzen über soviel Bla Bla, wo fast täglich tausende von Menschen deutschen Blutes sterben müssen.
6. September 1943 – 11. Luftangriff auf Stuttgart, 107 Tote, 165 Verletzte. Erster Tagesangriff geführt von US-Flugzeugen.
Michael schnürt es jedesmal die Kehle zusammen. – Was müssen seine Eltern z. Zt. durchstehen. Sie tun ihm wirklich leid, und keiner kann was dagegen machen.
Der Finger sitzt locker am Abzug, und seine Majestät der Beelzebub und Luzifer feiern ihre hohe Zeit!

Lieber Michael! Gravenwöhr, den 20. 7. 1943

Seit 26.6.1943 bin ich in Gravenwöhr auf dem Truppenübungsplatz. Es geht hart her und vom Griffe klopfen guckt in meiner Hand das rohe Fleisch heraus.

Ob das im Krieg auch noch so wichtig ist, bezweifle ich, auch sonst find ich die Ausbildung so unmenschlich hart, daß man den Eindruck nicht los wird, die möchten einen vor dem Einsatz schon hinmachen. Wenn ich an meine Schwierigkeiten denke, die ich durchmachen mußte, um überhaupt zur Waffen-SS zu kommen ...
Zunächst hat's der „Stier" im guten versucht.
Jeden Morgen ist er vor meinen Augen vor die Icoana der heiligen Mutter Gottes gegangen und hat gebetet, u. a. so, daß ich es hören mußte: „und gib diesem Kammerer den Verstand, daß er bei uns in Rumänien bleibt und nicht zu diesen arroganten und überheblichen Deutschen geht, wo er es bei uns doch so gut hat.
Erhöre mein Gebet, heilige Mutter Gottes, und überlasse diesen anständigen Menschen nicht der Lächerlichkeit, in einem harten und unmenschlichen Land – wie es dieses Deutschland ist."
Nachdem er merkte, daß ich meine Abmeldung nicht zurücknahm, sprach er mich offen an, und da ich wußte, wie das bei ihm so auszugehen pflegte, wenn man seinen Willen nicht akzeptierte, mußte ich mir erst einen Fluchtweg sichern, und als ich sagte: „Ich bleibe bei der Anmeldung, griff er nach der Centura – das war allerdings das letzte Mal und ich gab Fersengeld und – auch das war das letzte Mal. Dann hatte er mich unabkömmlich gemeldet, aber das nahm ihm auch niemand ab – er ging, ohne sich von mir zu verabschieden und das tat mir ehrlich gesagt leid.
Ich hatte diesen grobschlächtigen Menschen trotz seiner vielen und erheblichen Mängel irgendwie auch lieb gewonnen und das war ein Abschied, wie er mir lange nachgehen wird ... auch zu denken gibt, ob's richtig war."
Oho, dachte sich der Michael, dem haben sie schon die erste Begeisterung gründlich ausgetrieben, die Schleifbrüder von der Waffen-SS immer nach dem Motto: Was dich nicht umbringt, macht dich stärker.
Da neulich haben uns die Unterführer alle Strohsäcke zum Fenster hinausgeschmissen und zum Teil das Stroh ausgeleert, weil ihnen der Bettenbau nicht exakt genug erschien, dann mußten wir die halbe Nacht jeden Strohhalm suchen – es ist zum Kotzen.
Derweil quietschten drinnen die Betten. So ein Unteroffizier hatte – trotz Verbots, fast jede Nacht ein Liebchen im Bett.
Da diese Holzbetten auf solch einen intensiven Stoßverkehr nicht eingerichtet waren, konnte man über drei Stuben hinweg sein fleißiges Bemühen, dem Führer neue Soldaten zu machen mit anhören. Vielleicht waren es auch Blindgänger, die der dort Gottseidank produzierte, sonst hätte man den Mann – in dieser hohen Zeit – sicher zum „Vaterkreuz" vorgeschlagen.

Wir kommen demnächst an die Front, dann wäre auch das überstanden, brauchst mir auf diesen Brief nicht antworten – warte meine neue Adresse ab.

Dein Martin!

Das ist doch ein anhänglicher Kerl dieser Martin – besser bald als ein Bruder, und er schreibt so plastisch, man meint immer, unmittelbar dabei zu sein.
Wie gut, daß uns das Schicksal zusammengeführt hat.
Am 25. 7. 1943 kippt Italien.
Am 12. 8. befreit ein SS-Führer namens Skorzeny den Duce. Ein wahres Meisterstück, daß diesem, bis dahin namenlosen SS-Führer viel Achtung und Sympathie einbringt.
Am 8.11.1943 wird der Direktor der Deutschen Bank in Stuttgart hingerichtet, weil er nach der Verhaftung Mussolinis gesagt hatte: Hitler werde es bald auch so ergehen.
Das Jahresende bringt für Michael einen herben persönlichen Verlust.
Am 31. 12. 1943 verunglückt sein Professor und Gönner vom DAI tödlich.
Jetzt hat ihn dieser Krieg auch körperlich berührt, indem er ihm einen Freund genommen hat.
Mutter Elsa schreibt, daß am 26. November. der dreizehnte Luftangriff auf Stuttgart war.Dabei kamen 31 Menschen zu Tode und 156 wurden verletzt.
Von Martin kommt auch ein Brief.

Lieber Michael! Salzburg, den 30. 1. 1943

Nach meinem Fronteinsatz als Gruppenführer eines schweren Maschinengewehrs SMG 42, wirst ja bereits davon gehört haben,bin ich zu einem Offiziersbewerberlehrgang bei Salzburg abkommandiert. Meine alte Einheit liegt jetzt am Ladogasee wo einstens mein Vater den Deinen gerettet hat.
Wie sich das Elend dieser Erde wiederholt – wenn man außerstande ist, etwas dagegen zu tun.
Michael registrierte genau, daß auch Martin Bedenken bekommen hatte.
Warum machte man nicht Schluß . . . mußte vorher alles zerstört sein?
„Die Gegend hier ist ja gottbegnadet schön. Salzburg liegt nicht weit von hier. Ich war bereits auf der Burg und im Schauspielhaus: es gab

das „Land des Lächelns“ und der Tenor war, welcher Zufall, ein Rumäne.
Die Ausbildung ist auch hier dermaßen hart – da neulich mußten wir mit Gasmasken auf – singen und gleichzeitig abwechselnd laufen und marschieren.
Sonst haben wir etwas mehr Ausgang und man behandelt uns als Menschen, was ich bei der Grundausbildung oft vermißt habe.
Um Weihnachten waren wir drei Wochen zur Hochgebirgsausbildung am Torrener Joch in zwei urwüchsigen Skihütten untergebracht.
Vom Königssee stiegen wir mit Waffen und dem ganzen Gepäck auf. Mulis, die treuen Begleiter der Gebirgstruppe, trugen das Essen.
Es war ein so strenger und harter Aufstieg, daß ich einige von unseren Unteroffizieren vor Anstrengung kippen sah.Ich habe dank Bergerfahrung von Siebenbürgen ganz gut mitgehalten.
Zwei Lehrgangsteilnehmer hatten wir mit dem Zug nach Siebenbürgen geschickt, um Lebensmittel zu organisieren.Diese kamen zwei Tage vor Heilig Abend zurück, vollbepackt mit 13 Postsäcken, lauter Sachen, die einem Soldaten das Leben schön machen: Fressen und Saufen.
Das taten wir dann auch ausgiebig, aber noch schöner fand ich die Eingebung unseres Hauptsturmführers, ein echter Gebirgler aus der Gegend: Er ließ uns viertel vor 12 Uhr heraustreten.
Wir stimmten den Kanon an: „Von Tal bis an die Gletscherwand tönt deutsches Lied im Alpenland.
Von den Bergen rundherum hallte das Echo zurück und um 5 vor 12 hielt er eine kurze Ansprache: „Wir werden nachher das neue Jahr anschießen – möge jeder mit den Kugeln seine Wünsche zum Himmel hinaufsenden und möge sie dort unser Herrgott erhören.“
„Hoch legt an: Feuer!“ „Hoch legt an: Feuer!“ „Hoch legt an: Feuer!“
Auch hier las Michael zwischen den Zeilen.
Auch dieser SS-Führer hatte nicht mehr gehuldigt . . .
Am Ende dieses Monats rücken meine Lehrgangskameraden ab zur Offiziersschule.
Ich bin vom Obersturmführer zurückgestellt, weil er rassische Bedenken hat.
Es existiert ein Geheimpapier, wonach Führeranwärter, die bei der rassischen Untersuchung, und die hat bei uns tatsächlich zweimal stattgefunden, nicht den nordischen Merkmalen entsprechen, nach Ermessen zurückgestellt werden können.
Ich bin also auf dem Wartegleis – jetzt im Krieg, wo man jeden Soldaten braucht, wahrscheinlich wegen meiner dicken Nase und meinem etwas zu kurzen Kinn – bin ich dem nicht nordisch genug.

Hast Du da noch Worte?
Dabei kann ich meinen Stammbaum bis 1700 zurückverfolgen und wahrscheinlich auch weiter, wenn die Kumanen oder anderes Kriegsvolk nicht das Pfarrhaus angesteckt hätten.
Nun, die Gegend ist schön hier. Eine Beförderung zum Unteroffizier habe ich trotzdem bekommen, weil meine Leistungen in Ordnung sind und so ist das Warten eigentlich ganz schön.

Dein Martin!

Waren das Hornochsen mit ihrem Rassefimmel. Die gehörten doch auf den Mond, oder am besten in die Hölle geschossen.
So mußte man ja einen Krieg verlieren, nicht nur, daß man sich mit der ganzen Welt anlegte, jetzt waren einem schon die eigenen Leute nicht mehr nordisch genug, und das im Kriegsjahr 1944.
Michael wußte nicht mehr, was er von diesen Idioten halten sollte. Gnade Gott, dachte er, wer denen in die Finger fällt ist verloren, und so war es dann auch.

Die Massenvernichtung der Juden in Auschwitz war allmählich kein Geheimnis mehr, überall munkelte man darüber – aber öffentlich protestieren wäre einem Todesurteil gleichgekommen!

Lieber Michi! Stuttgart, den 30. März 1944

Wir wollten Dich nicht in Sorge bringen, aber jetzt müssen wir Dir ein paar Zeilen schreiben. Ich glaube, es geht dem Ende zu.
Seit dem neuen Jahr gingen der 14., 15., 16., und 17. Bombenangriff auf Stuttgart nieder, mit über tausend Toten und mehreren tausend Verletzten.
Du erkennst Deine Heimatstadt nicht mehr wieder. Ein Trümmerhaufen ohnegleichen ist sie geworden. Viel schlimmer kann's am jüngsten Gericht auch nicht mehr sein.
Sollte uns etwas zustoßen, halte uns in guter Erinnerung, mehr können wir Dir nicht hinterlassen, als unsere guten Wünsche für ein besseres Leben.
Wir danken Dir für alles Gute und Liebe.
Du hast uns viel Freude gemacht auf Erden und so hoffen wir auf Gottes Botschaft, die uns ein Wiedersehn im Jenseits verspricht.
Ich empfehle Dich dem Segen unseres Herrn und Heilands,
Deine Mutter

P.S. Dein Vater läßt Dich ebenfalls Grüßen. Er ist so mutlos geworden, daß man kaum noch mit ihm reden kann.

Am 25., 26., 28., und 29. 7. 1944 ist Stuttgarts Innenstadt restlos vernichtet, es sind ungefähr 1.000 Tote zu beklagen und über 1.400 Verletzte.Darunter befindet sich auch die Mutter von Michael.

Michael hat nach ihrem letzten Brief sich die Augen ausgeweint.
Sie hatt schon die Todesahnung gehabt und sich vom Liebsten, was sie hatte, ihrem Michi, verabschiedet.
Nun hat Michael in seinem jungen Leben schon drei liebe Menschen verloren.
Die Holder-Marie, den Professor und nun seine Mutter. Er ist es allmählich gewohnt, dem Tod zu begegnen – aber an seiner Mutter ist er gehangen, wie an niemandem sonst auf der Erde.
Was war sie für eine gütige Frau! Wenn jemand kam und ein Brot oder etwas vom Garten erbat, hat sie keinen fortgeschickt, sondern immer und jedem geholfen.
Und seht an ihr Menschen – nur durch solche Güte des Herzens kann unser Leben hier auf Erden erträglich und menschlich bleiben . . .!
Michael hatte das alles erkannt und würdigte in Gedanken sein gutes Mütterle!

In seine Trübsal kommt ein Aufruf von Skorzeny.
Er wirbt darin für Freiwillige, die er in seinen SS-Jagdverbänden, hinter der feindlichen Linie in Rumänien absetzen will.
Michael meldet sich sofort freiwillig, wenn dieser Aufruf auch ein Himmelfahrts- kommando darstellt, und gibt sogar an, rumänisch zu sprechen. Seit dem 23. August 1944 hat Rumänien die Front gewechselt. Michael will wenigstens noch für diese lieben Menschen da unten tun, was möglich ist, hier in Deutschland hält ihn eh nichts mehr – seinem Vater kann er im Moment ohnehin nicht helfen.

VI. Kapitel

Hinter der Linie

In Seebarn bei Wien treffen nacheinander Freiwillige ein.
Michael als Arzt ist sehr gefragt, und eines Tages steht auch der Martin da.
Sie fallen sich in die Arme und sprechen sich ab, nun beieinander zu bleiben.
Martin hatte in Graz nochmal einen Offiziersanwärterlehrgang mitgemacht, und da sein neuer Chef eine andere Einstellung hatte, ließ er ihn sogar in seine Akte Einblick nehmen.
Martin fand den Rassefimmel in seiner Akte dokumentiert.
Und solch überdressierte Affen, wie sein ehemaligen Chef einer war, gab es „en masse“.
Vielleicht sind die Menschen in Deutschland einmal froh und dankbar, wenn sich dieses Regime selber den Hals bricht.
So dachten nicht nur die Gegner der Nazis, sondern allmählich auch viele, die noch hohe Funktionen bekleideten, wie z. B. der Stuttgarter Oberbürgermeister Dr. Strölin. Auch ihm wurde nachgesagt, er hätte sich von der NS-Ideologie getrennt.
Nach einer kurzen Ausbildung wurde Michael und Martin Kammerer ein junger Mann als Funker zugeteilt. Und da Martin sich als Einheimischer gut auskannte, ließen sie sich bei Kirchenburg absetzen.
Leider hatte ein Polizist die Aktion beobachtet und Meldung gemacht.
Im Morgengrauen waren sie am Bach, der die Burg auf der einen Seite umfloß, angelangt.
Ihr Ziel war die Kirchenburg, hier wußte der Martin einen Geheimgang, auch konnte er zu sich nach Hause verschwinden, wo im Haus auch einige Schlupfwinkel vorhanden waren.
In dem Weidengestrüpp, den mannshohen Brennesseln, Farnen und tellergroßen Blättern waren sie sicher. Nun galt es den Bach zu überqueren und in die Burg zu kommen.
Michael, Martin und Roland, der Funker, ahnten nicht, daß Kirchenburg umstellt war und daß hauptsächlich auf das Burgtor aufgepaßt wurde.
Leichter Morgennebel kam auf und Michael gab den Befehl, sachte den Bach zu überqueren und am Burgtor in gewohnter Manier zu klopfen.

Doch kaum waren sie im Bachbett, schrie es von allen Seiten „Stai!“ – “Stai!“ – „Stai!“ und schon fielen die ersten Schüsse.
Roland sank in sich zusammen und das schnell fließende Wasser nahm ihn mit.
Diese Situation lenkte die Soldaten ab, Michael und Martin sprangen dem Burgtor zu – blitzschnell überlegten sie – wenn jetzt das Tor nicht aufgeht, sind auch wir verloren.
Mit letzter Kraft wuchteten sie zum Tor hin und es ging wie durch ein Wunder auf.
Schon krachten die ersten Kugeln auf das eiserne Tor und es gab fürchterliche Querschläger, aber es hielt.
Im vorbeilaufen warf ihnen Oinz, der Burghüter, den Kirchenschlüssel zu.
Michael sperrte auf und Martin verschwand über die Friedhofspforte, viel Zeit zum Überlegen blieb nicht.
Michael tat wie Martin ihm eingeredet hatte.
Er zog den Leuchter bis zur letzten Bank am Eingang und schwang sich an ihm auf die Kanzel.
Dann löste er am Aufgang zur Kanzel ein Brett, verschwand dahinter, schob es wieder an die gleiche Stelle und war im Handumdrehen in dem von Martin angedeuteten Geheimgang.
Über Eisen, die ins Mauerwerk eingelassen waren, stieg er katzenhaft und wie von tausend Hunden gejagt aufwärts.
Er drückte mit letzter Kraft einen Stein aus dem Mauerwerk nach innen und befand sich, nachdem er das Loch sorgsam wieder verschlossen hatte, in einem schmalen, ins Mauerwerk eingelassenen Umgang des Turms, von wo aus er ganz Kirchenburg und den Burghof übersehen konnte.
Nun kann er von oben beobachten, was er mit seinem vierten Besuch in Kirchenburg angestellt hat: der ganze Burghof steht voller Soldaten und der Burghüter, der arme Oinz, wird von ihnen traktiert zu sagen, wohin die zwei entflohen sind.
„Herr“, sagt er auf rumänisch: „Domnule, sie haben mich auf die Seite gestoßen, daß mir der Hut vom Kopf geflogen ist – bis ich mich nach ihnen umschaute, waren sie weg – ich vermute auf den Friedhof.“
„Wer Dir das glauben mag, Du elender „Sas“ (Sachs).
„Wo sind sie?“ und schon hatte er wieder einen Schlag im Genick, daß er in die Knie ging.
Michael biß auf die Zähne – sollte er sich stellen?
Damit war doch auch niemandem geholfen . . . und sein Auftrag?
Jetzt war ein Geschrei am Bach, sie hatten anscheinend den Roland gefunden.

Es zogen alle ab, bis auf eine Patrouille, die die Kirche umstellte. Michael war noch außer Atem und augenblicklich voller Aufregung, er wußte nicht ein noch aus: was mit Roland war, konnte er nicht mehr in Erfahrung bringen, entweder hatten sie ihn weggetragen, oder er war, was er mit Bangen annahm, tot.
So hatte er sich seine Hilfsaktion nicht vorgestellt.
Nach ein paar Stunden brachten sie den Burghüter wieder daher. Jetzt war ein Securist (Geheimpolizist) dabei und einen Suchhund konnte Michael auch ausmachen.
„Erzähle Du Schurke", dabei bekam Oinz eins mit der Peitsche von einem Polizisten über den Schädel, „erzähl ganz genau, wie es war und wieso Du Hundling das Tor geöffnet hast?"
„Ich habe schreien gehört: „Stai, stai, stai" und dann schießen und da wollte ich nachsehen, ob ich den Soldaten nicht helfen könne.
Kaum hatte ich das Tor einen Spalt offen, haben sie mich auf die Seite gestoßen, daß mir der Hut vom Kopfe geflogen ist – bis ich nach ihnen schaute und mich aufgerappelt hatte, waren sie beim Teufel."
„Das werden wir gleich haben. Hundeführer Fährte aufnehmen!"
Nun, das meiste war von den vielen Soldaten schon zertrampelt. Der Hund faselte hin und her und wußte nicht so recht wohin.
Dann deutete der Offizier auf die Kirchentür. Hier zeigte der Hund plötzlich Interesse.
Was dann passierte, erfuhr Michael Wochen später.
Auf jeden Fall war es einzig richtig gewesen, sich mit dem Leuchter auf die Kanzel zu schwingen.
Der Hund war damit ausgeschaltet und faselte wieder zur Kirchentür hinaus.
Was sie mit dem Oinz in der Kirche veranstalteten, muß fürchterlich gewesen sein. Seine Schreie hallten bis in den Turm hinauf.
Dann holten sie die Lehnchen, blaß und mit verheulten Augen wurde sie in die Kirche eskortiert.
So ein Wiedersehn mit ihr hatte sich Michael in den schlimmsten Träumen nicht vorgestellt.
Jetzt schrie sie auf: „Oinz, was haben sie Dir getan? Oh Du mein lieber Gott!"
„Aufhören", schrie der Offizier.
„Nimm das Altartuch und trockne seine Wunden, dann hängst Du es wieder hin und dort bleibt es zur Abschreckung für Euch verdammtes Sachsenvolk! So straft man Kollaborateure!"
Dann zogen sie ab. Den Oinz nahmen sie mit und der Kirchhof blieb voller Soldaten.
Michael war dem Verzweifeln nahe, aber es sollte nur der Anfang sein.

Luzifer sperrte sein Maul noch weiter auf, um ihn ganz zu verschlingen – denkste . . .
So einfach macht das ein Luzifer nie, sonst wäre er ja nicht der Teufel . . .
Dem Michael klebte die Zunge am Gaumen. Die dauernde Anspannung aller Sinne und Nerven, hatte den Mund austrocknen lassen, bis in den Schlund.
Jetzt erst besann er sich, was er überhaupt noch bei sich hatte.
Seine Arzttasche war in den Wellen des Baches verschwunden.Den Brotbeutel mit ein paar Tafeln Schokolade, etwas Knäckebrot, ein Skalpell, die Feldflasche und seine 08 mit Anschlagschaft – also alles, was am Körper fest war, hatte er gerettet.
Ob es ihm zum Überleben noch half? Sorgsam nahm er etwas Tee auf die Lippen – er war das Wichtigste von allem – ohne Flüssigkeit würde er verdursten oder aufgeben müssen.
Die Soldaten waren am zweiten und dritten Tag auch noch da.
Er traute sich aus seinem eng gemauerten Umgang, den er vorsichtig kriechend erkundete, nicht heraus. Wie leicht hätte ihn ein herabfallendes Steinchen verraten können.
Auch die Notdurft auf so engem Raum wurde zum echten Problem.
Die 08, eine 9mm Pistole, die mit Anschlagschaft sehr genau schoß, legte er als erste weg.
Was nützte sie ihm noch? Er wollte doch diesen Menschen helfen, mit einem Schießeisen war das sicher nicht zu machen, im Gegenteil, er würde alles noch verschlimmern und unwahrscheinliches Unheil über sie bringen.
Das mit dem Burghüter und seinem armen Lehnchen trieb ihn fast zum Wahnsinn.
„Mein Gott, mein Gott, mein Gott" stöhnte er im Halbschlaf.
Aber obwohl er über dem Gotteshaus lag, spürte er keinen Ausweg.
Auch seine persönliche Lage verschlimmerte sich von Stunde zu Stunde.
Er wußte nicht mehr, wie er liegen und sich wenden sollte.
Nun, vom Turm sich zu stürzen, das blieb ihm als äußerster Ausweg immer noch übrig.
Dabei dachte er an Lehnchen und biß auf die Zähne. Was hatte sie nicht alles erdulden müssen in den vergangenen Wochen!
Die Sowjets waren ja hier überall durchgezogen.
Über dem Dorf lag Totenstille. Wer und was sich bewegte, waren keine Deutschen.
Hie und da hörte man das Aufschreien von Menschen, sicher als Folge von Plünderungen oder Drangsalierungen.
Jetzt war eingetreten, was ihm früher, allein bei diesem Gedanken,

den Angstschweiß auf die Stirne getrieben hatte: Wehrlose, fleißige Menschen, die dem Pöbel und der Verwirk-lichung des Marxismus machtlos ausgeliefert waren.
„Gnade dir Gott, oh mein geliebtes Sachsenvolk, und ich bin hier auf dem Turm eingemauert und kann nicht helfen!!!"
Zum erstenmal rannen ihm die Tränen über die Wangen – denn er kannte sie ja alle von Angesicht, die da drunten in bitterer Not sich duckten, wo war jetzt Hitler mit seinem Wahn und seinen Versprechungen?
Er hatte diese schlichten Menschen provoziert ihr Deutschtum herauszuhängen, und jetzt?
Damals, wo sie bei seiner Rede in Stuttgart das Kabel durchgeschnitten hatten, hätten sie ihn erschießen sollen, da wäre es am Ende noch gegangen. Oder wenn das Elser Attentat im Bürgerbräukeller geglückt wäre . . .!
Jetzt war alles hin, die schönen deutschen Städte – das viele Blut, das täglich wie ein Strom sich ergoß und nun das bittere Leiden dieser Menschen, einfache, anständige Menschen, die doch niemandem etwas zuleide getan hatten – nur daß sie durch Sparsamkeit und Fleiß einen bescheidenen Reichtum vorweisen konnten.
War das für die Luzifers ausreichend Grund, sie zu überfallen und zu drangsalieren?
Aber es kam noch viel, viel schlimmer – so schlimm, wie es sogar von einem Teufel undenkbar wäre.
Für das, was kam, da mußte schon ein echter Luzifer her, und der kam wie das Amen in der Kirche.
Als Arzt fing Michael an, seine Situation zu analysieren.
Er durfte nicht der Verzweiflung anheimfallen, sonst blieb für ihn nur der Absturz in die Tiefe.
Wie würde die Lehnchen darauf reagieren? Wäre es nicht auch ihr Tod, wo sie soviel durchgemacht hatte?
Den Oinz hatten sie mitgenommen.Ob der in dem Alter die Folter überstehen würde? Und daß sie das tun würden, war klar. Den würden sie solange schlagen, bis er aussagte oder starb.
Es gab natürlich auch noch perversere Methoden.
Für Michael galt jetzt nur eins: zu überleben; sein Tod würde ganz gewiß niemandem nützen, im Gegenteil, den armen Menschen hier noch mehr Leid und Pein einbringen.
Sein Teevorrat war zur Neige gegangen. Der Durst wurde unerträglich und sein Blut verdickte sich in seinen Adern.
Er hatte noch Schokolade und ein paar Kekse, aber als Arzt wußte er auch, daß Nahrungsaufnahme mit Feuchtigkeitsverbrauch einhergeht.

Er mußte versuchen, an die Dachrinne des Kirchendachs ranzukommen oder das Wasser-rohr, das vom Turmdach herunterführte, anzuzapfen.
Dazu verbrauchte er natürlich Energie und regnen mußte es ja auch erst.
Er spielte all' diese Möglichkeiten in Gedanken durch und merkte immer wieder, wie er in Apathie und Ausweglosigkeit zu verfallen drohte.
Mit äußerster Willensanstrengung verließ er zum ersten Mal seit über 54 Stunden sein Loch und erkundete die Möglichkeiten, im Glokkenturm und auf dem Zwischenraum vom Kirchenhimmel zum Kirchendach etwas Eßbares zu finden.
Wenn er hier vorsichtig einen Dachziegel etwas heraufzog, bekam er Zugang zur Dachrinne.
Es mußte alles mit äußerster Vorsicht geschehen, denn unten im Kirchhof patrouillierten noch immer die Soldaten.
Bei seinen Erkundungen stieß er auf ein paar Nester mit Eiern.
Gierig schlürfte er sie aus, obwohl sie schon angebrütet waren.
Weiter oben im Gebälk meinte er auch Jungdohlen zu spüren.
Hier oben hatte er schon die Glocken gezogen und die Menschen zum Gottesdienst gerufen, und nun war er in solch eine Lage geraten und die vielen guten Seelen dieser Gemeinde auch.
Schon wieder entdeckte er sich dabei, schwach zu werden – das durfte er aber keinesfalls.
Er zog nach langer Zeit seine Schuhe aus und kletterte ins Turmgebälk und hier fand er etwas Eßbares.Er nahm die Nester der Dohlen aus, tranchierte mit seinem Skalpell notdürftig die Jungvögel und konnte so fürs erste überleben.
In der Nacht kam auch ein Gewitter.Er füllte seine Feldflasche und staute, so gut es ging, die Dachrinne – jetzt hatte er vorerst einmal Wasser – oh du köstliches Naß!
Die Tage zuvor lutschte er vor lauter Durst an Steinchen, die ihm den ganz großen Durst zu stillen simulierten.
Jetzt durfte er sich ein paar vorsichtige Schlucke genehmigen.
In so einer Situation erlebt man die Güte Gottes in unvorstellbarer Weise und das Hadern mit ihm schlägt um in Dankbarkeit und Anbetung.
Plötzlich fing er an zu beten, auch für die armen Menschen aus Kirchenburg.
Aber schon wieder nagten die Zweifel in ihm, ob es Gott überhaupt gab, denn er hörte die Angstschreie der Wehrlosen und erschrak jedesmal bis tief in seine Seele.

Im Reich der Toten

Nach vierzehn Tagen.
Er hatte keinen Vorrat mehr und alle Nester waren geplündert.
Das Wasser war ihm auch wieder zur Neige gegangen. Er schleckte schon den Tau von den Dachziegeln ... da zogen die Soldaten ab.
Jetzt mußte er die Umgebung weiter erkunden. Irgendwie mußte er an den Bach kommen, das wäre seine Rettung.
Über die in der Mauer befestigten Eisen stieg er kerzengerade nach unten.
Hier räumte er ein paar Dielen zur Seite und spürte die frische Luft von unten und hörte das Plätschern des Baches, wo dieser unter die Ringmauer floß und mit einem Eisengitter abgetrennt war.
Hier war auch ein Ufer, wo man unter der Ringmauer hindurch ins Freie kommen konnte.
Es war draußen alles mit Holunder und Brennesseln zugewachsen, so daß der Zugang nicht einsehbar war.
Für Michael war es dennoch eine Möglichkeit, unbemerkt nach außen zu gelangen.
Jetzt nur keine Kopflosigkeit, dachte er sich, am liebsten wäre er gleich in das glasklare Wasser gesprungen.
Er zog sich aus und versuchte, wie damals, als sie Räuber und Gendarm gespielt hatten, das Ufer nach Fischen und Krebsen abzutasten.Und welch ein Glück, er wurde fündig.
Er vertilgte zwei rohe Forellen – und kam sich dabei wie ein Steinzeitmensch vor.
Dann füllte er seine Feldflasche und stillte seinen Durst.
Wenn ihm dieser Zugang erhalten blieb, war er zunächst gerettet.
So gestärkt, untersuchte er weitere Möglichkeiten, den Geheimgang zu erkunden und er entdeckte eine dritte Variante, die führte vermutlich in die Krypta.
Hier lagerten Skelette und Teile davon, die man aus den Gräbern wahrscheinlich hier einmal abgelegt hatte.
Durch Lichtschächte fiel ein mäßiges Licht auf die Gebeine, die mit Spinnen überzogen waren, und dadurch, daß Michael Arzt war, konnte er diesen Anblick ertragen. Er war anscheinend in einer Gebeinekammer.
Nun studierte er alle Möglichkeiten, vielleicht ging es auch hier irgendwie weiter?
In der Verlängerung dieses Ganges räumte er ein paar Gebeine auf die Seite, dahinter kam eine Eichentür zum Vorschein und die führte

in ein Zimmer mit einer Truhe, ein paar alten Schriften, Tisch und Stuhl.
Angrenzend war noch mal eine Kammer mit alten Waffen, Hellebarden, ein paar Armbrüsten, einige Bolzen, Pfeilen mit Stahlspitzen und Bogen, Äxten und Sauspießen.
Dann fand er einen Krug mit Öl, Zündsteine, Zündeisen und Schwämme, wie er es beim Cioban am Gezemdabirgh gesehen hatte.
Eine Art Schmiede mit Amboß und Hammer war auch da.
Michaels Lebensflämmchen flackerte richtig auf.
Die Armbrust probierte er gleich aus. Er schoß durch die zwei Zimmer auf die Eichentür und traf genau den Ast, den er avisiert hatte.
Jetzt war die Lage nicht mehr ganz so schlimm. In der Truhe war ein Kirchenpelz verwahrt. So hatte er auch etwas für die kälteren Tage.
Am liebsten hätte er sich hier gleich häuslich niedergelassen. Aber der Magen knurrte und jetzt hatte er die Möglichkeit, sich was zu besorgen.
Am Bachufer hatte er Ratten gesehen, auf die wollte er es gleich probieren. Er wußte aus Berichten, daß das Rattenfleisch sehr schmackhaft sei – nur mußte es gut durchgebraten sein, wegen der Trichinengefahr.
Er nimmt eine Armbrust und ein paar Bolzen und schleicht sich ans Bachufer. Ganz problemlos hat er innerhalb einer halben Stunde fünf Ratten geschossen.
Mit seinem Skalpell bricht er sie auf, zieht sie ab und das Gedärm legt er in einen Käscher.
Diesen hängt er in den Bach, das zieht die Forellen magisch an und mit einigem Geschick, das er schnell entwickelt, glückt ihm der Fang von ein paar Forellen.
Nun sucht er sich eine Art wilden Knoblauch und sonstige würzige Kräuter, rupft ein paar junge Brennesseltriebe und legt sie sich für die folgende Nacht bereit.
Er hat in der Schmiede ein paar Holzkohlen entdeckt und will sich nach 14 Tagen die erste warme Mahlzeit bereiten: gegrillte Ratten und Forellen – die will er mit den Kräutern würzen und sich einen Brennesselsalat machen und einen Tee aufgießen.
Ein regelrechter Jagdtrieb überkommt ihn.
Und erfreut spürt er, wie die Energie wieder in ihm auflebt und so etwas wie Initiative freisetzt.
Zum erstenmal nach ungefähr drei Wochen spürt er den Duft von Fleisch.
Seine gegrillten Ratten sind eine Delikatesse.
Aus Brennesseln und anderen Kräutern hat er sich einen Salat zusammengemixt, der ihm wieder ein paar Vitamine zuführt.

In seiner „Bibliothek“, eingehüllt in den Kirchenpelz, verfällt er nachher in einen Tiefschlaf und weiß gar nicht mehr, wie lange er überhaupt geschlafen hat.
Auf jeden Fall ist der Lebenssaft in ihm wieder da und ermutigt ihn zu neuen Taten.
Jetzt sucht er die zwei Räume auf Risse oder sonstige Auffälligkeiten ab.
Hinter der verrußten Schmiede fällt ihm ein quadratischer Stein auf – er macht so lang an ihm herum, bis er nachgibt, und ein neuer Geheimgang tut sich vor Michael auf.
Da es hier sehr dunkel ist, muß sich Michael nach einem Licht umschauen. Er konstruiert sich aus einem Stecken und einem Lappen, den er in das Petroleum tunkt, eine Art Fackel.
Jetzt ist er in der Lage, den Kriechgang besser in Augenschein zu nehmen. Er muß achtgeben, daß er nicht über ihm zusammenfällt oder ihm herabfallendes Gestein den Rückweg abschneidet.
Er läßt sich Zeit, und da er jetzt wieder zu Kräften gekommen ist, macht ihm das Kriechen in gebückter Haltung gar nicht soviel aus.
An einigen Stellen wird es schon verdammt eng.Er erweitert sie, so gut er vermag, und kriecht bedächtig weiter. Es interessiert ihn schon sehr, wo dieser Gang hinführen wird.
Jetzt könnte er unter der Ringmauer oder Kirchenmauer sein.
Gewaltige Steine, im Rundbogenverfahren gemauert, geben ihm eine gewisse Zuversicht und Sicherheit.
Doch nachher wird der Gang wieder unsicherer. Verschiedene Rutschungen, die Särge und Menschenskelette zum Vorschein bringen, sagen ihm jetzt, daß er sich im Friedhof befinden muß.
Neue Hoffnung wird in ihm wach. Hier käme er in die Nähe des Pfarrgartens und in die Nähe von Martin. Auch würden ihm weitere Lebensmittel zugänglich.
Er hatte mit der Armbrust solche Erfolge, daß er im Friedhof und im angrenzenden Moor sicher ein paar Hasen oder Rehe erbeuten konnte.Denn es war Herbst und der Winter nicht weit.
In dem Gemäuer würde er wie eine Kirchenmaus verrecken und der Bach könnte zufrieren, und was dann?
Die Ratten waren seine einzige handfeste Hoffnung, die würden sicher nicht so bald ausgehen.
Aber Obst und Vitamine brauchte er unbedingt, und die waren hier in den Gärten sicher zu finden.
Also kroch er trotz Hindernissen immer weiter, und als er über sich einen Sarg quer gestellt sah, probierte er nach der bisherigen Methode, ihn auf die Seite zu schieben.

Er gab nach und über ihm wurde ein Fußboden sichtbar – vorsichtig konnte er ein paar Bretter bewegen und war, wenn ihn nicht alles täuschte, im Friedhofschuppen.
Vorsichtig streckte er den Kopf einen Spaltbreit über den Bretterboden.
Da sah er Grabwerkzeuge und einen Korb, mit einem Tuch zugedeckt, so wie es in Siebenbürgen üblich war, das Vesper zu verwahren.
Das elektrisierte ihn. Da war vielleicht ein gutes Bauernbrot drinnen und der unübertroffen gute Speck.
Er rückte die Bretter noch besser zur Seite.Etwas mulmig wurde ihm schon dabei. Es war ein großes Risiko, das er hier einging.
Zunächst für sich und dann für diese armen und geplagten Menschen.
Eine Mitwisserschaft konnte ihnen sofort die schwersten Folterungen einbringen, wie er es beim Oinz, dem Burghüter hautnah erlebt hatte.
Mit offenem Mund lauschte er eine Weile, dann hielt es ihn nicht mehr.
Er schlupfte aus seinem Loch, äugte durch die Ritzen der Wand und, indem er die Türe einen kleinen Spalt öffnete, die Gegend ab und entdeckte zwei Mann, die ein Grab schaufelten.
Denen würde der Korb gehören, und nachdem er die Gepflogenheiten in Siebenbürgen kannte, war in dem Korb sicher mehr drinnen, als die zwei zum Essen brauchten.
Er schnitt sich schnell einen ranken Brot herunter und ein Stück Speck, verbarg diese in seinen Taschen, dann nahm er aus dem Krug einen Schluck Wein und fühlte sich wie im siebten Himmel.
Er verschwand wie ein Dieb in seinem Loch.Den Sarg schob er wieder an seinen Platz, sprang, kroch und rutschte wie ein Fuchs, der Beute gemacht hatte, seinem Bau entgegen.
Das Brot und den Speck legte er auf den Tisch, holte sein Skalpell und teilte es für vier Mahlzeiten ein.
Dann dankte er dem, der über ihm war, faltete seine Hände und lud ihn mit zu Tische: „Komm Herr Jesus, sei mein Gast und segne, was du mir bescheret hast. Amen!“
Das war nicht nur so dahergesprochen – wer in seiner Situation je war, wird es nachempfinden.
Jeden Bissen nahm er mit Bedacht, genoß den Geruch des guten Brotes und zerdrückte mit der Zunge dieses ausgereifte, edle Saulabsal, das er Papierdünn geschnitten hatte.
Das war wiederum nicht nur eine körperliche, sondern auch seelische Stärkung.

An die Tür, die von der Gebeinekammer in die Bibliothek führte, drapierte er ein paar Gebeine, so, daß die Tür immer getarnt blieb. Er hatte keine Scheu mehr vor den Skeletten.
Es waren auch seine Urahnen. Sicher standen einige von ihnen einstmals als Kämpfer auf der Mauer, um die ihren zu verteidigen.
Heute nun war ein Urenkel in ihrem Schutz untergetaucht.
Das da konnte so ein lieb's Mütterle gewesen sein, wie es einst die Oma am Distelhof war.
Wie schwer war dieses Leben für alle geworden . . . die da hatten es überwunden . . .gib ihren Seelen, Herr, den ewigen Frieden.
Nun schlich er hinauf zum Turm, um sich neue Informationen zu holen, aber da sah es schlecht aus.
Ein paar Luzifers, die durchs Dorf zogen, waren dabei, eine Bauersfamilie auszurauben.
Den Mann hatten sie niedergeschlagen und die Frau heulte und flehte sie an: „Wovon soll ich jetzt meine Kinder ernähren?"
Da rief so eine Schlampe aus dem überdachten Wagen: „Von dem, was Dir von früher zwischen den Zähnen hängen geblieben ist."
Am liebsten hätte der Michael seine 08 in Anschlag gebracht – aber die Folgen wären unabsehbar gewesen.
Mit Gewalt war hier nichts zu machen.
Sobald sich ein Sachse zeigte, konnte es sein, daß man ihn schlug und traktierte, in der Hauptsache von dem hergelaufenen Gesindel.
Die ortsansässigen Rumänen und Zigeuner verhielten sich im großen und ganzen ordentlich, wenn auch alte Rechnungen oft brutal beglichen wurden.
So waren die Zeiten und den Michael überkam ein Schauer nach dem andern.
Der Burghüter war noch nicht wieder entlassen.
Hie und da konnte er die Lehnchen sehen, wenn sie im Gärtle schaffte oder ihre Hennen fütterte.
Manchmal half ihr auch ihre Schwester.
Die zwei sahen sich so ähnlich, daß man sie bei flüchtigem Hinsehen verwechseln mußte. Obwohl s'Klärchen 14 Jahre jünger war als die Lehnchen.
Wie gerne wäre ihnen Michael an die Hand gegangen, hätte sie getröstet und ihnen geholfen, soweit er das hätte können. Aber daran war überhaupt nicht zu denken.
Er würde diese guten Menschen in eine unheimliche Verstrickung hineinstoßen.
Aber mit dem Martin würde er den Kontakt jetzt suchen.
Sie hatten sich in Seebarn schon darauf geeinigt, mit dem Käuzchen-

ruf es ständig zu probieren – einmal würde der Kontakt schon glükken.

Beim Käuzchenruf erschallt am Anfang ein langgezogener Laut, dann eine Pause von ungefähr fünf Sekunden, dann kommt ein kurzer Zwischenruf und ein drei-bis viermaliger modulierter Ruf, der in einen längeren Ton sich verliert.

Den kurzen Zwischenton hatten Martin und Michael ausgemacht in ihrem Ruf weg zu lassen: „Huuuuuuh . . .(hu) huhuhuhuuuuuuh."

Gleich die kommende Nacht würde er es mit der Armbrust probieren und gleichzeitig mit dem Käuzchenruf vorsichtig sich zu erkennen geben.

Er suchte sich ein paar Geschosse aus Eschenholz mit Stahlspitze heraus und schliff sie noch scharf zu. Dann konnte er es kaum erwarten, bis es dämmerte.

Jetzt war seine Zeit gekommen.

In ein paar Minuten war er in dem Friedhofschuppen. Dann sicherte er zunächst nach allen Richtungen, aber meistens war um diese Zeit hier kein Mensch mehr unterwegs.

Nicht mal die Zigeuner getrauten sich an diesen Ruheort.

Der Friedhof war von einer Hecke umgeben. Er erkannte sofort einen Hasenpaß und legte sich in seine Nähe.

Es waren noch keine paar Minuten vergangen, hoppelte einer daher. Seine Übung auf die Ratten hatte ihm so eine Sicherheit verschafft, daß er trotz Jagdfieber, das ihn zu beuteln begann, den Hasen sauber traf.Er machte noch den Versuch zu flüchten, aber die scharfe Stahlspitze hatte ihn durchbohrt und ihm das Leben genommen.

Sein knurrender Magen sagte ihm, schnell den Hasen aufzunehmen und in eine sichere Deckung zu verschwinden.

Nun ließ er ein paarmal den Käuzchenruf ertönen und wartete ab.

Als er weit und breit keine Antwort vernahm, sammelte er am Rande des Friedhofs noch ein paar Äpfel und Birnen und schlich zurück in sein Versteck unter der Kirche.

Dort legte er alles sorgsam ab.

Dann kroch er das zweite Mal durch den Gang zum Friedhof und diesmal ging es schon per Tastgefühl. Seine Armbrust hatte er dabei – man konnte ja nie wissen . . .

Nun probierte er jede halbe Stunde den Käuzchenruf und gegen halb 12 Uhr nachts bekam er vorsichtig Antwort. Es dauerte nochmal eine halbe Stunde, dann lagen sich die zwei Freunde und Vettern in den Armen.

Martin hatte ein ganzes Bauernbrot und ein ordentliches Stück Speck dabei, das würde eine Zeitlang reichen.

„Mensch Martin, daß wir uns gesund wiedersehen, das hätte ich fast nicht mehr geglaubt."
„Ich auch nicht. Ich habe gedacht, die nehmen jetzt die Burg auseinander."
„Was ist mit Oinz, dem Burghüter?" fragte Michael
„Den haben sie vor dem Altar zusammengeschlagen. Dann haben sie ihn angeschrien: Ihr Sachsen seid doch so gläubige Menschen – wo ist jetzt Dein Retter? Und haben ihm wieder die Peitsche über den Kopf gehauen.
Der soll so blutig gewesen sein, daß ihn die Lehnchen mit dem Altartuch abtupfen mußte, damit man ihn einigermaßen abführen konnte."
„Mein Gott, tut der Oinz mir leid. Und wir haben es verschuldet."
„Das war eine Verkettung unglücklicher Umstände und kann immer vorkommen. Heute passieren diese Sachen am laufenden Band, und wir sind nicht an allem schuld."
„Weißt Du etwas von Roland?"
„Keine Silbe."
„Nicht auszudenken wenn der am Ende auch noch ums Leben gekommen ist.
Wie geht es deinen Eltern?"
„Bis jetzt noch einigermaßen. Da wir mit den Rumänen und Zigeunern eigentlich immer ein gutes Verhältnis hatten, ist weiter nichts vorgekommen und die vagabundierenden Luzifers, die kommen bei uns nicht herein.
Tor und Mauer sind für die unüberwindbar, und wenn sie es von hinten durch die Scheune probieren, machen sie Bekanntschaft mit unserem Nero – und das ist kein guter, und dann sind ja wir auch noch da."
„Wie geht es Deinem Bruder und der Treni?"
„Der Georg ist auch bei der Waffen-SS und die Treni hat geheiratet und hat ein halbjähriges Mädchen, ein süßes Ding. Der Mann von ihr ist auch bei der Waffen-SS."
„Fürchterlich, wie dieser Krieg alles auseinandergerissen und soviel Unheil über die Menschen gebracht hat." Damit waren die wichtigsten Ereignisse ausgetauscht.
„Wie ich sehe, hast Du Dich in der Burg zurecht gefunden. Dir als Arzt wird es ja nicht soviel ausmachen, mit Skeletten zu leben."
„Das macht mir überhaupt nichts aus. Was mich fast zur Verzweiflung und zum Verdursten gebracht hat, waren die Soldaten. Ich konnte mich ja nicht mehr rühren."
„Ja und ich Dir nicht helfen. Ich bin jede Nacht in den Garten und

habe gehorcht – aber nichts war zu hören bis auf heute Nacht, und da mußte ich vorsichtig sein."
„Wie können wir jetzt den Menschen helfen – ich bin Arzt, habe zwar keine Medikamente und der Arztkoffer ist auch weg – aber dazwischen gibt es auch noch Möglichkeiten."
„Das ehrt Deine Einstellung. Hier in Kirchenburg sind russische Soldaten durchgezogen und haben sich auch mehrere Nächte aufgehalten.
Zu Übergriffen ist es offiziell nur einmal gekommen. Dabei leben trotz Todesstrafe noch soviel deutsche Soldaten versteckt bei den deutschen Bauern.
Einem eitert sein Fuß, wahrscheinlich hat er noch einen Splitter drinnen."
„Wenn man den zu Euch bringen könnte – oder wenn es nicht weit weg ist, könnte ich auch zu ihm kommen."
„Der ist nur ein paar Häuser weg von uns. Ich besorge Dir ein paar Frauenkleider."
„Bei dem Bart, Martin, wird das nicht viel nutzen. Besorge mir lieber einen hochprozentigen Schnaps, daß wir alles desinfizieren können und ein bißchen Schmalz.
Ich versuche eine Kräutersalbe zu machen und Umschläge. Die Treni soll mir folgende Kräuter sammeln: Bärlapp, Bärlauch, Kamille und vor allem Ringelblumen (Calendulae), daraus machen wir ebenfalls eine Salbe.
Nach der Operation brauch ich eine Nadel, Zwirn und möglichst hochprozentigen Schnaps.
Machen wir es gleich morgen Nacht.
Ich habe gestern abend einen Hasen geschossen und da das erste Morgenlicht bald da ist, gehen wir jetzt in eine sichere Deckung, vielleicht erwischen wir noch einen oder ein Reh."
Nahe bei der Friedhofhecke war ein saftiger Kleeschlag. Hinter einem Baum fanden sie Deckung. Sobald das Licht einigermaßen da war, sahen sie auf dem Klee eine Geiß mit zwei Kitzen.
Das eine äste auf die Hecke zu und laubelte sich an ihren Blättern, pfüff . . . , der Bolzen war draußen und das Kitz schlegelte vor ihnen sein Leben aus.
Der Bolzen saß am Kopfansatz – ein absolut tödlicher Schuß.
„Ja sag einmal, wo hast Du das gelernt – Du bist doch kein Jäger?"
„Aber vom Distelhof", sagte mit einem gewissen Stolz der Michael.
„Martin, das nimmst Du jetzt mit und bringst mir morgen, nachdem wir die Operation hinter uns haben, einen Braten davon, übrigens soll Deine Schwester ein paar Pilze sammeln, die machen sich im Rehbraten sehr gut und geben ein gutes G'schmäckle. Auch ein

Schuß Wein verfeinert die Soße ganz hervorragend. Also, dann bis morgen".
Michael verschwand in seinem Loch und Martin hatte ja nicht weit nach Hause.
Michael war überglücklich. Jetzt war die Verpflegungssorge so ziemlich überwunden.
In seiner Bibliothek packte er aus und was kam noch zum Vorschein, eine Flasche Schnaps und eine Flasche Wein.
Nun machte der Michael mal eine ausgiebige Frühstückspause.
Er war nach langer Zeit wieder einmal voll Zuversicht. Nur wenn er an die Lehnchen dachte, fiel sein Gefühlsbarometer sofort wieder auf null.
Wie konnte er den zwei Frauen helfen?Mit diesen Gedanken schlief er ein und wachte erst am späten Nachmittag auf.
Er kroch auf den Turm, seinem Horchposten, und machte sich so seine Gedanken.
Wenn da in jedem zweiten Haus noch ein deutscher Soldat versteckt war und es kam die Enteignung der deutschen Bauern, wo gingen die dann hin?
Und eine Enteignung kam sicher, das war ja ein Prinzip des Bolschewismus. Wovon lebten dann all diese Menschen, und die deutschen Soldaten dazu?
Das Vieh würden sie denen auch nehmen. Wenn's gut ging, durften die noch in ihren Häusern bleiben – aber mehr nicht – vielleicht auch nicht mal das?
Man mußte einen Ort ausfindig machen, der absolut sicher war, und wo man fest damit rechnen konnte, daß niemand so schnell auf ihn kommen würde.
An dem müßte man jede Menge Lebensmittel einlagern.
Jetzt konnten ja die Bauern noch über ihr Eigentum verfügen – aber Martin hatte schon was angedeutet, von Verschleppungen und Enteignungen, und das war auch seine Überzeugung, daß das kommen würde.
Hier sah er eine Chance, sich nützlich zu machen.
Der Pfarrer war alt und durfte sich auch nicht exponieren, sonst war er dran.
Die besten Jahrgänge waren bei der Waffen-SS oder dem rumänischen Militär – und sonst?
Es verkroch sich doch jeder in seinen Hof und hatte sogar Angst, allein aufs Feld zu fahren.Die Sachsen waren zum Freiwild geworden.Je nach Laune der Luzifers!
Michael und Martin mußten jetzt vom Untergrund aus operieren und eine Überlebens- strategie entwickeln.

Der Winter stand vor der Tür, und Luzifers verstehen nichts von Vorratswirtschaft und daß man für schlechte Zeiten etwas einlagern muß.
Luzifers leben in den Tag hinein, und wenn sie was brauchen, holen sie es dort wo was ist, und wenn sie dabei die andern plagen, so ist es ja ihr ureigenstes Ziel und Geschäft!
Das entlockt ihnen allerhöchstens noch ein Frohlocken!

Im Kampf mit Luzifer

Michael wußte nun den Weg, aber dazu brauchte er gute Helfer.
Als erster stand ihm Martin zur Seite. Das genügte nicht.
Aber würden alle weiteren, die man dazu brauchte, dicht halten?
Wenn das nicht glückte, war die ganze Operation zu Ende und ihn, da oben in seinem Turm, würde Luzifer mit zynischer Lust ausräuchern.
Die Nacht darauf sprach er alles mit Martin durch.
Zunächst aber versorgten sie den deutschen Soldaten. Die Wunde sah erschrecklich aus.
Trotzdem entschloß sich Michael zur Operation.Der Splitter mußte heraus. Er tauchte sein Skalpell, Faden und Zwirn in Alkohol, dann bestrich er die Wundstelle mit Alkohol und als das dem Soldaten so richtig brannte, führte er schnell und sicher den Schnitt und hatte den Splitter draußen.
Jetzt träufelte er frisch gepreßten Bärlauchsaft über die Wunde und probierte mit ein paar Stichen die Wunde zu schließen.
Kamille war auch in Kirchenburg bekannt und so verfügte er, 3 bis 4 Tassen am Tag zu trinken und die Wunde damit mehrmals zu waschen.
Michael hielt ihn in den nächsten Tagen auf dem laufenden, und da kein Fieber aufkam zog er nach ein paar Tagen die Fäden.
Der schmerzfreie Patient wäre ihm beinahe um den Hals gefallen.
Er organisierte nun systematisch eine Heilkräutersammlung und legte sie über dem Kirchenhimmel aus. Hier konnten sie im Schatten trocknen, gaben für den Winter Tees und waren gut zu sonstigen Behandlungen.
Wenn ihn jetzt seine Holder-Oma gesehen hätte, würde sie sagen: „Oh Michi, mei guet's Bueble, bischt halt doch der Oma ihr Beschter!"
Und das war er auch, aus Butter und Schmalz und Alkohol fertigte er Salben und lagerte sie in Gläsern.

In der Zwischenzeit hatte Martin seine Idee mit der Einlagerung von Lebensmitteln ventiliert und sogar bei seinem eigenen Vater eine Abfuhr erlitten.
Das war nun die überkommene Haltung der Siebenbürger Sachsen: Ein gewisser Geiz.
Verständlich aus ihrer langen Geschichte, hatten sie doch so oft alles verloren.
Es fiel einem ja nicht in den Schoß, man mußte sich schon wacker plagen um zu etwas zu kommen.
Dann die eigenen Schulen, Kirchen, die Verwaltung zu erhalten und aus dem eigenen Geldbeutel bezahlen, war schon eine große Aufgabe.
Nun kam noch hinzu, daß die arbeitskräftigen Jahrgänge bei den Soldaten waren.
All das ließ die Spendenfreudigkeit sinken, zumal man ja nicht öffentlich sagen konnte, zu welchem Zweck man das wollte.
Trotzdem waren Michael und Martin von ihrer Idee überzeugt.
Im Gegenteil, Martin wußte, welches Zahlungsmittel am griffigsten war:
„Rachiu plateste Politia“ (Mit Schnaps bezahlt man die Polizei) und den mußten sie in genügender Menge haben — wenn sie was bewegen wollten.
Am alten Turm, der stand zwischen Pfarrgarten und Friedhof und war mit Holunder und Brennesseln völlig zugewachsen, da war ein altes Faß.
Martin prüfte es, und da es neutral roch, wurde es eines Nachts ausgewaschen und jede Nacht mit gefallenem Obst gefüllt.
Martin stellte noch ein Faß dazu, welches bei ihnen übrig war, und das füllten sie mit Zwetschgen.
In der Zwischenzeit war der Soldat wieder ganz hergestellt und den holten sie zum Helfen dazu.
Sie schworen ihn ein, ganz vorsichtig zu sein und zu keinem Menschen ein Sterbenswort zu sagen.
Eines Nachts brachte Martin nochmal einen Mann mit. Einen Verwandten mütterlicherseits, der war Metzger.
Er war etwas gehbehindert und darum vom Militär zurückgestellt. Aber sonst ein Pfundskerl. Dem lief die Arbeit von der Hand! Jetzt waren sie schon zu viert.
Der deutsche Soldat hieß Erich, dem machten sie ein Lager im alten Turm, ganz oben bei den Schießscharten, von hier konnte er in den Wehrgang ausweichen, der ebenfalls überdacht war und von dort zur Not in das Getreidelager, wo die Bauern ihre Behältnisse mit Weizen, Hafer, Roggen und Gerste hatten.

Nun wurde die ganze Nacht durchgearbeitet. Vom Mais wurden die Kolben aufgehängt zum Trocknen ... dabei stellten sie fest, daß die Wildsauen bis unmittelbar an den Friedhof einen unheimlichen Schaden machten.
Michael war von seiner Jagdleidenschaft so gepackt, daß er fast jede Nacht Beute machte.
So eine Wildsau zu fangen oder zu erbeuten, das würde sie ihrer Idee auf Vorratshaltung näherbringen. Die Rehe waren hierfür nicht so geeignet, da ihr Wildbret sehr trocken ist und geräuchert, hart wie ein Stein wird.
Aber wie das bewerkstelligen? Die Bolzen der Armbrust waren dazu sicher nicht geeignet. Ein Pfeil mit Stahlspitze schon eher. In der Waffenkammer waren etliche Sauspieße, die noch sehr einsatzfähig schienen, aber wie an die Sauen rankommen?
Hundemeuten hatten sie ja keine, die ein Stück drehen und halten konnten, bis der Erleger seinen Spieß hätte ansetzen können.
Dann funkte es beim Martin.Fallgruben oder Saugatter waren die Möglichkeit.
Zu viert war es sicherlich schwer, eine Fallgrube auszuheben, auch mußte man nachher das Wildbret daraus bergen.
Ein Saugatter schien allen gängiger.
Man mußte einen Sauwechsel ausfindig machen. Das konnte der Metzger tagsüber tun.
Dann mußte man in einer halbhohen Kultur auf stubengröße alle Bäume entfernen, die auf oder an diesem Wechsel standen. Die herausgehauenen Bäumchen mußten entastet und daraus ein festes Gatter gemacht werden.
Für den Ein- und Ausgang mußte man ein Fallgitter konstruieren, das, wenn die Sauen inmitten des Saugatters gierig den Mais aufnahmen, herunter fiel und schloß.
Das war die Idee.
Wie Jagdhunde, die ihre Beute spüren, wurde verbissen daran gearbeitet – es war die Chance!
Gleich hinter dem Moor und dem Friedhof, mit ein paar Wiesen und Maisäckern dazwischen, begann der finstere Wald, weil er mit Tannen bestückt war und die nicht soviel Licht einlassen wie z.B. ein Buchen- oder Eichenwald.
Hier war Hugo, der Metzger, fündig geworden.
Was er bei Tag, ohne daß ihn jemand sah, schaffen konnte, tat er. Bei Nacht halfen alle mit.
Als alles fertig war, nahm jeder ein paar Maiskörner in die Tasche.
Man lief sternförmig auf das Gatter zu und ließ alle paar Schritte ein Maiskorn fallen. Die Sauen würden mit ihrem guten Geruchsinn auf

das Saugatter zulaufen und da drinnen lagen dann jede Menge Maiskolben.
Als das Saugatter richtig angenommen war und der Mond sich voll entwickelt hatte, wurde das Gatter scharf gestellt.
Drei Seiten waren jetzt zu, und die Seite mit dem Fallgitter war über eine Rolle mit dem Freßplatz verbunden.
Sobald die Sauen den Stecken berührten, fiel das Gatter zu.
Dann mußten die Männer schnellstens handeln.
Zwei Mann auf jeder Seite, mit Sauspießen bewaffnet, mußten diesen den Sauen ins Leben bringen.
Nicht weit weg vom Saugatter, mit gutem Wind, hatten die Männer sich in Stellung gelegt.
Es ging auf November zu und die Nächte waren schon recht frisch.
Die Felder waren abgeerntet und das Gatter gut angenommen.
Gegen ein Uhr hörten sie plötzlich das Fallgitter sausen und gleich darauf ein Quietschen, Grunzen und Blasen. Sie näherten sich vorsichtig von beiden Seiten und schlichen sich regelrecht an, um die Sauen nicht in Aufregung zu bringen. Als jeder seinen Spieß in Stellung gebracht hatte, gab Martin das Zeichen zum Zustechen. Albert, der Metzger, hatte als erster eine Sau am Spieß und zwar an der richtigen Stelle, die schlegelte noch ein paarmal und lag. Das war gut so, denn die anderen fuhren durcheinander, so daß es gar nicht einfach war, die richtige Stelle zu erwischen.
Nach einer halben Stunde, in der tatsächlich bald eine Sau oben hinaus gesprungen wäre, hatten sie fünf am Boden liegen.
Alle waren geschafft – war das eine Aufregung, doch nun überkam sie das Erlegerglück.
Michael mußte sie zur Ordnung rufen und legte den Zeigefinger auf den Mund.
Bei Nacht hörte man weit, und da wollte man nicht alles wieder verlieren. Man brach die Stücke im Gatter auf und warf reichlich Blattwerk und Erde drüber. Das zog sicher noch anderes Getier wie Fuchs, Wolf und Marder an.
Die Aufbrüche wurden selbst verwendet oder an gut Bekannte verschenkt. Nun begann eine harte Arbeit.
Die fünf erlegten Sauen, alle so um die fünfzig bis hundert Kilo mußten versorgt werden.
Im Räucherturm, der zum Burghüterhaus stand, war die ganze Vorrichtung zum Sauschlachten und Räuchern vorhanden, aber schon viele Jahre nicht mehr in Gebrauch und restlos zugewachsen.
Vom Friedhof her war der Teil, der zum Räucherturm führte, unbenutzt und die reine Wildnis. Jetzt mußte man einen Zugang suchen, der wenig Spuren hinterlassen würde.

Den gepflegten Weg bis zur Ringmauer und dann an dieser entlang bis zum Räucherturm, war am unauffälligsten.
Alle fünf Sauen wurden in den Räucherturm geschafft, und bis das getan war, brach schon der Morgen an.
Die vier Männer waren geschafft. Man räumte alles sauber auf, hing die Sauen zum Auskühlen hin und dann verschwand jeder dahin, wo er hergekommen war. Das Gedärm nahm Hugo, der Metzger, mit. Das mußte bis zur folgenden Nacht gesäubert werden, denn bis auf ein paar Stücke zum Räuchern, wollte man alles zu siebenbürgischer Bratwurst verarbeiten.
Michael hatte in den vorangegangenen Nächten ein paar Rehe erlegt und die sollten da mit verschafft werden.
Das Rezept für die Siebenbürgische Bratwurst sollte auch mit Wildfleisch einigermaßen eingehalten werden.
Daher war es gut, daß unter den fünf Sauen ein paar schwere dabei waren.
Ohne genügend Fett wird die Wurst nach dem Räuchern zu trocken, und nachdem Rehwildbret sowieso fettarm ist, war man froh über die fetten Sauen.Um 30 kg Wurst zu machen braucht man zunächst 25 m Därme, 20 kg Schweinefleisch, 8 kg Rind-oder Wildfleisch, 2 kg Speck, 10 Köpfe Knoblauch, Pfeffer und Salz nach Belieben.
Als Michael auf seinem Lager in der Bibliothek lag, war er richtiggehend glücklich.
Er sah nun Perspektiven vor sich.
Obst hatten sie ebenfalls ein paar Fässer eingeschlagen und im Schuppen vom Burghüterhaus war eine alte Brennerei untergebracht, die man bloß wieder reinigen mußte.
Es war schon ein Vermögen, was in so einer alten Burganlage vorhanden war. Es waren ja auch Jahrhunderte, in denen sie zusammengekommen waren.
Michael schwelgte so richtig in Gedanken, als er in der Früh erwachte und sich einen Hasenschlegel zum Frühstück genehmigte.Die Ernährungslage war ja jetzt für ein paar Monate sichergestellt.
Plötzlich läutete die Totenglocke.
Michael stieg über die Nägel an der Wand bis in sein Versteck am Glockenturm. Hier hatte er eine Stelle entdeckt, wo er die Glocken und die zu ziehenden Seile beobachten konnte.
Es war die Schwester vom Lehnchen, s'Klärchen wurde sie gerufen.
Mein Gott, dem Michael blieb der Verstand stehen – so schön war die im ersten Licht des Morgens.
Sie zog die Glocken, hatte ein verweintes Gesicht und bei jedem Glockenzug fielen ein paar Tränen auf die Bretter vor ihr.

Ein unbändiges Verlangen und Erbarmen erfaßte Michael . . . wie gerne hätte er diesem Kind – oder schon Maid das Glockenseil aus der Hand genommen und sie in seinen Armen getröstet – aber er durfte nicht . . . wenn er nicht alles gefährden wollte.
Wer war denn um Gottes Willen gestorben, daß sie so weinte? Eltern hatte sie doch keine mehr, und sonst?
Es war in Siebenbürgen so der Brauch: Wenn jemand starb, wurde das Fenster geöffnet, damit seine Seele dem Himmel zueilen konnte. Dann wurde der Nachbarschaftsvater verständigt, der ging zum ehrwürdigen Herrn Vater und bat um eine christliche Beerdigung. Von dort ging er zum Burghüter, und der zeigte der Gemeinde durch das Läuten der Sterbeglocke an, daß ein Bruder oder eine Schwester den Weg des ewigen Lebens angetreten hatte.
Das nannte man den „Seelenpuls".
Das „Wort" hierzu hatte Michael in seiner „Bibliothek" gefunden: Aus dem Trauerhaus ging ein Angehöriger zum Nachbarschaftsvater und sagte: „Nachdem es unseres himmlischen Vaters Ratschluß war, meinen Mann zu sich zu rufen, bitte ich, die Nachbarschaft zu verständigen und auch bei unserem ehrwürdigen Herrn Vater anzuzeigen, daß wir eine christliche Beerdigung vornehmen wollen."
Darauf zieht der Nachbarschaftsvater sein Kirchenkleid an und geht zum Pfarrhof.
„Wohlerwürdiger Herr Vater: Nachdem Gott unseren Mitbruder zu sich gerufen hat, wissen wir, daß sein Leib nirgends besser als in der kühlen Erde ruhen wird, die unser aller Mutter ist. Wir möchten den Herrn Vater bitten, eine christliche Beerdigung an ihm vorzunehmen."
Wenn der Verstorbene Mitglied des Presbyteriums (kirchliches Gemeinderatsmitglied) war, geht dann das Presbyterium geschlossen zum Bedauern.
Der Kurator spricht am Anfang: „Trauernde Hinterbliebene! Das Leid ist nun auch in dieses Haus getreten. Unser Herrgott hat einen guten Mann aus dem irdischen Leben abgerufen.
Wir sind gekommen, um Abschied von ihm zu nehmen. Wir sind ihm dankbar für all' das Gute, was er an den seinen und uns allen getan hat, und so wollen wir von ihm ein Beispiel nehmen.
Wir bitten Gott, den Vater, er solle seine Seele zu sich nehmen und seinen Staub sanft ruhen lassen. Nehmt Trost von Gott, dem Herrn und laßt ihn rasten."
Zur festgesetzten Zeit findet die Beerdigung statt.
Das Trauerhaus meldet beim Nachbarvater an, daß man zur Beerdigung bereit sei.

Dann geht der Nachbarvater im Kirchenkleid zum ehrwürdigen Herrn Vater und sagt: „Das Trauerhaus ist bereit. Man kann läuten."
Der Nachbarvater geht weiter zum Burghüter und bestellt das Läuten.
Einen Tag später – den Michael rührt fast der Schlag, tragen sie einen Sarg durch das Burgtor vor das Burghüterhaus.
Lehnchen tritt mit verheulten Augen vor den Sarg.
Der Burghof füllt sich und droben im Kirchturm läutet s'Klärchen erneut die Totenglocke.
Dem Michael will's die Brust zerreißen, so geht ihm das Leid dieses Mädchens zu Herzen.
Als sie aufgehört hat zu läuten, blasen die Adjuvanten einen Trauermarsch.
Mittlerweile hat sich der ganze Burghof mit Menschen gefüllt.
Trauer steht auf ihren Gesichtern – einer der ihren ist ums Leben gekommen.
Nachdem die Adjuvanten aufgehört haben zu blasen, tritt der Nachbarschaftsvater vor, begleitet von vier Nachbarn. Er bittet nach uraltem Brauch die Leiche aus.
Auch dies tut er mit einem Wort.
„Liebe Trauernde! Unser Herrgott stehe Euch mit Trost zur Seite. Auf den Ruf unserer Leichenglocke, haben wir uns in diesen Burghof begeben, um was sterblich war an unserem Galter Oinz nach altem Recht zu fordern."
Dem Michael gab es einen Stich ins Herz – dieser gute Mensch, der durch sein rasches Handeln auch sein Leben gerettet hatte, war nun doch gestorben. Seine Augen füllten sich mit Tränen und rannen über sein Gesicht und tropften auf den Boden der Schießscharte, zu der er hinausschauen und das ganze erleben mußte.
„Oh himmlischer Vater, verzeih mir, was ich angerichtet habe und tröste dieses arme Lehnchen!" waren seine Gedanken.
Der Nachbarvater sprach weiter:
„So wollen wir Euch bitten, ihr solltet den Sarg, mit den sterblichen Überresten unseres Bruders auf den Gottesacker folgen lassen.
Bevor wir ihn aufnehmen, will ich noch ein paar Worte der Anerkennung und des Dankes sagen: Er hat uns als Burghüter viele Jahre treue Dienste erwiesen und unser mannigfaches Gut bestens bewahrt. Es ist in den vielen Jahren keine Klage laut geworden, und so hat er noch den Kirchendienst und das Läuten zur Zufriedenheit unseres ehrwürdigen Herrn Vaters und der ganzen Gemeinde besorgt. Dafür danken wir dir lieber Bruder von ganzem Herzen."
Nun war es üblich zurückzudanken: Da kein männliches Mitglied

vorhanden war, mußte das die Lehnchen übernehmen. Mit weinerlicher Stimme, aber gefaßt in ihrer Aussage, entgegnet sie:
„Mein Mann war mir und meiner Schwester ein treuer Weggefährte. Wir wollen ihn im guten Angedenken bewahren und ihm von Herzen danken. So kommt und nehmt diesen Sarg und tragt ihn an den Ort der Ruhe."
Der Nachbarschaftsvater sagte nun folgendes Wort: „Wohlan ihr Brüder nun zum letzten Gang!" Dabei nahmen seine vier Begleiter den Sarg auf und trugen ihn zur Kirche.
Hier wurden noch ein paar Kirchenlieder gesungen und mit seiner Predigt würdigte der ehrwürdige Herr Vater die Verdienste seines Burg- und Kirchendieners.
Bei diesen Worten schüttelte es den Michael schon wieder, die Tränen rannen über sein Gesicht und er konnte und wollte es nicht glauben, daß er ein Menschenleben auf dem Gewissen hatte. Und ein so unschuldiges noch dazu.
Auf dem Weg zum Friedhof bliesen die Adjuvanten einen Trauermarsch und alles folgte in einem wohlgeordneten Zuge. Als der ehrwürdige Herr Vater sein „Staub zu Staub und Asche zu Asche" gesprochen hatte und die Männer der Nachbarschaft das Grab zugeschaufelt hatten, trat nochmal der Nachbarschaftsvater vor und sprach folgendes Wort:
„Trauernde Hinterbliebene, trauernde Freunde!
Wir haben auf dem Gottesacker die sterblichen Reste unseres Bruders Oinz Galter zur Ruhe gelegt.
Im Namen der trauernden Familie bedanken wir uns bei all denen, die ihm die letzte Ehre erwiesen haben. Wir wollen an dieser Stelle nochmal Dank sagen für alles Gute, für alles, was er uns gewesen ist. Sollte unser Bruder jemanden während seines Lebens beleidigt oder gekränkt haben, bitten wir Euch, es ihm zu verzeihen und was er gefehlt hat, haltet ihm zugute. Unser Herrgott aber nehme seine Seele zu sich und lasse seinen Staub sanft ruhen.
Gott sei mit Euch!"
An diesem Tag war Michael nicht mehr fähig, auch nur einen Schritt zu tun.
Apathisch lag er auf seinem Turm und heulte in das Land hinaus. So hatte ihn noch nichts bewegt, wie das Sterben dieses armen, unschuldigen Menschen.
Also hatte er nicht ausgesagt und sich lieber umbringen lassen. Das war Sachsenart, wie er es von jeher hier erlebt hatte.
Großer Gott – wenn es dich gibt – laß ihn ruhen in Frieden! und gib ihm einen guten Platz in deinem ewigen Reich.

An solchen Tagen lag Michael in Zwietracht mit ihm – wie es Jugendliche hie und da mit ihrem Vater tun!

Aber das Leben ging auch hier weiter. Die mannigfaltigen Aufgaben, die sich die jungen Männer gestellt hatten, nahmen sie voll in Anspruch.
Über dem Kirchenhimmel trocknete Michael die Bälge, Schwarten und Decken von Hase, Fuchs, Reh und Sau.
Sämtliche Hirne der erbeuteten Stücke hatte er in Wasser zu einem Brei aufgelöst. Damit rieb er alle Bälge und Schwarten gut ein, rollte sie zusammen und ließ sie einige Zeit zusammengerollt liegen. Nachdem die Masse gut eingesogen war, wurden die Felle gewässert, geschabt, gezogen und gewalkt. Immer, wenn er am Burggraben ein Feuer machte, hing er sie noch zusätzlich in den Rauch, das machte sie geschmeidig und haltbar. Dann legte er die ganze Bibliothek mit ihnen aus und rüstete sich für den Winter.
Auch dem Erich gab er etwas für sein Turmstübchen ab.
Es ging auf Weihnachten zu und es wurde bei Nacht schon empfindlich kalt.
Aus Hasenbälgen hatte sich Michael eine Jacke und ein paar Hosen zusammengenäht. So konnte er schon einiges aushalten.
Außerdem war er durch das Leben in der Natur sehr gut abgehärtet.
Verpflegungsmäßig standen sie bestens da. Die geräucherten Bratwürste waren ein Allheilmittel gegen den Hunger. Mit viel Knoblauch versehen, hatten sie sogar eine gesundheitliche Komponente.
An Winden und am Stuhlgang mangelte es keinem.
Das Hilfsprogramm mit Lebensmitteln wurde jetzt auch auf bedürftige Wehrmachts- angehörige und auf ärmere Sachsen – wo vielleicht nur noch eine Frau mit kleinen Kindern da war – ausgedehnt.
Auch ärztlich trat Michael immer mehr in Aktion.
Es war für die Leut' allmählich eine Gnade zu wissen, daß ein Doktor in der Gegend war. Genau wußte niemand wo und wer er war. Er behandelte nur bei Nacht und sein Riesenbart sorgte für sein Inkognito.
Es blieb nicht aus, daß auch Rumänen, wenn sie in Not waren, nach ihm riefen, denn ganz verborgen konnte es nicht bleiben, daß da ein nächtlicher Geist mit Bart solche Wohltaten bewirkte.
Als auch andere seinen Dienst in Anspruch nahmen, warnte Martin. Es waren einige von Haus aus Kommunisten und mußten es vielleicht von ihrer wirtschaftlichen Lage auch sein – das war ja letzten Endes auch verständlich: Wenn die „Doktrin“ ihnen goldene Schlösser versprach!
Michael ließ sich nicht abschrecken und half, wo er konnte.

Bevor der Schnee fiel und der weiße Leithund alles offenbaren würde, mußten sie noch einmal das Saugatter fängisch stellen.
Sie hatten viel Glück dabei – denn der Forstknecht und Jagdgehilfe hatte irgendwie Lunte gerochen.
Der war gleichzeitig noch Gemeindediener und einer von den intelligenteren der Sippe über'm Bach. Eine üble, in diesem Fall gute Eigenschaft, hatte er an sich, gegen eine Flasche Schnaps ließ er über jeden Baum des Waldes mit sich reden.
Bukarest war weit, und von wo sollten die auch wissen, wieviele Bäume es in den Wäldern Kirchenburgs gab.
Das wußte ja bei Gott nicht mal er – und er war doch gewiß jeden Tag draußen, unter vorgehaltener Hand gesprochen: oft nur, um seinen Rausch auszuschlafen.
Nun, dieser Zampafir, so riefen sie ihn, war öfters beim Moor und Sachsenfriedhof und beim finsteren Wald gesehen worden.
Hatte der am Ende etwas gespannt?
Man beschloß, das Gatter unter äußerster Vorsicht nochmals scharf zu stellen und dann für längere Zeit auszusetzen.
Die Männer um Michael und Martin hatten auch dieses Mal Glück. Somit war die Verpflegungslage bis weit ins nächste Frühjahr gesichert.
Michael zog es immer öfters auf den Glockenturm. Beim Abendläuten war abwechs- lungsweise das Lehnchen oder s'Klärchen dran.
Samstags, wenn zusammengeläutet wurde, waren meistens ein paar Bürschchen von 16 oder 17 Jahren mit dabei.
Denn die drei Glocken waren von zwei Frauen nicht leicht zu läuten.
Wie anmutig und schön waren diese zwei schüchternen, einfachen Glöcknerinnen, wenn sie das Glockenseil zogen.
Michael hatte eine so tiefe innerliche Beziehung über all die Jahre zum Lehnchen gehabt, nun war sie bald zum Greifen nahe bei ihm und er durfte sich in seinem Versteck nicht rühren.
Ihr Spitzermischling, so ein kleines wendiges Hundchen hatte zwar schon öfters nach seinem Versteck gewindet und manchmal hatte Michael Angst, er würde ihn verraten.
Er konnte ja nicht wissen, wie sie reagieren würde – nachdem auch das mit ihrem Mann so ausgegangen war.
Was mußten diese einfachen und lieben Menschen alles durchmachen, dem Michael zerriß es immer das Herz, wenn er ihre Angstschreie vernahm und nicht helfen konnte.
Wie würde das hier weitergehen?
Martin hatte ihm berichtet, daß einige schon darauf warten, bis sie diese Herrenrasse als Knechte bei ihren ehemaligen Knechten und

Tagelöhnern sehen, und daß der Tag dazu nicht mehr weit sei.
Der Tag der Abrechnung mit den Besitzenden sei da.
Von wo sollten diese primitiven Gestalten wissen, daß Besitz auch verpflichtet, zum Erhalt, zur Mehrarbeit, zur Vorratshaltung.
Aber das sollten sie dann auch noch erfahren ...
Bis auf einzelne Übergriffe hatten sich die sowjetischen Truppen dagegen gut verhalten.
Martin hatte ihnen eine Geschichte erzählt von den ersten Tagen der Besetzung Siebenbürgens. Da sei vis 'a vis von ihnen das Haus voller Russen gewesen und eine 16jährige Tochter hätte in ihrem Bett gelegen, damit aber nichts passiert, hätte die Mutter mit einem Küchenmesser am Bett der Tochter gewacht und gedroht, ein Blutbad anzurichten, wenn sich einer dem Töchterle nähern würde.
Und es ist nichts passiert!
Die Menschen werden erst zu Bestien, wenn sie dazu ermuntert werden oder wenn sie der Herdentrieb zum namenlosen Tier macht.
Der Rundfunk jener Tage soll solche Ermunterungen ausgesprochen haben.
Trotzdem waren Michael und Martin weit davon entfernt, das rumänische Volk, ja sogar das Volk der Zigeuner für die Übertretungen haftbar zu machen.
Es gab in diesen Tagen so viel Beweise von Nächstenliebe und so viele gute Taten von Rumänen, Zigeunern und Szeklern, daß man nie ein Volk als Ganzes verdammen darf, da man ja sonst diese vielen guten Taten und diese vielen guten Menschen für ihre Wohltaten noch bestrafen würde.

Weihnachten, das Fest der Liebe, war da.
Martin hatte dem Michael einmal darüber berichtet, wie schön dieses Fest bei den Siebenbürger Sachsen gefeiert wurde.
Doch diesmal?
Würde es nicht eher das Weh, daß diese Menschen so sehr bedrückte, noch mehr hervorkehren?
Der Bruder von Martin war im Feld, lebte er überhaupt noch? Der Mann von der Treni hatte auch schon lange kein Lebenszeichen von sich gegeben, und so war es in jedem Haus. Dann die Bedrückung durch die radikalen Menschen und rohen Elemente ... man lebte doch in ständiger Angst, und zusätzlich noch die schaurigen Parolen, die von Ortschaft zu Ortschaft gingen über die Verschleppung der deutschen Bevölkerung zur Zwangsarbeit nach Rußland und über die Enteignung ... Wie und was gab es da zu feiern?
Früher wurde die Heilige Nacht mit einem einstündigen Läuten um Mitternacht verkündet und vom Turm bliesen die Adjuvanten: „Vom

Himmel hoch da komm' ich her" und der Gesangverein sang die „Stille Nacht" und es war allem Volk so feierlich zumute ...
Getraute sich heuer überhaupt jemand auf die Gasse?
Die alte Ordnung war am fallen und die deutsche Bevölkerung das Fallwild ...
Oh jammervolles Weihnachten 1944 – wer wird die Tränen je zählen können und die Bitten, die zu Dir, lieber Gott und Vater, in diesen Tagen emporgestiegen sind?
Was hatte Gott durch Jeremia geweissagt? ... „Plötzlich rede ich wider ein Volk, daß ich es ausrotte ... zerbrechen und verderben wolle ..." Begann somit der Zorn Gottes über sie zu kommen?
... und es begab sich zu der Zeit ... und die Hirten fürchteten sich sehr. Und der Engel sprach zu ihnen: „Fürchtet Euch nicht, siehe ich verkündige euch große Freude, die allem Volk widerfahren wird; denn Euch ist heute der Heiland geboren, welcher ist Christus, der Herr ..." Michael saß in seiner Krypta und hörte die Worte des Herrn Vaters ... und wie er sie sagte und als sein gepeinigtes Gemüt ruhiger wurde begriff er zum erstenmal in seinem jungen Leben die frohe Botschaft von der Geburt Christi. Hier war einer geboren worden für die Schieflage der Menschheit, für den Kummer und das Elend dieser erbärmlichen Kreatur, die sich Mensch nennt!
Schlugen sie sich nicht fast pausenlos die Köpfe ein? Im dreißigjährigen Krieg mußte sogar Christus als Alibi herhalten. Und wenn sie ein paar Jahre Ruhe hatten, dann kam der Nachbar dran – weil eine Birne über den Zaun hing ... Neid, Haß, Rachsucht, Hader, Intrigen, üble Nachrede, rudelhaftes Verhalten dem einzelnen gegenüber, wenn er anderer Meinung war ... stürzten sie sich nicht wie eine Wolfsmeute über ihn – aber im Unterschied zum Wolf rissen sie ihm die Flanken auf bis das das rohe Gedärm vor ihnen lag und er verschied ... ihr Bruder – ein Mensch!
Und so nagelten sie auch ihren Heilsbringer ans Kreuz! Was gilt seine Botschaft vom friedlichen Zusammenleben der Menschen und der Völker? Was eine Bergpredigt?
Michael saß mutterseelenallein in seiner Krypta. Kein Lichtlein erhellte die hochheilige Nacht. Er war am tiefsten Punkt seines jungen Lebens angelangt und voller Verzweiflung an der Menschheit und seinem eigenen Fehlverhalten.
Mit solchen zerrissenen, niedergeschlagenen und verängstigten Gefühlen erlebten die deutschen Menschen in Siebenbürgen Weihnachten 1944.
Wer in ein flackerndes Kerzenlicht schaute dem verschwamm es in den Tränen einer erschütternden Vision: Und die wurdeam 11. Januar 1945 Wirklichkeit.

Sämtliche Luzifers des sowjetischen NKGB, vereinigt mit den echten Luzifers Rumäniens, umstellten ganze Ortschaften und alle deutschen Frauen zwischen 18 und 32 Jahren, nach oben auch bis zu 35 und vierzig Jahren und die Männer zwischen 17 und 45 mußten binnen zwei Stunden abmarschbereit sein.
Verpflegung für mehrere Tage und Bekleidung entsprechend der Jahreszeit waren mitzunehmen.
Bei Nacht kamen zwei Gendarmen, begleitet von einem Rumänen und einem Sachsen in jedes Haus und lasen vor, wer zur Zwangsarbeit nach Rußland müsse.
Beim Martin war es seine Schwester Treni. Bevor sie ging, säugte sie noch ihr Mädchen.
Dabei klammerten sich ihre Fingerchen so fest um die Hand ihrer Mutter – als wenn sie das Unglück spüren würde, daß sie alle betroffen hatte.
Mit Gewalt mußte man ihre Finger öffnen.
Tränen überströmt gab sie ihr Kind der Großmutter und ging in die kalte Winternacht hinaus – nach Rußland.

Kann ein Mensch solch eine Brutalität und Barbarei noch fassen und muß es nicht der Luzifer persönlich sein, der zu sowas überhaupt fähig ist und es bewerkstelligen kann!

75000 Deutsche aus Rumänien mußten gehen und es spielten sich herzerschütternde Szenen ab.
Michael sah den Drotlef August, den er einst auf der Hochzeit kennengelernt hatte, und Vater von sieben Kindern war, auch mit seinem Ränzlein dem Sammelplatz zugehen. War dies menschliche Machwerk des Bösen noch zu überbieten? Das war die Perfidie Luzifers in Hochkultur.

Kein Mensch wird die Tränen dieser Nacht je zählen und das Herzleid ermessen und beschreiben können.Mütter, oft von zwei und drei Kindern, wurden abgeholt.
Manche Kinder blieben als Vollwaisen zurück und mußten von anderen Familien aufgenommen werden.
Am Kirchentor sah Michael eine alte Frau auf die Knie fallen.
Sie schrie aus Verzweiflung zu seinem Turm hinauf: „Mein Gott, warum hast Du uns verlassen?“
„Und trotz allem werde ich keinem Volk diese Schande in die Schuhe schieben“, sagte später einmal der Martin zum Michael.
Als sie nämlich die Treni abholten und die Szene mit dem Säugling erlebten, da schüttelte es den Rumänen und unter Tränen, die unauf-

hörlich in seinen Bart flossen, sagte er: „Mein Gott, liebe Treni, ich kann doch nichts dafür – beim Leben meiner Kinder, glaub mir's."
Michael erlebt von seinem Turm das ganze Elend. Nun war die Weissagung Jeremias bis in das Waldland erfüllt ...
Wo war jetzt Hitler und sein brauner Anhang?
Wo waren diese Herren und Gewaltmenschen, die ein ganzes Volk ins Elend stürzten?
Beim Anblick dieses Untergangs aller Werte und Normen, kam dem Michael der ketzerische Gedanke, ob es vorstellbar wäre, daß so lang sich diese Erde drehte es Menschen geben könnte, die solchen Demagogen nochmal aufsitzen würden . . .oder die gar diese braunen Machthaber zurücksehnen könnten?

Michael fing so erschütterlich an zu weinen, daß er von seinem Turm nicht mehr hinausschauen konnte, noch wollte.
Zu herzzerreißend bemächtigte sich dieses grandiose, mit nichts zu beschreibende Elend seiner geplagten Seele.Zu einem gewissen Teil war er ja mit Schuld daran beladen.
Energischer hätte man sich gegen Hitler stellen sollen.Aber in diesem Augenblick war das alles nur Gerede.
Der Schmerz schnürte ihm die Kehle zu und als alle verladen waren, fing die Glocke hinter ihm an zu läuten und das Lehnchen zog das Seil ganz in schwarz gekleidet und mit einem versteinerten Gesicht, das schon zu viel der Schmerzen ertragen hatte müssen.
Der Hund winselte plötzlich während des Läutens und scharrte mit seinen Läufen an Michaels Guckloch. Das hatte er noch nie getan.
Michael spürte, hier war Gefahr in Verzug, wahrscheinlich hatten sie das Klärchen auch geholt.
Jetzt konnte er keine Rücksicht mehr nehmen.
Bis er aus seinem Geheimgang draußen war und nach einem waghalsigen Kletterakt über einen Balken den Glockenraum erreichte, sah er kein Lehnchen mehr, die Glocke war noch in Bewegung und der Klöppel schlug noch zeitweilig an, also konnte sie doch noch nicht so weit sein.
Plötzlich sah er den Hund, wie er am Turmfenster hinaufsprang und winselte: Ja, da oben stand sie und war im Begriff hinunterzuspringen. Mit einem mächtigen Satz faßte er sie an den Füßen, zog sie an sich und trug sie zurück in den Glockenturm.
Sie wehrte sich wie von Sinnen.
„Lehnchen, ich bins, Dein Michael."
Jetzt merkte er erst, daß sie fast nichts anhatte und daß sie schon mit der Absicht aufgestiegen war, Schluß zu machen ...

„Oh Lehnchen“ und er nahm sie auf seine Arme und bedeckte ihr Gesicht mit lauter Küssen.
Ob er das noch verkraftet hätte . . . wer kann es wissen?
Wahrscheinlich hätte er sich hinterhergestürzt. Es war einfach zuviel, was auf die Menschen zukam.
Er trug sie auf seinen Armen hinunter ins Burghüterhaus, legte sie in ihr Bett und machte ihr einen Tee.
Dann wich er nicht mehr von ihr, bis sie das heulende Elend überkam und sie ihr ganzes Unglück an ihm nauschluchtzte.
Und Michael dachte sich: Und wenn es nur um dieses eine war, so hatte es sich doch gelohnt, hier zu sein.
Es sollte aber noch mehr daraus werden. – Michael und Lehnchen vergingen ineinander. Eine jahrzehntelange Sehnsucht ließ sie eins werden und ihre schreckliche Umgebung für einige Tage und Nächte vergessen.
Michael philosophierte: Wie unendlich hoch können menschliche Gefühle sein und wie verwerflich niedrig, wenn er von seinem Guckloch am Turm herniederschaute.
Am nächsten Sonntag riefen die Glocken zum Gottesdienst und Michael half dem Lehnchen beim Läuten, dabei liefen ihnen die Tränen übers Gesicht. So viele, die sie riefen, konnten ihrem Glockenklang nicht mehr folgen.
Vielleicht waren sie schon in Rußland und einige würden wohl auch schon im Himmel sein. Die Bedingungen der Reise waren hart und unmenschlich.
In einen Viehwaggon waren sie hineingepreßt, Männer, Weiber, Burschen und Mädchen, bei 30 bis 40 Grad Kälte.
Wenn man da bloß an die Notdurft denkt, geschweige an die anderen Bedürfnisse des Menschen.
Schlimmer als das Vieh und die schlimmsten Verbrecher wurden diese Menschen behandelt, und mit welchem Recht?
Ist also die Spezies Mensch so roh und verdorben, daß sie in der Lage ist, gegen absolut unschuldige Menschen in dieser Weise vorzugehen?

Als der Zug von diesen Unglücklichen abfuhr, riefen ihm einige „Auf Wiedersehn“ nach, und der Transportleiter schrie zurück: „Wenn die Sonne im Westen aufgeht! Vorher nie!“
Das waren wieder die Worte Luzifers, und was würde der Herr Pfarrer den Armseligen sagen, die noch da waren? Was war überhaupt noch da?
40.000 beste Manneskraft waren zur Waffen-SS und zum rumänischen Militär eingezogen. 30 bis 40.000 wurden nach Rußland verschleppt und das bei ungefähr 250.000 Seelen.

Bei solchen Gedanken verbarg das Lehnchen ihren Kopf an Michaels Brust und weinte sich ihren Kummer von der Seele.
Ihr Klärchen war mit ihren achtzehn Jahren wie ein unschuldiges Kind gewesen, und jetzt kam sie in dieses kalte Land zur Zwangsarbeit. Würde sie überhaupt den Transport überleben?
Mit Bangen trauerte man dem nächsten Sonntag entgegen. Würde noch jemand zur Kirche kommen? Nachdem der Herrgott das alles zugelassen hatte.
Ihr heiß geliebtes Mutterland – Deutschland – lag am Boden, verführt von einem Mann, dem auch sie aufgesessen waren.
War überhaupt noch etwas da, nach dem man sich richten konnte? In der Kirche stand das Taufbecken aus dem Jahre 1245 mit Weinlaub und Trauben verziert. War es nicht drei Jahre nach dem verheerenden Tartarensturm – wobei ganz Kirchenburg vernichtet worden war – da oben hineingestellt worden? Ein Zeichen von Glaube und Hoffnung!

Da schauten die Alten auf ihre Enkel – denn dazwischen war nichts mehr – und sie dachten, der da oben in der Kirchenburg, unser Herr und Heiland, hat uns 800 Jahre erhalten und sie nahmen ihre verwaisten Würmchen bei der Hand und gingen mit ausgeweinten Augen – denn es gab keinen im Ort, dem sie nicht ein paar Zweige aus seiner Lebenskrone gebrochen hatten, zu ihrem Gral um Trost und Linderung zu erfahren.
Und so mußte der ehrwürdige Herr Vater – dem selber das Wasser in den Augen stand – Zuversicht, Hoffnung und den Glauben an eine Wiederkehr der Verschleppten predigen und er tat es – wenn auch schweren Herzens . . .
Und das war gut so, wenn nämlich diese seelisch Ausgezehrten gewußt hätten, was Luzifer noch alles für sie an zynischen Offerten bereit hielt, wären sie statt in die Kirche auf den Friedhof gegangen und hätten sich mit den Enkeln in ein Massengrab gelegt . . .
So aber hörten sie, was ihr Herr Vater zu ihnen sagte.
Lehnchen hatte den Blasebalg an der Orgel bedient und Michael war in sein Totenreich, in die Krypta, abgestiegen. Es waren seine „lieben Toten“ geworden, die das Leid dieser Welt überwunden hatten, und von dort hörte er das Evangelium.
Und er faltete seine Hände – denn auch ihm würde ein Trost gut tun. Und der Herr Vater sprach folgendermaßen zu ihnen: „Im Psalm 126 steht geschrieben: ‘Wenn der Herr die Gefangenen Zions erlösen wird, so werden wir sein wie die Träumenden. Dann wird unser Mund voll des Lachens und unsere Zunge voll Rühmens sein.
Da wird man sagen unter den Heiden: Der Herr hat großes an ihnen

getan. Herr, bringe wieder unsere Gefangenen, wie du die Bäche wiederbringst im Mittagslande. Die mit Tränen säen, werden mit Freuden ernten."
Und der ehrwürdige Herr Vater sprach weiter: „Liebe Schwestern, liebe Mitbrüder, liebe Kinder. In der Bergpredigt verheißt uns der Herr noch mehr: Selig sind die da Leid tragen, denn sie sollen getröstet werden."
Womit soll uns der Herr trösten, als damit, daß er uns unsere Lieben wiedergibt. Und wenn uns der Herr das so fest verspricht, wer wollte an seinem Worte zweifeln?
Uns ist schweres Leid widerfahren, denn viele von uns sind vom Weg des Herrn abgewichen und haben falschen Götzen gehuldigt.
Aber unser Gott ist kein nachtragender Gott. Er wird sich uns wieder zuwenden, wenn er erkennt, daß wir Hilfe bei ihm suchen und nach seinem Worte leben.
Deshalb, ihr lieben Schwestern und Brüder, liebe Kinder, nehmt, wenn ihr verzweifelt seid, wieder die Bibel zur Hand und lest, was der Herr uns lehrt und von uns fordert. Sein Weg hat uns bis zum heutigen Tag erhalten und wird uns auch diese Prüfung überwinden helfen. Amen."
„Wir singen jetzt das Lied aus der deutschen Messe von Franz Schubert: „Wohin soll ich mich wenden, wenn Gram und Schmerz mich drücken . . ."
Zu mehr war auch ein Pfarrer nicht fähig – denn auch Pfarrer sind Menschen wie wir, und diese Zeit forderte mehr als Menschen zu tragen imstande sind.

Michael führte Lehnchen in sein Hilfswerk mit ein, und nachdem er ihre Zustimmung fühlte, erklärte er ihr konkret seine Absichten:
a) eine medizinische Versorgung der Bevölkerung,
b) eine allgemeine Unterstützung der in Not geratenen auch mit Lebensmitteln,
c) ein anzustrebender Abtransport der deutschen Wehrmachtsangehörigen bis nach Ungarn und deren Versorgung und Betreuung bis dorthin.
Nachdem die Lehnchen mit diesen Maßnahmen einverstanden war, hielt ihr Michael jeden Vormittag einen Vortrag über Heilkräuter, ihre Wirkung und Dosierung. Auch nahm er sie nachts mit, wenn sie kranke Menschen versorgten. Er bildete sie quasi als Krankenschwester aus.

Bei Punkt a) entschied Martin, wie eine Hilfe möglich wäre, ohne sich zu gefährden.

Bei Punkt b) regelte Martin auch hier das meiste selber, und bei c) suchten sie alle miteinander nach einer Möglichkeit, sie zu verwirklichen.
Sie kam schneller als gedacht.

Der Waldhüter, Jagdaufseher und seit neuestem Gemeinde-Faktotum, spekulierte am Moor herum.
Er hatte etwas zu Ohren bekommen und wollte den Sachsen das Handwerk legen.
Nun, diese Sachsen kannten sich aus, denn es war ja ihr Grund und Boden seit 1145 und vom König verbrieft.
Den Zampafir ging das wenig an, denn jetzt galten andere Gesetze: die Proleten und Kommunisten waren jetzt die Meister und der König Andreas, der den Sachsen das Privileg einst erteilte, schon seit ein paar Jahrhunderten tot.
Denen würde er es schon zeigen, diesen eingebildeten deutschen Affen, und schon war er in das Eis eingebrochen und da das Moor keine Balken hat, sank er ein und das immer tiefer und er schrie aus Leibeskräften und da Michael zufällig auf dem Turm war, hörte er die Hilferufe, sprang zum Lehnchen und beide dem Mann zu Hilfe.
Bis sie bei ihm waren, japste er bloß noch mit einem Hopfer nach Luft, dann versank er wieder bis an die Augen.
Es war sozusagen der letzte Augenblick. Sie mußten vorsichtig sein, um nicht selber zu versinken. Indem sie Sträucher umlegten und so eine Basis schafften, konnten sie ihm etwas Luft machen.
Lehnchen zog ihn an den Haaren hoch und Michael versuchte ihm ein Holz unter das Kinn zu schieben. Nach vielen Mühen hatten sie ihn soweit, daß er sich selber an einem Ast halten konnte.
Lehnchen hatte ihn sofort erkannt.
„Du warst doch einer von denen, die meinen Mann, den Galter Oinz, geschlagen und traktiert haben."
„Nein", sprach das Entsetzen aus seinem Gesicht.
Als man ihm wieder Luft gab, weil man ihn hochziehen mußte: „Ja."
„Und wie willst du das wieder gutmachen?"
Man zog ihn an den Haaren wieder etwas hoch.
„Ich verspreche Euch, bei allem was mir heilig ist und meine ganze Familie soll obendrein verrecken, wenn ich es nicht halte, das zu tun, was Ihr von mir verlangt."
Nachdem ihn die Kräfte zu verlassen schienen und es elend kalt war, faßten sie kräftig zu und zogen ihn mit vereinten Kräften aus dem Moor.
Dann nahmen sie ihn unter den Armen und führten ihn bis zum Burghüterhaus.

Michael zog ihm die klitschnassen Klamotten aus, derweil hatte die Lehnchen in einen Bottich warmes Wasser geleert und darin setzten sie den Zampafir.
So nobel war es dem schon lange nicht ergangen, wenn überhaupt jemals.
Michael rieb ihn warm und die Lehnchen brachte ein paar Hosen und eine Jacke von ihrem Mann. Dann rieb ihn der Michael trocken. Lehnchen hatte einen Tee aufgesetzt und Michael goß ihm die halbe Tasse voll mit Schnaps, das schmeckte dem Zampafir und bald war er wieder ansprechbar.
Er küßte voll Dankbarkeit Michaels Hand und frug ganz devot, womit er sich erkenntlich zeigen könne . . .
Nachdem Michael zögerte, bot er ihnen den halben Wald oberhalb des Friedhofs an. Michael schüttelte den Kopf.
„Horch einmal her Zampafir, ich bin Arzt und ein friedlicher Mensch. Ich habe vor meinem Herrgott geschworen, anderen Menschen zu helfen. Aber allein kann ich das nicht. Darum hilft mir die Lehnchen und auch andere werden mir helfen, zum Beispiel Du."
„Aber womit soll ich helfen Herr, ich hab ja nichts und dumm bin ich auch, sonst wäre ich nicht ins Moor gefallen."
Jeder Mensch kann anderen helfen, wenn er guten Willens ist, und das bist Du doch."
„Ja Herr."
„Also paß gut auf, was ich Dir sage. Zunächst versprichst Du mir über das Vorkommnis von heute abend niemandem etwas zu sagen. Dann besorgst Du einen Planwagen, wie ihn die Kortorar (Kesselflicker) haben. Wenn Du es nicht selber kannst, dann engagierst Du Deine Brüder. Du hast einen Bruder, der ist Offizier an der Grenze
.
Mit diesem Planwagen brauchst Du nicht mehr machen, als Menschen, die ich Dir anvertraue, sicher bis an die Grenze zu bringen und Dein Bruder Grenzoffizier läßt sie passieren. Dafür gibt es pro Fuhre 5 Flaschen „Rachiu" (Schnaps) und Du bekommst eine extra."
„Wenn es weiter nichts ist Herr – kann ich einschlagen."
„Aber auch halten – wenn das Geringste passiert oder verraten wird, bist Du des Todes." Dabei zog der Michael seine 08 und Zampafir erblaßte abermals bis an seineHaar- wurzeln.
„Am Sachsenfriedhof und am finsteren Wald will ich Dich nicht mehr sehen, wenn ich Dich brauche, hängt hier am Burghüterhaus aus diesem Fenster ein roter Putzlumpen – dann meldest Du Dich nachts um 12 Uhr an der „Hill" unterm Burghüterhaus mit Deinem Planwagen, verstanden."
„Und der Schnaps?"

„Die Hälfte, wenn ihr fahrt und die Hälfte, wenn ihr kommt."
Zampafir küßte dem Herrn Doktor die Hand und schlich sich von dannen.
Nun setzte am Burghof ein großes Werkeln ein.
Das eingeschlagene Obst wurde bei Nacht gebrannt und auf Flaschen gezogen.
Dann wurden Listen von den deutschen Soldaten und ein Plan erstellt, wer wann dran war zum Abtransport.
Jedem konnte man ein Päckchen Hartwurst mitgeben, das bei einer gewissen Einteilung bis nach Österreich reichen würde.
Das war die Möglichkeit für alle.
So kamen die deutschen Soldaten mit etwas Glück nicht nach Sibirien, sondern in ihre Heimat. Und die Sachsen wurden von dem Risiko befreit, das sie täglich trugen. Zudem wußte man ja nicht, ob sie nicht enteignet würden und was war dann mit den deutschen Soldaten?
Der Plan funktionierte hervorragend, und da die deutschen Soldaten beim Michael in der Burg Zwischenstation machten, frug er sie über ihr Schicksal aus und was da zum Vorschein kam – war unwahrscheinlich abenteuerlich.
Der Reinhold, aus einem Württemberger Dörfle gebürtig, unweit vom Hohenrechberg, erzählte dem Michael: „Nach der Schlacht von Leowa wurden wir von unserer Einheit getrennt und irrten ohne einen Bissen Brot durch die Gegend. Zum Schluß waren wir so mutlos, daß es uns ganz egal war, ob uns jetzt der Russe schnappt oder erschießt.
Und so kam es dann auch: „rùki werch" (Hände hoch) schrie es von allen Seiten, dann führten sie uns in ein Gehöft und als der Posten uns hinter die Scheune dirigierte, verabschiedete ich mich schon in Gedanken von Vater und Mutter und von meinem schönen Rehgebirge daheim.
Der Posten muß es uns angesehen haben. Er gab uns Zeichen, wir sollen da bleiben und ging in das Haus. Dann kam er nach einiger Zeit wieder und brachte jedem ein Stück Brot und etwas Speck.
Wir wären ihm vor Dankbarkeit beinah um den Hals gefallen und als es Abend wurde, gab er uns die grobe Richtung an und sagte „dawai".
Wir waren zunächst wie vom Schlag gerührt, dann befolgten wir seine Anweisung und wieder einmal hatte es sich gezeigt – so grausam es bei dem Stalin auch zugehen mag – ein Volk dafür zu verurteilen wäre völlig falsch und die größte Ungerechtigkeit auf Erden.
Nie mehr habe ich im Leben seither zugelassen, über die Russen schlecht zu sprechen, sonst hätte ich ja meinen Lebensretter mit ver-

urteilt und das würde mir nicht mal mein Herrgott verzeihen, der mich bis hierher geleitet hat."

„Da bin ich völlig Deiner Meinung", pflichtete ihm Michael bei.

Dann meldete sich Heinz zu Wort, auch einer der heute Nacht dran war.

„Mich haben sie schiergar hier in Rumänien noch geschnappt.Ich lief Richtung Kirchenburg und da nicht viel Verkehr war, blieb ich auf der Straße, plötzlich tauchten mit einem Pferdefuhrwerk drei Rumänen auf. Zwei blieben auf dem Wagen, der dritte, ein älterer, kontrollierte mich.

Mein Ausweis war ein bekritzeltes Stück Papier, das besagte, daß ich auf dem Weg nach Arad sei. Der Rumäne guckte mich an, dann das Papier, dann schüttelte er den Kopf und sagte : „Domule, eu sunt bun!" (Herr, ich will gut sein zu Dir) und ließ mich laufen.

Wer in meiner Situation ein schlechtes Wort über die Rumänen sagt, verurteilt auch diesen Mann und das wäre die größte Ungerechtigkeit auf Erden."

Der Xaver, auch ein versprengter der Sechsten Armee, hört sich das an und erzählt sein Schicksal: „Ich war froh, als ich in das Waldland der Karpaten eintauchen konnte. Hier hatte man doch wesentlich bessere Deckung, als in der russischen Ebene.

Wenn nur der Hunger nicht gewesen wäre.

Auf der Suche nach etwas Eßbarem näherte ich mich einem Dorf und spekulierte, wie ich es anstellen könnte, ungesehen in seine Gärten zu gelangen.

Ich stand noch in einer dichten Kultur, die gerade meine Kopfhöhe hatte und mich eigentlich schön bedeckte, plötzlich krachte ein Schuß und der Zweig neben meinem Kopf war wie abrasiert.

Eine Handbreite hatte mich vom Tod getrennt. Wie ein wildes Tier verschwand ich in meiner Angst in der Riesenkultur und als ich schon glaubte, hier nicht mehr lebendig rauszukommen, trat ein altes Mütterle zu mir – ich vermute, es war eine Rumänin, Ungarin oder Szeklerin und bedeutete mir, ihr zu folgen.

Ich faßte Vertrauen und ging hinter ihr her – an einer kleinen Coliba – (Hütte) bat sie mich einzutreten, nahm einen Teller, legte ein ordentliches Stück Mamaliga (Maisbrei) darauf und leerte einen Hafen Milch darüber.

Ich sage euch, im Leben hat mir noch nie ein Essen so gut geschmeckt, wie das von diesem alten Weible. Ich schwor hier in Gedanken: der heiligen Mutter Gottes – wenn ich je wieder nach Hause kommen würde, eine Grotte zu bauen und ihr täglich eine Kerze zu opfern. Und das tue ich, so wahr mir Gott helfe!"

Stundenlang hätte der Michael zuhören können – doch es ging auf zwölf Uhr zu.
Er gab jedem sein Päckchen und unter der größten Vorsichtsmaßnahme verschwand einer nach dem anderen im Cortorar (Planwagen).Diesen getraute sich in dieser Zeit keiner zu kontrollieren, so ein „Cortorar" war Inbegriff der neuen kommunistischen Ära.
Und als Kesselflicker getarnt ging's bei „Cenad" und dort zu Fuß über die Grenze nach „Kiscombar" in Ungarn.
Von hier war es nicht mehr weit nach Szeged, wo man mit einem Zug weiterkommen konnte.
Die Züge jener Zeit fuhren meistens leer nach dem Westen, um dann vollgepackt nach dem Osten zurückzufahren.
Michael schlupfte, nachdem sich der Wagen entfernt hatte, zu seinem Lehnchen ins warme Bett. Sein größter privater Wunsch – ja seine große Sehnsucht auf Erden hatte sich erfüllt.
Wenn er sich ihr näherte, meinte er restlos in ihr zu vergehen, um an anderen Ufern dieses Lebens wieder auf zu erstehen.
Ihre zarte, und durch so viele Jahre sehnsuchsvoll gereifte Hingabe, steigerte sein Begeh- en in unvorstellbaren Maßen.
Michael erlebte im Lehnchen die Erfüllung einer reifen Frau, den Zenit allerMöglich- keiten, sich einander in Liebe zu begegnen und hinzugeben.
Aus dieser großen Harmonie erwuchs viel Gutes auch für die anderen.
Der Friedhof, das Moor, der Finstere Wald waren seit dem Vorfall mit Zampafir ein Eldorado für Heilpflanzen, denen sie ungestört nachgehen konnten.
In der Früh und spät in der Nacht war dieses Gebiet ihr Himmelreich.
Kein Mensch ließ sich hier sehen und so konnten sie sammeln und Michael mit der Armbrust jagen.
Hie und da mußten sie auch mal einen Kranken versorgen, und da kam dem Herrn Doktor die praktische Lehrzeit bei der Holder-Marie zugute.
Die natürlichen Heilmittel, gepaart mit seinem theoretischen Wissen um die Krankheiten der Menschen, halfen diesen wieder gesund zu werden. Im übrigen war die medizinische Versorgung auf dem Land gleich null.
Michael schaffte sich im Lehnchen eine gelehrige Stütze und bald konnte sie auch untertags mal den Menschen helfen.
Alles staunte, von wo sie ihr Wissen eigentlich bezog, aber die Leute

hatten in dieser Zeit andere Sorgen, als über Gebühr darüber nachzugrübeln.
Für Lehnchen und Michael war es wohl die schönste Zeit ihres jungen Lebens und schon kamen ihnen Zweifel, ob das ewig so anhalten könnte.
Zu sehr hatte sie das Leben auch das Fürchten gelehrt.
Und wenn sich ihr Glück dem kaum mehr Überbietbaren näherte ... in einer Zeit des Unglücks und des Untergangs aller Werte – dann sannen sie darüber nach, wie sie dem Geliebten helfen könnten, wenn sie eine gewaltsame Trennung auseinander führen würde.
Michael wollte nichts mehr dem Zufall überlassen. Zu sehr hing er an seinem Lehnchen, als sie vom Kirchturm springen sehen zu müssen – wenn sie ihn schnappten.
Deshalb arbeitete er bei Tag und Nacht, in der Dämmerung des Abends und des Morgens, um aus ihr eine zweite Holder-Marie zu formen.
Und Lehnchen zog mit.
Sie hatte ein gutes und schwer geprüftes Herz und wollte helfen, und das ist bei einer Krankenschwester oder einem Heiler die erste Voraussetzung: Liebe zu den Menschen und hier speziell zu denen, die vom Schicksal nicht so begnadet wurden.
Und das waren allmählich alle.
Nun überlegte Michael, ihr auch sonst jemanden an die Hand zu geben,der an seine Stelle treten könnte und sie damit in Gedanken vertraut zu machen, – so weh ihm das auch tat – aber seine Liebe zu ihr war größer, als sein momentaner Eigennutz.
Nachdem sie wieder einmal das Gatter fängig gestellt hatten und die reiche Beute versorgten, sagte Michael zum Lehnchen: „Dieser Albert, der Metzger, ist ein ganz prima Kerl, wie der schaffen kann, dabei ist er so bescheiden und anständig und will nie was für sich."
„Durch seine Behinderung hat er auch noch wenig schönes erlebt", entgegnete Lehnchen „und weißt Du, auf so einem Dorf sind die Kinder oft bös und frotzeln so einen Menschen, weil sie wissen: der kann ihnen nicht folgen."
„Das sind Äußerlichkeiten. Es kommt bei einem Menschen auf seine Herzensgüte an, wer die hat, kann anderen das Leben schön machen", sagte Michael.
Dann strich sie ihm über die Haare und herzte seine Wangen: „Wie Du!"
Dem Michael rührte es das Herz. Voller Liebe und Sehnsucht nach ihr zog er sie an sich und sie waren das glücklichste Paar dieser Erde.
Die Totengebeine unter der Krypta hatten sich an das Glück, das bei ihnen eingezogen war, gewöhnt – und der Herrgott schickte aus sei-

nem großen Himmelreich die Seelen derer, die da schlummerten zu diesem Paar auf die Erde hinunter, um sie in ihrer Liebe zu behüten. Doch wo die reine Liebe und das große Glück die Menschen wärmt, ist Luzifer nicht weit. Und das sollten auch die zwei noch früh genug erfahren.

Die Enteignung

Am 22. März 1945 erließ die damalige rumänische Regierung unter Petru Groza ein Gesetz, nach dem die Sachsen und Schwaben, also die Deutschstämmigen, ihren gesamten Besitz: Boden Vieh Häuser und Geräten verloren. Michael erlebte es von seinem Turm und Martin berichtete ihm jede Nacht darüber. Das sah dann in der Praxis so aus:
Zunächst kamen die auswärtigen Luzifers und holten sich eine Kuh oder ein Schwein, so wie es ihnen beliebte. Dann kamen auch die aus der eigenen Ortschaft, zunächst zögerlich, dann immer frecher, und zum Schluß hatten die Sachsen nicht mal mehr eine Henne.
Doch damit nicht genug. Jetzt beschlagnahmten sie die Häuser und drängten die eigentlichen Besitzer in ein Hinterzimmer oder, wenn es vornehm zuging, ins Ausdinghaus.
Ganz Brutale jagten die Sachsen vom Hof, und wenn sie nicht unter freiem Himmel leben wollten, mußten sie in eine Zigeunerkate einziehen.
Den Banater Schwaben erging es so ähnlich. Zum Teil wurden sie in die Donausümpfe abgedrängt oder in die Baragansteppe verschleppt.

Das war die Luzifer-Fratze in Reinkultur.
So viel Elend hat diese Welt selten erlebt. Die Deutschen hatten nichts mehr und wußten nicht, wovon sie leben sollten.
Einstmals so reich an Lebensmitteln, mußten sie nun selber hungern.
Am Ende dieser Aktion wurden allein den Sachsen „entschädigungslos“ beschlagnahmt: rund 62.157 Landwirtschaftsbetriebe, 345 598 ha Grund, 34 5OO Wohnhäuser, nebst Scheune und Stallungen, fast 100.000 Stück Hornvieh, etwa 30.000 Pferde, 85.000 Schweine, etwa 70.000 Schafe, Maschinen, Wägen und Geräte.
Diese riesigen Vermögenswerte eigneten sich Menschen an, die dazu kein Recht hatten, es sei denn das Recht der Oberteufel aus Bukarest und Moskau.
Martin hörte folgenden Dialog: Ein Einheimischer, nennen wir ihn einen rumänischen Engel, sagte zum neuen Besitzer, einem zugewan-

derten Luzifer, der das ganze Anwesen einschließlich den Kühen vom August Drotleff am Abend vorher sich angeeignet hatte, „Susi", der Frau vom August, die er mit sieben Kindern zurücklassen mußte, als sie ihn nach Rußland verschleppten: „Der Susi gibst du doch sicher eine Milch für ihre Kinder"

„Keinen Tropfen", erwiderte Luzifer, der neue Besitzer: „sa mulga cânele!" (sie soll den Hund melken).

Ist so eine Rohheit noch durch etwas zu überbieten?

Man stelle sich die sieben unmündigen Kinder vor und eine Mutter, die nichts zum Essen herbringt — welche Verzweiflung!

Dabei hat unser Herrgott dieser Frau noch mehr aufgeladen.

Ihr Mann verstarb in Rußland in den Kohlenminen von Kriwoj Rog unweit des Dnjepr.

Was Michael jetzt von seinem Turm zu sehen bekam, war kaum noch zu ertragen. Nur gut, daß die deutschen Soldaten abgezogen waren.

Es kamen zwar immer noch vereinzelte, aber die dirigierten sie meistens zur Burg, wo sie Michael verschwinden ließ.

Leider war auch dieser Ort nicht mehr so sicher. Die Speck-und Getreidekammern waren geplündert.

Nur der Räucherturm, wo sie das Fleisch und die Wurst verwahrten und der Pulverturm, wo Martin und die deutschen Soldaten ihren Unterschlupf hatten, waren einbruchsicher verrammelt und zur Not über den Geheimgang erreichbar.

Ein paar Neue waren angekommen:„Wir waren schon gefangen," erzählt ein Landser und auf dem Weg nach „Focsani" ins große Sammellager, wo es abging nach Rußland.

Als der Zug auf freier Strecke bei „Zeiden„ anhielt, es war in der Nähe von Kronstadt, haben wir unseren Posten entwaffnet und sind türmen gegangen und jetzt bin ich Gott sei Dank hier.„

Martins Mutter durfte mit ihren Enkeln und ihrem Mann, dem Johann Kammerer aus Kirchenburg, in einem Zimmer hausen und auf dem Hof bleiben.

Aber Martin erzählte dem Michael die seelische Verfassung dieser Menschen.

Sie hatten alle Angst, auch sein Vater könnte sich etwas antun.

Manche stolze Bauern in dieser Zeit, sahen nur noch den Strick als Ausweg.

Nun war es soweit gekommen, wie so viele Luzifers sich das immer schon heiß ersehnt hatten, die Deutschen als Knechte und Tagelöhner unter ihrer Knute zu haben. Und sie nützten es weidlich aus. Den Sachsen durfte man alles antun, sie waren zu Gesetzlosen geworden.

Apokalyptische Szenen ereigneten sich am laufenden Band und Sa-

chen kamen vor, die sich ein einigermaßen klarer Menschenverstand nicht ausmalen kann.
Nur die losgelassene totale Anarchie des menschlichen Gehirns ist überhaupt in der Lage, sowas zuwege zu bringen.
Daß man diese Menschen dabei bis ins Mark traf und sie so verbitterte, daß es sich einmal rächen würde – daran zu denken konnte man von diesen Diavolas wohl kaum erwarten – denen ging es doch nur darum, Menschen zu quälen, sie ungerecht zu behandeln, sie leiden und sterben zu sehen vor lauter Verzweiflung.

Lehnchen und Michael waren in dieser Zeit sehr gefragt. Sie halfen mit der berühmten Räucherwurst, mit ihrem ärztlichen und vor allem psychischen Können, wo es nur ging.
Ihr Versteck unter der Krypta war ihre sichere Bleibe – obwohl im Burghüterhaus noch kein Luzifer eingezogen war – das Kreuz über dem Gotteshaus war ihm anscheinend doch zu nahe und zu mächtig.
Trotz diesem Tohuwabohu klappte auf Zeichen der Abtransport an die ungarische Grenze.
Der Zampafir hielt Wort und das war in jener Zeit sehr viel – zumal es gegenüber einem Deutschen der Fall war.
Bis zum Abtransport wurden regelmäßig Fluchtschicksale erzählt.
Ein Wehrmachtsoffizier wurde seither in einem Kellergewölbe versteckt gehalten. Die drei Töchter des Hauses betreuten ihn abwechselnd. Sie zogen ihm bei Nacht Frauenkleider an, um ihm eine getarnte Bewegung in frischer Luft zu ermöglichen und nahmen sich seiner rührend an.
„Ich wurde wie ein Gockelhahn gehalten und fürstlich versorgt.
Leider dehnte sich mit der Zeit die Betreuung über die ganze Nacht aus, und da jede Nacht eine ausgeruhte, liebeshungrige – wenn auch durchaus akzeptable Liebesgöttin sich von mir ein volles Programm ersehnte, ging ich nach einem halben Jahr stiften.
„Hast Du Sorgen gehabt“, erzählt der nächste. Wir waren zu dritt.
Ein Feldwebel, ein Obergefreiter und ich als junges Küken.
Wenn ich daran denke, wie schwer wir uns taten, über die Flüsse zu gelangen. Die meisten Brücken waren gesprengt und die noch vorhandenen mit Posten besetzt.
Über den Prut ging es ja einigermaßen.Er ist mehr ein still fließendes Gewässer, aber im Siret wär ich fast ersoffen.
Meine ganzen Klamotten hatte ich zu einem Bündel geschnürt, das ich über dem Kopf trug, plötzlich nahm mich das Wasser mit. Meine Klamotten mußte ich opfern, um rudernderweise das andere Ufer zu erreichen.
Und da stand ich jetzt in Unterhemd und Unterhose.

Gott sei Dank kamen wir immer wieder zu Häusern, die verlassen waren. Hier deckte ich mich dann mit Klamotten ein. Wenn ich auch darin aussah wie eine Feldscheuche.
Unwillkürlich stießen wir bei einer Feldscheune auf zwei Sowjets, bis die nach ihrer Kalasnikow greifen wollten, hatte sie unser Feldwebel mit seiner 08 umgelegt.
Sein schneller Griff nach der Pistole sollte ihm einen Tag später selber den Tod bringen.
Wir gingen in ein Bauernhaus, um nach etwas Eßbarem zu schauen.
In der Stube saßen ein paar Männer, und eine Frau machte sich am Herd zu schaffen.
Sie schimpfte mit ihrem Buben und dieser lief wie ein unartiger Bengel auf die Straße. Das war der Trick dieser Menschen. Er kam nämlich mit fünf Soldaten wieder, und bis unser Feldwebel nach seiner 08 greifen konnte, schossen sie ihn mitten zwischen uns nieder.
Wir begruben ihn im Garten neben dem Bauernhaus, und alles was wir noch von ihm mitnehmen durften, war seine Erkennungsmarke.
Schon wieder war ein Menschenleben für nichts und wieder nichts dahin.
Und jetzt sind wir Euch Volksdeutschen so dankbar, daß ihr uns aufnehmt und uns weiter helft.
In Hermannstadt, wo uns die rumänischen Soldaten in ihrer Kaserne versteckten und uns brüderlich verpflegten, wurden wir korrekt behandelt, bis der Befehl kam, uns nach Focsani zu überführen — zum Abtransport nach Rußland.
Unterwegs ließen sich unsere Posten entwaffnen und wir verschwanden, bis wir von Kirchenburg hörten . . .“
Trotzdem empfand es Lehnchen, wie auch Michael, daß ihre gemeinsame Plattform immer unsicherer wurde.
Auch Martin hauste jetzt mehr in der Burg als zu Hause.
Ein Zuhause, das keines mehr war.
Wenn er seine Eltern so leiden sah, überkam ihn das große Erbarmen.
Womit hatten diese Menschen das verdient, daß es ihnen im Alter jetzt so schlecht — schlecht war ja kein Ausdruck — so sterbenselend erging.
Es war ja kein Leben mehr, ein Hinvegetieren unter der rachlustigen Knute der Luzifers.
Und was hatten diese Menschen schon verbrochen?
Daß einige ihre Liebe zu Deutschland öffentlich gezeigt hatten, war ihr großer Irrtum, — sie dafür so zu strafen eine Ungerechtigkeit sondergleichen.
Dabei hat Stalin angeblich aus wirtschaftlichen Erwägungen verfügt, sie nicht auszuweisen.

Dafür aber wurden sie als Rechtlose zu Boden gestoßen, wie es unmenschlicher nicht mehr gehen sollte.
Wieviele in der Baragansteppe, in den Donauniederungen, in unbewohnbaren Gegenden in dieser Zeit ihr Leben lassen mußten, wird nirgends mehr genau zu ergründen sein — aber wenn es einen gerechten Gott gibt, so werden alle diese Luzifers einmal zur Rechenschaft gezogen, und wenn es nicht mehr auf dieser Welt sein wird, dann im Jenseits: „Die Rache ist mein, spricht der Herr dein Gott . . ."
Lehnchen und Michael knieten vor den Altarstufen und beteten.
Da tat sich die Tür auf und der ehrwürdige Herr Vater kam gemessenen Schrittes auf sie zu, verhärmt und mit hängenden Schultern.
Viele seiner Amtsbrüder waren freiwillig mit ihren verschleppten Brüdern und Schwestern nach Rußland mitgegangen. Ein Ruhmesblatt auf ihrem Ehrenschild!
Vater Mangesius war zu schwach und zu alt dazu! Um viele Jahre hatte ihn die Sorge um sein Volk altern lassen.
Wortlos ging er die Altarstufen hoch und sprach: „Wo zwei in meinem Namen versammelt sind, da will ich unter ihnen sein, spricht der Herr" und er holte das Abendmahlsgeschirr und sie feierten miteinander das Abendmahl.
Es sollte das letzte sein, das Michael in Siebenbürgen empfing.
Noch einmal las Michael den Spruch am Altartuch, das noch blutbefleckt vom Galter Oinz dahing.
„Haß erregt Hader, aber die Liebe deckt alle Übertretung zu."
Dann überschlugen sich die Ereignisse.
Am Burggraben hütete ein Cioban seine Schafe, dabei stand der Cioban nahe am Burghüterhaus.
Michael erkannte in ihm den Onkel von der Marioaora.
„Geh in seine Nähe, Lehnchen, der will was von uns."
Und sie tat es.
Da flüsterte er ihr zu, ohne sie zu beachten, als wenn er mit seinen Schafen reden würde: „Der Michael und Martin sind verraten. Es hat auf dem Rathaus eine Versammlung stattgefunden, in der beschlossen wurde, sie beim ersten Licht morgen früh auszuheben und solang zu foltern, bis alles ans Tageslicht käme.
Schönen Gruß vom Ion und der Marioaora. Wenn sie wollen, können sie bei ihnen untertauchen."
Der Cioban hatte bedauernd die Lehnchen angeschaut und gesagt:
„Padure fara uscaturi nu exista" (Einen Wald ohne Fallholz gibt es nicht).
Ihr habt diesen Menschen geholfen und viel für sie getan — das hat Euch aber viel zu mächtig gemacht und ihren Haß entfacht, und so

folgen sie den Eingebungen ihres Diavolos und haben Euch denunziert und verraten."
Lehnchen kam außer Atems zum Michael auf den Turm gesprungen. „Was können wir jetzt tun?" Und schon flossen ihr die Tränen übers Gesicht und auch Michael mußte an sich halten.
Nur kurz war ihr großes Glück gewesen. Sie gingen nochmals zu ihren Toten in die Krypta und analysierten ihre Lage.
Es gab nur die Folter, den Tod oder die Flucht. Und da sie noch so jung waren, entschieden sie sich für das letztere – denn helfen konnten sie niemanden mehr.
Lehnchen wollte bei der Kirche und bei ihren Landsleuten bleiben. Sie hatte sich so viele Kenntnisse aneignen können, daß sie den Menschen eine echte Hilfe war.
„Wenn das so ist, versprich mir, daß Du Albert, den Metzger, zu Dir herziehst. Er ist ein seelenguter Mensch, und wenn Du Dich mit seinen Gebrechen abgefunden hast, wirst Du an ihm eine Freude haben."
Und schon wieder brach die Lehnchen in Tränen aus.
„Das brauchst Du doch nicht von heut auf morgen machen. Aber so allein ist es doch auch schwer für eine Frau."
„Gut, ich verspreche es Dir, aber dafür will ich von Dir auch ein Versprechen: Sollte Dir die Flucht nach Deutschland glücken, so versprichst Du mir, nach meinem Klärchen zu forschen, wenn irgend möglich, sie zu Dir nach Deutschland zu holen.
Wenn ihr Euch versteht, dann wär es für mich das höchste Glück, wenn Du zu ihr finden würdest wie zu mir."
„Lehnchen, das kann ich Dir gern versprechen, aber noch haben wir ein paar Stunden Zeit für uns. Du weißt ja, wie sehr ich Dich liebe, mach mir den Abschied nicht noch schwerer, als er ohnehin schon ist."
Dann sprachen sie nichts mehr, und die toten Seelen rings um sie her weinten über das grausige Geschick der Lebenden und waren froh, wieder in ihr Himmelreich aufsteigen zu dürfen.
Wonach sich Michael seit seinem ersten Hiersein so gesehnt hatte, was der Inhalt seiner Jugendträume gewesen war und was ihn jetzt als Mann erfüllte und ihn wie aus einer heiligen Quelle schöpfen ließ . . .
Wie nahm er das alles und jede kleinste Berührung mit allen Fasern seines Lebens auf!
Zwei Vergeistigte, die sich bisher nur über den Sternen zu begegnen wagten, waren dem mit nichts zu beschreibenden, dem Höchsten, was Gott den Menschen gegeben: Ihrer Liebe, begegnet – die Erfüllung aller Sehnsüchte war Balsam auf ihre narbigen Wunden.

Doch kaum, daß sie das alles erfahren durften . . . berührten ihre Lippen bereits den Schirlingsbecher ihrer Passion.
In Tränen gebadet, die ineinander rannen, und im Herzen so weh und zerrissen, trieb sie ein unbarmherziges Schicksal gewaltsam auseinander.

Um Mitternacht verließen Michael und Martin Kirchenburg, und das für immer.
Zu verheerend war ihnen mitgespielt worden.
Und der Martin erzählte dem Michael, was sein Vater zu ihm sagte, als er ging:
„Geh hin mein Sohn, und wenn Du die Kraft hast, unser Volk, wenn auch erst mit der Zeit, aus diesem Lande herauszuführen, so soll Dich und Deine Brüder im Reich, der Himmel dafür entlohnen und Euch segnen. Zu sehr hat uns der Teufel dieses Landes das Rückgrat gebrochen, als daß wir noch hierbleiben könnten."

Und unser Herrgott hat das Bitten und Flehen dieser Menschen erhört und auch den Segen, um den sie ihn baten.
Er hat sich zu den Geplagten, Erniedrigten, Geschlagenen, Hungernden hinuntergebeugt und hat sie aufgehoben.
Er hat denen, die dabei halfen, mit einem unvorstellbaren Aufblühen gedankt.
Noch nie hat Deutschland so einen Aufschwung erlebt, wie in der Nachkriegszeit.
Noch nie war es in der Lage, den Notleidenden dieser Welt durch Hilfe, die in die Milliarden ging, zu helfen.
Noch nie ging von deutschem Boden soviel Demokratie und Brüderlichkeit in die Welt hinaus und wurde zum Vorbild für viele.
Wenn auch kleinliche Stammtischbrüder gegen den Zustrom so vieler Volksdeutschen opponierten und Angst um ihren Arbeitsplatz und sonstwas hatten.
Die großen demokratischen Parteien in Deutschland und damit die Mehrheit des Volkes hat sich nie beirren lassen und ihre niedergeschlagenen Brüder wieder aufgenommen.
Dafür durfte es den Segen des Himmels in Form einer reichen Ernte in die Scheuern Deutschlands fahren.
Für Michael und Martin waren das höchstens hypothetische oder visionäre Ansichten . . . denn sie waren noch auf der Flucht, würden sie überhaupt Deutschland erreichen?

Immerhin galt es, zwei kommunistische Länder und deren Grenzen zu überwinden.

Auf der Flucht

Zu Fuß war es am sichersten — aber es ging langsam voran.
Nun waren, wie einstmals ihre Väter in Sibirien, wieder zwei Kammerer auf der Flucht vor der Gefangenschaft und es war leicht möglich, daß man auch die Jungen nach Irkutsk in Sibirien schaffte, wenn man sie aufgriff.
Beiden schauderte bei dem Gedanken.
Fünftausend Kilometer war dieses Irkutsk allein von Moskau entfernt. Eine unvorstellbare Zahl von Kilometern — von hier bis nach Deutschland hatten sie vielleicht 1500 bis 1800 Km. Bei fünf Kilometern pro Stunde könnten sie theoretisch in einem Monat in Stuttgart sein. Bei diesem Gedanken stieg ihr Gefühlsbarometer mächtig an.
Sie waren jetzt schon drei Tage unterwegs. Im Rucksack ein paar Flaschen Schnaps und die selbstgemachte Räucherwurst.
Der Schnaps war zum Tauschen gedacht, denn in dieser Zeit galt erst recht die Devise: „Rachiu plateste Politia!" (Mit Schnaps bezahlt man die Polizei).
Wie schnell sie mit der Polizei in Berührung kommen sollten, konnten die Ärmsten nicht ahnen. Auch bei ihrer Flucht waren die Flüsse fast unüberwindbare Barrieren.
Nun spekulierten sie schon einige Stunden an einer Brücke, ob die wohl besetzt wäre oder nicht.
Sie ließen die Nacht hereinbrechen und schlichen sich darüber.
Als sie schon fast drüben waren, schlugen die Dorfköter im nahe gelegenen Dorf an und schiergar wären sie nochmals zurückgesprungen, so auffällig hörte sich das alles bei der Nacht an.
Unterwegs konnten sie mit einem Pferdefuhrwerk ein Stück mitfahren. Als eine Ortschaft kam, ließen sie sich unbemerkt in den Straßengraben fallen und verschwanden im Wald.Welch ein Glück, aus überhöhtem Gelände konnten sie das Palaver mit anhören, das jetzt in der Ortschaft losging.
Man suchte sie — aber sie waren bereits in Sicherheit.
So marschierten sie weiter, immer die Angst im Nacken, erwischt zu werden.
Als sie wieder mal auf einer ruhigen Landstraße dahinlatschten, ermüdet und mit dem Gedanken in Kirchenburg oder in Deutschland, bog um die Kurve ein Polizist mit Fahrrad und mit der ach schon so gefürchteten Tellermütze auf dem Kopf.

Ein Abhauen war zwecklos.
Er hielt vor ihnen an, stieg vom Fahrrad und Michael und Martin dachten sich, nachdem sie den ersten Schreck überwunden hatten — aus dieser Nähe können wir ihn, wenn er uns verhaften will, überwältigen. Sie grüßten höflich: „Buna ziua domnule Politist“ (Guten Tag Herr Polizist).
Dann frug er Michael, ob sie nichts gefunden hätten, ihm sei eine Tasche vom Fahrrad heruntergerutscht.
Nachdem Martin, der ja perfekt rumänisch sprach, verneinte, fuhr er weiter.
Den Stein hätte der Polizist fallen hören müssen . . . der in dem Augenblick vom Herzen der Flüchtigen zu Boden plumpste.
Das war nochmal gutgegangen.
Auf den Schrecken hin liefen sie wieder eine Weile im Wald.
Aber auch hier war es nicht ganz ungefährlich, zudem kamen sie ganz schlecht voran und verloren ohne die Ortsschilder die Orientierung.
Also mußten sie wieder auf die Landstraße. Sie waren jetzt schon fünf Tage unterwegs und kamen in eine flachere Gegend.
Ob das schon das Banat war?
Nachdem sie sich so auf die Gegend konzentrierten, hatten sie die Polizisten übersehen, die von allen Seiten mit gezogener Waffe auf sie zutraten. Sie schauten sich verstohlen um, aber aus war der Traum von der Freiheit.
Eskortiert von allen Seiten wurden sie in eine Art Gefängnis geführt.
In einen hinteren Raum wurden sie eingesperrt, während in dem vorderen sich die Wachmannschaft etablierte.
Das Gefühlsbarometer von Michael und Martin sank auf null.
Hier trafen sie noch andere deutsche Landser.
Ihr Abtransport nach Focsani ins Sammellager war so gut wie sicher und von hier nach Sibirien noch sicherer.
Also war die ganze Mühe umsonst gewesen.
Ihr schöner Schnaps, an dem sie so schwer hatten tragen müssen und von dem sie sich soviel Hilfe in der Not erhofft hatten, war auch dahin. Man hörte, wie sich die Wachmannschaft mit ihm zuprostete.
Da kam einer, schon halb besoffen, und ließ sie die Hosen ausziehen und kassierte obendrein ihre Schuhe, damit wollte er ihre Fluchtmöglichkeit einschränken, denn das Gitter an den Fenstern war recht provisorisch montiert.
Michael und Martin wurden in diesem Augenblick hellwach.
Sie würden also aller Voraussicht die Nacht hier zubringen.
Vielleicht brachte ihnen ihr Schnaps doch noch die Freiheit.

Die Tür zur Wachmannschaft war nur angelehnt und so konnten sie feststellen, daß die meisten schon schliefen und die letzten nicht weit weg davon waren.
Der Schnaps von Kirchenburg hatte seine Wirkung nicht verfehlt und der gute Geist vom Lehnchen und vielleicht auch von den toten Seelen unter der Krypta, die in den vielen Nächten zu Michaels vertrauten und geistigen Freunden geworden waren, vielleicht schwebte er durch diesen Raum und stand den in herber Not Befindlichen bei.
Nachdem alles schlief und schnarchte, schlich sich Martin zur Wachmannschaft hinein, sammelte alle Klamotten wieder ein und ließ auch noch ein paar Umhänge der Polizei mitlaufen. Er nahm außerdem noch zwei Flaschen Schnaps, die die Wachmannschaft nicht getrunken hatte und die übriggebliebenen Würste mit.
Währenddessen hatten Michael und die anderen Kameraden ein Gitter geöffnet und vorsichtig, einer dem andern helfend, verließen sie den Raum und gaben Fersengeld.
Jetzt war erhöhte Wachsamkeit geboten. Denn sobald die Polizisten das merkten, würden sie im ganzen Raum Alarm schlagen.
Und so war es dann auch. Als hätte man in ein Hornissennest hineingestochen, so schwirrten am andern Tag die Polizisten durch die Gegend.
An ein Weiterkommen war nicht zu denken, im Gegenteil, sie bekamen rechte Angst, daß auch der Wald noch durchkämmt werden könnte.
Es war für die zwei wie eine Erlösung, daß Michael noch ein paar Bratwürste und die zwei Flaschen Schnaps zurück hatte können kassieren. Denn sonst wären sie buchstäblich verhungert.
Fast eine Woche lagen sie auf der Lauer und konnten sich nicht bewegen.
Als ihr Vorrat schon zur Neige gehen wollte, stahlen sie ein paar Landarbeitern ihre Brotzeit und machten, daß sie weiterkamen.
Sie gingen jetzt nach Kompaß, nur noch dem Westen zu.
Als sie von einem Bergrücken diesen neuen Markierungspunkt festlegen wollten, sahen sie in eine flache Ebene mit einer schnurstracks dem Westen zuführenden Landstraße.Sie war ziemlich befahren.
Hier von einem Wagen mitgenommen zu werden, wäre die Lösung gewesen.
An einem Punkt dieser Straße berührte der Wald ihre verheißungsvolle Bahn.
Sie schlichen sich an eine nahe, gut gedeckte Stelle, von der aus sie alle kommenden Vehikel gut einsehen konnten.

Ein paar Stunden lagen sie nun hier, und nach dem was sie alles schon mitgemacht hatten, waren sie vorsichtiger geworden als das scheueste Wild dieser siebenbürgischen Wälder, wo Luchs, Bär und Wolf für eine tödliche Ordnung sorgten.
Gegen Abend kam ein „Cortorar". Michael und Martin schoß es fast gleichzeitig durch den Kopf: Diese Straße könnten auch der Zampafir und seine Helfer gefahren sein . . .
„Wenn der auf unserer Höhe ist, schreien wir: Zampafir!"
Und welch ein Wunder, der Wagen hielt.
Gedeckt von den Büschen des Waldes waren sie im Nu an der Straße.
Hinten öffnete sich der Vorhang und verschwunden waren Michael und Martin.
Ein Zigeuner bot ihnen ein paar Bratwürste . . . und als Losungswort, „sagt mir ihr Herren, wie die Burghüterin von Kirchenburg heißt.?"
„Lehnchen" schoß es aus beider Munde und der Zigeuner deckte sie zu mit lauter Fetzen und Gerümpel, machte ihnen das „Stille-sein"-Zeichen und weiter ging's.
Die Räder mahlten über die holprige Straße und Michael und Martin fühlten sich sicherer wie in einem T34.
Die deutschen Panzer waren schon längst von der Landkarte verschwunden, denn mittlerweile hatte Hitler-Deutschland den Krieg verloren und mit ihm alles, was nach Deutsch auch nur aussah.
Die zwei fühlten sich also sicherer in einem Cortorar als bei Hitler und seinem tausendjährigen Reich — welche Umkehrung aller Werte!
Aber auch welche Einsichten, welche Besinnung und welche Erkenntnis bei den ach so forschen Herrenmenschen mit ihrem unmöglichen Rassenfimmel.
Ihnen half jetzt ein schwaches Weib, dessen Liebe etwas gespürt hatte. Sie hatte eine Vorahnung gehabt und die Helfershelfer des Zampafir nochmals auf die Reise geschickt.
Plötzlich großes Palaver. Es mußte eine Kontrolle sein.
Michael und Martin blieb das Herz im Leibe stehen . . .
„Aufmachen„ schrie der Polizist, „Was hast du unter der Plane?"
„Se ma calce Roata" (das Rad soll mich überfahren), „nichts als Gerümpel."
„Zeig her: Tigan imputit" (du stinkiger Zigeuner)
„Das werd ich Dir heimzahlen" schrie der Zigeuner, mein Bruder ist keine 30 Km von hier Offizier."
„Soldat, Plane öffnen!"
Doch der machte sie schnell wieder zu. Der Duft von Knoblauch und sonstige Düfte ließen den Soldat fast in Ohnmacht fallen.

Und nahe daran, vor Angst zu sterben, waren auch Michael und Martin.
Als sie wieder am Weg waren, schimpfte nun der Zigeuner über die Polizei: „Firar ai dracului Politia cacaciosa„ (Sei des Teufels beschissene Polizei).
Martin flüsterte den zwei Cortorar in rumänisch herzliche Grüße und Dank ans Lehnchen zu, dann nahm sie die Streife mit.
„Da vorn in dem Graben ist die Grenze und ganz hinten seht ihr die Kirche von Kiscombar — habt ihr noch Schnaps?"
Michael gab ihm eine Flasche, und damit waren sie aus diesem schönen Land, das jetzt leider von den Luzifers regiert wurde, entkommen, aber noch lange nicht zu Hause!
Martin schaute noch ein letztes Mal zurück ... Michael ließ ihn trotz der Gefährlichkeit der Lage gewähren. Es war vielleicht ein Abschied für immer. Zurück blieb das Land seiner Väter, das sie über achthundert Jahre ernährt hatte.
War das allein aber alles gewesen?
Waren da nicht noch die Frösche im Moor mit ihrem wundersamen, von Ewigkeit zu Ewigkeit klingendem Gequake?
Der warme Platz an der Ringmauer, deren Steine wie ein Speicherofen am Ende eines langen Sommertages strahlten und den Rücken und die Seele wärmten? War nicht so ähnlich die Bank vor dem Haus mit ihren schattigen Bäumen — das Fallen und Zerplatzen der reifen Frucht auf den Steinplatten davor ... Der Weinstock am Haus und die Laube im Garten ...?
Das Prasseln der Scheitholzes im Kachelofen und das Singen des Wasserkessels in der stillen Winternacht?
Die Rockenstube: das Erzählen und „Sich-Bereden" ... handwerkliche Kunst in Vollendung ... das Werben mit den Augen ... ein Liedchen ... der erste zaghafte Kuß im „Türle" beim Nachhause begleiten ...?
Die hohen Feste ... der Tanz ... die Adjuvanten ... die Hochzeit!
Das windstille Plätzchen im Lederwinkel ... Die gleich Orgeln brausenden Kiefern am Gezemdabirgh — wem würden sie hinfort ihr Lied singen, und verstand ein anderer überhaupt ihre Sprache? Würde der Weinstock an der „Hohen Hill" überwintern ohne die liebe und beschützende Hand seines Bauern, der ihn mit so viel Umsicht und Kenntnis in die Erde rigolt hatte.
Und die herrlichen Quellen, die mit ihrem kühlen, perlenden Naß die Schnitter erquickten, würden sie ohne den Brunnentag nicht verkrauten und versumpfen ...? Wie die fruchtbaren Felder, die ohne die scharfe Hacke der Bauern von den Dornen überwuchert werden würden, einer Krätze gleich.

Martin spürte, wie es ihm bei all diesen Gedanken den Hals zusammenschnürte ... an die Menschen, seine Pferde und Viecher gar nicht zu denken ...
Und als vor seinem geistigen Auge der Friedhof, die Burg und die Kirche, mit ihrem trotzigen Wehrturm aufstiegen, da wässerten sich seine Augen und ein unheimliches Weh' überkam ihn und ließ ihn Aufheulen wie ein kleines Kind und er bekam eine Vision: Sie ließ ihn ahnen, wie die Kirchenbänke leerer würden, der Altar verstaubte, an den Wänden taten sich Risse auf und die Fenster wurden blind und zerbarsten. Oh „Heilige Nacht!" in der mit soviel Liebe, Inbrunst, mit „Lichtert„ und Kerzen vom „Himmel hoch" gesungen und der himmlische Vater mit soviel Gläubigkeit herbeigefleht wurde ... wenn niemand mehr da war —, wer würde ihn noch bitten und im Gebet zu erreichen versuchen?
Wen würden die Glocken, diese herrlichen Gottesruferinnen noch erhören, wer ihrem Klange so andächtig lauschen?
Und dessen war sich Martin, trotz der schwere dieser Stunde, sicher: Viele würden ihm folgen — zu sehr hatte sie Luzifer in den Dreck gestoßen und sie ihrer Identität zu berauben versucht. Wenn also alle gingen, würde auch „Sein Geist" gehen und übrig- bleiben würde von einer blühenden Gemeinschaft nur noch der zerborstene Stein: Das große herzlose Werk Luzifers! Ade du Heiliger Gral, du Kirchenburg und Inbegriff unserer Seele, unseres Suchens und Sehnens, unseres Flehens und Hoffens und Denkens ...
Wir sind am Ende und müssen dich verlassen!
Michael stand daneben und spürte, wie es seinem Martin weh und elend war und der Jammer überkam ihn selber — wenn er nur an sein Lehnchen dachte, ans Klärchen und all die andern lieben Menschen — war es nicht auch die Marioara, der Ion und der Cioban?
Und er beugte sich zu seinem Martin hinunter auf die Erde und hob ihn auf — seinen Bruder, und gemeinsam wandten sie sich westwärts und stolperten mit nassen Augen ihrem Mutterland Deutschland entgegen, in dem noch viel mehr Menschen zu dieser Zeit weinen sollten ...
Ein brauner Beelzebub und ein kommunistischer Luzifer hatten gezeigt, wohin es führt, wenn man, ihnen bedenkenlos, opportun und kritiklos folgt!

Der letzte Weg

In Szeged ließ sie ein Bahnarbeiter gegen die letzte Flasche Schnaps in einen leeren Güterwagen einsteigen.
Hier lagen auch ein paar Schaufeln, die sie sofort an sich nahmen.
Nun, wer konnte wissen, sie waren zur Tarnung ebensogut wie zur Verteidigung.
Dieser Zug rollte unaufhörlich gegen Westen und das war ihr großer Vorteil, so entgingen sie jeder Kontrolle, nur einmal hielt er – es war bei Györ, neben ihnen ein deutscher Gefangenentransport Richtung Osten.
Michael und Martin überkam beinahe ein Weinkrampf. Doch das Übel schien sich noch zu verschlimmern.
Am Rande der offenen Waggonbrüstung krallten sich acht Finger fest und langsam wurde die Mütze eines russischen Wachsoldaten sichtbar.
Wo war das Loch, in das sie verschwinden hätten können? – Oh Heiliger Vater, hilf uns!
Der Soldat zog sich voll herauf, ging auf sie zu, – den zweien blieb das Herz im Leibe stehen – und bat um Feuer für seine Mahorka.
Oh du gnädiger, großer Gott – auf dem Nebengleis dampfte nachher der Zug nach Osten ab – überfüllt mit gefangenen deutschen Soldaten. Ihr eigener Zug fuhr leider nicht direkt nach Österreich, sondern über Bratislava. Hier holte sie das Schicksal dann doch noch ein.
Ehemalige Partisanen, vielleicht Tschechen oder Slowaken, entdeckten sie und wollten ihre SS-zugehörigkeit aus ihnen herausprügeln.
Michael und Martin verneinten so lange, bis man sie fast bewußtlos liegen ließ.
Gott sei Dank hatte Michael mit seinem Skalpell die Blutgruppe unter dem Arm Martins entfernt und mit Heilkräuterauflage jede Narbenbildung verhindert.
Das war ihr Glück. Halb erschlagen, mit verschwollenen Augen, geplatzter Haut und wehen Gliedern kamen sie in Wien an und wurden im Heimkehrerlager Hütteldorf wieder einigermaßen menschlich zurechtgeflickt.
Einer von dieser Schlägertruppe hatte vor lauter Begeisterung seinen Rucksack liegen lassen.
Martin hatte ihn mitgenommen, quasi als Andenken und Ausgleich für die Hiebe. Das war gut so – der Rucksack war voller Knoblauch.
In dieser Zeit ein unwahrscheinlich begehrtes Tauschmittel. Für eine Knoblauchzehe gab es Zigaretten und Zigaretten waren konvertibel wie der Dollar.

Dieser Rucksack voll Knoblauch langte für beide um sich neu einzukleiden und einen Holzkoffer zu erstehen. So waren die Prügel etwas ausgeglichen.

Als Michael sein Stuttgart wiedersah, war er wie erschlagen.
Da war ja kaum ein Stein mehr auf dem andern!
Wie würde es dem Vater gehen? Dem Onkel Fred und Vögeles?
So oft hatte er an sie gedacht, aber aus dem Reich der Toten und dem Rachen Luzifers, dem er jetzt entronnen war, gab es keine Briefpost, noch viel weniger ein Telefon.
Bei all diesen Gedanken bekam er Herzklopfen, und wenn er an seine liebe Mutter Elsa dachte, überkam ihn ein wehes Gedenken.
Eine verfluchte Zeit, in die sie ein hartes Schicksal hineingeboren hatte.
Immer wieder gingen seine Gedanken zurück zum Lehnchen nach Siebenbürgen: Elend über Elend, hier und dort und wo man hinsah!
Er erklärte dem Martin so gut es ging, wie das hier früher einmal ausgesehen hatte und dann stiegen sie in die Straßenbahn und fuhren durch eine apokalyptische Umgebung, die man sich in den verheerendsten Träumen nie so hätte vorstellen können, nach Hause — gab es bei diesem Anblick überhaupt noch ein Zuhause?
Bei Michael kamen echte Zweifel auf, und Martin brachte den Mund nicht mehr zu, vor lauter Vernichtung, die vor ihm lag.
Am Hasenberg sahen sie im Vorbeifahren noch einzelne Häuser stehen. „Da oben wohnt der Onkel Fred„ sagte Michael zu Martin und deutete den Berg hinauf.
War da überhaupt noch jemand mit dem Leben davongekommen? Obwohl man zwischen den Ruinen so abgewrackte, halbverhungerte Gestalten heumschleichen sah.
Oh armes Deutschland, was ist aus dir geworden? dachten beide bei diesem Anblick und so dachten viele in diesen Tagen und Jahren.
Beiden war es eher zum Heulen zumute, als sich über ein fragliches Wiedersehen zu freuen.
So verheerend hatte man sich das nie vorstellen können, und in ihren Gedanken erwuchs dem Luzifer, dem sie soeben entronnen waren, ein Gegenpart, dessen Fratze ihnen speiübel werden ließ: Die Vernichtungsmaschinerie neuester Zeitrechnung.
Bei diesem Anblick fiel ihnen das Herz in die Hose und sie machten sich auf das Schlimmste gefaßt, und so war es dann auch.
Von der Villa stand nur noch ein Teil und das Bauernhaus, in dem sie etliche schöne und auch schwere Jahre verlebt hatten, war in einem erbarmungswürdigen Zustand.Dachplatten fehlten z. T. und die Fen-

ster waren mit Brettern vernagelt.
Mit Herzklopfen ging Michael hinein und er fühlte, daß hier kein lebendiger Odem mehr zu spüren war. Dann saßen sie in dem Eingang und hielten Rat.
Zum Schluß faßten sie ein Herz und gingen zur Villa.
Sie klopften an der Tür und fast hätte Michael die Frau Vögele nicht mehr erkannt. Eine verhärmte Frau begegnete ihm, die ihm, als sie ihn erkannte, um den Hals fiel und anfing jämmerlich zu weinen.
Nur gut, daß s'Hannale auch etwas mitbekommen hatte.
Voll jugendlicher Frische stürmte sie herbei und aus ihren Augen sprach die Freude, ihren Michi wiederzusehen.
Martin stand daneben wie bestellt und nicht abgeholt.
Ihn hatte im ersten Moment keiner beachtet. So konnte er dieses frische, schlanke Mädchen voll Bewunderung in Augenschein nehmen.
Als die erste Begrüßung vorbei war und Michael den Namen Martin sagte, flog s'Hannale auch ihm an den Hals und gab ihm einen Kuß auf die Wange.
Daraus sollte eine innige Liebe erblühen, aber vorerst waren sie noch alle vom Leid umfangen.
Frau Vögele wußte nicht, wie sie es dem Michael beibringen sollte, daß auch der Wilhelm, sein Vater, nicht mehr unter den Lebenden weilte.
„Ich hab mir's schon gedacht, als ich im Höfle war. Hat er leiden müssen?"
„Nein, er hat im Garten umgegraben, da ist ein einzelner Feindflieger dahergeflogen und hat ihn aufs Korn genommen.Die machten sich zu der Zeit einen Spaß daraus, einzelne Bauern auf dem Feld zu beschießen."
Und Michael dachte sich: ist überhaupt noch ein Unterschied zwischen einem östlichen Luzifer und einem westlichen Teufel und Beelzebub?
Die Erbitterung blieb ihm im Halse stecken — was half alles Heulen und Zähneklappern, man mußte sich einfach bemühen, die Menschen zu ändern!
Es mußte doch möglich sein, und der Dümmste mußte es doch begreifen, daß Haß wieder Haß erzeugt, und der erneut die Teufel und Luzifers auf den Plan ruft.

Frau Vögele bat Michael und Martin ins Haus und erzählte ihnen, daß die Fabrik ausradiert sei und daß ihr Mann als Nazi in Ludwigsburg einsitze.Sie wisse nicht, wie alles weitergehen solle.
Nun, weitergehen mußte es. Michael und Martin waren da und brauchten ein Dach über dem Kopf.

„Dürfen wir uns das alte Bauernhaus wieder herrichten, Frau Vögele?“fragte Michael bescheiden an.
„Ja selbstverständlich, ich freue mich ja so, daß ihr beide da seid.“
Dann legten die zwei los, um wenigstens eine Bleibe für die Nacht zu haben.

„Wie geht es Onkel Fred?“
„Ja dem geht's jetzt blendend.Er ist bei der neuen Regierung ein führender Mann und hat in allen Bereichen einen entscheidenden Einfluß.“
Das war nun das erste Positive, was sie seit langem erlebten.
In der Scheune wußte Michael noch von früher ein paar Reservedachziegel.
Hinter altem Heu und Gerümpel hatten sie die schlechte Zeit bestens überstanden.
Sie flickten das Dach und im Keller fanden sie noch ein paar Vorfenster. Nach einigen Tagen war das Bauernhaus der Frau Vögele wieder bewohnbar.
S'Hannale war wie früher immer öfters bei den Kammerers, und wie das bei jungen Menschen üblich ist, machte der Trübsinn bald wieder mal einem Lachen Platz.
Auch Frau Vögele bekam beim Anblick der Jungen wieder eine andere Stimmung. Das Leben auf dem Anwesen der Vögeles verlagerte sich immer mehr in ihr ehemaliges elterliches Anwesen.
Nachdem die zwei Männer auch das Äußere und den Garten einigermaßen wieder in Ordnung gebracht hatten, denn der Martin konnte zulangen und man sah ihm an, daß er einst Bauer werden wollte, sprach der Michael zur Frau Vögele: „Sollte ich nicht den Onkel Fred besuchen und mich zurückmelden?“
„Tu das, bloß, ob du ihn antriffst, ist eine andere Frage, der ist dauernd unterwegs.“
Michael hatte immer schon große Stücke auf ihn gehalten. Es war Ehrensache, daß er auch jetzt zu ihm ging.
Mit der Straßenbahn war er schnell am Marienplatz und von da mit Riesenschritten am Hasenberg.
Das Blatt schien sich zu wenden. Michael hatte Glück und Onkel Fred empfing ihn mit offenen Armen.
„Ja schlag mich's Blechle, wo kommscht Du jetzt her, so oft hab ich an Dich denkt.“
Und der Michael erzählte und erzählte und erzählte vom Johann Kammerer, von Siebenbürgen, vom Luzifer, und wie es ihm als Soldat geglückt sei, keinen Schuß auf Menschen abzugeben und nur dem

Guten gedient zu haben, entgegen dem allgemeinen Urteil der Pauschalis, die immer dabei sind, gleich ein ganzes Volk zu verdammen — nur weil es einzelne Teufel verführen und mißbrauchen.
Dann erzählte er ihm die Geschichte vom Lehnchen und wie sehr er sie geliebt hatte und daß sie ihm ihre Schwester, das Klärchen, ans Herz gelegt habe und daß er ihr als letzten Liebesbeweis versprechen mußte, nach dem Klärchen zu forschen, und wenn es Gottes Wille wäre, sie aus Rußland herauszuholen und sich um sie zu kümmern.
Und der Onkel Fred hörte zu und nickte, schrieb sich den Namen vom Klärchen auf, mit Geburtsdatum und genauen Angaben und versprach dem Michael zu helfen, und daß er gute Verbindungen überall hin unterhalte und schon einigen politischen Einfluß habe.„
Und nächsten Sonntag lade ich Euch alle ein, da fahren wir auf den Distelhof und zur Holder-Marie ans Grab.
Und dort wollen wir Deiner Eltern gedenken und dem Herrgott Dank sagen, daß wir, wenn auch mit vielen Opfern, unsere Freiheit wiedergewonnen haben und wieder freie Menschen sind.
Michael und Martin schrieben ans Lehnchen und an Johann Kammerer nach Kirchenburg.
Sie sollten durchhalten und man würde alle herausholen, die den Wunsch dazu hätten und auch ums Klärchen würden sie sich kümmern . . . Das waren die ersten Schritte, die Siebenbürger Sachsen wieder zusammenzuführen, und Martin war einer dieser ersten Aussiedler.
Am Sonntag darauf fuhren sie tatsächlich auf die Alb.
Der Michael lief durch die Wälder, um den Distelhof, wo er einst mit der Holder-Oma Heilkräuter gepflückt hatte und er gelobte nie mehr im Leben ein Opportunist zu sein, sondern tatkräftig und mit Umsicht ein neues Deutschland mitaufbauen zu helfen.
Für dieses schöne Land lohnt es sich in die Hände zu spucken „und Du lieber Martin, darfst als Siebenbürger mithelfen."

Damit begann der Auszug der Siebenbürger Sachsen aus ihrem schönen Land und eine über 800 jährige Geschichte ging ihrem Ende entgegen.
Die intelligenten Rumänen würden das bedauern, denn immerhin hatten die Teutonici . . . den eisernen Pflug und die Rebe in dieses Land gebracht. Sie hatten durch Fleiß und Können Dörfer, Städte, Kirchen und Burgen gebaut . . . Sie hatten durch Zünfte ein Aufblühen des Handwerks ermöglicht.
Sie hatten durch Musik und Vereine aller Art und durch Theateraufführungen abendländische Kultur in dieses Land gebracht und durch organisatorische Fähigkeiten diesem Land ihren Stempel aufgedrückt.

Nun wollten sie gehen. Zu sehr hatte sie der kommunistische Luzifer gepeinigt und bis ins Mark getroffen.
Ion, die Marioara, der Cioban, vielleicht auch Vivat der Zigeuner und sicher auch der Zampafir, sahen das insgeheim nicht gerne und bedauerten diese Entwicklung, aber was half's?
Die Luzifers waren in dieser Zeit mächtiger und sogar an der Regierung, und das Volk hatte zu kuschen und so gingen sie dahin, einer nach dem andern.
Viele aber auch in der Hoffnung eines Tages sämtliche Luzifers, Teufel und Beelzebuben von der Kraft und dem Segen der verzeihenden Liebe zu überzeugen, damit die Völker ohne Revanchismus brüderlich und friedlich miteinander redeten — Oh! wie schön könnte dann diese Welt sein . . .!

Michael nahm den herrlichsten Strauß, den er je im Leben gepflückt hatte und legte ihn auf das Grab der Holder-Oma. Denn sie hatte ihm diese friedlichen Gedanken schon als Kind eingegeben und er würde sie seinen Kindern weitergeben, damit endlich Frieden auf Erden wäre . . .

Und es erschien ihm das Altartuch von Kirchenburg in Siebenbürgen und darauf stand:

„Hass erregt Hader, aber die Liebe deckt alle Übertretung zu!“

Wie wahr . . . und er kniete vor diesem Geiste nieder!